Alfonso Goizueta

La sangre del padre

Finalista Premio Planeta
2023

Planeta

Autor representado por EDITABUNDO, S.L., Agencia Literaria

Av. Diagonal, 662-664, 08034 Barcelona
www.planetadelibros.com

Diseño de la colección: Compañía
Imagen del interior: Realización Planeta

Primera edición: noviembre de 2023
Depósito legal: B. 17.529-2023
ISBN: 978-84-08-28018-7
Composición: Realización Planeta
Impresión y encuadernación: Unigraf, S. L.
Printed in Spain - Impreso en España

PEFC Certificado
Este libro procede de bosques gestionados de forma sostenible
PEFC/14-38-00305 www.pefc.es

El papel utilizado para la impresión de este libro está calificado como **papel ecológico** y procede de bosques gestionados de manera **sostenible**.

A Norberto, mi hermano

A él, a su vez, díjole Alejandro, semejante a los dioses: «Héctor, si bien con toda razón y no sin ella me has reprendido, [...] imperturbable es el corazón en tu pecho. Repréndeme, mas no me eches en cara los dones de la dorada Afrodita, que no deben ser rechazados los dones gloriosos de los dioses, los que ellos por sí otorgan y uno no puede elegir a su gusto».

HOMERO, *Ilíada*, III, 58-68

Y ahí está el glorioso Aquiles: contra el amor fue su último combate.

DANTE ALIGHIERI,
Infierno, V, 65-66

And at length they pronounced that the Gods had ordered such things. Thus men forgot that All deities reside in the human breast.

WILLIAM BLAKE,
The Marriage of Heaven and Hell

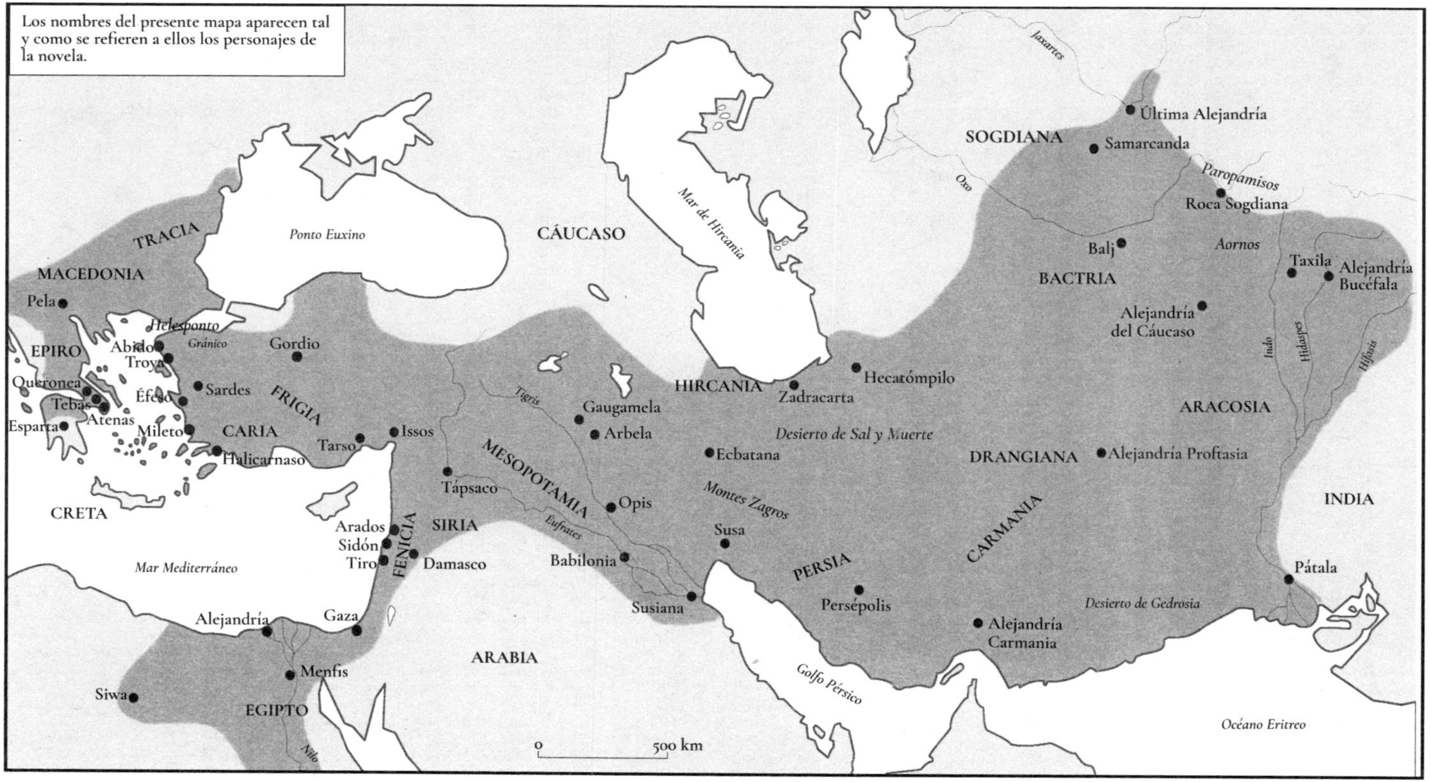
Los nombres del presente mapa aparecen tal y como se refieren a ellos los personajes de la novela.
Ponto Euxino
TRACIA
MACEDONIA
Pela
Helesponto
Gránico
EPIRO
Abido
Troya
Queronea
Tebas
Atenas
Esparta
Éfeso
Mileto
Sardes
Gordio
FRIGIA
CARIA
Halicarnaso
Tarso
Issos
CRETA
Mar Mediterráneo
Arados
Sidón
Tiro
FENICIA
SIRIA
Damasco
Tápsaco
Alejandría
Gaza
Menfis
Siwa
EGIPTO
Nilo
ARABIA
CÁUCASO
Mar de Hircania
Tigris
Gaugamela
Arbela
MESOPOTAMIA
Éufrates
Opis
Babilonia
Susiana
HIRCANIA
Zadracarta
Hecatómpilo
Desierto de Sal y Muerte
Ecbatana
Montes Zagros
Susa
PERSIA
Persépolis
Golfo Pérsico
CARMANIA
Alejandría Carmania
DRANGIANA
Alejandría Proftasia
Desierto de Gedrosia
ARACOSIA
BACTRIA
Balj
Alejandría del Cáucaso
SOGDIANA
Samarcanda
Última Alejandría
Jaxartes
Oxo
Paropamisos
Roca Sogdiana
Aornos
Taxila
Alejandría Bucéfala
Indo
Hidaspes
Hífasis
INDIA
Pátala
Océano Eritreo
0
500 km

PRIMERA PARTE

—

EL CAMINO DE ASIA

1

Recordaba el día en que lo mataron, a su padre. Recordaba que no sintió nada, poco más que la indiferencia de un desconocido. Fue la sensación de quien es testigo de alguna otra injusticia trivial y ajena: sorpresa, sí, hasta furia y compasión hacia el que la sufre; pero nada que permanezca en la mente más de unos instantes.

Lo hizo un capitán de la guardia real seguramente pagado por los persas, durante la celebración de un triunfo, frente a toda la corte. Lo acuchilló varias veces. La sangre manó espesa y humeante; era un día de otoño.

Su madre sí lloró y eso le produjo una mezcla de extrañeza y de admiración: sabía que sentía exactamente la misma indiferencia que él, lo habían hablado muchas veces, pero eso no le impidió romper el cielo con su grito, igual que si le hubieran arrebatado al amor de su vida.

Alejandro pensó que lo miraba reprendiéndolo furiosa, temiendo quizá que a la hora de suceder en el trono hubiera quien se opusiese alegando que no había amado a su padre y que muy probablemente por ello fuera responsable de su asesinato. De inmediato trató de buscar entre sus recuerdos alguno que tal vez pudiera soltarle la lágrima antes de que alguien notara su frialdad, pero al mirar en la memoria se dio cuenta de que estaba vacía, como si todos sus recuerdos de hijo —que los había—, todos los pesares, los odios, las alegrías —que las había— hubiesen volado en bandada.

De Filipo II de Macedonia jamás supo lo que era el amor de un padre. Cierto era que nunca lo había obligado a nada, ni lo había mandado a curtirse con los nobles del norte, que no eran griegos sino bárbaros; lo había dejado en la capital de Pela con todas las comodidades, bajo la tutela de su madre y del gran maestro Aristóteles, con una compañía exquisita de amigos, le había regalado a su amado caballo Bucéfalo... Pero a él, a su figura, rara vez lo había encontrado a su lado. En verdad no lo había echado en falta, pues cuando sí estaba, sus palabras iban siempre llenas con reproches decepcionados e insultos velados por su debilidad y su sensiblería. De niño lo hería por una hombría que no llegaba; de joven porque la que tenía no le parecía adecuada. Ni cuando triunfaba se lo reconocía. Así sucedió en Queronea: fue su primera gran victoria en el campo de batalla. Acababa de cumplir dieciocho años. Para otro príncipe un día así habría sido una fuente de inspiración para su reinado futuro y de bella nostalgia en la vejez. Para Alejandro no.

Ese día se enfrentó a la dura realidad de que a veces los hijos derraman lágrimas, sangre y coraje, incluso se arriesgan a la muerte inútil para probarse dignos de sus padres, y aun así no consiguen ni siquiera una mirada orgullosa por su parte.

La noche antes de partir durmió con su madre, apoyada la cabeza sobre su cálido regazo para que así le viniera el sueño esquivo. Olimpia le acarició suavemente la mejilla. Ya era casi un hombre —aunque no le hubiera salido la barba, al contrario que a sus amigos, se le había desarrollado el cuerpo atlético, afilado el rostro, acaballado la nariz, rizado y ensombrecido el cabello, ahora color de cobre, alargado las patillas y endurecido la mandíbula—, pero ella aún veía al niño inocente al que quería esconder en el gineceo para que no pudiera alcanzarlo ningún mal. «Vuelve a mí, siempre», susurró en su oído. Pasó toda la noche despierta, vigilando su sueño, rezándoles a Dioniso y a Zeus para que se lo devolvieran sano y salvo.

La batalla se libró un día ardiente de agosto en un llano cercano a la ciudad de Queronea, en el centro de Grecia. El campo, tembloroso por la canícula, parecía estar derritiéndose. Apenas soplaba el viento y ni la cercanía del río calmaba el calor. Un brillo de metal enceguecía el horizonte: Tebas y Atenas habían reunido en alianza con otras ciudades griegas treinta y cinco mil hoplitas, su poderosa infantería pesada, para acabar para siempre con el liderazgo del reino de Macedonia en Grecia.

Su rugido al ver aparecer las falanges macedónicas por la colina encogió el corazón de Alejandro. Los soldados de las ciudades libres berreaban como bárbaros, como animales, por defender lo que consideraban suyo. Nervioso, miró a su alrededor a sus *hetairoi*, los amigos de su infancia que formaban su Compañía de Caballería real. Iban a su lado buscando una mirada de ánimo.

A su derecha estaba Hefestión. Era más alto que él, que no lo era mucho, y bastante más corpulento. La suya era la imagen encarnada de los semidioses del pasado: la coraza, que le cubría el pecho, dejaba a la vista los brazos de músculos trenzados; las piernas fuertes se aferraban al caballo; el mentón puntiagudo clavaba el rostro atento en el horizonte de la batalla; el alma indómita y llena de coraje destellaba a través de los ojos por la leve ranura que dejaba el casco.

—Estate tranquilo, Alejandro —le dijo—. Estamos contigo.

Alejandro le devolvió una leve sonrisa. La voz de su amigo era profunda y melódica, llena de una seguridad y una fuerza que inspiraba a quienes la oían.

A su izquierda iba Clito, su hermano de leche. No era costumbre que las reinas criasen a los príncipes; aquella labor recayó sobre la propia hermana de Clito, que cogiéndolos a cada uno en un brazo los alimentó de su pecho y sin saberlo los hermanó de por vida. A Clito lo llamaban «el Negro» por su cabellera azabache y por la barba, que aun desde muy joven le ensombrecía el rostro por más que se la afeitara.

Junto a él estaba Laomedonte, un joven escuálido y de ánimo ceniciento, que apenas hablaba porque siempre estaba inmerso en una conversación consigo mismo. Era de los que allá adonde fuera caminaba cabizbajo inmerso en una lectura que se retaba a memorizar, aunque nunca fue por ello menos diestro con la lanza o el arco.

De cerca lo seguía Nearco, el cretense. Aquel joven de piel tostada y cabello ensortijado de sal había llegado a la corte de

Macedonia con nueve años proveniente de la isla de Creta. Hablaba con el acento áspero del mar, sus ojos azules soñaban con el Egeo encendido de la tarde y, en esa corte de caballistas y jinetes, destacó siempre como el nadador más bravo: encontraba en el agua su elemento, como si su sangre fuera la de los seres marinos, y no había día, desde que llegaba la primavera hasta que caía el invierno, que no subiera a las colinas a tomar un baño en los manantiales helados y a bucearlos hasta donde se tornaban oscuros.

Y finalmente estaba Ptolomeo, que tenía la mirada enturbiada por el recelo a los demás. No venía de la gran nobleza: su padre era un humilde funcionario palacial; de su madre algunos se burlaban diciendo que vendía muy barato su amor a los generales. Nada, salvo una clemencia insólita del rey Filipo, podía explicar que aquel joven enjuto, de ojillos afilados y nariz tan prominente que proyectaba sombra sobre los labios torcidos, hubiera acabado educándose junto al príncipe y siendo uno de los *hetairoi*.

—No perdáis la concentración. Estad siempre alerta —les dijo el general Parmenión, a quien Filipo había encomendado la dirección del ala y la seguridad de Alejandro.

—Ya hemos estado antes en la guerra, general —deslizó el príncipe.

—Sí... Las tribus del norte luchan con tenacidad, pero la guerra de verdad solamente se da entre hombres iguales —le dijo.

Parmenión era un hombre viejo. Tenía algo más de sesenta años, la mayoría de ellos al servicio de Macedonia. Poco menos que había educado a Filipo. Apenas se le arremolinaba el cabello calvo en la parte trasera del cráneo anguloso. Tenía los ojos diminutos e inteligentes, la nariz aguileña, el mentón afilado y muy largo el cuello. A pesar de su edad, era de los mejores jinetes del ejército y un guerrero fiero. Aún tenía la fuerza de la juventud y la combinaba ahora con la destreza de la experiencia manida y la sabiduría de la edad. Era además un político hábil, de los nobles más importantes de Macedonia, el consejero más fiel de Filipo y su *strategos*, el comandante de sus ejércitos.

—Mira allí, señor —indicó Parmenión. Todos siguieron su dedo—. Distingue al rey por la cresta roja de su casco. Siempre va delante: apréndelo.

—Se arriesga a ser alcanzado por el enemigo.

—Un rey no puede exigirles nada a sus tropas si no va al frente de ellas. Un rey que se esconde en la retaguardia es un rey que se ha perdido.

Hefestión avanzó con su caballo. Tomó la mano de Alejandro, que sostenía las bridas de Bucéfalo, y la apretó con fuerza.

—Pase lo que pase, estaré cerca de ti y guardaré tus espaldas.

Alejandro sonrió. Sintió el espíritu más liviano por un instante.

La voz de Parmenión tronó:

—¡Señor, el rey avanza!

El estruendo de la caballería y las falanges que comandaba Filipo llegó de pronto en el aire ardiente.

Alejandro se inclinó sobre Bucéfalo:

—Ve raudo, amigo. Cabeza de toro, corazón de Pegaso.

Parmenión dio la señal: clavaron los talones en los costados de los caballos, que soltaron un relincho de fuego y se lanzaron contra los griegos.

Alejandro estuvo distraído; tuvo suerte de que los dioses guiaran su espada. Ora miraba a Hefestión para asegurarse de que vivía, como si verlo pelear lo inundara a él de fuerza, ora buscaba a Filipo en el horizonte de caos. El príncipe quería que se fijara en él, que lo viera luchar con fiereza, que lo sintiera digno sucesor de su reino. Pero el rey no prestaba atención a nada donde no fuera a impactar su espada. Su combate era tosco, bruto y salvaje, pero no por ello menos eficaz; lo cierto es que era prodigioso que combatiera con semejante ímpetu teniendo solo un ojo. Era como si no lo afectasen la juventud perdida ni las heridas mal cicatrizadas de guerras anteriores.

La batalla se alargó varias horas. Las fuerzas estaban tan igualadas que en diversas ocasiones ambos bandos meditaron la retirada y dieron por suya la victoria. El calor era insoportable: aplastaba a los soldados bajo el metal incandescente de sus corazas y levantaba nubes de polvo que impedían respirar. Las figuras de sus amigos destacaban sobre aquel mar embravecido de violencia. Alejandro los seguía con la mirada, allá adonde fueran. Y vio que estaban colocados en círculo en torno a él. Hefestión, Ptolomeo, Clito, Nearco, Laomedonte...; ninguno alcanzaba los veinte años, ninguno había conocido la vida, cualquiera de sus pérdidas hubiera sido más dolorosa que la caída de una dinastía entera, y sin embargo estaban ahí, defendiéndolo con arrojo heroico. Pero lo cierto era que no lo defendían solo a él, sino a todos: se defendían entre ellos, movidos por un amor profundo y sincero, por un convencimiento genuino de que si no volvían todos no volvía ninguno.

Cuando llegó el crepúsculo, el llano de Queronea se había convertido en un campo del Hades, sembrado de cadáveres humanos y equinos hechos carniza. Se olía la sangre y se sentía en la boca, densa y metálica. Con un andar zambo con el que disimulaban sus heridas, los supervivientes recogían los cuerpos de sus hermanos a fin de disponerlos en grandes piras. A los heridos se los llevaban en carreta o en camillas agonizando porque sabían lo dolorosa que iba a ser su muerte a manos de un físico que les serraría una pierna o un brazo, si es que llegaban a tiempo.

Alejandro sintió una náusea ácida subiéndole por la garganta. Se apoyó en Hefestión para no caer mientras la arcada le sacudía por dentro.

—Acostúmbrate a la muerte, príncipe —le dijo Parmenión—. Ella es la auténtica hacedora de hombres. Apresúrate, el rey quiere verte.

Los miembros del consejo real bebían vino y lo sudaban. A uno de los senescales le estaban vendando el muslo izquierdo, donde tenía una herida superficial. El olor dentro de la tienda era intenso, insoportable, pensarían los rudos líderes tribales, para aquellos principitos refinados que escuchaban lecciones de filosofía entre los rosales del jardín. También empezaba ya a sentirse en el aire el olor de las hogueras en las que se consumían los héroes.

A pesar de haberlos hecho llamar, el rey y sus hombres apenas repararon en los muchachos, que permanecieron en un silencio incómodo.

—¿Cuántos fueron los muertos? —preguntó finalmente Alejandro.

Filipo no se volvió para contestarle.

—Esperaba que tú me lo dijeras. —Alguien se rio del príncipe entre dientes—. Fueron muchos, pero mereció la pena. La victoria es mía y estos griegos se lo pensarán dos veces antes de alzarse de nuevo contra mí. —Sorbió vino de su copa dorada—. Me contaron que luchasteis bien.

—¿No me viste? —le preguntó extrañado.

—Si te encomendé uno de mis flancos fue para no tener que supervisarte, es una muestra de confianza —le respondió severo.

—No me refería a que tuvieses que vigilar mis movimientos.

—¿Qué querías? —le espetó—. ¿Que me detuviera para admirarte y aplaudirte? —Alejandro balbuceó algo, pero Filipo lo interrumpió furioso—. En la guerra solo debes estar pendiente de tu enemigo, de esquivar sus lances y asestar los tuyos, si eres un mero soldado, y de planear los lances de todas tus tropas y esquivar todos los contrarios si eres un capitán. Me contó Parmenión que tus amigos no se apartaron de tu lado, ¿es cierto? —preguntó mirando a los jóvenes, que asintieron tras dudar si contestar—. Concéntrate en la batalla en vez de esperar la aprobación de otros y no necesitarás que estén pendientes de ti. Aprende estas lecciones de la guerra y prepárate para recibir las de la paz. Los atenienses han sido derrotados y ahora irás y me traerás la paz en los siguientes términos, recuérdalos bien: queremos usar su flota, es la más poderosa de Grecia, consíguela para mí y disuelve la Liga ateniense, su coalición de ciudades, pero haz por no volverlos de nuevo en nuestra contra.

El príncipe se mordió el labio inferior y apretó los puños.

—Como ordenes, mi señor —le respondió con un hilo de voz aún sin mirarlo a la cara, abandonando después la tienda junto a los *hetairoi*.

2

Esa noche no logró conciliar el sueño. El olor de la ceniza humana lo abrasaba en la nariz y la boca. Se sucedían en su cabeza imágenes y palabras: su padre rechazándolo, dándole la espalda, los gemidos de los moribundos, los cuerpos de los muertos pudriéndose al sol.

Y entonces apareció también en su mente adormilada Nectanebo, el brujo al servicio de su madre, compungido y sangrante en el fondo de aquel agujero. Llevaba ya unos años en los que había conseguido olvidar aquella visión y sin embargo le regresó esa noche en la que tanto extrañaba el amor de padre que Filipo le negaba.

A su pesar, aún recordaba muy bien a ese hombre. Había sido el terror de su infancia. Sus amigos, para asustarlo, le decían que era un antiguo dios egipcio, de esos que eran mitad hombre, mitad bestia.

Nectanebo estuvo desde siempre en la corte de Macedonia, aun antes de su nacimiento, el cual atendió. Todos lo temían y veneraban, incluso los que lo odiaban, pues gozaba del favor real. Era adivino, sacerdote y hechicero venido del país de los faraones. Cuando Filipo marchaba a la guerra, el brujo se escabullía hasta la alcoba de la reina Olimpia, con quien pasaba la noche entera invocando a dioses desconocidos con todo tipo de hechizos para favorecerlo en la batalla. Así había logrado su padre unificar las polis griegas y asentar Macedonia como el primero y mayor de los Estados helenos.

Durante aquellas sesiones rituales, Alejandro, que siempre era libre de entrar a los aposentos de su madre y nunca había tenido que esperar en la puerta, ni aun cuando ella se encontraba en la más completa desnudez, tenía prohibido entrar. Siempre respetó aquel mandato, no sin sentir esa curiosidad peligrosa de la que, una vez satisfecha, todo niño se arrepiente. Pero una noche, tenía doce años, enfadado o entristecido por algún motivo, aporreó la puerta olvidándose de que estaba transcurriendo una sesión y esta cedió. Se precipitó dentro gimoteando y entonces los vio. Los doseles estaban echados, pero se intuían claramente dos figuras en el lecho. Unos ojos tizones y furiosos se clavaron en él. De entre las sombras se levantó el tétrico semental egipcio. Pudo llegar a ver a su madre desnuda sobre las sábanas revueltas antes de que Nectanebo lo agarrara y lo echara a empujones.

—La reina está hablando con el dios, príncipe. —Y cerró la puerta de golpe.

Nunca olvidó el desprecio con el que aquel extraño, que como él compartía la peculiaridad de tener cada ojo de un color, lo apartó de su madre.

A ella no le reprochó nada, la creyó hechizada por el brujo e incapaz de haberse resistido. Cuando quiso hablar con él se encontró con que rehuía toda conversación que tocase el tema. Su mente había reconstruido la imagen para que fuera a otra mujer, no su madre, a la que había sorprendido retorciéndose adúltera entre los muslos del sacerdote egipcio. Sin embargo, ello no impidió que en la lucidez oscura del insomnio se apoderara de su mente la imagen del brujo y el deseo furibundo de darle muerte.

Poco después fue a visitarlo y le pidió que esa noche lo acompañara al monte porque quería que le explicara las estrellas bajo las que había nacido. El sacerdote, para su sorpresa, no mostró objeción. A la hora del ocaso abandonaron el palacio sin ser vistos y echaron a andar hacia las colinas que lo rodeaban. Sobre ellos vino la oscuridad, que pronto se llenó con los cientos de estrellas que adornaban el firmamento.

—Demoré tu alumbramiento para que nacieras precisamente bajo los astros indicados —le explicó mientras caminaban por el sendero pedregoso.

Nadie sabía cuál había sido el horóscopo del glorioso Aquiles ni el del gran Heracles, sus antepasados, pero de seguro no era tan perfecto como el suyo. Y es que Alejandro había nacido bajo un cielo dibujado por los mismos dioses.

Fue en la madrugada del 21 de julio. Como le había dicho, el egipcio no consintió que nadie entrara en los aposentos de la reina aun cuando las contracciones ya la tenían berreando de dolor y suplicando la muerte. Olimpia ansiaba liberarse de aquella criatura feroz que le había devorado el cuerpo y el alma desde dentro, pero el sacerdote no se lo permitió. Y mientras la dejó retorciéndose y luchando contra el hijo que le desgarraba las entrañas, se asomó al balcón y observó atentamente las posiciones de los astros en la bóveda.

Miró al espacio profundo, donde brillaban muy lejanos el planeta de Zeus y el de Cronos con sus anillos de oro. El primero seguía fijo entre los dos Gemelos, vaticinando gloria, y esa noche se había unido a él el planeta rojo de Ares, dios de la guerra. El Cronos encenizado, el padre que pone los límites, brillaba receloso entre las pinzas del Cangrejo. Nectanebo lo observó curioso y concluyó que aquel que iba a nacer también estiraría el brazo en demasía, como el gran titán, también rompería con todo lo establecido; sus pasos lo llevarían más allá de cualquier límite, más allá de cualquier sueño y cualquier ambición. Venía un hijo de la historia a quien no frenarían ni los hombres, ni los reyes, ni los dioses.

De repente un viento plateado y tibio penetró en la alcoba levantando las cortinas y agitando los doseles. A su paso no se apagó ninguna vela.

—Es la diosa Ártemis, señora —anunció; la luna de pronto brillaba con más fuerza—. Está aquí. Ha venido a atender el parto.

Las contracciones aumentaron, pero el sacerdote aún se resistió a que entraran las comadronas. Cuando la luna, que bajaba ya para sumergirse en el oeste, brilló sobre las estrellas ardientes del León, dio la señal: las parteras abrieron las puertas y se abalanzaron sobre Olimpia, que apretó con tanta fuerza que temió se le rompieran los dientes. Mientras, el egipcio se mantuvo fijo en esa luna que se desplomaba por el cielo, mascullando conjuros para demorar las horas, detener el tiempo, y que el príncipe naciera con la diosa pálida aún acariciando las melenas del león.

Se hundió la luna en el horizonte cuando se oyeron los llantos del recién nacido. Nectanebo respiró aliviado.

—Ese mismo día se incendió el Artemisión, el gran templo

en Éfeso —le dijo—. La diosa no lo pudo impedir porque estaba sujetándole la mano a tu madre.

Que el brujo mentara a su madre, que su aliento conformase entre los labios su nombre, hizo que el alma herida de Alejandro se revolviera. Apretó los dientes y contuvo la furia, no sabiendo bien cómo dar salida a su deseo mortal. Pero de pronto lo vio: Nectanebo pisó en falso y se resbaló teniendo que cogerse de su mano para no caer; el terreno era agreste, resbaladizo y lleno de quiebros escarpados. Los ojos de Alejandro se iluminaron con la solución; sintió la sangre corriendo rauda y ardiente en las venas.

—¿Qué estrella es esa de allí? —preguntó señalando el horizonte.

El egipcio se sacudió el polvo de la túnica y miró hacia donde apuntaba el dedo del príncipe. Aguzó la vista tratando de verla mejor.

—Creo que es la estrella de Amón, la manifestación de Zeus en Egipto.

Absorto como estaba en el cielo, no reparó en que se había aproximado a una zanja pedregosa. Alejandro siguió con ansia cada uno de sus pasos. Se acercó lentamente por la espalda, de puntillas para que no se percatara de que se movía tras él, sigiloso como una sombra, mientras el brujo continuaba hablando sobre las estrellas en cuestión. Una gota de sudor frío le temblaba en la ceja y el corazón le latía tan fuerte en el pecho que pensó que le estallaría. No pudo esperar más y, de una patada, lo tiró al foso. Nectanebo cayó con un estruendo sordo y se golpeó la cabeza. Alejandro se asomó a verlo. Su sangre era blanca. El sacerdote esbozó una sonrisa extraña, como si todo lo hubiera previsto, y le dijo con un crujido de voz:

—Como Zeus y como Cronos antes que él, era necesario que matases a tu padre para que el mundo fuera tuyo.

Alejandro se levantó ensopado de sudor frío, estaba en su tienda en Queronea y salió al exterior: a lo lejos aún intuía un resplandor amarillo de las piras fúnebres que no se acababan de consumir. Apenas se veían almas de vivos por el campamento.

—Despierta al oficial que ha de acompañarme mañana a Atenas —ordenó a uno de los soldados que tenían la guardia.

A los pocos minutos regresó con el capitán de una de las falanges. Tenía el rostro agarrotado de sueño y vino.

—Mi señor —lo saludó con la voz ronca.

—¿Dónde fue que los atenienses cremaron a los suyos?

El oficial indicó con el dedo el punto del horizonte en el que brillaban las piras como un falso amanecer incapaz de despuntar.

—Quiero llevarme sus cenizas. Que las dispongan en un gran cofre para que sean transportadas a Atenas.

—Pero, señor, corresponde llevarlas a sus generales.

—Sus generales han huido o han muerto. Soy yo, en nombre de Macedonia, quien ha de llevar la paz a los atenienses. Y con la paz llevaré también a sus prisioneros y a sus muertos.

—¿A los prisioneros también? —preguntó incrédulo.

Tuvo suerte; parecía que al príncipe no le molestaba la insolencia de sus contestaciones.

—Sí, a los prisioneros también. Son griegos, como nosotros.

—Pero son botín de guerra, señor. Corresponde al rey decidir qué hacer con ellos.

—Nosotros no llevamos en la sangre la crueldad de los persas, capitán.

—Pero, mi señor...

—Basta —bramó—. El rey me ha encomendado llevar la paz a Atenas y volver con la paz de toda Grecia; no la habrá mientras mantengamos cautivos a los hijos de la ciudad y humillado el recuerdo de sus caídos. Disponlo todo.

Finalmente el oficial inclinó la cabeza en señal de aceptación y cursó las órdenes.

3

El pueblo ateniense se había congregado en el ágora. También estaban los gobernantes de la polis, con sus togas blancas y sus aires sofistas. Esperando recibir al tirano tuerto de Macedonia, todos se sorprendieron de ver al joven príncipe trayendo consigo a los atenienses que habían partido, los vivos y los muertos.

—Ciudadanos de Atenas: soy Alejandro, príncipe de Macedonia. En nombre de mi padre, Filipo rey, y como hermano vuestro, vengo a hacer la paz con vosotros.

El ágora se revolvió inquieta. No pocos pensaban que los del norte no eran griegos y que solo esperaban el momento oportuno para acabar con la independencia de las polis e imponer una tiranía propia de los orientales.

Los togados permanecieron callados.

—Y Atenas recibe tus buenos deseos —dijo un viejo general de mirada templada. Era el único a quien el orgullo no impedía ser un buen hombre de Estado.

—¿Tienes poderes para entregarme la paz que mi padre anhela?

El viejo asintió.

—Que así sea y que los dioses iluminen nuestra negociación.

—Estoy convencido de que lo harán, señor. Es de justicia.

Alejandro se volvió y dio la señal a sus hombres para que depositaran ante los miembros del Gobierno ateniense el gran cofre en el que iban las cenizas de los caídos. Lo presentaron ante ellos con mucha solemnidad.

—Vuestros caídos lucharon con valentía en Queronea. Los traigo de vuelta para que negociemos con la promesa de que tan valerosa sangre no volverá a regar los campos de Grecia.

Alejandro no asistió a los funerales públicos. Quiso dejar a los atenienses en su dolor, que no tuvieran que ver a los asesinos de sus hijos con ellos cuando los despedían. En su lugar, fue a orar al templo sagrado de la diosa Atenea; a orar por ellos, por él.

El sol caía por el cielo y su luz sangrante y dorada bañaba los enormes pórticos de la Acrópolis, los construidos por Pericles sobre las ruinas de los que destruyeron los persas durante el saqueo de Atenas, ciento cincuenta años atrás. Entre las columnas nuevas se conservaban los restos de las antiguas, las que fueron derruidas durante la gran invasión junto al resto del monumento. Servían como vestigio de la barbarie que allí cometieron los ejércitos persas: allí estaba la afrenta oriental, la vergüenza y la humillación de los griegos; el sagrado templo vejado y destruido.

—Pocos se paran a contemplarlos.

Alejandro se volvió: el viejo general ateniense.

—Pensé que estarías con tu pueblo en las ceremonias por los muertos.

—Siempre fui hombre poco dado al culto, señor. Los muertos, una vez muertos, tienden a querer olvidarse de las cosas de los vivos.

El macedonio arqueó una ceja. El *strategos* de Atenas se unió a su silenciosa contemplación de los antiguos propileos.

—Todos vienen prestos a contemplar las grandes obras de los genios Fidias y Calícrates y se olvidan de esto. Pero nuestro gran gobernante Pericles nunca quiso que se olvidaran: quería que estas ruinas se mantuvieran y que recordaran siempre que los persas habían arrasado este lugar sagrado, que por este sendero habían subido sus carros y sus caballos.

—Parece ser una advertencia a los descendientes de aquellos bárbaros —aventuró el príncipe.

—Oh, no... No. Todo lo contrario. Es un mensaje a todos y cada uno de los griegos: «No olvidéis».

Reemprendieron el camino muy despacio por las escaleras, nunca mirándose directamente, perdiéndose sus pensamientos en la inmensidad artística que los rodeaba. Al cruzar el pórtico a Alejandro se le cortó el aliento. El Partenón se alzaba majestuoso mirando hacia el oeste, la luz espesa de la tarde bañaba su pórtico de columnas dóricas.

Más allá del templo se extendía una vista diáfana del golfo de Atenas, la línea añil de las montañas y el horizonte delgado del mar. Tal era la soledad, tan solemne...

—Sin duda se percibe la presencia de la diosa —murmuró ensimismado.

—¿Sientes que Atenea te inspira, príncipe? —le preguntó, y sin esperar su respuesta le dijo—: Más vale. Si aspiras a llevar la guerra hasta Persia, habrás de luchar mejor que en Queronea. Me dijeron que la batalla estuvo muy igualada.

—Pero al final fue nuestra la victoria —respondió toscamente.

—Nunca fui partidario de hacer la guerra contra tu padre.

—No querer hacer la guerra faculta para la paz.

—Y bien, ¿qué paz es la que nos ofrece el rey de Macedonia?

—El rey pide lo que es de justicia: que disolváis la confederación de polis que sirve a Atenas, que os comprometáis a integrar una nueva liga con Macedonia y que no conspiréis con nuestros enemigos. Demandamos de vosotros lealtad y nobleza.

—No es poco.

—Hemos ganado la guerra. Y os he traído de vuelta a vuestros caídos y a vuestros prisioneros sin que tuvierais que pagar rescate alguno.

—De modo que por eso era...

—Era mi gesto de buena voluntad. El rey no estaba al tanto.

—Sugiero que reconsideres las propuestas, señor, no por excesivas, sino por erradas. La Liga de Atenas ya no existe, hace años que está rota debido a nuestras desavenencias con Tebas.

—Y sin embargo avanzasteis juntos contra nosotros en Queronea. Macedonia no puede permitir que los Estados griegos se confederen contra ella.

—La Liga de Atenas no es contra Macedonia, señor, sino contra Esparta y Persia.

Alejandro se volvió y clavó en él sus ojos de colores, que centellearon con las brasas del ocaso.

—No trates de engañarme, general. Soy joven pero no ignorante. Hace más de cuarenta años que Esparta no amenaza a Atenas. Hace veinte que Tebas rompió vuestros compromisos. Si os habéis unido esta vez fue solo para hacer frente a Macedonia. Hablas de luchar contra Persia, pero desde los tiempos de la gran invasión no habéis hecho la guerra al este, una guerra que los dioses demandan de todos nosotros, los que somos griegos.

—Y dime, ya que la guerra de Asia es lo que más te interesa, ¿crees que Atenas se prestará gustosa a marchar junto a Macedonia si tu padre insiste en privarla de lo que queda de su imperio y someterla?

—Tienes mi palabra de que Macedonia no intervendrá en vuestros asuntos ni vuestras colonias. Solo busca una alianza.

—Si nos privas de la Liga solo tendrás una alianza con los escombros de esta acrópolis.

—La confederación de ciudades no os hace más fuertes, al contrario: son un campo fértil para la corrupción y para la fluidez del oro persa —trató de hacerle ver.

—Nos condenáis a la ruina...

Alejandro guardó silencio.

—¿Os convendría —dijo al cabo de unos instantes— conservar la isla de Samos? Es la isla con mayor población y riqueza, y hace tiempo que expulsasteis de allí a los persas. Os mantiene en el comercio de la costa y a nosotros nos garantiza una cabeza de puente en Asia Menor. —Notó que el *strategos* se revolvía inquieto y confuso; supo que era el momento de quebrarlo—. Mi padre también quiere devolveros el puerto de Oropo. Ninguno de vuestros aliados os ayudó a recuperarlo cuando Tebas os lo arrebató hace años, ¿verdad? No parece que vuestra Liga os aporte tanto como os aportaría Macedonia...

—Está bien —dijo de pronto el viejo general.

Alejandro se detuvo en seco.

—¿Aceptas? —preguntó atónito.

—No he dicho eso —corrigió. Su voz sonaba serena, como si estuviese impartiéndole una lección de política, de diplomacia, de vida, mientras hablaba—. En nombre de Atenas he escuchado tu propuesta. Deja que ahora medite sobre ella.

El joven recondujo su emoción.

—Antes de que se ponga el sol mañana habré abandonado la ciudad.

—Y lo harás con una respuesta —le aseguró el *strategos*, y se dio la vuelta para marcharse.

Alejandro oyó sus pasos alejarse. No pudo evitar volverse.

—Nuestra alianza es una protección para vosotros, para Atenas —le dijo haciendo que se detuviera un instante—. Y os concede privilegios, oportunidades que nunca les ofreceremos a otros, no lo olvides.

4

El camino de regreso a Pela se le hizo corto como pocos en su vida, tal vez porque la emoción de la paz lograda aligeraba los cascos de los caballos. Alejandro se marchó entre bellas palabras, máscaras para el odio acérrimo, de los magistrados de Atenas.

En Pela lo esperaban sus compañeros, que en cuanto descendió del caballo lo abrazaron con fuerza. Al pie de la escalinata aguardaba también una joven a la que Alejandro tomó en sus brazos.

—¡Barsine!

Ella sonrió y emocionada lo besó en la mejilla.

—Vuelves con la victoria de Grecia bajo el brazo. Pronto la de todo el mundo.

El joven se rio.

—Puede ser... Pero ahora lo único que me alegra es haber vuelto a casa.

Barsine era la hija de Artabazo, un noble persa exiliado en la corte de Filipo. Como sátrapa había gobernado Frigia en nombre de los tiranos del Oriente hasta que, temiendo por su vida, huyó al oeste con su hija, donde, a cambio de valiosa información sobre el enemigo persa, Filipo le perdonó la vida. Eran, pues, bárbaros. En verdad, a Barsine se le notaba el gesto oriental en el rostro: tenía la nariz ganchuda, los ojos sarracenos y el hoyuelo partido. Había heredado esos rasgos de su padre, que era frigio, pero en su caso eran tan prominentes y se veían tan extraños en el rostro cambiante de la adolescencia que los griegos los achacaban a una deformación física propia de las razas orientales. Sin embargo, lo que más delataba su origen no era el cabello montaraz de áspero azabache, que no tenía qué envidar a los bucles sedosos y otoñales de las griegas, ni la tez aceitunada de la piel, sino el aire de exilio en que siempre iba envuelta aunque llevaba casi toda la vida en Macedonia. A pesar de ello, Alejandro tenía en ella a una valiosa confidente, a una compañera de historias, dichas y pesares, a su mejor amiga.

Esa noche se celebró un gran banquete al que acudieron los grandes nobles de las tierras altas. Corrió el vino en aquella celebración de la victoria en Queronea. Por fin se lograba la dominación total de las polis griegas. Se las había emplazado a todas a reunirse pronto en la ciudad de Corinto a fin de conformar un consejo que confiriese a Filipo el mando supremo —como hegemón, como *strategos*— de las fuerzas de Grecia. Después comenzaría la gloriosa campaña vengadora de Asia: tras doscientos años padeciendo las ciudades griegas el yugo del Gran Persa, habiendo sido derrotados los ejércitos helenos y arrasados los templos sagrados, llegaba el momento de recuperar el control del lado oriental del Egeo y asegurar que la barbarie quedaba limitada a Asia, lejos de los pueblos libres.

La reina Olimpia no asistió a la celebración. No bebía en público: solamente en soledad se confiaba a los oscuros dioses que moraban en la vid. Sin embargo, insistió en que Alejandro acudiera e hiciera valer la grandiosa paz que había conseguido para su reino.

—Haz que hoy, más que ningún otro día, te vean como un rey —le dijo mientras le ceñía la túnica con uno de sus broches dorados y le recogía los bucles cobrizos con una diadema de cuero—. Sobre todo él.

Algo en ella también lo conminaba a ir para que con su presencia le recordara a Filipo el abandono en el que tenía a su madre. Eran muchos años de rencor surgido después de que el amor que se tuvieron se marchitara a ritmos distintos. Acabaron siendo el perfecto reflejo de lo que sobreviene a los matrimonios que entran en guerra por los hijos, o que más bien enfrentan a través de los hijos la guerra que las circunstancias, la vida, la cobardía les impide librar directamente entre ellos.

Durante la ceremonia Alejandro trató de hablar con su padre, pero no lo logró. El rey no vino a felicitarlo por la paz conseguida; estaba demasiado ocupado bebiendo y riendo con sus nobles. Seguía con la mirada a una dama de la corte, una hermosa joven que se movía a su alrededor con aires danzarines. Con gestos tibios le iba diciendo que se acercara y así la joven fue aproximándose cada vez más al trono hasta que acabaron hablando en susurros.

—¿Quién es? —preguntó Alejandro, fijándose en ella.

—Creo que la sobrina de Átalo —le dijo Laomedonte, que nunca olvidaba una cara y estaba al tanto de quién entraba y salía de la corte.

Átalo era un hombre afilado, parco de palabras y cruel. De él decían que era hacedor de esclavos, ni de prisioneros ni de muertos. Esa noche estaba muy cerca de Filipo y seguía con atención el torpe cortejo que le hacía a su sobrina. Pero también los miraba a ellos y lo hacía con una sonrisa odiosa. Alejandro tuvo de pronto la atroz corazonada, se le removió el alma profunda al darse cuenta de que tramaba algo.

Clito, el Negro, notó su inquietud.

—Tranquilo, señor —le dijo entregándole una copa de vino.

—Detesto verlo tan cerca de mi padre.

—Bebe. Disfruta de tu triunfo.

Tomó la copa y la vació de un trago. Su gesto se agrió pero enseguida pidió que se la volvieran a llenar.

Las horas se sucedieron y el vino aguó sus ojos, pero estos no perdieron de vista los movimientos serpentinos de Átalo.

De pronto un silencio crepitó desde las esquinas del gran salón del trono; se arrastró por el suelo y coronó en los labios de Filipo, que se había levantado torpemente de su trono y tambaleándose por la bebida se disponía a dirigirse a todos.

—Amigos míos, mis hermanos... —comenzó. Hablaba con la dificultad lánguida de la embriaguez.

Alejandro resopló avergonzado.

Átalo los seguía mirando. Ahora Hefestión también lo vio. Temió que el torpe discurso del rey fuera una señal. Todos los miedos de Alejandro entraron en su mente. Miró los rincones, miró a todos los guardias: la pose de estos era relajada; estaban atentos a lo que decía el rey. No parecían alerta. Una tranquilidad sospechosa. Deslizó sutilmente la mano hasta el cincho y agarró con fuerza el puñal.

Filipo mentaba tiempos pasados y futuros llenos de gloria. Habló de Macedonia. Lo hizo como si fuera una persona viva, como si estuviera allí con ellos, como si fuera algo más que un conjunto de árboles, ríos, bestias y fronteras dibujados al azar por la historia.

—Y por Macedonia hemos sometido a todos los demagogos del sur, todos esos traidores que desde las ágoras nos insultaban y confabulaban con nuestros enemigos...

Un murmullo de aprobación se extendió entre los cortesanos.

—¿Qué está diciendo? —masculló Alejandro—. Son nuestros hermanos...

—Macedonia —fue concluyendo— hoy se regocija en el orgullo de haber vencido a sus enemigos. Ella todo lo merece tras la jornada de Queronea y yo solo puedo entregárselo. A todos os comunico que el día de la victoria lo recordaremos celebrando a una nueva reina, pues tomaré la mano de la bella sobrina de mi fiel Átalo para que sea mi esposa.

Alejandro sintió morir los latidos del corazón en su pecho, aunque al instante volvieron a latir desbocados.

Filipo tomó la mano de la mujer que lo había rondado. Los presentes vitorearon y alzaron sus copas.

—Señor, me honras —dijo la joven—. Te juro mi amor eterno y en señal de gratitud hacia tu casa, que me acoge, y hacia ti, tomaré el nombre de Eurídice, que llevaron tu madre y tantas princesas de tu dinastía.

Alejandro no pudo contenerse ante aquello; el vino se lo

llevó, la rabia también. Arrojó la copa; el ruido del metal contra el suelo de mármol rebotó por la bóveda del salón.

—¡¿Cómo te atreves?! —aulló.

Cientos de rostros se volvieron hacia él.

Filipo clavó en él su ojo de cíclope.

—¿Cómo has dicho?

El príncipe avanzó hacia el trono.

—Tu heredero te trae la buena voluntad de Atenas, el pueblo más orgulloso de Grecia, pero tú ni te molestas en celebrar la paz; tú se lo agradeces tomando una nueva esposa. ¿Para esto es para lo que murieron dos mil hombres en Queronea? ¿Para que puedas desposarte con una ramera?

—¡Te tragarás tus palabras...! —bramó Átalo.

—¿Quién eres tú, perro, para decirme nada?

Filipo levantó la mano y los acalló. Apuró el vino que le restaba. Sus labios liberaron un suspiro de decepción.

—Has de aprender a contener tus sentimientos heridos, príncipe. Te molestas porque el rey no te admira en la batalla, donde tu desempeño fue mediocre, y te molestas porque el rey no te agradece la paz que traes de Atenas, paz poco ventajosa, he de decir. Dejas que tu orgullo ofendido hable por ti.

—Mejor tener orgullo ofendido que no tenerlo.

Filipo soltó la copa y tronó haciendo estremecerse a muchos.

—¿Acaso te enorgulleces de la paz que trajiste? ¡Cediste la isla de Samos y el puerto de Oropo!

—Me diste licencia para hacerlo —se defendió.

—¡Te di licencia para negociar, no para que entregases a los atenienses todo lo que nos reservábamos en caso de que nos urgiera! Negociando la paz no se entrega todo lo que se está dispuesto a ceder. Has demostrado que sin tus amigos no te sabes defender en la guerra y que sin el consejo de tus mayores no te sabes manejar en la paz. —Alejandro apretó el puño y contuvo la rabia—. Y quieres que el rey te congratule...

Hefestión lo cogió por el hombro.

—Alejandro, vámonos...

—¡Si no vienen a defenderte no eres nadie!

—Alejandro...

Pero él no se movió. La furia con la que miraba a su padre lo tenía encadenado al suelo.

—Un rey no celebra la guerra; hace por evitarla —masculló Alejandro—. Será que tú no eres más que un señor de caballos.

—El ojo de Filipo centelleó—. Qué lástima... por Macedonia.

Dejó entonces que Hefestión tirara de él y se lo llevara a través del espeso camino de silencio y asombro que se había formado en el salón.

Átalo aprovechó la ocasión.

—Celebro tu boda, mi señor. ¡Recemos a los dioses y roguémosles que pronto mi sobrina te dé un heredero legítimo para Macedonia!

Alejandro soltó un alarido, desenvainó su puñal y se abalanzó sobre el general, que inmediatamente sacó su espada. De entre la muchedumbre salieron dos de los hombres de Átalo prestos a protegerlo. Los *hetairoi* echaron mano de sus dagas. Estaban rodeados.

La voz de Parmenión se alzó en medio del caos.

—¡Deteneos!

Rabiando de furia, Alejandro se dirigió a su padre.

—¡Cómo osas humillar así a tu heredero! —gritó con lágrimas, tirando la daga al suelo—. ¡Cómo permites esto! ¡Contéstame! ¿Acaso soy un bastardo? ¿Acaso mi madre y yo, a pesar de pertenecer a la dinastía de Aquiles, no somos dignos de tu reino de bárbaros?

—Descendientes de Aquiles pero extranjeros —dijo Átalo tras la protección cobarde de sus hombres de armas.

—Cállate, Átalo —ordenó Parmenión.

Filipo seguía sin hablar.

—Tu silencio confirma tu vergüenza —le reprochó Alejandro—. Pero no debería sorprenderme... Siempre traicionas a quienes confían en ti.

—Tente, príncipe —pidió Parmenión.

—¿Acaso no hay verdad en cuanto digo? Mi madre solo te ha mostrado lealtad, te ha dado un heredero y ha fortalecido tu casa con un linaje que proviene del mismísimo Zeus. Yo solo te he dado mi devoción como hijo. Tú nos has vuelto la espalda, nos has pagado con desprecio...

Filipo esbozó una sonrisa. Era desagradable. Él lo sabía, se veían sus dientes torcidos y amarillentos asomando como estalactitas en la gran oquedad negra de la boca, y por eso se reservaba la sonrisa para cuando quería incomodar a su rival, provocarlo casi hasta el punto de la pelea.

—Qué débil fuiste siempre... —murmuró.

Alejandro escupió a sus pies. La corte contuvo un grito ahogado.

—Tirano. Tirano peor que los de Persia.

Su padre alzó la mano para abofetearlo, pero embriagado del vino se enredó en las túnicas y cayó de bruces contra el suelo.

—Inspiras lástima a los tuyos, Filipo. El rey que llevará la guerra a Asia... Aquí lo tenemos: en el suelo. ¿Qué pensarán al otro lado del Egeo?

Dirigió una mirada aviesa a los generales, haciéndolos cómplices de aquella afrenta, y se marchó junto con sus compañeros.

Viéndolo alejarse, a Filipo se lo llevó la rabia.

—¡Bastardo! ¡Tendría que haberte dejado morir en el bosque cuando naciste! ¡Maldito sea ese día! ¡Te mataré! ¡Juro que os mataré a ti y a tu madre, hijo de las serpientes!

Parmenión lo retuvo para que no fuera tras él, no porque temiera por la vida del príncipe, sino porque no quería que volviera a tropezarse frente a la corte entera.

Alejandro aún se volvió para decir:

—Tirano. Tirano peor que los de Persia.

Pero cuando atrás se hubo quedado el eco de sus palabras, sintió que lo aplastaba el peso terrible de su tristeza.

Hefestión lo acompañó hasta su alcoba.

—¿Seguro que estás bien?

—¡Sí! —bramó—. Dejad todos de preocuparos por mí.

—¿Crees acaso que vamos a abandonarte a tus demonios? —replicó—. Eres nuestro hermano, nuestro príncipe. No te olvides de que estamos contigo. Es superior a ti.

Alejandro lo rehuyó.

—Déjame solo.

—Como quieras.

Una náusea helada le recorrió la garganta; devolvió bilis oscura, por el vino y por tantos pensamientos. Apagó las velas, dejó que la sombra lo envolviera y se metió en la cama.

5

—Alejandro... ¡Alejandro, despierta!

Clito lo sacudió con fuerza y lo destapó.

—¿Qué sucede? —preguntó aturdido.

—Tienes que venir, pronto.

En su fuero más íntimo, dolido aún el orgullo tras el fatídico banquete, deseó que lo llamaran porque su padre hubiera muerto.

Se envolvió en su túnica y salió corriendo tras el Negro, que lo condujo hasta uno de los aposentos apartados del palacio. En la antecámara los sirvientes disponían enormes bagajes para lo que parecía iba a ser una larga travesía. Alejandro entró en la alcoba. Barsine recogía las pertenencias de su vida y las iba depositando en los baúles.

—¿Qué estás haciendo?

—Marchamos, mi padre y yo. —Se esforzaba por disimular las lágrimas en la voz—. El rey ha dado la orden.

—Pero ¿cuándo?

—He de partir hoy mismo.

Alejandro le quitó de las manos el manto que doblaba y lo arrojó al suelo.

—Deja eso. ¿Qué estás diciendo?

—Os preparáis para ir a la guerra de Asia; ya habéis obtenido la alianza de los pueblos griegos. —Y, como si le estuviera desvelando un secreto, susurró—: No os conviene acoger a orientales en vuestra propia corte.

—Lo hace por mí. Solo quiere verme desgraciado —masculló.

Barsine sonrió con tristeza.

—No te apures...

—¡Cómo no! Eres mi mejor amiga... y mi padre te aparta de mi lado. Yo...

No supo continuar. ¿Qué podía decirle, además? ¿Que no se preocupara? ¿Que hablaría con su padre para impedir que tuvieran que marcharse? El silencio le dolió, pero cuanto más se afanaba en romperlo más rápido huían de él las palabras.

—No puedes evitarlo y conviene hacerse a la idea.

—Barsine...

—No digas nada —le pidió, la voz a punto de romperse—. Vuelvo al Oriente, a mi casa.

—Tu casa es esta.

—No..., ahora entiendo todos esos años de añoranza —dijo—. Este nunca fue mi mundo. Nunca dejé de ser una extraña a los ojos de todos, también a los tuyos.

El reproche en esas palabras, que no era sino el reproche por un amor que nunca tuvo coraje para existir, ciertamente le dolió.

—Nunca serás una extraña para mí. Es imposible. Tú y yo nos conocimos a una edad en la que no sabíamos distinguir lo que es extraño de lo que no.

—Me gustaría poder pensar así, pero creo que la edad hará extraños de todos nosotros y ni el recuerdo de la infancia compartida podrá impedirlo. —Los sirvientes cerraron el último de los baúles—. Tengo que irme.

Se hundió en los ojos coloridos de Alejandro, haciéndose a la idea de que era la última vez que los veía. Tantas noches en vela... El príncipe había llegado a colonizar su mente, a volverla una esclava de su ideal. Se puso de puntillas y le dio un beso en la frente. Alejandro sintió un escalofrío recorriéndole el cuerpo. A ese beso se le adivinaba el deseo ardiente de unos labios; por no encontrarlos, se había sentido gélido.

—Ojalá... —Pensó en lo que quería decirle, lo pensó bien—. Ojalá pueda ser tu mundo algún día.

Barsine sonrió.

—Cuando lo conquistes todo y todo sea griego. Puede que

entonces ya no haya distinciones, nos habrás hecho súbditos de un solo rey, hijos todos de Zeus bajo el cielo.

—Te prometo que así será.

—Entonces nos volveremos a ver en el confín del mundo. Cuando todo sea griego.

Barsine dio la orden a los esclavos, que cargaron con los baúles. Se alejó llevando consigo su vida a cuestas.

Alejandro nunca antes había tenido esa sensación, la de ver marchar a alguien sabiendo que jamás va a regresar. Era como presenciar una muerte en vida. Esa noche volvieron a él todos los recuerdos de los momentos compartidos con Barsine, dándose cuenta de que la memoria hace muertos de todos los hombres.

—Muchacha, ¿qué haces ahí? —preguntó de pronto Aristóteles.

Los jóvenes desviaron la atención de la clase y miraron hacia donde señalaba el dedo puntiagudo del filósofo.

La intrusa salió de su escondite entre los arbustos. Los imberbes *hetairoi* murmuraron entre ellos y contuvieron su risa traviesa.

—Silencio —ordenó.

Era la tercera vez que descubría a Barsine espiando sus lecciones. La hizo avanzar pudorosa hasta el centro del círculo que formaban sus alumnos.

—En verdad me gustaría unirme, maestro Aristóteles —confesó con un hilo de voz.

El filósofo la miró de arriba abajo; por un momento pareció que tendría un gesto amable para con esa joven que leía tanto o más que sus propios alumnos.

—Ya sabes que no puedes. Y lárgate, que nos molestas. —Ella obedeció y se fue—. Bárbaros... Incorregibles —masculló.

Los adolescentes se rieron viéndola marchar. Alejandro, sin embargo, sintió enorme lástima por ella.

Esa tarde se zafó de la caza con sus amigos y fue en su búsqueda. La encontró a la sombra de un sauce en el jardín, sola, empachada de sus pensamientos y sus lágrimas. Se sentó a su lado y le contó todo lo que había explicado el maestro tras la interrupción. Ella al principio pensó que aquel interés repentino era el preludio de una burla, pero para su sorpresa encontró que el príncipe la buscaba cada tarde para ponerla al día de lo tratado en esa clase que tenía vedada. Poco a poco fue surgiendo entre ellos la extraña pero bella cercanía de quienes jamás habían pensado que acabarían haciéndose amigos. Empezaron a compartir horas de tiempo, a disfrutar de la presencia del otro. Se revelaban secretos y miedos ocultos y se contaban sueños e historias que a nadie jamás habían confesado. Fue así como Barsine lo introdujo al Oriente que había en su cabeza, que él tomó como el único Oriente posible: uno en el que los eunucos preparaban hechizos y pociones para sus señores, donde por doquier olía a almizcle, jazmín y mirra, los esclavos iban cargados de oro y los grandes reyes, perdidos en sus palacios laberínticos, hablaban diariamente con los dioses. Todas sus historias, sin importar lo estrambóticas que fueran, acababan con un «yo lo recuerdo de cuando vivía en Frigia», como lo haría una anciana que se pasea por la distante juventud. «Y si eso es en Frigia, imagínate lo que puede haber más allá, en las ciudades imperiales del Gran Persa, que mi padre visitó.» La princesa no callaba, pero a él le encantaba escucharla hablar.

En el fondo esas historias servían y cumplían un único propósito: con ellas distraían los miedos de esa adolescencia que sentían acercarse, y conseguían, aunque solo fuera por una tarde más, retener a ese niño interior que se les escapaba.

Nutrido de su imaginación, y receloso del maltrato que le daban a su amiga, Alejandro incluso llegó a enfrentarse a Aristóteles diciéndole osadamente que griegos y bárbaros eran iguales, que lo único que los diferenciaba era que los bárbaros vivían bajo la tiranía pero que en realidad ansiaban ser libres.

—He leído a Jenofonte, maestro —dijo, demudando al resto—. Sus escritos sobre Ciro, el primer Gran Rey de Persia. No ha habido en la historia de Grecia un comandante como él, ni un rey más hábil, ni tampoco un legislador más justo.

El filósofo zanjó de inmediato la discusión.

—Era un tirano, un cruel tirano como todos los bárbaros. Y que sepas que Jenofonte solo escribió esa historia para justificar su vil acción: él y sus hombres se vendieron como mercenarios a un príncipe persa para servir en sus ejércitos. Ayudaron a los bárbaros a seguir sembrando el caos y el desorden por doquier. Leed a Heródoto y veréis que la enemistad entre Grecia y el Oriente no es capricho de unos pocos: son los dioses los que mandan vengar el agravio que se les hizo hace doscientos años, cuando el Gran Persa esclavizó a los griegos de la costa jónica, arrasó la Acrópolis sagrada de Atenas y los templos de Atenea. Pero entiende, príncipe, entended todos, que va más allá de esos agravios. Los templos, al final, son piedra. Es la libertad lo que nos distingue. Los persas nos quieren esclavos de sus reyes, reyes *humanos* a los que ellos tratan como dioses. Es una aberración. El único destino de Asia es ser sometida por Grecia una vez destruido el imperio de terror de los bárbaros.

—¿Y por qué entonces, si Grecia es libre y tiene el apoyo de los dioses, aún no triunfa sobre Persia, maestro? —desafió.

—Porque los griegos estamos divididos —le espetó, parecía incluso que acusándolo de contribuir a la división con esa actitud arrogante—. Mientras, los persas tienen un solo caudillo. La falta de un mando único priva a los griegos de las ventajas de ser un pueblo libre porque, aunque libre, caerá incluso ante los que son inferiores si está dividido. Los griegos estamos agraciados con la razón y la templanza; nos las concedieron los dioses para con ellas gobernar el mundo, pero la división de nuestro pueblo lo impide. Macedonios, tesálicos, atenienses, tebanos, espartanos... Si estuvieran unidos bajo un solo rey, un solo hegemón, Grecia podría vencer la fuerza bruta de Persia y poner fin a la empresa que se inició en Troya hace siglos.

Filipo, que los había estado observando en silencio, aplaudió esas palabras, congratulándose de nuevo por haber acertado con la elección del tutor.

Aun así, nada de lo que dijeran el maestro o su padre o sus compañeros, que a veces lo acusaban de querer parecerse a los bárbaros, le impidió volver a Barsine. Su relación se estrechó: poco a poco la discusión elevada y profunda desplazó a las fábulas fantásticas, y conforme se fueron aproximando a los quince, dieciséis, diecisiete años, hablaron de temas que escapaban a la comprensión de los filósofos más eruditos e incidían más hondo en el alma que cualquier plegaria en el templo. Nadie entendía sus conversaciones, pero fue Alejandro quien nunca entendió, ni aun ese día en que se despidieron, que los ojos de la bárbara adquirieran un brillo distinto cuando lo miraban a él. Para Alejandro siempre fue su amiga, la narradora de tantas historias con las que llenaba el tedio de horas tan largas. Y ahora que surcaba la memoria en busca de nuevos rencores contra su padre no podía olvidarse de ella.

«Era mi mejor amiga», se repitió.

Estaba a punto de amanecer en una Pela que ya se sentía vacía respecto del día anterior.

6

Alejandro quiso reprocharle a Filipo la expulsión de Barsine pero no tuvo ocasión. El rey abandonó Pela casi a la vez que la joven bárbara y al poco llegó la orden de que la corte entera —salvo el príncipe, su madre y sus amigos— había de trasladarse a la antigua capital de Egas. Les imponía, en esencia, el destierro. En apenas una semana el bullicioso palacio se convirtió en una ruina. Un lugar por lo general tan ajetreado cambiaba cuando se quedaba vacío no solamente en lo superficial, sino en lo más profundo: un aire de abandono, de nostalgia, que parecía haber estado años contenido entre los muros, había ocupado los regios salones, se había adueñado de las galerías oscuras en las que los criados ya no se molestaban en prender las antorchas, y asentado en las alcobas donde las camas estaban desnudas y los muebles cubiertos con sus sábanas fantasmales para proteger sus superficies del polvo y del sol sus colores. Recorriéndolo, respirando ese vacío, Alejandro pasó más de un año sin ver a su padre.

Supo al poco que se había casado con la joven Eurídice.

Supo después que la había preñado. Parió mellizos en el otoño, una hembra y un varón. Sanos y fuertes, dijo quien fue a Pela a darles la noticia. Había más: al parecer Átalo había salido de la alcoba con el niño en brazos y había dicho...

—Siento que ofendo al repetirlo —dijo el mensajero.

—Di —le ordenó Olimpia.

—Al parecer el general Átalo presentó al niño ante la corte con las palabras: «Aquí tenéis al rey de Macedonia».

—¿Y mi padre? ¿Qué dijo mi padre? —preguntó Alejandro. No desviaba la mirada del fuego.

—El rey estaba a su lado. No dijo nada.

Olimpia suspiró abatida. La primera batalla de la guerra; la habían perdido.

—Bastardo... —masculló—. Dioniso, atiende mi ruego y castiga su insolencia.

—No me creo una palabra.

Su madre se volvió violentamente.

—¿Qué dices, hijo?

—Que no me lo creo. Son malas lenguas, rumores maliciosos que seguramente habrá propagado Átalo para hacer crecer la discordia entre nosotros. Mi padre jamás permitiría que se dijera eso en su presencia. —La voz le temblaba; estaba asustado. Tal vez por eso hubiera decidido confiar de pronto en el padre al que llevaba meses sin ver.

Olimpia mandó salir al emisario.

—Mira a tu alrededor —dijo cuando se hubieron quedado a solas—. ¿Ves acaso a Filipo junto a ti?

—Eso no tiene nada que ver.

—Tiene *todo* que ver, Alejandro.

—Mi padre no será tan insensato como para llevar al reino a una guerra civil desheredándome.

—Guerra civil solo habría si tuvieras partidarios con tropas, dispuestos a arriesgarlas por tu sucesión. Y no los tienes. Están todos junto a Filipo, en Egas. Ninguno se va a acordar de ti.

—¿Qué quieres que haga? ¿Que reclute un ejército en secreto? ¿O tal vez que me alíe con las polis griegas descontentas? ¿Con Persia, quizá?

—Eso nunca.

—Dime, entonces. Y dime, también, qué clase de rey sería si llevo animoso a mi reino a una guerra civil.

—Lo que pareces no entender es que no serás rey a menos que lo hagas.

—Basta, madre.

—Habrás de oírlo aunque te duela. Es cuestión de tiempo que Filipo nombre sucesor al hijo de esa furcia. Los clanes de la nobleza lo apoyarán. Átalo se encargará de ello y vendrá a por ti después. Tenemos que actuar y hacerlo pronto.

—No voy a entrar en guerra con mi padre. —Masticó con rabia cada una de las sílabas—. Y sobre todo no lo haré para satisfacer tu rencor.

—¿Rencor? ¿Crees que es eso?

—Sé que es eso. Y no te culpo...

—Juré a Zeus que te haría rey, le juré que mi hijo le daría la venganza sobre Persia.

—No debiste arriesgarte a la condenación eterna por algo que no sabías si podrías cumplir.

La mano digna de su madre sacudió su rostro. Era la primera vez.

—Serás tú quien se arriesgue al Tártaro si rehúsas tu destino. Tenlo presente.

Alejandro se consumió de furia, su mano tembló tratando de contener el golpe que le pedía su rabia. Olimpia sostuvo la mirada, temiendo por un momento que la golpeara para devolverla a la posición que había osado abandonar. Pero él no se movió. Tenía miedo de responder con la fuerza, y más aún incluso de hacerlo con palabras.

Antes de que pudiera hacer nada, su madre lo abrazó y él, confundido por lo que se habían dicho, dolidos el rostro, el orgullo y el alma, se dejó envolver por las manos que lo acababan de abofetear.

—Los dioses te han encomendado una misión, Alejandro. Y a ellos no puedes volverles la espalda.

Él apretó los labios y la mandíbula para retener las lágrimas.

—¿Qué puedo hacer...? —musitó—. Que no sea la guerra.

La reina lo miró pensativa.

—No. Tienes razón. La guerra no la haremos.

—¿Entonces?

—Iremos a Egas.

—Pero se nos ha prohibido abandonar Pela.

—*Irás* —zanjó—. Irás a reconciliarte con tu padre.

—No, madre. Eso no. No me hagas enfrentarme a eso.

—Tienes que hacerlo. He escrito a tu hermana Cleopatra. Ya ha partido desde el Epiro y se reunirá con nosotros allí.

—¡Me desprecia! ¡Me humilla! Cómo puede un padre envidiar a su propio hijo...

—Porque sabe que no lo es —le respondió, y entre las nubes resonó enfadado un trueno—. Es el momento de que lo sepas: tu padre no es Filipo, sino el mismo Zeus, que como primera prueba de todas a las que te someterá te ha puesto a Filipo en el camino para que aprendas a resistir cada una de las tentaciones con las que los bárbaros tratarán de que abandones tu linaje, tu misión.

Alejandro pensó que deliraba, como tantas veces cuando practicaba los ritos báquicos en los que el vino corría puro y despertaba a los monstruos de su interior. Pero en aquella ocasión, en los ojos de su madre no se veía la bruma con la que los solía nublar el alcohol, ni estaban los labios manchados por un cerco morado, como de sangre, tras haber compartido copa y besos con el dios umbrío.

—La diosa Ártemis no dejó que su templo ardiera para atender el parto de un príncipe cualquiera —añadió Olimpia como si hubiera visto que dudaba—. Zeus la hizo venir para asegurar tu alumbramiento.

—Lo sé...

Nectanebo se lo había dicho.

Su madre le acarició el rostro.

—No te imaginas lo que te viene, Alejandro. El dios me lo ha dicho: vas a dejar en una minucia la obra de Aquiles y la de Heracles; estás llamado a algo mucho mayor. Pero para ello debes sobreponerte a lo que los hombres menores como Filipo te hagan para desviarte de tu camino.

Se abrazó con fuerza a ella, la necesitaba para no ahogarse.

—Confía en mí. Todo lo que hago lo hago porque te quiero —le dijo al oído—. Por el inmenso amor que te tengo. Eso lo sabes, ¿verdad? Solo velo por ti.

Sí, lo sabía, pero no quiso confirmarlo. Hacerlo tenía un viso de encadenamiento, como si una vez dicho, una vez conferida la sanción del amor, ya nunca pudiera cuestionarse lo que su madre hiciera, fuera lo que fuese.

7

En Egas, Filipo los recibió a él y a sus *hetairoi*, que fingían un ánimo arrepentido. No ablandó la mirada ni tuvo palabras para él; simplemente recibió el parco y frío abrazo de su hijo, que tampoco dijo nada.

El ojo ciclópeo cayó de repente sobre Olimpia.

—Trajiste la peste contigo, por lo que veo.

Alejandro contuvo su nervio.

—Traje a tu familia. A *toda* tu familia —le contestó.

Señaló a un joven que había venido con ellos desde Pela. Era grande, caminaba con dificultad, perdidos sus ojos en la nada. Era su hermano mayor Arrideo, medio hermano en verdad, pues era hijo de Filipo y su primera esposa. Nadie sabía qué extraño mal lo afligía: tenía veinticuatro años, pero su mente nunca fue más que la de un infante de tres.

—¿Pretendes recordarme mis faltas? —le espetó Filipo—. ¿Aún no te has hartado de deshonrarme?

—No vengo a deshonrarte, señor. Todo lo contrario. Vengo a unir a tu familia, a tu casa. Hemos estado separados demasiado para satisfacción de nuestros enemigos, pero eso se acabó. —Se esforzó entonces por esbozar una sonrisa—. ¿Y bien? ¿Dónde están mi madrastra y mis hermanos?

En la cámara real, Eurídice acunaba a los gemelos con una canción suave. La luz espesa de la mañana entraba polvorienta y tibia a través de los doseles de seda, que volvía transparentes.

Alejandro la estuvo observando antes de decidirse a entrar. Era menor que él; tenía dieciocho años. A pesar del atuendo exagerado con el que la habían vestido para que pareciera tan solemne y severa como la consorte anterior, aún se intuían en ella los rasgos de la inocencia adolescente recientemente arrancada.

Con gran timidez llamó a la puerta abierta.

—¿Consientes?

Ella contuvo un suspiro de sorpresa al verlo, pero asintió.

Eran un niño y una niña verdaderamente hermosos. Sobre todo él: era grande y fuerte y lo miraba todo lleno de curiosidad por el mundo. Con su sonrisa risueña, le arrancó una a él. Alejandro le acarició las mejillas prietas y sonrosadas y, llevado por un instinto profundo y tan luminoso que disipó todas las sombras de su alma, lo cogió en brazos. Por un momento temió que se le fuera a caer y notó la angustia de su madre al verlo, pero de alguna forma sus brazos respondieron, como si en ellos estuviera el saber hacerlo. Sintió su calor, el corazón que le latía acelerado y diminuto, el aliento tibio que se escapaba por sus labios.

—Tu hermana Cleopatra no se despega de ellos —dijo Eurídice.

—No me extraña. Yo tampoco querría apartarme de ellos nunca. Mi pequeño hermano..., ¿qué nombre le pusiste?

—Cárano.

—Cárano... Como el primer rey de Macedonia. Vas a ser un príncipe fuerte y hermoso; ya lo eres. Te felicito, Eurídice. Eres muy afortunada.

La joven reina no pudo evitar sonreír. No había esperado que su hijastro los visitara y desde luego nunca habría imaginado que esa sería su reacción.

—¿Ya los has conocido? —Se volvieron hacia la puerta—. Has tardado.

—No porque quisiera, hermana.

Cleopatra se rio entre dientes y corrió a abrazarlo.

—Te he echado de menos.

—Y yo a ti. Qué bella estás, viva imagen de nuestra madre —observó.

—De parecerse alguno de nosotros a nuestra madre, ese sin duda eres tú, Alejandro.

Él esbozó una sonrisa torcida y le acarició el rostro marmóreo.

—Te sienta bien el matrimonio.

—Nuestro tío es un esposo gentil y atento.

—No mereces menos... El Epiro nunca soñó con una reina como tú...

Cleopatra cogió a la niña en brazos; le habló con esa voz redonda y suave con la que los adultos les hablan a los niños en un intento desesperado por imitar su inocencia.

Alejandro sintió entonces que una llama tibia se encendía en su interior. Un calor agradable fue llenando su cuerpo, derritiendo el hielo en los páramos más recónditos de su alma, como derrite el sol primaveral la helada de la noche anterior.

—Miradnos —dijo—. No nos olvidemos nunca de que somos una familia.

Esa noche cenaron todos juntos.

Alejandro se sentó entre su madrastra y su hermana. Durante el banquete y aún durante horas después, los tres estuvieron riendo, bebiendo juntos, permitiéndose volver a ser los hermanos que nunca habían sido.

Captaron la atención de toda la corte. Se respiraba una gran alegría: la familia real unida de nuevo, tras más de un año partida; la imagen misma de una Macedonia fuerte y preparada para lanzarse a la conquista de Asia y cumplir la voluntad de los inmortales.

Regresó a su alcoba de madrugada, tambaleándose por el vino y por la felicidad, que lo tenían embriagado. Pero, de pronto, un quejido gutural y profundo, como de bestia enjaulada, se abrió paso en la oscuridad. Le heló la sangre. Pasaron varios segundos antes de que se volviera a oír, los suficientes como para que Alejandro pensara que se lo había imaginado. Pero no. Volvió a sonar, más estridente, más dolorido, más prolongado. Y otra vez. Movido por el terror y la curiosidad, lo siguió, abriendo cada uno de los cuartos cerrados, asomándose a todos los corredores y escaleras por los que repicaba el eco espeluznante. Persiguió al fantasma hasta la escalinata del ala norte, la que llevaba a las torres. Los ruidos provenían de una puerta entreabierta por donde se escapaba también una rendija de luz. Tenía el corazón en la garganta cuando se asomó.

Era Arrideo quien gritaba. Estaba desnudo, hecho un ovillo contra la pared, envuelto en sus babas y sus lágrimas.

—¿Vas a dejar de berrear y hablar como una persona?

La nodriza que lo llevaba cuidando toda la vida, una mujer que se había vuelto corpulenta a base de cargarlo a cuestas y lidiar con él, lo miraba amenazante. El pobre Arrideo contestó con su característico gruñido. Todos sabían que no podía hablar, que nunca había logrado articular más que quejidos de bestia, pero esa noche la nodriza, poseída por una frustración colérica, estaba empeñada en que lo hiciera.

—¡Deja de hacer ruidos, animal! —vociferó.

Se acercó a la mesa, cogió el candelabro prendido y lo sacudió sobre el joven. Las gotas de cera caliente cayeron en la piel velluda del monstruo arrancándole otro grito.

—¿Acaso necesitas más fuego? No quiero oírte respirar.

Alejandro abrió la puerta y se abalanzó sobre la sirvienta.

—¡Apártate de él!

Algo entonces se apoderó de él, una furia incontenible y vesánica decidida a hacer justicia por lo que acababa de presenciar. Empezó a patearla sin piedad. Notó sacudirse sus huesos con cada puntapié. La nodriza gritaba y lloraba, pero extrañamente no le pedía que parara, no suplicaba ni trataba de razonar con él, como si de tanto tiempo cuidando de Arrideo (padeciendo también sus accesos) hubiera olvidado que el resto de la gente no era como él, que en los demás había una capacidad para la comprensión, para la piedad. (Aunque tal vez hubiera comprendido que todos los hombres eran iguales, violentos, crueles, a pesar de que algunos supieran hablar y comportarse y otros se estercolaran encima y se comunicaran como los animales.)

Alejandro ya creía que la mataría a patadas cuando de repente Arrideo se abalanzó sobre él, propinándole un fuerte empujón. Cayó al suelo y desde ahí, incrédulo, vio como su hermano ayudaba a la nodriza a incorporarse, a apoyarse contra la pared, su rostro amoratado, el labio, la ceja y la nariz sangrantes, y después Arrideo se acurrucaba en su regazo dolorido mientras gimoteaba tristemente.

Ella lo acarició hasta el arrullo con una ternura inaudita, acaso como si no lo hubiera estado torturando hacía unos instantes. A él le dirigió una sonrisa llena de malicia con la que le advertía de que nunca comprendería lo que allí acababa de suceder y que por ello nunca podría ponerle fin.

Volvió a sus aposentos compungido por lo que había visto, la mente perdiéndose en tantos pensamientos sin ser capaz de purgarse de la visión de su hermano. Al abrir la puerta, sintió el alma abandonando su cuerpo. Un grito se ahogó en su garganta.

—¡Madre! ¿Qué haces aquí? Me has asustado.

Olimpia estaba sentada frente a la chimenea, un resplandor tétrico se proyectaba sobre su figura sombría.

—¿Dónde estabas?

Alejandro no quiso desvelar lo que había visto.

—Salí a tomar el aire.

Su madre supo que le ocultaba algo, pero lo dejó pasar.

—Esta noche ha venido a verme el general Parmenión.

—¿Tan ebrio está ya mi padre que el comandante y *strategos* de los ejércitos tiene que despachar contigo los asuntos del reino? —se burló.

—No —replicó—. Pero sí que me ha dicho que tu hermana Cleopatra y tú estuvisteis riéndoos con esa mujer durante el banquete.

—Dijiste que me reconciliara con Filipo.

—Con Filipo, no con ella. Sus hijos y ella son el enemigo.

—Acercándome a ella, me acerco a él. Deja que haga las cosas a mi manera.

—Está bien. Solamente te digo que no te olvides en esta hora de todos los agravios. No te traiciones a ti mismo. No me traiciones a mí.

Alejandro rehuyó aquella conversación; no podía pensar con claridad.

—¿Por qué te visitó Parmenión esta noche?

Su madre plantó un cínico beso en su mejilla.

—Nada de lo que tengas que preocuparte.

Pocos días después lo supo.

8

La familia real entera asistió a la procesión de un triunfo por la última victoria del rey en la Tracia. Esa vez sí acudió Olimpia. Tomó su sitio en las gradas reales aunque no junto al trono; ahora ahí se sentaba la nueva consorte.

Los cuerpos de infantería y la caballería desfilaron frente a los reyes por la plaza del gran templo de Zeus. Sus armaduras pulidas brillaban aunque no hiciera sol; reflejaban, sin embargo, la oscuridad del cielo. Estaba cargado con nubes de bochorno otoñal; el aguacero era inminente.

Tras los soldados apareció Filipo en la plaza ya vacía. Iba vestido con una túnica blanca, era inconfundible ante la multitud, y tocada su cabeza con una diadema dorada. Le entregaron una corona de flores, y con paso solemne avanzó hacia la estatua del dios que presidía el ágora, a cuyos pies la depositó.

—Zeus, padre: ¡Macedonia te implora! ¡Llévanos pronto a la victoria de Asia!

Átalo se levantó en su asiento.

—¡Por el rey! ¡Por el rey que nos dará esa victoria! ¡Filipo!

La plaza estalló en vítores y comenzó a corear su nombre. El estruendo resonó entre los blancos edificios de mármol camuflando el rugir de los truenos que se avecinaban.

Alejandro se avergonzó de él con furia. El rey que llevaría la guerra a Asia... Celebraba una victoria que aún no había conseguido, aceptaba ufano un aplauso que no merecía.

Fue entonces cuando sucedió. Tan rápido que nadie pudo reaccionar.

La figura encapuchada surgió de entre la muchedumbre y se abalanzó sobre Filipo. Antes de que los guardias pudieran llegar a él ya lo había acuchillado varias veces.

Y fue también entonces cuando su madre, la esposa desterrada y repudiada, quebró el cielo con un grito cínico de profundo dolor y él no pudo.

En pocos segundos todo sucumbió al caos vertiginoso. La corte huyó en desbandada, los soldados cercaron la entrada del ágora mientras otros corrieron tras el asesino, que escapó por un callejón. Olimpia y Cleopatra se precipitaron a gritos sobre el cadáver. Eurídice se desmayó.

Alejandro hizo por imitarlas y se forzó también a acercarse al cuerpo de su padre. Qué desagradable imagen, qué poca finura, pensó. Tenía la boca anegada en sangre que chorreaba espesa por los labios entreabiertos. El ojo pasmado mantenía la mirada atónita. La sangre empapaba la túnica blanca, transparentando el pecho y la panza velludos. Le había desaparecido el gesto, el carácter casi, del rostro, como si al perderse la vida se perdieran también de forma inmediata los rasgos humanos del semblante, a pesar de que aún no se hubieran enfriado los recuerdos en la memoria.

Sintió un brazo que lo envolvía y lo apartaba de la macabra escena.

—Señor. ¡Señor! —Era Parmenión; lo oía muy lejos, como demudado—. ¡Tenemos que regresar a palacio...! ¡Señor!

Se dejó llevar sin oponer resistencia: no era dueño de su cuerpo hueco, no podía elegir quedarse. Lo sacaron de en medio del tumulto y lo escoltaron de regreso. No supo dónde quedaron su madre, ni su hermana, ni Eurídice... No supo dónde estaban sus amigos, dónde estaba Hefestión: no lograba distinguir rostros conocidos en el torrencial tumulto que bajaba por las calles hacia el ágora o desde ella.

Los hombres de Parmenión lo retuvieron horas en sus aposentos. Durante ese tiempo dos cosas llenaron su mente: preguntarse por qué no había llorado, y los recuerdos de tantos agravios con los que intentó darse respuesta.

Al caer el sol su madre fue a verlo. La acompañaban Parmenión y el general Antípatro. Este era un hombre cabizbajo, de grandes silencios, algo más joven que Parmenión, mucho más inteligente y afilado. Aun así, no había logrado que Filipo le entregara la dirección de los ejércitos del reino. En vez de dolerse, había usado su posición en la corte para tejer una red de influencia, de espías, sobornos y favores debidos, que le prestara buen servicio cuando lo necesitara. Olimpia y el viejo *strategos* no habían tenido más remedio que recurrir a él en aquellos momentos, pues no podían dejar que cayera del lado de Átalo y los suyos. Por muy detestable que les fuera el general, lo necesitaban y habían tenido que comprar caros sus servicios.

—Madre...

Ella le cogió la mano y se la besó.

—Zeus salve al rey de Macedonia y lo lleve a la victoria sobre toda Persia.

—¿El asesino? —preguntó.

—Él mismo se cortó el cuello antes de que mis guardias lo apresaran —respondió Antípatro.

—Eso no debe importarte —dijo su madre.

—Es cierto. Ahora debes llevarte la corte a Pela y asentarte allí como nuevo rey —dijo Parmenión—. Antípatro irá contigo.

—¿Y tú, general?

—Yo... Yo me uniré a vosotros dentro de unos días. Me aseguraré de que la princesa Cleopatra regresa sana y salva al Epiro y me encargaré de encontrar al resto de los conspiradores.

—¿Sospecháis que hay más?

—A un rey nunca lo mata un hombre solo —dijo el otro general.

—Lo importante es que abandones Egas cuanto antes, por si acaso el traidor no actuó solo y es parte de una conjura cuyo alcance desconocemos.

—Está bien... —musitó—, pero ¿y Eurídice y sus hijos?

Ninguno de los generales contestó. Se miraron sin decir palabra.

—Vendrá con nosotros también —intervino Olimpia—. Pero como consorte le corresponde acompañar el cuerpo de Filipo de regreso. ¿No es así, Parmenión?

—Así es, señora. Yo mismo escoltaré a la reina Eurídice y a sus hijos hasta Pela. No te preocupes por ellos, señor. Estarán bien.

—Partiremos al alba —zanjó Olimpia—. Disponedlo todo.

—Mis hombres vigilarán esta noche tus aposentos, no tienes nada de lo que temer.

—Gracias, Parmenión.

Los generales los dejaron. Su madre mantenía una sonrisa sutil en los labios. Le acarició la mejilla y lo besó.

—Eres el rey de Macedonia, el heredero de Zeus. Tu destino va a cumplirse. Sé que no vas a defraudarme.

Alejandro no podía hablar. Buscaba evitar esos ojos níveos de su madre que quemaban como el hielo y lograban ver lo más profundo del alma.

Quiso preguntárselo, sabía que tenía que hacerlo: «Madre, ¿tuviste algo que ver, mataste tú a mi padre?», pero, cohibido por el miedo a la respuesta, no llegó a decírselo. Había una promesa que cumplir, un pacto de confianza firmado con su madre que le impedía dudar de ella y formular esa pregunta a viva voz.

Toda la noche se oyó el ir y venir de los soldados por el pasillo. Mientras su madre fingía dormir, él montó guardia frente a la puerta. Pasó horas espada en mano sin parpadear, más preocupado por los pensamientos que pudieran asaltar los muros de su conciencia que por los asesinos que fueran a venir a por ellos.

Al alba, el cielo soltó la lluvia que llevaba conteniendo desde el día anterior. El agua cayó con su sonido funesto sobre las plazas vacías de aquella ciudad sitiada por el miedo y la incertidumbre. Limpió la sangre real que todavía manchaba los pies del Zeus de mármol en el ágora.

Su madre lo despertó.

—Tenemos que irnos.

Había acabado por sucumbir a un sueño breve, apenas

unos minutos en los que sin embargo soñó con horas que pasaban como si fueran días enteros.

Se frotó la cara y se incorporó, dolorido por la mala postura.

—¿Dormiste algo, madre?

—No. Velé tu sueño —dijo mientras empezaba a recoger los enseres que llevarían con ellos—. Vamos. Date prisa.

—Espera.

—¿A qué? ¿Qué pasa?

No había guardias vigilando la puerta de Eurídice, algo que le extrañó.

La encontró rodeando la cuna de sus hijos con el brazo, sosteniendo una daga en una mano temblorosa. Tenía el rostro hinchado por el llanto y por las horas sin dormir. Pero, en cuanto vio que era él, rompió en sollozos y se tiró a besarle los pies, como contaban que hacían los bárbaros del Oriente con sus soberanos, a los que creían divinos.

—¡Oh, señor, mi señor! *Mi rey*...

Alejandro la hizo levantarse.

—Tranquila. Ya ha pasado todo. ¿Cómo están? —preguntó asomándose a la cuna.

Cárano y su hermana Europa dormían plácidamente, arrullados por el rumor calmo y constante de la lluvia.

—Benditos, no se enteran de nada. Cómo los envidio... —La voz de la joven se rompía al hablar.

Alejandro le tomó la mano y la apretó con fuerza.

—Tranquila —repitió—. Nada va a pasaros. Mírame: tienes mi palabra. Mi palabra de rey.

Eurídice sorbió las lágrimas; el llanto incontenible había cambiado las facciones de su rostro: de pronto había vuelto a ser niña, una niña atemorizada porque no entendía el mundo a su alrededor.

—¿Qué va a ser de mí?

—Tienes que acompañar el cadáver de mi padre hasta Pela. Yo parto ahora; dentro de unos días nos veremos allí. Irá contigo el general Parmenión, es de mi máxima confianza.

—Siempre te quiso, señor. Lo sabes, ¿verdad? A mí me lo decía.

Alejandro la abrazó y sintió cómo temblaba de miedo.

Antes de marcharse, ella volvió a besarle los pies.

—Mi rey. Mi señor. A ti nos debemos todos: al rey único de Macedonia.

No dejó de repetirlo. Él siguió oyendo su voz mientras se alejaba por la galería y aún la oyó en su cabeza durante todo el viaje de regreso por la campiña griega anegada por la lluvia.

9

El agua caía en tromba. Hervían los charcos, cada gota un borbotón. La tormenta envolvía el horizonte, como si todo se lo estuvieran tragando las aguas. Un nuevo diluvio, igual que el que mandó Zeus en el tiempo antiguo para castigar a los hombres, para hacer justicia por el regicidio.

Eurídice corrió la cortina. No, la presencia de Zeus no se sentía como para que aquella lluvia fuese algo más que un simple aguacero de los que cada otoño el viento dejaba atrapado a ese lado de las montañas.

Llamaron a la puerta. Se acercó empuñando la daga en la mano temblorosa.

—¿Quién va? —preguntó inocente.

«Si son mis asesinos —pensó— no me van a responder.»

—Cleopatra —sonó al otro lado—. Vengo a despedirme.

La joven soltó el aire que había contenido casi hasta el desmayo y abrió la puerta.

La princesa se fijó en la daga que empuñaba.

—¿Qué haces?

—Nada... —contestó, y disimuló el cuchillo a su espalda.

Cleopatra cerró la puerta tras ella y la tomó por los hombros.

—Escúchame bien. No tienes nada que temer ni nadie de quien cuidarte. Eres nuestra familia. *Sois* nuestra familia. Estamos aquí, con vosotros.

Eurídice dejó caer la daga de las manos y se abrazó a la princesa. Por sus mejillas se derramaron silenciosas lágrimas cargadas de angustia: eran días, días ya, sin bajar la guardia por si venían a por ella y sus hijos.

—Mi hermano no se va a olvidar de ti, ni de tus hijos, que son nuestros hermanos también. La familia saldrá fortalecida de esta desgracia y juntos ayudaremos a Alejandro a cumplir con lo que le exigen los cielos.

—No ansío otra cosa en la vida. Tu hermano... El *rey* —corrigió—. El rey sabe que mis hijos y yo somos ahora sus siervos más leales, que a nadie nos debemos sino a él, sea lo que sea lo que otros quieran dar a entender... Él lo sabe, ¿verdad? Dime que lo sabe.

—Lo sabe —confirmó Cleopatra con una sonrisa—. No tiene duda alguna.

—¡No dejes que se le olvide! No dejes que otros lo convenzan de lo contrario. Por los dioses, prométemelo.

—Tranquila, Eurídice. Tranquila.

—Quédate conmigo... —suplicó—. No nos dejes solos.

Cleopatra bajó la mirada.

—No puedo... Regreso al Epiro.

—Pensé que vendrías a Pela.

—Primero he de regresar a mi reino. Soy reina en el Epiro, no en Macedonia. Aquí eres reina tú.

—Por favor...

—Ojalá pudiera. Pero no temas. Pronto nos encontraremos en Pela. —La besó en la frente—. Confío en ti para que se le dé digna sepultura a mi padre. Que su alma encuentre el camino hasta los Campos Elíseos.

—Tienes mi palabra —juró sorbiendo las lágrimas para tratar de aclarar la voz.

La princesa se asomó una última vez a la cuna donde dormía su hermano.

—Es igual que mi padre. Pero tiene tus ojos.

—Sí —dijo esbozando por primera vez en días una sonrisa, triste pero sonrisa.

Cleopatra la volvió a abrazar.

—Somos familia, Eurídice. No lo olvides.

—No lo olvido —aseguró—. Rezo a los dioses por vosotros. Y por el rey.

Se resistió a dejarla ir. Sentía que si se rompía ese abrazo, ese vínculo que la unía a un ser vivo, su alcoba, su alma se volverían a llenar con el frío de la muerte.

Cuando la princesa la dejó, su mente se llenó de pensamientos. Debía marcharse. Supo que no tenía otra opción. Por el balcón, escapar por el balcón, atando las sábanas, pensó. Pero no podría bajar con ellos. Qué hacer. ¿En mitad de la noche? Sí. En mitad de la noche. Pero ¿cómo cargar a los dos ella sola? No podía. Tenía que pedir a una sirvienta que fuera con ella, alguien leal que no la delatara, también alguien que se dejara comprar por un par de joyas de oro. ¿Y adónde ir? Salir del reino. Conseguir llegar al puerto más cercano. Allí embarcarse, aunque fuera de polizón, al sur, asentarse en alguna de las ciudades que aún estaban libres de la Liga y del influjo de Macedonia. Tendría que llevarse sus joyas..., tener algo con lo que empezar... ¿Y si iban tras ella...? Las lágrimas volvieron a asomar. Adónde iba a ir. A quién quería engañar, no podría. Tendría que haberse marchado con Alejandro. Haber insistido. O haber ido con Cleopatra. Ojalá regresara, ojalá se quedara con ella.

De nuevo llamaron a la puerta.

Su llanto se cortó y su alma se iluminó con esperanza.

«¡Cleopatra!»

Pero al abrir la puerta un puño metálico la golpeó en la cara y en el estómago. Cayó al suelo. Sintió los huesos del rostro rotos como cristal; no podía respirar. Oyó solamente el llanto estridente de sus hijos perforando el silencio. Tres hombres entraron en la alcoba. Uno se puso frente a ella. Los otros se acercaron a las cunas. Vio la daga en el suelo, su única forma de defenderse. Se arrastró débilmente, un latigazo de dolor le recorrió el cuerpo, pero le dio igual: estiró el brazo, sabiendo que si la alcanzaba encontraría la fuerza para levantarse y hacerles frente, logró rozar la empuñadura con la punta de los dedos. El hombre que estaba a su lado entonces le pisó la mano.

Ella gritó pero no supo si su garganta había emitido sonido alguno. Los niños lloraban. Se oyó entonces un ruido fugaz, aéreo, como de papel rasgándose, y ya no se los oyó llorar más. En sus ojos se ahogó el alarido de dolor que a la voz se le resistía. Trató de volver a alcanzar la daga, pero otra patada feroz en el estómago la dejó sin respiración. Luego le pasaron por la garganta un cuchillo que ya sintió cubierto de sangre. Aún estuvo ahogándose unos instantes, sin acabar de morir. Se sostuvo la herida con la mano como si eso fuera a contener la sangre que manaba a borbotones de la yugular cercenada. Fue un último gesto de irracional apego a la vida que sin embargo se desvaneció cuando giró la cabeza y vio los faldones bordados de las cunas empapados de un rojo espeso que goteaba silencioso en el suelo.

10

Unos días después, Alejandro y su séquito arribaron a Pela, adonde llegaron las noticias de que la ciudad de Tebas se había sublevado. El pacto firmado tras Queronea quedaba roto y los tebanos de nuevo pugnaban por reconstruir su alianza de ciudades y lanzarla contra Macedonia.

—¿La seguirá Atenas?

—Es una posibilidad, señor —contestó Antípatro—. Es importante convocar a los miembros de la Liga Helénica para que renueven su juramento y se comprometan a marchar contra Tebas.

—A apoyarte en la conquista de Asia, más bien —inquirió Olimpia desde la esquina del despacho; no había dejado de mirar por la ventana, como si esperara la llegada de alguien—. De Tebas nos encargaremos nosotros mismos.

—La Liga debe sancionar la guerra contra uno de sus miembros si lo considera desleal, señora. No podemos saltarnos el tratado.

Olimpia soltó una risa entre dientes.

—¿Ahora te preocupa la ley, Antípatro?

Alejandro hizo por frenar la disputa.

—Reuniremos a la Liga y lidiaremos con Tebas una vez que tengamos la sanción de las otras ciudades. ¿De Átalo sabemos algo?

—Parmenión se habrá encargado de él. Te traerá de Egas la lealtad de todos los clanes o las cabezas de sus nobles.

—Espero que sea lo primero: no quiero decapitar a toda la nobleza macedónica. La necesitamos para la guerra de Asia.

—¿Por qué querrías que los nobles que se han opuesto a tu sucesión te acompañen a Asia? —preguntó ladina su madre.

—Porque es la guerra —zanjó él—. No solo necesitamos su apoyo y sus hombres. Es la guerra de nuestros dioses, la guerra de todos los griegos; también la suya.

—El rey tiene razón, señora. Tampoco sería sensato segar a los padres de la nobleza y dar a sus hijos un motivo para rebelarse en el futuro, cuando el rey ya esté lejos en Persia. Por eso lo primero es asegurar el control de Grecia.

Olimpia fulminó al general con la mirada: no le gustaba que ese advenedizo con quien el azar la había dispuesto a defender el trono de su hijo le hablara en ese tono con el que buscaba recordarle que no era más que la consorte repudiada de un rey muerto y la madre de uno que iba a partir muy pronto, seguramente para nunca volver.

—Está bien. Haz como consideres, para eso eres el rey.

Alejandro la miró preocupado por lo que pudieran ocultar sus palabras.

—¿Tan errado me ves?

Olimpia se volvió.

—Los reyes no yerran. Pero recuerda: los hombres menores no entienden que obedeces a la llamada de los cielos. Convoca la Liga, mas no te olvides del motivo por el que los dioses te pusieron en el trono. Filipo no fue capaz de trasladar la guerra a Asia; tal vez por eso se lo llevaron, para dejar paso a un rey que sí. —Después puso un beso helado en su mejilla rasposa—. Di luego a los sirvientes que te afeiten.

El pudor encendió el rostro de Alejandro.

Antípatro los miró con una sonrisa torcida.

—El celo de las madres... —dijo cuando se quedaron a solas—. Nos lo enseña la naturaleza, lo vemos en los dioses, tan arbitrario, tan poderoso..., y aún nosotros hacemos por combatirlo.

—Contén tu lengua, general. Encárgate de convocar a las ciudades. Seguiremos con el resto de los asuntos cuando regrese Parmenión.

Era tarde y se retiró a su alcoba. Todavía no utilizaba los aposentos del rey. Los criados los habían ventilado y hasta cambiado la disposición de los muebles para ahuyentar los recuerdos, pero él aún sentía el olor de su padre entre aquellas paredes. Ordenó que los cerraran, dispuesto a partir hacia Asia sin jamás haberlos ocupado.

Los sirvientes lo estaban esperando con la bañera llena. El cuarto entero se sentía pesado por el vaho perfumado del agua. El ojo lívido de las velas temblaba en la humedad, descorriendo sombras de cosas visibles e invisibles sobre el fresco de la pared.

—Esta noche no os necesito. Podéis retiraros.

No quería ver a nadie.

Se pasó la mano por el rostro y notó en los dedos la aspereza que había acusado su madre. Chasqueó la lengua hastiado, se arrancó la túnica y se arrodilló frente a la bañera. El agua enturbiada por las esencias le devolvió su reflejo tembloroso. Se mojó el rostro varias veces, agarró la cuchilla de concha y él mismo se afeitó al tacto, sangrándose de pura vergüenza. Dejó la cuchilla sobre la mesita y se mojó la herida.

—Así te cercenarás la garganta. No harán falta asesinos.

Se volvió sobresaltado. Eurídice lo miraba sonriente.

—¿Qué haces aquí? ¿Cuándo llegaste?

—Acabo de llegar.

—No te anunciaron.

—Lo prefiero. —La joven se arrodilló a su lado y se remangó la túnica—. Dámela —dijo señalando la navaja.

Alejandro le tendió la mano; un escalofrío le recorrió el cuerpo.

—Así, mira. A tu padre le gustaba que lo hiciera yo. —Hablaba con un extraño susurro en la voz, como si esta la hubiera apagado la tristeza de su duelo.

Mojó la navaja sangrienta en el agua; él, un poco reticente al principio, estiró el cuello hacia atrás y dejó que el pulso firme y helado de su madrastra deslizara la cuchilla de nácar por el contorno de su mandíbula.

—Ya.

Alejandro se miró en el reflejo, donde solo estaba él, se echó agua en el rostro y estiró el brazo hasta la toalla de lino.

—Vine con Parmenión. Y con tu hermana.

—¿Mi hermana? —preguntó mientras se secaba—. Si partió de vuelta al Epiro.

—Eso pensaba yo.

—¿Está aquí?

—Llega al alba. Me adelanté.

—¿Cómo?

Se quitó la toalla de la cara: se encontró solo. Se habían apagado las velas y se había de pronto enfriado el agua. La navaja de nácar seguía sobre la mesa.

Parmenión llegó al día siguiente. Cleopatra iba con él. Llevaban consigo el osario dorado en el que iban las cenizas de Filipo.

Alejandro llegó el último al recibimiento. De lejos vio cómo su madre se abrazaba a su hermana, cómo estrechaba la mano del viejo *strategos* y le susurraba algo cómplice al oído.

—¡Hermano! —gritó Cleopatra al verlo.

Él se acercó incómodo.

Lo abrazaron pero no se inmutó.

—Te hacía en el Epiro. Tus súbditos te echarán de menos, y tu marido también.

—Tienen toda la vida para hartarse de mí. En estos días debía estar contigo.

Miró a los rostros pétreos de los demás.

—¿Dónde están Eurídice y mis hermanos? —Nadie respondió—. Vamos, decidme. ¿Dónde están la reina viuda de Macedonia y mis hermanos? ¿No ibais acaso a escoltarlos de regreso a Pela?

De nuevo, el silencio.

—Decídmelo... Tened el valor de decirme que no van a venir... Tened el valor de decirme que los habéis matado...

Olimpia intervino.

—Alejandro...

Pero él estalló.

—¡Decídmelo! A la cara, ¡decídmelo! —Se acercó a Parmenión, que inclinó la cabeza ligeramente para no ver sus ojos inyectados en sangre—. ¡Tú! El más leal de mis seguidores, el más fiel a mi padre. ¡Fuiste tú!

—Mi señor... —comenzó, sin saber bien qué decirle.

—¿Quién si no? —Se abalanzó sobre su hermana, que asustada dejó ir un grito ahogado—. ¿Fuiste tú? ¿Quién te lo ordenó? ¿Fue madre?

Su hermana no se atrevió a decir nada.

—¡Contéstame! —aulló fuera de sí.

Fue a abalanzarse sobre ella, pero dos soldados que acompañaban a Parmenión lo sujetaron por los brazos. Él pataleó de furia, tratando de zafarse.

—¡Me vais a matar ahora a mí también!

Olimpia lo abrazó intentando calmarlo.

—Fue Apolo, hijo mío. Apolo. El dios es cruel pero justo, castigó sus infamias y el plan que tenían para destronarte.

Él se revolvió furibundo.

—¡Apártate de mí! ¡¡Apartaos todos!! Os mandaría matar a cada uno, si no fuera porque sois vosotros quienes asesináis en mi nombre. Los dioses no van a tener piedad de vosotros, y no deberían.

La cólera lo cegaba. Echó a correr, deseando huir de allí, queriéndose morir él también.

—Dejadlo ir —ordenó Olimpia. Se volvió hacia Parmenión y le preguntó—: ¿Átalo?

—También.

Respiró aliviada.

—Ahora debemos pensar en la Liga. En que le presten juramento.

—Tampoco podemos olvidarnos de Asia, señora.

Antípatro captó la conversación y no tardó en acercarse.

—¿Qué sucede con Asia?

—Mis hombres mandan noticias. Es imprescindible enviar refuerzos; la expedición que mandó Filipo hace algunos meses estaba mal pertrechada; la noticia de su muerte ha desalentado a los que la lideraban. Será imposible que mantengan las posiciones en Abido y cerca de Troya si los persas se movilizan. Pero de momento no se mueven.

—¿Qué estará demorándolos? —preguntó Olimpia.

—No lo sabemos con certeza, pero parece que no somos el único reino con problemas. Los bárbaros también se matan entre ellos. Aun así convendría estar prevenidos y reforzar nuestras posiciones en Asia Menor.

—No podemos prescindir de tropas antes de marchar a Grecia. Atenas puede sumarse a la rebelión de Tebas —recordó Antípatro.

—Si los persas acaban con nuestra avanzada y se hacen fuertes en la costa todo estará perdido.

—No —zanjó Olimpia—. Mi hijo ha de ser el primero en cruzar a Asia; no habrá expedición antes que la suya. Reuniremos a la Liga. Que las ciudades leales presten su obediencia y que se delaten las que en realidad son aliadas de Persia.

Parmenión la retuvo un instante más.

—Espera, señora. El rey... Después de lo que ha sucedido... ¿podemos contar con él?

La reina frunció el ceño, ofendida.

—No dudes de mi hijo, ni de su inteligencia. Sabe perfectamente que amenazaban su trono, pero también es humano. Gracias a los dioses no será un bárbaro cruel como tantos que hemos padecido, como podía haberlo sido Átalo.

—¿No se ha opuesto entonces a que continuemos actuando?

—El rey está conforme con todo lo que hacemos, sabiendo que solo nos guía su bien y el del reino.

Cogió a Cleopatra del brazo y le secó una lágrima que corría por su mejilla.

—Gracias, hija mía. Has hecho lo correcto.

—No sé si lo correcto, madre... Lo necesario.

—No tengas ninguna duda: cuando se trata de gobernar un reino, son la misma cosa.

11

Era tal el dolor que sentía Alejandro que no salió en días de su alcoba. Por ello no acudió al entierro de las cenizas de Filipo. Fue Arrideo quien las escoltó hasta una tumba que debería haber sido la suya. Nadie creyó que fuera a sobrevivir a su padre, quien se la había tenido preparada desde el día de su nacimiento.

Asomado a la ventana al alba vio partir el cortejo presidido por su torpe hermano, que iba apoyándose en un criado para no caer. Una oscura venganza de Olimpia, hacer que fuera el pobre tonto quien se encargara de sellar la tumba. Aun así no dejó de parecerle oportuno, digno incluso, que a un padre lo sepultase su hijo primogénito; el hijo, además, que, a pesar de no entender ni quién era su padre ni qué era la muerte, nunca le había mostrado desprecio. Eso era más que suficiente para un entierro, fuera el de un rey o el de un esclavo.

«Siempre te quiso, señor. A mí me lo decía», la voz de Eurídice resonaba en su cabeza, ahora como un susurro lejano. La memoria cruel lo devolvió al momento en que tuvo a Cárano en sus brazos. Hizo como que sostenía el aire contra su pecho y sintió su peso, el roce suave de su piel sonrosada por la luz matinal, el mirar curioso de sus ojos grandes y redondos, las manitas rollizas con las que se agarraba a su cuello, como si tuviera en brazos a su fantasma.

Olimpia no fue a visitarlo. Dejó que se consumiera en su propio silencio hasta que amainara la rabia y se convenciese de lo que en el fondo sabía: que había sido necesario. Creyó que no tardaría demasiado, pero contra su predicción, Alejandro no se doblegó.

Al cabo de unas semanas llegó la misiva de las ciudades

griegas: citaban a los macedonios a encontrarse con las dieciséis delegaciones en Corinto, en el plazo de un mes. El rey no podía faltar; urgía que regresara del mundo de los muertos al de los vivos.

Sus amigos se agolparon a la puerta de su alcoba. Estaban todos ataviados con sus nuevas túnicas de colores, recién ascendidos al generalato, cubriendo las vacantes dejadas por los leales a Átalo. Los cinco se miraban temerosos de que aquellos acontecimientos hubieran arrojado a su amigo, a su hermano, a un pozo de locura. Hefestión tocó a la puerta. Nadie contestó. Entonces fueron a por su madre.

—Te estamos esperando, señor —dijo Olimpia tras llamar a la puerta.

No hubo respuesta.

—Decid al general Parmenión que nos conceda unos instantes más —les dijo a los jóvenes *hetairoi*. Luego volvió a tocar con los nudillos—. Señor..., los generales esperan a su rey... Sé que estás ahí. Puedo oírte.

A Alejandro se le cortó el aliento: sobre él se habían venido todos los días que llevaba privado de la voz de su madre y no había podido resistirse a escucharla más de cerca.

—Abre.

—Márchate. No voy a ir a Corinto. No voy a ir a Persia.

Se hizo el silencio al otro lado.

—Abre —ordenó severa.

—No...

—Abre. Ahora.

Trató de contenerse, de sujetar la mano, pero no pudo resistirse. Conforme abría la puerta y su madre entraba con su aire solemne, ya se arrepentía con el dolor resignado de quien se sabe esclavo perenne de sus debilidades.

—Te he dicho que estamos esperándote.

Alejandro le dio la espalda, se sirvió una copa de vino; fingía estar sereno pero en realidad lo hacía para calmar el terror que le causaba la mirada iracunda de su madre.

—No iré. —Tragó vino y saliva—. No quiero siquiera respirar el mismo aire que vosotros, bárbaros. Asesinos.

Olimpia se acercó furiosa, le arrancó el cáliz de la mano y lo tiró con rabia al suelo.

—No te das cuenta de nada. No ves nada a tu alrededor —bufó.

Alejandro, una vez más, contuvo el ansia de cerrar el puño y golpearla.

—¡Veo a la perfección lo que sucede! —bramó—. Veo a un grupo de sicarios, seguramente pagados con oro persa, que me ha puesto en el trono para saquear el reino primero y matarme después para quedárselo ellos.

—*Eso* es exactamente lo que sucede.

No se esperaba aquella respuesta. Al principio pensó que su madre se burlaba, pero su gesto petrificado no daba lugar a dudas.

—Las cosas son tal y como las has descrito. Parmenión y Antípatro no te apoyaron por lealtad sino por conveniencia, porque a lo que se enfrentaban era a que su mayor enemigo, Átalo, sentara al bastardo de su sobrina en el trono y se proclamara él regente. Su enemistad es el único motivo por el que eres rey.

—Yo soy el único heredero... —masculló.

—Aunque te asistan los dioses y sus leyes, a los reyes los hacen los hombres, y estos no obedecen a nada más que a la fuerza.

Él se rio entre dientes.

—Entonces ¿ya no le debemos nuestro trono a Zeus todopoderoso?

—Cállate y escucha.

La sonrisa burlona se le cayó de los labios. La voz helada de su madre era la de Medusa, cargada de odio, de odio contra los hombres.

—Parmenión y Antípatro te dieron el trono; también te lo pueden arrebatar. Esperan que su rey les agradezca su lealtad y los premie con una conquista sobre sus enemigos. Pero si te muestras débil, tal y como estás haciendo ahora, si condenas lo que por ti hacen tus siervos y los tratas como a asesinos...

—Es lo que son.

—¡Da igual! —siseó—. Estás en deuda con ellos y, si no la

pagas, buscarán otro rey que les convenga más y que cumpla lo que de él esperan.

Alejandro fue a contestar pero de su boca no salieron las palabras. Sus ojos se tiñeron de terror, como si hubieran comprendido y de pronto vieran el enorme peligro que se avecinaba.

—Has puesto nuestro destino en manos de asesinos... y ahora me pides que me congracie con ellos.

Su voz derrotada ablandó a Olimpia.

—No tienes elección. —Le acarició el rostro para enmendar con el tacto la violencia de sus palabras—. Vas a ser tanto más que nosotros, Alejandro... Pero el mundo no es tuyo hoy; aún está en manos de los bárbaros, los de acá y los de allá, y aún lo rigen con el terror y el asesinato. Todo eso habrá de cambiar cuando sea tuyo, para eso te puso Zeus en mi vientre, pero antes has de arrebatárselo. Y para ello no debe temblarte la mano ni atormentarte la conciencia. Tendrás que derramar mucha sangre para que nunca más vuelva a derramarse la de un inocente.

—Eran unos niños, madre... Unos niños... Y Eurídice... —Se le ahogó la voz al mentarla—. Eurídice jamás me habría traicionado.

—Lo siento por esa joven, pero no basta...

—¡No seas cínica!

—¡No lo soy! Yo también soy madre y sé lo que es.

—¿Cómo puedes justificar algo así entonces?

Olimpia bajó la voz, arrepintiéndose por lo que iba a decir.

—Porque si no hubiera sido ella, habrías sido tú... No podía permitirlo. No puedes pedirme que no haga todo lo que esté en mi mano para protegerte, Alejandro. Si algo te pasara, yo... No lo podría resistir.

—Pero, madre...

Olimpia no le dejó proseguir y lo acalló poniendo un dedo sobre sus labios.

—No comprendes, porque no puedes hacerlo, el inmenso amor que siento por ti... Desde el momento en que Filipo se casó con Eurídice, después de Queronea, corrías peligro. En el fondo eso lo sabes. Daba igual que te jurara lealtad. Su hijo tenía sangre real y ella es nacida en esta tierra, mientras que yo nací en el Epiro; para los macedonios siempre fui una extranjera. Átalo habría venido a por ti. Y el resto de los clanes nobles lo habría apoyado. Imagina lo que suponía para ellos: un niño de dos años, rey. Macedonia en sus manos.

—Pero les di mi palabra de que los protegería... Mi palabra de rey... Confiaban en mí.

Olimpia lo abrazó.

—Lo sé, hijo mío. Lo sé. No hay mayor tortura que ser rey cuando se tiene un corazón tan grande como el tuyo. Perdóname... —La voz de Olimpia se rompió—. Perdóname por haberte parido príncipe, por haberte dado esta vida. Pero así lo quisieron los dioses y nada pude hacer yo. Solo quiero protegerte. Por eso te suplico: óyeme, haz lo que te digo. No dejes que Parmenión y Antípatro duden de ti. Ya llegará el día en que paguen. Pero ahora no les des motivos para que se arrepientan de lo que han hecho.

Al cabo de una hora, Alejandro entró en el gran salón. Todos se pusieron en pie. A la mesa que antes ocuparon los consejeros de su padre ahora estaban sentados sus *hetairoi*, como nuevos generales y senescales de sus ejércitos, envueltos en sus ricas túnicas rojas, preparados para la guerra. El trono de roble de su padre, vacío, lo esperaba.

Avanzó dirigiendo a sus amigos una mirada agradecida, como si les suplicara que estuvieran con él en todos los trances que a partir de entonces iban a sobrevenir; ellos le sonreían cómplices, orgullosos de él, y se lo prometían.

Parmenión, como *strategos*, ocupaba el asiento de su derecha. Le sonrió también y Alejandro, aunque le quisiera devolver toda la frialdad de sus ojos, hizo lo mismo.

—Sentaos.

Todos lo hicieron tras él.

—¿Quieres decir algo, señor, o empezamos a tratar los asuntos? —dijo Parmenión en voz baja.

Alejandro guardó silencio, pero justo cuando el general se disponía a comenzar el despacho, se inclinó sobre la mesa y se dirigió a todos.

—Ahora sois parte de mi consejo. Pero recordad que no veláis por un rey ni por un amigo, ni tan siquiera por un hermano... Veláis por un reino. La victoria de Macedonia no es la victoria de su rey. Así es como lo veía Filipo, pero yo no. La victoria de Macedonia, su gloria, por la que todos lucháis y me servís, es la de Zeus mismo, y la de todos los pueblos a los que creó libres.

Buscó a Hefestión; solo cuando vio su sonrisa, respiró aliviado.

—Ahora sí, *strategos.* ¿Cuál es la situación a la que nos enfrentamos?

La rebelde Tebas amenazaba con unir a otras polis descontentas a su causa, les contó. No podían darle la oportunidad de hacerlo ni parecer débiles tras la pérdida de Filipo.

—Habrá que someterla a la fuerza —concluyó—. Ya están organizándose los ejércitos para la campaña. El resto de las ciudades nos apoyan y en Corinto renovarán su juramento de lealtad. Habrás de dirigirte allí y convencer a todos los embajadores para que contribuyan a la guerra de Asia.

—¿Qué hay de Persia, pues? ¿Qué noticias tenemos del otro lado del Egeo?

Parmenión suspiró preocupado:

—Antes solo eran rumores, pero ahora parece que se confirma. El viejo Gran Rey fue asesinado hace unos meses...

—Por lo visto, los persas no son distintos de nosotros... —deslizó Antípatro antes de que toda la furia de los ojos de Parmenión cayera sobre él.

—Un nuevo príncipe ocupa ahora el trono —prosiguió el *strategos.*

—Pero ¿tiene apoyos?

—No lo sabemos con certeza, señor. Aunque conviene darnos prisa en acabar la lucha con las polis porque, si el nuevo Gran Rey tiene que probar su valía ante sus sátrapas, lo hará...

Alejandro completó la frase:

—... invadiendo Grecia de nuevo.

—Exacto...

La aciaga sombra de aquella posibilidad descendió sobre los presentes.

—¿Quién es ese príncipe?

—Sabemos poco de él. No es hijo del rey anterior; en la dinastía aqueménida gustan de asesinarse entre parientes y arrebatarse el trono. Es algo mayor que tú. Fuerte, dicen que severo e impasible; inteligente también. Y ha tomado el nombre del antecesor que arrasó Grecia hace doscientos años: Darío... Darío III.

12

Parmenión lideró la campaña contra Tebas; Alejandro en todo obedeció su consejo, en nada osó cuestionarlo. Le costó contenerse: su orgullo rabiaba en su interior, lo incitaba a contravenirlo, a no plegarse a sus maneras despóticas y frías. Ejercitaba el silencio con dolor. Sin embargo pronto se percató de que ese silencio al que debía atenerse por pragmatismo le daba la oportunidad de observarlo e incluso de aprender de él.

Le explicó cómo lidiar con las tribus nobles de Tracia, que no eran como el resto de la nobleza, a qué clanes aliarse, a cuáles dejar espacio, a cuáles aplastar. Durante la marcha al sur lo aleccionó, con una disertación propia de una clase con Aristóteles pero con el temple y solidez de la experiencia, sobre cómo tratar a los embajadores de las ciudades. Los conocía a todos. Sabía qué prometerle a cada uno, le enseñó también cómo actuar él: qué decir de sí mismo, cuándo presumir de aliados y fuerzas, cuándo mostrarse humilde y necesitado de apoyos. Ojalá, pensó Alejandro, Filipo le hubiera dicho todo aquello antes de mandarlo a hacer la paz con los atenienses después de Queronea. En él comenzó a surgir un reconocimiento por el general Parmenión que conforme fueron pasando los meses de campaña griega adquirió incluso un vergonzante viso de admiración.

El *strategos* era un político hábil, pero también un guerrero brutal. Tebas fue doblegada a sangre... y a fuego. No se negoció con la élite de la ciudad, no se tomaron prisioneros ni se pidió rescate por los cautivos del asedio. La ciudad se rindió y aun así fue saqueada sin piedad, sus mujeres violadas, sus ciudadanos orgullosos vendidos como esclavos.

Nada quedó de la legendaria urbe, el primer poder de Grecia durante siglos, pues fue reducida a cenizas.

Alejandro se opuso, pero Parmenión insistió en que era debido escarmiento a quienes se había avenido a firmar un pacto y luego lo habían roto.

—Ya los hemos vencido. Es el momento de ser magnánimo en la paz, evitar que quieran venganza en el futuro.

Pero mientras decía esas palabras miró a su alrededor, más allá del campamento macedonio situado en una colina, y vio el campo sembrado de cadáveres y los soldados que escoltaban una larga hilera de hombres, mujeres y niños hacia los puertos del sur, donde embarcarían ya como mercancías.

—No tienen fuerza para ello —dijo Parmenión.

Más bien, pensó Alejandro, no quedaba nadie que pudiera querer una venganza; el pueblo de Tebas había dejado de existir como tal.

La destrucción de la ciudad, le explicó el general, era una advertencia al resto de los Estados griegos: «Porque la guerra es dura, señor, pero si no lo es lo suficiente habrá quienes no la teman y te la hagan a ti».

El esqueleto de piedras y columnas renegridas tebanas, testimonio de lo que sobrevenía a los hombres orgullosos que se enfrentaban al hijo de Zeus, fue desmantelado en los años siguientes por quienes buscaban materiales para construir ciudades igualmente malditas.

Llegaron a Corinto con el humo de la desolación a sus espaldas. En esos días, Alejandro apenas pudo dormir. La noche antes del gran cónclave, Hefestión lo sorprendió insomne en la madrugada.

—¿Tú confías en nuestro *strategos*, Hefestión? —le preguntó—. ¿Después de lo que ha hecho?

Él lo cogió por los hombros.

—No pienses en eso y descansa. Dentro de unas horas te reunirás con los embajadores.

—Contéstame —le pidió.

Su amigo meditó en silencio unos instantes.

—Sí —le dijo finalmente—. Con él estás a salvo.

—Yo no estoy tan seguro... Parmenión, Antípatro, mi madre... No sé en quién puedo confiar. Dicen que buscan mi bien pero todos intrigan, todos esperan que les obedezca y me ponga en sus manos... Hay que partir. Hay que partir a Asia cuanto antes; es lo único que sé.

Hefestión notó que respiraba ansioso, jadeante.

—Vamos fuera —le dijo.

—¿Fuera?, ¿adónde?

—Fuera —le insistió.

Se cubrieron con una capucha y se escabulleron del palacio dormido, dando a los guardias orden de que no los siguieran. Anduvieron por las calles silenciosas, se perdieron por los callejones, reencontrándose después con las amplias avenidas, alcanzando por fin el ágora desierta donde aún quedaba el eco de los discursos políticos del día anterior, voces desleídas que parecían muy lejanas.

De pronto, Hefestión se fijó en algo al otro lado de la plaza.

—Alejandro —susurró.

—¿Qué sucede?

—Alguien nos observa, junto al templo.

Él se volvió y miró discretamente. Apartado contra una esquina había un barril enorme frente al que estaba sentado el hombre soñoliento de aspecto horrible que los observaba. No pudo evitarlo, llevado por una atracción hacia aquel hombre se acercó. Hefestión trató de retenerlo pero no pudo.

El mendigo era muy delgado, porque seguro que solo se

alimentaba de las limosnas. Estaba sucio y desangelado, con la barba y los cabellos raídos y grasientos; a primera vista apenas se distinguía del perro sarnoso que lo acompañaba. Entre las manos sujetaba lo que parecían ser huesos, huesos humanos. Se los pasaba de una mano a otra y los acariciaba como si quisiera con el tacto de los dedos leer la vida de la persona a la que habían pertenecido.

Cuando se acercaron, el perro se puso en guardia y enseñó los dientes. El viejo levantó la vista y mandó callar al perro, que inmediatamente volvió a tumbarse a su sitio.

—¿Quién eres? —preguntó Alejandro algo incómodo.

El viejo le respondió con voz ferrosa.

—Diógenes, el perro. ¿Y tú? ¿Quién eres tú?

—A-Alejandro —respondió con un tartamudeo nervioso—. ¿De quién son esos huesos?

—Son los huesos de muchos —contestó Diógenes despreocupado, y señaló también un montón de ellos dentro del barril.

—¿Qué haces con ellos?

—Son huesos de esclavos, en su mayoría, aunque también hay de plebeyos y soldados, nobles y reyes —prosiguió ignorando la pregunta—. También están los de tu padre: los estoy buscando entre el resto, pero no consigo distinguirlos de los huesos de los esclavos.

—Puede que porque mi padre era un esclavo de sí mismo —dijo finalmente.

—Como lo sois todos.

—¿Tú no?

—No, yo no.

Hefestión tiró de él.

—Vámonos —masculló.

—A tu amigo le incomodo... O me tiene miedo.

El perro gruñó otra vez.

—Vámonos, Alejandro...

—¡Espera! —bramó este en voz baja, como pretendiendo que el viejo no los oyera. Luego se volvió hacia él—. Diógenes, ¿dejarías que un esclavo te hiciera un regalo?

El viejo meditó un instante.

—Cualquier cosa que ese esclavo pueda darme que se la quede para ver si le ayuda a ser libre. Incluso si es un pedazo de carne... Y ahora aparta. Me quitas el sol.

El rey se hizo a un lado y el sol de la mañana, que ya se había levantado casi entero mientras conversaban, dio de lleno en el rostro del anciano, que plácidamente se reclinó sobre su barril para continuar con su lectura ósea de las vidas pasadas, a ver si una era la de Filipo de Macedonia.

Ahora Alejandro se dejó arrastrar por Hefestión. Las calles se llenaban. Era hora de volver al palacio, donde los estarían esperando los embajadores de las ciudades griegas.

—Qué extraño... —murmuró.

—Sí, qué hombre tan extraño —confirmó su amigo.

—No, no. No me refiero a que él sea extraño.

—¿Entonces?

—Yo sé cuál es la misión que los dioses me dieron, Hefestión, y sé que no la puedo rehuir. Sé quién soy y sé que no puedo ser más que Alejandro. —Entonces echó la vista atrás y vio al perro Diógenes reclinado sobre su barril. Ahora movía los brazos para espantar a unas palomas que lo incordiaban—. Lo extraño es que, si hubiera nacido en otro tiempo sin serlo, habría querido ser Diógenes.

—¿Y por qué?

—No lo sé... —confesó—. Supongo que porque es libre.

13

En la celebración del cónclave de la Liga, los embajadores lo recibieron con vítores. Alejandro los tomó incómodo: ¿qué aplaudían? ¿Al rey que en vez de hacer la guerra a los bárbaros se la hacía a los helenos?

—Sonríe —le dijo por lo bajo Laomedonte—. Recuerda que están a tus pies.

—¿Así lo crees?

—Se lee en su mirada, señor. Necesitan a un rey como tú, lo venían esperando.

Durante los días siguientes, tras un sinfín de reuniones y torrenciales discursos de los diplomáticos frente al gran consejo, los miembros de la Liga confirmaron que cederían tesoro, hombres y barcos para la empresa de Asia. Parmenión, tomando la palabra en nombre del rey, lo agradeció a todos y aseguró que la recompensa estaría a la altura.

—¿Y cuándo se partirá? —preguntó un delegado.

—Todo ha de estar listo antes de la primavera.

Aun sumido en la niebla de sus pensamientos, a Alejandro le llegó el sentido de aquellas palabras: era la primera vez que se ponía fecha concreta al momento de partir. Solo restaban unos meses hasta la primavera, no más: unas cuantas lunas fugaces. Persia, la idea de la expedición, estaba de pronto en la mente de todos sin que hubiera dado tiempo a asentarse en la suya. Siempre había pensado que al ser rey tendría el control no solo de la vida de los demás, sino también de la suya propia, pero de pronto se supo equivocado. Había pasado un año de la muerte de su padre; al cabo de apenas unos meses cumpliría veintiún años. El tiempo y la vida se habían desbocado. Pronto y sin saber cómo, estaría en la cubierta de un trirreme viendo la costa macedónica a sus espaldas y el gran enemigo, el persa indomable, Darío, cabalgando hacia él a la cabeza del ejército más grande de la Tierra...

—Señor, te toca hablar a ti.

La voz de Ptolomeo lo devolvió a la realidad. Todas las miradas estaban clavadas en él: las de los dieciséis embajadores sentados a la mesa redonda, las de sus consejeros, de pie tras ellos, las de sus amigos, que lo miraban esperanzados, las de Parmenión y Antípatro, que lo hacían con desdén porque no entendían ese extraño silencio en el que llevaba sumido más de lo que él creía...

Se levantó torpemente y recordó las palabras del discurso que llevaba días practicando.

—Embajadores. Como sabéis, Asia nos amenaza a todos; nunca ha dejado de hacerlo, desde los tiempos de mi antepasado Aquiles. Solo unos pocos en nuestra historia común han tenido el coraje y la entereza para proteger Grecia de las fuerzas de la barbarie. Mi padre nunca estuvo entre ellos. Yo pretendo estarlo, con vuestra ayuda. Vosotros, embajadores, y los pueblos que representáis sois libres, nacisteis libres y sin la amenaza de que esa libertad os fuera arrebatada. Al otro lado del Egeo hermanos nuestros, tan helenos como vosotros o como yo, viven bajo la tiranía de Persia. Los dioses nos reclaman su liberación y ellos la merecen. Somos mejores que ellos, somos superiores a ellos porque representamos la luz de la civilización y ellos la noche oscura de la barbarie.

Los embajadores asintieron. Se fijó en sus amigos —en Hefestión, en Clito, en Nearco, en Laomedonte, en Ptolomeo...—, que desde un lado de la sala lo miraban con palabras de ánimo, fuerza y esperanza. Sonrió.

—Pero tan bien como yo sabéis que separados, como llevamos estando siglos, no podemos afrontar esa misión. Somos diferentes, sí, celosos de lo que nos diferencia, orgullosos de ello, también; pero no podemos seguir siendo ignorantes de la verdad: solo con la unión común de los griegos podremos acometer la empresa que soñaron nuestros padres, la empresa que su recuerdo y su honor nos demandan. —Poco a poco iba prendiéndose con más fuego su voz, conforme expresaba las ideas en las que creía, las ideas en las que le había formado el maestro de maestros—. No marché al sur para haceros imperio, lo sabéis. No vine con ánimo de conquista ni de tiranía, sino de alianza, para pediros que vengáis conmigo al este y que juntos devolvamos la libertad a quienes sufren tiranía, para liberar a nuestros hermanos del yugo persa. Para liberarlos a ellos y liberarnos también a nosotros, ¡al mundo entero!, de la barbarie.

Se hizo el silencio tras su discurso. Solo oía el latir acelerado y atronador de su corazón en el pecho. Entonces se levantó el delegado de Atenas y muy sobriamente comenzó a aplaudir. Tras él, aplaudieron el de Tesalia y el propio de Corinto. Y el Tasos. Y el de Samotracia. Y el de Megara... Todos se pusieron en pie y lo aclamaron, vitoreando la gloria de Grecia, de los dioses y de los héroes pasados. Fue una explosión de euforia patria que derribó los muros que durante siglos habían construido las polis entre ellas: parecieron olvidarse las rencillas y las dudas y las incertidumbres, y a todos los inundó un espíritu indomable que les hubiera bastado para cabalgar en una sola jornada hasta el fin del mundo y regresar.

Alejandro ardió en emoción al verlos a todos en pie, poniendo en él sus esperanzas y sus corazones. Aquella era la lealtad, la devoción, que ni su padre ni ningún griego desde Aquiles había conseguido experimentar. Clito se inclinó y amainó el ruido de su aplauso para susurrarle al oído: «Te seguimos solo a ti. Hoy, hermano, te has convertido en rey».

Esa noche se desplomó un aguacero torrencial. Las gotas sonando en el tejado y el olor mojado de la tierra lo transportó a esos días de Egas. El agua siempre le recordaba momentos tristes.

Alguien llamó a la puerta.

—¿Hefestión? —preguntó esperanzado.

Abrieron y a Alejandro le fue difícil disimular la desilusión.

—Buenas noches, mi señor.

—¿Qué sucede, Parmenión?

—Simplemente vine a felicitarte por tu discurso. Estuviste soberbio. Los delegados sienten el mismo ánimo por echarse al mar que los aqueos hace mil años para ir a Troya.

—Felicítate a ti mismo. Tú lo escribiste.

El *strategos* notó el resentimiento con el que hablaba.

—Las palabras no tienen ningún valor si no se lo confiere la voz humana. No todos los reyes saben arengar con la voz a sus hombres. Los persas, por ejemplo, solo saben hacerlo con el miedo, amenazando con el látigo. Tu padre tampoco sabía. Pero tú... Hay algo en ti, señor. Inspiras a quienes te oyen.

Alejandro dejó ir una sonrisa tímida.

—Mejor estaría entonces en el ágora que en el campo de batalla o en el trono.

—De ninguna manera. Un soldado que lucha inspirado

por su rey es muy superior a uno que solo lo hace para evitar el castigo de los oficiales. Pronto lo verás en Persia. Tenlo por seguro.

—Sí. Pronto... Primavera, ¿verdad?

—Partiremos cargados de provisiones. El tiempo será propicio para cruzar el mar y asentar las líneas de suministro.

—Apenas unos meses. Aún no me hago a la idea... —suspiró.

—Precisamente, señor... —La mirada del viejo general de pronto se enturbió. Indicó al joven que se sentara con él junto al fuego—. Cuando hablé de partir en primavera no me estaba refiriendo a ti. En primavera debe partir una avanzada, pero es conveniente que tú esperes un poco más.

—¿Esperar? ¿Esperar a qué? Eso hizo mi padre, esperar siempre al momento propicio, y al final no partió nunca.

—No, señor. No me refiero a eso.

—¿Entonces? —inquirió impaciente.

—Esperar hasta tener un heredero.

La sonrisa de Alejandro de pronto se deshizo.

—Antes de partir necesitas casarte, tener una reina que te dé un hijo, otro Alejandro, que pueda liderarnos a todos bajo su égida si a su padre le sucediera algo en el este, Zeus no lo quiera.

«Otro Alejandro.» Esas palabras resonaron en su cabeza y después descendieron muy profundo, hasta los abismos de su alma, invocando la posibilidad de morir, el fantasma de una vida que, aunque se sintiera inmortal por estar recién empezada, ya oteaba su final.

—¿Pretendes que me case y tenga descendencia *antes* de partir a Asia? —replicó con la voz débil—, ¿quieres que demore la empresa como lo hizo Filipo?

—Tu padre aseguró los reinos que tenía antes de lanzarse a la conquista de reinos nuevos. Grecia y Macedonia no pueden vivir en la esperanza de que el rey regrese un día por el horizonte, por muy loable e histórica que fuera la misión que lo llevó a cruzarlo.

—Parmenión, tenemos que partir ahora. Si me caso, pasarán años antes de que podamos volver a hacerlo, ¿es eso lo que quieres? ¿Dar tiempo a Darío para organizar una nueva invasión como la de antaño? Esta buena disposición de los griegos, ¿cuánto crees que durará si demoramos la empresa? Creerán con razón que la Liga no es una alianza contra los bárbaros, sino un proyecto de Macedonia. Se rebelarán contra mí como se rebelaron contra Filipo.

—Sé que parece mucho tiempo en la vida de un hombre, pero apenas es un parpadeo en la historia, uno necesario además, que evita que se sequen y se cieguen las grandes líneas de sangre, las originales con las que los dioses regaron la Tierra al principio, las de los héroes. ¿No es la tuya una de ellas? ¿Tu misión no obedece acaso a un deber con esa sangre?

—Sí... —respondió cabizbajo, deseando en esos momentos no haber estado durante años convenciéndose del abolengo olímpico de su linaje; ahora era su esclavo.

—Tienes entonces el deber de perpetuarla.

—Pero si no voy ahora...

—El *deber* —insistió severo, con un tono de padre en la voz que le heló la sangre— de perder un año de vida mortal para lograr la inmortalidad de tu casa. Alejandro, el deber más importante de un rey es asegurar el reinado del siguiente. Mucho más que lo hagas tú con el tuyo, lo importante de verdad es que permitas que haya reyes de tu sangre que te mejoren. Es más, esa no es solo labor de rey, sino labor de hombre. ¡Es el único motivo por el que Zeus nos dio vida!

Se hizo el silencio entre ellos; Parmenión había acabado hablando alto, como él. Alejandro ahora lo miraba clavando en él sus ojos de colores, que centelleaban. Había miedo en ellos, pero también furia y rencor hacia quien, hablándole de la paternidad, lo obligaba a enfrentar recuerdos dolorosos.

—Dime, general, tus hijos... Filotas sobre todo, ya que es tu primogénito, estuviste con ellos siempre, ¿no es así? Educándolos, velando por ellos, por su futuro, para que crecieran a tu imagen, pero como dices enseñándoles también tus errores para que tuvieran capacidad de mejorarte, ¿verdad?

—Sí... —le dijo Parmenión, incómodo sin saber por dónde conduciría el rey la conversación.

—Claro. Como haría, como *debe hacer*, un buen padre. Yo no he tenido padre. Un caballo, eso es todo lo que me dejó como legado. No pienses que se lo reprocho —mintió—, no lo hago. He aprendido a entenderlo como era, a saber lo que era. Fue un hombre que estuvo ausente, que no confiaba en mí. Regalos sí, todos los que se quieran me hizo: mi caballo, mis amigos, mi maestro; pero ¿él? ¿Dónde estaba él? Su afecto y su presencia no me dejaba más opción que invocarlos a través de objetos que de nada servían. En mi padre he tenido un enemigo, además.

—¿Cómo puedes decir eso?

—Me ha tenido apartado, siempre receloso de mí. He pasado la vida temiendo que cualquier cosa que le dijera, cualquier muestra de cariño que le pidiera, lo fuera a tomar como debilidad, como prueba de que no merecía ser su heredero. Eso cuando no contaba mis secretos en público, para avergonzarme y enseñarme así a no compartir mis vergüenzas. Tú sabes que mi padre no me quiso, que solo le serví como alivio después de que esa primera mujer que tuvo le diera al pobre Arrideo, tan estúpido...

—Puede parecértelo porque estuvo lejos, pero era el rey. Tú también estarás lejos cuando vayas a Asia.

—Yo no soy como él. Yo no habré de fallar a mis hijos y mucho menos concebirlos sabiendo que hoy por hoy, y los dioses saben lo que me pesa, no tendría otra opción que abandonarlos. Tú sabes que la amenaza al otro lado del mar no espera.

—Respiras por una herida, señor, como todo mortal, pero no puedes olvidar que eres rey antes que hombre, como lo fue tu padre.

Alejandro suspiró, hastiado de que aún no lo comprendieran.

—Y como rey he de educar a mi hijo con tiempo, para que sea digno de sucederme algún día.

—Alejandro. —Ahora su voz tenía un tono tan incisivo que por un momento temió que sonara impertinente—. Vas a ir a Asia, pero atrás quedarán Grecia y Macedonia; necesitarás un regente que gobierne en tu nombre. Y qué mejor que tener un príncipe, por infante que sea, para recordar a todos que hay un rey, una dinastía que ocupa el trono, y atar al regente que nombres a su cuidado. Piensa en ello, recapacita, sobre todo porque es mucho más que Asia lo que está en juego. Y no esperes que esto te lo diga alguien más.

—¿Y eso por qué?

—Porque cualquier regente que dejes querrá estar solo en el poder, sin un príncipe heredero que con su mera presencia le recuerde que solamente es un cuidador temporal del trono. A todos esos en los que ahora piensas... les estarás dando la oportunidad de usurpar tu corona si los dejas al cargo del reino sin más recuerdo de tu autoridad como rey que tu firma. Antípatro, que siempre receló de que tu padre no lo nombrase *strategos*...

—Sabría controlarlo. Me aseguraría de que ese regente, o cualquiera, sigue mis deseos.

Parmenión alzó una ceja.

—Qué ingenuo. ¿Cuánto crees acaso que tardaría en nombrar rey a tu hermano Arrideo?

—¡A ese retrasado! —se rio.

—Precisamente a ese. —Parmenión bajó el tono para forzarle a él a hacerlo también—. No encontrarán uno mejor: el primogénito de tu padre, sangre real, incapaz de valerse por sí mismo, permanentemente necesitado de un tutor... Mucho más afable a los designios de un hombre ambicioso que un rey vehemente que esté vigilando su regencia.

—Eso jamás...

Lo que había empezado sonando como una chanza, Arrideo rey, de pronto le pareció una posibilidad aciaga. Ese joven obtuso, extraño y quebradizo en manos de todos aquellos con los que Filipo no había compartido el poder... Terriblemente posible.

—Y tu tío, el rey del Epiro... —prosiguió sombríamente el general—. Es un hombre tan ambicioso como cualquiera. ¿Qué crees, que casado con tu hermana y viendo el reino sin rey al alcance de su mano no lo tomará? Sería un necio si no lo hiciera. Tu propia madre, la reina...

—¡Basta! —bramó—. Suficiente, Parmenión. No me envenenes más.

—No te enveneno, solo velo por ti.

—Eso decís todos. A veces desearía que no me tuvierais tan presente.

—No hay otra opción; al menos no para mí. Pero no te confundas, no es por ti por quien velamos, sino por Macedonia, tal y como nos pediste.

—«Por Macedonia...» —se burló—. A los últimos cuatro reyes de mi casa los mataron sus senescales. Supongo que lo hicieron «por Macedonia». ¿De quién te fiarías tú? Dime con sinceridad, después de todo lo que ha pasado, ¿de verdad pretendes que deje a un hijo sabiendo que su vida es lo único que separa del trono a quienes quieren arrebatármelo?

Parmenión lo observó en silencio.

—En verdad yo no soy de la realeza. Pero he visto cómo han caído muchos de los tuyos.

«Si es que no los derrocaste tú», pensó Alejandro.

—Por eso te conmino a que sigas el consejo de quien sabe más que tú porque ha visto más que tú. Piensa en lo que hemos hablado. Y, por Zeus, confía en mí.

Cuando cerró la puerta tras de sí, Alejandro sintió que se ahogaba: tenía un nudo de pensamientos en la garganta que le apretaba como una soga al cuello. Las palabras de Parmenión resonaban a su alrededor, no sabía si entre los muros de la alcoba o los de su mente. «Un hijo, un heredero.» En ese momento, se percató de que se encontraba a la cabeza de una dinastía milenaria pero con el abismo de una genealogía vacía abriéndose a sus pies y amenazando con engullirlo a él y al recuerdo de todos sus antepasados. De pronto sintió, como nunca había sentido, el peso terrible de la corona, que no era sino el peso de una madurez tan súbita como la muerte de Filipo.

14

Hefestión lo encontró sentado en el borde de la cama, mirando pensativo al fuego, como si buscara respuestas en las llamas.

Podrían haberse apagado y él haber seguido viéndolas crepitar en el fondo tembloroso de su mirada.

—¿Qué te sucede? —le preguntó.

—Parmenión... —musitó Alejandro apurando la copa de vino que tenía en la mano. El vino encharcaba la mente y lo hacía todo más soportable, o eso creía él.

—¿Qué te ha dicho?

—Teme que, si abandono Macedonia, haya quien trate de quitarme la corona.

—¿Quién?

—Todos, aparentemente —replicó agotado—. Antípatro, mi tío, mi hermana supongo que también. Parmenión cree que pueden derrocarme y hacer rey a Arrideo. Pero por poco, hasta que luego lo maten y se quede con el trono alguno de ellos...

Según iba repitiendo las advertencias del viejo general, un vergonzante pensamiento lo asaltó: ¿y qué? ¿Qué pasaba si se hacían con Macedonia? Él ya estaría en Asia. Derrocado de su trono griego no tendría nada a lo que regresar, para qué querría; se liberaría de las cadenas. Qué extraño alivio... Tantos años temiendo que su padre lo desheredase y ahora no veía el día de abandonar para siempre ese reino asfixiante cuyas fronteras se cerraban sobre él como los muros de una tumba sobre el recuerdo de su muerto. Qué extraño alivio... perder la corona estando en Asia, no tener que regresar, que no hubiera más opción que seguir adelante. Sería algo así como la obliteración del pasado, la liberación de esa vida que otros le forjaron durante la infancia y luego le impusieron. Sería volver a nacer, solo que esta vez sin una historia a sus espaldas, libre de verdad.

No tuvo valor para compartir aquel pensamiento con Hefestión, apenas tenía valor para pensarlo mucho rato. Sabía que aquello no era de buen hombre ni de buen rey. Temía pronunciarlo, insuflarle vida dándole palabras, y perder los dos atributos, hombre y rey, con los que se había propuesto forjar su carácter durante la adolescencia y sin los que ahora no conocería su identidad ni sabría a qué aspirar en el futuro.

—No le falta razón —dijo su amigo.

—Por eso creo que nombraré una regencia, a cargo de mi madre y de Antípatro. Ella regentará Macedonia y él quedará encargado de la Liga Helénica y el ejército. Se controlarán el uno al otro. Parmenión querría que lo nombrara a él. Pero no. Él y su hijo Filotas vendrán con nosotros al este.

—¿A eso vino? ¿A proponerse como regente?

—No... No exactamente...

Hefestión se acercó, le quitó la copa de la mano y se sentó con él.

—¿Qué fue lo que pidió?

Alejandro se revolvió dolorido, como si les hubiera tomado el relevo a los titanes y en esos instantes sobre la espalda soportara todo el peso del cosmos.

—Que tenga un hijo... —dijo con un aire tan hondo y severo que pareció el suspiro final de su vida—. Que me case con una princesa y deje un heredero antes de partir.

Hefestión sintió que el corazón se le encogía, como se le debe de encoger al reo que oye venir al verdugo.

—¿Y qué le has dicho...? —preguntó tragando saliva.

—Que no voy a dejar un hijo para que mi madre y él me lo maten...

Hefestión no supo qué contestar y finalmente se limitó a repetir la consiga del deber real:

—Es cierto que un rey ha de tener hijos para asentar su dinastía...

Aquello Alejandro no quería oírlo; lo sabía de sobra y no lo ayudaba. No solo lo asustaba la responsabilidad de verse al frente de una dinastía que podía morirse con él en Asia. Era algo más profundo.

—No me hables de mis hijos, Hefestión —le pidió—. En el alma los llevo atravesados.

—¿Por qué?

—Por ti —le confesó esbozando una leve sonrisa—. Porque no puedo concebir darle mi amor a nadie más, salvo a ti.

Su mano temblorosa acarició la mejilla áspera de su amigo. Giró tímidamente la cabeza y acercó los labios húmedos a los de él. Los ojos se les cerraron, sus miradas se hundieron en la oscuridad; el tacto fue todo en lo que confiaron para amarse. Dejaron de sentir todo lo que no fuera el otro, el aliento del alma común que compartían.

Al cabo de las horas, el alba gris de Corinto se deslizó sobre sus cuerpos desnudos. Alejandro dormía bajo el brazo de Hefestión, que descansaba simplemente viéndolo a él, el rostro plácido con el que soñaba. Imaginaba que estaría lejos de allí, de todo lo que en ese mundo le turbaba, y se preguntó si, allá en sus pensamientos, estaría con él, como él lo estaba en los suyos. Le acarició el pecho estrellado de lunares, la mejilla angulosa y el cuello, y le besó los labios dormidos.

—Despierta —susurró—. Está amaneciendo.

El último suspiro de sus sueños lo abandonó. Al abrir los ojos y encontrarlo a su lado, Alejandro sonrió.

—Estate siempre conmigo, Hefestión —le dijo.

Él de nuevo lo besó.

—Siempre.

15

Regresaron a Pela envueltos en el aire de su triunfo y dispuestos a partir a Asia en los días siguientes. La misma noche de la llegada, Ptolomeo no se unió al banquete. Se ajustó la capucha del atuendo campesino y se escabulló del palacio por un pasadizo del ala norte. Anduvo por las avenidas solitarias de Pela bajo la luz fría del plenilunio hasta que alcanzó un callejón angosto que se retorcía entre dos ricas mansiones. Allí, construida como si fuera un cobertizo, había una casa modesta, aplastada por las columnas y los pórticos de los palacetes que la rodeaban, en la que aún había luz.

Un esclavo le abrió la puerta cuando llamó.

—¿Cómo está? —preguntó secamente.

El esclavo hundió la cabeza, con ello diciéndolo todo.

Ptolomeo se precipitó hacia el fondo de la casa, subió las

escaleras y se dispuso a abrir la puerta de uno de los cuartos, pero de pronto una mano áspera, endurecida por los años de trabajo en el campo, lo retuvo.

—Espera. No la molestes.

Al volverse Ptolomeo vio a su padre. Tenía mal aspecto: ¿hacía cuánto que no iba a verlos? Le notaba más arrugas en la calva, el peso de la nostalgia y las tristezas quizá.

—Quería despedirme de ella.

—Déjala descansar.

—¿Tan mal está?

—No lo sé. Desde que murió el rey ya no vienen a verla los físicos de la corte. Tampoco viene dinero con el que pagar a otro.

—¿Alejandro ha privado a mi madre de sus médicos? —exclamó.

—Shhh. Baja la voz. —Le puso el brazo sobre el hombro y lo apartó de la puerta—. En Alejandro solo manda Olimpia, y entre sus prioridades no está cuidar de la furcia de su marido.

Los ojos de Ptolomeo relampaguearon cuando su padre se refirió de esa manera a su madre. Él vio la rabia en ellos y le retó a que le replicara.

—¿Te ofendes? ¿Tú lo harías? Yo desde luego no.

—Pero...

—Pero ¿qué? Crece. Entiende este tipo de cosas.

No pudo verla antes de irse. Su madre moriría algunos meses después. Le llegó la carta estando ya en el interior de Asia. Despedirse de su padre tampoco pudo. Apenas fue un adiós seco. Le costaba entenderlo. Lagos era un hombre difícil, rudo, desposado con la que, era sabido, había sido concubina real antes del matrimonio de Filipo con Olimpia. No debía de ser fácil vivir a la sombra de esa vergüenza, sabiendo que la educación y el futuro del hijo se habían ganado con favores en el lecho. A Ptolomeo lo avergonzaba el pasado de su madre, aunque sabía que se lo debía todo. También lo avergonzaba no parecerse como se parecían todos los hijos varones a sus padres: no tenía ni uno solo de sus atributos, físicos o de carácter. En todo era como su madre. Como la «furcia real». Las palabras de Lagos resonaban en su cabeza. El otro único varón que había salido a su madre igual que él era Alejandro, que de Filipo no tenía un rasgo en el rostro.

Regresó a palacio tan distraído pensando en sus padres que olvidó tomar de nuevo el pasadizo norte y entró por la puerta principal. Cruzó las galerías pétreas hasta la escalinata central. Entonces se dio cuenta de su torpeza, ese error imperdonable: se encontró sentados en los peldaños a Nearco y Laomedonte, que compartían el insomnio. Inmediatamente se ciñó la capucha, trató de pasar desapercibido, pero ello tan solo hizo más ácida la burla de los otros, que lo habían reconocido.

—Te delatan la nariz y los andares, Ptolomeo —dijo Laomedonte.

Él se detuvo, se quitó la capucha y conjuró toda la hipocresía que encontró en su alma para sonreírles.

—¿De dónde vienes que te escondes? —preguntó Nearco malicioso.

—Igual que vosotros no podía dormir. Salí a despedirme de mi ciudad aprovechando que está en calma.

Laomedonte levantó una ceja.

—¿Tu ciudad? —dijo echando otro trago del vino—. ¡Si tú saliste de la campiña!

Nearco apretó los labios para contener la risa.

—El viejo Lagos trabajaba tierras que eran de Antípatro, ¿no es así?

—Ya os dije que fui solo a tomar el aire. —Quiso evitar mascullarlo pero no pudo: sus palabras rechinaron entre los dientes afilados con un sonido de metal.

—Claro, Nearco. Aún después de tantos años, a Ptolomeo lo abruma la vida en los palacios.

Ptolomeo se forzó a reírse con ellos; hacerlo le dolió en el estómago y en el pecho.

—No sabes cuánto. Pero al menos uno es nacido en Macedonia. Qué lejos quedan Creta y Lesbos, ¿no? Os dejo ya. De pronto me volvió el sueño.

Una noche más, el resentimiento le carcomió el espíritu. Toda la vida padeciendo las burlas de los que se decían sus amigos. Sí, en el campo de batalla eran uno; aconsejando a Alejandro y velando por el bien del reino, también. Pero nunca serían iguales, eso él lo sabía porque ellos se encargaban de recordárselo hasta con el más nimio de los gestos. Ese mundo de nobles y príncipes no era el suyo pero aun así, por un extraño azar del destino, se veía obligado a servir en él. Aquella contradicción llenaba su alma de un odio que le era imposible expresar y que ni siquiera él entendía del todo.

16

La última noche en Pela, Alejandro no logró conciliar el sueño y distrajo los pensamientos deambulando por el palacio. Anduvo por las galerías vacías igual que andaba por la vida, sin más rumbo que su albedrío y en la oscuridad de las antorchas ya consumidas.

De repente la brisa abrió con un crujido la puerta de una estancia de la que salía una luz tenue. Llevado por la curiosidad más vergonzante, la empujó. Dentro encontró a Clito dormido en la cama, recostado en el regazo de su hermana. Ella, delicada como una brizna de hierba, envolvía con su fino brazo a su hermano, que, a pesar de la musculatura prieta, de la barba negra y dura y el grueso vello rizado que le subía por el pecho al cuello, tenía un inocente gesto de niño en los ojos cerrados. Eran sus últimas horas juntos. No estaban simplemente despidiéndose: estaban impregnándose la memoria del roce y el tacto del otro, para recordarlos en la ancha distancia de Asia, en las angostas noches de Macedonia, pero sobre todo para tener algo similar a la mano de un ser querido a lo que agarrarse con fuerza cuando llegara el momento de morir en soledad.

Sintió entonces un pinchazo en el pecho. Le dolía el alma: por mucho que anhelase partir, no podía evitar que el miedo lo agarrotara. Buscó refugio en un lugar peculiar: los aposentos de su padre.

No supo por qué en esos momentos de angustia sus pasos lo condujeron hasta allí, donde aún se sentía su presencia. Le parecía oírlo respirar, ese aliento ronco y ácido que exhalaba, percibir su olor en el ambiente, la mirada penetrante de su ojo singular. Presencias, sensaciones, escalofríos... A veces pensaba que estaba perdiendo el juicio. «Como mi hermano.» Pobre Arrideo. Olimpia le había asegurado que esa desgracia se debía a la mala sangre de la madre, una bailarina tesalia. Pero ¿y si la locura venía por la rama que compartían, la del padre? «Alejandro, el loco —musitó—. El rey que llevó a sus huestes a la muerte en Asia.» ¿Quién no le aseguraba que la historia lo iba a recordar así? Esbozó una sonrisa porque le parecía totalmente plausible.

Se asomó al balcón; el aire del equinoccio de primavera entraba por las arcadas de columnas; la enorme luna llena azulaba el horizonte nocturno. No parecía que dentro de poco fuese a comenzar la que sería la mayor guerra desde los tiempos de Troya. Todo estaba en silencio. Recordó lo que había hablado con Aristóteles, tan solo unos días atrás.

—Este silencio que oyes, este ruido que hay en el aire, príncipe, es el ruido del mundo —le había dicho.

—Es ensordecedor.

—Acostúmbrate. Cuando estés solo en la inmensidad del Oriente será todo lo que oirás.

La puerta se abrió de pronto a sus espaldas. Solo había una persona que podía entrar sin llamar.

—Jamás pensé que te fuera a encontrar aquí. ¿Tienes miedo?

—¿Por qué dices eso, madre?

Ella se encogió de hombros; él negó bruscamente con la cabeza.

—No tendría sentido. Es mi destino ir a Asia. Estoy llamado a ello desde antes de mi nacimiento. ¿No es lo que has dicho siempre?

—Sabes que no me refiero a eso.

Alejandro sabía lo que pretendía: quería que se sincerara, que confesara sus miedos más profundos, pues así se entregaba a ella, reforzaba su poder, su vínculo. Se resistió aun sintiendo que al hacerlo su alma se hundía en el pozo de su propia oscuridad.

—No hay hombre que no tema a la soledad. Pero eres un rey, Alejandro. Y los reyes están solos, siempre: ante los hombres, y ante los dioses también.

—Pero todos los reyes del pasado tuvieron a los suyos con ellos.

—Alejandro, mírame. —Olimpia tomó sus mejillas y lo obligó a observarla—. Todos esos héroes en los que te miras no eran reyes; eran, como Filipo, bárbaros. Grandiosos, míticos; sí. Pero bárbaros. A ti Zeus te ha llamado a una misión diferente, una misión que solo tú puedes llevar a cabo porque solo tú tienes su sangre, la sangre de los dioses. No hay mortal que pueda afrontar lo que tú vas a afrontar. Te espera la gloria, la gloria divina. Pero hay un precio que debes pagar.

—¿Y si no quiero pagarlo?

Por un momento pareció que la piel de Olimpia se volvía más pálida, marmórea, como la de la estatua de un templo, y su voz más grave y profunda:

—No podemos negarles a los dioses su deseo, por mucho que nos pese. ¿Lo entiendes?

Alejandro movió los labios, buscando las palabras.

—¿Cómo puedes saber todo esto? Siempre hablas de la voluntad de los dioses, como si la conocieras, como si Zeus mismo te hubiera hablado en sueños...

«A veces me pregunto si no será que te lo inventas todo», pensó.

Los ojos de su madre brillaron como si le hubieran leído la mente.

—Cuando el dios te habla a través de sus siervos, lo sabes. Lo verás cuando estés en Asia: en la inmensidad del desierto, en la soledad de sus cumbres... Ahí los oirás.

—Dudo que ahí se oiga nada, madre.

—Será todo lo que se oiga, pero solo podrás escucharlo tú. —De pronto su rostro y su voz recuperaron calidez—. Ahora vamos. Tenemos que descansar. Partís al alba. —Pero él no se movió. Algo detuvo sus pies, los ancló al suelo—. ¿Alejandro? ¿No vienes a dormir conmigo?

Dejó ir un suspiro.

—No te apures: la guardia custodiará mi puerta. Esta noche prefiero dormir solo. Aquí. —Olimpia retrocedió unos pasos—. No te enojas, ¿verdad?

—No, claro que no —respondió tratando de que no se notara la voz ahogada—. Pero era nuestra última noche juntos...

—Necesito estar solo, madre.

—Pero ¿ha de ser aquí?

—¡Sí! —gritó sin querer—. Sí... —Ahora, avergonzado, bajó la voz—. Son las estancias de mi padre, las del rey de Macedonia.

Olimpia levantó los ojos vidriosos.

—No te mires en él. No le debes nada...

—Por favor...

Derrotada, se esforzó por esbozar una sonrisa.

—Está bien. Mis puertas están abiertas: pasaré toda la noche despierta, esperándote por si cambias de opinión y decides darle a tu madre el privilegio de tu última noche.

—No tienes que hacer eso: descansa.

—Oh, no lo hago por ti. Desde que está cerca el momento de tu partida el sueño me esquiva. Es una clemencia de los dioses: impiden que pierda un solo minuto consciente a tu lado. —Le apartó los bucles cobrizos de la frente y le plantó un beso sobre las cejas—. Ya dormiré cuando no estés. Ya dormiré cuando me muera.

—Madre...

Ella lo interrumpió con otro beso.

—Buenas noches, Alejandro...

Y, tras volver a dirigirle la mirada para castigarlo, lo dejó. La puerta se cerró. Alejandro sintió que se venía sobre sus hombros el peso de una culpa inexplicable, la culpa de haber nacido, la culpa de ser hijo, varón, y de estar por ello unido a su madre por algo más que amor.

Pegó la oreja a la puerta y escuchó, hasta los contó, los pasos de su madre alejándose. Conforme se iba debilitando el eco que dejaban, sentía que se le iba calmando el corazón, que en el momento de rechazarla había latido desesperado, incandescente, bombeando sangre a una herida recién abierta. Cuando se hizo el silencio, respiró. Se sirvió una copa de vino y la vació de un trago. Inmediatamente sintió aligerarse la conciencia, pero ni siquiera un instante se aliviaron los pesares del alma.

Al alba se despidieron. Todo estaba listo en el patio principal del palacio. Olimpia tardó en bajar y Alejandro temió por un instante que fuera a negarle el adiós. Apareció vestida de negro; descendió la escalinata como un fantasma luctuoso, con el gesto severo y los ojos llenos de un amor vesánico.

Le entregó un último presente antes de partir: un escudo, ancho y redondo, arañado por los años. Alejandro lo cogió con ambas manos, por el gesto de su madre había esperado que pesara y fuese difícil de manejar, pero al sostenerlo lo sintió ligero. En el centro estaba pintada la escena de un guerrero que había dejado caer su lanza, su espada y escudo, y entre sus brazos sostenía el cadáver de una joven ataviada con armadura y coraza.

—Aquiles y la amazona Pentesilea —aventuró a decir.

—Así es.

El héroe la había matado en un arrebato y, justo cuando la amazona fallecía en sus brazos, los dioses habían hecho que se enamorara de ella, de su belleza muerta.

—Soberbio presente —dijo Hefestión pasando con delicadeza los dedos por la rodela legendaria—. El auténtico escudo de Aquiles.

—Es una escena triste, el asesinato de Pentesilea —señaló Alejandro.

—¿Sabes por qué Aquiles la quiso en su escudo? —preguntó Olimpia.

—No...

—Para recordar el dolor del amor, hijo mío; no quería que dejara de dolerle nunca.

Hablaba con la voz cortante, sin un ápice de ese amor al

que se refería, envenenada aún por el rencor de lo sucedido la noche antes.

Alejandro agachó la cabeza y en voz baja le suplicó:

—No hagas que esta sea la forma en que nos despidamos, madre.

—¿No es acaso lo que deseas?

—Sabes que no.

Los ojos blancos de Olimpia penetraron en los suyos y exploraron cada rincón de su alma para ver si lo que decía era verdad.

—Una madre nunca deja ir —le dijo—. Cuenta con que has de volver a mí.

Sonrió y lo abrazó con fuerza. Fue entonces cuando aprovechó para susurrarle al oído:

—Júrame por el amor que me tienes que volverás a mi lado.

No aflojó un ápice su abrazo constrictor hasta que él, luchando contra su instinto, acabó por musitar de forma casi inentendible:

—Lo juro.

Olimpia le besó la frente.

—Recuérdalo.

Alejandro se encaramó a la grupa de Bucéfalo y dio la orden. Las huestes abandonaron la ciudad camino del puerto del Helesponto, donde se embarcarían. Mirando hacia atrás, vio los muros blancos de Pela y los altos balcones del palacio real tras ellos. Imaginó a su madre allí asomada, viéndolo a él volverse cada vez más lejano. Sus ojos lo engañaron y le hicieron creer que distinguía su figura oscura en una almena. Sacudió la cabeza y se centró en el camino que se abría ante él: aunque toda la distancia del mundo siempre le había parecido inútil para huir de aquello que llevaba en el corazón, de pronto sintió que lo envolvía un aire de libertad; solo quiso dejarse llevar, espolear a Bucéfalo y cabalgar hasta doblegar la frontera del horizonte.

17

Una línea perfectamente definida partía en dos el mar del Helesponto, diferenciando la masa de agua que pertenecía a Grecia de la que pertenecía a Asia. La primera era azul brillante; la segunda, de un verde esmeralda y metálico. El trirreme real iba a la cabeza de una flota de más de cien navíos que hendía las olas. El aire marítimo se llevaba los bramidos de los remeros, que sudaban bajo la cubierta, y los osados pensamientos de los almirantes indecisos, perdidos en sus planes de guerra. Pronto avistarían al otro lado de la bruma la costa del continente más vasto de la Tierra.

Alejandro vio a dos marineros que llevaban un gran cofre bajo la cubierta. Una ansiedad imposible se apoderó de él.

—¡Que tengan cuidado con eso!

—No te preocupes —lo tranquilizó Hefestión.

—Es muy valioso.

—¿No te bastan los tesoros que encontraremos en Asia, que tuviste que traer los de Macedonia?

—No es oro —explicó él—. Me lo dio Aristóteles. Es su *Ilíada*. Espera que así me acuerde de él, que escuche su voz en las anotaciones que escribió en los márgenes.

—Estoy seguro de que lo tratarán con cuidado.

Echó la vista al cielo. El día estaba despejado, la mañana era aérea. Un par de nubes rizadas cruzaban a la carrera el aire griego, llevando sobre sus monturas a los dioses caprichosos. El viento de poniente sacudía con fuerza el velamen blanco, «el que debieron de llevar Aquiles y Patroclo», se dijo.

—Señor, fíjate —señaló Nearco.

Alejandro levantó la vista. La cordillera azul de Asia apareció en la neblina. Allí estaba, tal y como la debía de haber visto Aquiles novecientos años atrás.

—¿Ciudad?

—Abido.

—¿Y Troya? —deslizó.

—Troya queda más al sur.

—Bien. Prepara a la tripulación —ordenó.

Luego se dirigió a la popa, apartó a los marinos y él mismo agarró con firmeza el timón. Viró mientras gritaba: «¡A estribor!». Los tripulantes apenas si tuvieron tiempo de agarrarse antes de que la nave diera un tumbo, se escorase y abandonara la línea que seguía el resto de la Armada.

—¡¿Qué haces?! —gritó Hefestión.

—Nosotros nos desviamos. Parmenión tiene órdenes de organizar el desembarco. Nos reuniremos con él a la mayor brevedad.

—Pero ¿adónde vamos, Alejandro?

—A ver el sitio donde descansan. A verlos a ellos, Hefestión —le dijo emocionado—. A Troya.

Al principio Hefestión temió que se fuera a producir una desbandada general, que algunos barcos optasen por seguir su rumbo mientras que otros siguieran la nueva estela marcada por el trirreme real, pero para su sorpresa la formación de las naves se mantuvo, y solo su trirreme se apartó, como si se hubiesen dado órdenes para que así sucediera. Viendo a Alejandro clavado en el horizonte, viendo cómo se aferraba al timón, supo que algo se había adueñado de su espíritu, algo maravilloso. Era como si las dudas que venía teniendo, los miedos que se habían hecho evidentes en las semanas anteriores, hubieran desaparecido de la mano de ese golpe de timón y hubiesen caído por la borda. A pesar de haberse desviado del rumbo trazado, tenía la sensación de que su curso nunca había estado tan claro y tan definido como entonces.

Dejaron atrás los dos colmillos de tierra de entrada al Helesponto, cruzando la puerta hacia otro reino. Alejandro ordenó entonces que subieran un buey a la cubierta, le cortaron el cuello y lo sangraron por la borda como sacrificio a Poseidón, dios de los mares. Luego tomó un cáliz dorado de su propio ajuar, lo llenó de vino puro y lo vertió por la borda, que aún apestaba y estaba pringosa de la sangre derramada del animal, invocando a la diosa marina Tetis, madre de Aquiles. El viento arreció y levantó crestas de espuma en las olas. Como conjurada por la libación, apareció ante ellos la desembocadura rugiente del río Escamandro, en cuya ribera se había asentado el campamento aqueo durante el asedio de Troya.

La nave empezó a virar hacia la orilla arenosa.

—Vestidnos —ordenó el rey, refiriéndose a sí mismo y a Hefestión.

Les ciñeron las armaduras y a él le tendieron el escudo mítico de Aquiles.

Firmes como estatuas, aguardaron en la proa viendo acercarse la costa. Mantuvo hábilmente el equilibrio cuando el trirreme se aproximó y cuando lo encallaron en la orilla.

—Que nadie se mueva —dijo, y saltó a la arena.

Era el primer macedonio de la expedición que ponía los pies en Asia.

Hefestión lo siguió y tras él ya empezaron a bajar los demás.

La playa solitaria se perdía en la distancia.

—Mirad —dijeron algunos marinos emocionados—, las dunas.

Todos dirigieron la vista al punto al que señalaban. En la delgada línea entre la playa y la maleza seca de la costa, se levantaban centenares de dunas que un aire de arena había ido construyendo grano a grano durante milenios. Allí era donde según el poema habían recalado las mil naves aqueas. Allí era donde había empezado la más larga contienda por la supervivencia de la civilización. Aún podían oírse en el aire sus voces arrastrando los trirremes hasta la arena y montando el campamento.

Alejandro levantó la lanza en el aire, soltó un rugido y la clavó con fuerza en la arena del Imperio persa. Se volvió hacia sus hombres y, embriagado por el espíritu de su pasado, proclamó con un chorro de voz que no era la suya:

—¡Yo, Alejandro, rey de Macedonia, hegemón de Grecia, tomo posesión de esta tierra usurpada, poniéndola bajo mi protección y devolviéndola a los dioses a los que pertenece! —Los helenos vitorearon a su señor—. ¡Ha llegado la hora! Darío, el Gran Persa, no tendrá dónde esconderse. ¡Caminamos sobre las pisadas de los héroes del pasado hacia la victoria sobre el mal que asola la Tierra!

Si bien de la mítica ciudad de la *Ilíada* apenas quedaba rastro —tal vez a muchas brazas bajo la tierra pudieran encontrarse los huesos de los héroes aqueos y el esqueleto del caballo de madera con el que penetraron en la ciudad—, Alejandro sentía que Troya seguía viva, aunque quizá la confundiera con la de su imaginación. Invocando esos versos que conocía de memoria, pasando la mano por los fustes caídos y por esos muros derruidos en los que resistían las huellas de frescos desleídos, su mirada recompuso los colosales templos, los palacios que brillaban bajo la luna dárdana, y resucitó a los héroes enzarzados en el fiero combate. Todo tenía para él un recuerdo de la gran batalla —la primera entre Grecia y el este—, pues caminaba sobre las ruinas del triunfo de Aquiles. Lo hacía mil años después, dispuesto a cumplir el destino, a resarcir al héroe de pies ligeros, a vengarlo, a poner fin a la línea de tiranos que sometían el mundo y devolver la libertad a todas las tierras.

18

En Abido, el ejército recibió a Alejandro con vítores, pero Parmenión no disimuló su enfado: el rey había decidido por su cuenta y riesgo separar el trirreme real del resto de la flota y virar hacia Troya sin previo aviso. Aquello podría haber ocasionado una desbandada de las demás naves o haber llevado a los hombres al desconcierto y al desánimo nada más empezar la campaña; ¿acaso era el único que se daba cuenta? Tomó a Hefestión por el brazo, se lo llevó a un lugar apartado y le advirtió: «Te hago responsable de él. Si nos conduce a todos a la muerte, será como si nos hubieras conducido tú. Y los dioses se cobrarán su venganza. Tenlo presente».

El *strategos* aún no perdonaba que Alejandro hubiera dejado Macedonia y la Liga en manos de Antípatro y Olimpia y a él lo hubiera arrastrado a morir a Asia. Lo había apartado de la cúspide del poder regente, negándole el culmen de su vida de servicio al reino, y lo peor, los había condenado, a él y a su hijo Filotas, al heredero de su casa, a morir en tierra extraña, lejos del hogar: los privaba de compartir suelo con sus ancestros y de tener un olivo sobre sus tumbas que se nutriera de ellas.

Esa noche decidieron la ruta: se adentrarían en Frigia, primera de las provincias persas, rumbo a Sardes, la más importante ciudad imperial del oeste. Allí comenzaba el Gran Camino Real, una inmensa carretera construida por los persas que conectaba todos los puntos del vasto imperio.

—Tomada Sardes, asentaremos el control sobre Asia Menor —señaló Parmenión— y tendremos el camino libre hacia el que ha de ser nuestro siguiente objetivo: la ciudad portuaria de Halicarnaso, con la que controlaremos el acceso al mar Egeo.

Alejandro escuchó con atención a su general; lo que decía era sensato y él estaba de acuerdo, pero en su fuero más íntimo se retorcía su orgullo preguntándose quién se creía aquel anciano para cursar las órdenes de *su* campaña, de *su* guerra, de *su Ilíada.*

Levantaron el campamento y se pusieron en camino, pero en el paso del río Gránico, que alcanzaron tras apenas unos días de marcha, los esperaban las huestes de Persia. Advertidos por sus espías y traidores, los sátrapas de Frigia y Jonia habían conocido que Alejandro cruzaría el Helesponto en primavera. En apenas unos meses habían reunido un gran ejército; treinta mil, estimaron los generales.

—¿Quién los comanda? ¿Darío?

—No, señor —respondió Parmenión—. Un griego. Memnón de Rodas.

Alejandro aguzó la vista. Una facción del ejército llevaba un atuendo distinto del que vestían los demás. Su *strategos* resolvió el misterio.

—Son griegos. Mercenarios de las ciudades jonias.

—Tendrían que luchar con nosotros por la liberación de sus polis —masculló.

—El oro persa, señor, domina el mundo.

Un cuerno resonó en el abismo gris. El enemigo avanzaba.

—Tendríamos que haber cruzado el río por el norte y caer sobre ellos por sorpresa —dijo Parmenión.

—No. No utilizaremos estratagemas. Esta es nuestra primera batalla: los enfrentaremos cara a cara. Da la orden. Que nuestros ejércitos avancen.

Parmenión dudó un instante, pero finalmente obedeció.

—Que Zeus te guarde, señor.

—Y a ti, *strategos.*

El viejo general hincó los talones en su caballo, dio la orden a sus oficiales y salió al golpe con toda su caballería ligera detrás. Rompió el trueno de los caballos el agua pétrea del río, brillaron las espadas bajo el sol plomizo de mayo, tembló la ribera con el choque de fuerzas.

Alejandro desenfundó su espada y miró a Hefestión y a Clito, que se encontraban a su lado.

—Estad conmigo —murmuró.

—Siempre —le contestaron.

Acarició la crin de Bucéfalo y se agachó en la montura para susurrarle a su fiel bestia en la oreja:

—Estalo tú también, amigo. No te separes de mí.

Levantó la espada en el aire y gritó:

—¡Adelante!

Tras él rugió la compañía de sus jinetes, más de tres mil. Hincaron los talones en los caballos, que relincharon encabritados y se lanzaron sin dudarlo al abismo del río, hacia el flanco izquierdo del enemigo, que la carga de Parmenión había arrasado.

Las huestes de Memnón los vieron aproximarse y entendieron el error: habían concentrado su infantería contra la caballería ligera dejando desprotegido el otro flanco, por donde la caballería pesada de Alejandro iba a aplastarlos. Inmediatamente pisaron el pecho de los caídos, extrajeron de sus corazones sus espadas, las ondearon en el aire y dieron la orden de moverse para encontrarse con los helenos. Pero el terror se los llevó a todos cuando vieron que el resto del ejército, con Nearco, Ptolomeo y Laomedonte a la cabeza de la infantería, comenzaba también a moverse hacia ellos. Las dos olas de fuerza griega los iban a engullir.

Entre el mar de cabezas desorientadas y aterradas sobresalió la de uno de los sátrapas. Se subió a un caballo sin jinete y lanzó un grito de guerra. Espoleó al animal y se abalanzó directamente contra el grueso de las tropas. Había identificado a Alejandro: el de la coraza de hierro azul, el de la crin rojiza en el casco ornamentado. Cargó contra él; cercenada la cabeza de la serpiente, moriría el cuerpo entero.

Alejandro blandía la espada con una destreza que los *hetairoi* no recordaban haberle visto en Grecia. Se movía con agilidad, con los talones ligeros, como si estuvieran alados. Pero no vigilaba su retaguardia.

Entonces oyó un alarido a su espalda y al volverse vio al sátrapa viniéndose sobre él. Era enorme, musculado como un gran semental salvaje, y cubierto con su coraza de hierro deslumbraba bajo el sol como si estuviera envuelto en llamas. Alejandro vio la espada sobre él, oyó el suspiro que lanzó su alma, y supo que no tenía tiempo para reaccionar. En ese momento la memoria lo devolvió, sin poder evitarlo, a su madre.

Pero el golpe no llegó. La espada persa languideció en el aire, como si la fuerza que la movía hubiera dejado de manar. El musculoso brazo del sátrapa cayó al suelo, sujetando aún el arma. Alejandro abrió los ojos y lo vio retorciéndose, sosteniéndose con la mano derecha el brazo izquierdo, cercenado a la altura del codo. Se veía el hueso. Manaba la sangre espesa. Clito lo remató en el suelo, hundiendo la espada en su cuello.

—Tengo tus espaldas, hermano —le dijo.

Alejandro solo le pudo sonreír: le temblaba el cuerpo, aún veía la espada enemiga sobre él. Había faltado tan poco... Si el Negro no lo hubiera visto, si hubiera tardado solo un instante más, la espada persa habría caído sobre él, le habría cercenado la cabeza. Un instante más. Uno solo. Una casualidad fortuita de la que los dioses no lo habrían salvado. Lo abrumaba que una casualidad lo mantuviera vivo, que el azar hubiera podido hacer pedazos todas las genealogías del destino, todas las profecías que desde el tiempo de Aquiles venían vaticinando su gloria. Estaba allí por casualidad, por casualidad allí seguía: todo era posible e imposible a la vez, y un cuerdo arbitrio ajeno a los dioses decidía aprisa y en el último momento qué acababa sucediendo y qué permanecía aguardando una nueva ocasión para suceder. Un universo fuera de control, en el que todo volaba sin orden ni mandamiento, y él en el centro.

Al cabo de las horas, el ruido de la batalla comenzó a amainar. Se oían aún las cargas de la caballería barriendo a los enemigos lejos del lecho del río, pero ya no tronaba el combate con el ímpetu de antes. El horizonte pronto se serenó, dejando ver todo el destrozo de la batalla, los cuerpos cubriendo el paisaje primaveral. La muerte olía distinto; era más liviana que en Queronea, sintió Alejandro, donde había flotado a ras del suelo con su hedor acebollado y denso. Allí el aire de los muertos era más fresco y se deslizaba, llevando sus susurros agonizantes, entre las hojas de los árboles corpulentos.

Memnón de Rodas, el griego que dirigía los ejércitos persas, había escapado; había pasado cerca de Alejandro pero no lo había logrado identificar en medio del fragor. Los mercenarios griegos eran los únicos que permanecían en pie, resignados tras haber sido vencidos pero dispuestos a ponerse al servicio del vencedor. Eran alrededor de dos mil hombres los que se congregaron en la pradera alta del Gránico, en círculo, rodeados por infantes macedonios.

Parmenión los inspeccionó a caballo. Sabía ver a través de la fatiga, el barro y la sangre: estaban en buena forma y eran luchadores bravos.

—¿Cuántos hemos perdido? —preguntó el rey.

—Poco más de cien —respondió Parmenión.

—¿El enemigo?

—Cerca de cinco mil.

—Es una gran victoria, señor —comentó Ptolomeo secándose el sudor de la frente—. El Gran Persa Darío recibirá muy pronto las noticias de su derrota.

Alejandro paseó la vista por la campiña salpicada de cadáveres.

—Encontrad los cuerpos de los sátrapas; dadles una sepultura digna. Pelearon por defender un imperio que apenas les prestó ayuda.

Se volvió entonces hacia los mercenarios. Aunque estaban desarmados, permanecían totalmente firmes, como si esperaran sus órdenes. Su capitán, sabiendo que el rey los miraba, dio un paso al frente.

—¡Alejandro, rey! Venciste: te ofrecemos nuestras espadas para que te sirvan en tus empresas.

—Han probado que saben cómo luchar —dijo Parmenión, complacido de que los jonios y rodiotas fueran ahora a prestarles sus servicios.

Pero él los miró con desprecio: espadachines a sueldo a los que no importaba la tiranía a la que los persas sometían a los griegos, que no tenían ningún respeto ni temor por los dioses propios; traidores. No merecían su respeto ni su clemencia.

—¿Cuántos sois? —preguntó al capitán.

—Dos mil y a ti nos vendemos.

—Dos mil... Dos mil hombres de las ciudades sometidas; en vez de pelear por vuestros hogares os vendisteis al oro de los bárbaros. —El mercenario enmudeció—. ¿Cuánto os ofrecieron los enemigos de nuestros dioses por renegar de ellos? ¿Crees que mi devoción, la devoción de mi ejército, tiene un precio como lo tenéis vosotros? Esta es la sagrada guerra de mis ancestros, la guerra de Grecia contra Asia: no permitiré que los traidores mancillen las filas de los que combatimos por el honor y la supervivencia de nuestra tierra. ¡Soldados! —Los macedonios respondieron con un bramido unísono que sobresaltó a los mercenarios—. Acabad con ellos...

Siguiendo el hechizo de su voz, los macedonios movieron en el aire sus lanzas y sus espadas, y cercaron a los mercenarios, estrechando el círculo hasta que cayeron sobre ellos. La carnicería duró tiempo y fue terrible: muchos murieron aplastados por sus propios compañeros tras haber caído al suelo, asfixiados bajo la carne humana que se amontonaba intentando evitar el hierro macedonio. Luego los puñales rasgaron muchas gargantas; el suelo se embarró con la sangre. El rey y sus generales contemplaron la matanza sin mover un músculo y no fue hasta que el último mercenario dejó de sacudirse con los espasmos de la muerte cuando Parmenión se atrevió a hablar, la voz encogida por el espanto del ajusticiamiento.

—Eran soldados válidos, mi señor...

—Eran traidores que se unieron a los enemigos de su pueblo en lugar de enfrentarse a ellos —zanjó Alejandro. No iba a admitir discusión.

—¡Eran dos mil guerreros que habrían reforzado nuestras filas!

—Eran dos mil traidores que habrían envilecido el espíritu de nuestra empresa. Esta no es una guerra para conquistar territorio, Parmenión, ni para obtener botín. Venimos a liberar Asia. Poco nos podrán ayudar a ello quienes contribuyeron con su cobardía a que se la esclavizara. Ahora vamos: quiero visitar a los heridos.

Antes de seguirlo, Parmenión miró con furia a Hefestión, haciendo de nuevo patente la amenaza.

Pero el joven sonrió ante la furia del viejo general. Sabía que lo que más turbaba al anciano era que el impetuoso rey estaba mostrándose digno de su leyenda. Esa noche, Hefestión se sentó a la luz de la vela y escribió una carta al maestro Aristóteles. «La fiereza es también naturaleza de reyes —dijo relatándole la decisión sobre los dos mil mercenarios supervivientes— y, no queriéndolos contratar ni poner a su servicio, ha mandado un mensaje a todos aquellos griegos que piensen en vender sus espadas a los bárbaros. No viene solo a conquistar, no es como su padre ni como tantos otros antes que él: siempre lo supimos pero hoy por fin lo comprobamos. Está aquí para liberar y gobernar, y yo sé que lo hará mejor que ningún otro. Hoy rubricó con su nombre el regreso de una democracia a Troya. El ciclo que relató Homero termina aquí, maestro Aristóteles. El heleno de hoy, que es tanto mejor que el héroe aqueo de entonces, ha dado una lección a la historia.»

19

En el sudoeste de Anatolia, el comandante de la guarnición del castillo de Alinda subió a golpes los escalones.

—¡Señora!

La mujer no se volvió. Ya sabía de lo que venían a alertarla. Encaramada a la torre de la fortaleza, veía venir a los ejércitos victoriosos del macedonio. En las manos sostenía la misiva que llevaba días leyendo de forma obsesiva. En ella sus espías le comunicaban que la gran ciudad de Sardes se había rendido a los pies del conquistador y que tras ella lo había hecho Éfeso. Mileto la había tomado con poco esfuerzo. Ahora venía hacia Alinda, que estaba en el camino de Halicarnaso.

Con un gesto que desconcertó a su servidor, la mujer de pronto rompió en pedazos la misiva y la aventó al aire.

—Abrid las puertas —ordenó—. Rendimos la plaza.

—No te rindas, señora. No hay en Asia Menor fortaleza como la de Alinda. El invasor perecerá aquí.

—No nos interesa que perezca... —reflexionó—. Abrid las puertas.

Las puertas se abrieron con un crujido metálico. Una comitiva de jinetes avanzó por el camino polvoriento hasta donde se encontraban los macedonios. Se echaron a los lados y formaron, firmes y tensos, una hilera por la que transitó una joven doncella a caballo. Llevaba el rostro cubierto por un velo de seda que difuminaba sus facciones hermosas. Alejandro y los *hetairoi* se revolvieron nerviosos en sus monturas. Por un lado suspiraban aliviados de haberse evitado un asedio imposible como aquel, pero por otro no podían evitar recelar de los carios y su recibimiento.

—Mi señora te está esperando. Este castillo es ahora tuyo, Alejandro, rey —dijo la emisaria.

Los griegos echaban la vista hacia arriba y las torres parecían perderse en la infinidad de las nubes, sus piedras color gris marmóreo se confundían con las que empedraban el cielo. El grueso de las tropas permaneció en los niveles bajos de la fortaleza. Alejandro y los *hetairoi* fueron conducidos al nivel superior.

Atravesaron un gran patio por una arcada de columnas flanqueada de solitarios cipreses hasta llegar a las puertas de la zona palatina. Allí los esperaba la señora del castillo. Era una mujer de unos cuarenta años con el cabello peinado con caracolas trepanadas sin brillo y los ojos acuáticos. La única joya que la adornaba era un sencillo anillo de piedra turquesa en el dedo anular derecho. Alejandro había sentido su mirada clavándose en él desde que divisó su figura al otro lado del patio y conforme se fue acercando la fue sintiendo hincarse más en su carne. Cuando estuvieron frente a frente, la dama reveló la identidad que todos conocían:

—Alejandro rey, se presenta ante ti Ada, sátrapa de la región caria, reina y señora legítima de su capital, Halicarnaso.

—¿Y qué hace la reina de Halicarnaso perdida en Alinda, en los confines de su reino? —preguntó Alejandro tras permanecer unos momentos callado.

—Lo mismo que el rey de Macedonia en Asia: buscar fuerza con la que poder regresar a mi mundo. Irme para volver —le respondió.

El macedonio torció el gesto; no lograba adivinar las intenciones de la dama. La princesa esbozó una sonrisa traviesa; parecía divertirse con la inquietud que su presencia y sus palabras provocaban en sus huéspedes. Decidió poner fin a sus acertijos:

—Hace años que los persas me expulsaron de mi ciudad de Halicarnaso y el castillo de Alinda se ha convertido en hogar de mi exilio. Y ahora te lo entrego a ti. Es una fortaleza inexpugnable en la que podrás detenerte a descansar y planear tu avance. —Extendió la mano anillada, tendiéndosela a Alejandro, que, con el paso lento e inseguro, como si se estuviera acercando a un animal salvaje, se aproximó y la besó. Ada sonrió de nuevo—. Sois bienvenidos. No os consideréis huéspedes en mi casa; es vuestra.

Esa noche disfrutaron de la hospitalidad de la sátrapa exiliada de Caria.

—El alto en el camino es de agradecer, princesa —le dijo Alejandro sorbiendo vino de su copa dorada—. Es enorme tu generosidad.

—Ambos sabemos que ni tú viniste a Alinda por mi generosidad, ni yo la ofrezco de forma desinteresada —le respondió seria—. Sé lo que sucedió en Mileto. Fuiste astuto al impedir a la flota persa el acceso a los ríos, pero también tuviste suerte. Un día, un solo día de demora, y habrías encontrado a toda la Armada esperándote en la bahía. Te habría sido imposible tomar la ciudad.

—Los dioses me favorecen.

—Tal vez lo hagan, pero no confías lo suficiente en ellos como para que aseguren las líneas de comunicación de tus ejércitos con Macedonia. Por eso te diriges hacia Halicarnaso.

Alejandro resopló y se reclinó sobre su asiento. Vio entonces a Parmenión mirándolo juicioso algunos asientos más allá en la mesa del banquete: desconfiaba del cobijo tranquilo que pudiera darles una antigua sátrapa.

—Si los persas mantienen el control sobre tu ciudad —dijo Alejandro—, su Armada aún podrá dejarnos aislados a este lado del Egeo. Tomar Mileto no es suficiente; Halicarnaso es vital.

—Necesitas mi ayuda para ganarla.

—Sí. —Ada sonrió complacida de que Alejandro hubiese desvelado sus intenciones—. Eres helena, como nosotros. Helénica es tu dinastía. ¿No quieres acaso recuperar para los dioses del Olimpo la ciudad que te pertenece?

La princesa cogió con delicadeza un racimo de uvas y empezó a comerlas muy despacio mientras observaba a cada uno de los generales de Alejandro, mirándolos con detenimiento y estudio.

—Te he entregado mi castillo, rey de Macedonia. Quiero concederte mi apoyo, pero no sé si los próceres que te acompañan estarán dispuestos a que te lo brinde.

—Ellos harán lo que yo les ordene. Soy su rey.

—No se lo repitas demasiado, o pensarán en cómo hacer para que dejes de serlo; toma esa lección de una reina sin corona.

Alejandro miró de reojo a sus generales; en su pecho se resintió una corazonada.

—Memnón de Rodas dirige la defensa de Halicarnaso —prosiguió Ada—. Es una ciudad que solo ha caído una vez, a su servicio hay toda clase de mercenarios y por supuesto la protegerá la Armada persa. Y, a pesar de todo, yo sé cómo puede caer.

—¿Cómo?

—Ahí está la razón por la que tus generales pedirán que rechaces mi apoyo —explicó mirándolos—. La región de Caria era mía por derecho, pero mi hermano menor se alió con el Gran Persa para arrebatármela; sus habitantes no perdonan la traición, anhelan mi regreso, y bendecirán al ejército que me traiga a mí al frente.

—No entiendo. ¿Por qué dices que mis generales se opondrán a algo así?

Ada permanecía observando a los macedonios llenarse las bocas de comida y vino. Sentía la mirada confundida de Alejandro sobre el perfil de su mejilla. Se volvió y clavó en él sus ojos de agua; el macedonio no los esperaba tan intensos, tan penetrantes.

—Porque una vez recuperada Halicarnaso me lo devolverás, junto a todo el reino de Caria, a mí, su legítima dueña.

Sintió la garganta seca, tragó saliva.

—¿Cómo me puedes garantizar entonces que no pondrás la plaza de nuevo al servicio de mis rivales?

—Mi dinastía no volverá a venderse a los enemigos de sus dioses.

—He de pensarlo —zanjó—, y meditarlo en mi consejo.

—Como desees. Pero sabes que no entrarás en la ciudad si no es conmigo. Pongo en tu conocimiento las dos opciones con las que cuentas: o tomas Halicarnaso sabiendo que has de cederla, o estrellas tus huestes contra sus muros, a riesgo de que tu expedición acabe ahí. —Alejandro fue a hablar, pero ella se adelantó—. A ellos podrás engañarlos, pero no tiene sentido que me lo niegues a mí: ambos sabemos que entre tus planes no está el detener la conquista en Asia Menor. Ansías mucho más...

Los *hetairoi* vieron a Alejandro levantarse.

—La puerta de mi alcoba está permanentemente abierta —informó Ada—. Esperaré tu respuesta.

El rey no aguardó a la mañana para debatir con sus generales. Se retiraron a los aposentos que la sátrapa exiliada había preparado para ellos. Allí reflexionaron inclinándose sobre un enorme pergamino en el que estaba dibujado el mapa del mundo desde Macedonia hasta el Tigris y el Éufrates por el este y Egipto por el sur.

Parmenión insistió en que lo que proponía la princesa de Caria era una extorsión inasumible.

—No ha habido mayores traidores a la sangre griega que la familia de Ada. No puedes volver a darles el control de una plaza vital como es Halicarnaso.

—La necesitamos, por eso vinimos hasta aquí. Con ella el pueblo nos abrirá las puertas —contestó Alejandro, que a pesar de todo compartía la preocupación del viejo general.

—Pero no podemos usarla a este precio, señor.

—Si la reina legítima no nos apoya, el asedio podría prolongarse indefinidamente, Parmenión.

—¿Y por qué habría de preocuparnos eso? La ciudad caerá antes de que Darío mande a sus tropas hasta esta costa, si es que las manda. La misión por la que partimos era la de liberar las ciudades griegas que vivían sometidas al yugo persa, a cualquier precio. Esas fueron tus palabras.

—Pienso en las vidas que se perderán en un asedio tan largo, no solo en la lucha. De hambre, de sed...

—Muchas, sin duda. Pero, señor, ser coherente con la misión que tú mismo te encomendaste bien vale un asedio largo. Porque si liberas Halicarnaso para devolvérsela a los que en nombre de los aqueménidas la mantuvieron tiranizada, ¿qué estamos haciendo aquí?

Alejandro no supo qué contestar. Se inclinó sobre el mapa, quedándose fijo en el punto de tinta oscura que marcaba Halicarnaso en su estrecha península, asomándose al mar y a las islas del sur.

Hefestión percibió su nerviosismo; supo que se le estaban rebelando los pensamientos.

—Dejemos que el rey descanse —dijo—. Y continuemos por la mañana.

A todos les pareció bien y fueron abandonando la sala.

Quedaron los dos amigos.

El rey no se había movido un ápice de su postura.

—Alejandro...

—Gracias, Hefestión —fue todo lo que tuvo que decir para que el comandante de los *hetairoi* entendiera que quería quedarse solo.

Cuando oyó la puerta cerrarse tras su amigo y la sensación del silencio y la soledad se abalanzaron sobre él, respiró aliviado. Cansado, se sirvió una copa de vino, la última antes de irse a dormir, y salió al balcón a tomar el aire. Era una noche fresca y hermosa: la luna delgada estaba alta en el cielo; tenía un color de tierra.

«Ayudadme, dioses», murmuró, y sus palabras se las llevó la brisa.

Se apoyó en la balaustrada y miró hacia abajo. Desde allí se veía, en una torre más baja, un amplio balcón iluminado. El viento mecía las cortinas de seda. Se intuían sombras delgadas tras ellas. Aquellas eran las estancias de la sátrapa. Se asomaban a levante. Cuántos amaneceres habría visto irse desde aquel balcón la solitaria Ada de Caria, se preguntó Alejandro, pensando que nunca regresaría al hogar, pensando en si de veras le merecía la pena la lucha por regresar...

Volvió dentro. Apuró el vino y examinó de nuevo el mapa. Su dedo índice se paseó con suavidad desde el punto de Halicarnaso hasta el que marcaba la fortaleza de Alinda, donde se encontraban. Se fijó en la mar pintada de azul y, al otro lado, en el punto de tinta negra que señalaba Pela, su hogar. Solo el estrecho mar Egeo los separaba. Apenas un palmo en aquel mapa. La distancia, que siempre le había parecido tan vasta, de repente se le hizo insoportablemente angosta. Estaba tan cerca aún... Y Halicarnaso no quedaba mucho más lejos. El asedio lo iba a varar en aquella tierra, iba a hacer que sus pies echaran raíces en el fértil suelo de Caria. Nunca podría ir a por Darío. Tenía que escapar. Era como si estuviera intentando partir hacia el este una y otra vez sin conseguirlo, como si la expedición no terminara nunca de arrancar. Se sentía preso de un irse constante. Una angustia lo acongojaba, apretándole el pecho. Y en lo único en lo que parecía encontrar aire para respirar era en la inmensidad de esa Asia por cartografiar, en sus confines sin definir.

Cogió una vela y abandonó la alcoba. Bajó las escaleras de la torre y cruzó corredores de columnas hasta que llegó a las puertas que custodiaban varios guardias. No tuvo que decir nada, simplemente se hicieron a un lado; tenían orden de ello. Cruzó las antecámaras oscuras hasta llegar a la estancia principal.

—Rey de Macedonia... —susurró Ada desde la oscuridad—, te sentí en tus pisadas; son inconfundibles. Me alegra que hayas comprobado mi sinceridad: te dije que mis puertas iban a estar abiertas.

Alejandro se acercó; la luz del candil se derramó sobre la princesa soñolienta. Se incorporó en su lecho.

El macedonio la observó unos segundos en silencio, sin poder hablar.

—¿Y bien?

Finalmente pudo arrancarle a su voz unas palabras.

—He tomado mi decisión.

Ada de Caria dejó ir un suspiro.

—Te escucho.

20

Las tropas abandonaron Alinda dos días después. A la cabeza del ejército iba Alejandro, y a su lado, la sátrapa legítima de Caria, a lomos de una yegua baya. Iba vestida con su coraza, como si fuera una flamante reina del país de las amazonas, con una daga al cincho y un arco cruzándole el pecho. Las princesas de Caria eran grandes arqueras.

Llegaron a Halicarnaso con un viento huracanado a sus espaldas. Tras las murallas blancas sobresalía la enorme maravilla: la tumba de Mausolo, sátrapa de Caria, y de su hermana y mujer, Artemisia II. Un templo de dimensiones colosales. Se levantaba sobre una colina en la ciudadela. Altísimos muros sostenían una fila de columnas jónicas, intercaladas de esculturas. Sobre el tejado triangular había una grandiosa escultura de bronce, pero desde tan lejos no podía llegar a verse claramente.

Desde la colina que dominaba la planicie de la península, fue señalando con sus generales las zonas débiles de la muralla.

—¿Memnón está dentro? —preguntó Alejandro.

—Sí... Atrincherado con el sátrapa y los otros tiranos en la ciudadela, como ratas —masculló Ada.

—¿Es un buen estratega?

—Es un guerrero fiero y un político hábil. Ha sabido escalar hasta la cima del generalato persa. No dudó en tomar para ello una mujer persa, ni en vender su espada a los aqueménidas a pesar de ser griego.

—¿Su esposa lo acompaña en la ciudadela? Quizá podamos ofrecer un salvoconducto para ella si rinden la plaza.

—Los espías reportan que en la ciudadela no hay mujeres. Lo cual es extraño: Memnón imita a los aqueménidas y siempre la lleva consigo a la guerra para demostrar que no tiene miedo.

—Luego, ¿la has visto antes? A ella.

—Se llama Barsine, una princesa frigia. Debió de pensar que así se ganaría el apoyo de los sátrapas de la región.

Alejandro sintió que lo abofeteaban sus recuerdos.

—¿Barsine? ¿La hija de Artabazo de Frigia?

—¿La conoces?

Asintió lívido. Hacía tiempo que no pensaba en su amiga; ahora la vida se la arrojaba a los pies. Barsine casada con su enemigo... Se sintió culpable de su triste destino. Desde que ascendió al trono de Macedonia no se había molestado en buscarla. Necesitó verla, decirle que lo sentía, arrancarla de los brazos del mercenario traidor y ponerla a salvo. Pero si, como decía Ada, Memnón la llevaba consigo a cada batalla y ahora no se encontraba en la ciudadela, quizá ya fuera demasiado tarde.

—Quiero que la busquen —dijo de pronto—. Registraremos toda la ciudad y, si no la encontramos, mandaremos a nuestros hombres a recorrer Frigia y Licia enteras hasta dar con ella.

—No pienses ahora en una sola mujer —dijo Parmenión—. Espera primero a que la plaza sea tuya, no va a ser tan fácil como crees.

El asedio de Halicarnaso fue, en efecto, complicado.

Libraron la batalla frente a las murallas; el rey inicialmente dio orden de que las catapultas no dispararan. La ingeniosa maquinaria de guerra que con tanto esfuerzo se había transportado hasta allí quedó únicamente como centinela del horizonte. Desde las torres, los defensores acabaron con los arietes. A sus puertas se produjo una escaramuza, escudo contra escudo, de la que lograron salir victoriosos por pura intercesión de los dioses, y aun así sufriendo cuantiosas pérdidas. Los persas, con Memnón a la cabeza, organizaron ataques nocturnos al campamento y lograron prender fuego a gran parte de la maquinaria de asedio. A partir de ese día, Alejandro decidió usarla y las catapultas comenzaron a disparar sobre la ciudad. Ada observó sin oponer resistencia a que el mundo de sus nostalgias de reina exiliada padeciera bajo fuego macedonio. Era como si hubiera llegado a la conclusión de que, dado que nunca recuperaría Halicarnaso —la visión de la flota persa frente al puerto era siniestra—, sería mejor que nadie la poseyera.

La primera mañana de septiembre, la princesa de Caria dormía un sueño ligero con la coraza puesta. Aún no había amanecido cuando la sorprendió el olor del humo. Salió de su tienda y vio las llamas columpiándose de las murallas. Dio la alarma: los persas abrasaban la ciudad.

Alejandro condujo al ejército en la oscuridad a través de la brecha que habían abierto en la muralla exterior. Ordenó ejecutar a los incendiarios y salvar a los halicarnasos. Un solo pensamiento dominó su mente en aquel momento: rezó a los dioses porque Barsine no estuviera dentro y ardiera con la ciudadela. Cuando rayó el alba, ante los macedonios apareció una ciudad derruida.

Con hastío en la mirada, Alejandro dio un tirón de Bucéfalo y galopó de nuevo hasta el campamento donde lo esperaba Ada.

—Mi señor, la región de Caria es más que la ciudad de Halicarnaso —dijo la sátrapa—. Mucho más.

Con la ciudad destruida y el sátrapa aún en la ciudadela, aprovisionado por mar, la toma de la fortaleza aún podía demorarse semanas, meses, quizá. El mero pensamiento llenaba la mente de Alejandro con los peores fantasmas: tan cerca de casa, su madre no tendría más que estirar el brazo al otro lado del Egeo y asirlo con la fuerza de su mano.

—No podemos retirarnos —dijo Parmenión.

Estuvieron todos de acuerdo. El mensaje que se enviaría sería fatal.

—No nos vamos a retirar, pero la expedición no puede terminar aquí. Tres mil de nuestros hombres se quedarán conduciendo el asedio a la ciudadela.

—¿Y a quién dejarás a su mando?

—A la reina —respondió—. Nosotros continuamos hacia el este. Cursad las órdenes oportunas.

Parmenión quiso alzar la voz contra aquella decisión, pero captó con el rabillo del ojo a Ada acercándose.

—Ten cuidado con lo que dices, señor —le dijo como toda advertencia para después dejarlos a solas.

La sátrapa esperó a que el viejo general se hubiera alejado lo suficiente.

—Levantas el campamento...

Alejandro no quiso entrar a debatir sus motivos y directamente le comunicó que la dejaría al comando del asedio y con una importante fuerza macedonia para asistirla.

—Como dices, Caria es más que Halicarnaso. Pero hasta que no conquistes las ruinas de lo que fue tu ciudad, tu reino no será enteramente tuyo. Y yo necesito que sea así.

—Así lo será —prometió ella—. En tu tienda, tus secretarios encontrarán el documento firmado en el que te adopto como hijo, haciéndote a mi muerte heredero de las satrapías de Caria y Halicarnaso. —Alejandro esbozó una sonrisa aliviada—. Comprometí mi palabra: no iba a desdecirme después de haber exigido tu apoyo. Fue una maniobra inteligente. Eres muy inteligente, rey de Macedonia.

—No más que tú: lograste el apoyo de un extranjero para que su ejército te devolviera el reino que perdiste.

—No —rio ella—. Que vayas a hacerte con mi reino denota precisamente mi falta de inteligencia. Dejé que la edad me alcanzara: no tener hijos me ha restado mucho poder, y eso es responsabilidad mía. Te entrego Caria porque no tengo a quién más dársela: puedes ver ante ti a una monarca que ha fallado a su dinastía.

Alejandro enturbió el gesto; empezaba a comprender el mensaje que le transmitía la sátrapa. El tono se le quebró, se le volvió de niño, como si de pronto hubiera dejado de entender todo el mundo que a sus veintidós años ya comprendía.

—Pero has recuperado tu reino. Eso es lo importante. Solo será mío a tu muerte.

—Recuperándolo he prorrogado únicamente lo inevitable. Solo he recobrado Caria para satisfacer el orgullo y las nostalgias de la joven que quiso reinar. Es una victoria efímera, pues no tengo hijos a los que encomendar mi obra, y amarga, pues para recuperar mi ciudad hubimos de hacerla ruinas. En el fondo, a nadie sirve esta victoria más que a mí, y a mí me sirve de poco. —Lo cogió por los hombros y le dijo muy seria—: Dado que te he tomado como hijo, acepta este consejo de madre: todo lo que hagas hazlo pensando en los que vendrán, no en ti, porque si no sentirás lo que siento yo ahora.

—¿Y qué es?

—Una sensación de ceniza en la boca. Del olvido de la historia y de la muerte solamente podrás salvarte estando en la sangre de los que te sucederán. Todo cuanto hagas lo has de hacer por *ellos*. Si no, correrás la suerte de esta pobre princesa cuyo nombre rescató el gran Alejandro de la memoria de los hombres, pero solo momentáneamente.

Y sus palabras se hundieron en la profundidad de la bahía, bajo el sonido incesante de las catapultas, sordo y metálico como el hacha de un verdugo, hasta quedar sepultadas por los escombros de una torre plateada que se vino abajo cerca del Mausoleo.

21

El campamento se levantó cuando despertó la mañana. Atrás quedaron para siempre Halicarnaso, su enquistado asedio y su reina.

Parmenión tomó la ruta hacia el norte para regresar a Sardes llevando consigo gran parte del contingente más difícil de transportar, como las armas de asedio. Tenía orden de aguardar allí la llegada de nuevos refuerzos y provisiones desde Macedonia. Pasaría allí el invierno, reagrupando la fuerza que les había restado la campaña en la costa, y luego se reuniría con Alejandro en la ciudad de Gordio, al otro lado de Asia Menor.

Mientras tanto, el rey y los *hetairoi* continuaron con la mitad del ejército por el camino de la costa meridional, buscando hostigar a la flota persa, tomando enclaves estratégicos que la impidieran recalar y la obligaran a regresar a Egipto. Fue una travesía penosa, pero nada detuvo su ánimo: ni el viento helado y húmedo que trajo el mar de color de hierro, ni los caminos sinuosos y serpenteantes por valles de hermosura cubierta por la niebla.

Tomaron luego el Camino Real, la vía empedrada que desde hacía siglos conectaba las ciudades del Imperio persa, rumbo al reino de Frigia, en el centro de Anatolia. Alejandro no pudo evitar pensar en Barsine: ¿la habrían encontrado ya? Imaginaba a los hombres de Ada recorriendo la costa, ciudad a ciudad, sin hallarla. Le dolió en la memoria como si ya se hubiera ido. Frigia en verdad no era el reino de oro que de niño pensó era la tierra natal de su amiga. El aire de aquellas llanuras estaba enviciado por el yugo de hierro de Persia. Con frecuencia se topaban con ruinas de palacios y templos, ciudades perdidas, arrasadas por los invasores hacía siglos. El viento que soplaba traía las voces angustiadas de los que perecieron bajo el fuego de asedios pasados. A pesar de todo, ese era el hogar de su amiga. Y a ese sentimiento se aferró, queriendo notarla cerca aunque la mente le asegurara que estaba lejos e incluso le advirtiera de que bien podía estar ella entre los muertos que por allí se oían.

Ya abandonada la costa, y tras unos días a paso ligero, aparecieron ante ellos las torres inclinadas, por ese mismo yugo de sometimiento, de la antigua capital frigia: Gordio, una ciudad estratégica que con su posición en el centro de la Anatolia había ayudado a incontables dinastías a lo largo de la historia a controlar la región.

Mandaron mensaje al sátrapa para que rindiese la plaza a su único y verdadero soberano. El gobernante salió a recibirlos y les dio una calurosa bienvenida.

—Sois invitados de honor en esta ciudad —les dijo.

—¿Invitados? Esta es la ciudad de tu rey —dijo Ptolomeo extrañado.

El sátrapa se mostró incómodo. Giró la cabeza y miró hacia una cohorte de sacerdotisas que lo acompañaba, como si buscara su aprobación. Iban vestidas con un hábito pobre y sus cabezas estaban afeitadas, al contrario de lo que se acostumbraba en Grecia.

—Con el debido respeto —dijo finalmente—: Alejandro es señor de Gordio, suya es. Pero para ser rey de Frigia hace falta más que entrar en esta ciudad.

—¿Dónde está vuestro rey, entonces? ¿Acaso en Babilonia, desde donde os gobierna? —intervino Hefestión pensando que el gobernador hacía referencia a la lealtad debida a Darío.

La contestación que recibieron los dejó confundidos:

—Al rey de Frigia todavía lo estamos esperando.

Alejandro se percató de que una de las sacerdotisas lo miraba fijamente, clavando en él sus ojos amarillos como hierros incandescentes. Sentía su calor y hubiera jurado oír el chisporroteo de su carne abrasándose bajo la mirada. Sonreía, pero el significado de su sonrisa, como nada en ella, tampoco lo supo descifrar.

En Gordio encontraron que el tiempo estaba detenido; la decadencia se respiraba en el aire arenoso. Todos la habían imaginado tan espléndida como Sardes, pero se encontraron con una ciudad que parecía haberles perdido la batalla a sus propios fantasmas. Las grandes avenidas se estiraban solitarias sin fin aparente; los palacios estaban descuidados; los capiteles ornamentados de las columnas, con sus volutas y sus hojas de acanto en mármol, hechos trizas; las paredes desconchadas y agrietadas. En el camino se cruzaron con dos o tres ciudadanos, no más. Sus rostros avejentados denotaban el padecimiento de una enfermedad del alma que el tiempo agravaba sin visos de mejoría posible.

Se alojaron en el palacio del sátrapa, que estaba en la parte nueva de la ciudadela. Era una enorme e impresionante construcción que la ruina económica, la desgana de sus patrones y sobre todo el espíritu de esa sociedad cansada, que allí todo lo cubría, había convertido en tenebrosa. Un frío húmedo se colaba en las habitaciones, que estaban llenas de fantasmas. Todo aquel que caminara por los sinuosos pasillos de pronto se sentía, se *sabía*, seguido por el eco tembloroso y perdido de pasos y palabras pasados.

Por la noche un relámpago hizo añicos el cielo plomizo, que se precipitó contra el suelo en forma de poderoso aguacero.

A la alcoba de Alejandro llegaba el repiqueteo constante de las gotas que en fila, una detrás de otra, se iban arrojando desde una gotera en el techo. A pesar de que afuera el ruido de la lluvia rebotando furibunda contra el pavimento era ensordecedor, se oía con perfecta claridad el goteo incesante de dentro. Lo agradeció: le pareció la única señal de que los segundos no se habían detenido estando en Asia, de que el tiempo en verdad transcurría con un sonido de agua.

Y es que las horas y los días se fueron esperando a Parmenión en Gordio. Se recibían noticias de que se iban aproximando poco a poco, con paso lento. Siempre había imprevistos que los retrasaban. Rogaban al rey que tuviera paciencia. El nerviosismo de Alejandro no radicaba en el deseo de partir sin tardanza, al menos no solo en él, sino en la angustia de que tropas persas, desembarcadas en algún punto, cayesen en emboscada sobre Parmenión, dejándolo a él aislado en el centro de Anatolia sin ejército con el que proseguir y con un camino hostil de regreso.

Sin embargo, más allá de lo táctico, había algo en Gordio que minaba el espíritu combativo de Alejandro. Sentía que las horas pasaban despacio pero los días fugaces. No disfrutaba de los juegos ni del descanso que los demás encontraron porque constantemente, allá adonde fuera, se creía observado. No era una sensación que le fuese ajena y además sabía perfectamente a quién culpar por ella: una mañana fría, en la que el cielo pálido enviaba a sus nubes a serpentear el suelo, fue a ver al sátrapa y exigió que la sacerdotisa de ojos amarillos fuera llevada ante su presencia. Al contrario que en Grecia, donde la liturgia y el hábito confinaban a las siervas divinas a la soledad de sus templos y la oscuridad de sus misterios, aquella sacerdotisa vivía con ellos, en alguna zona del palacio. Se alojaba en una pequeña cámara en los sótanos; la libertad de salir era lo único que la diferenciaba de cualquier preso en su mazmorra. Dos criados entraron temerosos en la celda y le dijeron que el rey había solicitado verla, pero respondió parcamente que era él quien debía presentarse ante ella y no al revés. Cuando esto transmitieron, los macedonios se sorprendieron de tamaña insolencia pero aún los anonadó más que Alejandro, lejos de enojarse, pidiera ser conducido hasta donde se encontraba.

Estaba apoyada contra la pared, casi invisible en la oscuridad de la mazmorra.

—Esperad aquí —les indicó Alejandro a Clito, Hefestión y Nearco.

—Que nos dejen solos —dijo ella con su voz ferrosa.

Ellos al principio recelaron, pero Alejandro asintió y los hizo obedecer. Después cerró la puerta tras de sí y se sentó en el suelo frente a ella.

La sacerdotisa lo miraba sin parpadear, estudiándolo con un detenimiento siniestro. Durante unos segundos ninguno habló: se quedaron parados, fundiendo sus miradas en el otro, hasta que finalmente el macedonio, que durante esas semanas había buceado en su interior, le hizo la pregunta que lo atormentaba.

—¿Por qué no soy rey de Frigia? El sátrapa no me ha recibido como rey, sino como conquistador de una tierra que no me pertenece.

—¿Qué importancia tiene ser rey de una tierra si ya se es dueño de ella?

Las réplicas de la sacerdotisa no tenían nada de místicas; eran tanto o más pragmáticas que las respuestas que le hubiera dado Parmenión o cualquier otro de sus generales.

—Toda —le contestó él—. Toda y más. Los aqueménidas son señores de la conquista, dueños de la mitad del mundo conocido y sin embargo no son reyes de sus dominios.

—¿No lo son?

—No.

—¿Cómo lo sabes?

—Porque aquí hay un rey que se ha alzado contra ellos, para someterlos. —Repitió la pregunta—: ¿Por qué no soy rey de Frigia?

—Yo no tengo la respuesta a esa pregunta, rey de Macedonia. Solo los dioses pueden determinar quién es el heredero de la Casa de Frigia.

Entonces se enderezó. De entre los pliegues de su hábito haraposo asomaron dos piececillos pálidos en los que se notaba la planta ennegrecida de andar descalzos por los caminos.

—¿Adónde vas?

—Junto a él.

—¿Junto a quién?

—Al dios.

Abrió la puerta y pasó frente a los *hetairoi*, que esperaban fuera y la miraron desconcertados.

Alejandro tardó en reaccionar.

—¡Espera! —gritó.

Agarró una antorcha que llameaba en la pared y se apresuró a seguirla por la oscuridad de los subsuelos del palacio. Ella andaba ligera, como flotando en un trance; se deslizaba sin hacer ruido. Dio un quiebro por un pasillo y se escabulló por una portezuela. Estuvo a punto de perderla. Continuaba pidiéndole que parara, que lo esperara, pero no reaccionaba. El oscuro corredor, en cuya negrura la sacerdotisa parecía orientarse, terminó en una pequeña puerta que se abrió haciendo chillar sus bisagras. Alejandro apenas cabía bajo el dintel.

El pasadizo los sacó del palacio y los devolvió a las calles retorcidas de la gran ciudadela. Anduvieron largo rato hasta dar con un muro derruido que daba paso a un jardín en desnivel, asilvestrado y poderoso. Una hilera de árboles de tronco retorcido flanqueaba el camino. Avanzaron con la amenaza del trueno sobre sus cabezas hasta que alcanzaron las ruinas del antiguo palacio. Bestiales enredaderas fuera de control tupían las fachadas, devorándolas. Los árboles inmemoriales se habían adueñado del lugar, introduciéndose sus ramas salvajes por los vanos y las arcadas, penetrando sus raíces los hondos cimientos de la construcción. De las fisuras en el piso brotaban hierbajos anárquicos, aguerridos contra la sed y la sombra. ¿Cuánto tiempo llevaba abandonado aquel paraje? Franquearon la entrada y Alejandro percibió una presencia allí; un escalofrío le recorrió el cuerpo. En el interior la ruina era máxima y, si bien por fuera esta estaba imbuida de una especie de misticismo nostálgico, por dentro la visión era devastadora. Bajo sus pasos crujían con ruido arenisco las teselas quebradas de mosaicos que ya no tenían color, ni forma, ni historia.

Las paredes estaban agrietadas y un olor húmedo permanecía estancado en el aire a pesar de los varios vanos abiertos por el deterioro.

—¿Qué hacemos aquí? —preguntó. Lo hizo susurrando, como si tuviera miedo de que no estuvieran a solas.

La sacerdotisa se puso el dedo en los labios y la mano abierta alrededor de la oreja. Parecía estar aguzando el oído para escucharlos.

—Ven —murmuró.

Lo cogió de la mano y lo llevó a través de una larga galería, flanqueada por dos hileras de columnas, hasta dos grandes puertas bajo un pórtico escultórico resquebrajado. No sabía bien qué representaban aquellas escenas, pero por los rostros agónicos y compungidos que aún mostraban las figuras intuyó que una gran desgracia. «¿Qué rey decora su palacio con las derrotas de su pueblo?», pensó.

—Los que están derrotados en el alma. —La sacerdotisa le había leído el pensamiento—. Entra —le dijo.

Él vaciló.

—¿Qué hay al otro lado?

—El reino de Frigia.

La miró extrañado. Se acercó a la puerta y empujó con el hombro logrando finalmente que cediera. Daba paso a una amplia cámara circular. En el centro, un nuevo círculo de columnas rodeaba una especie de altar, elevado en dos o tres peldaños, sobre el que reposaba la escultura en oro puro de una mujer. Alejandro se acercó temeroso y la examinó. Era la efigie de una joven adolescente, no llegaría a los dieciséis años: había en ella algún rasgo de belleza, pero aún no madura; en el gesto de las manos y de los labios sin embargo se seguía viendo esa inocencia que los años pronto adulterarían. La habían representado con un atuendo muy rico y cargada de joyas. Parecía la escultura de una diosa, de una ninfa, pero había algo en ella que tomaba el pensamiento, que lo torturaba: el rostro. Su rostro tenía preso a Alejandro de un perturbador por qué: por qué ese gesto de angustia, por qué ese terror que contraía la cara, que entreabría los labios con una mueca siniestra, de pavor, y desorbitaba los ojos. Tenía los brazos extendidos y sostenía un yugo sobre las manos, un yugo auténtico que no formaba parte de la escultura.

—¿Quién es? —preguntó con la voz acongojada.

—La princesa Zoe de Frigia, transformada en estatua por

su propio padre, el rey Midas, que, maldito, convertía en oro todo cuanto tocaba.

—¿Es de verdad ella? —balbuceó incapaz de creer que aquella fuera la niña inocente y dichosa que, según los mitos, al recibir una mañana el cándido abrazo de su amante padre empezó a sentir que las piernas y los brazos se le movían más lentos, metálicos, le rechinaban, que el cuello le pesaba, esa niña a la que luego asoló un dolor de fuego, de metal ardiendo, conforme su cuerpo, sus entrañas y finalmente su pequeño corazón se volvían del color de la avaricia.

—Midas nunca quiso darle sepultura. Ordenaba que la llevaran a donde él fuera. Quería que lo siguiera como si estuviera viva. Aquí la dejó, ante ella se quitó la vida bebiendo sangre de toro. Dispuso que la estatua quedara aquí para siempre, guardándolo, y advirtiendo de la maldición de la Casa de Frigia.

—¿Guardando el qué?

La sacerdotisa señaló el yugo que sostenían los brazos dorados de la princesa.

—Antes de que la desgracia lo asolara, antes incluso de coronarse rey, Midas llegó a esta ciudad siendo un pobre campesino, junto con su padre Gordias y con una yunta de bueyes viejos y delgados. Su única posesión, además de los animales, el yugo con el que los llevaban. —Alejandro se agachó y examinó el objeto: no era distinto al que cualquier campesino utilizaría para labrar la tierra. El paso de los años había provocado que la madera adoptase un tono grisáceo y que se astillase. Pero lo más significativo de aquel objeto era la soga trenzada que se retorcía a lo largo de la barra central y de las gamellas, formando en el exacto centro un grueso nudo múltiple—. Un oráculo había profetizado que aparecería el rey que los dioses enviaran a los frigios, el rey que les traería la paz tras años de luchas. Gordias y toda su familia, que venían huyendo de la miseria y la guerra, esperando en el camino encontrarse a la dulce muerte, de pronto se vieron convertidos en soberanos de Asia por la suerte de una profecía. El nudo que ahí ves representa el nombre del dios: insabible, imposible de deshacer. Solo quien lo consiga será rey y señor de Asia. —Alejandro acarició el objeto y notó la tensión milenaria recorriendo cada una de las hebras de la soga—. Desde la caída de la Casa de Frigia, ninguno de los conquistadores ha podido deshacer el nudo que dejó el último rey legítimo. Ni los asirios hace cuatrocientos años, ni las amazonas cuando invadieron esta tierra, ni los licios hace trescientos. Tampoco los aqueménidas. Tras intentarlo y fracasar, saquearon Gordio y la abandonaron. Por eso la decadencia y el olvido han caído sobre esta tierra: todos ellos esperan que, consumiéndose el reino en el pasado, la historia de su fracaso intentando deshacer el nudo se olvide y con ella también lo ilegítimo de sus reinados.

—¿Puede el nudo en verdad ser deshecho?

—Solo por un verdadero rey.

Volvió a mirar el yugo; muchas preguntas asolaron su cabeza.

—¿Qué les sucede a los usurpadores, a todos esos que se han dicho reyes de Frigia sin haberlo deshecho?

—Se condenan. Cae sobre ellos la maldición y no logran retener la corona: aparece siempre otro que los derroca, aunque solo para sufrir el mismo destino.

Alejandro acarició de nuevo el nudo, que crujió como si fuerzas invisibles lo estrecharan aún más.

—Rey de Frigia... Señor de Asia. Siempre fue mi destino. Yo no soy un mero conquistador... ¿O sí? ¿Crees que puedo serlo? ¿Podré deshacerlo?

—Dítelo a ti mismo, macedonio, si es que sientes la voz de los dioses en tu interior.

22

A pesar de todo, también de las inquietantes noticias que venían del este, donde pilares de polvo se levantaban hasta el cielo con las galopadas de los ejércitos de Persia, no hubo día en que la mente de Alejandro se librara de la visión del nudo, de las preguntas que lo rondaban, de la estatua dorada... Esperaba que Zeus bajara del alto aire para explicarle cómo deshacerlo, pero el dios no le hablaba. Y, conforme fueron pasando las semanas sin que nada en su interior se removiera, decidió no desvelar el secreto. Ni siquiera se lo contó a Hefestión. Incluso empezó a pensar en abandonar Gordio, como tantos otros déspotas de la historia, y condenarla al olvido. Tenía miedo de que el fracaso evidenciara ante sus compañeros que no gozaba del favor de los dioses. Y no conseguía librar su mente del yugo.

Cada tarde, un poco antes de ponerse el sol, iba a verlo. Lo hacía en secreto, escabulléndose por el pasadizo que le había revelado la sacerdotisa. Se sentaba con las piernas cruzadas frente al endemoniado objeto, estudiando cada palmo, levantándose, examinando el nudo, sintiendo su tensión, oliéndolo —tenía un olor como de madera húmeda—, volviéndose a sentar. Aquella prueba, sentía, era la primera vez que entregaba a los dioses la oportunidad de pronunciarse sobre algo que él siempre había dado por hecho. Pero ¿y si no? ¿Y si ir hasta allí, y si pensar que era su deber liberar Asia, no había sido más que una malinterpretación de las señales divinas?

Una tarde de primavera, Parmenión al fin llegó a Gordio. Alejandro ya casi se había olvidado de él. El viejo general, trayendo un vendaval de furia a sus espaldas, clamaba ver al rey. ¿Qué hacía todavía allí? Tenían que ponerse en marcha, pues no les quedaba mucho tiempo. Espías habían informado de movimientos por toda la costa mediterránea, desde Egipto hasta Siria: Darío se estaba preparando para la guerra y desde todos los rincones del imperio acudían huestes a luchar contra el invasor macedonio. Su Armada continuaba siendo dueña de los mares, de nada habían servido las campañas en Halicarnaso y Licia. El Mediterráneo y el Egeo seguían siendo suyos.

—¡El rey! ¿Dónde está el rey? —bramó.

Nadie le supo contestar, no lo habían visto en toda la tarde. Entonces desde una sombra se deslizaron las palabras:

—Fue a ver al dios.

Se volvieron y vieron a la sacerdotisa de ojos amarillos que miraba con su sonrisa burlona. No consiguieron que revelara más información sobre su paradero. Cuando la amenazaron si no hablaba, el sátrapa se interpuso entre ellos diciéndoles que, si lastimaban en forma alguna a la sierva del panteón frigio, cobraría el daño con sangre macedonia. Hefestión hizo por calmar los ánimos de sus compañeros antes de que echaran mano de sus espadas. Pero viendo los ojos del sátrapa, vacíos de todo razonamiento, se dio cuenta de que estaban en peligro en aquel lugar que habían creído hospitalario, que habían incluso creído suyo, pero que era tan salvaje y traicionero como cualquier otro territorio a ese lado del mundo.

Alejandro apareció poco después de la caída del sol. Tranquilizó a todos diciéndoles que tan solo había necesitado de unos momentos en soledad para orar. Aquella explicación no los convenció: tenía una expresión turbia en el semblante que ni siquiera cambió al ver a Parmenión y recibir la lluvia de noticias, alertas y quejas que le lanzó.

—Mañana —fue todo lo que dijo.

Los *hetairoi* se hicieron a un lado y lo dejaron pasar. Su andar era errático, notaron.

—¿Encontraste al dios, rey de Macedonia? —Todos volvieron la mirada hacia la sacerdotisa, que hablaba tras las faldas del sátrapa—. Por tu ánimo diría que una noche más no lograste deshacer el nudo ni librarte de la tortura de saberte usurpador.

Habría querido fulminarla con los ojos, pero solo pudo mirarla de forma compungida, aterrada, como rogándole que no hablara más, que guardara el secreto.

Los *hetairoi* murmuraron confusos.

—¿Qué nudo, señor?

—¿De qué está hablando?

—Un nudo que jamás podrá deshacer porque los dioses no lo han elegido como rey de Asia —explicó maliciosa la sacerdotisa.

Todos se fijaron en Alejandro, que notó que el peso de los juicios mudos de sus hombres lo aplastaba. La imagen del nudo se apretaba en su mente, estrangulando su pensamiento. En él no hallaba la voz de los dioses dándole la respuesta. Se sintió abandonado por todo aquello en lo que siempre había creído. Solo se tenía a sí mismo, su inteligencia como único recurso para resolver aquel misterio que le vedaba la providencia divina... Entonces lo entendió. Su rostro se iluminó y en sus labios se dibujó una sonrisa triunfal.

Estiró el brazo y arrebató a Clito su espada.

—Señor, ¡¿qué haces?!

Agarró a la sacerdotisa y se la llevó casi a empujones.

—¡Ven conmigo! ¡Probaremos ante todos el poder de tu dios!

El sátrapa estalló en gritos y quiso desenfundar su espada, pero los *hetairoi* lo retuvieron.

—¡Abrid las puertas! —gritó el rey.

—Pero, señor, ¡¿adónde vas?! —le preguntaron sus compañeros—. Está lloviendo ahí fuera.

Él los ignoró. Atravesó el umbral llevándose a la sacerdotisa del brazo. Una cortina de agua cayó sobre ellos, pero ni siquiera se inmutó. No fueron pocos los que viendo como se la llevaba a rastras, sosteniendo en la mano la espada, pensaron que, ofendido, Alejandro la iba a ejecutar él mismo. Lo siguieron suplicándole que se detuviera, que hablara con ellos, pero no escuchaba nada.

Una vez que entraron en el antiguo palacio, la sacerdotisa vio claras sus intenciones: pretendía matarla sobre el yugo, donde le haría apoyar la cabeza antes de cercenársela.

—¡Por favor, señor, piedad, piedad!

Los berridos aumentaron cuando entraron en la sala redonda. Los *hetairoi* se miraron sin comprender, temerosos de lo que podían estar a punto de presenciar.

—¡Cuéntales a todos lo que es este lugar! —ordenó señalando a la sacerdotisa con la espada. Ella tartamudeó—. ¡Habla!

—El antiguo palacio...

—Y esto, ¿qué es esto?

—Ese es el nudo. El nudo sobre el yugo de Gordias. Aquel que lo deshaga probará haber sido designado por el dios para convertirse en rey de Frigia y señor de Asia... —musitó aterrada.

—¿Lo oísteis? Los bárbaros pretenden comprobar si Zeus está de nuestro lado... ¡Cómo osan! —Hefestión temió que aquel torrente de rabia e indignación religiosa acabara convirtiéndose en una llamada de odio contra los frigios y que las calles de Gordio acabaran llenas de cadáveres.

—No, mi señor, no lo entendiste... —se atrevió a decir la sacerdotisa—. Deja que te lo explique, no era mi intención ofenderte...

—¡Silencio! Está todo muy claro, nada hace falta explicar. Os decís píos, los frigios, pero con vuestros trucos, vuestros misterios y vuestra brujería pretendéis hacernos creer que habláis en nombre de un dios falso, un dios que os hace portavoces de su voluntad...

Ella no cedió.

—El inasible nombre del dios está representado en ese nudo; es simplemente así. Y solo quien lo deshaga probará haber sido agraciado con la sabiduría para entender sus designios y para regir el destino de Asia...

—¿Es en verdad así? —desafió.

Y, sabiendo que eran sus últimas palabras, la maga rabió:

—¡Sí! ¡Pero tú no eres más que un usurpador, probado está!

Alejandro blandió su espada en el aire.

La sacerdotisa cerró los ojos esperando el golpe final; sus labios musitaron una plegaria acobardada.

Pero lo que se oyó fue un golpe seco sobre madera, no sobre carne ni hueso, y después un siseo fugaz, relampagueante. Un silencio espectral se adueñó de aquella sala. De pronto no se oía ni la lluvia en el exterior.

La bruja abrió los ojos temerosa: el filo de la espada se hallaba sobre el yugo. El triple nudo estaba roto, y la soga, despojada de su mística tensión, caída, flácida, descolgada de las galleras y en el suelo, sin fuerza ni misterio.

Alejandro se agachó y la recogió. Sus dedos sintieron el calor latente de la desaparecida rigidez; la cuerda se iba enfriando.

—El inasible nombre del dios... —se burló, y la arrojó a los pies de aquella bruja, sierva de la superstición.

»Tanto monta cortar como deshacer. Díselo a tu dios si es que osa manifestarse de nuevo. —Luego se dirigió a los *hetairoi*—: Reunid al ejército —les ordenó—. El rey de Asia abandona Gordio.

SEGUNDA PARTE

—

LAS HUELLAS DEL PERSA

1

El día en que Alejandro cumplía veintitrés años llegaron a la ciudad portuaria de Tarso. Se asentaron en el gran palacio, y se disponían a pasar revista del estado de las tropas cuando de repente Alejandro jadeó en busca de aire, los ojos se le pusieron en blanco y se desplomó. Hefestión no pudo contener un grito de horror. El primer pensamiento que se adueñó de su mente fue el de que la maldición de la Casa de Frigia se lo había llevado como castigo por haber cortado el nudo sagrado de Gordio. Clito y él lo cogieron en brazos y lo llevaron hasta la cama a la espera de que llegaran los físicos. La piel lívida le ardía y el cuerpo lo tenía empapado de sudor. Los médicos no supieron diagnosticar nada más allá de lo que todos veían: unas extrañas fiebres. Si eran causa solamente de un grave enfriamiento no se atrevieron a aseverarlo, no queriendo descartar otras posibilidades. Lo sangraron y le prepararon un bebedizo de hierbas que lo forzaron a tomar cada hora. Estaba muy débil. Un temblor inquieto le sacudía las manos y los pies fríos. Se encontraba en un estado de trance, entre el sueño y la vigilia, como si poco a poco se estuvieran rompiendo las cadenas que lo mantenían atado a la vida.

Sobre las estancias luminosas del palacio de Tarso cayó un velo de sombra e incertidumbre. El ímpetu y el coraje de aquella empresa, la demanda de los dioses, la sed de aventura... se asfixiaron bajo los segundos de insólita eternidad con los que transcurría el tiempo de Asia. De pronto todo dio exactamente igual. Aquellos jóvenes se percataron de lo niños que eran, de su inexperiencia, de su inmadurez. Alejandro, su amigo, su hermano, a quien le habían supuesto (nunca habían pensado otra cosa) una inmortalidad semejante a la suya, agonizaba entre sudores febriles y toses de ultratumba: se moría. Esa guerra, ese juego adolescente con el que habían querido imitar a los héroes de sus sueños, llegaba a un súbito fin. Poco a poco bajaron sus espadas y vieron que eran de madera. Estaban desconcertados por el hecho de que la muerte, esa idea vaga e incierta, existiera de verdad y hubiera venido a por un joven de poco más de veinte años. Sintieron sacudirse los cimientos de sus pequeños corazones, pero no porque su amigo se muriera, sino porque ello constataba que la juventud no repelía a la muerte y que uno se podía morir sin esperarlo, de repente.

El único que pudo reaccionar a todo aquello fue Parmenión: ya había visto caer a tantos en el campo de batalla... Pudo mantener la cabeza fría para despachar asuntos de vital importancia. Se preparó para asumir la regencia; aquellos imberbes hechos generales por gracia de su amigo estarían demasiado ocupados llorándolo como para oponerse. Envió espías a que recorrieran el trayecto hasta las Puertas Sirias —el paso montañoso que flanqueaba el camino hacia el centro del Imperio aqueménida—, a que las cruzaran e informaran de los movimientos al otro lado. Quería saber si los ejércitos de Darío estaban cerca y de cuánto tiempo disponía para afianzar su gobernanza.

Mientras, los *hetairoi* velaban el cuerpo enfermo de su hermano como si ya fuera cadáver. Hefestión no se apartó de su lado. Se encargaba de reponerle las toallas húmedas, de hacerle sorber el bebedizo amargo que preparaban los médicos. No durmió en días. Se quedaba contemplándolo mientras mantenía un silencio absoluto en el que solo se oían el murmullo de la respiración entrecortada de Alejandro y el ruido espeso de las flemas en la garganta cada vez que tragaba o tomaba aliento. No consintió que nada lo quebrara: prohibió hablar en la alcoba, aunque fuese en voz baja, y que hubiera mucha gente a la vez, no fuera a ser que el ruido más mínimo —no solo el de otros, sino el suyo propio, el de sus pensamientos, el de su corazón latiendo— no le dejara escuchar unas últimas palabras de Alejandro deshechas en un susurro.

Los médicos lo sangraron de nuevo en la noche. Clito se acercó y arropó a Hefestión bajo su brazo para retirarlo de la cama y que les dejara así espacio para trabajar. Estaba tan cansado que no opuso resistencia a apartarse. Al cogerlo, el Negro lo sintió liviano como una pluma. Desde los pies de la cama, observaron el hipnótico proceso con lágrimas en los ojos, como si en vez de sanarlo esos hombres de túnica blanca lo estuvieran embalsamando. Le levantaron la pierna derecha y le clavaron una aguja dorada en la planta del pie. La sangre oscura chorreó por el talón de mármol y cayó a un recipiente de bronce.

Los físicos vinieron a decir —con palabrería vaga— que no sabían exactamente qué mal afligía al rey, pero concluyeron que ya no podían sangrarlo más: esperaban que la calentura remitiera antes del alba, pues si no...

—Callad —dijo Hefestión; su voz profunda se mantenía intacta pese al dolor y al miedo—. Ni lo mencionéis. El rey no va a morir. Salid todos de la alcoba.

Cuando se hubo quedado solo, se arrodilló junto a Alejandro y le tomó con fuerza la mano helada.

—Lucha —le pidió; las palabras se ahogaron en las lágrimas, que ya no podía contener—. Lucha, como siempre has hecho. Hazlo por mí.

Esa eterna noche tarsa exprimió de sus mentes la cordura, hasta la última y exquisita gota: Hefestión no se movió de los pies de la cama ni el resto de los *hetairoi* de la puerta de la alcoba. Todos estaban pendientes del inminente desenlace, salvo uno.

Ptolomeo calmó sus nervios caminando por el palacio, recorriendo de punta a punta los infinitos pasillos y galerías de columnas. El ruido de las olas contra el risco sobre el que se alzaba marcaba las horas de la agónica espera.

Una sombra fugaz se deslizó por el rabillo de su ojo y supo que había alguien más con él. Atravesó un arco y salió a un largo balcón que se asomaba a la bahía.

Parmenión apareció entre las tinieblas saludándolo amablemente con la cabeza.

—¿No puedes dormir? —preguntó Ptolomeo—. Nosotros llevamos varios días intentándolo.

—Yo llevo varios días sin hacerlo. Ni lo intento ya.

Se pusieron a mirar la distancia. El viento era fresco. Qué hora sería, cuánto faltaría... El vidrio oscuro de la madrugada aún no tenía visos de resquebrajarse. Todas las noches acaban llegando a su fin, pero en la tiniebla angustiosa que precede al alba siempre, siempre, naufragan las esperanzas de que vaya a salir el sol.

—Sé que llevas días inquieto —señaló el joven.

—Estos médicos, con esos brebajes extraños que le dan y sin atinar a descubrir el mal que tiene... —respondió el viejo general—. No puedo dejar de pensar que lejos de curarlo lo están envenenando.

—¿Lo crees posible?

—Si el oro persa movía más que voluntades políticas en Grecia, ¿qué no hará aquí, tan cerca de la raíz del mal?

—¿Es por eso por lo que andas preparando la regencia?

Parmenión esbozó una sonrisa.

—Habréis crecido todos con todos pero tú no te fías de ellos. Sé que no solo me espías a mí.

Ptolomeo rio entre dientes.

—Nada quiero para mí. Solo pretendo poder servir a mi señor lo mejor que sepa.

—Si tu señor...

—También es el tuyo —le recordó.

Parmenión rectificó molesto.

—Si *el rey* muere esta noche..., habrá de formarse una regencia hasta que regresemos a Macedonia.

—Estoy de acuerdo.

El general lo miró sorprendido.

—¿Tus amigos se están preparando para llorarlo y tú piensas en el futuro?

—Si los dioses se llevan al rey, mi llanto no nos lo devolverá. Lo lloraré en mi intimidad, no tengas duda; lo quiero, y mucho. Pero hemos de prepararnos para lo peor.

Parmenión miró al horizonte oscuro.

—Siempre fuiste el más inteligente de esa panda de aduladores... —Sospechaba que con esas palabras serenas y sabias Ptolomeo estaba preparándose para pedir un cargo en la regencia—. ¿Qué quieres para ti?

—Nada. No sé si soy tan inteligente como piensas o si lo soy más que el resto, pero sí sé que en la situación en la que estamos tu regencia es la mejor opción que tenemos de sobrevivir. Darío está cerca.

—Lo sé... Mis espías me lo han confirmado. Acampa al otro lado de las Puertas Sirias. Aunque lento, se va moviendo.

—Parmenión, te apoyaré hasta que regresemos a Macedonia. Pero te lo advierto: sé precavido y, sobre todo, sigiloso. Si yo conozco tus maniobras, otros también...

—Aún rezo a los dioses porque el rey sane, no lo olvides —le dijo con una media sonrisa.

—Y tú no olvides que el rey aún vive. Que la urgencia de tus gestiones no nos induzca a creer que lo tenías todo bien dispuesto, o no podré responder por las acciones de los míos.

El viejo general se volvió y clavó en él sus ojillos punzantes. Pensó en lo poco que le costaría agarrarlo por los hombros y tirarlo por la balaustrada. Ptolomeo era fuerte, pero no lo esperaba, podría hacerlo. Sin embargo se contuvo, no supo bien por qué.

—Vuelve con tus amigos —le dijo con su voz rasposa y fría—. Acompañaos los unos a los otros en estas horas tan inciertas...

—Sí, será lo mejor. Además querrás estar a solas para pedir a los dioses por el rey.

—Por favor.

Pasaron las horas. Un sol sin rayos amagó con levantarse detrás de las montañas del este.

Hefestión oyó una voz temblorosa.

—La sucesión, la sucesión...

Parpadeó para que la bruma soñolienta de sus ojos se disipara. Alejandro le sostenía la mano con fuerza y movía la cabeza desesperado, como buscándolo en sueños. Hefestión le acarició la frente tratando de calmarlo.

—Shhh, tranquilo, tranquilo. Vas a vivir, vas a vivir...

Laomedonte alertó a Clito y Nearco, que se habían quedado dormidos de pie en la antecámara.

—¡Ha despertado!

—¡Voy a por el físico! —dijo Clito.

Alejandro entreabrió los ojos y Hefestión los vio brillar con lucidez tras días de fiebre. Tal vez fuera la última vez que lo hacían, una última gracia antes de que se cortara el hilo de la vida.

—La sucesión —seguía repitiendo con su voz de delirio—. Debería haber dejado un hijo, un heredero antes de partir...

—Tendrás tiempo. Te vas a poner bien, vas a vivir.

Él, haciendo uso de unas fuerzas que la enfermedad no había logrado drenar de lo más profundo de su alma, se esforzó en incorporarse, se agarró al cuello de Hefestión y lo besó. Nunca antes lo había hecho delante de sus amigos. Siempre había sido un amor secreto, de silencio, que, por silencioso, Hefestión siempre había temido que corriera el riesgo de no existir.

Los párpados se le cerraron y la fuerza se le escapó de las manos. La cabeza le cayó sobre la almohada y el temblor regresó a sus párpados y sus labios, como si de nuevo volviera a sumirse en la pesadilla. Llegó a susurrar:

—Si muero, desanda lo andado y lleva mi cuerpo a mi madre.

Hefestión se aferró a su amigo, pensando que aquella era la última vez que sentiría su calor. Por un momento, el dolor de la inminente despedida unió sus corazones, que latieron al unísono por si nunca más volvían a hacerlo.

La cohorte de médicos irrumpió de nuevo en la alcoba, tras ellos iban Clito, Ptolomeo y Parmenión. El Negro volvió a apartar a Hefestión del lado de Alejandro —esta vez sí que tuvo que pelear más porque lo dejara ir— y los médicos lo examinaron.

—Parece que la fiebre remite, pero aún se siente alta.

—¿Vivirá? —preguntó Ptolomeo.

El físico lo confirmó. Al poco tiempo ya estaba consciente. Pero, a pesar de ello, seguía muy débil; insistieron en que un reposo absoluto era necesario para sanar por completo. Quedaron varados en Tarso el verano entero.

2

En aquellas semanas, Alejandro presidió su consejo reclinado en la cama, como si fuera un rey asomado a la vejez despachando sus últimos asuntos. Parmenión y Hefestión, privilegiados, se sentaban a los lados de la cama, y el resto de los *hetairoi* formaban un círculo alrededor.

La espera había hecho que las cartas acortaran distancias y le ganaran la batalla al hombre que las rehuía. Desde Macedonia, Antípatro expresaba su preocupación por la suerte de su gobernación, amenazada en todos los frentes —en el mar por la Armada persa, en la tierra por el caos imperante entre las polis— y sin medios con los que imponerse, pues todos los recursos disponibles se enviaban a Asia, a emplearse en la expedición. Por otro lado, los atenienses enviaban sus quejas, junto con otras ciudades, sobre las abusivas políticas de la Liga Helénica, aunque Alejandro sabía que en verdad lo único que les daba miedo era Esparta, que en aquellos tiempos parecía más inquieta que antes.

—Carta —dijo Parmenión tendiéndosela— de la sátrapa de Halicarnaso.

No pudo evitar mencionarla con cierto desprecio —negándole el tratamiento regio—, pero Alejandro ignoró el matiz. Su rostro se iluminó al leer las líneas que mandaba Ada de Caria. En aquellas letras pudo oír su voz: estaba envuelta en el misterio susurrante que tienen las voces de los muertos cuando se lee lo que escribieron estando vivos.

La reina informaba al rey de que tras semanas dándole caza por todas las islas de la costa jonia, finalmente habían acorralado a Memnón y tenían su cabeza. Sin embargo, al alcanzar las líneas finales de la carta, Alejandro dejó ir un suspiro triste.

—¿Qué sucede? —le preguntó Hefestión.

—Los hombres de Ada no han dado con Barsine. Ni en Halicarnaso ni en ninguna de las demás ciudades frigias. Memnón ni siquiera la llevó al Gránico. Nadie sabe de ella.

Todos bajaron la mirada apesadumbrados. Durante unos instantes nadie dijo nada; Barsine se consumió en sus pensamientos como seguramente la habían consumido el silencio y la tierra de la vasta Asia.

—Hay otra carta, señor —continuó Parmenión, su voz firme repelió a los fantasmas—. Esta, de la reina regente de Macedonia.

Alejandro quedó petrificado mirando el pergamino plegado sostenido por los dedos largos y finos de Parmenión. La carta de Pela traía solamente la advertencia de que no estaba aún lo bastante lejos, al menos no tanto como para que no llegaran las cartas, no tanto como para que la distancia excusara el desprecio que le hacía a Olimpia no escribiéndole. Hefestión fue el único en percatarse de cómo había cambiado su expresión al reencontrarse con su madre, aunque fuera solo de forma epistolar.

—Me siento cansado —se excusó—. Ya seguiremos mañana. Parmenión, encárgate de que lo discutido hoy en consejo se cumpla.

El viejo general dejó la carta junto a su regazo, recogió los otros papeles esparcidos por la cama y con el resto de los *hetairoi* abandonó la sala. Hefestión salió despacio, se quedó mirando a Alejandro, que estaba helado, con la vista fija en la carta, como si no se atreviese a abrirla. Sin poder evitar la curiosidad de observar su reacción, se escondió tras una columna a aguardarla.

Alejandro sabía que su madre no escribía con reproche sino con decepción —«Alejandro, me olvidas, pero yo no puedo olvidarte a ti»— y eso era lo que más miedo le daba. Le dolía imaginarla triste tanto como pensar que tenía que dejarla ir, como Aquiles dejó ir a la suya para viajar a Troya. A veces pensaba en si la misión de Asia para la que tanto lo había predispuesto no sería más que una prueba a la que ella los sometía a ambos, una forma de comprobar si el vínculo entre ellos resistía a los años y la distancia, de confirmar si el amor de madre y la lealtad de hijo lograban disminuir físicamente el espacio y doblegar sus leyes a fin de reducir a la nada, a la inexistencia, todo lo que tratara de mantenerlos alejados. Si era así, estaba ganando ella, pues Alejandro temía que escribiera tanto como que no. Temía también que haciendo uso de aquella conexión entre ambos entrara en su mente y descubriera que había crecido, que su corazón (ahora sin ataduras, parecía) había respirado libre de su posesión abrasiva. Sus esfuerzos por dejarla ir, por acabar de crecer, no servían de nada, pues ella seguía pudiendo estirar el brazo a través de la inasible lejanía logrando tocar su alma; pero solo porque él seguía permitiéndoselo. Tenía que parar de hacerse daño.

Se levantó con esfuerzo, apoyándose en la pared. Hefestión temió que, débil como estaba, se fuera a caer; se contuvo para no ir a su lado. Alejandro caminó muy despacio hasta el balcón. Desde su escondite, su amigo oyó el sonido del papel rasgándose. Rompió la carta de su madre y aventó los pedazos con sus lágrimas al viento de esa tarde clara.

Hefestión se sintió rastrero habiéndolo espiado en aquellos momentos tan íntimos, tan sombríos para el alma, y no le valió el decirse a sí mismo que lo hacía por lo mucho que lo amaba. Sabía lo que lo afligía. La tristeza de ver a ese hijo desesperado, que en conflicto consigo mismo trataba de desterrarse, le anegó el espíritu.

Con el paso de los días, entre los *hetairoi* empezó a cundir el terror de amanecer un día y ver la bahía empedrada de velas negras y las huestes de Darío a las puertas. El Gran Señor se movía con paso lento, pues le costaba trasladar a su enorme ejército: más de sesenta mil hombres llegados de todos los rincones de la Tierra, caballos fuertes, más que los tracios, camellos, carros... Los aqueménidas además viajaban con toda su corte a cuestas: con sus augustas familias reales y las de sus nobles, con sus tesoros y sus palacios desmantelados y metidos en cajas que cargaba un ejército paralelo de esclavos. Eso les ganaba algún tiempo a los macedonios, pero tenían que ponerse en marcha. Aun no estando recuperado del todo, Alejandro ordenó partir de Tarso el primer día de otoño.

Cabalgaron a través de los laberínticos caminos de la Cilicia oriental, pues los informes de los espías se contradecían: algunos afirmaban que habían visto a Darío a ese lado de las Puertas Sirias, otros que aún no las había cruzado y que seguía perdido en la inmensidad del desierto. Lo buscaron con ahínco, temiendo siempre la emboscada, pero no lo encontraron, tampoco hallaron rastros que invitaran a pensar que un gran ejército se hubiera movido por esas tierras. Parmenión había pasado noches en vela temiendo que el ejército de Darío se presentase a las puertas de Tarso aprovechando la enfermedad de Alejandro. Estaba seguro de que la conocía, seguro de que tenía espías en la corte, entre los propios médicos, pero algo debía de haberlo retrasado.

Ya caían las hojas de los grandes árboles caducos, lastradas por el peso del color dorado que habían adquirido, cuando Alejandro y sus cuarenta mil hombres doblaron la barbilla de Asia Menor dejando atrás Issos, ciudad donde quedaron varios que habían caído enfermos. Luego atravesaron el río Pínaro y tomaron el estrecho camino entre el mar y las montañas hasta llegar a Miriando, antigua fortaleza fenicia que se alzaba en el umbral de las Puertas Sirias. Allí esperaban sorprender a Darío cuando cruzase, atacándolo con su ejército atrapado aún en el desfiladero del paso.

Pero una noche de lluvia se confirmaron las peores noticias: Darío nunca iba a cruzar por donde los macedonios esperaban porque ya había bordeado las montañas por el norte, alejándose de los traicioneros pasos, y ahora se encontraba en Issos, que, desprotegida, había caído. Los macedonios enfermos que allí se habían quedado habían muerto todos, pasados a cuchillo en cuestión de horas. Aquella maniobra envolvente los dejaba a ellos atrapados entre el angosto paso a Siria por el sur y el elefantino ejército persa al norte.

El consejo se reunió con urgencia en la madrugada. En la

mesa había desplegado un mapa del golfo de Issos sobre el que todos se inclinaban buscando respuestas. En los rostros de los presentes se vislumbraba un terror desquiciante al saberse cazados por la presa a por la que habían salido. Parmenión era el que más nervioso estaba: andaba inquieto de un lado a otro de la sala, mesándose la barba tan fuerte que se arrancaba los pelos.

—No podemos ir contra ellos... —repitió varias veces mirando el mapa—. No tendremos espacio suficiente para mover a las tropas si los persas nos acorralan contra las puertas. —Chasqueó la lengua exasperado y bramó una maldición—. ¡Van a caer sobre nosotros! Mi señor... No nos queda otra opción que hacernos fuertes aquí en Miriando y prepararnos para el asedio.

Ptolomeo señaló lo que todos habían constatado a su llegada:

—Miriando no es una fortaleza que pueda resistir un asedio prolongado, Parmenión.

—No hay más remedio que ponerse a trabajar para restaurarla cuanto antes —replicó cortante.

Alejandro, en silencio, los observó desde su puesto en la cabecera.

—La pinza de Darío —dijo— va a cortar nuestras vías de suministros. —Se enderezó, se remangó el manto y señaló con el dedo en el mapa la ratonera en la que estaba situada Miriando—. No podemos resistir el asedio sin provisiones, y con su Armada controlando el mar tampoco podremos recibirlas por barco. Y aún menos podemos adentrarnos en Siria, no con las líneas cortadas y los persas mordiéndonos los talones...

Parmenión lo miró atónito, adivinando ya sus intenciones.

—¿Sugieres que los ataquemos? —exclamó.

—Ninguna otra opción es sensata.

—Nos superan en número...

—Tiene menos ventaja que en el Gránico.

—Ellos tienen la ventaja táctica.

—Y nosotros a los dioses de nuestro lado. Nos mueve el coraje de los que luchan por la libertad. Sus filas, en cambio..., solo el miedo las mantiene unidas.

Parmenión bufó.

—Señor, creo que no eres consciente de la situación...

Alejandro torció el gesto.

—Claro que lo soy —interrumpió.

El general insistió, el tono cada vez más agresivo, las venas del cuello y la frente palpitándole.

—Señor... Esto *no* es el Gránico. Aquí no hay una llanura en la que hacer frente al enemigo cómodamente, aquí no hay ciudades amigas a las que correr a refugiarse si algo se tuerce.

—Lo sé, pero...

Parmenión ya no lo dejó continuar.

—Oye esto de alguien con más experiencia en la guerra que tú. —Todos enmudecieron, pero Alejandro aguantó sin inmutarse el desafío—. Aquí no estamos cerca de la ayuda, ni de los refuerzos, ni del hogar. Daos cuenta todos: estamos muy adentrados en el territorio enemigo, sin marcha atrás posible. Estas son las fuerzas que tienes, Alejandro, los recursos con los que cuentas: no los uses a la ligera. Pierde el ejército aquí y todos, todos, perderemos la vida. Será el fin.

—Moriremos entonces, pero presentando batalla.

—¡Maldito niño, no te das cuenta de que nos conduces al suicidio! —estalló, barriendo de la mesa los mapas en los que se ahogaban.

Los *hetairoi* soltaron un grito ahogado.

—¡Parmenión!

Pero el general no se reprimió.

—¿Acaso no te has visto suficientemente cerca de la muerte como para ahora lanzarte a ella con los brazos abiertos? —Clito lo sujetó, pero el viejo se desembarazó de él con violencia—. ¡No me pidáis que obedezca complaciente cuando nos quiere llevar a todos a una muerte segura!

El Negro lo agarró de nuevo, con más fuerza aún.

—¡Parmenión, cálmate! ¡Es el rey...! —tronó.

El tiempo se detuvo. El general recobró el aliento mirándolos a todos, comprobando en sus ojillos brillantes que se ofendían cuando se les hablaba con palabras recias y verdaderas, tan acostumbrados estaban a la adulación y el embuste.

—El rey... —repitió con sorna—. He vivido junto a muchos reyes: cuando van a cometer un error fatal siempre, siempre, alguien de su entorno se encarga de recordar su condición. Como si por ser reyes no se equivocaran.

—Es el privilegio de un rey errar sin ser criticado —defendió con palabras cultivadas Laomedonte.

—Yerras. Los reyes de Macedonia no tienen el privilegio de llevar a sus vasallos al matadero a sabiendas, por placer o por capricho. Eso solo es privilegio de los déspotas a los que *vinisteis* a combatir.

Alejandro no se movía, ni siquiera parpadeaba: tenía la mirada fija en su general. Una sonrisa burlona adornaba su rostro. Parecía haber disfrutado del arrebato de Parmenión porque con este le había mostrado sus debilidades de carácter y de espíritu. Ahora era como si conociese mejor a su rival, gracias a esa oportunidad de estudiarlo.

El ánimo incandescente del general se enfrió bajo los ojos helados del rey. Aclaró la garganta y rebajó la aspereza de su tono.

—Señor: ha de haber otra alternativa, algo que no hayamos visto aún. Todavía hay tiempo, poco, pero lo hay: no lo perdamos discutiendo la forma de morir cuando podemos salvarnos.

El rey respiró profundamente. Los *hetairoi* se miraron unos a otros preocupados por el desenlace de aquella discusión, por las consecuencias que sobre la inminente batalla tendrían las divisiones en el seno del consejo.

—Parmenión —dijo por fin con una voz metálica—, ¿por qué querríamos vivir, cualquiera de nosotros, sabiéndonos cobardes, peor, traidores a la empresa a la que nos encomendamos?

El general soltó entre dientes una risa desesperada.

—No piensas así, Alejandro. Lo sabes. Lo sabes muy bien. —Se enfrentó a todos—. ¿Creéis que no os he visto en Tarso? ¿Creéis que no he visto vuestros miedos? Pensáis que sois inteligentes, pero os sabéis inexpertos. Tratáis de convenceros de que hay honor en dar la vida por vuestra civilización, por vuestros dioses, pero os aterra morir, como a todo soldado, como a todo hombre. No os empeñéis en negarlo. Para mí todos vosotros sois de cristal: transparentes. Veo a través. —Volvió a encararse de nuevo con Alejandro—. A mí no puedes engañarme con palabras sobre la valentía y el honor: las he escuchado lo suficiente a lo largo de mi vida; las conozco y son falsas. Todas.

El tenso silencio volvió a apoderarse de la estancia. La tormenta en el exterior rabiaba, tapando el estruendo de la caballería de Darío acercándose y el goteo del tiempo, que a los macedonios se les acababa.

—Al amanecer partimos al norte, al encuentro de nuestro destino, sea el que sea —dijo el rey—. Vete a descansar, general: te necesito despierto para lograr la victoria.

Parmenión le sostuvo la mirada. Alejandro vio sus ojos inyectados en sangre, sus pupilas temblorosas. Finalmente el viejo general desistió y bramando cosas ininteligibles los abandonó. A Hefestión le pareció que decía: «Preparaos para encontraros con vuestros muertos».

3

El alba se levantó marchita, con un color plomizo en el cielo. Un rayo de luz se deslizó entre las nubes iluminando el siniestro campo de batalla que se abría ante ellos: una llanura estrecha, encajada entre la costa y las montañas, partida en dos por el río Píndaro. El rey y los *hetairoi* estaban encaramados en un alto desde el que se contemplaba entera. Iban al frente de la caballería; la infantería, en el centro; Parmenión dirigía el flanco izquierdo. La idea era replicar, en la medida de lo posible, la táctica seguida en el Gránico: romper el ejército persa en dos.

Las tropas de Darío ocupaban toda la línea de la planicie y se extendían hacia la distancia del horizonte, como una gran masa de oscuridad, de sombras en movimiento. Una sonrisa acudió de pronto al rostro de Alejandro: los que estaban acorralados no eran ellos, sino los persas, a quienes la estrechez del terreno no permitía desplegar en línea recta a todos sus efectivos. En su interior brilló la esperanza —podía ganarse la batalla si aprovechaban aquella ventaja—, pero en el aire se respiraba el miedo de sus hombres, que temblaban al pensar en ese mar oscuro de espadas y caballos que se venía sobre ellos.

Continuaba escrutando el horizonte; Laomedonte, a su lado, se percató de a quién intentaba localizar y se lo señaló.

—Allí.

Alejandro siguió su dedo y entonces lo vio.

Las falanges oscuras de alrededor empezaron a moverse. Las tropas se revolvieron y, como olas abriéndose al paso de un dios, crearon un pasillo que recorrieron doce hombres a caballo y uno en carro.

—Ese es. El Gran Persa.

Por primera vez lo vio con claridad, lo vieron todos. Su voz solo pudo emitir un murmullo fascinado:

—Darío...

Se quedó fijo en él, en su figura, en su silueta áurea que resaltaba sobre lo oscuro. Allí estaba, ante él, el gran del rey del mundo, el enemigo de los pueblos libres, de la civilización. No estaba a la cabeza de sus ejércitos, sino que se mantenía en la retaguardia, observando el campo de batalla en su conjunto, protegido por su guardia más cercana, los llamados «Inmortales». Alejandro pensó en Filipo, en cómo él siempre lideraba a las tropas como un igual. Era de las pocas cosas en las que lo imitaba.

Clito sacudió sus pensamientos.

—Señor, la caballería persa avanza sobre Parmenión.

Alejandro pareció volver en sí.

—Tiene que resistir su envite. —Un fugaz miedo cruzó su mente: tal vez Parmenión, consumido por la desidia y la desesperanza, se dejara vencer para mostrarle a ese joven insolente adónde los había conducido su temeridad—. *Tiene* que darnos tiempo...

Pretendía que la infantería avanzase, cruzando el río, y atacara a los persas en el centro de su formación, mientras Parmenión lidiaba con la caballería. Los *hetairoi* y él atacarían como en el Gránico, arrasando sobre un ejército ya descompuesto y destartalado.

Pero las falanges de infantería fueron masacradas por las fuerzas mercenarias que Darío había colocado en la vanguardia. Viendo que el avance era imposible, viendo a sus compañeros caídos, los que quedaban se replegaron y de nuevo buscaron refugio al otro lado del río. Los mercenarios fueron tras ellos dispuestos a liquidarlos. Corrían por sus vidas entre alaridos, mientras cerca de la playa se oían los estruendos de las tropas de Parmenión colisionando con la caballería persa.

Había llegado la hora. Aunque la carga de la infantería hubiera fracasado, tenían que lanzarse a la batalla. Alejandro se inclinó sobre la grupa de Bucéfalo. «Amigo mío: vuela ahora con los cascos alados de los caballos de los dioses.» Desenvainó su espada, la blandió en el aire, encomendándose al rey de los dioses. «¡Con Zeus a la victoria!» Hincó los talones en el costado de Bucéfalo, que se puso de manos. El relincho profundo del caballo resonó en la bahía, su eco encrespó las olas del mar. El cielo se quebró y por las fisuras de la bóveda se derramaron rayos de luz dorada. Alejandro soltó un alarido y dirigió a los *hetairoi* en carga contra el núcleo del ejército persa.

La tierra tembló con la galopada de la caballería macedonia, que arrasó a los soldados mercenarios, cruzó de un salto, al vuelo, el río y cayó sobre los persas. Estos se defendieron con fiereza, pero sin esperanza: la visión de miles de caballos viniéndose hacia ellos los había desmoralizado, llenando sus corazones de terror.

Entre la niebla de hombres que Alejandro trataba de disipar a golpe de espada, apareció él. Estaba apartado, rodeado por sus propios *hetairoi.* Señalaban inquietos lo que sucedía en distintos puntos del campo de batalla; mascullaban palabras que desaparecían en la furia del combate; observaban el desastre hacia el que, sin remedio, se encaminaba ese vasto ejército, ahogado en la estrechez de la planicie.

Por primera vez, Alejandro pudo distinguir sus rasgos. Era

más alto que él, grande y corpulento. Iba con la cabeza altiva, protegida con un casco decorado con una melena de león. Por su estrecha frente caía un rizo de cabello plateado, el mismo color de su barba. Se elevaba sobre el resto con una fuerza especial, como si toda la batalla orbitase en torno a él. Atacarlo sería un suicidio, pues iba rodeado por su guardia, pero algo se apoderó de Alejandro, algo que no pudo combatir: tenía que pararse frente a él, enfrentarlo cara a cara. Espoleó a Bucéfalo y cabalgó hacia Darío con la espada en alto. Hechizados por su voz, sus amigos se unieron y marcharon con él contra un enemigo al que aún no habían identificado. Los caballos saltaron sobre los agonizantes caídos, decididos contra el rey de los persas. Se oyeron gritos, pero en la mente de Alejandro se había hecho un silencio absoluto. Por su izquierda apareció un jinete de rostro arábigo, dispuesto a embestir con su lanza. Como advertido por los dioses y guiada por ellos su mano, hizo girar a Bucéfalo al tiempo que se agachaba, esquivando el lance, y clavaba su espada en uno de los costados del enemigo.

Los *hetairoi* lidiaron con los otros sátrapas que se atrevieron a cargar contra ellos; Alejandro supo que había roto la línea de protección de Darío, pues lo vio frente a él. Sus ojos se cruzaron. El eje de las horas se detuvo en ese instante en el que ambos se quedaron mirándose, fascinados y atemorizados a la vez. Nunca antes se habían visto y sin embargo sus corazones reaccionaron ante la presencia del otro, se removieron en las cárceles del pecho, como si alertaran de que el ser anhelado o la némesis mortal, tal vez ambos, estaba cerca. El macedonio vio miedo en los ojos del aqueménida, que eran grandes, como dos orbes de cristal, y de iris pálido, plateado. Pensó que lo que lo atemorizaba era ver a la muerte cara a cara. Pero se equivocaba. Era la juventud, la juventud hermosa e imparable de su rival lo que aterró a Darío, que en los ojos de Alejandro, en su rostro apenas barbado y bisoño, se encontró con algo peor que la muerte: el tiempo. Sin saberlo, se quedaron embrujados, perdidos en los ojos del otro, y en todo el campo de Issos de pronto solo se oyó a sus miradas susurrar. Cuántas cosas hablaron en aquella fracción de segundo, y en qué idioma, en uno críptico que la conciencia coronada en su trono de la mente no pudo entender pero que removió fuerzas en lo más primitivo y recóndito de sus seres... Ambos percibieron entonces que en sus interiores despertaba algo, algo que siempre habían sabido allí pero que había estado muerto, sin vida, sin latido, y que al verse, al encontrarse sus ojos, sintieron al fin resucitar. Lo que era, sospechaban que ni los dioses en su omnisciencia lo sabrían con certeza.

Una mano se posó sobre el hombro de Alejandro rompiendo el encantamiento. Era Clito: su rostro estaba sucio de sangre. Le dijo algo, pero en medio del fragor el rey solo oía un murmullo ininteligible. Estaba ido, absorto en los profundos ojos pálidos del aqueménida.

Darío no pudo sostenerle la mirada mucho más tiempo. A su alrededor los persas caían por decenas, la caballería no conseguía alinearse para cargar en masa por la estrechez del terreno, y los arqueros no podían conducir sus carros por el campo sembrado de cadáveres. Parecía incluso que los desfiladeros del abismo de Issos se cerraban sobre ellos y los iban empujando contra el mar. Los griegos avanzaban imparables y entonces comprendió: no eran las ciudades lo que venían a liberar; venían a por él, a derribarlo de su trono y arrebatarle el sitio que ocupaba en el centro del universo.

Se giró a ver al macedonio una última vez: su coraza azul destellaba bajo el sol de la tarde; junto a él, sus *hetairoi*, prestos a una última carga a su lado sin importar si conducía a la victoria o a la muerte. Por cómo se miraban, por cómo estaban dispuestos en el campo de batalla, codo con codo, velando los unos por los otros, Darío supo que eran uno solo tras él, uno solo *con* él, pares, como si juntos formaran un cuerpo y un alma. Los sintió invencibles.

Lanzó un grito de rabia y tiró con fuerza de las bridas de sus caballos alazanes, cuyo relincho sonó como un aullido infernal. Su cuadriga giró en el *horror vacui* de cuerpos y personas vivas, indistinguibles, que se concentraban a su alrededor. Las sacudidas violentas de los caballos derribaron a muchos de sus guardias reales. Las enormes ruedas de hierro negro del carro les pasaron por encima: estallaron en vísceras, sangre y gritos bajo su peso atroz. Luego los caballos machacaron con indignidad los cuerpos al pasarles galopando por encima. Como el dios del infierno huyendo despavorido en su carro antes de que la luz del día iluminase su cobardía, Darío y los sátrapas que quedaban vivos escaparon de regreso al campamento. Alejandro quiso perseguirlos y espoleó a Bucéfalo. Clito fue tras él viendo que se alejaba, temiendo su locura.

—¡Alejandro, Alejandro! —le gritó—. ¡Tenemos que ir con Parmenión!

Azuzó a su caballo tan fuerte como pudo y este galopó como si de Pegaso se tratase tras el imparable Bucéfalo. Clito estiró el brazo, casi cayéndose, para llegar a las riendas del caballo de su amigo y tirar con fuerza hacia atrás. Bucéfalo relinchó y fue deteniéndose. El Negro vio al rey perdido en la visión de la distancia ondulante.

—¡Alejandro! —chilló zarandeándolo. El rey tardó en reaccionar—. ¡Parmenión! ¡Vamos!

Sacudió la cabeza, librándose de las brumas embrujadas, y cabalgaron de regreso a donde se disputaba la batalla. Los restos de caballería e infantería persas no tardarían en perecer, sumidos en la desesperación por la súbita huida de su rey. Alejandro echó la vista atrás: la silueta de Darío había desaparecido en el horizonte. Se había esfumado, pero aún en su mente vibraba su mirada pálida. Era una mirada, entendió de pronto, igual que la suya: inmortal.

4

Darío llegó a la base persa en Issos cuando el sol empezaba a descender, acortada su vida por el solsticio cercano. Se bajó del carro de un salto. Las ruedas y el hermoso lateral, decorado con un bajorrelieve en el hierro, estaban salpicados de sangre. Las piernas le temblaban. Un grupo de esclavos trotó hacia él y trataron de liberarlo del manto y las armas de guerra, pero el rey ordenó que lo dejaran en paz, que se fueran. Ante su rugido, los esclavos atemorizados hincaron la rodilla y doblaron la espalda, tocando el suelo con la frente; así estuvieron hasta que sintieron que la presencia regia los había abandonado. Desde uno de los balcones que se asomaban al patio central se desprendió una gélida mirada de decepción. Darío la notó sobre él, se giró y levantó la cabeza para enfrentarse a ella, pero el balcón estaba vacío. Sin embargo sabía perfectamente de quién era esa mirada que le había dejado una quemadura de hielo en la piel.

La entrada al salón del trono estaba flanqueada por las estatuas colosales de dos lamasus, seres de la mitología babilónica con cuerpo de león, alas de águila y cabeza de hombre, que repelían los malos espíritus. Al verlos, le pareció que el gesto asirio de los monstruos era triste, como si ya hubieran visto la noticia escrita en los muros.

Allí lo esperaban. Sentada en el centro de la sala aguardaba su madre, Sisigambis, envuelta en un aire regio y severo lleno de arcanos. A su lado, su esposa y hermana, y sus hijas. Las cuatro estaban sumidas en un silencio absoluto. No se movían. Los últimos rayos del sol poniente daban a sus rostros un fantasmagórico tono amarillo ceniciento. Parecían estatuas de bronce. Darío se quedó parado en el umbral mirándolas, tratando de adivinar lo que iba a suceder en aquella sala, pero no pudo. Acabó por esbozar una sonrisa triste con la que esperaba recibir compasión pero que no halló respuesta al otro lado. Apesadumbrado por la oscuridad que empezaba a ahogarlo, se quitó con desgana el manto, la coraza, el yelmo coronado, la espada —esta brilló con un resplandor limpio, plateado, que a Sisigambis le ofendió en el alma—, y los dejó sobre una mesa. Luego anduvo hacia las cuatro mujeres. Fue a besar a sus hijas, pero ellas, con un gesto orgulloso, aunque también apenado, giraron la mejilla y evitaron mirarlo a la cara. Dolido por aquello, Darío se dirigió hacia su mujer. Esperaba consuelo, pero ella, amedrentada por la presencia de la reina madre, mantuvo inmóviles los labios al recibir el beso del esposo, sin atreverse a devolvérselo. Solo se permitió dirigirle una mirada triste.

Nunca había sentido tanto frío. No encontró el amor de su esposa ni de sus hijas, pero no porque de pronto hubiera desaparecido; le dio la sensación de que nunca había estado y hasta ese momento no se había dado cuenta.

—Dejadnos a solas —pidió Sisigambis.

Las dos jóvenes obedecieron al momento y abandonaron la estancia sin mirar a su padre, que sintió de nuevo un puñal en el pecho. Su esposa, en cambio, no podía moverse. La mano le empezaba a temblar, como si le estuviera costando mantener aquella fachada pétrea de desprecio. La reina madre lo intuyó.

—Estatira —insistió con voz grave—. Vete.

Muy despacio, arrastrando los pies, Estatira se marchó; como tantas otras veces, no tenía otra que obedecer, aunque fuera reina de Persia o del mundo entero. Darío le cogió la mano, pero ella se zafó. Abandonó la sala conteniendo el llanto pero, al doblar la galería y saberse a solas, se apoyó contra una columna y dejó que el peso de las lágrimas la arrastrara al suelo.

Madre e hijo se quedaron en silencio largo rato. Sisigambis tenía la mirada fija en él, había entrado en su mente y leía sus pensamientos. Cuando parecía que ya nunca le dirigiría la palabra, movió los labios:

—Dime la verdad: ¿te enfrentaste a él?

Darío no contestó. Su madre cerró los ojos y masticó la respuesta de su silencio. Un error, un terrible e irremediable error; ya no había vuelta atrás, ni salvación, entonces lo supo. De sus labios se escapó un suspiro desolado: incontables frascos de veneno derramados en incontables copas, a la luz de incontables estrellas, en incontables noches de pasión fingida... Tanto amor de madre hincado a hierro en los corazones de los enemigos... ¿para qué?

—Erraste —le reprochó—. Erraste a pesar de todo lo que te enseñé, de que todos te advertimos de que te equivocabas. Este no era el sitio para combatir, tendrías que haber esperado, que haber sido paciente.

—Qué sabes tú de la guerra... Teníamos que salir a su encuentro antes de que adelantara aún más sus posiciones.

—¡Pero erraste al atacarlo aquí! ¡Te pudo el miedo!

Darío apretó los puños conteniendo su rabia. Todo un rey aqueménida... y sin embargo su anciana madre continuaba pudiendo reprenderlo, como si no fuera un hombre, como si no fuera soberano del mundo.

—Ya no importa. Reagruparemos nuestras fuerzas en Babilonia y atacaremos de nuevo.

—¿Piensas huir? —preguntó anonadada.

—Sabe que estamos aquí. Ya viene de camino. Tenemos que irnos.

—No le presentas batalla, no te enfrentas a él... y ahora pretendes huir.

—Veo que aún, después de todos estos años, en el fondo, sigo sin tener tu respeto como rey... Ni tu amor como hijo.

Sisigambis se levantó furiosa.

—No te consiento que digas que no tienes mi amor, Darío. —Él rio entre dientes, anticipando ya las palabras de su madre—. Te parí, saliste de mis entrañas, te he protegido, he hecho cosas impensables por ti...

—Eso no es amor, no de madre, al menos. Eso es amor por el poder, que es lo que siempre te ha guiado.

Sisigambis quiso levantar la mano, pero los ojos grises del Gran Rey, rasgados y amenazantes, la volvieron de piedra. Él sabía que no tenía coraje para golpearlo. Muy lentamente, acabó por bajar la mano y entonces lo abrazó. Él se revolvió.

—Ahórrame tu condescendencia —dijo apartándose—. Mis errores nos han traído hasta aquí, pero aún queda mucho por decidir.

—Me temo que no.

—Persia ha sido vencida otras veces en el pasado. No soy el primer aqueménida que pierde una batalla —aseveró.

—Eres el primero en hacerlo estando a la cabeza de sus ejércitos. El primero en huir del enemigo. Eso ya no tiene vuelta atrás, para ninguno de nosotros.

Cuántas palabras, en apariencia sabias pero en verdad cargadas de resentimiento, había tenido que soportar a lo largo de los años... Cómo no podía su madre darse cuenta de lo que le dolía que vigilara sus pasos: no lo dejaba equivocarse y cuando lo hacía se desentendía de la responsabilidad, se la achacaba toda a él, con silencio, siempre con silencio. No lo dejaba aprender, no lo dejaba respirar..., y aún hacía notar lo decepcionada que se sentía.

—Partimos hacia Babilonia —zanjó—. Lo ordena el rey.

Trató de que todo terminara allí, pero Sisigambis no lo permitió.

—De modo que piensas errar adrede, otra vez.

—¡¿Y qué esperas que haga?! —bramó—. A veces lo sabio es retirarse para luchar y vencer otro día. El macedonio se acerca con el grueso de sus tropas, a pasos agigantados. No tenemos con qué defendernos. ¿O acaso quieres que no lo hagamos? —El silencio de su madre le confirmó que lo que proponía era morir antes que huir—. Quieres que nos sometamos al martirio... —constató con horror. No podía creerlo y le ofendía que no negara que esa era su intención—. ¡Quieres que nos dejemos capturar y matar! ¡Quieres que muramos a manos de los invasores solo por satisfacer tu orgullo de poder mirarlos a los ojos mientras lo hacen! ¡Crees que hay honor en eso! ¡¿En que mis hijas, tus nietas, mueran por orgullo...?! Escúchame... Persia no vale uno solo de los cabellos de mis hijas.

—Tus hijas lo que esperan es que su padre pelee con dignidad...

Darío soltó un grito y se acercó amenazante, pero contuvo sus ansias de agarrarla por el cuello y acabar allí mismo con ese amor que se tenían, con esa pasión de palabras que lo estaba volviendo loco.

—No te atrevas a mentar a mis hijas... —le advirtió, respirando como un animal bravo—. No te atrevas... a decirme que lo digno es quedarme aquí a esperar a que los hombres del bárbaro las violen ante mis ojos. ¡No te atrevas a decirme que eso es lo que esperas que haga! ¡Porque te mataré aquí mismo entonces!

—Ellas no entenderían que su padre, el rey, huyera. Son aqueménidas y saben cuál es su deber.

—Eso es por el veneno con el que llevas años alimentándolas. Oye lo que estás pidiéndome...

—Ellas *saben* que esta es su dinastía, saben que se deben a ella y se prestarán a morir con honor, como tendrías que hacer tú...

—¡Pero no tienen que morir hoy!

La mirada de Sisigambis pareció ablandarse. En ese rey desesperado vio de nuevo al niño inseguro del que tenía que hacerse cargo, vio al joven inocente que, incapaz de creer en la crueldad que había en el mundo, tenía que ser protegido de ella.

—Darío... —Le cogió las manos y las apretó para transmitirles su calor—. Esta dinastía se muere. Es innegable: hay un conquistador a tus puertas, un conquistador al que no te has atrevido a enfrentarte. Nuestra casa se acaba y se acaba aquí, en el día de hoy... El juicio que la historia haga de nuestra dinastía será el juicio de quienes vimos su final: somos los últimos aqueménidas, los últimos descendientes de Ciro. En nuestras manos está hacer que ese nombre muera con honor. No huyas ahora, Darío. No huyas, por favor. Te lo pide tu madre.

—Nuestra dinastía no morirá hoy. Aún nos queda tiempo...

—No, no queda tiempo. Ya no quedan batallas que ganar.

—¿Ya las das por perdidas?

—No. Es que ni siquiera hay batalla ya. Nunca la hubo.

En el fondo de su ser, Darío entendía las palabras de su madre, pero no podía aceptarlas.

—No tenemos que morir hoy... ¿Por qué no puedes verlo?

—Porque huir del enemigo es lo mismo que morir. Porque vivir en el exilio es lo mismo que la muerte. Porque ningún otro rey se comportó como tú hoy...

—¡Madre, basta! —Se apartó de ella e hizo el ademán de marcharse—. Tenemos tiempo, tenemos tiempo... —repitió como si fuera un conjuro—. Nos salvaré a todos. Y nuestro nombre vivirá para ver nuevos días. Pero ahora debemos irnos.

Entonces se borró toda la compasión de su gesto y Sisigambis pronunció las palabras más dolorosas de todas.

—¡Si te vas ya no eres hijo mío!

Darío se detuvo en seco. Por fin se atrevía. Llevaban décadas amenazándose el uno al otro, pero ninguno hasta aquel instante había tenido el coraje para hacerlo. Darío siempre había pensado que, dada la relación que ambos mantenían, el conjurar aquellas palabras, el sacarlas del silencioso mundo de los pensamientos, ya daría una victoria total a quien lo hiciera, se llevase a término la amenaza o no. Solo el formularla, solo el demostrar tener agallas para hacerlo, otorgaba un poder excepcional, capaz de cercenar para siempre el abrasivo vínculo de amor que los unía o de consolidarlo por los siglos de los siglos.

Se giró muy despacio.

Sisigambis también temía lo que podía suceder, llevaba tiempo haciéndolo.

—¿Serías capaz? —preguntó el hijo.

—Lo soy.

—No te creo. No te atreves a dejarme ir. Me necesitas.

—Ya no. No así.

—Y si me voy..., ¿a qué hijo mantendrás siempre bajo tu imperio? —Pero vio que los ojos de su madre no temblaban, estaban, aunque llorosos, decididos, y entonces comprendió que todo se acababa. La voz le tembló al desafiarla por última vez—. Si me dejas ir..., ¿a quién vas a entregarle tu corazón?

—A quien lo merezca.

Darío apretó la mandíbula para que las lágrimas no le resbalaran por las mejillas. Quiso gritar, quiso lastimarla, pero de pronto fue como si no tuviera fuerzas para hacerlo, como si ya no hubiera motivos. No era eso lo que llevaba años previendo que ocurriría: él siempre había pensado que el único desenlace sería que ambos, incapaces de separarse, aterrados de hacerlo, recularían y se perdonarían. Y el vínculo entre ellos, esa maldita y asfixiante soga que los unía, se volvería, entonces sí, inquebrantable. Pero no fue así. Por donde menos se esperaba, el vínculo se rompió: en el silencio enviciado pareció de pronto oírse el siseo de una cuerda soltándose, liberándose de la tensión.

Darío retrocedió sin saber cómo responder. Sintió un alivio en el cuello, una quemadura que respiraba, como si lo hubieran liberado de una horca.

—No volverás a vernos. Te quedarás sola a merced del bárbaro.

No supo si eso lo decía esperando que su madre se recondujera. Al pronunciar aquellas palabras también se arrepintió, temiendo por un instante que así lo hiciera.

—No, Darío. El que parte a solas eres tú.

—Mis hijas vienen conmigo. Y Estatira también; está esperando a mi heredero.

Sisigambis lo miró amenazante. Ahora sí, sintiendo en peligro su prole, la bestia en ella estaba dispuesta a matar.

—Tu hermana lleva en su vientre el futuro de la dinastía. No permitiré que un cobarde como tú se lo lleve.

—¡Es mi hijo!

—¡Es el último aqueménida! —gritó ella—. El último de nuestra estirpe... No te pertenece a ti, sino a nuestros ancestros, a nuestro dios.

—¿Y qué piensas hacer cuando os apartéis de mi lado? —la desafió—. No habrá quien os proteja. Me llevo a mis sátrapas y también a Begoas.

—Ese eunuco ha acabado contigo. Llévatelo antes de que lo mande matar. Y llévate también al resto de advenedizos que se empeñan en que nunca yerras, que te convencen de que siempre haces lo correcto. Serán tu perdición, como la de tantos otros aqueménidas antes que tú. Y ahora vete antes de que entren; ellas no merecen ver al Gran Rey de Persia desertando.

Darío la miró resignado, constatando la realidad de la situación, lo inútil que era luchar contra ella y su odio. Esa noche reunió a sus sátrapas y les dijo que cabalgarían hasta Babilonia para rearmarse. Uno de ellos se atrevió a preguntar por la familia real.

—Se queda aquí, Bessos. Persia vive en su Gran Rey. En nadie más. —Y, para evitar otra palabra o recuerdo, espoleó a su caballo y cruzó las puertas de la muralla.

No tardaron en perderse de vista en el desierto, dejando tras de sí una polvareda plateada por el reflejo de la solitaria luna de noviembre, que esa noche subió al cielo sin estrellas.

Sisigambis entró en su aposento y mandó salir a las esclavas que allí la esperaban. Volaron como una bandada de palomas asustadas. Cuando se supo a solas, se arrodilló junto a un gran baúl, de esos en los que los aqueménidas llevaban su corte a piezas. En el interior había ropas magníficas y otro cofre de menor tamaño. Debajo había un manto de color púrpura hecho de una tela especial. Lo tomó entre sus dedos, sintiendo su suavidad, y hundió en él su rostro buscando el olor de Darío, a quien pertenecía. Después lo guardó de nuevo y abrió el segundo cofre, que contenía las joyas imperiales de la dinastía. Con la delicadeza con la que embalsamaría a un ser querido para el silencio eterno, Sisigambis deshizo los cordeles y nudos de sus ropas hasta quedarse totalmente desnuda. Por su piel arrugada resbaló la luz llorosa de las velas. Su cuerpo aún mantenía el recuerdo de una extraordinaria belleza, pero estaba visiblemente cansado, sobre todo por el sufrimiento de la maternidad. Una a una fue cargándose con todas las joyas del cofre. Se abrochó al cuello gargantillas exquisitas y se colgó filas de collares. Lastró los lóbulos de sus orejas con el peso de enormes pendientes de brillantes. Se recogió el cabello sin brillo con una diadema de oro. Cargó las muñecas, casi todo el antebrazo, con brazaletes y pulseras. Luego en cada dedo se colocó un anillo de distinta piedra, dando a todas ellas un motivo: la esmeralda de Egipto, el topacio de Persia, el lapislázuli de las minas más allá de Bactria, en el confín del mundo, el rubí por la sangre de su casa, el diamante por su estrella en el cielo, la lágrima de perla por su madre, y la turquesa por la melancolía, el diamante amarillo por el dolor, y la amatista por la muerte. En el anular derecho se puso uno de plata pobre y sucia, por el tiempo pasado y el futuro. Después se vistió de negro y cubrió su rostro con un largo velo de seda oscura.

—Ya está todo listo —dijo una voz a sus espaldas.

Se volvió y vio a Estatira en la puerta, también de negro. Entraron dos esclavos que cerraron el gran cofre abierto y se lo llevaron a hombros. Sisigambis fue tras ellos. Se detuvo al pasar junto a la esposa de Darío y le puso la mano en el vientre. Luego continuó su camino. Estatira no pudo contener las lágrimas.

—¿Qué va a ser de nosotros, madre? —preguntó desesperada viéndola alejarse. Pero la reina madre no se volvió.

En el patio del palacio aguardaba una pequeña comitiva.

Era todo lo que quedaba de la corte aqueménida, que tras las noticias de la derrota y la marcha de Darío había ido abandonando la ciudad. Aquel era básicamente el séquito de Sisigambis y las princesas. Los acompañaban algunos soldados —los pocos que no habían partido con el rey— para su protección. Unos esclavos llevaban los baúles de la corte errante y otros antorchas para iluminar el camino hacia las puertas de la muerte.

—Adelante —murmuró, y empezó a caminar.

La siniestra hilera de sombras se puso en marcha, atravesó las puertas del palacio, anduvo por las calles desiertas y cruzó las murallas. Se echaron en brazos de un sendero oscuro que los llevaba a través de la noche gris, arrullados por el lúgubre canto del viento y las olas en la lejanía.

—¡Señor, algo viene hacia aquí! —informó un vigía que se había adelantado.

Los macedonios vieron el resplandor humeante de las antorchas acercándose a paso lento.

—No parece un ejército —dijo Nearco.

—Podría ser una trampa —advirtió Clito.

Pero Alejandro sabía que no. Desmontó de Bucéfalo y echó a andar hacia las luces fatuas que se aproximaban, como llamado por ellas.

Viéndolos venir, la comitiva oscura se detuvo.

—¡Señor, espera! —gritó Laomedonte.

Alejandro paró en seco.

Su amigo, a caballo, se adelantó hasta llegar junto a los extraños caminantes. Intercambió palabras y regresó con los macedonios.

—¿Quién es? —preguntó Hefestión. Laomedonte miró a Alejandro como si dudara de decírselo—. ¿Laomedonte?

—Es la reina madre de Persia.

La multitud se abrió formando un pasillo por el que transitó una figura negra. Otras tres la seguían, acompañadas por dos soldados con lanza y dos esclavos con antorchas. A su paso, los otros se inclinaban. Cuando llegaron a la cabeza de aquella procesión luctuosa, la primera les indicó con un gesto de la mano que esperaran. Luego, avanzó sola. Alejandro también.

Ambos se acercaron muy despacio y se detuvieron a algunos pasos de distancia. Tras el velo negro, la figura habló en lengua persa. Alejandro no entendió las palabras, pero comprendió el sentimiento, profundo, solemne y triste, con el que las pronunció. Entonces, sin saber cómo, sus pies lo condujeron ante ella; tal vez se lo hubiera pedido y, sin saberlo, la estuviera obedeciendo. Era poderoso su magnetismo, el espíritu arcaico que en ella moraba.

Se vieron frente a frente. Estaban tan cerca que notaba el aliento de la mujer moviendo el velo. Giró la cabeza tratando de que la luz de las antorchas le permitiera ver a través. Escuchaba su respiración nerviosa, sentía sus ojos moviéndose tras la sombra de la seda: lo seguían atentamente. Quiso verlos. Muy despacio, casi con miedo de que se asustara, agarró el borde del velo. Poco a poco fue levantándolo, desvelando el pecho escotado y huesudo de piel manchada por la edad, luego el cuello de cisne cargado de collares que brillaban atrevidos, hasta descubrir el rostro, la barbilla altiva, los labios estrechos de fina comisura, la nariz montada de caballete sutil, y finalmente los dragontinos ojos verdes, el perfecto arco de las cejas, la raza y el poderío de la simetría que todo conformaba.

Buscó su mano; la encontró helada, pero no por el metal de las sortijas que le sintió en los dedos, sino por la gelidez del destino que al tacto se leía en la palma. Lentamente la levantó, se la llevó a los labios y la besó. Entonces Sisigambis bajó la cabeza para que no se vieran sus ojos aguándose y se echó al suelo para besarle los pies. Él trató de mantenerla en pie sosteniéndole con fuerza la mano y le pidió en fútil griego que se levantara, pero Sisigambis se mantuvo genuflexa y no cedió. Alejandro cayó de rodillas y cogiéndola por la barbilla la hizo mirarlo: vio entonces las lágrimas que ella había querido ocultar, aunque percibió más que eso. No conocían un idioma franco en el que comunicarse, pero sus ojos en aquel momento se comunicaron en el lenguaje mudo del alma, que se habla por la mirada, a salvo de los oídos de la conciencia. Y entonces, ante los *hetairoi*, que observaban atónitos, y la diezmada corte aqueménida, se fundieron en un abrazo que unió para siempre los mundos de los que cada uno provenía.

5

Se preparó para la reina madre de Persia y las princesas una tienda especial, grandiosa como la del propio Alejandro, y que estaba a todas horas bajo la protección de los soldados más leales. Al rey le preocupaba su seguridad. La familia de Darío atraía los ojos de muchos. Los soldados se escabullían entre las tiendas, evitando a los guardias, para tratar de ver a esas enigmáticas mujeres. Algunos las tomaban por el principal tesoro obtenido tras la sacrificada victoria en Issos y querían contemplarlas como quien contempla el oro; otros solamente querían comprobar si era verdad que la reina Estatira, esposa del Gran Rey, era la mujer más bella de cuantas se conocían.

Tras reagrupar a los ejércitos, Alejandro reunió al consejo para trazar el devenir de la estrategia. Desenrollaron sobre una mesa un gran mapa en el que estaba representada la creciente luna fértil y la costa del levante: un mundo exótico, mágico para los griegos..., pero todavía conocido.

—Con toda seguridad Darío ha huido al norte —señaló Laomedonte.

—¿Creéis que hay posibilidad de que vuelva a entrar en Frigia?

—No, mi señor. Cruzará por allí el Éufrates y se reagrupará en Babilonia.

El rey paseó la mirada por los rostros de los otros *hetairoi*: todos estaban de acuerdo con lo expuesto por Laomedonte; parecía que la amenaza de Darío, después de aquellas angustiosas jornadas en Tarso, pensando que podía venirse sobre ellos desde cualquier punto, se desvanecía.

—Nuestro objetivo ahora debe ser la costa —les dijo—. Arados. —Señaló el punto en el mapa. La ciudad era la primera de la antigua Fenicia—. Sidón. Y Tiro.

—Es sensato —dijo Hefestión—. De estas ciudades se abastece la Armada persa.

—Y no solo de marinos. —Nearco, el cretense, conocía bien la mar y sus misterios—. La madera de la zona es muy útil para la construcción de barcos. Desde que la conquistaron, Fenicia ha sido el centro de su poder naval.

—¿Qué sabemos de estas ciudades, Nearco?

—Informaciones confusas, señor. Los persas dejaron que conservaran sus reyes, simplemente se limitaron a sentar a su lado a un sátrapa consejero.

—¿Esos sátrapas gobiernan?

—En la mayoría de los casos así lo afirmaría. Muchos de estos reyes no están en sus ciudades rigiéndolas, sino que sirven en alta mar, en la Armada persa. Contribuyen con sus pequeñas flotas y las comandan a las órdenes de un almirante de Darío.

—Entonces esos habitantes se ven privados de sus reyes naturales por los persas...

—Sidón ya se rebeló hace años —rememoró Hefestión—. Sus ciudadanos aún recuerdan de seguro la crueldad con la que los sometieron los persas. Te abrirán sus puertas.

—Y no solo pensemos en sus ciudadanos —dijo Nearco—. Si los reyes están en la mar y los sátrapas gobiernan, ¿qué hay de los príncipes herederos?

Alejandro meditó.

—Nos abrirán sus puertas si les prometemos devolverles su trono...

Clito mentó el fantasma al que todos temían:

—¿Y la Armada persa? —Alejandro no tenía flota. Había quedado perdida en las brumas del Egeo, temerosa de echarse a navegar el Mediterráneo oriental dejando Grecia desprotegida—. ¿No navegará hasta aquí cuando lleguen noticias de que pierden Fenicia?

Se hizo el silencio. Solo Nearco se atrevió a opinar.

—Los capitanes de la Armada no atacarán las ciudades de las que son reyes. Puede incluso que deserten. Pero, por prudencia, una vez que entremos en Arados habrá que moverse con rapidez, confiscar las naves que tengan estas ciudades y disponerlas para defender los puertos.

La agria voz de Parmenión interrumpió la conversación sobre navíos y puertos.

—Señor.

Los jóvenes *hetairoi* levantaron la cabeza del mapa. Desde la otra punta de la mesa, el viejo general los miraba a todos con desprecio. Parmenión sabía que recelaban de él después de haber quedado desacreditado por sugerir tomar un rumbo distinto en la batalla de Issos. Acusándolo de haber puesto en peligro la victoria con sus aciagos presagios, esos jóvenes, pensaba el general, no se daban aún cuenta de que la victoria se la debían sobre todo a la suerte.

—Habla, Parmenión —lo autorizó el rey.

—Discutís sobre las ciudades de la costa, pero es a Damasco adonde debes dirigirte. Es la principal ciudad de Siria, donde se guarda un tesoro que bien necesitamos para pagar las deudas que se acumulan... —Alejandro soltó lo que parecía ser un suspiro hastiado—. Señor, debes pagar a tus soldados. No te siguen solo por gloria ni por el afán de vengar a Grecia: esperan obtener beneficio de esta empresa.

—Lo más importante ahora es acabar con la amenaza de la Armada persa.

—Y también, señor, ¿qué vas a hacer con ellas?

—¿Ellas? —repitió para ganar tiempo.

—La madre, la esposa y las hijas de Darío.

—Son otro de los motivos por los que hay que entrar cuanto antes en las ciudades costeras. Este campamento no es un sitio digno para su condición de mujeres ni para su realeza.

—Sí, pero ¿qué harás con ellas? —insistió.

Ahora todos se volvieron hacia Alejandro.

—No hay nada que hacer, general. Están bajo mi protección. ¿Qué querrías que hiciera?

—Son una pieza valiosa: debes exigir a Darío un rescate,

que abandone sus designios sobre Asia Menor y se retire al este para nunca regresar, si es que quiere volver a verlas.

—¿Pretendes que las tome por rehenes y negocie su rescate con el cobarde que las abandonó a su suerte?

—Son la familia de tu enemigo —le recordó, pues parecía, por el trato que les daba, como si lo ignorara—. ¡Son bárbaras!

—¡Son de la realeza! —zanjó levantando la voz y forzándolo a callar—. Y yo soy un rey: en mi honor está el tratarlas como lo que son. Los reyes no son reses con las que se negocia. Sabedlo todos y hacedlo saber: esas mujeres no son nuestras prisioneras; quien haga algo contra ellas, o permita que se les haga algo, responderá de ello ante mí primero y ante los dioses después. —Masticaron sus palabras en silencio—. Respecto a Damasco..., en verdad hablas con criterio, Parmenión: es una plaza importante y su tesoro también. Con él financia Darío su control sobre esta región. Ve en mi nombre y tómala mientras nosotros continuamos hacia Arados. Poned en marcha los preparativos.

Después abandonó la tienda con el corazón latiéndole a gran velocidad, sintiendo las mejillas aún ardiendo tras la discusión con Parmenión. De nuevo se enfrentaba a su más veterano general utilizando como argumento una autoridad que le confería... ¿el qué? ¿El ser rey? Ni siquiera él estaba seguro de lo que eso significaba, si es que significaba algo. Tras haber estado al borde de la muerte como habían estado en Issos, pudiendo haber sido masacrados con la misma aparente facilidad con la que habían vencido, era como si se le hubiera derretido la corona sobre las sienes.

Recorrió el campamento hacia la tienda de las princesas. Los soldados presentaron sus armas a su paso. Alejandro se detuvo en el umbral. Una joven de rasgos arábigos apareció entre el cortinaje y, al verlo, inclinó la rodilla y se quedó compungida en una reverencia que duró largos minutos, pues Alejandro no sabía si debía pedirle que se irguiera.

—Eres la que habla griego, ¿verdad? —le preguntó. La esclava se levantó y asintió levemente con la cabeza. Se llamaba Vahara. Siempre acompañaba a las princesas—. Di a la reina madre que voy a entrar a verlas.

La esclava asintió de nuevo y regresó adentro. Alejandro oyó el roce de unas voces en el interior. Tras unos momentos, una mano asomó entre el cortinaje, corriéndolo a un lado y dejándole pasar. Agachando un poco la cabeza, como si estuviera entrando por primera vez en un curioso y extraño templo, pasó. Lo esperaban de pie las cuatro mujeres. Sisigambis y Estatira en el centro, cada una con una de las jóvenes princesas a su lado. Lo miraban fijamente, con ojillos vidriosos que Alejandro no supo si eran tristes o temerosos, o ambas cosas. Le llamó la atención en especial la más pequeña de las princesas, que estaba junto a su abuela. No tendría más de doce años y sin embargo miraba con inteligencia y atención, examinándolo.

Estaba inquieto, le sudaban las manos. De repente no supo a qué había ido allí, qué decirles ni cómo dirigirse a ellas. Todo lo que pudo hacer fue esbozar una sonrisa amable, nerviosa, con la que esperaba... Tampoco lo sabía. Sus labios simplemente la dibujaron; sus dientes no se atrevieron a mostrarse. Ante aquel gesto suyo, las cuatro mujeres a la vez inclinaron la rodilla y bajaron la cabeza, manteniéndose en un escorzo reverente y de equilibrio quebradizo.

—¡No, no, alzaos! —exclamó angustiado, especialmente por Estatira, cuyo embarazo estaba muy avanzado, pero ellas permanecieron genuflexas sin comprender.

Se volvió hacia Vahara y ella, viendo su espanto, le explicó con un susurro:

—No pueden, señor. Es la *proskynesis*, la reverencia que le es debida al Gran Rey de Persia: os besan los pies.

Alejandro las miró de nuevo: se mantenían petrificadas en aquella postura que quebrantaba el cuerpo.

—¡Diles que se alcen!

La esclava tradujo algo desconcertada las palabras. Muy lentamente las cuatro mujeres se levantaron. Lo seguían mirando, como si acaso estuvieran esperando algo, esperando a que les comunicara su futuro, el día de su sentencia, el destino de sus cadáveres. Pero Alejandro no tenía palabras ante aquella visión imponente, que hacía que la voz se le empequeñeciera en la garganta.

Entonces, Sisigambis habló con su voz imperial en la lengua incomprensible de los persas. Vahara habló casi al mismo tiempo, pronunciando el griego con su acento picudo, triangular:

—La reina madre os presenta, Gran Señor. Estatira, reina de Persia. La princesa Estatira, primogénita del Gran Rey Darío. —Sisigambis iba señalando a cada una. La princesa Estatira era la mayor y estaba a la derecha de su madre, que mantenía las manos sobre el hinchado vientre—. Y la princesa Dripetis, segunda hija del Gran Rey Darío. —Esa era la joven cuyos inteligentes ojos estaban fijos en Alejandro, presa de la primera fascinación adolescente.

El macedonio recibió nervioso los nombres de todas ellas. Titubeó antes de poder hablar.

—Diles que soy Alejandro, rey de Macedonia y hegemón de Grecia, heredero de Aquiles y de Heracles. Diles que las tomo como si fueran mi familia: están bajo mi protección y ningún daño se les hará. Asegúraselo. —Se tradujeron los nobles linajes de esa mitología que las mujeres de Darío no conocían. Su rostro permaneció impasible. No entendían lo que el conquistador les quería transmitir o tal vez no confiaban en lo que les transmitía—. Asegúraselo... —repitió, y abandonó la tienda sintiendo el alma más pesada que cuando había entrado, dolorida por las miradas de esas mujeres, que se llevó clavadas en el interior.

6

En los días siguientes partieron hacia Arados mientras que Parmenión puso rumbo a Damasco. El general entró triunfal en la que era la ciudad habitada más antigua del mundo, pero el rencor con el que se envenenaba le amargó la gloria. Se había dado cuenta de que, cada vez que se enfrentaba a aquel ingrato muchacho, este lo mandaba a cumplir alguna honrosa misión con el único fin de alejarlo de la corte, de la toma de decisiones, del poder, lo cual convertía en deshonrosa y humillante la más noble de las misiones. No estaba dispuesto a consentirlo, no por ambición, sino por orgullo. Él le había dado apoyo al morir Filipo, él lo había convertido en lo que era. Se merecía estar a su lado, era un derecho adquirido que el rey, por muy rey que fuera, no le podía arrebatar. De modo que tras serle rendidos Damasco y su tesoro, nombró a un gobernador y partió de regreso a la costa siria. Llevó consigo una parte considerable del botín —varios cofres rebosantes de plata— y también una corte de criados, esclavos, concubinas, astrólogos, cocineros y médicos con los que la gran ciudad de Damasco insistió en obsequiar al nuevo rey de Asia.

Arados era la primera de las ciudades de Fenicia y, junto a Sidón y Tiro, una de las tres llaves del mar. Era una ciudad extraña.

Parmenión esperó encontrar a Alejandro montando el campamento, haciendo planes para un inútil asedio. Ya masticaba amargamente las palabras con las que reprendería al joven monarca por su ambición irracional y su falta de prudencia y seso. Sin embargo, para mayor gloria de los Olímpicos y disgusto personal del viejo general, a los macedonios les abrieron las puertas, tal y como Nearco había pronosticado. Al sátrapa le cortaron el cuello. El príncipe heredero de Arados, deseoso de librarse de la vigilancia de Persia y de la tiranía de sus almirantes, que no eran más que bucaneros que forzaban a los aradios a construirles naves y proveerlos de marinos, se entregó a los conquistadores, ofreciéndoles su ciudad y sus recursos para llevar a cabo la campaña de Fenicia. Alejandro lo confirmó como príncipe regente y le prometió que de no regresar su padre, el rey, o de hacerlo al mando de una flota enemiga, lo auparía al trono y lo ayudaría a resistir.

Se instalaron en el palacio real. Tanto el joven príncipe como los habitantes no pudieron contener su sorpresa, algunos incluso su espanto, cuando vieron que el conquistador daba cobijo y llevaba consigo a las mujeres del Gran Persa.

Envueltas en un velo oscuro que preservaba el misterio de

su imagen, las princesas caminaron por el embarcadero padeciendo con vergüenza las miradas de sus antiguos súbditos. Los aradios las observaban con una mezcla de horror y de curiosidad, incapaces de creer que fueran ellas, que estuvieran tan cerca. Siempre habían vivido bajo la sombra de un enemigo abstracto, invisible, «el Gran Persa», al que se imaginaban de muchas formas, cada cual más fantasiosa. Un rey despótico, con cabeza de toro tal vez, como los extraños dioses del este, encerrado en los oscuros laberintos de sus palacios, lejos de todo y de todos, representado por un sátrapa que en su nombre ejecutaba la crueldad. Ahora, sin embargo, que tenían en su ciudad a sus mujeres, a su familia, a las expresiones humanas de su vida, confirmaban que el enemigo no era inmortal, sino que como ellos, como todos, era hombre, hombre con madre, con esposa, con hijas, hombre mortal, hombre vencible.

Para ellas aquello suponía la inversión del orden cósmico que representaban. Cuando llegaron al palacio se encerraron en sus aposentos y rehusaron asistir al banquete ofrecido por el príncipe aradio en honor de Alejandro, incapaces de resistir más humillación.

La situación preocupaba a Alejandro. Con su actitud, las princesas se confirmaban a ojos de todos como prisioneras. Pero él no lo veía así. Se afanaba en convencerse de que las respetaba por su condición de realeza, pero también había en él un sentimiento confuso, indescriptible, que brotaba cada vez que pensaba en ella, en Sisigambis. Había algo en esa mujer, en la madre de su enemigo, que lo embrujaba y al tiempo lo hería; quizá fuese lo semejante que era a su propia madre y lo distinta que resultaba a la vez. En verdad, en su majestuosidad y en los arcanos de su presencia le recordaba a Olimpia, pero ella, a diferencia de su madre, no lo hería, ni lo ensalzaba como rey y dios ante los demás para luego hacerlo esclavo ante ella, prisionero de sus garras y su abrazo. Sisigambis no pretendía dominarlo ni moldearlo a su antojo, pues entendía aquello que siempre se le escapó a Olimpia: que la naturaleza de los reyes es indómita por ser la de los dioses. Aquello, pensó Alejandro, en el este sí que lo comprendían.

Respetó su decisión de recluirse y ordenó que nadie las molestara. Trató de apartarlas de su mente centrándose en Sidón, su siguiente objetivo. Doce años atrás la ciudad se había rebelado contra el sátrapa. Aunque no había triunfado en su empeño, aún podía haber partidarios de Grecia tras sus muros. Se mandó una embajada. Iba con buenos deseos de paz, pero en realidad su misión era localizar a los descontentos, organizarlos y poner en marcha una conjura para abrir las puertas a los ejércitos macedonios. Prudente, Alejandro esperó la respuesta de los espías. Pasaron los días sin que hubiera noticias. No le quedaba otra que ser paciente. Quizá lo que más lo inquietaba era el estar varado en una ciudad, dando tiempo, como en Halicarnaso, a que llegaran cartas y reproches del oeste, del que cada vez estaba más alejado pero aún no lo suficiente.

Sin embargo, la carta que llegó cambiándolo todo no era de su madre, ni de los espías de Sidón, sino del enemigo.

Estaba en brazos de Hefestión; divertidos compartían el amor de una aradia bellísima cuando los interrumpieron anunciando al mensajero urgente. Doce sellos traía la misiva real.

Rebajándose a parlamentar con un griego, un ser que solo merecía la esclavitud, Darío le había escrito ofreciendo un rescate por su esposa y por sus hijas. «También por nuestra madre», añadía al final de la oración.

—De esto nadie ha de saber nada.

—Pero, Alejandro...

—Dame tu palabra de que no se lo contarás a nadie.

—No entiendo por qué mantienes esto en secreto. Debes compartirlo con tu consejo.

—No tengo por qué —replicó.

—¡Es un asunto que puede afectar el devenir de la guerra para siempre! Darío ofrece una gran suma de dinero por su familia, así como la paz y dejarte con el dominio íntegro de Asia Menor.

Alejandro lo miró impasible y Hefestión comprendió que aquellos argumentos no afectarían a ese rey que, como él, pensaba con el corazón.

—De ti solo necesito saber una cosa, Hefestión —pidió Alejandro—. ¿Puedo contar contigo?

Hefestión no pudo resistirse. El amor que le profesaba podía sobre todos los reinos de la Tierra.

—Sí...

—¿Guardarás el secreto?, ¿lo harás por mí?

Vaciló un instante en el que ahogó su conciencia.

—Sí... —Después tomó la carta y la puso al fuego de una vela. El papiro se retorció humeante y la letra arcana del Gran Persa se consumió azulada.

Alejandro sonrió aliviado. Hizo pasar de nuevo al mensajero que había traído la misiva y le comunicó su respuesta:

—Dile a Darío que si las quiere de vuelta regrese y pelee por ellas. Que no huya de mí porque lo perseguiré adondequiera que vaya, hasta el confín del mundo incluso.

En los últimos días de otoño los planes de Alejandro surtieron efecto y estalló la rebelión en Sidón. Los ciudadanos se echaron a las calles envalentonados por la cercanía de un ejército griego. Olvidaron el miedo, tomaron las armas que encontraron, sus propios utensilios de pescadores, de herreros, y cercaron la ciudadela. Gran parte de la guardia del sátrapa se les unió. Derribaron las puertas del palacio y lo capturaron. No le mostraron clemencia alguna: cuando Alejandro entró en Sidón tres días después vio el cuerpo del anciano gobernante colgando de las almenas, pasto de las gaviotas.

Otra ciudad rendida, otro trozo de la Grecia del este liberada. Aunque estaba pletórico, hizo por disimular su alegría, pues era consciente de que sus triunfos suponían para las mujeres de su enemigo una humillación, el síntoma claro de que su mundo se rompía en pedazos. Pero ninguna de las princesas se mostraba triste ni dolida por la pérdida de otra ciudad. No les importaba ya. Entregadas a Alejandro, era como si ya no fueran parte de Persia, nada las unía a ella y por tanto no había nada que lamentar.

El palacio del sátrapa era mucho más lujoso que el de Arados. Sus cientos de terrazas aéreas, excavadas en el acantilado de la acrópolis, se asomaban al mar. Las galerías de mármoles y columnas, abiertas a los jardines, lo hacían diáfano y fresco.

—Nearco —dijo Alejandro contemplando los frescos de las paredes que mostraban batallas navales pasadas—, ¿sirve el rey de Sidón en la Armada persa?

—No hay rey de Sidón, señor —le dijo su almirante—. Hace doce años, cuando se rebelaron, pretendían instaurar un Gobierno de notables, no habiendo rey al que poner.

—No lograron nada en aquel entonces... —dijo Clito.

—Nada —confirmó Nearco—. Quemar el jardín del sátrapa. Eso fue todo lo que hicieron como venganza.

—Los notables se corrompen —sentenció Alejandro—. Este pueblo lleva tiempo padeciendo, merece tener un rey de los suyos, no una oligarquía que vuelva a ponerse al servicio de los persas, ni tampoco un emperador que reemplace a otro.

—Pero la Casa de Sidón se extinguió hace generaciones —puntualizó Parmenión.

—Habrán de quedar sus descendientes. Hefestión, quiero que te encargues de buscarlos.

Su amigo asintió.

Al salir de la sala, Hefestión se topó con Vahara, que caminaba apresurada por los pasillos, y esta le suplicó ayuda. No se atrevía a decírselo directamente al rey.

—Pero ¿qué sucede? —le preguntó.

La reina Estatira estaba muy enferma. Ya había amanecido lívida y al llegar al palacio se había desplomado. Tenía una fuerte calentura. Los médicos pronto concluyeron que el mal de la reina se debía a su embarazo, que se acercaba al quinto mes. Los viajes no le habían hecho bien y era imprescindible que guardara reposo; de lo contrario el parto podría ser fatal.

Cuando Alejandro entró a verla, sus hijas ya rodeaban su cama y observaban con atención a un hombre de extraño aspecto que, sentado en el borde de la cama, sostenía y acariciaba las manos de la reina enferma como si las estuviera estudiando. Aquel individuo parecía griego pero iba vestido a la manera oriental; también tenía el Oriente en su rostro, en sus facciones más rasgadas, como si se hubieran arabizado. Una oreja la llevaba perforada por una cascada de aros dorados y el cabello le crecía corto y áspero como si recientemente se hubiera afeitado la cabeza entera. Un recuerdo sombrío se le revolvió a Alejandro en la jaula de la memoria: parecía Nectanebo. A Sisigambis no se la veía interesada. Observaba el horizonte, que empezaba a cubrirse con nubes de tormenta, y solo de vez en cuando echaba un vistazo hastiado al proceso, del que parecía que desconfiaba.

No atreviéndose a acercarse al lecho, fue junto a la reina madre, y le indicó a Vahara que se aproximara también.

—Ya me han informado los médicos —dijo en voz baja. Ambos miraban de reojo el lecho y al brujo—. Ninguna de vosotras debe preocuparse: he ordenado que se le dispensen los más exquisitos cuidados. Me aseguran que son los mejores médicos. Nada le pasará.

Sisigambis habló en persa.

—¿Qué dice? —preguntó ansioso.

La esclava esperó a que la reina madre hubiera terminado la frase.

—Dice que ni los médicos, ni siquiera los dioses, pueden hacer nada por ella. Está en sus propias manos vivir o morir. Veremos si tiene fuerza y coraje para elegir una de las dos opciones; la decisión no es fácil. —Sisigambis volvió a hablar—. Ahora pide vuestro permiso, señor, para retirarse. La reina madre está cansada.

Alejandro balbuceó, impresionado aún por la respuesta que había dado.

—Sí... Que se retire.

Sisigambis abandonó la estancia sin dirigir una palabra a sus nietas o a su hija enferma.

—¿Quién es y qué está haciendo? —le preguntó a la esclava refiriéndose al extraño hombre.

—Es un astrólogo, señor, uno de los magos que había en la corte del Gran Rey. Se quedó con la reina después de la batalla. Le está leyendo el sino en las líneas de la mano.

Alejandro sabía lo que era la quiromancia. Se trataba de

una de las artes secretas del dios Hermes. Aristóteles le había mostrado hacía años un tratado sobre quiromancia que encontró en uno de sus templos perdidos.

—Esta noche que venga a verme.

Los nubarrones negros que en círculos se paseaban por el cielo de Sidón, como una bandada de buitres aciagos, descargaron contra la tierra toda su furia. Alejandro esperó al astrólogo con una mezcla de emoción y miedo. No quiso beber en demasía para mantenerse sereno y despierto, pero lo cierto era que no veía otra forma del calmar los nervios.

Los guardias escoltaron al adivino hasta la cámara. Alejandro lo invitó a sentarse frente a él. El humor de la lluvia y la humedad del mar inundaban la estancia haciendo más tenue el brillar de las velas, más frágiles sus llamas espigadas.

—¿Qué nombre debo darte? —le preguntó.

—Aristandro.

—Es un nombre griego.

—Nací en Caria, señor. El destino pronto me sacó de allí y me llevó por muchos sitios del mundo. He estado en Pela también. Conocí a vuestro padre.

Alejandro se esforzó porque aquello no lo impresionara.

—Apenas te ves griego. Pareces persa.

Aristandro sonrió.

—El este… —dijo como única respuesta. Después extendió las manos cargadas de sortijas, pidiéndole al rey las suyas.

Alejandro se las entregó reticente, aunque después de todo para eso lo había llamado. Durante un tiempo que se hizo largo, Aristandro estuvo examinando las líneas de sus manos, juntándolas, separándolas, tomando cada uno de los dedos, buscando los rastros del sino en el extraño cosmos de las palmas. Lo hacía en un minucioso silencio que incluso incomodaba, solamente se oía su respiración.

Alejandro trató de romper el silencio, del que no obtenía respuestas ni emoción.

—La reina de Macedonia tenía un astrólogo a su servicio también. Leía sus estrellas. Venía de Egipto.

—Vos iréis a Egipto —le dijo de pronto.

—Hay muchas ciudades en el camino, pero sí. Egipto es mi destino.

—Cuando lleguéis, tomad la ruta de Horus, la del desierto, no la del río.

Quiso preguntarle por qué decía eso, pero entonces el brujo levantó su profunda mirada, en la que parecían estar hundidas todas las constelaciones del universo y sus sinos.

—¿Soñáis, señor?

La voz con la que Aristandro formuló la pregunta penetró en él y resonó con un eco profundo, sereno, cósmico en su interior.

—A veces... Sí —contestó—. Sí, sí sueño.

—¿Y qué soñáis?

Alejandro titubeó mientras componía sus recuerdos, mientras dudaba también. No sabía si decírselo, no sabía siquiera si tenía palabras para ello. Pero los ojos azules de Aristandro y su voz lo tenían hechizado.

—Sueño con mi madre —le dijo—. Ve volver mis naves. Me cree muerto. Se arroja al mar desde el acantilado, pero... —No pudo seguir.

—Pero...

—Pero me ha visto. Me ha visto en la cubierta del barco. Y aun viéndome se tira...

Aristandro entonces relajó la presión sobre sus manos. Respiró hondo como si hubiera inhalado la angustia de Alejandro al comunicarle los sueños y se reclinó en su asiento.

—No tengo que contaros lo que eso significa —le dijo—. Lo sabéis bien.

Estaba en lo cierto, pero no quería darse cuenta de que lo sabía, no quería afrontarlo, aún no.

—¿Qué ves en mis manos?

Aristandro le explicó:

—La mano que usáis, la zurda, es la vuestra. La mano que duerme, la diestra, es la de las vidas que han pasado ya, que se han ido pero que en parte aún viven a través de vos. Vuestra mano no es distinta a la del Gran Rey Darío... ni a la de su madre.

—¿De veras?

—Sí. Mas hay algo en la vuestra que no he visto en ninguna otra.

—¿El qué?

—Mirad.

El brujo señaló una de las líneas: se retorcía y trenzaba cruzando la mano, partiéndola en dos.

—La línea de vuestro corazón...

—Qué le sucede.

—Está rota. Rota y recosida. ¿Veis? No se une el corazón de vuestro futuro con el del pasado que arrastráis.

Hizo que Alejandro juntara las manos, una palma al lado de la otra. Todas las líneas de una mano encajaban con su reflejo opuesto, menos la que había señalado.

—¿Eso qué quiere decir?

—La línea revela dónde está puesto el corazón. Pero esta es diferente: es bicéfala, como si hubiera dos corazones, como si uno... —no parecía ver con claridad—, como si uno tirara del otro...

Alejandro las apartó con un movimiento brusco que asustó al adivino. Se las pegó al pecho como si temiera que aquel griego orientalizado continuara leyendo cosas en ellas. No estaba enojado. Aristandro adivinó que solamente era miedo lo que sentía, miedo de lo que podía ser revelado.

—El futuro está ahí, señor. Se lea o no, persiste.

Muy calmadamente se levantó, inclinó la cabeza como hacían los orientales, y se dispuso a marcharse.

—No dejes la corte —le pidió entonces el rey—. Volveré a llamarte.

El adivino se volvió.

—Así lo ordenáis, así lo cumplo yo.

Cerró la puerta y dejó a Alejandro sumido en el rumor de la profecía. Muy lentamente, como si temiera ver escrito lo que temía con letras de sangre, abrió las manos y se miró las palmas. Esas líneas en las que nunca se había fijado, que siempre habían parecido extrañas, ahora cobraban un sentido especial, secreto, que solo él conocía. Llevaba la perdición escrita en las manos, porque, lo sabía, en ese corazón partido que se deshilachaba entre sus dedos estaban escritos los mismos tres nombres que en sus estrellas: el suyo, el de su madre y el de Hefestión.

7

Hefestión encaminó sus pasos al templo del dios marino de Sidón, un ser monstruoso y feroz al que se podía identificar con Poseidón. Se perdió por los barrios de calles resbaladizas por el rumor de mar, hasta que llegó a la vasta morada del dios marino, cerca del puerto. Atravesó el pórtico de columnas retorcidas; los guardianes, después de preguntarle su cometido, decidieron franquearle el paso. Al cerrarse las puertas tras de sí, se hundió en una oscuridad abisal en la que solamente resplandecía la llama de un pebetero a los pies de la estatua.

Las brasas tenues que luchaban contra la humedad arrojaban una luz tenebrosa sobre la escultura broncínea de un ser monstruoso, tosco, de aspecto feroz. Hefestión la contempló desde distintos ángulos y la comparó con la imagen de varias estatuas del dios marino griego que había en su memoria. ¿Cómo podían ser el mismo? ¿Qué imperio cruel imponía el dios sobre aquellos mares de Siria para que los sidonios lo representaran así? Estaba perdido en sus pensamientos cuando notó los pasos de una sombra acercándose. Muy lentamente deslizó la mano hasta el cincho y agarró con firmeza el mango de la daga, presto a desenvainarla y utilizarla. Aunque no fue necesario, no perdió los nervios en lo que duró aquella extraña entrevista. La sombra de aquel sacerdote del dios marino se acercó hasta él y tras un momento de silencio le preguntó qué venía a hacer en el templo sagrado.

—Vengo en busca del heredero de la Casa de Sidón.

—Vive —dijo el sacerdote—, pero está muerto. Otros intentaron antes que tú hacerle recordar su origen y que asumiera de nuevo su trono. Fracasaron como lo harás tú.

—A mí me manda quien está llamado por este dios y los demás a ser rey del mundo. Él nunca fracasa en su empeño.

El sacerdote esbozó una siniestra sonrisa bajo la capucha blanca de su hábito.

—Lo hará.

No dijo más. Indicó a Hefestión que lo siguiera. Se escabulleron por una de las puertas secretas del templo, atravesaron varios patios angostos hasta que finalmente parecieron alcanzar el límite del recinto sagrado. Se encontraban al otro lado de los muelles, en uno de los dientes que formaba la bahía en la que se asentaba la ciudad. El faro vertía su luz triste sobre esas casas humildes cuyos habitantes tenían como todo bálsamo para la vida la impresionante vista del mar y del palacio real, que se levantaba majestuoso en la lejanía. El aguacero ya se desplomaba.

—Ahí lo tienes.

Señaló a un viejo que trabajaba la parcela de una casa pobre, no era más que cobertizo, construida contra el muro exterior del templo. De rodillas escarbaba en la tierra que la lluvia había convertido en lodazal. No parecía importarle el frío del barro ni los goterones duros, como de hierro, cayéndole sobre la espalda. Había estado protegiendo con un saco los capullos que la lluvia destrozaría.

—¿Quién es?

—Muchos en la ciudad lo conocen —dijo el sacerdote—. Era el jardinero del sátrapa. Cuidaba de sus jardines. Los reconstruyó cuando los alzados les prendieron fuego durante la revuelta, hace doce años.

—¿Un jardinero? ¿Acaso tratas de engañarme?

—No hay engaño. Se llama Abdalónimo y es el último de la Casa de Sidón, el último con sangre real. Habla con él y lo comprobarás, pero no lograrás apartarlo del único reino que tiene interés en gobernar: el de sus rosas.

Sin estar completamente seguro de lo que hacía, Hefestión se acercó al viejo jardinero. Lo llamó varias veces, pero por el estruendo de la lluvia o la sordera de la edad no lo oyó y se sobresaltó cuando le puso la mano en el hombro. Asustado como un animalillo retrocedió intimidado, agitando ridículo sus instrumentos de jardinería como si estos fueran a serle de ayuda en caso de que el macedonio desenvainara su espada.

—Tranquilo, tranquilo —le dijo abriendo las manos y mostrándoselas—. Abdalónimo, ¿es ese tu nombre?

El viejo, que lo miraba con pánico, asintió bruscamente con la cabeza. Las gotas de agua se le quedaban trenzadas en la barba gris, que le daba un espeso aspecto mendicante. Sin embargo, nada más verlo, Hefestión supo que el sacerdote no le había mentido.

—Eres de la Casa Real de Sidón, el último de ella. Y mi señor, Alejandro, rey de Macedonia y rey de Asia, me ha encargado encontrarte para que se te devuelva a tu trono.

Abdalónimo movió los labios metálicamente, tratando de hablar sin conseguirlo. Hefestión temió que fuera mudo, pero el viejo acabó articulando las palabras con una voz quebradiza y triste, muy triste.

—¿Me quiere hacer rey...? ¿Rey de qué viene a hacerme?

—De Sidón...

Hefestión empezó a temer que la mente de Abdalónimo estuviera nublada por la edad, pero su siguiente respuesta le confirmó que no era así.

—No reino ni este jardín —zanjó—, ni tan siquiera sobre los rosales aunque sea yo quien los cuide y proteja. No quiero ser rey de nada. Díselo al rey de Macedonia y Asia.

Se dio la vuelta y continuó trabajando en sus tristes flores.

—No puedes renunciar a tu herencia —insistió—. Eres el último de los tuyos. —El viejo jardinero no se volvió—. ¡Los sidonios solo te aceptarán a ti como rey! ¿Acaso no lo sabes?

—Lo sé demasiado bien —murmuró.

Hefestión se giró para mirarlo a la cara y vio sus ojillos azules aguados: se le distinguían las lágrimas saladas rodándole por el rostro entre las gotas de lluvia. Entendió lo que sucedía.

—No fue por nada que quemaron ese jardín hace doce años, ¿verdad? Tú también lo cuidabas entonces. Acudieron a ti, los alzados. Y no les prestaste apoyo. —El viejo no hablaba, pero poco a poco con sus silencios iba dejando que se comprendiera su historia—. Tal vez hubieran triunfado... de haber tenido un símbolo tras el que alzarse. Pero tú... te negaste. ¿Por qué?

Abdalónimo no pronunció palabra, pero sí contestó a la pregunta: levantó el saco de esparto y descubrió un capullo de rosa. Estaba adelantado y ya eclosionaban los primeros cinco pétalos tímidos. Lo acarició con las yemas de los dedos y lo volvió a cubrir para guarecerlo de la lluvia torrencial. Las rosas. El jardín. Los amaba y no quería perderlos. Por eso renunció a su deber de rey para con su pueblo.

Hefestión regresaría al palacio en la noche, solo, sin haberse atrevido, tal y como vaticinó el sacerdote, a arrancar al pobre hombre de los brazos de la soledad en los que se había echado.

Alejandro despachaba con Clito y con Nearco. Se levantó ansioso cuando lo vio entrar.

—¿Lo has encontrado?

Hefestión asintió.

—El último de su dinastía.

—¿Y dónde está?

Su amigo agachó la cabeza decepcionado.

—No logré convencerlo.

—¿Cómo?

—Reniega de quien es. Y dice no querer aceptar la corona.

—Pero ¿de quién se trata? —preguntó Clito.

—Abdalónimo, el que fuera jardinero del sátrapa.

—¿Y qué hace siendo jardinero alguien de sangre real?

—Supongo que para ponerse a salvo de los persas, que habrían querido eliminar a cualquier pretendiente legítimo al trono de Sidón. Pero ahora no quiere volver.

Alejandro habló con voz severa:

—Nada tiene que temer ahora. Los persas han sido expulsados. Sidón es libre. Que regrese.

—No es el miedo lo que le hace rechazar el trono, señor.

—¿Y qué es?

Hefestión aguardó unos segundos en silencio, buscando las mejores palabras.

—Sospecho que es por vergüenza.

—¿Vergüenza?

—No eres el primero que le propone ser rey de Sidón. Hace doce años los alzados en la revuelta del jardín trataron de que se uniera a su causa. Habría sido un símbolo para ellos: tener un rey legítimo al frente de la batalla hubiera sumado más apoyos y evitado el desastre.

—Pero no lo hizo...

Hefestión asintió:

—Puede que ahora prefiera seguir viviendo en ese olvido: no quiere enfrentarse a lo que sabe que es, rey, pero se afana en resistir. El amor que siente por sus rosas es enfermizo. A él le hará feliz, pero ha costado las vidas de muchos y así seguirá siendo si en vez de asumir su responsabilidad como rey de los sidonios continúa encerrándose en ese jardín.

—Pero si como dices rechazó ponerse al frente de la insurrección hace doce años, ¿lo aceptarán ahora? —le preguntó Nearco.

—Para bien o para mal, de los que participaron en la rebelión del jardín no quedan muchos. Solo los cabecillas sabrían de la traición de Abdalónimo.

—Esos están todos muertos.

—Así es. La vergüenza es solo suya...

El rey se convenció.

—Habrá de vivir con ella —sentenció—. Ser rey es su destino. Podrá verlo como un castigo a su cobardía si lo desea, pero no tiene otra opción. Todos hemos de cumplir con lo que el sino nos depare, aunque no lo entendamos... Encargaos de traerlo de vuelta.

Los soldados fueron a por él y lo arrastraron hasta el palacio, donde lo vistieron y arreglaron antes de encajarle la corona dorada de Sidón en las sienes. Cuando les relataron cómo lo habían traído hasta el palacio, Hefestión no pudo evitar que se le anudase la culpa en la garganta: al parecer habían arrancado al pobre anciano de sus rosales, a los que se había aferrado mientras gimoteaba asustado, sin importarle el dolor de las espinas clavándosele en las manos. Cuando luego lo vieron, Hefestión se fijó y efectivamente vio que tenía las palmas de las manos picadas y un arañazo en el rostro. Cuando los macedonios ya se habían marchado de Sidón y estaban en tierras lejanas, los lugartenientes que dejó Alejandro junto al nuevo rey tuvieron que arrancar los rosales y prenderle fuego al jardín, pues el anciano jardinero escapaba a la vigilancia de los guardias cada noche para ir a cuidarlos. Moriría de pena al cabo de algunos años, devorada la vida por la oscuridad del corazón.

8

Pusieron rumbo el primer día del año hacia la gran ciudad fenicia, Tiro, cuya ciudadela, la Ciudad Nueva, se asentaba sobre una isla amurallada frente a la costa. Los muros altos de roca sólida, los cientos de torres y almenas, el puerto fortificado hacían de ella una plaza inexpugnable. Había enviado a Nearco a reclutar las Armadas de Arados y Sidón para el asedio, pero aún tardarían semanas en llegar. Hasta entonces la única forma de acercar las torres y las catapultas para que tuvieran alcance era construyendo un malecón, una lengua de tierra que desafiara a las olas y que, a falta de navíos, los aproximase a las puertas. Tras apenas dos semanas de construcción, empezaron a rodar con un traqueteo irregular las catapultas y las torres de asedio. Se dispararon proyectiles contra las murallas. La batalla comenzó y desde Nueva Tiro contraatacaron con arrojo.

Asomado al balcón de la gran fortaleza de Vieja Tiro, en la costa de la bahía, Alejandro atisbaba el horizonte viendo estirarse a cada segundo su gran obra de ingeniería, como si la impulsaran los latidos de la tierra, que le restaba terreno al mar. Rehusaba descansar, porque decía que los obreros que construían padeciendo bajo el fuego enemigo no lo hacían. A Hefestión comenzó a preocuparle los extremos a los que a veces conducía el aguante de su alma. Que el rey no durmiera no aligeraría los trabajos del malecón; era una solidaridad inútil y además peligrosa. Pero Alejandro se negaba.

Una noche, cuando ya se iba a retirar derrotado, Alejandro lanzó la pregunta que Hefestión entendió era la que lo mortificaba y la que lo mantenía despierto.

—¿Dónde crees que está Darío?

—Los exploradores no dan con él. No está en Siria. Lo más probable es que haya regresado a Babilonia y esté reuniendo allí un nuevo ejército. Aún tiene poder para hacerlo. ¿Temes que venga a por su familia?

—No. Su familia no condiciona sus decisiones. Él la abandonó y esta lo abandonó a él.

—Pero estaba dispuesto a pagar rescate... —Hefestión recordó la carta enviada por el Gran Rey. El secreto no había trascendido a ninguno de los otros *hetairoi*.

—Los reyes no pueden comprarse y yo no daré a una reina en venta ni aun por todo el oro de Persia, ni aunque Darío me entregara él mismo la corona de Asia. Solo lo hacía para humillarme. Ansiaba ponerme a prueba, ver si era un rey de verdad. No lo hacía para recuperarlas y, de haberlo hecho, su felicidad habría estado en saberme débil, en saberme sin honor, como él, no en tenerlas de vuelta.

—¿Y qué vas a hacer con ellas?

—No lo sé. No puedo dejarlas abandonadas en cualquier lugar a su suerte.

—Pero tampoco puedes tenerlas acompañándote allá adonde vayas.

—Eso lo sé. Reniegan de Darío, pero tampoco se entregan a mí. Y además lo extraño es que...

Se calló.

—¿Qué?

—Nada.

—¿Qué es lo extraño?

Hefestión ya lo sabía: veía la verdad en su alma antes de que Alejandro le contara tan solo una parte con sus palabras.

—Hay algo en ella... En Sisigambis...

Hefestión suspiró y volvió a mirar al horizonte, apoyándose sobre la balaustrada fría y húmeda.

—Vienes huyendo de un fantasma, Alejandro. No pienses

que la distancia lo hará desaparecer. Lo llevas en tu cabeza y allá donde poses la vista se aparecerá... —De pronto, algo captó su vista—. Es una sombra...

—¿Una sombra? —repitió Alejandro—. Es de carne y hueso más bien...

—¡No, no, no digo eso! Una sombra en el agua. ¡Mira!

Alejandro se asomó y miró hacia donde Hefestión apuntaba. Era, en efecto, una sombra sin dueño que se movía sigilosa como un barco fantasma por la bruma a ras del agua.

—¿Qué es eso?

De entre la oscuridad brotaron las velas caídas de un barco vacío aproximándose hacia la boca del malecón. Una luz se encendió en la muralla de Nueva Tiro, brillante como una estrella. Se movió inquieta y de pronto voló por los aires: una flecha incendiaria. La flecha impactó en la popa.

—¡Un brulote!

El barco estalló con una enorme y rugiente llamarada. La bahía entera se iluminó al explotar los barriles de brea colocados bajo la cubierta.

Al disiparse el resplandor, Alejandro y Hefestión vieron el malecón en llamas; en el mar ardía una enorme mancha oscura de brea junto a trozos del esqueleto del barco, que aún se mantenían a flote.

Desde el islote de la ciudadela llegó el murmullo de los vítores: los tirios, orgullosos de su treta, se asomaban a las almenas para reírse de los conquistadores y ver consumada la venganza ígnea del dios del mar. La explosión barrió gran parte del terreno que el malecón le había ganado al mar; ahora volvía a estar más cerca de la costa que de la isla. También se había llevado por delante algunas de las catapultas apostadas en el límite, desde donde habían estado disparando.

El fracaso lo hirió en su orgullo de rey y de militar. No importaba lo grandiosas que fueran las victorias que consiguiera, la cantidad de batallas imposibles en las que venciera; siempre que las cosas se torcieran iba a parecer como si nunca hubiera ganado una sola batalla, como si aquel fuera el último en una sucesión de fracasos que a todos hastiaban. Horas más tarde, cuando reunió al consejo para transmitirle que a pesar de lo sucedido se continuaría construyendo el malecón, comprobó en los ojos de sus generales, de sus amigos, cuánto dudaban de él. Y, aunque supiera tener a los dioses velando por su empresa, no pudo evitar que algunas de las dudas de sus compañeros tiñesen de sombras su propio ánimo. Rezó a los dioses con más ahínco que nunca, pero sin respuesta; consultó sus estrellas, pero Aristandro decía que estaban veladas por la calima. Se observaba las manos siguiendo con la mirada las líneas confusas, tratando de ver en ellas lo que no sabía interpretarles a los astros, pero el destino se le presentaba incomprensible y su futuro tan vacío como las palmas de sus manos.

Parmenión intentó que rectificara. La estrategia que estaban siguiendo era errada. No alcanzarían Nueva Tiro construyendo el malecón. Alejandro no entró en razón, el viejo general perdió la templanza y los gritos pronto alertaron a los *hetairoi*, que los encontraron vociferándose sus rencores, reprochándose sus debilidades y sus errores. Alejandro confiaba en que Nearco llegara con la flota de Arados y Sidón y los ayudara a combatir a los tirios; Parmenión insistía en que tenían que asegurar el control de la vieja ciudad porque la flota persa podía aparecer de un momento a otro por el horizonte del mar o Darío y su nuevo ejército por el del desierto. La situación era desesperada. Clito trató de mediar entre ellos, pero no consiguió que ninguno entrara en razón y pronto se olvidaron de los matices de la batalla, liberaron el rencor que acumulaban y comenzaron a reprocharse sus debilidades, sus errores pasados, su falta de entereza, de brío, de raza.

Un capitán entró sigilosamente en la sala y le tendió a Hefestión, que se mantenía al margen, la misiva que acababa de traer un mensajero. Cuando Alejandro la leyó, su rabia se vino abajo y todo el humor oscuro que había invocado Parmenión se desvaneció.

—Vuelvo a Sidón —comunicó con voz sombría.

Parmenión lo miró atónito.

—¡Señor, no puedes abandonar el asedio!

Alejandro ignoró su arrebato.

—Vuelvo a Sidón —repitió—, de inmediato. —Arrojó a sus pies la carta y se marchó llevándose consigo el vendaval de su secreto.

Laomedonte se agachó y recogió la misiva.

—Dioses... Nos va a llevar a la ruina... —masculló Parmenión.

—Es la esposa de Darío —leyó el políglota—. Ha muerto en el parto.

Parmenión quedó al mando del asedio. El viejo general vio partir al resto y sintió una corazonada atroz: para cuando volvieran encontrarían Tiro tomada por los persas y sus cuerpos colgando de las murallas. Pensó en mandar a su hijo Filotas de regreso a casa en secreto, salvarlo, para que no muriera allí junto a su padre y pudiese continuar su linaje, tal vez servir a un buen rey y no a un tirano.

9

La presencia de la muerte todavía se sentía tras las murallas de Sidón: se oía el eco de sus pasos en las calles retorcidas, vacías en la hora del ocaso, como si lastrada por el peso del alma que se llevaba no hubiera podido alejarse mucho y siguiera entre ellos.

La reina Estatira aún se encontraba en la alcoba. Sisigambis había prohibido que la tocaran, solamente había permitido que se la amortajara. Cuando hubo noticia de que el rey regresaba se quiso disponer el cuerpo en el salón de columnas principal, pero la reina madre se negó por parecerle aquello demasiado digno para su hija. Estatira esperó al macedonio en su lecho mortuorio, en la misma cama en la que expiró, lo que de alguna forma la mantenía en un morirse constante, presa de ese momento final, incapaz tanto de culminar la vida como de asentarse la muerte.

Las princesas Estatira y Dripetis lo esperaban a las puertas de la alcoba. Cuando lo vieron se inclinaron. Él las envolvió en sus brazos y las apretó fuerte contra su pecho, sintiendo su calor, su olor, sintiendo ellas el suyo, uniéndose en ese abrazo una familia que no existía y de la que sin embargo tanto ellas como él estaban tan necesitados.

—Id a descansar.

Daba igual que no hablaran su idioma. Su voz las calmó y de alguna forma entendieron lo que les dijo, pues las dos hermanas se marcharon, apoyándose la una en la otra en la tristeza y la incertidumbre de su abrupta orfandad, por el abandono del padre primero y la muerte de la madre después.

Alejandro avanzó casi a tientas en la oscuridad. El olor espeso de las flores no podía camuflar del todo el del muerto en la alcoba cerrada por el duelo. Alejandro avanzó hacia la cama y, al ver el cuerpo, no supo por qué pero se le clavó la pena de un hermano en el pecho. A Estatira se le intuía aún la belleza pérsica bajo la sábana mortuoria: el perfil afilado del rostro, el pecho voluminoso, el vientre hinchado por la preñez desafortunada; pronto todo se marchitaría, colapsaría la carne sobre el hueso y el hueso sobre la memoria. Recordó a su propia hermana Cleopatra y un pensamiento sombrío le hizo imaginar que estaba frente a su cuerpo y no frente al de la esposa y hermana de su enemigo.

La voz de Sisigambis sonó en la penumbra. Alejandro se sorprendió, se había creído solo, y la vio junto a Vahara unos pasos más allá, al lado de la ventana. Estaban velando otro cuerpo, mucho más pequeño, dispuesto sobre una mesa. Según se acercó, el alma se le fue encogiendo. La luz de la vela que Vahara sostenía y los últimos rayos del ocaso se deslizaban sobre una cama de flores liliáceas donde yacía el pequeño cuerpo momificado del varón muerto en el parto.

Sisigambis repitió sus palabras; Vahara tradujo:

—Aquí está el futuro de Persia. —Sisigambis señaló a Estatira, sola en su morir—. Una reina cobarde que no tuvo coraje para luchar y seguir viviendo.

Luego su mirada vidriosa se posó de nuevo sobre el niño.

—Y un heredero que nació muerto porque ya lo estaba su imperio.

Avergonzada, Sisigambis enjugó la única lágrima que se le escapó y profirió una honda reverencia. Alejandro no supo si la hacía ante él o ante el último de los aqueménidas.

La reina abandonó la alcoba apresuradamente. Alejandro y Vahara se vieron solos, velando los cadáveres ajenos pero sintiendo ambos el dolor como si fueran propios.

—Dime, ¿qué le ha pasado? —preguntó con un hilo de voz—. ¿Qué pasó en el parto? ¿Qué fue mal?

—Se le atravesó el hijo en el vientre, señor. Se envenenó con su propia sangre real. Yo le pedía que luchara, que se aferrara a la vida, pero no lo hizo. Se desangró y aun así se fue con una sonrisa plácida. Nos miró a todos y nos dijo, con su último aliento, que se moría para evitarse la vergüenza de traer al mundo un hijo que no fuera a ser rey.

—¿Por eso cree la reina madre que es una cobarde?

—No, no es por eso.

—¿Por qué entonces?

—No debería decíroslo.

—Te lo ordeno.

Aún temerosa de que Estatira oyera desde el más allá y volviera a por ella, Vahara se lo confesó:

—Cree que si murió en el parto fue porque quiso, evitando así morir a vuestras manos como una prisionera. Piensa que es una cobarde por no estar dispuesta a afrontar su destino junto a sus hijas y junto a su madre.

Alejandro sintió el alma vaciándosele: pensaban que las iba a matar; por eso se había dejado morir, por miedo...

—Perdonadme, señor —dijo viendo que se quedaba ensimismado en sus pensamientos—. Debo ir junto a la reina.

Él la agarró por el antebrazo y ella soltó un suspiro ahogado. También lo temía.

—Le dirás a la reina madre que seré yo quien mate a cualquiera que ose tocarla, a ella o a sus nietas. No voy a hacerles daño. Por favor, que confíe en mí.

—Así se lo diré, pero sabed que la reina madre no confía en nadie.

—Pero ¿por qué? —preguntó exasperado.

Vahara señaló con la mirada el cuerpo de Estatira.

—Mirad. Sus hijos la han abandonado, señor. ¿En quién va a confiar después de eso?

Cuando se cerró la puerta, Alejandro sintió ahogarse en el silencio. Sisigambis, la mujer por la que tenía un respeto y un sentimiento al que no sabía ponerles nombre y que ofendían el recuerdo de su madre griega, lo tenía por un asesino. Tal vez se hubiera convertido en uno. Debían de pensar que aquello era un juego cruel con el que disfrutaba: mostrarles cariño sabiendo que las acabaría matando.

Supo entonces que las dejaría ir, pero no sin antes mostrarles, mostrarse a sí mismo, cuáles eran sus sentimientos. Ordenó que se construyera con la mayor brevedad una torre fúnebre como aquellas en las que los aqueménidas sepultaban a sus muertos. Eran construcciones no muy altas, redondas, en las que se depositaba al difunto, sellándolas después, para que lo consumieran el silencio y los elementos del mundo. Se eligió un punto en el desierto, entre unas dunas y cerca de unos acantilados areniscos, no muy lejos del camino principal que llevaba a Sidón. Tres días tardaron.

Desde detrás de las columnas, envuelta en el sigilo del duelo que la avergonzaba, Sisigambis observaba confundida los preparativos. Una bruma de gente recorría los pasillos de la corte para llevar a cabo algún tipo de función fúnebre, coordinados todos por Alejandro, que quería que estuviese pronto todo listo. No podía comprenderlo, no podía creerlo, algo no encajaba, como cuando en un sueño uno se sabe dormido y desconfía de la realidad.

Al amanecer del cuarto día, poco antes de rayar el alba, se abrieron las puertas de la alcoba y salió una cohorte de soldados llevando a hombros una camilla en la que iba el cuerpo de Estatira. Sus manos cruzadas sobre el pecho sostenían la pequeña momia de su hijo: un abrazo frío y cálido a la vez, con el que se despedían de la vida como lo que no habían podido ser: madre e hijo.

En el gran salón de columnas del palacio esperaba el rey, vestido de oscuro, con una cinta de pelo como todo adorno.

—Llamad a la reina madre y a las princesas —ordenó.

Las tres mujeres aparecieron acompañadas de su mermado séquito. No sabían si había llegado ya la hora final sobre la que la vieja reina llevaba tiempo advirtiendo, la hora en la que las ejecutarían o las entregarían a los traficantes de esclavos por un elevado precio. Pero, al entrar en el gran salón y ver el cortejo fúnebre esperándolas para que lo presidieran, fue difícil mantener el miedo y el rencor hacia los macedonios y su rey. Las jóvenes princesas apenas pudieron contener las lágrimas. Su abuela les había adelantado que no verían sepultada a su madre: ellas no se encargarían de darle descanso eterno porque no lo merecía.

Sisigambis se mantuvo digna y recelosa, envuelta en su aire de emperatriz derrocada. No obstante, el gesto de Alejandro logró abrirse paso a través de las espesas sombras de su alma. Tal vez eso fuera lo que más le dolió: todo aquello contravenía el orden que le entendía a la vida, en el que la cobardía no se premia y la dignidad se pierde si no se muere con ella, pero aun así se le aflojó, al menos un poco, ese nudo con el que mantenía ahogado el corazón; el alivio que sintió fue enorme, como si volviera a respirar.

El cortejo salió del palacio y recorrió las calles solitarias de Sidón. Era pronto aún y la ciudad estaba casi toda dormida. Cruzaron las murallas y tomaron el sendero hacia la torre. El oeste, a sus espaldas, se oscurecía con la sombra añil de la tierra mientras, frente a ellos, el sol empezaba a resquebrajar el cielo del este con su luz verde persa.

Alejandro escoltaba los cuerpos. A su derecha iba la princesa Estatira, conteniendo la tristeza, y a su izquierda la pequeña Dripetis, cargando con la orfandad de sus doce años. Iba enjugándose las lágrimas apurada, tratando de disimular el hipo ahogado de su sollozo. Le puso la mano en el hombro para calmarla. Al principio se estremeció al sentir que la tocaba, pero luego fue ella quien buscó a tientas con su mano pequeña y redonda, enjoyada ya con uno de los anillos de su madre, la del macedonio. La apretó con la fuerza desesperada de quien se agarra para no caer al vacío. Alejandro sintió que se le rompía el alma.

La luz temblorosa de la aurora que asomaba iluminó la torre. Al verla, Sisigambis no pudo disimular su sorpresa. Nunca hubiera pensado que el conquistador se dignaría a sepultar a su hija y a su nieto de acuerdo con las costumbres persas, que prohibían que el cuerpo se enterrara o se cremara, porque jamás pensó que un conquistador venido del oeste las conociera.

Con suma delicadeza, los soldados depositaron el cuerpo de la reina y su hijo en el interior de la torre. Uno de los magos venidos de Damasco, que conocía los arcanos de la fe que movía a los aqueménidas, entró con ella y pronunció los ritos y conjuros necesarios para asegurar su descanso. Cuando salió, los soldados comenzaron a apilar las piedras, tapiando la entrada. Alejandro notó que Dripetis apretaba con más fuerza la mano sudorosa conforme disponían las piedras, iban sellando la tumba y la visión de su madre desaparecía definitivamente del mundo y empezaba también lenta pero inexorablemente a desaparecer de su memoria.

Tras cerrarse la tumba, los presentes emprendieron el regreso hacia el palacio de forma desordenada.

Alejandro y las princesas se quedaron rezagados contemplando la tumba silenciosa. Sisigambis los interrumpió. Se dirigió a ellas en persa para pedirles que se marcharan. Estatira obedeció, pero Dripetis se negaba a soltar la mano del macedonio. Su hermana tiró de ella, su abuela le insistió con severidad, pero ella no quería dejarlo ir. Alejandro se puso de rodillas, a su altura, le sonrió y se llevó su mano a los labios. El beso mágicamente hizo que aflojara la fuerza y fuese liberando uno a uno los dedos. Le acarició la mejilla sonrosada.

—Ve con ella —le dijo.

No sabía griego pero eso no era impedimento para que le siguiera hablando y para que ella, de alguna forma inexplicable, entendiera. Estatira la cogió del brazo y se la llevó; Dripetis no dejó de mirar hacia atrás y Alejandro no dejó de sonreírle hasta que se perdió de su vista.

Cuando se hubieron quedado a solas, Sisigambis, mirando fijamente la torre, habló.

Vahara tradujo:

—No esperaba que conocierais el rito de los aqueménidas.

—Sí. Mi maestro me enseñó cómo disponen los muertos en Egipto, en Persia... —La esclava tradujo al oído de la reina—. Vosotros no los podéis enterrar en el suelo porque se contamina la tierra, tampoco incinerarlos porque se contaminan el aire y el fuego. Dejáis que sea la vida misma la que los consuma hasta que vuelven a convertirse en el polvo del que nos crearon los dioses.

Sisigambis volvió a hablar.

—Das sepultura digna a tus enemigos.

—Ella era una reina de Persia, esposa, hermana... y madre de un Gran Rey; los últimos de los aqueménidas. Esto es lo que les era debido.

Alejandro vio entonces que los ojos de Sisigambis se habían aguado, brillaban indescifrables en la luz del alba, pero se resistían a dejar ir la lágrima. No sabía de quién era la tristeza: si la de una reina que ve apagarse los días de su casa, la de una madre avergonzada porque al no encontrar coraje para sepultar a su hija se daba cuenta de lo poco que la quiso, o la de una mujer, una humana, que un día descubre que la vida se acaba de verdad y que además se acaba de improviso, sin avisar, sin dar tiempo a nada.

—¿Ansiáis volver con él? —le preguntó al cabo de un rato en silencio—. Hace tiempo me ofreció un rescate por vosotras. La persona de un rey o una reina nunca debe ser sujeto de negociación. Pero si lo deseáis, aceptaré y os devolveré a tu hijo.

Vahara tradujo.

Sisigambis negó con la cabeza y murmuró apenas unas palabras:

—No somos de nadie más que de Alejandro.

Después se dirigió por lo bajo a la esclava, que asintió, hizo una reverencia ante ellos y se dio la vuelta para marcharse.

—¿Adónde vas?

—La reina madre me ha pedido que me vaya.

—Pero si te vas no podremos entendernos.

—Sí podréis —dijo Vahara.

—¿Cómo, si no hablamos el mismo idioma?

—Como entiende la madre al hijo en el vientre. Además, lo que vais a hablar ahora yo no tengo palabras que puedan traducirlo, pues no soy ni una madre que se duele ni un hijo que añora.

En verdad pudieron comprenderse: él no sabía persa, ni ella griego, pero extrañamente se entendieron a través de un idioma que no era diferente al que aún respiraba Estatira dentro de la torre.

10

Sonaron las campanas de alarma en el puerto y los tirios se asomaron a las murallas: cien trirremes; el velamen blanco bordado con el flamante sol de dieciséis rayos, símbolo de la dinastía de Heracles, cubría el horizonte de la bahía. Nearco comandaba la Armada. Era la flota de ciudades fenicias que, tras conocer que Alejandro había liberado la costa, habían desertado una noche en la que fondearon para hacer acopio de agua y habían decidido regresar a casa. Tras recalar en Sidón y jurar lealtad al macedonio, se habían puesto rumbo a Tiro.

Esta vez no se dio tregua a la ciudad, asediada ahora también por los trirremes. Cuando cayeron las torres del puerto sur y su muralla, Alejandro embarcó decidido a tomar la ciudad por mar. La élite de las falanges macedónicas cargó contra los tirios, con sus larguísimas lanzas asomando bajo el brazo, protegidos por sus enormes escudos cuadrangulares, planchas de acero brillante y frío, pasándoles por encima. Tomaron la plaza, entrando en cada fortaleza, en cada templo, encontrando a los que allí se habían puesto a cubierto o se escondían. Los sacaron arrastrándolos a las calles, a los ríos de sangre, y en ellos los ahogaron. Fueron horas de barbarie.

Al caer la noche, Tiro había quedado reducida a escombros. Sobre los muros que se mantuvieron en pie se dispuso una hilera de cruces a las que fueron clavados todos los nobles que sobrevivieron, los oficiales de las tropas y algunos ciudadanos refugiados en la fortaleza. Allí estuvieron pudriéndose todo el verano. Cuando lo que quedaba de la Armada persa navegase frente a esas costas vería los cuerpos crucificados y sabría qué aguardaba a los enemigos de la libertad.

Esa noche la ciudad recuperó la calma, la de los muertos. Tras siete meses, Tiro no existía como tal. Los puertos habían quedado inutilizados, las fortalezas derruidas; ya no sería bastión de Persia. El silencio del mar era todo lo que se oía en la bahía, el cielo lleno de estrellas cayéndose delicado sobre el agua. Alejandro lo miraba nostálgico y sereno, una persona totalmente distinta, en alma y mente, a la que tan solo unas horas antes había llenado las almenas de cruces. No oyó acercarse a Clito y se sobresaltó cuando lo vio a su lado.

—¿Han partido ya? —le preguntó.

—Las galeras los llevarán a Arados y Sidón. Saldrán al alba.

Treinta mil tirios hechos prisioneros aquella jornada estaban a punto de ser conducidos a los mercados de esclavos de las ciudades fenicias. Se trataba de mujeres y niños en su mayoría, pero eran tantos que aun así se obtendría una buena suma. Hacía falta para pagar a los soldados, cuya lealtad al rey y a la causa no convenía poner a prueba demorando la paga.

—Hay algo más. —Le entregó la carta que había traído un mensajero—. La reina de Macedonia.

Se le quebró la concentración. Todos los pensamientos se volcaron en aquel papiro doblado en el que venían las palabras que de leerse volverían a cargar su alma de cadenas. Pasaba el tiempo, se consumían los años y las tierras, y aún se sentía como un criminal huido al que a veces llegan ecos de lo que hizo en otra parte del mundo.

—¿Cuánto tiempo puede durar esto, Clito? —dijo con una voz cercana al sollozo.

—Toda la vida —le confirmó su amigo—. Hagas lo que hagas, siempre será tu madre. Eso nunca cambiará por muy lejos que vayamos. Pero no puedes dejar que te gobierne, Alejandro. Ya no. Está en ti cortar su influjo, no en la distancia que recorras.

—Lo he intentado, pero no puedo.

—Sí que puedes. Eres Alejandro, el mayor y más grande de todos.

Alejandro abrió la carta y, al atisbar sus ojos la caligrafía, esta comenzó a clavársele en el alma como si fuera un puñal de memoria.

—¿Qué dice? —preguntó de nuevo Clito.

—Nada —respondió aliviado—. Me desea ventura, me asegura que sabe de mí, de cada uno de los pasos que doy, que me tiene en sus pensamientos, que confíe en los dioses que velan por mí. Y...

—¿Y qué más?

—Que regrese. Que nunca me olvide de regresar al final.

No era un reproche, pero aquellas palabras estaban cargadas de sentimiento. Puede que Clito no las viera o no las leyera así, pero Alejandro conocía bien el código en el que habían sido escritas; de hecho, solo su madre y él lo conocían, pues era el código intrínseco al cordón que une en vida a madre e hijo, código que solo ellos comprenden y que para el resto del mundo no es diferente del afecto o el cariño naturales. Clito, sin embargo, sí intuyó que la carta de su madre no lo dejaba indiferente. Pensó que sería mejor dejarlo solo. Le puso la mano en el hombro y le dijo:

—El regreso es algo que no puedes evitar. Regresar cambiado tampoco. Pero para cuando llegue el momento, Alejandro, ten presente que estaremos contigo, a tu lado, siempre. Yo el primero.

Le cogió la mano que él le posaba sobre el hombro y se la apretó, sintiendo todo el calor de su amistad, la fuerza de su sangre, que había mamado vida de la misma madre que la suya, latiéndole en las venas. Tras marcharse Clito y cerciorarse de que el eco de sus pasos ya no se oía, Alejandro abrió su puño cerrado y se miró la línea brillante y hebrosa del corazón rompiéndose y recosiéndose a lo largo de la palma enrojecida y sudorosa. Puso la carta sobre la llama larga de la vela: el papiro preñado con la hermosa caligrafía de la reina se prendió con un chillido de mujer y se retorció de dolor.

11

Tras el funeral, Sisigambis comenzó a dejarse ver por la corte de Sidón. Se le había resquebrajado en el rostro el gesto pétreo y habían volado lejos los ánimos tristes de prisionera. Ahora todo su ser solo desprendía la nostalgia histórica de las dinastías acabadas.

Se inclinó cuando Alejandro entró en sus aposentos, saludando su regreso sano y salvo del campo de batalla. Él la cogió en sus brazos y la ayudó a erguirse.

—Hemos vencido —le dijo.

Sisigambis sonrió orgullosa, se quitó un anillo del dedo y se lo entregó. Alejandro lo cogió con cuidado y lo examinó: un áspid de oro se enroscaba al dedo y mordía una gran esmeralda brillante, tallada en forma de disco solar.

Vahara le explicó su procedencia.

—Es la esmeralda de Egipto, el anillo de los faraones que los aqueménidas sacaron de un templo del que no hay memoria durante la primera conquista. La reina madre os la entrega a vos, que estáis llamado a ser el nuevo señor de las Dos Tierras.

Alejandro se lo colocó en el dedo y sonrió. Sabía sin embargo que aquella joya no lo hacía dueño de aquel vasto reino difícil de conquistar.

—Mis generales dudan de ir hasta allí —dijo—. Creen que Egipto es un reino vasto y extenso, imposible de gobernar para los extranjeros. Ya fue ruina de Persia antes..., ruina de tu hijo, Darío, y de sus antecesores en el trono.

Ella lo miró como si hubiera entendido a la perfección lo dicho. Le cogió la mano, abrió la palma y acarició las líneas. Él pensó que conocía aquel arte y que se preparaba para regalarle una lectura. Pero no. Ni siquiera lo intentó, sabía que no podía. Rompió el silencio solamente murmurando con voz áspera algo que sonó como «Siwa». Le cerró la mano y la apretó con fuerza, repitiéndolo: «Siwa». Luego se llevó el dedo a los labios, indicando silencio, y volvió a decirlo: «Siwa».

Siwa... Alejandro se consumió en la madrugada buscando en su memoria aquel nombre. Creía haberlo oído en el pasado, pero cuanto más lo pensaba más lo dudaba, más le parecía producto de un sueño recordado como real. Se lo preguntó a Laomedonte.

—¿Lo has oído antes tú también? No logro acordarme.

—¿Siwa? —repitió—. No. ¿Cómo te has topado con esa palabra?

—No importa. ¿Qué puede ser?

—No lo sé... No suena a persa.

—No, no es persa —confirmó recordando lo extraña que había sonado en boca de Sisigambis.

Llamaron a la puerta. Laomedonte se puso en guardia. Aun en una ciudad conquistada y leal como Sidón había que cuidarse de los asesinos de Darío.

—¿Quién va?

—Parmenión.

Abrió la puerta. El viejo general iba acompañado de su hijo Filotas. Aquel joven también era parte de la Compañía de Caballería del rey, pero por obligación, pues si por el rey hubiera sido no se le habría permitido pisar el palacio. Alejandro lo detestaba, no podía mirarlo sin soliviantarse; le parecía desagradable a los ojos y no porque no fuera bello, sino porque su aspecto había acabado por reflejar de alguna forma, como un espejo abollado, todos los atributos que más odiaba del carácter del muchacho. Así, encontraba que tenía la mirada llena de envidias, la voz soflamada por el mal perder, el cuello alargado por la altanería, y el labio ligeramente leporino por todos los secretos que se le escapaban aun habiendo jurado guardarlos.

—Me alegra haberte encontrado despierto, señor —dijo el general—. Algo de gran importancia, por lo que me he tomado la libertad de reunir al consejo a esta hora. Ya te esperan.

—¿De qué se trata?

—Un mensajero de Darío.

Parmenión había interceptado al mensajero, que había llegado a Sidón esa misma noche. Le interesaba toda la correspondencia que pudiera llegar para Alejandro. Había empezado a revisarla no hacía mucho para ver qué decían las cartas de Antípatro venidas de Macedonia. Buscando las de su enemigo, se había topado con esa que mandaba el Gran Rey.

En la sala donde aguardaban los *hetairoi* se había disipado el cansancio e instalado una curiosidad zozobrante. Esperaba con ellos el heraldo de Persia, que se había negado a entregar la carta a nadie que no fuera el conquistador del oeste. Sabía que su vida y la de su familia dependían de ello.

Al irrumpir en la sala todos se levantaron. Alejandro caminó amenazante hacia el mensajero. En su cabeza se imaginaba a sí mismo sacando veloz una daga de su cincho y clavándosela en el cuello como castigo por no haber acudido directamente a él. Ahora todos sabían que el rey de Persia quería parlamentar. El mensajero aguantó tembloroso y jadeante mientras Alejandro se aproximaba como un animal bravo. Extendió el brazo rígido tendiéndole la carta sellada y apenas pudo decir:

—Mi amo, el Gran Rey, espera una contestación muy pronto.

El macedonio lo fulminó con la mirada.

—Fuera.

Los guardias que lo escoltaban lo acompañaron. Alejandro se quedó mirando pensativo la carta entre sus dedos.

—Al menos ya sabemos que ha vuelto a Babilonia —dijo Nearco.

—¿Está en griego? —preguntó ansioso Laomedonte esperando que no para así tener que traducírsela al consejo.

La abrió con cautela.

—Está en griego.

—¿Qué dice, señor?, ¿qué dice? —preguntaron.

Alejandro la ojeó deprisa. Le molestaba profundamente el tener que compartir el contenido de una carta entre reyes, una carta de sangre, aunque fuera con sus hermanos. Lo que en ella viniera concernía solo a Darío y a él por naturaleza de su raza. Lo que hablaran dos reyes de ancestros divinos era insabible para los *hetairoi*, meros súbditos mortales. Lo que no entendieran lo malinterpretarían.

—¿Qué pide Darío? —inquirió Parmenión, nervioso porque no arrancara a leer.

No había escapatoria. No podía mantenerlos al margen de aquella misiva, no sin enfrentarse a ellos fatalmente, algo que no podía permitirse cuando estaban a punto de emprender la peligrosa ruta hacia Egipto.

La leyó.

El enemigo se dirigía a él de forma respetuosa y correcta. Lo trataba con una cordialidad y afecto que eran desconocidos en una monarquía como la persa, donde el rey era la cúspide del mundo y lo demás suelo que pisar. Elogió su determinación y su habilidad y valentía en el combate. No queriendo que se derramase más sangre, ofrecía generosamente la paz. A cambio del cese de la contienda, entregaría las tierras de Asia Menor y el Creciente Fértil y se dividirían el mundo entre ellos, marcando en el río Éufrates la frontera.

Nadie habló después. Los *hetairoi* nunca la habían oído, pero podían jurar que la voz del Gran Rey había brotado de la garganta de Alejandro y que era su eco el que, resonando entre las columnas, se perdía en los altos techos.

Hefestión rompió el silencio y ahogó la voz de Darío.

—Se siente débil. Ya no ofrece un rescate. Renuncia a ellas.

A Alejandro se le abrieron los ojos como platos y en ellos relampagueó la furia. Viéndolos, Hefestión entendió su indiscreción fatal, pero ya era tarde. Sintió un abismo abrirse a sus pies. La rabia que desprendía Alejandro viciaba el ambiente, haciéndolo irrespirable.

—¿Rescate? —dijo Parmenión—. ¿Qué rescate? —Avanzó amenazante hacia él—. ¿De qué rescate hablas? ¿De qué rescate está hablando?

Imaginaba lo que había pasado, era una sospecha que llevaba teniendo desde hacía tiempo, pero quería oírlo, quería confirmarla porque no estaba seguro de poder creérsela.

—Darío ofreció un rescate por su familia —explicó Alejandro con voz calmada, tratando de darle normalidad al asunto y restarle la importancia con la que tronaba en su cabeza—. Su oferta fue rechazada. No hay más.

—¿Cuándo fue esto?

—Algo después de entrar en Arados.

—¿Y no lo comunicaste a tu consejo? —balbuceó atónito.

—Era una carta dirigida a mí. Una oferta que se me hacía a mí, pues él me cree dueño de su madre y sus hijas.

—¿Ofrecía la paz a cambio de su liberación? —No le respondió. Parmenión, iracundo, se giró hacia Hefestión—. ¿La ofrecía o no?

—No lo dejaba claro —admitió entre dientes y con la cabeza gacha.

—Ofreciera lo que ofreciese —intervino Alejandro—, un rey no compra a otro.

—Ocultas asuntos de Estado a tu consejo, señor...

—Mi consejo ha de asesorarme sobre los temas de los que yo no tenga conocimiento, general. Esta era una cuestión entre reyes que ni tú ni nadie puede entender.

—¿La paz es una cuestión solo de reyes? ¿Los asuntos relacionados con los prisioneros de mayor valor que tenemos son algo que deba ignorar el consejo?

—No son prisioneras. Darío perdió a su familia porque la abandonó tras huir del campo de batalla. No la recuperará entregando doblones de oro, ni prometiéndome el Éufrates ni Mesopotamia entera. No haré tratos con él.

—¿Acaso no persigues la paz, señor? ¿Qué es lo que quieres?, ¿hacer la guerra eternamente, conquistar Persia entera?

El tono de Parmenión comenzaba a inflamarse.

—En Issos derrotamos a su mayor ejército, ¡a su rey! Hemos tomado su fortaleza más legendaria, Tiro. Persia se puede conquistar.

—¿Y sabes, señor, cuántas vidas se han perdido solo en el asedio de Tiro? ¿Cuántas más van a perderse en esta expedición a Egipto que pretendes? Ahora que tu consejo conoce la situación, escúchalo: acepta la paz. Asegurarás el mar y Asia

Menor. Persia quedará al otro lado del Éufrates y Grecia estará segura; no vinimos buscando nada más.

—Pensaré que es la edad lo que te ciega, Parmenión, y no tus intereses personales. ¿Cómo es posible que no veas que con esta tregua Darío solo quiere ganar tiempo? No la cumplirá. Mientras nosotros nos replegamos recompondrá su ejército. Volverá a inundar de oro el mundo griego y antes de que hayamos regresado a Macedonia alguna ciudad ya se habrá vendido a él.

—Señor, no podemos vivir en guerra eternamente.

Alejandro se puso en pie, resoplando.

—Oye esto bien, Parmenión, oídlo todos: no hay paz que Darío pueda ofrecernos que vaya a salvarlo de su destino. *Yo* soy su destino.

—Ningún destino alcanzará a Darío si tu ejército no descansa y no se recompone. Es un buen pacto, señor. Si yo fuera Alejandro, si reinara en Macedonia, aceptaría.

El joven esbozó una sonrisa taimada que al viejo león se le hincó en el orgullo.

—Y si yo fuera el general Parmenión y añorara la mediocridad de Filipo, aceptaría también. Pero soy Alejandro y, antes que rey de Macedonia, antes que heredero de Aquiles, soy parte de una civilización libre, aquella que nos legaron los dioses. La libertad no acepta treguas con la tiranía; la persigue, la enfrenta, la hiende, la vence y triunfa. Siempre. Que este sea el mensaje que lleven de vuelta a Darío.

12

Los *hetairoi* fueron saliendo de la sala; Alejandro y Hefestión se quedaron solos. El rey pensaba que su amigo iba a decir algo, pero este se quedó en silencio largo rato, con la mirada perdida en el infinito.

—Alejandro... Perdóname. —Al ver los ojos helados de Alejandro, su voz se ahogó.

—Me has vendido ante los que me cuestionan.

—No... Yo... Ha sido un error, lo juro...

No pudo hablar.

—Si alimentas el amor que siento por ti solamente para que no vea cómo maniobras a mis espaldas...

—Alejandro, cómo puedes decir eso.

—Si ese es el caso, ten el valor de decírmelo... —Quiso arrancar una palabra más, pero desistió. Regresó a sus aposentos llevándose el dolor de la decepción que le había provocado su hermano, el único en quien confiaba, y dejándolo a él sumido en el aire de su tristeza, ahogándose en la culpa.

Hefestión se llevó la mano al pecho dolorido. No podía soportar el miedo a decepcionar a Alejandro, el terror a que lo apartara de su lado. No podía vivir sin él. Y es que sus días tenían otro dueño que no era él mismo; el tiempo de su existencia no le pertenecía. Estaba muerto y solo vivía porque Alejandro se había hecho con el dominio de su ser. Había colonizado su corazón vacío con la fuerza de un amor incuestionable, atándolo a él, forzándolo a existir. Por eso no podía arriesgarse a perderlo, por eso, aunque se creyera más libre que los demás, hacía todo por complacerlo y por eso le dolía tanto el desliz. Porque él era Alejandro, no Hefestión. Hefestión hacía ya tiempo que no estaba.

Alejandro no se avergonzaba de lo que le había dicho, un rey no se avergüenza, pero no por ello dejaba de dolerle. Al momento quiso perdonarlo, pero no se atrevía por no estar seguro de cómo hacerlo.

En aquellas ocasiones no podía evitar buscar a su madre. Sin Hefestión a su lado se sintió tremendamente desprotegido, vulnerable. Tal vez por eso extrañó entonces a Olimpia como nunca antes. La buscó sin encontrarla y la añoró sin que eso la trajera de donde fuera que estuviese, y entonces la soledad en la que se ahogó fue total.

Una tarde, sin poder entender bien el motivo que lo impulsó a ello, Alejandro se escabulló del palacio. Mientras los generales estaban sumidos en el sopor de un sueño inducido por el vino, tomó el camino del desierto hasta dar con la torre en la que se consumía el cuerpo de la reina Estatira.

El silencio del desierto lo inundaba todo; nada, ni el aire, ni los pájaros quietos en su vuelo, le daría respuestas si era eso lo que iba buscando. Pensó en su padre. Nunca había visitado su tumba, nunca había tenido la necesidad de hacerlo, y en cambio ahora visitaba la tumba de una extraña, de una persa, y lo hacía en el momento en el que se sentía solo, necesitado de madre. Al darse cuenta de lo que eso significaba sintió un pinchazo de culpa, quiso regresar al palacio y no volver a pensar en ello, pero no pudo. Se quedó sentado en la arena contemplando la tétrica construcción.

Desde entonces, todas las tardes hasta que abandonó Sidón fue a verla. Se sentaba en la arena tibia y dejaba que el silencio lo hundiera en sus pensamientos más íntimos, adonde no llegaba la voz de Parmenión, que lo reprendería de verlo por congeniar con las bárbaras, ni la voz de su Parmenión interno, que le reprocharía el estar pensando en una madre, en una mujer, que no fuera Olimpia. De alguna forma la visión de la torre y el desierto anulaban todas estas voces y lo dejaban sumido en reflexiones que, a pesar de tratar sobre la brevedad de la vida, la muerte y el olvido, lo llenaban de paz.

El día antes de abandonar la ciudad para marchar rumbo al paso del sur, la princesa Dripetis fue con él. Llevaban tiempo su hermana Estatira y ella viéndolo desde su ventana regresar de noche. Acabaron sospechando cuál era el sitio al que iba. Los persas, muy supersticiosos, no acostumbraban a visitar las tumbas, por eso no lograron entender a qué iba él. A Dripetis le pudo la curiosidad y se decidió a seguirlo.

Lo esperó escondida tras una columna y lo siguió sigilosamente, ocultándose con rapidez cada vez que Alejandro, sintiéndose seguido, miraba hacia atrás. Él ya se había dado cuenta, pero la dejó continuar con su juego de escondite hasta que salieron del recinto palatino. Entonces le tendió la mano y marcharon juntos por la ciudad, desapercibidos entre una multitud cansada que poco a poco abandonaba las calles.

No le molestó que fuera con él: le unía un vínculo especial a aquella joven que además, aunque le pareciera extraño, sentía reforzado por el hecho de que no tuvieran un idioma con el que comunicarse. Para él, que vivía en un mundo en el que las palabras volaban violentas, embotándolo, aturdiéndolo, engañándolo, el silencio de las princesas persas le proporcionaba la misma calma que mirar la tumba.

Se sentaron en la arena templada frente al monumento silencioso y, al verse allí junto a su madre, Dripetis no pudo evitar las lágrimas. Alejandro contuvo su propia tristeza al oír su sollozo irregular. La envolvió con el brazo y la apretó contra sí. Le puso la cabeza en el pecho. Dripetis se percató entonces de lo semejantes que eran sus soledades huérfanas; latían con la misma música.

Poco a poco fue declinando el sol. Alejandro agitó suavemente a Dripetis, que parecía haberse quedado dormida entre sus brazos.

—Vámonos. Es tarde —dijo como si ella lo entendiera.

Se puso en pie y se sacudió la arena. Ella sin embargo se quedó rezagada mirando la tumba de su madre, preguntándose, preguntándole, si esa era la última vez que iba a estar allí, con ella.

Sopló el viento y en el aire azul de la noche temprana se levantó una bandada de pájaros gráciles y bellos. Sus ojos los siguieron: se alejaban rápido persiguiendo el sol poniente.

—Asiwans —murmuró.

Alejandro a lo lejos vio que no lo seguía y la llamó. Ella regresó en sí, se levantó y echó a correr hacia él.

13

Tomaron el camino de la costa. Con el ejército y la corte imperial a cuestas, recorrieron el litoral sirio; su objetivo era llegar al arcano Egipto y hacer de esa tierra también la suya. Pasaron frente a la ruina humeante de Tiro, sus almenas aún coronadas con una hilera de crucificados. Allí esperaba la flota fenicia, en la que embarcarían las máquinas de asedio. Viajando más al sur de Tiro se encontraron con ciudades de poblaciones mixtas. Tras ellas, la gran fortaleza de Gaza, la única puerta a la tierra de los faraones. Su duro asedio les llevó semanas. Cada vida que perdieron allí los macedonios se saldó con diez gazatíes muertos o vendidos como esclavos. Y, finalmente, la gran planicie desértica: el paso a Egipto.

Durante días sortearon las marismas, abasteciéndose de agua gracias a la flota de Sidón, avanzando hacia el este como les indicaban los lugareños, esperando encontrarse con el delta rugiente del río Nilo. A mediodía el calor apretaba haciendo temblar el horizonte y ni siquiera ver el mar los refrescaba. Aunque fuera invierno, allí en Asia las estaciones parecían seguir un curso distinto.

Al cabo de casi una semana de camino agotador llegaron a Pelusio, una de las fortalezas construidas en el tiempo antiguo para proteger las rutas de entrada a Egipto. A los persas, sin embargo, no había logrado contenerlos doscientos años atrás. Estaba casi en ruinas; la historia había sacudido sus cimientos. Aunque muy debilitado tras el asedio de Gaza y la travesía del desierto, el ejército de Alejandro habría podido conquistarla de haber tenido que hacerlo. No fue necesario porque el lugarteniente de Egipto, un hombre que se había hecho con el gobierno de la provincia tras acudir el sátrapa a la llamada de Darío en Issos y perder allí la vida, salió a recibir al conquistador y a besarle los pies. Estaba harto de sofocar rebeliones en las distintas zonas del desierto, de poner en peligro su vida por un señor que había huido sin presentar combate; sí, hasta allí habían llegado las noticias de Issos.

—Os doy Egipto entero, señor —le dijo mientras se inclinaba.

—Es imposible que entregues lo que nunca tuviste —le respondió Alejandro.

En verdad los persas nunca habían logrado gobernar aquella tierra. Los grandes reyes del pasado habían entrado en Egipto a sangre y fuego, asesinando sacerdotes, arrasando tierras sagradas y profanando templos, causando mucha destrucción pero también levantando al pueblo contra ellos. Doscientos años de la primera conquista persa de Egipto. Doscientos años de guerra civil, de constante levantamiento, de dolor, que habían arruinado la prosperidad del que era el reino más rico de la Tierra.

El lugarteniente entregó sus hombres y las riquezas que aún guardaba en la Pelusio derruida. Puso a la disposición de los macedonios su flotilla de falúas y decidieron embarcarse en ellas para remontar el río y llegar hasta Menfis, la capital, que estaba en el corazón de los reinos faraónicos.

Aristandro, el adivino, se acercó al rey y le dijo:

—Recordad, señor: tomad el camino de Horus, el del desierto, no el del río.

Horus era una deidad poderosa en ese Egipto mágico: dios con cabeza de halcón, vencedor de la muerte, protector de los reyes.

—¿Cuál de tus hombres conoce ese camino? —preguntó Alejandro.

Ninguno de los persas a su servicio se atrevía a aventurarse por el desierto. Ellos se habían asentado en el Nilo, y era su navegación lo que usaban para transitar entre los dos Egiptos.

—Yo, señor.

De detrás del séquito del persa salió un hombre algo mayor que ellos, de aspecto inteligente. Tenía la tez aceitunada y los rasgos arábigos denotaban que no provenía de Persia. Se llamaba Petisis y era miembro de una de las familias aristocráticas del Bajo Egipto. Era culto, hablaba griego. Llevaba el último año en la fortaleza de Pelusio junto al sátrapa pero recelando de él, como aliado forzoso de los persas. Decía conocer el camino del dios y le aseguró a Alejandro que de aparecer en Menfis por esa senda los egipcios lo considerarían un libertador enviado por Horus.

—¿Por qué fiarme de ti?

—Porque yo también lo creo, señor.

Se convenció.

Parmenión le aconsejó que no lo hiciera.

—Señor, ese camino nos perderá en el desierto y nos matará de sed. Y estos traidores aprovecharán que abandonas a tu ejército para prender fuego a las falúas en cuanto leven anclas.

—No te apures —le dijo—, tú irás en barco y organizarás la llegada a Menfis. Que esté todo dispuesto para cuando arribemos.

—Los hombres recelan de que sea todo una trampa de los persas.

Alejandro le sonrió.

—Parmenión, sé que cuando hablas de los hombres lo haces también por ti. Los persas no traman nada; se rinden. Y, para demostrarlo, la reina madre vendrá conmigo por la ruta de Horus, así como el resto de los generales.

—¿Y si os engañan y os dejan a morir en el desierto a todos?

—Entonces ya podrás regresar a Macedonia a disputar la regencia con Antípatro.

Partieron al alba. Solo Alejandro estaba convencido de tomar aquella ruta, y no por su criterio, sino porque seguía ciegamente las palabras del adivino.

Fueron días enteros por esa senda, avanzando entre las dunas con el viento a sus espaldas, impulsándolos, como si fuera el aliento mismo de Horus. Los hombres que acompañaban el séquito real se lamentaban de su mala suerte al haber sido elegidos para esa ruta; miraban constantemente el horizonte, rezando para que no apareciera el colosal diablo de polvo que decían que podía hacer desaparecer de un soplo ejércitos enteros. Rezaban con ahínco, pero no sabían si el poder de los olímpicos los alcanzaría allí, tan profundo en el dominio de los dioses del Nilo.

Al caer la noche repartieron turnos de guardia, temiendo una emboscada de bandidos del desierto. Alejandro también se privó de sueño para vigilar. Recordó a su padre, ¿o era Parmenión el que se lo había dicho?, «un rey tiene que hacer lo mismo que les pide a sus hombres». Tenía que haber sido Parmenión. Con su padre pocas veces, ¿nunca?, había tenido una conversación de aquel estilo, sobre lo que supone ser rey, sobre qué hace rey al hombre. Su madre no lo habría permitido, pensaba ahora. Un hombre como Filipo tenía que aprender a ser rey, pues no era más que un señor de caballos, el líder de una tribu. Un hombre como él, Alejandro, ya era rey por venir de una estirpe en la que los reyes nacen dados por gracia de los dioses. Lo invadían los recuerdos, que estaban muy hondos en la memoria, encerrados en lo más profundo, pero era tal el silencio del desierto que sus voces lograban oírse en los niveles altos de la conciencia.

—El egipcio también quiere hacer guardia. Nos matará mientras dormimos —advirtió Crátero, uno de los generales veteranos.

—Yo haré guardia con él.

—Vas a quedar agotado, señor. Tienes que descansar.

Alejandro sonrió. Crátero era un buen amigo. Algo mayor que ellos, no se había educado como uno de los *hetairoi*, sino que había servido como paje de Filipo. Corpulento, ojos oscuros y penetrantes, mentón cuadrado y voz profunda; Alejandro veía en su general más diestro una figura que le inspiraba sosiego porque sentía que le daba protección. Crátero respiraba fidelidad, tenía un espíritu de bestia noble, fuerte. En la mayor intimidad de sus dudas, Alejandro había llegado a pensar si no hubieran ganado más los dioses poniendo a Crátero en el trono en vez de a él. Le parecía que todo brotaba tan fácil, tan natural en él: su coraje, su voluntad, sus ideas en la política, su arrojo en la batalla... A veces pensaba también en si los otros no lo preferirían como comandante de sus destinos. Pero lo veía ahí, firme a su lado en ese desierto al que le habían seguido fieles y leales, dispuestos a morir con él, por él, y las dudas se disipaban.

—Nos conviene más a todos que el que descanse seas tú —le dijo Alejandro—. Me quedo. Tranquilo.

Crátero se retiró a regañadientes. Al cruzarse con Petisis, que salía de su tienda a hacer la guardia, se arrepintió de su decisión.

—Vuestros generales no se fían de mí —le dijo el egipcio a Alejandro sentándose a su lado, al calor del fuego—. Hacen bien en protegeros.

—Me dejan a mí vigilándote.

Se rieron forzados, entre dientes.

Petisis tenía algo que lo fascinaba. Puede que fuera su manera de hablar: su griego era tosco pero extremadamente bello; lo hechizaba la forma en que las consonantes del desierto se le agarraban en la garganta rasposa de arena. Durante el trayecto apenas habían hablado, pero ahora, durante la guardia, les volaron las horas. Se olvidaron incluso de despertar a Hefestión y Laomedonte, a quienes tocaba el siguiente turno. Petisis le relató cómo había acabado en Pelusio con lo último que quedaba de la corte persa. Le habló del desgobierno de los aqueménidas, que nunca habían logrado dominar Egipto del todo.

—Maltrataron esta tierra, profanaron nuestros templos y a nuestros dioses. Hace once años, el rey que precedió a Darío mató al Toro Sagrado, al dios Apis, que gobierna el Alto Egipto. Entró en su templo en Menfis y, como lección a nuestro pueblo por habernos rebelado, lo descuartizó y lo comió asado. Pensamos que los faraones despertarían de sus tumbas para combatir a los invasores de Egipto..., pero las pirámides son templos de silencio. El último faraón hace tiempo que huyó.

—¿Huyó?

—Sí. Egipto se le volvió ingobernable. Lo dejó al caos del que brotó la rebelión. Podría habernos ayudado: era mago. Los dioses lo habían obsequiado con su don. Pero, cuando sus aliados se volvieron contra él, en vez de someterlos decidió huir. Algunos dicen que al sur, a la tierra de los etíopes, otros dicen que al norte, al país de donde provenís vosotros. Hay quienes piensan que aún volverá porque así lo dice la profecía.

—¿Cómo se llamaba? —quiso saber.

—Nectanebo.

Un escalofrío le heló la sangre en las venas. «El amante de mi madre... El brujo.» Sintió que el corazón se le detenía.

—¿Cómo has dicho?

—Nectanebo.

—Y dices que huyó al norte, ¿a Macedonia?

—Y dejó una profecía. Dijo que sería su sangre la que lo mataría y que en la sangre de otro pero siendo el mismo regresaría para liberar Egipto. Y los egipcios sabrían que había regresado, resucitado y rejuvenecido, porque los dioses enviarían a su llegada una señal desde el cielo.

14

Las palabras de Petisis hundieron a Alejandro en una oscura pesadumbre que lo acompañó durante el resto del trayecto por el camino de Horus. Se le había enturbiado el rostro. No quería ver a nadie: andaba por su cuenta, más adelantado que los demás; únicamente se dejó acompañar por las princesas persas, que no hablaban y solo lo cogían del brazo o de la mano y caminaban con él. Cuando se detenían a pasar la noche se encerraba en su tienda y no salía hasta la mañana siguiente, prohibiendo que se le molestara.

En la novena noche tras haber partido de Pelusio, oyó un gran revuelo en el campamento. Los generales salían de sus tiendas apresurados. Temió que fuera una emboscada. Pero entonces un canto profundo y hermoso, como el de un águila pero más melódico, resonó en el aire. Hefestión entró corriendo en su tienda desafiando su prohibición.

—Señor, tienes que ver esto. ¡Rápido!

Salieron. Todos miraban al cielo anonadados; también Sisigambis y sus nietas contenían el aliento.

Alejandro levantó la vista y lo vio. Un gran pájaro surcaba, sin apenas batir sus enormes alas, la luz de eclipse con la que se moría el día. La larga cola de plumas carmesíes serpenteaba tras de sí, como una trenza llameante. Fue tomando altura y su forma se difuminó en el cielo, alejándose por el crepúsculo como un meteoro fugaz y rojizo.

La emoción le prendió el ánimo: poseído, corrió a subirse a Bucéfalo, clavó los talones en sus costados, se agarró a las crines y echó a galopar tras la estela ígnea del pájaro. Lo siguieron los *hetairoi*, gritándole que volviera. Remontaron una duna; los caballos se tropezaron en la arena suelta.

—¡Más rápido, más rápido, Bucéfalo! —bramaba.

Estiraba la mano como si pudiera coger a la inasible ave por las plumas. Pero esta ya era una estrella más. Se detuvo en la cima de la duna y los *hetairoi* lo alcanzaron.

—¡Señor, mira! —exclamaron de repente—. ¡Menfis!

Hacia el oeste se había abierto el Nilo, el valle fértil en el que la casualidad divina había hecho brotar la última humanidad. La gran ciudad de los faraones dominaba el cauce oscuro por el que se deslizaban luces temblorosas.

—¡Llegamos! ¡Al fin!

Pero Alejandro miraba más allá de la ciudad, escrutaba el horizonte tratando de distinguir el brillo incandescente del fénix entre los astros.

—Fue el pájaro, Alejandro: el pájaro nos ha traído —dijo Hefestión sonriente.

—Pero ¿adónde ha ido? ¿Adónde ha ido? —repetía sin cesar.

—Va persiguiendo la luz —dijo Petisis. Le temblaban las piernas y los labios al hablar—. Es el espíritu del dios Sol. Solo vuelve a Egipto cada quinientos años. Y ha regresado hoy, en el día de vuestra llegada.

Bajaron de la colina y encontraron el camino que llevaba hasta las puertas de Menfis, que se abrieron a su paso. El desierto moría en el umbral. Al otro lado se extendía una ciudad de enormes avenidas en la que se respiraba el frescor del río. Los estaba esperando Parmenión. Lo acompañaban los próceres sacerdotales de la ciudad, hombres de cabeza afeitada y ojo gatuno que vestían de blanco y sujetaban báculos grabados con símbolos. Aquellos hombres vivían solamente para asistir al faraón en sus tareas de representación de los dioses en la Tierra; habían querido recibir a Alejandro para ver si era digno, si era el faraón que prometían las profecías. Parecían desilusionados.

Soldados con antorchas les franquearon el paso por la ciudad; a pesar de ser tarde las calles estaban llenas de gente ansiosa por ver al libertador. Envuelto en la oscuridad, iluminada solo por el brillo fantasmal de las antorchas, y en el silencio místico de la ciudad, Alejandro se sintió como en un viaje hacia la otra vida.

Lo siguieron en un silencio respetuoso hasta las puertas del gran palacio, el lugar donde desde hacía casi tres mil años reinaban los soberanos de las Dos Tierras, los vicarios del dios entre los mortales. Era una construcción cuadrangular, robusta, megalítica. Un coloso de piedra del faraón Ramsés II, mil años hacía de su reinado, observaba a los nuevos moradores de su palacio. Se abrieron las puertas, cruzaron el patio central y subieron los inclinados peldaños que daban acceso al edificio palacial.

Alejandro no esperó a los aposentadores ni a los sacerdotes, ¿por qué tendría que hacerlo? No eran sus anfitriones. Ese palacio era tan suyo como todos los de la tierra sobre la que reinaba. Atravesó las galerías infinitas en las que las sombras difuminaban la arquitectura, ahogándose en la mezcla de polvo, noche y nostalgia encerrada entre aquellos muros, buscando desesperado una ventana por la que respirar, hasta que finalmente alcanzó una terraza. Apoyándose en el balcón recuperó angustiado el aliento. El palacio se asomaba al ancho Nilo. Más allá se veía el mar de arena y el contorno lunar de las tres lejanas pirámides plateadas por la noche. Con el corazón aún latiendo acelerado, escrutó cada palmo del horizonte a ver si encontraba al fénix. Lo sentía revoloteando sobre Menfis, sentía su fuego en su interior. El hálito ígneo que rodeaba al pájaro se le había quedado prendido en la retina, como una llamarada de sol blanco; cerraba los ojos y lo veía, percibía su imagen abrasándole la mirada, que le dolía físicamente, tal era su deseo irracional de volver a verlo. Pero en el cielo no se movían las estrellas y en el viento no había ni rastro del bello canto del ave mítica.

Hefestión apareció tras él. Alejandro se revolvió al verlo.

—Déjame.

Aún respiraba por la herida y le guardaba rencor.

—Sé que te fallé, Alejandro. Pero dime qué te sucede. Por favor. Estás pálido. Solo quiero ayudarte.

—No puedo decírtelo...

—Confía en mí, como siempre has hecho...

Alejandro cedió y señaló el cielo con gravedad.

—El fénix... Es la señal.

—¿Qué señal? ¿De qué estás hablando?

—Es Petisis..., lo que me dijo. Solo a ti puedo contártelo. Pero júrame que no lo dirás a nadie.

—¿El qué? Alejandro, ¿qué te está pasando?

—¿Sabes cómo se llamaba el último faraón, el último egipcio legítimo?

—No —contestó confuso.

De nuevo miró a su alrededor, asegurándose de que seguían a solas.

—Nectanebo.

Hefestión parpadeó atónito al volver a escuchar ese nombre.

—¿Cómo?

—Nectanebo —siseó.

De pronto sintieron que se había detenido la brisa del Nilo y se había llenado la estancia con un susurro de ultratumba.

—Pero no es...

—Es el mismo, Hefestión... Petisis me lo ha dicho: el último faraón era brujo, dominaba la magia, y huyó de Egipto, se embarcó hacia Macedonia. ¡Es él!

—Pero ¿qué es lo que sucede?, ¿qué tiene que ver contigo?

—Dejó una profecía —balbuceó—. Dijo que su propia sangre acabaría con él pero que él luego se reencarnaría en ella, volvería a la vida y regresaría a Egipto, resucitado, para liberar el reino. Y que los dioses avisarían de su llegada con una señal desde el cielo. ¡El fénix! Ha regresado a Egipto después de quinientos años.

—No puede ser él. ¿Su sangre acabaría con él? Murió por accidente, resbalándose en esa zanja, tú estabas allí...

Pero el gesto de Alejandro desveló el secreto:

—Fui yo quien lo empujó. Yo lo maté. Vi cómo se desangraba en el fondo de aquel agujero, sangre blanca... Y me dijo: «Como Zeus y como Cronos antes que él, era necesario que matases a tu padre para que el mundo fuera tuyo».

—¿Tu...? ¿Tu padre...?

—¡Hefestión, maldigo a mi madre y a todos sus dioses...! Siempre me dijo que fue Zeus quien la preñó una noche de tormenta... Y yo, ingenuo, pensé que eran sus sueños de mujer amarga, pero ahora lo entiendo, ¡lo entiendo todo! No fue un dios, ¡fue un hombre, un hombre egipcio el que fornicó con esa perra! Los egipcios piensan que sus faraones son la encarnación del dios supremo. ¡Por eso ella decía haber yacido con Zeus! Todo fue un engaño. ¡Maldita sea, mil veces! ¡Malditos sus ídolos, su casa..., todo! ¡Ojalá se la lleven las erinias! ¡Ojalá arda en el fuego del Tártaro!

Hefestión lo abrazó mientras rabiaba lágrimas de furia en las que se ahogaban los recuerdos de una vida que había resultado ser falsa.

—No puede ser verdad... —Trató de consolarlo, pero ni siquiera él estaba seguro.

Conocía a Olimpia y sabía que no era una mujer demente; ninguna palabra brotaba de sus labios sin motivo. Que Zeus le diera un hijo una noche de tormenta significaba que era Nectanebo, su encarnación venida de Egipto, quien se había metido en su cama.

—Los dioses mandan al fénix a mi llegada a Egipto, Hefestión. Porque la sangre del último faraón ha regresado. Está en mis venas...

—Tranquilo, tranquilo... —Pero no conseguía tranquilizarlo—. Alejandro, escúchame. Esto es importante. —Lo sujetó por los hombros y le obligó a mirarlo—. Olvídate de tu madre —le dijo muy serio—. Da igual que sea o no verdad. Si alguien sospecha que Filipo no es tu padre, se cuestionará tu derecho al trono. El ejército te dará la espalda. El territorio que has conquistado se sublevará, porque lo tomaste siendo un usurpador. Vasallos que hoy son fieles se volverán contra ti, más aún si ven que los egipcios te reciben como hijo de Nectanebo. Te verán como un extranjero, o peor: un extranjero pagado con oro persa. No tardarán en acusarte de haber urdido el asesinato de Filipo. Parmenión, su hijo Filotas, Crátero, incluso; ¿cuánto crees que tardarán en quitarte de en medio? Ahora rabias contra tu madre, pero ¿qué será de ella si las noticias llegan a Macedonia? ¿Crees que Antípatro será clemente? La lapidará. ¿Y las polis que te juraron obediencia a ti? El imperio colapsará e irá a la guerra civil. Esta historia, tu historia..., nadie debe saberla.

Alejandro lo abrazó de nuevo. Hefestión sintió que se le aferraba con una fuerza inusual, como si estuviera balanceándose sobre el borde de un abismo y se agarrara a él para no caer.

—¿Crees que es verdad? —Su amigo no quiso contestarle—. Dime, ¿lo crees?

—No. No lo creo —dijo finalmente—. Pero qué más da. Las únicas verdades que importan son las que nosotros tratamos como tales. Tú sabes quién eres y de quién eres hijo, eso no lo cambiará nadie.

—Pero he aparecido en Egipto bajo el vuelo de fénix...

—Es cierto. Y por eso gobernarás esta tierra. ¿Qué tiene que ver con ese brujo o con nada? Los dioses no obedecen los designios de los mortales, sean faraones o no. Ellos velan por un destino mayor, Alejandro. Tu destino es gobernar este mundo, liberarlo entero de la tiranía. Te envían el fénix *a ti*, a nadie más.

Esa noche volvieron a amarse. Fue un amor intenso que sacudió cada uno de los cimientos de sus almas, frágiles tras aquella siniestra revelación. Se dieron un consuelo mutuo, pues uno se encontraba perdido, engañado, y al otro le dolía haber fallado en su deber de hermano, de protector.

Alejandro no logró conciliar el sueño. Hacía tiempo que no volvía a su mente una imagen de Filipo tan intensa como la que le visitó esa noche. Recordó sus gritos, sus desprecios, sus miradas asqueadas, su rechazo a los ritos dionisiacos, al legado de la Casa de Aquiles... Tantas noches en brazos de su madre, recordando cada una de las faltas, enumerando las humillaciones, ¿puede que exagerándolas?, enquistándolas en el pecho. Pero también recordó que Filipo había velado por él, porque recibiera la educación más exquisita de manos del maestro más grande de todos. Había hecho porque creciera en un ambiente refinado, en esa Pela moderna, civilizada, griega, y no en el seno de una tribu ni en la inmundicia de un cuartel. Le había hecho príncipe, le había regalado a Bucéfalo... y le había dado a sus amigos. Se giró en la cama y miró a Hefestión. Dormía agotado por el viaje y aún envuelto en los humores del amor. También se lo había dado a él. No se atrevía a afirmar que Filipo lo hubiese amado, amor de padre jamás le mostró, pero ¿odio? Odio nunca. ¿Por qué se lo tenía él, entonces? Puede que lo hubiera aprendido, que se lo hubieran inculcado, durante lecciones nocturnas a lo largo de años, en sueños, trances profundos invocados con magia materna en los que hablaba el roce de la piel y madre e hijo regresaban a un estado de unión semejante al del embarazo. Puede que hubiese sido ella quien, no satisfecha con odiar a Filipo por su cuenta, se hubiera introducido en el cuerpo de Alejandro para odiarlo desde allí, a través de él, de forma vicaria. Al fin y al cabo, el odio de un hijo hacia su padre es mucho más profundo, más retorcido y placentero que el que siente una esposa despechada por un marido que la desprecia. Infinitamente más hondo.

El rumor del Nilo mecía la noche serena. El puente de estrellas sobre Menfis brillaba con fuerza; se veían perfectamente los planetas moviéndose lentos y poderosos por los caminos del firmamento. Se levantó y buscó sus astros y sus signos: estaban callados, no le decían nada, a pesar de que su madre le hubiera asegurado que siempre encontraría en ellos a los héroes de los que descendía guiándolo.

—También en eso me mentiste...

15

Al día siguiente Parmenión fue a verlo a fin de convencerlo de que no era sensato permanecer mucho tiempo en Menfis.

—No te apures —le dijo Alejandro—, pronto partiremos al norte. Remontaremos el Nilo hasta el Bajo Egipto, hasta el delta. De allí era de donde partían las Armadas de Darío, ¿no es así, general? Afianzaremos nuestras posiciones en esa zona por si lo que queda de la flota persa pretende rearmarse o recalar en algún puerto.

Así pues, después de reagrupar las fuerzas tras el camino del desierto, embarcaron en las falúas y barcazas, y comenzaron el descenso por el Nilo. Volverían a ver el mar ante ellos sabiendo que al otro lado de las olas estaba Grecia.

Fueron días navegando, surcando el sinuoso cauce. Pasaron ante los estuarios calmos llenos de altos juncos donde los ibis rosados hacían equilibrios encima de los nenúfares y los uros apacibles se acercaban a beber. En las riberas vieron serpentear también a un lagarto enorme y terrorífico, de cuerpo rugoso cubierto de escamas, que se confundía con el verdín de la orilla.

—No os acerquéis demasiado a la borda —advirtió Nearco, sujetando con fuerza el timón de aquella embarcación fluvial larga y delgada—. Si saltan, hundirán la falúa.

Las barcazas continuaron deslizándose por el agua esmeralda durante varios días más, recalando en los pequeños pueblos pesqueros de las riberas. Salió el plenilunio el tercer día de navegación, pero decreció rápidamente, casi durante la misma noche. Fue algo antinatural, como si a la luna la asustara dejarse ver en esa tierra en la que se adoraba tan celosamente al sol.

Por fin, una tarde en la que volvía a apretar el calor de la primavera alcanzaron Rakotis, un pueblo pesquero en las postrimerías del delta, situado en una bahía de cuernos de media luna. Estaba protegido de las inundaciones y tenía un canal que lo proveía de agua.

La corte se hospedó en la casa principal, que estaba encajada en uno de los pequeños riscos que se asomaban a la playa. El oleaje, suave y triste, sonaba como el aplauso funesto de esos dioses de leyenda que felicitaban a los mortales por sus hazañas antes de destruirlos, al final de toda la historia. El mar al otro lado era mar griego, o eso al menos les decía la geografía; al norte estaban sus patrias, la más cercana la de Nearco. El almirante les dijo que de joven, estando en el sur de la isla de Creta, había divisado una mañana clara las mismas costas que ahora pisaban. Nadie lo creyó: lo achacaron a un arrebato de nostalgia por saberse físicamente tan cerca de casa. Sin duda veían algo extraño en ese mar, puede que porque ninguno de ellos se hubiera asomado jamás a él desde el sur. Sabían que era el Mediterráneo pero no lo podrían jurar. Les resultaba familiar pero no lo reconocían, como si fuera un mar semejante y no el mismo.

Fue en aquel punto melancólico, en aquella tierra que parecía el umbral mismo de la vida, donde Alejandro, inspirado por el humor del mar, la pura fantasía que manaba del agua del rugiente delta, decidió que se erigiría una gran ciudad. «Será la marca de nuestro paso por Egipto, de toda nuestra guerra de liberación. Permanecerá aquí por siempre, símbolo de la civilización que triunfó sobre la barbarie. Y se llamará Alejandría.»

Durante los días siguientes, revolucionó Rakotis y los pueblos de alrededor trazando los planes para su construcción. Allá por donde pasaba el macedonio, el viento de su energía se llevaba por los aires el polvo de los siglos, despertando a la gente del Bajo Egipto del letargo de su declive. Alejandría iba a convertirse en la mayor urbe de toda la costa del Mediterráneo y algún día regresaría y la vería completa, con su enorme faro alumbrando eternamente la noche de los tiempos.

Tal era su entusiasmo que incluso se olvidó de que más allá del desierto silencioso aún rabiaba una guerra. Las ciudades de Fenicia no tenían protección, la Liga Helénica se deshacía... Darío, humillado, ya habría dejado de lamerse la herida de Issos y estaría a punto de alzarse con un ejército mucho mayor con el que aniquilarlo de una vez por todas.

La preocupación de los *hetairoi* fue incrementándose conforme lo hacían las ilusiones del rey, que, lejos de prestarles atención, se pasó aquellos días mandando cartas a los arquitectos y constructores más diestros de Fenicia y Grecia, a los escultores y artesanos más virtuosos, preso de un frenesí atolondrado, como si fuera a ver terminada la obra de su

Alejandría en apenas unas jornadas. En vez de planear la campaña con sus generales, se dedicaba a dibujar junto al arquitecto Dinócrates, un prestigioso griego que se había sumado a la corte en Éfeso. Mientras el sabio trazaba las líneas del plan urbano y lidiaba con la matemática para poner en pie una gran ciudad, Alejandro jugaba a ser un Fidias sin técnica, dedicándose solamente a dibujar bocetos de futuras estatuas de dioses y héroes con las que adornar los templos y palacios que aún no pasaban de los planos.

Los *hetairoi* insistieron a Hefestión para que hablara con él y lo convenciera de abandonar esas ilusiones fatuas y regresar al mundo, al mundo real, donde se le necesitaba.

Presionado, fue a verlo al cuarto donde trabajaba y en el que apenas dejaba entrar a nadie.

Lo recibió efusivo, borracho de felicidad.

—¡Mira, mira! —exclamó, y le enseñó sus dibujos—. Aquí se levantará una gran estatua en nuestro honor. ¿Y el palacio? Oh, el palacio se asomará a la bahía, ¿verdad, Dinócrates?

—Claro, señor, por supuesto —respondió vagamente el arquitecto sin levantar la cabeza de sus cálculos.

—¿No es glorioso? Será la ciudad más importante del mundo...

—¿Puedo hablar a solas contigo? —lo interrumpió.

Alejandro intuyó el porqué. Se esforzó para que no se le notara el gesto demasiado sombrío.

—Danos unos instantes, Dinócrates.

El arquitecto apuró su último cálculo y los dejó a solas.

—¿Qué sucede?

Hefestión entreabrió los labios varias veces antes de decidir qué palabras usar.

—Te seré franco, Alejandro. Sé que en Egipto has encontrado un refugio, pero no puedes dejar que te devore.

—¿Devorarme? —replicó atónito, riéndose de esa afirmación.

—Estás aquí, construyendo ciudades tan imposibles como las de los dioses sobre las nubes, descuidando todo lo demás.

—Pero es que esta obra es de dioses, Hefestión. No digo

Alejandría; digo la empresa en la que estamos inmersos: la liberación del mundo.

—Parmenión tiene noticias de Grecia. Dice que Esparta está amenazando a otros miembros de la Liga, que solicitan la ayuda de Macedonia, tal y como se pactó.

—Grecia no es el problema ahora. Alejandría es un símbolo de algo que ningún griego pudo jamás conseguir, ni Aquiles ni Heracles... Es inmortalidad, la verdadera.

—¿Y Darío? ¿Qué pasa con Darío, Alejandro? Mientras te dedicas a construir ciudades él se estará rearmando en Babilonia.

—No hay una noche en que Darío no esté en mi pensamiento, y lo sabes.

—Ojalá pudieran saberlo el resto de tus generales, es a ellos a los que tienes que inspirar confianza. Ahora mismo solo ven a alguien ocupado en construir un monumento de victoria cuando la guerra no se ha ganado todavía.

Alejandro chasqueó la lengua, molesto de que nadie viera el proyecto como él.

—No es un monumento de victoria... —masculló dándole la espalda—. Déjame tranquilo...

Hefestión abandonó la cámara y Alejandro se quedó en silencio.

Estaba atrapado en sus palabras; no quería pensar en ellas pero no podía pensar en otra cosa.

Dinócrates, que había estado esperando en la puerta, volvió a entrar y se dirigió a su mesa.

—Será mejor que sigamos en otro momento —le dijo.

El arquitecto asintió y empezó a recoger sus bártulos y documentos.

Tras cerrarse la puerta, sintió que se le venían las paredes de la vieja casa encima. Se apoyó en el alféizar de la ventana redonda y miró el mar. Imaginó a su madre al otro lado, asomada también a un balcón, esperando ver las velas del regreso aunque sabiendo que no las iba a ver, al menos no las mismas que partieron.

Oyó voces. Se asomó más y vio que las princesas y la reina

madre, acompañadas de sus esclavas, bajaban a la playa. Respiró hondo, se desembarazó de los malos pensamientos y se unió a ellas. Se alegraron de que las acompañara. En la orilla soplaba una brisa agradable y el agua no estaba fría. Alejandro jugó con Dripetis a esquivar las olas: se acercaban todo lo que podían y luego corrían de la mano como locos huyendo del agua espumosa. Él se tropezó y la ola le pasó por encima. Se levantó empapado, lleno de arena y con un alga ensortijada en el pelo. Las dos hermanas estallaron en carcajadas. Incluso Sisigambis esbozó una sonrisa de la que acabó brotando una risa tímida.

Estatira era la que más reía. Alejandro la miró travieso y corrió hacia ella. La princesa adivinó sus intenciones. Negó con la cabeza bruscamente: a mí no, ni se te ocurra, parecía que decía. Pero él no se detuvo: ella chilló y echó a correr por la orilla. Alejandro la alcanzó, la cogió en brazos y empezó a caminar hacia el agua. Ella se retorcía y le golpeaba gritando que no quería mojarse. Dripetis estaba por los suelos riéndose y Sisigambis ahora lo hacía sin disimulo. Las esclavas se miraron de reojo unas a otras, atónitas: el macedonio había tocado el alma de las regias mujeres aqueménidas, severas como diosas de piedra, y allí había encendido, parecía, un amor sincero por los demás, por la vida.

Al salir del agua Estatira fue arrastrando los pliegues chorreantes de su majestuoso atuendo por toda la arena. Se destrenzó el cabello y lo sacudió al viento. Las esclavas corrieron junto a ella para secarla, pero no hacía frío; era una tarde primaveral egipcia, muy cálida. La princesa fingía estar indignada de que la hubieran tirado así al agua, pero sus mejillas sonrosadas y la sonrisa que no se le borraba de los labios indicaban que hacía tiempo que no había estado tan contenta. Pusieron una gran manta en la arena y se sentaron a ver caer las luces de la tarde sobre el mar. Alejandro se sintió protegido en esa playa, en casa, con los suyos. Entonces lo supo: nunca antes se había sentido en familia. De repente, también él era feliz.

Una bandada de pájaros cruzó el cielo frente a ellos. Volaban ágiles hacia el oeste dibujando formas armoniosas en el aire. Dripetis los señaló emocionada.

—¡Asiwans! ¡Asiwans!

Alejandro se incorporó.

—¿Cómo?

Miró a Sisigambis. Sus ojos le confirmaron que esa era la clave del secreto.

—¡Asiwans, asiwans! —repetía la princesa.

Se levantó y echó a correr hacia la casa llamando a Petisis a gritos.

—¿Qué sucede, qué sucede?

El alboroto alertó a los *hetairoi.*

—Petisis, ¿qué pájaro es el asiwan? —preguntó sin aliento casi.

—Es el pájaro del dios solar Amón —respondió sin saber bien por qué le interesaba—. Pasan por Egipto siempre en esta época.

—¿Qué tienen que ver con algo llamado Siwa?

—El mítico oasis de Siwa es adonde migran, claro.

—¿Un oasis?

—En el desierto. Allí es donde dicen que está el oráculo del dios Sol.

Alejandro miró a Hefestión, el único con quien había compartido esa palabra.

—Tiene que ser el templo de Amón. La fuente del Sol, el oráculo de Zeus, adonde fue Heracles... Heródoto escribió que estaba en medio del desierto, al oeste del Nilo.

—Señor, no te recomiendo seguir ese camino. Muy pocos encuentran el oasis, el desierto infranqueable lo protege. Hay quien duda de que exista de verdad.

—¿Los pájaros vuelan hasta allí? Entonces los seguiremos. ¡A los caballos!

Parmenión puso el grito en el cielo.

—¡Señor, no puedes actuar así! ¿El ejército? ¡Órdenes!

—Parmenión, me reuniré contigo en Menfis. ¡Si no vuelvo antes del día de mi nacimiento, la regencia es tuya!

Rápidamente hicieron acopio de provisiones y ensillaron los caballos. Alejandro se despidió de Sisigambis besándole la mano.

—Lo encontraré —le dijo.

Después se subió a la grupa de Bucéfalo y junto a sus amigos galopó hacia una aventura nueva, hacia el sol ígneo que se ocultaba tras las dunas y que también perseguían los asiwans veloces.

16

El sol disfrutó viéndolos morir poco a poco. No había nubes que fueran a apiadarse ofreciéndoles su sombra. El polvo del desierto los asfixiaba: abrasaba en la garganta y los pulmones. No sabían cuántos días llevaban sin descansar apenas, siguiendo el vuelo fantasma de los asiwans. Los habían visto al salir de Rakotis, pero ahora ya no lograban avistarlos cegados por la luz metálica y ardiente: solo veían sus sombras en la arena, aunque estas seguramente tampoco existían y no eran más que un producto de la imaginación sedienta.

Dunas. Ante ellos solo había dunas. Enormes montañas de arena que el aliento del desierto deshacía, movía y reconstruía más allá. Un océano de oleaje cambiante, un laberinto invisible e inexistente que abarcaba la plenitud del mundo. Aquel era un desierto que no tenía ni fin ni origen; era un lugar en el que no había tiempo, ni pasado, ni futuro, ni presente tampoco.

Los caballos caminaban con dificultad en la arena honda, tropezándose torpemente. Casi no les quedaba agua. Los hombres apenas podían sostenerse erguidos en las monturas, se les escurrían las riendas entre los dedos lánguidos y no conseguían centrar la mirada en el horizonte tembloroso. Se habían cubierto la cabeza, pero aun así sentían los rayos del sol llagando la piel.

—Señor... —Un murmullo moribundo se escapó de entre los labios tajados y sangrantes de Clito—. Señor, no hay ningún oasis... No existe.

—Existe, Clito —le respondió Alejandro haciendo acopio

de toda la fuerza que halló en su interior—. Existe... Lo siento aquí frente a nosotros.

—Todo lo que veamos será un espejismo. Lo único que se siente es la muerte.

—Como en el resto de la vida.

Esa tarde perdieron de vista a los pájaros y su sombra. No aparecían siquiera en sueños. Finalmente Alejandro cedió, pero no tanto como sus amigos deseaban: seguirían un día más, solo uno, les rogó. Si en ese tiempo no encontraban algún rastro del oasis, regresarían. Clito echó la vista atrás y vio el viento del desierto borrando de la arena las huellas de los caballos. No iban a encontrar el camino de regreso. Podían seguir hacia el oasis o volver a Rakotis; daba igual: iban a morir en el vacío de ese abismo lleno de arena.

En la hora de más calor se detuvieron a descansar. Le dieron a Alejandro una bota en la que restaban unas pocas gotas de agua. Sisearon ardientes en la áspera lengua y le embarraron la garganta.

El sol también había vaporizado las fantasías. En esos días de calor extremo, cuando a cualquier otro se lo hubieran llevado las alucinaciones, a Alejandro parecía regresarle la cordura. Entre atónito y avergonzado veía su locura derretirse como cera de vela. Puede que en ese momento fuese el Alejandro más sincero de cuantos habitaban en su interior.

—¡Señor! —llamó Ptolomeo—. Mira.

Algo había enturbiado el horizonte. Un muro de nubes oscuras se levantaba más allá de la distancia.

—¿Qué es eso? —preguntó Ptolomeo.

No obtuvo respuesta: el miedo se había adueñado de ellos. Un viento de fuego los golpeó de frente. El muro de nubes se movía hacia ellos con velocidad. Con gran velocidad. De vértigo. Antes de poder reaccionar, el tifón de polvo estaba sobre ellos. Su rugido era ensordecedor.

—Petisis, ¡¿qué hacemos?! —gritó Crátero.

Pero el egipcio estaba paralizado, como ellos. Sabía que no era una tormenta de arena normal. Era una tempestad de tinieblas, una plaga atroz mandada para proteger el oasis sagrado y a su oráculo. La misma que siglos atrás se había llevado por los aires a los cincuenta mil hombres que un rey de Persia mandó también en busca de aquel lugar legendario.

—Encomendaos a los dioses en los que creáis —les dijo.

El viento arreció y una gran ola de arena cayó sobre ellos. El polvo denso giraba en torbellino, azotándolos sin piedad.

—¡Permaneced juntos! —gritó Alejandro, pero sus palabras se perdieron en el trueno del tornado.

No se veía nada; la arena enfurecida, las dunas levantadas en pie de guerra lo cubrían todo: el sol con su eclipse, el horizonte y la esperanza.

—¡Alejandro, Alejandro! —Era voz de Hefestión.

Presos del pánico espolearon todo lo fuerte que pudieron a los caballos y comenzaron a galopar. Esperaban dejar la tempestad atrás, encontrar una luz que les indicara la salida.

—¡Si nos paramos el polvo nos enterrará! —gritó Alejandro.

Cabalgaron sin destino, hacia la nada, esquivando los ataques de las lenguaradas de arena ardiente.

—¡No os detengáis!

—¡Alejandro, perderemos el rumbo! —exclamó una voz sin dueño.

—¡Venid a mi lado!

Constantemente miraba hacia atrás para comprobar que sus amigos siguieran con él. Contaba sus figuras difuminadas por la tormenta, aterrado de que uno se hubiera quedado atrás: Hefestión, Clito, Crátero, Laomedonte, Nearco, Ptolomeo...

—¡Petisis! —aulló. El egipcio había desaparecido—. ¡Petisis!

—¡Lo hemos perdido!

—¡No! ¡Tiene que estar por aquí! Esperad, ¡tenemos que encontrarlo!

—¡No podemos pararnos, o nos llevará a nosotros también!

Alejandro no se movía, escrutaba la oscuridad por si veía una figura, un rastro de él, ¡algo!, pero no había nada; Petisis se había esfumado, el diablo de polvo enviado por los dioses del desierto se lo había tragado.

—¡Alejandro, vamos!

Ptolomeo azotó a Bucéfalo con su fusta y el caballo echó a galopar. Huyeron sin dirección. Allí abandonaron la sombra de Petisis, aunque en realidad, tras perderse en la arena, era como si nunca hubiese llegado a existir por completo, igual que todos los muertos.

Cuando la tormenta pasó, el desierto era otro. El aire había aristado dunas nuevas, tapado sendas y cambiado valles enteros de sitio. El cielo también era diferente, ahora de un azul lívido, casi blanco, mortecino. Seguía sin verse rastro de población alguna. La única dirección que tenían era la del oeste obtuso y ambiguo que marcaba el sol, pero incluso esta parecía incierta. Discutieron: se reprocharon errores y faltas que eran de años atrás, un rencor desesperado brotó de lo más profundo de ellos porque les aterraba morir.

—¡Callad, callad! —ordenó Alejandro—. Solo tenemos dos opciones: o quedarnos quietos y que aquí acabe todo o seguir con la esperanza de encontrar algo.

Perdieron la noción de los días: no recordaban cuánto hacía que habían salido de Rakotis. Podía ser que ya estuvieran muertos y no lo supieran y aquel desierto fuera un campo estéril del inframundo. Miraron alrededor desesperados, buscando una última esperanza, pero lo único que vieron fue, a lo lejos, los restos de la cabeza colosal de un faraón de piedra desenterrada por el viento. Se bajaron de los caballos, se apoyaron contra ella y se pusieron a esperar el desenlace final. Hefestión se dejó caer sobre el hombro de Alejandro y le dijo al oído: «Allá adonde vayamos, búscame».

La muerte les fue cerrando los ojos uno a uno. El viento del desierto los arrullaba. No se resistían, no tenían fuerzas. Los párpados les pesaban: buscaban el sueño que calmase definitivamente el calor, la sed, el dolor quemado de la piel.

—¿Lo oís? —De repente Alejandro se incorporó y la muerte retrocedió ante él cuando se acercaba a besarlo—. ¡Escuchad!

Todos pensaron que eran los últimos estertores de un alma grande que se resiste a marchar. Pero insistía en que escucharan. Entonces Ptolomeo también se incorporó.

—Son pájaros. ¡Los oigo también!

Era falso, tenía que serlo, pero la ilusión de seguir vivos un segundo más les dio fuerzas para levantar la cabeza y buscarlos en el cielo. Y entonces los vieron: la bandada oscura apareció en perfecta formación, ágil, cortando el viento, surcando el mar de arena, quebrando con su canto agudo el silencio del que se valía la muerte para aparecer.

—¡Los asiwans!

Se aferraron a la esperanza que les infundieron. Iban a morir tan solo unas leguas más allá si los perseguían, pero al menos serían unos momentos de vida más, unos instantes en los que no se sentiría el peso de la sombra ni el miedo del olvido. Se subieron a los caballos haciendo un último esfuerzo, los espolearon y galoparon tras los pájaros, convenciéndose de que tal vez estos los fueran a salvar. Volaban bajos y más despacio, como si ahora sí que se quisieran dejar alcanzar.

Remontaron una duna y, al llegar a la cima, los destellos del sol que caía por el firmamento conjuraron su último y mayor espejismo: el mar de arena se secaba y daba paso a un mar mucho más grande, uno de palmeras verdes que se extendía hasta donde llegaba la vista. Habían llegado. Varias bandadas de asiwans levantaron el vuelo de las ramas y se unieron a sus hermanos con acrobacias de belleza vertiginosa. Entonces se oyó el canto, místico y profundo. Apareció de la nada. Brotó del aire, un rayo de sol etéreo sobre el cielo verde de palmeras. Su cola áurea y flamígera desprendía ascuas brillantes que se deshacían antes de tocar el suelo.

—No puede ser... —murmuró Alejandro.

El fénix sobrevoló el oasis, tan cerca de los árboles que a su paso casi les prendió fuego. Luego cogió altura, escoltado por las bandadas de asiwans que le rendían pleitesía, entonó otra vez su canto e igual que había aparecido se desvaneció tras el destello del sol antes del ocaso.

17

Salvaron la vida. Cobijados bajo la sombra, bebieron agua de las fuentes dulces y frescas, y comieron dátiles de las palmeras. Con las últimas luces de la tarde exploraron el oasis. Estaba callado pero no en silencio: por doquier había susurros, crujidos que no se podía decir si eran de planta, de agua o de bestia. No dejaba de parecer en ningún momento un espejismo. Caminaron por el bosque de palmeras mecidas por un suave viento salino, sin atreverse a hablar muy alto, comunicándose con señas para que no los oyeran aunque no sabían de qué se escondían. Estaban solos.

De pronto sintieron que pisaban sobre pavimento, no arena. Un camino entre los árboles conducía a una ciudad en ruinas que intuyeron que se encontraba en el centro mismo de Siwa. Debían de ser los vestigios de un reino antiguo emparentado con Egipto pero distinto de él. Dos colosos quebrados, de ellos solo quedaba el torso calizo, guardaban la entrada.

—Qué lugar tan extraño... —murmuró Laomedonte.

Un camino marcado por columnas vencidas por el peso de sus jeroglíficos serpenteaba entre los árboles y los pequeños estanques de agua cansada hasta el gran lago del oasis. Era de color azul pálido y resaltaba contra el dorado de la arena y el verde encenizado de las palmeras. Rocas de sal cristalina, como enormes bloques de hielo flotando a la deriva, brillaban con todos los colores de la luz. Una estrecha lengua de arena, un istmo casi, conducía hasta un islote en el centro del lago. Allí había un pequeño santuario de piedra amarillenta.

—¿Adónde vas?

La voz de Clito. Alejandro se volvió y vio a sus amigos.

—A ver al dios. Está ahí, esperándome. —Hablaba como hipnotizado.

El Negro lo retuvo por el hombro cuando trató de dar un paso.

—Deja que entre uno de nosotros primero.

No sabían qué podía haber dentro del templete, pero se sentía una presencia inquietante y espectral.

—Iré solo —les dijo, y además les ordenó que retrocedieran y que regresaran a las ruinas y exploraran los alrededores en busca de tribus nómadas que pudieran ayudarlos.

No dio un paso hasta que se hubieron perdido de nuevo entre las palmeras a su espalda. Avanzó por el istmo, caminando casi sobre el agua, hasta llegar al templo. Se accedía al interior por una abertura tan estrecha que había de ir de lado, con la espalda pegada a la pared.

Su mente, totalmente poseída por una fuerza arcana, no le dejó sentir miedo, inhibió sus instintos y lo impulsó a entrar. Se arrastró por el pasillo, los hombros de lado, la espalda contra el muro angosto, en un punto creyó que se había quedado atorado, que los muros se cerraban sobre él y lo aplastaban; una trampa fatal contra los intrusos que trataban de profanar el recinto sagrado, como en las pirámides. Jadeó desesperado, pero el aire no entraba ni salía de sus pulmones. Sin embargo, algo le dio fuerza —la angustia de morir sepultado, tal vez— para pegar un último empujón que lo precipitó de bruces al interior de la cámara oscura.

Una rendija en el muro dejaba pasar un rayo de luz solitario. Se levantó quitándose el polvo. La vista tardó en acostumbrársele a la penumbra, pero cuando lo hizo retrocedió asustado. Una figura horrenda, difuminada entre las sombras, lo miraba fijamente, apoyada contra la pared.

—Al final me encontraste. —Su voz era suave como el paso del tiempo pero fría y cortante como la edad—. Acércate.

Alejandro no podía moverse, estaba paralizado, sin embargo, cuando aquel ser —no podía decir si era hombre o mujer, el tiempo había destruido todo vestigio humano de su cuerpo— extendió la mano envuelta en gasas sucias, como de leproso, y con un gesto repitió la orden, obedeció. Al aproximarse, la luz de la rendija le dejó ver alguno más de sus oscuros rasgos: la piel polvorienta, el rostro ajado y enfermo, la vista cegada por profundas cataratas de gris vidrioso.

Se sentó frente a él. Le llegaba el aliento mortal que se

escapaba entre los labios tajados, su respiración lenta, asfixiada, llena con el propio desierto.

—¿Qué turba tu alma, hijo del Sol?

—¿Hijo del Sol? ¿Por qué me llamas así?

—Porque tu padre gobierna los cielos. Zeus, allá de donde vienes; el dios Sol, para los que moran en Egipto. De tu padre es el cielo; tuyo será el imperio de todas las tierras, pero para ello antes habrás de ganarte la batalla a ti mismo, encontrar tu paz. Por eso te lo volveré a preguntar: ¿qué la mantiene en guerra?

Alejandro meditó sobre todo aquello que decía el extraño ser. «Hijo del Sol... o de Nectanebo, uno de sus sacerdotes.» Quiso responder a la pregunta inicial, conocerse a sí mismo para acceder a la profecía; exploró sus pensamientos, miró atrás en los años de su vida.

—La soledad de los reyes —aventuró—. El verme tan solo frente al mundo...

Pero el oráculo lo interrumpió:

—No es la soledad lo que te preocupa, y la de los reyes no es distinta a la del resto de los hombres. La vida de todos es la misma. Viniste al mundo y te irás de él igual que el más humilde de los esclavos. Dentro de unos años no podrán distinguirse tus huesos bajo la tierra. Todo eso lo sabes.

Se quedaron en silencio.

—Es la libertad, ¿verdad? No te sientes libre. Aún miras cada noche tu cielo, buscando en tus ancestros inmortales una respuesta, una guía. Y no te la dan. No lo harán. Esas estrellas están mudas.

—¿Y qué estrellas no lo están? —desafió.

—Desnuda el torso —le pidió.

Reticente al principio, acabó por obedecer. El oráculo pasó su largo dedo esquelético por los siete lunares que, desde el hombro hasta el costado opuesto, atravesaban el pecho de Alejandro. El roce del tiempo, que el oráculo llevaba en la punta del dedo, sobre la piel le provocó un escalofrío terrible.

—Estas —le explicó—. Las que llevas en el corazón.

Los ojos de Alejandro brillaron hechizados, su alma suspiró, desarmada por la respuesta. El oráculo había dicho aquello para lo que él no tenía palabras, había dado voz al anhelo profundo que toda su vida llevaba tratando de comprender.

—Si no es a los antiguos, ¿a qué dios debo encomendarme para ser libre?

—Al dios que más lejos encuentres —respondió sin dudarlo.

—Luego toda mi vida va a ser un viaje.

El oráculo asintió:

—Hasta que al final del tiempo tus pasos te devuelvan aquí.

Arqueó una ceja, atónito.

—¿Aquí? No te entiendo...

De pronto los labios del oráculo se entreabrieron con un crujido, un grito ahogado salió de su boca y su mirada estéril se hundió en una visión del futuro enviada por los dioses. La voz se le torció y habló con la agonía de quien ve venir a la muerte.

—El viaje que harás lo harás tú solo. Y al final de todo habrás de regresar aquí, adonde viniste para que todo acabara, esta vez para que tu historia pueda volver a empezar.

Entonces emitió un quejido profundo y agrio, tanto que se parecía a un estertor, y Alejandro pensó que se moría. El oráculo parpadeó varias veces y jadeó violentamente; venía de un viaje cuya lejanía imposible medían los astrales siglos. Se palpó el cuerpo con las manos vendadas. La sangre manchaba los harapos, a la altura del estómago.

—No me matará —dijo ahogando un bramido. El oráculo se contenía la herida con la mano y una mueca de dolor agudo se le instaló en el rostro—. A veces sucede tras escrutar el futuro: las profecías son heridas, cortes profundos y dolorosos que se infligen en el cuerpo del tiempo y de las que el tiempo se venga. Ahora márchate, y ten presente lo que te he dicho.

Alejandro asintió. Fue a escabullirse por el estrecho pasadizo, pero antes lanzó una última pregunta.

—¿Y el fénix?

—De sobra lo sabes. Muerte y resurrección de uno mismo.

Cuando salió de nuevo al mundo, la oscuridad era máxima. Las horas del día se habían venido una sobre otra en una estruendosa avalancha de tiempo. Una brisa tibia de sal se desprendía de las palmeras polvorientas y corría a ras de la superficie brillante del lago. Junto a la entrada había una fuente donde el agua fluía. En el fondo arenisco se reflejaban las estrellas huérfanas de sus constelaciones; parecían flotar en el agua de la fuente y no en la del universo. Alejandro hizo un cuenco con las manos y se las bebió. El agua estaba tibia, muy tibia, caliente incluso. Lo asaltó de pronto una sensación extraña. Sintió como si poco a poco fuesen cuadrando las partes de su pasado y las piezas de su futuro para que todo convergiera en ese instante. De no haber oído la profecía, su destino habría sido otro, y de no haber estado destinado a oírla, su pasado habría sido distinto también.

Los *hetairoi* habían encendido una hoguera entre las ruinas, recogido dátiles y agua. Cuando apareció por el camino de entre las palmeras se abalanzaron sobre él, llenos de preguntas. Pero Alejandro se los quitó de encima con un gesto hipnotizado.

—El oráculo me ha confirmado como hijo de Zeus, igual que Heracles —fue todo lo que dijo antes de sentarse junto al fuego a escuchar en silencio sus pensamientos.

Preocupado por su aspecto sombrío, Hefestión se le acercó y le puso la mano en el hombro.

—¿Estás bien, Alejandro? ¿Qué ha sucedido?

—No puedo decírtelo, Hefestión. Es algo entre los dioses y yo.

Durmieron al raso, rodeados de ruinas. No sabían qué iban a hacer ni cómo iban a regresar. Al día siguiente, habían convenido, explorarían el oasis en busca de tribus nómadas, caravanas de comerciantes del desierto que pudieran indicarles el camino de regreso a Menfis.

Ptolomeo se movía inquieto, clavándose las piedras en la espalda y la curiosidad en el alma sombría. Se incorporó y comprobó que sus amigos estuvieran dormidos. Dudó al principio si hacerlo, pero no podía combatir los demonios que durante toda su vida, en silencio y con cautela, se habían acomodado a convivir en lo profundo de su ser. Con extraordinario sigilo se levantó y retrocedió de espaldas, procurando que no se despertaran, por el camino de entre las palmeras.

El templo se alzaba en medio del lago dormido como un témpano de roca en medio de un mar oscuro. Ptolomeo se deslizó por el pasadizo de entrada. Dentro se colaba por una rendija en el muro la luz de un lejano mediodía.

—No caerá el sol mientras hablemos —dijo el oráculo, calmando su sorpresa, y le indicó que se sentara—. ¿A qué vienes?

—A conocerme a mí mismo —le respondió.

Aquella frase estaba inscrita en el pórtico del templo del oráculo de Delfos. Ptolomeo la repitió pensando que todos los lectores de voluntad divina esperaban a oírla para determinar si el que accedía a sus moradas era digno de una profecía.

—¿No sientes que te conozcas? —le preguntó.

—Nunca me vi entre los míos. Vengo a preguntarte por qué y si ser un extraño será siempre mi destino.

—Los reyes siempre se sienten extraños entre los que han de ser sus súbditos. ¿Cómo no habría de sentirse extraño el hijo de un rey sirviendo a quien usurpó el trono de su padre?

—Yo no soy el hijo de rey alguno, sino de un campesino.

—El hijo del rey de Macedonia —insistió el oráculo, y de nuevo emitió su profecía—. Despojado de su herencia, condenado a servir a su usurpador, a quien habrá de seguir hasta el confín de la Tierra para luego regresar aquí, donde todo empezó, para que así todo empiece y pueda acabar de nuevo.

Esta vez el tiempo se revolvió virulento y le hizo un tajo horrible en la cara, de punta a punta.

18

—¡Despertad, despertad!

Ptolomeo entró a gritos en el campamento. Había encontrado nómadas. Era temprano. Debía de haber estado andando de noche, a escondidas, pensó Hefestión. Comerciaban con una pequeña población en un límite del oasis, no lejos de donde estaban las ruinas de la ciudad. De alguna forma lograron comunicarse con ellos: Laomedonte, cuyo agudo oído siempre estaba atento a las conversaciones, a la pronunciación de las sílabas más ásperas de las lenguas del Oriente, pudo transmitirles la palabra «Menfis». Les indicaron el camino; ellos les dieron un anillo de oro en pago de unos camellos a los que cargaron con agua y comida. Dejaron tras de sí el mítico oasis de Siwa.

Al cabo de dos semanas de viaje siguiendo la ruta de caravanas y, cómodos con su provisión de agua y comida, se toparon con la imagen de las pirámides clavándose en el cielo del ocaso. No parecía que Siwa hubiera estado tan lejos cuando salieron en su busca desde Rakotis, ahora reconvertida en la magna Alejandría. La esfinge les sonrió. Estaban más raídos y andrajosos que la última vez que la vieron porque en sus rostros eran visibles las cicatrices de la penosa travesía.

Las puertas de Menfis se abrieron en la noche: todo era similar a la primera vez que las cruzaron, la misma comitiva encabezada por Parmenión y los principales sacerdotes y notables de la ciudad los esperaban, tanto que Alejandro pensó que era aquella la primera vez que entraba y que la anterior había sido un premonitorio sueño de una noche en la intemperie del desierto.

El viejo *strategos* lo miró con una mezcla de alivio y resquemor: el rey volvía, se evitaba el caos que sobreviene a los reinos cuando perecen sus monarcas sin descendencia; pero también perdía la regencia, y la había tenido al alcance de la mano. Las cartas que anunciaban la muerte del rey estaban ya selladas y listas para ser enviadas a Sidón, Halicarnaso, Pela, Atenas...

Alejandro pareció adivinarle las ambiciones. Al verlo, le dio el abrazo de la paz.

—Sé que habrías velado por asegurar la concordia en todas las tierras conquistadas —le dijo—, pero no ha llegado aún el día en que lloren a su rey, no temas.

Cuando entraron en el palacio, Alejandro ordenó llamar al sumo sacerdote del templo de Apis. Este acudió al palacio pasada la medianoche: el aire terral de la canícula hacía imposible el sueño, traía locos a los perros por las calles y a las aves en los estuarios. Alejandro le contó que habían encontrado el oasis secreto de Siwa y que el oráculo del templo lo había confirmado como hijo del Sol. El sumo sacerdote frunció el ceño y a través de su traductor, para constatar que era verdad lo que decía, le preguntó:

—¿Qué hay en la entrada del templo?

Alejandro respondió correctamente:

—Una fuente que corre fría al mediodía y ardiente en la medianoche.

Días después, los sacerdotes de Menfis lo condujeron hasta el templo oscuro donde se veneraba al dios de la creación. Allí lo ungieron de óleos, recitaron conjuros a su alrededor, le pintaron el ojo con la raya del dios halcón y le dieron en la mano derecha el látigo de seis puntas y en la izquierda el cetro curvo. Luego encajaron sobre su cabeza un enorme tocado de dos piezas, una roja y una blanca, en la que había incrustada una serpiente de oro: la corona de los Dos Egiptos. Lo llevaron en procesión por la ciudad, las gentes lo aclamaban para luego inclinarse ante él, y después alrededor de los muros blancos de Menfis, como era tradición inmemorial de los faraones más antiguos.

Alejandro se alzó como faraón de una nueva dinastía, heredera no obstante de todas las anteriores. Convenientemente se esparció el rumor de lo que había sucedido en Siwa. La desesperación que en el pueblo causaba el hambre transformó el rumor en un mito maravilloso: el sol se había vuelto de un color rojo ocaso al mediodía cuando el rey entró en el oasis, las aguas del lago se postraron ante él y el pájaro de fuego se posó en la entrada del templo dejándose acariciar el pico. Era el hijo de Amón, dios del Sol, hijo del Zeus griego, el dios tonante y flamígero que con su luz alumbra la vida de la humanidad entera.

En los siguientes días recibió a sacerdotes de todo el reino, ofreció libaciones a los desaparecidos dioses del Nilo y hecatombes más espectaculares que las que jamás se habían hecho en honor de cualquier dios griego. Tras el sacerdocio desfiló toda una tropa de astrólogos, fabricantes de pociones y nigromantes que salieron por primera vez de sus templos perdidos para acudir a ver al hijo del Sol. Pasó jornadas enteras despachando con ellos, preguntándoles acerca de los antiguos conjuros que guardaban intactas las pirámides, los sortilegios que utilizaban para repeler y convocar demonios y las lecturas astrológicas de estrellas fugaces, que con su paso momentáneo por el cielo en llamas podían cambiar para siempre el destino del mundo. Fueron días frenéticos, mareas de gentes ocupaban las galerías y se arremolinaban en las columnatas, esperando un vistazo, una palabra inmortal e incluso un pisotón del nuevo faraón, en los que el antiguo palacio recuperó el ajetreo mítico de la antigua corte de los semidioses.

Alejandro solo encontraba calma en la tarde. Cuando el sol caía abrasador por el cielo, bajaba con Sisigambis y las princesas al estuario ajardinado, donde en silencio recordaban la alegría de haberse encontrado unos a otros. Su nombre, *Alexandros*, fue la primera palabra en griego que pronunció la reina, con algo de dificultad, arrastrando las letras con dulzura.

—La reina madre se siente muy orgullosa de su hijo porque ningún otro aqueménida había logrado antes que lo coronasen faraón —tradujo Vahara.

Al oír que lo llamaba de esa forma, brotó de lo más hondo de su corazón afligido una profunda alegría que le dibujó en los labios quizá la primera sonrisa sincera de su vida.

—Pregúntale por qué no encaminó a Darío hasta Siwa.

Al responder Sisigambis, Alejandro creyó ver un destello de tristeza en su rostro, una tristeza a la que combatía con un esfuerzo enorme pero imperceptible.

—Dice que porque no tenía nada que hacer allí, porque no lo habría entendido nunca y porque no se lo merecía.

Un emisario los interrumpió; él lo fulminó con la mirada, pero atendió las cartas importantes que traía. Abrió con hastío la que enviaban los consejeros del anciano rey Abdalónimo desde Sidón. No le interesaba. La devolvió al emisario y pasó a la siguiente. De Antípatro. No la abrió por si en ella venían noticias de su madre. La devolvió también. La siguiente era de la misma Olimpia.

Miró nervioso por encima de su hombro: Sisigambis estaba en la orilla del estuario junto a las princesas y las sirvientas. Inmediatamente se la devolvió al criado.

—Llévatela —masculló.

Le había invadido un miedo repentino a que viera las cartas que recibía de otra mujer, como si fuera una amante del pasado de la que se arrepentía. Se volvió hacia Sisigambis; parecía haber intuido lo que sucedía pero sus ojos, pensó Alejandro, le decían: «No te apures. Ahora esta es tu familia». Le sonrió de nuevo. Entonces lo supo: allí estaba su madre, la verdadera, la que lo respetaba tal y como era, la que no porfiaba por retorcerle el alma ni controlarle el pensamiento, la que lo aceptaba y lo acogía sin pedirle que fuera distinto.

Esa noche se sentó frente al papiro, vacilante la luz de la vela en la oscuridad, y trató de escribir una carta a Olimpia. Movió inquieto la pluma entre los dedos. Resopló y se la cambió de mano: igual la diestra lograba escribir lo que la zurda nunca había podido. Las palabras seguían sin brotarle. Era posible que, a modo de castigo por la traición a su madre, la mente se negara a prestar una palabra que no fuera «perdón». Por un instante regresó a él la culpa en forma de olores y recuerdos vigilantes: el olor a higos de su madre, su sonrisa, el roce de su piel... Sintió que se achicaba la distancia entre ellos y el grosor ínfimo de ese papiro que no se dejaba escribir acababa siendo todo lo que los separaba. Levantó el papel vacío contra la luz de la vela; al otro lado se traslucía su rostro. Tenía los ojos clavados en él. «¿No quieres compartir tus tristezas con tu madre, que te quiere?», le preguntó. Dejando la carta sin escribir era la forma en la que decía: «No». Era una respuesta que le dolía en el pecho, pero en el fondo sabía que era la respuesta que necesitaba darle. De modo que desistió y acabó por hacer trizas el papiro en blanco. No tenía nada que contar y sintió por ello un extraño alivio. La culpa desapareció.

19

Aun cuando empezaba a oscurecer, el sopor primaveral era intenso. No importaba lo gruesos que fueran los muros encalados del antiguo palacio, ni lo ventiladas que estuvieran sus galerías. A Hefestión además se lo agravaba un deseo indómito, reprimido tras semanas de viaje por el desierto. Sediento, fue a buscar a Alejandro.

Los aposentos reales estaban vacíos. Le extrañó porque era tarde y a esa hora Alejandro siempre solía tomar un baño que a veces compartían. Pero el agua estaba ya fría y la rama de incienso aromático que espesaba el aire se había consumido. Reparó entonces en las cartas puestas ordenadamente sobre el escritorio de oro: una abierta y dos todavía selladas. Sin poder resistirse, cogió la abierta, la que venía de Sidón. Los consejeros de Abdalónimo informaban de una rebelión en la ciudad de Samaria, en la costa de Siria, que tenía divididos en facciones a los pueblos que convivían tras sus muros. Sidón no tenía medios para sofocar la revuelta. También informaban sobre noticias venidas de Damasco. Hefestión sintió que se le aceleraba el pulso enjaulado en el pecho: Darío había llamado a las armas a sus señores de guerra, a todos sus nobles y generales, desde Babilonia y Ecbatana hasta los límites indios del Imperio persa. Estaba reclutando un ejército como nunca había visto el hombre: arqueros de Bactria, lanceros de Hircania, honderos del reino de Media, arqueros en carro de Babilonia, caballería curtida en las estepas infinitas del fin del mundo, elefantes... Un ejército imperial, creado con el solo propósito de destruir al invasor y reconquistar después todo el Occidente libre.

Ya turbado por el espanto de que Alejandro no hubiera acudido inmediatamente al consejo con esa información, se dejó vencer por la curiosidad y abrió el sello de las cartas que venían de Pela. Antípatro comunicaba el envío de setenta mil hombres; pronto llegarían a Sidón. El regente de Macedonia también manifestaba al rey su preocupación por la seguridad de la frontera norte de Tracia, hostigada por los bárbaros, por las rebeliones que pudieran brotar en la Grecia Menor y por Esparta, que, aún no consciente de su propia debilidad, había amenazado a las polis que Macedonia estaba obligada a defender.

Debajo de la de Antípatro, se encontraba la carta de Olimpia. Supuso que no había tenido ocasión para destruirla. En todo ese tiempo, que él supiera, no le había respondido una sola vez. Las cartas habían ido viniendo y destruyéndose. Tantas palabras de amor perdidas en un tiempo que no existía, que por no haberse leído era como si nunca hubieran sido escritas, borradas para siempre del recuerdo por la indiferencia del hijo a quien iban destinadas.

Hefestión miró a su alrededor, se aseguró de que las figuras de los frescos y las esculturas no fueran a delatarlo, rompió el sello y la leyó. En esas líneas convivían el llanto de una madre que ha sobrevivido a su hijo, los reproches de una esposa indignada que amenaza con dejar de amar al marido si no vuelve, y las fantasías de una adolescente enamorada que sueña con que el amado cumpla su promesa y regrese antes de que ella tenga que entregarse al suicidio para no sucumbir a las heridas del amor. Ahora, años después, allí, lejos en el tiempo y en el mundo, comprendió al fin a la altiva y celosa reina que a cada rato se asomaba tras las columnas para comprobar que su hijo estuviera bien. Puede que porque Alejandro ocupara en su corazón el mismo espacio que en el de Olimpia, Hefestión sintió su dolor como propio. Llevado por un instinto de león herido, cogió las cartas, arrugándolas con furia, y salió en busca de su amigo por el palacio, llamándolo a gritos.

Alejandro estaba reunido. Unos sacerdotes adoradores del dios de la magia, Thot, el que tenía cabeza de ibis, habían venido desde la ciudad de Hermópolis trayendo libros en los que estaba cifrada la sabiduría arcana de los primeros hombres. También se encontraba con ellos Laomedonte, que estaba más interesado en las runas y jeroglíficos con los que se escribían aquellos textos que el propio faraón.

Irrumpió en la reunión con las cartas en la mano. Al verlas,

Alejandro sintió que el alma se le escapaba: las pruebas de un crimen de leso amor que había tratado de encubrir.

Solamente con mirarse ya supieron lo que se iban a decir y cuánto les iba a doler, pero aun así no se contuvieron.

El rey hizo salir a los hechiceros. Ellos empezaron a recoger los rollos de papiro con parsimonia. Lo exasperaron.

—¡Fuera! —tronó.

Se asustaron, soltaron los papiros y salieron al trote de la sala. Laomedonte, incómodo y sin saber si marcharse o no, se quedó paralizado.

—Laomedonte, sal también.

El políglota le dirigió una mirada apesadumbrada a Hefestión. No sabía cuál era el motivo de que reaccionara con aquella ira, suponía que pronto lo conocerían todos.

Una vez solos, Alejandro, con una voz cargada de odio y dolor, extendió la mano.

—Dámelas. Te has atrevido a traicionar mi confianza, una segunda vez.

—No te reconozco, Alejandro. —Arrojó la carta de Olimpia sobre la mesa—. Has ofendido a tu madre, a Macedonia, a ti mismo...

—Pero ¿qué estás diciendo?

—En casa se preguntan por qué proteges a la madre de tu enemigo.

—¡Bah! —bramó—. Hefestión, óyete lo que dices. Tú no eres como el hipócrita de Parmenión. Tú sabes que nuestra alianza es necesaria, que tenerlas a nuestro lado debilita a Darío.

—¿Darío debilitado? —Le enseñó la carta de los consejeros de Abdalónimo—. Darío está reclutando un ejército como nunca antes se ha visto, con soldados venidos de todos los puntos de la Tierra. ¿Hace cuánto que sabes esto? ¿Cuánto tiempo nos has tenido en la ignorancia? En Babilonia se ha reunido con Maceo, el mejor de sus generales. Tenemos que darnos prisa, si logran hacerse fuertes en el Éufrates no podremos cruzarlo.

Alejandro se movía nervioso en su asiento, miraba con hastío los pergaminos indescifrables abandonados por los magos de Thot. Sabía que a Hefestión no lo enojaba la cuestión de Darío y su ejército de doscientos mil hombres, cincuenta mil caballos y treinta y seis elefantes de guerra. Era una excusa para abordarlo por... No estaba seguro de por qué: por ramalazos, supuso, ramalazos del alma herida por los celos.

—Todo tiene una explicación —dijo sonriendo y con voz musical: aún no estaba dispuesto a que se traslucieran sus verdaderas emociones—. La única oportunidad que tenemos de vencer es enfrentarnos con Darío en campo abierto. Si se atrinchera en ciudades y nos fuerza a un asedio tras otro estaremos perdidos. Tenemos que darle todo el tiempo posible. Que se impaciente esperando en Babilonia y salga con todo su ejército en nuestra búsqueda. Ese papel solo trae buenas noticias.

—¿Cómo puedes estar tan seguro de que vendrá a por nosotros?

—Lo hará. Es la última oportunidad que tiene de salvar su dinastía. Es su deber de rey.

—¿Eso te lo dijo su madre? ¿Cómo estás tan seguro de que no sigue apoyándolo a él, de que no te da información falsa para guiarte hasta su trampa?

—No lo puedes entender. Es cuestión de su honor de rey.

—Creyendo eso das la razón a quienes te toman por necio, a quienes, como tu propia madre, piensan que te han hechizado, que las tienes demasiado cerca.

No quiso haber dicho eso. Alejandro no le dio tregua.

—De modo que eso es... —Una sonrisa maligna acudió a su rostro: sentía que los había descubierto en sus retorcidos planes—. No velas por mí. Solo te mueve el odio y la envidia.

—¡Me mueve el amor por ti! ¿O es que no te das cuenta? Pero el amor por un Alejandro que ya no veo por ninguna parte. ¿Adónde ha ido?

Se quitó el nemes faraónico y lo arrojó al suelo, se revolvió furibundo el cabello, como si se lo quisiera arrancar: parecía que se habían posado sobre su cabeza los pájaros arpías y que con manotazos y gritos trataba de ahuyentarlos.

—Igual que mi madre, añoráis a un Alejandro que estaba a

vuestra merced, al que podíais manipular y controlar a vuestro antojo, como una figura de barro; el que os pedía consejo porque no se fiaba del suyo propio.

—Eso que dices no lo piensas de verdad.

Alejandro lo miró con ira.

—No seas cínico, Hefestión. Vosotros me queréis como antes: sometido. Siempre fue así, pero ahora todo es diferente. Soy faraón de Egipto y pronto rey de toda Asia. Soy el hijo de los dioses, un dios mismo, libertador de la Tierra, por eso se me adora allá adonde voy y se me respeta.

—Te haces pasar por un dios para gobernar esta tierra, pero tú no eres un dios, dijera lo que dijese ese oráculo. Es el este: su gente te ha obnubilado con sus conjuros y sus mitos. Vuelve a ser quien eras. Por mí, hazlo, te lo ruego.

Llevado por un acceso irreprimible, Alejandro cogió un jarrón de flores y lo estrelló contra la pared.

—¡Qué sabréis vosotros de la divinidad! ¡Sois simples mortales!

—Has enloquecido, como Heracles. Los dioses han enviado una plaga de locura desde que entraste en Siwa. Te castigan por decir que eres su hijo.

—Muy astuto... Hazme pasar por loco; eso es lo mejor para anularme. Si estoy loco podéis desacreditarme, quitarme el mando de las tropas, el trono..., y encerrarme en una mazmorra. ¿Desde hace cuánto os financia el oro persa?

—Sin duda has enloquecido...

—¡Lo ves! —exclamó—. Todo el amor que me has tenido ha sido falso. He descubierto vuestras intenciones. ¡Conspiráis contra mí! Pero tú eres el peor de todos porque has utilizado el amor que siempre te he tenido para traicionarme.

Hefestión estaba harto de aquello, pero no podía dejarlo: habían sido muchos años callando; todo su dolor brotó en un torrente de voz.

—Te llamas «dios» a ti mismo. Puede que sí lo seas, porque lo que no eres es un hombre de verdad, no tienes ni compasión ni honor... Pero qué hombre vas a ser tú.

Soltó un alarido y se abalanzó sobre él. Rodaron por el suelo, derribando los muebles, peleándose con toda la fuerza del enojo de su amor extraño, asestándose golpes terribles pero cuidándose de que no fueran fatales, sabiendo que con eso no podrían vivir. Con toda la rabia que las palabras no podían expresar, saciaron los males de un amor que por ser entre amigos los afectaba doblemente.

Hefestión era más fuerte. Lo había sido siempre y lo seguía siendo. Se sentó sobre él, le oprimió el pecho con los muslos, le sujetó los brazos contra el suelo y lo paralizó. Sin embargo, acabó dejando que se zafara: no merecía la pena.

Alejandro se levantó. Digno y severo, frunció el ceño y le dijo:

—Vete. No quiero volver a verte en mi vida.

Y entre dientes, con un dolor que le atravesó el pecho al hablar, Hefestión le respondió:

—Eres una enfermedad, Alejandro.

20

Hefestión se decidió a abandonar la corte. Se había percatado de que su vida estaba entrando en una importante encrucijada, la que la definiría. Al cabo de unos días, cuando finalmente dejaran la decadente Menfis, él partiría hacia Pelusio y allí se embarcaría rumbo a Macedonia. Volvería a Pela y luego marcharía a las tierras del norte o a las del sur, no lo tenía decidido, para convertirse en campesino y no volver a saber nada del rey. Puede incluso que ni siquiera regresara a Macedonia y directamente desembarcara en Creta, empezando una nueva vida en los montes que parieron a los dioses, una de la que nadie tuviera jamás noticia ni de la que nunca quedara recuerdo.

Y, aunque se repetía que abandonar la corte lo liberaría para siempre, el dolor no se atenuaba.

Recordó las palabras que le había dedicado a Alejandro —«eres una enfermedad»— y se le clavaron en el corazón como si se las hubieran dicho a él. Aunque en realidad habían brotado de lo más profundo de su ser, hizo por convencerse de que solo las había dicho llevado por la rabia momentánea. Por otro lado, quería culpar a los demás *hetairoi*, a sus envidias y sus rencores, de que Alejandro lo quisiera apartar de su lado porque lo que no podía soportar era la idea de que Alejandro ya no lo quería. Cuanto más pensaba, más se convencía de que la senda de libertad a la que lo habían condenado a encaminarse era eso: una condena, una condena a muerte. Pero ese era su destino y los dioses dan solo a algunos hombres el coraje para enfrentarse a él.

Se metió en la cama y trató de dormir, pero saber que después del día siguiente no volvería a ver a Alejandro lo mantuvo despierto. Dio varias vueltas entre las almohadas, ora mirando a los muros pintados al fresco, ora observando por la ventana el brillo mortecino de los planetas tras la calima. Al final se levantó y salió al balcón para que el aire lo despejara, pero no corría. Suspiró profundamente mirando la estrella del norte, que le vaticinaba el camino de su futuro como una premonición aciaga. Supo que no podía marchar, no podría resistirlo. Sabía el sufrimiento que iba a suponerle quedarse, pero también sabía que sufrir es la única forma de seguir vivo.

Sintió entonces que Afrodita infundía en él el coraje que los otros dioses le negaban. Salió de su cámara y recorrió las galerías sombrías hasta el aposento real.

Era muy tarde pero Alejandro aún estaba despierto. Hacía tiempo que se le había alterado el sueño y cada vez dormía menos. Estaba leyendo la *Ilíada* que le había dado Aristóteles. Siempre la llevaba cerca, como un talismán que lo acercaba a la gloria de los antepasados míticos —puede que también a sus desgracias—, pero hacía tiempo que no encontraba el momento de sentarse a releer los versos heroicos. Se le había dibujado una sonrisa al ver la caligrafía apretada del maestro llenando los márgenes blancos con ideas de tal profundidad que rebasaban la última sima de la filosofía.

Hefestión se quedó quieto en el umbral de la puerta, observándolo. Fue a hablar pero por un segundo demoró el silencio;

podría haberse quedado las noches de una vida entera simplemente contemplándolo leer.

Alejandro sentía su presencia, pero rehusaba mirarlo. Lo notaba afligido y angustiado; sonrió hacia sus adentros. Sabía que iba a volver, que no iba a poder soportar el peso de sus palabras. Por un momento dudó si castigarlo más, si llevarlo al límite de la cordura haciéndose el ofendido, si utilizar su culpa para vengarse... Se lo merecía, pensó. Se lo merecía por lo que le había dicho, por lo que había insinuado, por lo que había pensado y ni siquiera dicho. Pero no podía apartarlo de su lado. Aunque él lo supiera, confiaba en que Hefestión no se hubiera dado cuenta. Su presencia repelía la culpa, la inseguridad, el recuerdo. Lo necesitaba consigo porque él era todo lo que lo separaba de la inmensa soledad de los reyes con la que lo había amenazado Olimpia antes de partir. Pero Hefestión no podía saberlo, jamás; perdería el influjo sobre él y con ello el único reino que le valía la pena tener, el de su amor.

Muy despacio, se decidió a mirarlo: Hefestión estaba roto; se intuía el peso de la culpa sobre sus hombros, caídos como si cargaran con una gran piedra. Tembló. Sus ojos vidriosos destellaban tristes, suplicando un perdón que los labios no tenían fuerza para pedir.

Aun así, Alejandro no cedió y lo miró impaciente, aguardando que le dijera a qué era a lo que venía. Tenía que oír como la palabra, el ruego, salía de su boca antes de lanzarse a sus brazos. Solo así dejaría claro que el derrotado era Hefestión y no él. Perdonarlo antes de que él se lo pidiera sería como pedir perdón también él. Un perdón mutuo; a eso no estaba dispuesto. ¿Perdón, por qué? No tenía que pedirlo. No había actuado sino como lo que era: un hombre y un rey.

Hefestión sufrió en silencio soportando los ojos gélidos de su amigo durante lo que le parecieron horas. Estaban fijos en él y su dueño cruel, inmóvil. De hecho tampoco se movían las estrellas por el cielo calimoso y le pareció que ni siquiera temblaba la llama de las velas, por lo que supo que el tiempo se había detenido aguardando su decisión. ¿Sabría ser libre?

—Perdóname...

Capituló.

Alejandro respiró aliviado. Se levantó y lo abrazó con fuerza: su corazón había estado parado, sin bombear sangre, congelado, y ahora trataba de recuperar los latidos, aferrarse de nuevo a la vida. En verdad había estado conteniendo el aire hasta casi la asfixia y por eso le dolía el pecho y sentía la cabeza liviana y aturdida. Hefestión se juró a sí mismo que jamás volvería a contravenirlo, ni a hacer nada con lo que se arriesgara a perderlo de su lado. De alguna forma, con el tacto de aquel abrazo, Alejandro lo amenazaba con que la próxima vez ya no sería tan clemente.

Al día siguiente dejaron Menfis atrás camino de Siria y del cruce del río Éufrates. Lo hicieron en barca, por el río. Hefestión no los abandonó en Pelusio. Deshicieron juntos el camino trazado, cruzarían de nuevo a Fenicia siguiendo la línea de la costa.

Alejandro se mostraba nostálgico de dejar Egipto atrás. Se sentó en la popa de la barcaza a contemplar el atardecer y los muros blancos de la ciudad perdiéndose poco a poco en la distancia. En cuanto se dio la vuelta para mirar de nuevo hacia el norte, apareció el fénix surcando el cielo, un meteoro imperceptible contra el crepúsculo. De repente estalló en llamaradas. La bola de fuego cayó lentamente al suelo y antes de tocarlo, antes de incendiar las palmeras, ya había vuelto a tomar altura, de nuevo convirtiéndose en otro pájaro y a la vez el mismo.

21

El general Maceo se llevaba constantemente la mano a la frente calva para secarse las gotas de sudor. El sol caía con dureza sobre la estepa mesopotámica. La polvareda que levantaban los caballos era asfixiante. Nadie diría que bajo ese terreno en apariencia desértico corrían venas de agua que hacían de aquella la región más próspera de la Tierra. La avanzada persa galopaba hacia el Éufrates, a cortar el paso a los macedonios antes de que cruzaran el río. Tenía órdenes de su rey de, en caso de fracasar, incendiar el campo a su paso, quemar la región entera a fin de que llegasen debilitados a Babilonia. Iba mirando el paisaje con gesto hastiado como si se preguntara cuál era el verdadero valor de aquella tierra: ¿el agua?, ¿la agricultura?, ¿el mito y la leyenda? Parecía una región despoblada a pesar de que era de las más populosas del imperio. No se veía ni un alma en los alrededores, ni en las aldeas que cruzaban, rodeadas de palmeras polvorientas, ni en los caminos ni junto a los arroyos. Todos se habían apresurado a refugiarse en la gran ciudad de Babilonia antes de que azotara la tormenta del oeste.

«El fin de Persia», pensó. Eso era lo que se acercaba. Maceo había entregado al Imperio aqueménida los sesenta y cinco años de su vida. Había sido soldado, secretario, luego sátrapa de Cilicia, después sátrapa de Sidón; siempre un diestro y obediente mariscal de los reyes aqueménidas. Por eso, llegada esa hora aciaga, lo anegaba la sensación de haber desperdiciado la vida. A pesar de todo lo que hubiera hecho, Persia iba a desaparecer; él lo sabía. Había intentado evitarlo, pero había sido en vano: los jóvenes hombres que acompañaban a Darío y el mismo Darío, impetuoso y seguro de su infalible divinidad, ya no prestaban oídos a los hombres sabios como él. Los dioses lo condenaban a ser testigo de la caída del imperio que había ayudado a construir. Frustrado y hastiado cumplía la última orden de su rey: cabalgaba al encuentro del invasor del oeste arrepintiéndose de todo.

Durante varias semanas galoparon hacia el noroeste, hacia donde comunicaban los espías que los macedonios intentarían cruzar, por Tápsaco, la última ciudad de Siria, asentada en la orilla occidental del Éufrates. Era el único punto por donde se podía intentar el acceso a Mesopotamia. Allí el río se estrechaba y se podían construir puentes. La única ruta alternativa era por el norte, dando un enorme rodeo por las tierras altas, o tomando el camino del desierto, que era una ruta suicida. Los persas sabían que en Tápsaco encontrarían al invasor y que allí, en el angosto ángulo que formaban las aguas, las praderas y la ciudad, podían quebrantar la solidez de sus ejércitos antes de la batalla definitiva.

Cuando llegaron, los griegos ya habían empezado a construir sus puentes. Se oyeron los gritos de alarma al otro lado del río tras ser divisados. Maceo dispuso a sus hombres junto a la orilla y les ordenó tomar y afianzar posiciones. Se veía gran revuelo al otro lado: aguzó la vista y comprobó que no estaba el ejército entero, tan solo una avanzada.

Alejandro había ordenado a Hefestión que se adelantara hasta el río y comenzara a levantar los puentes. Cuando de primeras recibió esta orden, Hefestión pensó que el rey lo apartaba de nuevo de su lado, que de nada había servido su reconciliación y que su relación jamás volvería a ser la misma. A él lo mandaba lejos a construir los puentes mientras Alejandro se pasaba los días cerca de Clito y de Ptolomeo y de Laomedonte y de Nearco, trazando los planes para la conquista de Mesopotamia y fantaseando en las noches con la ciudad mítica de Babilonia, que ningún griego había pisado en generaciones. Después se intentó convencer de que solo lo mandaba a esa misión por la especial confianza que tenía en él, que era el único a quien podía encomendársela. Con ese pensamiento había partido semanas atrás hacia Tápsaco. Pero pronto se dio cuenta de que, cuanto más trataba de convencerse de que Alejandro lo amaba y confiaba en él, más se le clavaban las dudas de que en verdad lo hiciera.

—General —lo interrumpieron.

Hefestión volvió en sí de sus pensamientos, aturdido por el calor.

—¿Sí?

—Los persas. Están aquí —dijo el oficial.

Salió corriendo de su tienda. Al otro lado del Éufrates, casi invisibles por el brillo esmeralda del agua bajo el sol, vio disponerse a las tropas del enemigo.

—No es Darío... —murmuró.

—No, general. Es uno de sus sátrapas. Parece que trae un contingente de cerca de tres mil jinetes.

Hefestión meditó en silencio mientras aguzaba la vista tratando de localizarlo al otro lado, pero apenas se distinguían figuras.

—Parad la construcción. No podemos arriesgarnos...

Las obras se detuvieron. Ambas compañías se sostuvieron desafiantes la mirada durante días, sin decidirse a actuar. Los oficiales se revolvían inquietos sabiendo que estaban perdiendo un tiempo valioso, pero él se mantuvo firme en su decisión de no seguir con la construcción de los puentes. Sabía que si lo hacían padecerían las flechas persas y perderían a todos los hombres antes de siquiera poner un pie en la otra orilla.

La tensión de los días calurosos hizo mella en ellos. Tenían la sensación de que el tiempo no avanzaba, de que cada día era igual que el anterior y de que así sería hasta que uno de los dos generales perdiera la paciencia y se decidiera a retirarse o a lanzarse a por el otro. Algunos combatieron el hastío caminando hasta la mitad del puente para ver más de cerca al enemigo. Les gritaban e insultaban y, para su sorpresa, los hombres de Maceo contestaban en griego. Así supo Hefestión que el persa tenía a su servicio a un gran número de mercenarios helenos. A su mente regresó el recuerdo de lo que había sucedido después de la batalla del Gránico, cuando Alejandro mandó pasar a cuchillo a los dos mil hombres de las ciudades jonias.

Una noche, bajo la leonina luna llena, subió al puente a medio construir. A sus pies notaba el susurro líquido del Éufrates plateado. Al otro lado, las luces del campamento enemigo. Había pensado que cavarían zanjas y llenarían la ribera de trampas para cuando cruzaran, pero el sátrapa se había mantenido inmóvil todos esos días, solamente esperando. En el fondo ninguno de los dos estaba seguro de cuánto podría sostenerse esa situación, esa guerra de desgaste mental, en la que los nervios de los soldados eran el principal peligro, pero estaban dispuestos a resistir.

Permaneció largo rato ahí, respirando el aire húmedo del río, perdiéndose en sus pensamientos, que eran todos sobre Alejandro. Cuando volvió de su mente y se dispuso a irse, vio que alguien en la otra orilla llevaba tiempo observándolo. Al principio se sobresaltó, pero luego aguzó la vista y se dio cuenta de que tan solo era un pobre viejo con la túnica arremangada, los pies metidos en el río y las manos a la espalda. Se quedó mirándolo. Al viejo en dos ocasiones lo interrumpieron oficiales para hacerle preguntas, lo que le confirmó que aquel anciano era el mismo Maceo. Saberse frente a frente, separados tan solo por una lengua estrecha de agua, con el comandante de los ejércitos de Darío le aceleró el pulso. No podía creerse que en medio de aquella situación de angustia permanente, de sigilo y tensa vigilancia de las orillas, ahora ellos se encontraran ahí, cara a cara, como si no estuvieran enfrentados a muerte sus amos, sus países, sus pueblos y por ende ellos mismos. Una flecha bien disparada habría bastado para matar a cualquiera de los dos y asestar así un golpe mortal al rey enemigo. Ambos lo sabían y sin embargo se mantuvieron el respeto, como si en el silencio de la noche se hubiera proclamado una tregua y estuvieran simplemente parlamentando.

Había algo de melancólico en que los dos validos de los dos grandes reyes, de los enemigos más legendarios que la historia había conocido en siglos, estuvieran mirándose en silencio tan de cerca. Confirmaba que ninguno de los dos estaba solo, que también en el bando enemigo había quien quería servir con todo su ser a la causa de su país pero no podía porque se enfrentaba a la voluntad caprichosa de sus líderes. Esa noche el Éufrates marcaba la frontera entre algo más que el Oriente y el Occidente. Era una ventana al tiempo: mirando al este, Hefestión se asomaba al futuro y, mirando al oeste, Maceo al pasado, cada uno de ellos representado en el otro. El macedonio vio a un anciano abatido tras haberse dado cuenta de que la lealtad irracional y sin causa a su señor habían destruido su vida; lo compadeció. El persa vio a un joven vehemente e iluso que hasta que fuera tarde no se daría cuenta de que la voluntad de reyes como esos a los que servían no podía taimarse con amor, ni con devoción, y que su destino no era otro que ser el primero de sus esclavos; lo compadeció.

El sonido de trompetas sacudió la noche y el encuentro entre los dos favoritos. Alejandro había llegado. El estruendo de los caballos y los soldados hizo temblar el frágil puente, pero

Hefestión se mantuvo ahí, observando la reacción de Maceo. El persa tampoco se movía, esperando la suya. A ambos vinieron a informarlos de la llegada del rey. Ambos los ignoraron. Estaban hipnotizados por la visión del otro, como si en verdad fueran conscientes de que mutuamente se representaban el pasado y el futuro.

—¡Hefestión!

Se dio la vuelta y vio a Alejandro.

Regresó la vista hacia Maceo: el persa miró al rey invasor y se volvió. Esa misma noche los persas levantaron el campamento y se retiraron sin haber presentado batalla.

En apenas unos días se terminaron los puentes y los cuarenta mil hombres y siete mil caballos de Alejandro cruzaron el Éufrates.

22

Maceo incendió Mesopotamia entera en su regreso a Babilonia. Al ver venir al conquistador con sus tropas detrás había comprendido que enfrentarlos cuando cruzaran el Éufrates era un suicidio. Quemar el campo obligaría al enemigo a tomar el camino del norte, hacia las montañas, dejando el Éufrates a su derecha, si quería encontrar suministros para subsistir, y a ellos les daría tiempo para organizar las tropas y salir a su encuentro.

La región ardió sin descanso durante días. Una espesa capa de ceniza cubrió los cielos azules, velando de gris las mañanas claras y las estrellas de la noche. Ardieron pastos, aldeas, animales... Antes destruir Persia que permitir que el invasor la pisara; ese había sido el mandato que le había dado su rey antes de partir. Mientras miraba a sus espaldas y veía el fuego asesino consumiéndolo todo, Maceo se dijo que sería el último que cumpliría.

Cuando llegó a Babilonia, el aire triste y árido del verano

oprimía la ciudad. Informó de que el enemigo había cruzado el Éufrates y de que contaban con apenas unas semanas antes de que alcanzara el río Tigris por el norte. Y añadió: «Mesopotamia ya arde».

Aunque él hubiera cursado la orden, Darío no pudo soportar imaginar la tierra de sus ancestros en llamas. Le dijo a su general que se repusiera del viaje, encomendó a los sátrapas continuar organizando los ejércitos y se retiró a sus aposentos. Lágrimas amargas llenaron su alma: había quemado la tierra que los dioses le encomendaron proteger, la había destruido porque no había sabido cómo salvarla; lo esperaría el peor de los castigos en la otra vida, aunque le costó imaginar algo más doloroso que la vergüenza que en ese momento sentía. Aunque se afanara en creer que aún quedaba tiempo, que aún podía derrotarlo, estaba claro que había perdido Persia. Aunque venciera en el campo de batalla, en el fondo sabía que un rey que destruye su tierra, un hombre que no conoce otra forma de defenderla más que reduciéndola a cenizas, no merece regirla.

Tres días permaneció encerrado. No preguntó a Maceo por Sisigambis ni por sus hijas. De repente ya no quería saber nada de ellas. La culpa por haber perdido Persia era tal que hasta le impedía regodearse en el resto de sus desgracias, entre ellas el abandono de su familia. Al anochecer del tercer día, los sátrapas fueron a verlo para suplicarle que ordenase la partida. Tenían que marchar de Babilonia hacia el norte cuanto antes. Tendrían que estar esperando al macedonio en los pasos del Tigris antes de que los cruzara. Apremiaba el tiempo. Pero el Gran Rey se negó a abandonar la ciudad. «Aún no.»

Los sátrapas lo observaban incapaces de ocultar su enfado pero sin coraje suficiente para enfrentarse a él. Pasaba los días melancólico vagando por el palacio azul de Nabucodonosor, daba la vuelta a la ciudadela y luego paseaba entre las ruinas de los Jardines Colgantes. Solo se dejaba acompañar por su eunuco, que lo seguía a varios pasos de distancia, sin atreverse tampoco a perturbarlo en aquellos momentos tan difíciles. Era su sombra, una sombra que, a diferencia de la suya propia, no le hablaba ni le recordaba culpas pasadas ni deberes reales. Intuía, sin embargo, que él también estaba nervioso ante el inminente asedio al que los abocaba.

—No temas, Begoas —le dijo muy sereno—. Pronto iremos a su encuentro. No entrará en Babilonia.

El eunuco esbozó una sonrisa porque no supo qué otra cosa hacer. Su amo se complació de verla porque creyó que eso indicaba que aún confiaba en él y que estaba tranquilo. Se volvió. No quería que viera que nada más mentar al enemigo se había adueñado de sus manos cargadas de sortijas un temblor nervioso.

La presión de la derrota, el aliento gélido de todos los aqueménidas muertos en su nuca lo tenían completamente paralizado. No era capaz de tomar el control de la situación, no hallaba en sí las fuerzas para hacerlo. Trataba de tranquilizarse, diciéndose a sí mismo que estaba en su sangre, que cuando llegara el momento sabría cómo reaccionar y cómo llevar a su pueblo hacia la victoria. Pero el momento no llegaba y, mientras, los días se desbocaban de las bridas del tiempo. Cada vez se iba haciendo más palpable el terror en los habitantes de Babilonia, tanto en palacio como en las calles. Y cada vez a él le era más difícil mantenerse sereno ante los suyos, cada vez le costaba más inspirar coraje a los súbditos que veían en él al enviado del dios. No podía darles la seguridad que le pedían porque ni siquiera él la tenía. No confiaba en sí mismo.

El verano se moría; llegó el momento: el conquistador estaba en el Tigris y había que salir a su encuentro. Había sido por intercesión de los dioses por lo que Alejandro se había demorado semanas en llegar al río. Los macedonios encontraron oro en las montañas cerca de Armenia y retrasaron semanas lo que podrían haber hecho en días. Sin saberlo, los dos reyes se dieron un tiempo precioso que sin embargo ambos desperdiciaron.

La última noche en Babilonia, Darío la pasó en vela, deambuló solo por el palacio. Abrió una rendija de la puerta del harén, buscaba consuelo tal vez en una mujer, pero encontró dormidas a las cien concubinas y a Begoas, su guardián. Las hubiera despertado, era el rey, podía hacerlo, pero las envidió por poder dormir, por poder ignorar al menos unos instantes el ensordecedor ruido de la catástrofe, del tiempo, que se desmoronaba, como una avalancha de piedras, sobre ellos. A él eso era lo que le impedía dormir. Regresó a sus aposentos y se tumbó en la cama. Se le vinieron encima las horas pensando solamente en qué sucedería cuando fuera derrotado, en cuál sería la reacción de Alejandro al verlo, en la de su madre al volver a Babilonia pero desde las filas del enemigo.

Al amanecer Begoas entró. Ya estaba todo preparado. Lo esperaban.

Se levantó con esfuerzo y lentamente, demorando cada paso para darlo a medias, atravesó las galerías oscuras del laberinto palacial, pasando las manos por los muros, acariciando los relieves ciegos, sintiendo al tacto las formas de los leones, los dragones y los toros alados; con todos sus míticos poderes, aquellas criaturas no podrían despertar de sus tumbas de piedra y defender Babilonia cuando el conquistador la arrasara.

Al salir al gran patio donde lo esperaban los sátrapas, la luz lo cegó por un momento. El sol estaba pálido. Los pájaros piaban en las cornisas almenadas de ladrillos dorados y un aire otoñal se descolgaba por encima de las torres, entre las espesas enredaderas. A los reyes aqueménidas nunca les había agradado la ciudad babilónica. Jerjes, su ancestro, la había condenado favoreciendo a Susa y Persépolis en su lugar, y él no había conseguido revertir ese proceso. Darse cuenta de aquello le dolió: siempre había encontrado sosiego en los laberínticos palacios, en los que nunca se topaba con cortesanos ni nobles, en los que podía ocultarse de todos y pasar las tardes en las terrazas ajardinadas que se asomaban al Éufrates calmo.

Los caballos cruzaron el arco de la Puerta Azul de Ishtar. Los leones y toros alados que había tallados sobre los ladrillos de lapislázuli lo miraban, algunos reprendiéndolo, otros con ojos comprensivos, le parecía. Tuvo el presentimiento de que era la última vez que los veía.

Dejado atrás el esplendor de la ciudadela, se encontró con una ciudad fantasmagórica que lo despedía funesta, una ciudad estancada en el declive irreversible de los siglos. Se preguntó si no representaría el mismo declive de su casa y de su historia.

Para cuando cayó la noche Babilonia ya no se veía a sus espaldas. Estaban disponiendo el primer campamento cuando se levantó la luna eclipsada. Muchos soldados se pusieron a rezar creyendo que era un mal presagio, pero el fuerte viento que soplaba desde el oeste se llevaba sus palabras por el aire vacío. Al ver la luna roja, Darío oyó en el abismo de su memoria la voz triste de su madre.

23

El eclipse sorprendió a los macedonios tras haber cruzado el Tigris.

Habían esperado encontrar a Darío acampado al otro lado del río, pero no había rastro de él. Alinearon a los caballos para detener el flujo feroz del agua y que así pudiera cruzar la infantería. La ausencia del enemigo les permitió hacerlo con tranquilidad y cuidado, pero aun así la corriente se llevó a algunos hombres.

Alejandro no pudo evitar preocuparse. Era extraño que Darío no estuviera defendiendo aquel punto estratégico y temió estar encaminándose a una trampa. Pero los exploradores recorrieron las riberas y llanuras cercanas y no dieron con el paradero del Gran Rey; nadie lo había visto por aquellas tierras. De modo que se estableció el campamento junto al río y se dio a los soldados un descanso, del que estaban muy necesitados tras frenéticos meses de viaje desde Egipto hasta Mesopotamia.

Esa primera noche a orillas del Tigris reinaba un silencio tal que no parecía que la suerte del mundo fuera a decidirse al cabo de apenas unos días. La cuarta luna llena desde que salieron de Menfis apareció en el cielo bajo del horizonte, oscurecida por un velo de sangre. Devorada por una penumbra rojiza, la luna proyectaba su sombra lúgubre sobre el campamento. En aquellas tierras se pensaba que aquello representaba un mal presagio: la luna se ensangrentaba como pronto se ensangrentarían los campos, las ciudades, los tronos. Los soldados salieron de sus tiendas a contemplar el extraño fenómeno. Algunos, temiendo esta señal nefasta, se postraron de rodillas y comenzaron a rezar a los dioses en los que cada uno creía.

Alejandro hizo venir a su tienda al adivino.

—Aristandro, ¿la luna roja viene a por mí? —le preguntó, sonriendo, como si ya supiera que eso no era más que una absurda superstición de los antiguos babilonios.

—No —le respondió.

—¿Qué es lo que dice entonces?

El astrólogo suspiró.

—Vaticina la caída del tirano de Persia, señor. Mirad. —Lo condujo fuera de la tienda y le señaló la luna en el cielo. Soplaba un viento del oeste que parecía que poco a poco iba diluyendo la penumbra de sangre, dejando ver de nuevo el brillo metálico del plenilunio—. El aire que traéis —explicó—, el aire del oeste, devuelve con sangre la libertad a la luna del oriente, que amaneció presa de sombras pero que al final de esta noche volverá a brillar como una estrella. Un ciclo de luna acaba aquí; empieza otro nuevo.

Ilusionado por la profecía, ordenó que de inmediato se realizaran sacrificios en honor de Ártemis, diosa de la Luna, y de Zeus, pero también de la Luna egipcia, Jonsu, y de la fenicia, Tanit. A todas las divinidades invocó para que no quedara ninguna que pudiera ayudarlos sin complacer. En la guerra de Troya los griegos habían tenido a la mitad del cielo en su contra; Alejandro quería ahora asegurarse de que los cielos de todos los pueblos lo condujeran a la victoria.

Tras un día de descanso, levantaron el campamento y se adentraron en la inmensa estepa atravesada por el Camino Real, que pretendían seguir hasta Babilonia o hasta dar con Darío. El nerviosismo de las tropas aumentaba cada día: no sabían si tras remontar una colina se encontrarían a los ejércitos de Persia frente a ellos o si un día, al mirar hacia atrás, los verían a su retaguardia.

En la noche de equinoccio de otoño también hubo un fenómeno extraño en el cielo, pero no fue obra de los dioses ni de las moiras, hilanderas del destino, sino de los hombres. En el horizonte se vislumbraba una luz anaranjada y siniestra que iluminaba la llanura, cerca de la aldea de Gaugamela, con un brillo espectral. El ejército se detuvo en seco preso del pánico al ver a las huestes del enemigo enarbolando las antorchas en la noche, como si se tratara de las huestes del infierno. Los exploradores remontaron una colina para tener mejor visión y lo confirmaron: eran los más de doscientos mil hombres de Darío, acampados en la planicie, sus hogueras y sus antorchas, haciendo replegarse a la propia noche. Un campo de fuego, eso era lo que parecía. Hasta la vanguardia del ejército llegaban los lamentos y sollozos de unos hombres a los que había devorado la oscuridad. Alejandro chasqueó la lengua, espoleó a Bucéfalo y trotó entre las filas quebradizas de soldados.

—¡Son más que nosotros, muchos más, sus dioses parecen más terribles que los nuestros, pero no olvidéis nunca que nosotros venimos a traer la libertad, que ellos son esclavos de la tiranía y que vosotros estáis aquí como hombres libres, para salvarlos a ellos, para salvar el mundo...!

Luego volvió junto a los *hetairoi*, que trataban de mantener la calma en sus respectivas falanges.

—Es un número muy superior, señor —dijo Crátero.

—Acampemos. Mañana exploraremos el terreno.

Parmenión intervino.

—Señor, ¿por qué no organizamos el ataque aprovechando la noche? Los bárbaros acaban de asentar su campamento, no estarán preparados para un golpe por sorpresa.

—Pero nos verán llegar —dijo el Negro.

El viejo general tenía confianza en la velocidad de las tropas macedonias y en la lentitud de las persas.

—Su ejército, como en Issos, estará formado en su mayoría por caballería e infantería muy pesada. No tendrán tiempo de disponerla en formación antes de que los arrase nuestra primera carga. Más aún si tenemos el cobijo de la noche y...

—No —Alejandro lo cortó en seco—, no atacaremos de noche, Parmenión.

El general parpadeó atónito. Le parecía evidente que no tenía otra alternativa que el factor sorpresa: en un campo de batalla tan extenso, donde la llanura permitía desplegar a todos los efectivos sin problemas, no como en Issos, los números iban a decantar el resultado. Los persas los podían aplastar.

Trató de explicárselo al rey.

—Tenemos que tomar la iniciativa. El enemigo ha elegido este lugar para enfrentarse a nosotros, tenemos que adelantarnos, tenemos que atacar ya. Si no es ahora, antes de que raye el alba.

—No voy a congraciarme con la oscuridad, general. Yo no robo mis victorias.

Hefestión y Clito no pudieron evitar esbozar una sonrisa, pero eso no significaba que no compartieran la preocupación de Parmenión.

En realidad ninguno de los *hetairoi*, ni siquiera el veterano senescal de Filipo, sabía cómo afrontar aquella situación. También a ellos el miedo los agarrotaba y les nublaba el juicio. El aire les pesaba más en los pulmones, el aliento helado en la boca: estaban al albor de la mayor de las batallas, en el umbral de todos los tiempos; ¿qué hombre no sentiría miedo entonces? Precisamente por sentirlo se acordaron de lo que eran, Alejandro el primero de ellos.

Montaron el campamento y lo fortificaron. A la mañana siguiente reconocerían la llanura de Gaugamela y dispondrían las posiciones para el combate.

Fue la noche más larga que vivieron.

En ese momento de angustia, sin embargo, solo había una cosa que de verdad preocupaba a Alejandro. No eran los doscientos mil hombres de Darío, ni sus carros ni arqueros montados, ni que el terreno esta vez le fuera a ser propicio: era Sisigambis. Si Darío vencía, la reclamaría. Vendría a por ella. No tendría que haberla traído, pero quería mostrarle al Gran Rey que no tenía miedo, que iba con su familia al combate, como hacían los propios aqueménidas. Sin embargo, no podía ignorar el miedo que tenía, miedo a perderla. Había encontrado en ella un refugio en el que protegerse del dolor de la vida; en su mirada verde se hacían pequeños, diminutos, casi hasta desaparecer, los recuerdos más tormentosos del pasado. Tendría que haberla dejado en Damasco o en Sidón y, en caso de ser derrotado, regresar junto a ella, se lamentó. ¿Por qué no lo había hecho? De pronto recordó el motivo: no podía regresar, de modo que más le valía no ser derrotado. No había camino hacia atrás. Solo podía seguir hacia delante, hacia la inmensidad solitaria del mundo por conocer, que lo llamaba, que lo llevaba llamando toda la vida, y al que no podía ignorar. ¿A costa de qué? De todo: también de sí mismo, y de ella.

Los mejores guardias custodiaban la tienda de la reina. Estatira dormía en un camastro. Dripetis estaba acostada en otro, pero sin conseguirlo, y al verlo entrar se levantó y corrió hacia él. Alejandro estrujó con fuerza su cuerpo cálido contra el suyo, que estaba helado y preso de un temblor nervioso. Sisigambis se acercó sigilosamente, mirándolos con sus ojos severos y susurrantes. La princesa se apartó cuando notó el aire arcano de su abuela y regresó a la cama, pero se mantuvo atenta a lo que decían. Con tan solo mirar a Alejandro la reina supo lo que se retorcía en su interior. El macedonio le indicó que salieran; ella asintió, pero antes llamó con un seseo cortante a Vahara, que dormía hecha un ovillo a los pies de las princesas.

Pasearon en silencio entre las tiendas, como si lo hicieran entre tumbas. Los soldados preparaban sus armas con ánimo triste: buceaban en sus pensamientos para tratar de conjurar su terror, recordando a sus familias y encomendándose a los dioses, en quienes de pronto creían como nunca antes.

Sisigambis percibió que Alejandro también miraba a los soldados con una sombra de tristeza. Le preguntó en persa. La esclava, que los seguía unos pasos por detrás, se acercó y tradujo, dudando al principio por la osadía de la pregunta:

—¿Tienes miedo?

Aunque le molestaron aquellas palabras, no supo mentirle.

—Todos lo tenemos.

—Es importante saber exactamente a qué se teme. Si no se sabe, un miedo a la nada paraliza el cuerpo y la mente. ¿A qué le temes?

Sisigambis lo miraba ignorando totalmente a la esclava, como si esta no existiera.

—¿A la derrota? —prosiguió ella.

Alejandro meditó en silencio unos instantes y comprendió que no, que no era a la derrota en sí a lo que temía. No temía que lo hicieran prisionero ni que lo arrastraran por el desierto hasta Babilonia. No temía la crueldad, no temía la pérdida de su imperio. Era a desaparecer; temía morir. Todos los hombres temen morir, sí, pero él lo hacía de una forma diferente: temía irse sin que hubiera recuerdo de él, temía irse sin poderse despedir, temía al camino del olvido, al camino de regreso. También temía sobrevivir y tener que regresar a donde sabía que esperaban a un Alejandro que ya no existía.

—No hace falta que me lo digas —acabó diciendo la reina a través de Vahara—, lo importante es que lo sepas para que no te pueda vencer.

Continuaron andando en silencio, dando ánimo a los soldados con los que se cruzaban. Alejandro los conminaba a descansar y a pensar en los suyos: «Recordad que vais a luchar por su libertad, porque nunca sean esclavos. Eso os dará fuerza», les decía.

Cogió una antorcha y se alejaron, subiendo la colina junto a la que habían acampado. Querían ver el campamento del enemigo.

El resplandor de las hogueras hacía desaparecer las estrellas más bajas del firmamento. Apenas se intuía el movimiento de los soldados persas; ellos también temían, pensó. Dormían al raso, ya en formación, dispuestos para la batalla al día siguiente. Los yelmos y las armaduras tronchaban sus cuellos; pesaban tanto como el cansancio.

Sopló una brisa fría y Alejandro tiritó al tiempo que suspiraba.

Sisigambis volvió a susurrar en persa. Él se esforzó por no

mirar a Vahara y trató de imaginarse que las palabras en griego que escuchó brotaban directamente de la garganta de la reina.

—No diré que no temas. Es inútil que el hombre pretenda librarse del miedo. Pero ten en cuenta siempre que el miedo existe solo porque existes tú. No le perteneces; te pertenece él a ti. Recuérdaselo: que sepa que lo sabes, que lo conoces y lo reconoces como lo que es, pero que nunca olvidarás que eres tú el que lo consiente. El miedo no es más que cualquiera de tus súbditos: te debe obediencia.

Él dejó escapar entre dientes una risa tímida. «Siempre tan filosófica la derrocada emperatriz de los persas», pensó. Cada una de las dos mujeres que habían tocado su corazón le habían tratado de aleccionar sobre la vida, el tiempo, la muerte, el ser... Pero tan solo en las palabras de Sisigambis sentía que había una reflexión verdadera, una meditación profunda; a ella la entendía más de lo que jamás había entendido a Olimpia, aunque hablasen un idioma distinto.

—¿A qué le teme él? —le preguntó Alejandro.

—Se teme a sí mismo, a su destino. Se ha dado cuenta de cuál es su lugar en el mundo, de adónde va... Eso es lo que lo aterra y no lo quiere reconocer.

—Aún puede derrotarme mañana.

Sisigambis lo envolvió con su abrazo, un gesto que sorprendió al macedonio. Sintió el tacto helado de las sortijas de la reina en su antebrazo y su hombro huesudo buscando el hueco de su pecho.

—La victoria ya es tuya. Él huye de su miedo; tú lo reconoces. Solo por eso, él ya está vencido.

24

Justo antes de rayar el día, Alejandro se hundió en un sueño breve pero profundo. Parmenión entró en la tienda cuando vio que se retrasaba y lo encontró en la cama. Carraspeó para que notara su presencia. No se movió. Al final tuvo que sacudirlo suavemente de los hombros para que despertara.

—Llegó la hora —le dijo.

El rey se restregó el rostro legañoso.

—Me he dormido —se excusó, desprendiéndose con gestos gatunos de las telarañas del sueño.

Le ordenó que comenzara a disponer a las tropas. Pronto empezó a oírse el griterío de los oficiales organizando la línea.

Hefestión entró a prepararlo. Le ciñó la camisa de lino y sobre esta puso la coraza de hierro azul. Le recogió el cabello con una cinta, le colocó el casco con esa larga crin rojiza, le entregó la espada, ligerísima y brillante, y el escudo. Alejandro se quedó mirando la efigie del Aquiles desesperado que se aferraba al cuerpo de Pentesilea tratando de retenerla en la vida junto a él.

—Esta es la Troya de nuestro tiempo —lo animó su amigo—. Hoy Aquiles está en ti.

Alejandro suspiró gravemente.

—Las lecciones de Troya no nos sirven hoy, Hefestión. Lo que estamos a punto de enfrentar, lo que puede suceder tras esta jornada..., no se ha visto ni se verá nada igual en todo el tiempo que le reste a la raza de los hombres.

A pesar de la invocación al miedo, aún lo tenía en él, como todos. Los recuerdos de Queronea y del Gránico y de Issos le agarrotaron los dedos y le provocaron un temblor frío. Lo abrazó. En ese momento cercano a la muerte quería que se cerrase de una vez por todas la brecha entre ellos, la brecha egipcia, la del Oriente.

—No te separes de mí —le pidió.

Esas palabras, el sentimiento con el que las pronunció... Hefestión no pudo adivinar si era sincero o no, no logró contrastarlo con cómo sonaba la voz sincera de Alejandro en su memoria. Sin embargo, hizo por ahorrarse la frustración y se convenció de que eran de verdad y de que todo entre ellos se había arreglado, de que nunca había sido distinto.

—Nunca —susurró—. Allá adonde vayas me tendrás a tu lado.

Cuando salieron fuera las tropas estaban tomando sus posiciones. Las falanges sólidas e inquebrantables iban en el centro, rodeadas por las dos alas de caballería: una, la izquierda, la dirigiría Parmenión, y la derecha la llevaría el propio rey con el resto de los *hetairoi*. La infantería ligera, armada con picas, protegería los flancos débiles de las falanges y respaldaría a la caballería en su carga. Esos tres cuerpos formaban cada uno de los brazos del tridente macedonio.

Todas las miradas estaban puestas en él. Pesaban más que el hierro de la coraza, pero sabía que no podía dejar que eso se intuyera. Los hombres lo miraban en absoluto silencio. Tenían miedo. Hacían bien en tenerlo.

Avanzó hacia Bucéfalo, embridado y listo para el combate. Se oía solamente el crujido de la arena bajo sus sandalias y el relincho del caballo. Se encaramó a su grupa y miró la llanura extensa bajo el cielo encapotado. Cubría el horizonte la línea umbría de los ejércitos de Persia: esta se extendía sin fin, tapando la linde de la Tierra. Podía ser, fácilmente, dos o incluso tres veces más larga que la línea macedonia.

—Parmenión. —El viejo general se aproximó—. Solo hay una misión —le dijo sin apartar la vista—: evitar que nos envuelvan. Tienes que frenar el avance de su caballería por tu flanco.

Parmenión asintió sin pronunciar palabra y Alejandro intuyó que su silencio encerraba una crítica feroz, una reprimenda contenida. Adivinó lo que pensaba y se lo hizo saber, con el fin de avergonzarlo o impresionarlo.

—Atacar de noche es una artimaña de ladrones y bárbaros. Ni siquiera ellos, los bárbaros de verdad, se lo han planteado.

Parmenión contuvo su rabia. Iban a morir. Lo sabía. Y todo por el empeño de ese joven impetuoso que se afanaba en no prestar oídos a los que eran más sabios y más vividos que él.

—Lo hecho hecho está, señor —masculló—. No tiene sentido ni lamentarse ni tampoco justificarlo.

Alejandro no estaba dispuesto a que se quedara con la última palabra.

—Lo hago por nosotros, por nuestro honor —insistió—.

Mejor perder y culpar a la mala fortuna o al orgullo, mejor morir, incluso, que tener que vivir avergonzándonos de nuestra propia victoria. —Un jinete los interrumpió, avisando de que los persas avanzaban—. Mantén el flanco.

Parmenión se dispuso a ir junto a sus tropas pero aún aguardó un instante. La muerte podía llevárselo en las próximas horas. No podía arriesgarse a irse humillado, sin que ese joven supiese la verdad. Tampoco quería.

—*Siempre* es mejor vivir —le dijo—. No hagas como que no te asusta la muerte. Por si estos son tus últimos momentos de vida, al menos no seas deshonesto contigo mismo.

Vio la furia formándose en los ojos del rey, vio como contenía la tentación de bajarse del caballo, tirarlo al suelo y abofetearlo por insolente, vio, y hasta le impresionó, como conjuraba la rabia y lograba forzar una sonrisa.

—Mantén el flanco —respondió Alejandro—. Confío en ti. Como confiaba Filipo. No mueras hoy, Parmenión: eres todo lo que me queda de él.

Más le impresionaron aquellas palabras.

—Y yo que lamento que sea así... Que Zeus nos proteja —dijo, y espoleó a su caballo dejándole el misterio de sus palabras. Si caía en combate, serían su última venganza contra ese rey al que cada día se lamentaba de haber apoyado en su ascenso al trono. Sería su única y fatua victoria, un golpe directo a la conciencia que supliría todas las humillaciones y desplantes de ese adolescente ingrato e insolente.

Surtió efecto sin que hiciera falta que muriera. Alejandro se quedó rumiando los significados de lo que había dicho. Mientras los iba desvelando, sentía que la armadura le pesaba más. Miraba al frente y la distancia hasta Darío se le hacía inmensa, inabarcable, en todos los sentidos. El recuerdo de Filipo le enturbió la mente, pues con él también venía el de Olimpia y el de Nectanebo. Sacudió la cabeza dentro del casco: «Soy tanto más que ellos», se dijo. Pensó en el oráculo de Siwa y con la mano se buscó el latido del corazón bajo la armadura. «Soy Alejandro, hijo de Zeus, un aqueménida. Señor de Asia: vengo a recuperar lo que me pertenece.»

Clito interrumpió sus pensamientos.

—¿Disponemos una formación oblicua? —Alejandro asintió bruscamente—. ¿Estás nervioso? —preguntó con una sonrisa maliciosa.

—¿Por qué habría de estarlo? Aquí se decide todo. No le quedan más tropas escondidas ni lugares en los que refugiarse. Aquí acaba, o para mí o para él... No cabe ansiedad alguna cuando todo se decide en un solo lance, porque no hay posibilidad de que no se decida hoy.

El Negro se rio entre dientes y le dio una palmada en el hombro.

—Tengo tus espaldas, señor.

Le devolvió la sonrisa.

—Y yo las tuyas, hermano. Como siempre.

Clito espoleó su caballo y se perdió entre las falanges para ponerse al frente de su cuerpo de caballería.

Alejandro suspiró y miró al cielo pálido de otoño. De pronto un punto negro apareció entre las nubes deshilachadas y comenzó a volar en círculos sobre ellos; su grito agudo quebró el silencio de la mañana; fue la primera arenga de la batalla.

—¡El águila! —gritó un soldado señalándola—. ¡Zeus está con nosotros!

Empezaron a agitar sus lanzas saludando a la enviada del dios del cielo, encomendándose a él, emocionados. Alejandro supo que ese era el momento. Hincó los talones en el costado de Bucéfalo y comenzó a trotar, subiendo y bajando por la línea, para dirigirse a sus hombres. A sus espaldas, el dorado arenoso de la planicie y la línea oscura del enemigo avanzando.

—¡Hijos de Macedonia, de Grecia, de Fenicia! Zeus Rey velará por nosotros en esta hora en la que nos encontramos en el umbral de la inmortalidad. Invocad a vuestro miedo, que esté con vosotros y os mantenga alerta; no dejéis que os domine, haceos su aliado. El miedo es la última lacra de los tiempos oscuros, esos que estaban plagados de monstruos y de sombras... ¡Pero esos tiempos ya han pasado...! Los derrotasteis el mismo día que con coraje y bravura salisteis de Grecia conmigo, el día que os enfrentasteis a ejércitos que nos triplicaban en número en el Gránico, en Issos..., el día en que escalasteis las murallas blancas de Tiro y os hicisteis con el mar de arena de Egipto... Hoy, aquí, en esta llanura de Gaugamela, derrotaremos a los últimos que quedan...

»Este ejército que se aproxima lo forman hombres esclavizados; vosotros no sois como ellos. Ellos serán muchos, pero vosotros sois libres y un hombre libre siempre saldrá victorioso ante una legión de esclavos. Estáis aquí, hijos del oeste, no como parte de una nación, ni de una comunidad, ni de un pueblo siquiera; hoy en Gaugamela solo hay hombres libres que luchan porque se niegan a someterse a la tiranía. ¡Hoy venís a defender vuestra libertad, porque es la herencia de los dioses, el legado que nos dejaron!

Los soldados lo aclamaron, y Alejandro cogió aire, empapándose de su propia arenga, del espíritu que él mismo excitaba. Un calor cosquilleante le subía por el cuello.

—El persa viene cegado por siglos de barbarie, piensa que la libertad conduce al desorden, a la anarquía y a la muerte. Pero es todo lo contrario. La libertad es lo que nos hace fuertes, lo que nos hace dignos, lo que nos hace hombres. Por eso los aqueménidas del pasado no pudieron derribar nuestra civilización cuando invadieron Grecia. Arrasar la Acrópolis y los templos de Atenea no sirvió más que a su infamia; pensaban que así nos amedrentarían, pero la libertad de los griegos no está en construcciones de piedra ni la salvaguardan ídolos de mármol. La libertad está en cada uno de nuestros corazones, en cada uno de nosotros..., ¡y por eso ningún tirano, así traiga consigo a todos los ejércitos de la Tierra, podrá conquistarnos!

»Macedonios, griegos, tesalios, chipriotas, fenicios... ¡Hombres! ¡Hijos de Zeus! —Bucéfalo se encabritó y Alejandro levantó su espada al cielo—. ¡Yo con vosotros a la victoria, en la vida o en la muerte, pero *siempre* a la victoria!

El chorro de voz que brotaba de su garganta resonó en el abismo, entre las tropas y los caballos. Los soldados estallaron en vítores y comenzaron a chocar sus lanzas contra sus escudos y contra el suelo. Un retumbe como de tambores se elevó hacia el cielo: era el rugido de los libres, los que no se sometían al miedo y con su sangre iban a asegurar la libertad del mundo. No tenían por caudillo más que a aquel joven de veinticinco años que en apenas tres los había llevado hasta un confín del mundo nunca antes conocido. ¿Cómo no iban a confiar en él? ¿Cómo no iban a morir por él, por ellos mismos, por sus hijos? Aullaron su nombre.

—¡¡¡ALEJANDRO!!!

El rey levantó de nuevo su espada.

—¡Marchad, libres!

Los caballos se echaron a galopar vigorosos. La tierra polvorienta de Gaugamela se levantó a su paso. Los ejércitos siguieron la estela del águila negra, que parecía también haberse lanzado a la batalla, a la vanguardia, cortando el aire a su paso, directa hacia el enemigo.

25

Nunca se oyó en el mundo estruendo como el de la espolonada macedonia: miles de jinetes al unísono sacudiendo el suelo, el grito de todos los hombres en el cielo, el propio miedo, de unos y de otros, que con su alarido llenaba el aire... A Alejandro, sin embargo, le parecían terriblemente silenciosos; después del trueno de los discursos y las arengas, del relincho de los caballos, para él se hacía un silencio vacío, el sonido del exterior quedaba congelado antes de que llegara a entrar por los oídos. Solo lograba oír lo que había dentro de su cuerpo: el aire agitado en los pulmones, el aliento ardiente brotando desde la garganta, el tambor del corazón marcando los segundos, como un Cronos siniestro en el centro del pecho, desbocado e imparable hacia la hora final...

Los cuarenta mil hombres y siete mil jinetes macedonios avanzaron por la planicie gris de Gaugamela, cortando el aire, las espadas en alto, los soldados a la carrera empicando sus lanzas contra el enemigo que se acercaba.

Alejandro veía a sus amigos por la ranura estrecha que el casco les dejaba a los ojos. Su arrojo, su valentía..., tenían fiereza en la mirada, furia y rabia, como si de verdad creyeran que morir ese día, en esa batalla, fuera el mayor honor de su vida. Ojalá pudiera sentirlo así, ojalá confiara él también en todo lo que les había dicho a sus hombres. Estaba convencido de que cualquiera que se fijara en él, en su rostro, vería lo falso de su sentimiento, lo impostado. Solo había una forma de conjurar el miedo; entregándose a la batalla, dejándose invadir por el espíritu de la sangre, y hacerlo con ansia de morir; hacerlo peleando. Apretó los dientes y soltó un bramido. Clavó los talones en los costados de Bucéfalo y lo apremió a adelantarse al galope de los otros caballos.

Darío estaba en el centro de la fila, justo enfrente de Alejandro, rodeado por sus guardias reales y por tropas de mercenarios griegos, traidores a la causa y a la voluntad divina.

Alejandro tenía los ojos clavados en él, aunque solo divisara su figura oscura y pequeña subida al carro enjoyado que pronto se llenaría de sangre amiga.

El Gran Persa alzó los brazos y comandó a la caballería, que brotó tras él como dos enormes alas curvas en movimiento. Levantaron una inmensa polvareda que ocultaba sus gritos de muerte.

—¡Crátero! —gritó Alejandro, y le hizo un gesto con el brazo.

El general captó el mensaje y levantando su espada se llevó a su sección de la caballería al frente, directa al choque contra el ala izquierda de los persas, que era la que lideraba el sátrapa Bessos. Iban prestos a morir entre acero y arena.

Otra lengua de caballos oscuros persas cruzó entonces la estepa en dirección oeste, hacia el ala de caballería tracia que dirigía Parmenión. Esa carga la comandaba Maceo.

Bessos y Maceo; los dos príncipes más diestros de la corte de Darío. El aqueménida podía ostentar el título de «Rey de Todo bajo el Cielo», pero si en años de reinado el éter no se había desplomado sobre su cabeza aplastando su imperio había sido porque aquellos dos hombres eran las dos columnas que lo sostenían por él. Ahora ellos eran los encargados de rodear la línea macedonia, por el este uno, por el oeste el otro, una pinza cardinal que ahogara las tropas de Alejandro antes de que estas tuvieran oportunidad de alcanzar el centro de la fila persa, desde donde el rey del universo estaría observando el devenir de la suerte igual que los dioses encaramados en sus nubes solitarias.

Tenían que lograr que Darío condujera todas sus fuerzas hacia un flanco, dejando el otro desprotegido. Alejandro localizó a Hefestión y a Clito, que cabalgaban juntos, y los hizo ir con él, rompiendo el esquema planteado, que era seguir la pauta de Issos. Los condujo detrás de Crátero, directo hacia el encuentro con las tropas que lideraba Bessos. Esperaba así que Darío enviara a un contingente mayor al ala izquierda y dejara a Maceo sin refuerzos por la derecha, a merced de Parmenión y los tracios.

Los ejércitos chocaron; el estallido atroz rompió el silencio en la mente de Alejandro. Las dos caballerías se estrellaron la una contra la otra, rompiéndose las picas, desenfundándose las espadas, cayendo muchos de los caballos y peleando a pie. El caos era inasible. Solo se veía una bruma de sangre y espadas que iban y venían, habiendo perdido el sentido de sus pasos y su dirección. Persas, macedonios, griegos, fenicios, medos, indios...; todos hombres, todos carne mortal, asfixiada por el peso de las armaduras, del sopor del otoño, del pánico, peleando entre gritos por una causa que en el fragor de la batalla se desvanecía.

Desde la grupa de Bucéfalo, Alejandro segaba las cabezas del enemigo con su espada y se enfrentaba a los caballeros montados persas. El brazo se le movía solo, la vista se dirigía hacia los enemigos, que aparecían por doquier, los pies se hincaban entre las costillas de Bucéfalo cuando había que cabalgar, los hombros se agachaban para esquivar el imperceptible espadazo del rival; todo sin que él pensara. Estaba poseído, prendidas en su mente las fibras del irracional coraje heredado de Aquiles y Heracles. Mataba, arrasaba con la vida sin pensar, clavando la espada, desclavándola, volviéndola a hundir en el pecho de otro soldado, enemigo o amigo, no lo sabía. En la hoja plateada se mezclaba la sangre de todos sus reinos, los de Macedonia y los de Persia. El desenfreno lo tenía ciego; así lo afectaba, mas no se daba cuenta, la guerra una vez que estaba en combate: hacía que manasen del alma profunda los instintos más primigenios, los que venían del tiempo oscuro anterior al ser hombre y que no eran ni inmorales, ni malvados, sino simplemente animales. Lo hacían luchar sin las ataduras de la conciencia, anulada momentáneamente, como hacen las bestias salvajes. La supervivencia era lo único que movía al corazón a bombear sangre, a los pies a correr, a los brazos a atacar. Pero lo cierto es que lo último que quedaba de racional en él en esos momentos, muy muy hondo en la conciencia lejana, disfrutaba con ese frenesí, como si fuera reino natural de la bestia reprimida que al fin se sentía libre.

De pronto algo disipó en su mente la niebla del combate. Sangre ajena le salpicó en la cara y, aunque hirviente, la notó sobre la piel como si fuera agua helada. Recobró los sentidos. Sintió apagarse el fervor de la matanza a su alrededor y su mente regresó a un oasis de silencio en el que volvieron a oírse los pensamientos por encima de los rugidos de la bestia profunda. Estaba escrutando, inconsciente, el campo de batalla, y su mente supo qué buscaba..., a quién. No a Darío, no. A sus amigos. Sí. Los buscaba a ellos. A Hefestión..., pero no lo encontraba en el tumulto. Había casi medio millón de hombres en Gaugamela, pero estaba absolutamente solo.

Oyó una voz lejana en medio de la tormenta que lo llamaba. Miró confundido a su alrededor y localizó el origen: Clito gesticulaba violentamente, señalando hacia un punto en el noreste. Miró hacia donde indicaba y vio el contingente de Darío, apartado y sin gran defensa: tan solo estaba protegido por sus mercenarios griegos y por los guardias reales, su retaguardia completamente vaciada de las armas de la caballería, que se había dispersado entera hacia el flanco por el que atacaban los *hetairoi*, tal y como Alejandro había querido. Darío estaba solo, era el momento, la hora de la batalla.

Miró al cielo. El águila negra volaba en círculos sobre sus

cabezas. Hacia el oeste solo se veía la polvareda del choque entre las fuerzas de Parmenión y las de Maceo. La infantería avanzaba hacia allí para auxiliarlo. A él solo le quedaban sus compañeros, sus *hetairoi*, para llevar a cabo una última carga que cruzase la angostura oblicua del campo de batalla y que lo enfrentara, cara a cara, con su reflejo oriental. Era ahora o nunca. El tiempo álgido amenazaba con desbocarse de nuevo; había que decidirlo ya.

Levantó su espada en el aire, encabritó a Bucéfalo para que lo vieran y lanzó un alarido gutural:

—¡Conmigo!

La caballería desperdigada se reunió en torno a él. Los hermanos formaron una fila perfecta con sus jinetes detrás. Aullaron al mismo tiempo que el rey, como una manada de lobos arengándose a la luz de la luna antes de la caza. Espolearon a los caballos, que lanzaron al aire su relincho de hierro y salieron al galope hacia Darío, atravesando en diagonal la llanura, partiendo en dos Gaugamela, dispuestos a caer sobre el Gran Rey y sobre Persia entera.

La guardia persa lanzó un chillido infernal cuando vio venirse encima de ellos al enorme contingente de caballería macedonia. La imparable galopada los arrasó, los llevó por delante, aplastándolos; los caballos pisaban sobre un barro, un lodazal que no era tanto de arena como de restos humanos. Los mercenarios griegos fueron los que pelearon con mayor destreza. Los macedonios mantuvieron aquel combate en un entorno tan compacto y reducido que los persas no pudieron desplegar a los elefantes que habían traído desde la India, porque los aplastarían a ellos también.

En mitad del tumulto Alejandro vio a Darío, tal y como lo recordaba de Issos: encaramado a su carro, envuelto en su manto exquisito, su armadura incrustada de joyas que no brillaban en el día nublado. Esta vez no lo dejaría huir, esta vez afrontaría su destino.

Azuzó a Bucéfalo y cabalgó hasta él, el cuerpo empequeñecido en la montura, la cabeza echada hacia delante para reducir la fricción del aire y alcanzar la máxima velocidad. No le importaba si iba solo o si tenía apoyo: se lanzó dispuesto a decapitar a la serpiente. De pronto un jinete de tamaño enorme se interpuso en medio de la galopada de Bucéfalo, que relinchó mientras se detenía de golpe, casi tirando a Alejandro de su grupa.

Era uno de los sátrapas que había permanecido protegiendo a su rey, uno de esos que formaban el cuerpo de Inmortales, porque entregando su vida con total desprecio hacían vivir eternamente al soberano del universo. Manejaba su espada, enorme y pesada, con gran destreza, y Alejandro, aturdido, tardó en concentrarse para enfrentarlo. Aun cuando chocaba su espada contra la suya, no estaba ahí, sino que miraba por encima del hombro de su rival para comprobar que seguía viendo a Darío y que no se escapaba. El sátrapa no perdonó su falta de atención y le propinó una brutal patada en el costado que lo derribó de la grupa del caballo. Rodó por el suelo, entre los cadáveres y la arena. Perdió su espada.

El inmortal cargó contra él desde su caballo. Alejandro sintió en sus propias carnes el terror que siente un soldado de a pie cuando ve venir a toda velocidad a una bestia montada, embridada con la furia, y a un jinete enorme empuñando el arma desde la altura. Buscó entre los cuerpos una espada, la cogió y se dispuso a encararlo, a cortar el cuello o los tendones de la bestia cuando pasara cerca de él y hacer que el sátrapa cayera para luego rematarlo antes de que lograra ponerse en pie. Asentó los pies firmemente en el suelo, respiró hondo y se mentalizó de la victoria, aunque fuera un suicidio tratar de parar eso que se le venía encima. Pero entonces pasó barriendo un caballo invisible, de la velocidad a la que iba, y la cabeza del sátrapa salió volando por los aires. Alejandro se tiró a un lado antes de que el caballo desbocado por el horror se lo llevara por delante.

—¡Alejandro!

Él se incorporó y lo vio. Era Hefestión. No lo había encontrado en toda la batalla, lo había perdido, pero ahora volvía a él, como siempre, en su momento de mayor necesidad, enviado por los dioses que lo protegían y que no iban a permitir que cayera en Gaugamela.

No pudo hablar, no tenía dominio sobre su cuerpo, poseído por un latido desenfrenado de sangre en su interior. Solamente le sonrió.

Hefestión volvió a gritar su nombre.

—¡Alejandro!

Esta vez señalaba algo. Miró hacia donde apuntaba. Darío. Lo había visto todo. Aún los observaba. Había esperado verlo caer a manos de su mejor guerrero; con horror en la mirada comprobaba que el macedonio aún vivía. Darío rápidamente fustigó a los caballos que tiraban de su carro y los hizo girarse para emprender la huida una vez más.

Alejandro se dispuso a ir tras él, pero de pronto vio que un persa a pie se acercaba por la retaguardia de su amigo.

—¡Hefestión, cuidado! —gritó.

Pero, para cuando este se dio cuenta, el persa le había asestado un terrible golpe en la pierna.

Hefestión pudo matarlo antes de que el dolor lo derribara de la montura.

Alejandro se dispuso a ir junto a él, pero Clito lo retuvo.

—Señor, ¡Darío!

Se estaba escapando. Pero entonces vio a Hefestión en el suelo, recostado entre el cadáver de su agresor, la sangre oscura manando del tajo en el muslo. El persa ya no le importó; salió corriendo hacia su amigo.

—Estoy bien —le aseguró con una sonrisa dolorida—, parece más de lo que es.

—Aguanta, aguanta —le dijo mientras se arrancaba un pedazo de su camisa para vendarle la pierna y contener la hemorragia.

—Déjame, ¡ve tras él, deprisa!

—No voy a moverme de aquí... ¡Ayuda! ¡A mí! ¡Ayuda!

—¡Alejandro, no! Esta es tu hora.

Clito se apresuró junto a ellos; llevaba a Bucéfalo de la brida.

—Yo me quedo con él —lo tranquilizó.

Alejandro dudó un instante más.

—¡Ve! —gritó Hefestión, la voz quebrada por el dolor de la herida y la frustración de que por su culpa fuera a dejar que Darío se escapara.

La decisión que tomó le dolió en el alma. Se encaramó a Bucéfalo de un salto, dedicándole a Hefestión una mirada compasiva con la que le pedía perdón pero a la que los ojos de su amigo respondieron: «Cumple con tu destino».

—Clito, sácalo de aquí. Llévalo al campamento —le pidió.

—Tranquilo, señor —dijo el Negro. Desclavó una pica de un muerto y se la lanzó—. ¡Toma!

Alejandro la cogió al vuelo, espoleó a Bucéfalo y echó a galopar tras el enemigo.

—¡Vamos, Bucéfalo, corre!

El caballo parecía compartir el ímpetu del amo, llevar su mismo latido ígneo. Alejandro galopó como nunca lo había hecho tras el carro del enemigo. Apretaba los dientes, sentía un sabor metálico, de sangre espumosa, entre los labios.

—¡Darío! —gritó—. ¡Darío! ¡Más rápido, Bucéfalo, más rápido!

Sabía que se le escapaba, cada vez se alejaba más.

No podía haber dejado a Hefestión herido en el suelo para no triunfar, no podía fallarle. Tenía que matarlo, tenía que mirarlo a los ojos y acabar con él. Por Grecia. Por los dioses. Por Hefestión. Por sí mismo. Pero no había forma de alcanzarlo.

Aunque deshonrosa, no le quedaba otra salida: sujetó con firmeza la lanza, echó el brazo hacia atrás, cogió aire y la mandó disparada hacia él dando un alarido con el que conjuró toda su fuerza. La lanza cortó el aire con un silbido. Matarlo sin mirarlo a la cara no era noble, pero no le quedaban más oportunidades.

Darío justo se volvió. Pudo agacharse en el último segundo, sintió el susurro del hierro en su oído. La lanza atravesó el rostro de un auriga que iba junto a él en otro carro.

Tiró de las riendas y detuvo a los caballos. La cercanía de la muerte paró el tiempo y dejó a los dos rivales envueltos en la polvareda de la galopada. La distancia que los separaba era suficiente como para que ambos intuyesen cuál iba a ser el desenlace: Bucéfalo estaba agotado y no podía seguir cabalgando detrás de un carro del que tiraban tres sementales frescos. Al macedonio no le quedaban armas con las que lanzarse a pelear cuerpo a cuerpo. Darío iba a lograr huir, dándole la victoria pero privándolo del triunfo máximo: capturarlo. Sin poder contenerlo, brotó de su garganta un alarido de frustración.

Darío le dirigió una última mirada y volvió a espolear a los caballos, desapareciendo al poco su hendida figura en la polvareda que levantó.

Alejandro se quedó quieto viéndolo marchar, sin un pensamiento ni un sentimiento claro en la mente. Se iba. Huía. Seguía hacia el este...

Una galopada de caballos se acercó; una voz reconocible, la de Ptolomeo, que venía con Laomedonte y Nearco.

—¡Señor, Parmenión está en apuros! ¡Necesita refuerzos de inmediato!

De pronto regresó del trance. No solo se había olvidado de Parmenión —su flanco había quedado desprotegido para que se pudiera hacer frente a Darío por la derecha—, sino también del resto del combate en su conjunto: de Bessos y de Maceo y de Crátero... Se había olvidado de dónde estaba. En su mente solo había lugar para el gesto pálido del persa, la trémula visión de su horror en la distancia, su miedo al tiempo, a la muerte que Alejandro encarnaba.

Nearco adivinó sus pensamientos. Vio las figuras diminutas del aqueménida y lo que quedaba de su séquito perdiéndose en la distancia.

—Están demasiado lejos... —le dijo.

Alejandro suspiró. Por un momento pensó que si Parmenión no necesitara de apoyo aún podría hacer que Bucéfalo galopara tras Darío; los dioses le darían fuerza nueva al caballo, alas de Pegaso para lograr alcanzarlo. Y sin embargo había algo dentro de él, muy profundo, muy incomprensible, que respiraba aliviado de verlo marchar, que le decía que si hubiera acabado con él allí, en Gaugamela, también habría acabado con su propósito, con su única meta en la vida y por tanto consigo mismo. Era una sensación extraña pero inconfundible. Miró de nuevo a la distancia yerma de la llanura y pensó: «Que corra. Que huya. Que me indique el camino hasta los dioses que más lejos se encuentren».

—Mandad exploradores tras él. Quiero saber adónde va.

Tiró de las riendas de Bucéfalo y él y los *hetairoi* se dirigieron contra el contingente de caballería con el que aún se enfrentaba Parmenión al oeste del campo de batalla.

El viejo general en verdad había estado apurado. Sus escasas tropas estaban a punto de ser desbordadas por la multitud de soldados indios, partos y persas que había al comando de Maceo. Sin embargo, en medio del caos, muchos desertaron. Había corrido la noticia de que el Gran Rey había abandonado el campo de batalla. Los hombres —soldados y generales— supieron entonces que no quedaba nada por hacer, que Persia había caído.

Antes del ocaso los macedonios ya hacían recuento de las bajas. No eran considerables. Habían caído quinientos macedonios, mil caballos, contaron. Lo que más preocupaba eran los heridos, de los que Hefestión fue uno de muchos y uno de los pocos que no sucumbió en los días siguientes a las heridas.

Tuvieron que apresurarse en levantar el campamento. Gaugamela se había llenado con el hedor de los muertos. Alejandro había ordenado que se cremara a los propios; los cadáveres de Persia los había dejado pudrirse al sol, para que la nube oscura de buitres venida de los cielos se deleitara con ellos, festín de carroña.

Al regresar al campamento, le comunicaron lo que había sucedido durante la batalla. Maceo había burlado las líneas de defensa y con un grupo de soldados había intentado llevarse a la familia imperial consigo.

—Pero al parecer fue la reina madre la que se negó a ir con él.

Al oír aquello, Alejandro sintió por un momento que obtenía una victoria sobre Darío aunque no hubiera logrado capturarlo.

Entró en la tienda de las princesas. Estaba sucio y sudoroso de la batalla, no le había dado tiempo más que a limpiarse la sangre del rostro. Sisigambis se acercó a él con lágrimas de felicidad en los ojos. Alejandro no pudo contenerse, se lanzó a sus brazos y rompió a llorar por la tensión del combate, por la herida de Hefestión, por habérsele escapado Darío, por haber intentado acabar con él, por la alegría pura de no haberlo conseguido, por haber regresado.

Pusieron rumbo al sur, a Babilonia, donde se mandó un mensajero a prometer a la ciudad respeto y restauración de sus ídolos y de su estatus, despreciados y destruidos por los aqueménidas. A la espera de su respuesta, se establecieron en la pequeña ciudad de Arbela, desde donde se mandó a las ciudades griegas y a Macedonia noticia de la abolición de todas las tiranías de la Tierra y del triunfo de la libertad, además de proclamar que todos los hombres del mundo se regirían por sus propias leyes. Firmó como «Alejandro, rey de Macedonia, señor de Asia, faraón de Egipto». Firmas que sin embargo se sintieron falsas al estamparse sobre el documento, pues mientras Darío viviera, nada era él. En Arbela esperaron días, soñando todos con poner pronto rumbo hacia la Puerta Azul de Babilonia, que ningún griego había visto jamás, y Alejandro con encontrarse de nuevo con su enemigo para el combate final.

26

El sendero hasta Babilonia no era del mundo. Del suelo brotaban fuentes de líquido oscuro y denso que al prenderse ardía sin descanso, como lenguas fatuas escapadas del inframundo. Volvieron a cruzar el Tigris y avanzaron por el que era el corazón de la tierra, su región más rica: entre aquellas dos arterias de agua se habían asentado los hombres en un tiempo anterior a la creación de los dioses. Era la cuna de los pueblos, el lugar donde se encontraban los mismos jardines míticos con los que soñaban religiones diferentes. Allí aún se oía el rumor acuático de los diluvios antiguos y el eco de las torres con las que se quiso tomar el cielo y que acabaron viniéndose abajo. Eso era el reino de Babilonia: la pura magia de la humanidad, las primigenias creencias del hombre se respiraban entre los poros de esa tierra fértil, sembrada de palmeras datileras, con aldeas bañadas de acuíferos y campos verdes y dorados rebosantes de cebada.

Al atardecer del vigésimo día después de Gaugamela la alcanzaron.

Ningún griego había pisado Babilonia desde Heródoto: solo por sus escritos se la conocía. Las tropas no pudieron contener un suspiro de asombro al ver las murallas dobles, altas como las de ninguna otra ciudad, coronadas de almenas en las que brillaban las antorchas de lánguidos centinelas.

—Señor, no te acerques. Envía una embajada para ver sus intenciones —recomendó Parmenión.

Alejandro lo desoyó. Espoleó a su caballo y echó a galopar hacia las murallas.

—¡Darío! —tronó—. ¡Sal y enfréntate a tu destino! ¡No existe mayor deshonor que negarte! ¡Darío!

El eco de su grito resonó al otro lado de la ciudad azul.

Los *hetairoi* aparecieron tras él.

—¡Alejandro, aléjate de la muralla! —le pidió Hefestión.

De pronto las bisagras plateadas crujieron y las enormes puertas se abrieron. Trotó hasta ellos un grupo de jinetes, al frente de los cuales iba uno ataviado con todos sus símbolos de poder de sátrapa: Maceo. Parmenión lo reconoció y advirtió a Alejandro de quién se trataba, tal vez esperando que desenvainara su espada allí mismo y acabara con el enemigo huido del campo de batalla. El rey levantó la mano mandándolo callar.

Maceo se aproximó tanto que los *hetairoi* se revolvieron nerviosos en sus monturas, pensando ya en echar mano de la espada, sin perder ojo de los otros jinetes que lo acompañaban. Pero el sátrapa no venía armado. Se bajó del caballo enseñando las manos para que lo vieran. Como gesto de buena voluntad, Alejandro también desmontó.

Se quedaron mirándose durante unos segundos que se hicieron eternos, hasta que finalmente el macedonio preguntó:

—¿Está tu amo en Babilonia?

Maceo sonrió:

—Acaba de llegar —le dijo. Después, se inclinó y le besó los pies.

La ciudad entera estaba congregada para recibir al nuevo rey: lanzaban flores a su paso y agitaban cenicientas hojas de palma. El pavimento azulado del paseo de las Procesiones, la gran avenida por donde los reyes babilonios habían desfilado en sus triunfos desde los tiempos arcanos, quedó al poco tiempo empedrado de pétalos. Allá donde uno posara la vista se encontraba con impresionantes palacios, juegos de color y agua, templos egregios cuyas fachadas sostenían extraños dioses convertidos en columna; los edificios se subían unos encima de otros, devorándose a la vez que construyéndose en la angostura de las calles alrededor de la avenida, como un constante engullir y renacer de arquitectura cósmica.

A Alejandro se le dibujó una enorme sonrisa en el rostro y sintió que los pesares de toda su vida, los recuerdos aciagos y las melancolías oscuras que desde niño habían a veces taimado su carácter, se desvanecían en la imagen maravillosa de esa ciudad nunca antes concebida, en el aire cargado de vítores y ardientes aplausos de sus nuevos súbditos. Con una gracia exquisita levantó la mano y la agitó suavemente para agradecerles el recibimiento, sin saber siquiera si aquella era la costumbre. Tal vez debería haberlo pensado, pero no podía: sus acciones obedecían a un éxtasis sofocante que sentía en el pecho, oprimido bajo la coraza, a punto de estallar de felicidad.

Sisigambis se acercó a lomos de su yegua, que Vahara llevaba de la brida, y a través de los labios de la intérprete le dijo:

—La ciudad recibe a su único rey.

Escoltados por la guardia de Maceo, llegaron finalmente ante la impresionante Puerta de Ishtar. Los últimos murmullos dorados del sol acariciaban los ladrillos azules haciéndolos brillar con una luz cósmica, como si fuera la entrada a un mundo nuevo. Los leones, toros y dragones esculpidos en relieve dorado parecieron incluso ablandar su pétrea mirada ante el nuevo rey.

La puerta conducía a la ciudadela. Una hilera de soldados flanqueaba el camino hasta la enorme escalinata que daba acceso al palacio real de Nabucodonosor, una construcción laberíntica que hacía que el palacio de Cnosos, que había albergado al Minotauro en la Creta mítica de Nearco, fuera tan solo un rompecabezas mal construido.

—Por aquí, señor —indicó Maceo.

Lo siguieron por el laberinto de cámaras y vestíbulos, que se sucedían uno tras otro, cada cual más rico que el anterior, escaleras acaracoladas, ora angostas, ora anchas y majestuosas, y galerías infinitas.

El sátrapa condujo a Alejandro hasta los aposentos reales. Guardaba el arco de la puerta el relieve imponente de un lamasu con sonrisa arcaica. El interior estaba decorado de oro, lapislázuli y cortinas de seda. Maceo lo invitó a asomarse al balcón. La luna llena, la primera desde el eclipse que anunció su triunfo y lo llevó hasta allí, empezaba a levantarse por el oriente e iluminaba la más mágica maravilla del mundo conocido: los Jardines Colgantes. Se le cortó la respiración al contemplarlos. Era una inmensa construcción, conformada por nueve terrazas abovedadas que se iban superponiendo la una encima de la otra. Por cada una de las cornisas sobresalientes se descolgaba la vegetación esmeralda más variada. Las plantas reptaban por las columnas, cambiándose de nivel, extendiendo sobre el jardín su dominio, parejo al de los reyes que las plantaban y las contemplaban crecer. Cedros, cipreses, árboles de Júpiter...; árboles que Alejandro no sabía siquiera nombrar y que provenían de todos los confines de la Tierra se sostenían en las terrazas formando un equilibrio bellísimo. Era un templo a la naturaleza, un santuario a la imaginación más exquisita que jamás pudo existir en la mente de un ser humano.

—Jamás los imaginé así... —suspiró extasiado como un niño.

Maceo sonrió, complacido de que al rey le placiera la vista.

—La reina Amitis llegó a Babilonia hace siglos desde las montañas boscosas del reino de Media para casarse con Nabucodonosor —le contó—. Añoraba tanto su tierra natal y él estaba tan enamorado de ella que mandó replicar las colonias y prados en los que Amitis había crecido, trayendo plantas de todos los rincones del mundo, levantando así los jardines. —Señaló a la última terraza—. ¿Veis, señor? En la cornisa final se sitúa un acuífero que riega las ocho plantas inferiores.

—Es una obra impresionante... —murmuró sin voz apenas.

—Lo es... Sed bienvenido a Babilonia, rey del mundo. Estos jardines, este palacio, esta ciudad; todos los que estamos dentro somos vuestros.

Alejandro lo miró de arriba abajo, como si dudara de tanta lealtad. Parecía haberse dado cuenta de que querían embaucarlo con la visión hechizante de los jardines.

—¿Abandonaste a tu rey en el campo de batalla?

—No, señor. Él nos abandonó a nosotros. Era el protector del orden, del universo, pero no dudó en huir.

—¿Y no has ido tras él?

—Yo ya no tengo más rey que Alejandro, que es el rey que me merece y que, con todo el respeto, señor, me merezco yo.

Alejandro sonrió ante lo que no sabía si considerar una insolencia o una muestra de devoción.

—¿Por qué dices eso?

—Porque he gobernado Licia y sé cómo piensan los griegos: los persas no somos amantes de la tiranía, señor. Yo no sirvo a tiranos que usan su poder absoluto sin criterio y sin conciencia. El Gran Rey devino en déspota... Alejandro es la fuerza del orden, la de la justicia, que es la que nosotros creemos que mantiene en equilibrio el universo.

El joven guardó silencio unos instantes, meditando aquellas palabras.

—Pretendiste rescatar a la reina madre, me dicen.

Maceo agachó la cabeza.

—Esas eran mis órdenes, rescatar a toda la familia del Gran Rey.

—Y sin embargo ella se negó a ir contigo.

El viejo general dejó ir un suspiro.

—Prohibió a sus nietas dar un paso fuera de la tienda. Cuando las apremié a montar a los caballos, me miró y me dijo: «General, entrega tu lealtad a quien la merezca», y volvió dentro.

—No la forzaste a ir contigo.

—No. Entendí que no era su voluntad regresar junto al Gran Rey, sino permanecer con Alejandro. Ahora yo también comparto esa decisión y os rogaría que me lo permitierais.

—Así será. —Lo cogió por los hombros, gesto que por extraño al provenir de un rey pareció incomodar al persa—. Maceo: te nombro sátrapa de la ciudad y del reino de Babilonia.

Fue el primer persa a quien Alejandro elevó a su Gobierno, y no fue el último. Su nombramiento causó gran revuelo entre los generales macedonios, que habían esperado que el gobierno de un reino tan próspero como Babilonia se entregara a alguien de confianza y no al primer bárbaro que traicionase a Darío. ¿Qué sentido tenía conquistar Babilonia y entregársela a los mismos que la gobernaban antes? Alejandro estaba por encima de tales debates: aquellos reproches le parecían llenos de envidias y concupiscencias. Él, en cambio, veía más allá: no era solo que necesitase a persas como Maceo para dirigir esa tierra. Aquel Gobierno híbrido de griegos y persas habría de ser el principio de un nuevo imperio que venciera las diferencias entre este y oeste y acabara por unir a todos los pueblos bajo un solo cetro: el suyo, el de la libertad.

27

Durante cinco semanas disfrutaron en Babilonia de las mieles de la victoria, de los lujos exóticos, del tesoro magnífico, de la divinidad de los paraísos terrenales de los reyes, de los burdeles que ocupaban el espacio de palacios y templos. Era tal la paz que parecía que Darío había caído en Gaugamela, que no quedaban más enemigos a los que combatir, que la guerra había terminado. Pero el rey fugitivo no escapaba de la mente de Alejandro. Asomado a los balcones azules del palacio de Nabucodonosor, meditaba mirando el horizonte, imaginando hacia dónde estaría dirigiéndose, dónde podrían quedarle leales con los que alzar otro ejército. Eran muchos los destinos: los montes Zagros, imposibles de cruzar en invierno, la imperial ciudad de Susa, la de Persépolis, la raíz del mal, la ciudad que había levantado el cruel Jerjes, destructor de Grecia, y la árida Fars, en la gran llanura irania. Más allá, tierra ignota. A Darío aún le quedaba el mundo para esconderse y planear su regreso.

Alejandro se decidió: empezarían tomando Susa, la capital imperial. Uno a uno se haría con los centros de poder aqueménidas. Sabía que mientras su rival respirara él no sería señor de Asia. Ese era ahora su único objetivo: había proclamado la abolición de las tiranías del mundo, pero aún tenía que recibir de los vencidos la corona de todas las tierras. Lo supo cuando una noche, tras un banquete, Parmenión insinuó que, puesto en fuga al Gran Persa, era hora de arreglar los asuntos pendientes y regresar a Macedonia. Como si hubieran insultado su honor, Alejandro se enderezó bruscamente, lo fulminó con la mirada y le dijo:

—Nuestra misión no estará completa hasta que no hayamos vengado a Grecia. Esa venganza requiere que los déspotas paguen por sus crímenes.

Nadie entendía a qué déspotas podía referirse —a Darío pronto se lo tragarían las sombras de la historia, los gobernantes de Persia se habían rendido ante él e incluso la capital imperial, Susa, había mandado emisarios diciendo que se entregaba— y se achacó su arrebato al vino y al recelo que se sabía que sentía por Parmenión. Sin embargo al día siguiente reunió a su consejo y trasladó, ahora sereno y sobrio, su deseo de continuar la marcha tras Darío, de quien dijo aún contaba con apoyos suficientes en el este como para alzarse con otro ejército.

—Señor, tienes un mundo a tus espaldas que gobernar —le repitió Parmenión sombríamente, y recordó las muchas misivas enviadas por el regente Antípatro desde Macedonia en las que alertaba de la rebelión de las ciudades griegas, de la ambición insaciable de Esparta, de Roma, que crecía más allá de la península itálica, y de Cartago, que era señora de los mares.

Todos lo miraron en silencio, esperando su respuesta. No podían ignorarse las amenazas a las que se enfrentaba Macedonia, el mundo conocido. En el este habían sido derrotadas, pero en el oeste todavía existían.

Alejandro se dirigió a todos:

—Generales: el mundo que vamos a gobernar está aún por conquistar y nunca estará a salvo mientras los que otrora lo tiranizaron sigan con vida. No vamos a dejar nuestra misión a medias. Darío vive. Y, mientras viva, Grecia no estará a salvo.

Nadie osó contradecirlo, pero empezaban a temer que quisiera llevar aquel viaje más lejos de lo que ninguno pudiera aguantar.

En los últimos días de otoño comenzaron a moverse de nuevo las tropas en Babilonia, a recoger sus caballos, sus armas, a despedir a las concubinas a las que habían amado aquellas semanas y que pronto se sabrían esperando hijos macedonios. Alejandro se despidió de los Jardines Colgantes, el lugar más sacro que jamás había pisado, donde en la naturaleza se sentía conectado a los primeros dioses como en ningún otro templo. Dejó órdenes de que se restituyera a Babilonia a su condición de ciudad imperial, la que había tenido antes de que la aplastase la decadencia impuesta por el capricho de los aqueménidas. Se reconstruiría el gran zigurat —el inmenso templo piramidal— y regresaría el culto honroso a sus antiguos dioses: se desempolvaron los relieves del hastío de los siglos, se restituyó al arcano sacerdocio y se devolvieron las tierras del templo expoliadas por los aqueménidas. Alejandro dejó una capital leal a su monarquía esperando para recibirlo de nuevo, años después, cuando emprendiera el camino de regreso, cuando todo hubiera vuelto a empezar.

Durante algunos días siguieron el Camino Real hacia el este. Cuando divisó las torres temblorosas de Susa, oscuras, sobrepuestas sobre el alba que se levantaba en el oriente, sintió que regresaba a un sitio conocido, como si una parte de él, en otro tiempo, ya hubiera visto esa ciudad, como si no estuviera entrando en ella sino regresando. En la línea que los dividía, el Oriente y el Occidente formaban un espejo, y tanto los que venían de un lado como los que lo hacían del otro tenían la sensación de que repetían su viaje de forma incesante, siendo su destino siempre el mismo lugar del que partieron; de sí mismos.

Los sátrapas rindieron la capital imperial y entregaron el mando de las fortalezas, el tesoro y los palacios. Alejandro sintió lástima cuando vio a Estatira y Dripetis regresar emocionadas en sus estancias privadas, después de tres años de campaña. Ansiosas buscaban que todo estuviera tal y como recordaban haberlo dejado. En esos aposentos reales habían crecido y allí estaban por tanto los recuerdos de una infancia que su padre truncó al poco de llegar al trono llevándoselas a la guerra en el Occidente, para demostrar que no tenía miedo de perderlas.

Sisigambis en cambio se paseaba melancólica por el palacio. Durante todo el viaje, había estado preparándose para el momento en el que cruzara las puertas y volviera a sentir el olor de Darío en las estancias. Quiso adelantarse a las trampas que le tenía preparada la nostalgia, pero no pudo evitar caer en cada una de ellas: lo hizo adrede porque, aunque fuera terrible el dolor y en el fondo no mereciese la pena, lo necesitaba. Una, tan solo una mirada al pasado; eso le bastaba aunque luego se hundiese en el dolor de la breve alegría de recordar.

Alejandro notó su tristeza. Supo que estaba pensando en la última vez que caminó por aquellos pasillos del brazo de su hijo verdadero, que probablemente aún estaría convencido de que iban a la victoria y de que la dinastía de los aqueménidas duraría mil años más. Y es que aunque hubiera tomado a Alejandro como hijo, aunque se hubiera olvidado de Darío y entregado a él, ella seguía siendo una persa cuyo mundo, como el de todos los de su raza, se estaba viniendo abajo.

Le puso la mano en el hombro. Notó que se sobresaltaba y supo que sin querer la había sacado a rastras de un profundo pensamiento.

—Madre... —fue todo lo que supo decirle para consolarla.

Sisigambis se sintió apurada por su melancolía. Le parecía que era darle recuerdo al hijo que no la merecía, al hijo que la había abandonado. Se prohibía a sí misma sentir nada por él, pero ni siquiera una madre es consciente del poder insondable del vínculo que la une al hijo; no es este prisionero de la madre menos de lo que la madre lo es de él. Sisigambis lo sabía, pero aun así su corazón volátil y ambicioso —su corazón humano— se afanaba en convencerse de que era posible cercenar esa conexión; caía en una profunda tristeza y frustración cuando constataba que era algo inútil.

Esbozó una sonrisa y le indicó que la siguiera. Cruzaron varias antecámaras y llegaron a los aposentos del rey, una lujosa estancia, llena de oros y sedas, vasijas magníficas, esculturas, pero nada de allí interesaba a la reina, que lo condujo hasta una pequeña puerta, camuflada entre los relieves mitológicos de la pared. Entraron en un habitáculo estrecho, iluminado por un haz de luz que se colaba por un alto hueco en la pared. Allí había guardado un cofre ornamentado. Sisigambis lo abrió con una llave que extrajo de entre los pliegues de su túnica y le mostró lo que había en su interior. Era un brazalete: un lagarto de oro se enroscaba en su propia cola, cargado con seis piedras preciosas de diferentes colores. Con un gesto le hizo que extendiera el brazo y ella misma se lo colocó en la muñeca. Se volvió después al cofre y sacó una tela de color púrpura. La desdobló con cuidado y se la puso sobre los hombros a Alejandro. La tela era más suave que ninguna otra que jamás hubiera conocido, acariciaba ligera la piel pero al tiempo abrigaba y ofrecía calidez. A ese material, lo supo después, lo llamaban «el rey de las telas»: se tejía en la India, con las pieles de antílopes huidizos que nunca descendían a cotas bajas y que se tenían que ir a cazar a las cimas escarpadas del mundo. Únicamente lo podía llevar la realeza y, en púrpura, solo el Gran Rey. Tras ataviarlo con las insignias de la dinastía aqueménida, Sisigambis, llevada por la liturgia de esa coronación improvisada, se arrodilló ante él, jurándose una vez más que no volvería a evocar a Darío en su recuerdo. Fue entonces cuando de verdad se tomaron el uno al otro como madre e hijo. Lo supo porque, el día que se despidieron, Alejandro sintió el dolor que durante toda la vida había pensado que lo asaltaría el día que le dijera adiós a Olimpia. Frente al Helesponto plateado no lo había sentido; habían querido los dioses que fuera frente a las murallas de Susa, antes de partir hacia Persépolis, corazón de Persia, cuando rabiara en su pecho el verdadero amor de hijo.

La ruta que ahora perseguirían, a través de la Persia desértica, de las montañas, era demasiado peligrosa como para que ellas continuaran con él. Se quedarían en Susa. Ya le había demostrado a Darío que no lo temía; no había necesidad de ponerlas en peligro por más tiempo. Haría venir a maestros griegos, y dispuso que la reina madre y sus nietas aprendieran la lengua para poderse comunicar con él, como era menester que se hiciera en familia. «Cuando vuelva —les dijo— al fin podremos hablarnos con palabras.» Sisigambis sonrió y lo besó en la frente. Alejandro partió a finales del vigesimoquinto año de su vida, el sol nuevo refulgiendo en el oriente, estrellas extrañas en el firmamento y un alma distinta en su interior. El este le llamaba y lo hacía con la voz de Darío.

TERCERA PARTE

—

EL ÚLTIMO AQUEMÉNIDA

1

El alba aún no había brotado tras la línea del desierto; sobre Persépolis, la capital histórica del Imperio persa, todavía estaba instalado el cielo duro y metálico de la madrugada. Hefestión aún dormía al lado de Alejandro. Su figura desnuda entre las sábanas lo tenía hipnotizado: el pecho de musculatura cuajada que se movía con la suavidad de su respiración, el cuello y los anchos hombros, los brazos poderosos sosteniendo aún el abrazo en el que se había dormido, el rostro anguloso sin afeitar sembrado de besos, los párpados plácidamente cerrados, el cabello castaño revuelto entre las almohadas. Le impresionaba la cicatriz de Gaugamela: el horrible zarpazo de la muerte le tajaba el muslo derecho, casi desde la cadera hasta la rodilla; recordaba con desesperación la sangre manando incesante aunque los médicos la vendaran una y otra vez, los desfallecimientos de su amigo, pálido sobre la camilla, su sonrisa cuando despertó y lo vio a su lado. Había estado tan cerca...

Salió de la cama y al pisar el frío suelo se le erizó el vello. Se sentó a un escritorio de mármol sostenido por efigies de toros dorados y empezó una larga carta, que aún no había terminado para cuando Hefestión despertó.

—¿Estás escribiendo? —le preguntó entre las neblinas soñolientas del amanecer.

Alguien llamó a la puerta sobresaltándolos a los dos.

—Soy Clito —se oyó al otro lado.

—Adelante —dijo Alejandro.

El cerco morado de sus ojos hacía evidente que el Negro no había dormido en toda la noche. Alejandro pensó que habría estado disfrutando de las mieles de la conquista con los otros *hetairoi*, pero en realidad su hermano de leche había pasado la noche en vela preocupado por el futuro.

—¿Sucede algo?

Entró taciturno, pero la presencia de Hefestión lo invitó a hablar. Cuando se iba a tratar de algo delicado o importante con Alejandro convenía tener cerca un apoyo leal, del que se supiese que iba a mirar por el bien del rey y no por el propio.

—Hay rumores —dijo, haciendo por contener sus sentimientos—. Se le ha visto. A Darío.

—¿Dónde? —inquirió, la voz emocionada.

—Al noroeste de aquí, en Ecbatana. Al parecer, allí, su sátrapa Bessos, que es el más poderoso del este, tiene muchos leales. Si Darío no presenta batalla en Ecbatana es porque está demasiado débil; iría entonces hacia Bactria, la satrapía de Bessos, a refugiarse en las montañas.

—¿Todavía le quedan tantos apoyos? —Le sorprendía que tras haber huido del campo de batalla aún hubiera leales con él.

—Mi señor, frente a un conquistador que es enemigo común, lo que en otro tiempo fueron rencillas ahora son lealtad y alianza.

—¿Cómo de ciertos crees que son estos rumores, Clito? —preguntó Hefestión.

—Lo suficiente como para que los creamos y los tomemos como referencia a la hora de trazar nuestra estrategia.

—Si se encuentra en Ecbatana estará recibiendo apoyos de todas las satrapías al este y al norte.

—Y de las tribus hircanias podrían venir cientos también. Debemos tenerlo en cuenta, señor.

Pero las voces de sus generales se perdían en la parte trasera de la mente de Alejandro. Aquellas noticias habían extraviado al rey en el reino de su memoria. Ecbatana..., a tan solo unas jornadas de Persépolis; allí estaba, allí se escondía, allí se enfrentaría con él cara a cara por fin. Era el destino de ambos.

—¿Señor?

—¿Alejandro?

Llevaban minutos hablándole sin que reaccionara. Tras

volver en sí, estiró la mano hasta la jarra de vino que había sobre la mesa y se bebió de un trago una copa. Después otra.

Aguardaron en sepulcral quietud a que el rey terminara de beber. Lo hacía con necesidad, pero no con sed, sino para calmar los nervios y ahuyentar los recuerdos.

Clito rompió el silencio:

—Si en Ecbatana consigue reunir suficientes tropas podría llegar a lanzar un ataque sobre Babilonia antes de que lo alcancemos desde aquí. Si la tomase, recuperaría el control de Mesopotamia y nos dejaría aislados en Persia.

—Sí, pero no podrá cruzar los montes Zagros en invierno —dijo Hefestión.

—Puede que no le haga falta. Si mandamos a nuestras tropas contra él podría rodearnos y aprovechar para recorrer un camino contrario al nuestro —explicó el Negro—. Cuando llegásemos a Ecbatana la hallaríamos vacía y recibiríamos noticias de que Darío está con sus hombres en Susa o en Persépolis, a nuestras espaldas. Desde aquí tiene fácil el camino hasta Babilonia.

—Todo ello, no lo olvidemos, si es que de verdad esconde un ejército en Ecbatana.

—Es lo más probable. —Clito se dirigió entonces a Alejandro—: Señor, debemos ser cautos. Sería conveniente sacar el tesoro y llevarlo a Susa al tiempo que nos hacemos fuertes aquí.

Alejandro, aún ausente, pensaba en el enemigo mitológico; Hefestión no estaba convencido.

—¿Propones que nos quedemos en Persépolis?

—Solo hasta que sepamos más sobre la situación y las intenciones de Darío.

—Quedándonos aquí solo le estaremos regalando tiempo.

—Es lo más seguro mientras recomponemos el ejército. Si vamos tras él nos arriesgamos a enfrentarnos con una gran fuerza en Ecbatana. Hemos triunfado contra Darío en campo abierto, pero en Ecbatana podríamos encontrarnos con un asedio como el de Tiro, señor. No estamos preparados para eso. ¿Qué ordenas que hagamos?

Alejandro se esforzó en masticar sus palabras y argumentos, pero no lograba pensar con claridad. No conseguía recordar las lecciones estratégicas de los nueve meses de asedio a Tiro que evocaba Clito. Trataba de imaginarse las complicaciones invisibles que sus generales veían tan predecibles, pero en su mente solamente cabía la imagen de Darío escondido en Ecbatana.

—Iremos tras él —decidió.

Clito trató de convencerlo de los peligros de abandonar Persépolis.

—Está decidido —sentenció.

—Pero, señor...

Alejandro lo tranquilizó.

—Nos estará esperando en Ecbatana y se entregará. No volverá a huir de mí ni aprovechará para avanzar sobre nuestra retaguardia. Tiene que enfrentarse, tiene que venir a mí; es su destino como rey.

Clito sabía que el deseo de honrar a ancestros, súbditos y dioses podía a veces confundir a los reyes y nublar su razón. Era tarea de los hombres menores, como él, recordarles, siempre con respeto hacia sus egregias personas y con cuidado por la vida propia, que no obtendrían victoria sin estrategia ni razonamiento lógico. Cada vez, no quería admitirlo, entendía mejor a Parmenión.

—Señor, las tropas están exhaustas. Si Darío nos espera con un ejército no lo resistirán. Caerán aniquiladas.

—No lo harán —le respondió— porque la justicia de nuestra causa les dará fuerzas y se las restará a los persas. Clito, hermano mío, nuestros hombres no luchan por mí, su rey; luchan por Grecia, por vengar el sufrimiento que infligió la crueldad persa.

—Están agotados, Alejandro —insistió con pesadumbre—. Agotados. Sueñan con un tesoro que les prometiste y con volver a casa...

—¡Habrá mucho más tesoro en Ecbatana! Todos los sátrapas que apoyan aún a Darío habrán llevado hasta allí sus riquezas.

—Eso es algo que tus hombres no saben, y tú tampoco. De lo que sí tienen certeza es de que Persépolis es el centro del Imperio persa, y de que una vez tomada se acaba la venganza. Están agotados —repitió.

—En cuanto yo, su rey, les diga lo que queda por encontrar vendrán prestos a la batalla, a mi lado.

Había algo extraño en su forma de hablar, en aquella majestad que de pronto se atribuía y que pensaba que era un faro en la noche.

—Pero es vital que vean que la empresa les aporta algo más que sueños y promesas. Y necesitan descansar. Lanza a tus ejércitos en este estado contra Darío y los perderás... —Tuvo de pronto la sensación, viendo sus ojos perdidos que lo veían sin mirar, de que se estaba burlando de él, de que no le importaba lo que tuviera que decirle. Le pareció que lo miraba como a un inferior, como a un siervo—. ¡Alejandro, pierde los ejércitos y tendrás que retirarte; ya no habrá más guerra que luchar, lo sabes tan bien como yo! —bramó incapaz de contenerse ya. Se hizo de nuevo una quietud mortuoria—. Perdóname, señor —se disculpó avergonzado.

El rey no se movió ni articuló palabra. Se había ido volviendo un hombre de grandes silencios, pero eso no le restaba un ápice de temperamento ni lo hacía menos impetuoso. Clito miró a Hefestión con la esperanza de que trajera algo de sensatez a aquella disputa, pero fue en vano. Reparó entonces en que ya apenas obtenía apoyo de Hefestión, de nadie, en realidad.

—No puedo dejar que huya... —acabó por murmurar. Se acercó a Clito, lo tomó por los hombros con cariño—. Debes entenderlo. Tienes que hacerlo porque te necesito conmigo.

—Siempre estaré con mi rey, con mi hermano, aun cuando crea que se está equivocando —le respondió.

—Confía en mí, como siempre habéis hecho.

—Pero saca entonces el tesoro de aquí, Alejandro, y haz por contentar a tus soldados y darles fuerza.

El rey asintió con una sonrisa.

—No te preocupes. Organiza el traslado del oro: que vengan animales y caravanas de los alrededores y lo transporten a Susa. Y da orden de que se reúnan al atardecer los soldados en el Salón de las Cien Columnas para que su rey se dirija a ellos.

—Así lo haré.

—Clito —le dijo antes de que se marchara—. Haz que venga un mensajero.

El Negro salió al pasillo y pasó la orden al guardia. Cuando este llegó, Alejandro le tendió la carta que había estado escribiendo:

—Para la reina madre de Persia.

El mensajero inclinó la cabeza, cogió la misiva y se fue.

—¿Has escrito a Sisigambis? —preguntó Hefestión preocupado—. ¿No temes que le pase información a Darío sobre nuestros movimientos?

Alejandro se sirvió otra copa de vino.

—No he comentado nada con ella. Pensaba que Darío estaría aquí, simplemente le cuento que no está. —Bebió y soltó un suspiro cansado—. Hefestión, seme sincero. ¿Crees que yerro y que Clito acierta?

—Creo que eres rey y que ves cosas que los demás no vemos.

—Seme sincero —le ordenó.

Hefestión guardó silencio meditando su respuesta.

—Creo que Clito puede tener razón. Pero lo cierto es que no sabemos cuántos acompañan a Darío en Ecbatana, y si son pocos y esperamos le estaremos regalando tiempo.

—Me dejas de nuevo entre dos caminos que parecen igual de traicioneros.

—Cambiaré entonces mi primera respuesta: *corresponde* a los reyes ver las cosas que los demás no vemos. Eres el líder de los ejércitos y es a ti a quien obedecemos.

Alejandro rio entre dientes, complacido.

—Bien lo sé.

2

Se rompía el sol de la efímera tarde cuando los soldados de las falanges atravesaron las imponentes puertas y se congregaron en el Salón de las Cien Columnas a la llamada del rey. Venían de dormir los excesos de la noche anterior en los brazos de desconocidas por todos los burdeles de Persépolis.

Alejandro esperó algo más de una hora para recibirlos. Dejó que comieran y bebieran en abundancia antes de hablarles. Luego se vistió con su coraza de hierro azul brillante, como rey soldado, y se dirigió a ellos.

Los soldados se pusieron en pie ante su presencia. Los asiáticos que se habían unido a las falanges hincaron la rodilla e inclinaron sus cuerpos hasta casi rozar el suelo con la frente.

El rey se colocó bajo la inmensa cabeza de toro que presidía la sala.

—Soldados, hermanos míos: nos encontramos aquí, en el confín del mundo, en la misma sala del mismo palacio desde donde los aqueménidas planearon hace siglos la invasión de Grecia, de nuestra tierra. Desde aquí se burlaron de nuestros héroes caídos en Maratón, en las Termópilas, aquí se planeó el ataque sobre Atenas, la destrucción de la sagrada Acrópolis. ¡Y aquí, siglos de lucha después, estamos nosotros!

Los soldados estallaron en vítores y clamores, incluso los iranios, llevados por el frenesí de los griegos.

—¡Este palacio, esta ciudad, que fue muerte y sufrimiento de griegos, humillación de nuestros dioses, es hoy tumba de Persia!

De nuevo corearon, arengados por su caudillo. El Salón de las Cien Columnas se llenó con el aliento ardiente de los helenos, un espeso vaho de victoria.

Alejandro levantó la mano para calmarlos.

—Y sin embargo —les dijo—, el Gran Persa ha huido...

—¡Cobarde! —aullaron, abucheando su nombre.

—Igual que huyó en Issos y en Gaugamela. Vosotros estabais allí, lo visteis: Darío oculta sus riquezas, quiere negarnos el privilegio de acabar con él como ellos acabaron con Leónidas, rey de Esparta, o con Aquiles, mi antepasado. ¿Acaso no hemos de vengarnos? ¿Acaso debemos dejar que el Gran Persa escape a su destino?

—¡No! —Sus voces de lobos llenaban el salón.

—¡Eso es! Iremos tras él y le haremos pagar por sus crímenes y los de sus antepasados. Le haremos ver cuán rota está la dinastía de los aqueménidas. Y no importa adónde vaya, dónde se esconda, ¡lo encontraremos! Ya no le queda Persia a la que huir o en la que hacerse fuerte: ¡Persia somos nosotros!

Los soldados estallaron, sacaron las espadas de sus cintos y las levantaron al aire gritando con toda la fuerza de sus pulmones el nombre de su rey.

—Esta ciudad es por derecho vuestra. Por todo lo que Grecia sufrió, por todo cuanto los aqueménidas nos arrebataron. Su capital es vuestra: ¡tomadla! ¡Tomad todo lo que encontréis! ¡Es vuestro derecho!

Sobre el aire infernal de la arenga y con el incendio del vino en los corazones, los soldados lanzaron un grito al cielo y salieron del palacio a tomar una ciudad en la que ya llevaban días.

Alejandro se volvió hacia Clito, que se acercó a él.

—El tesoro ya está fuera, ¿verdad?

—Sí, mi señor. Desde el mediodía lo estuvieron sacando las caravanas. Aquí ya no queda nada.

—Bien. —Y luego se dirigió al resto de los generales—: Vigilad a vuestros hombres, que no se cometan desmanes.

—Señor —lo retuvo Clito—, ¿por qué les has dado permiso para saquearla?

Alejandro lo miró desafiante. Un pensamiento de voz furiosa rugió en su cabeza: «¿Cómo osa preguntarme nada?». Pero a él se impuso un hálito, el último quizá, de su espíritu griego:

—Porque estoy a punto de pedirles mucho.

A Clito le pareció ver un destello febril, casi de locura, en él.

Aquella ciudad que les había abierto las puertas, que se les había rendido, fue arrasada. Los templos y los palacios fueron tomados al asalto y expoliados. Borrachos de un trance insuflado por los oscuros dioses que moraban en lo más profundo de sus corazones, las falanges alejandrinas saquearon todo cuanto encontraron, llevándose joyas, oro... y mujeres. Si bien desde la llegada a Persépolis se habían limitado a yacer con las de los burdeles y las de los harenes de los dóciles sátrapas, ahora cayeron sobre toda mujer con la que se toparon. Bárbaras todas, se reían los soldados entre ellos diciéndoles que no se resistieran, que les traían la civilización. Apenas quedaron mujeres en Persépolis sin las entrañas marcadas por el hierro heleno. Las despojaron a todas, desde la princesa a la esclava, desde la viuda a la niña, del honor y el orgullo de ser hembras del este, hijas de los soles, las estrellas y las lunas del Oriente.

Alejandro no se movió del balcón, agarrando férreamente la baranda de hierro negro como si temiese marearse, perder el equilibrio y caer. Estuvo escuchando hasta que el silencio de la madrugada y el cansancio hicieron enmudecer los gritos, horas después.

Poco antes del alba, Parmenión entró en los aposentos reales. Allí estaban todos los *hetairoi* llenos de preocupación. El *strategos* se dirigió a Hefestión y le susurró algo al oído. Este salió al balcón e informó al rey del mensaje.

—Parmenión informa de que hubo pillaje de mujeres por toda la ciudad. En el barrio noble las han dejado muertas. La mayoría eran apenas niñas.

El viejo general esperó inquieto. Alejandro volvió dentro, impasible a pesar de lo que acababan de comunicarle.

—¿Están preparados los caballos y los hombres? —fue todo lo que preguntó al conjunto de los *hetairoi*, que se quedaron atónitos, pues parecía, por el tono de voz con el que lo había preguntado, que hubiese olvidado que solo unas horas antes él mismo había ordenado saquear la ciudad.

—No, señor —le respondió Clito rompiendo el silencio que se formó.

—Que para cuando amanezca lo estén —ordenó.

—¿Preparados para qué, mi señor? —le preguntó Parmenión, confundido.

—Para partir a Ecbatana tras Darío —aclaró Alejandro. Hablaba con la incoherencia de un pensamiento deshilachado en el infinito.

El general temió que con aquella súbita partida Alejandro quisiera evitar tener que impartir justicia por los desmanes cometidos, de modo que lo presionó.

—Mi señor, el pillaje... se está produciendo mientras hablamos. En el barrio noble tus soldados violaron y mataron a las hijas de varias ilustres familias, obligando a las madres a presenciarlo —reiteró por miedo a que Hefestión le hubiese ahorrado los detalles—. Debes hacer algo. Los persas sabrán de las barbaries que se cometen en tu nombre.

Alejandro se volvió enojado.

—Os dije que controlarais a vuestros hombres —les reprochó severamente—. Si me hubierais obedecido, no tendríamos que lamentar atrocidades como esta.

Hefestión captó en él una extraña mueca de furia. Lo comprendió: Alejandro ya no consentía la réplica ni que sus súbditos, aunque fueran sus propios *hetairoi*, sus amigos, cuestionasen sus órdenes. Algo había cambiado en su carácter, más volátil e incendiario, especialmente cuando se hablaba de deslealtad o de desobediencia. Los generales quisieron replicar, pero, temiendo lo que pudiera suceder, Hefestión intervino:

—Mi señor, era tarea imposible gobernar los deseos de unos hombres a los que se acababa de dar libertad para hacer lo que en ocasiones normales la ley les impide. Es imposible contener a quien, aun por un instante, se ha liberado de la obediencia.

Alejandro estalló.

—¡Mientras se viva no se es libre de la obediencia ni a los reyes ni a los dioses!

Los *hetairoi* se revolvieron inquietos. Si Alejandro hablaba de aquel modo a Hefestión, que era el favorito, era evidente que ninguno estaba a salvo.

—Lo sé, mi señor —le contestó sin alzar el tono—, pero era escaso el botín, muchos los hombres que lo ansiaban y mucho también el tiempo que sus ansias llevaban contenidas. Tú mismo lo dijiste: aquí está la raíz de todos los males que asolaron Grecia. Ellos se preguntan: ¿por qué hay que mostrar mesura o piedad? ¿Lo habrían hecho las tropas persas?

—Somos griegos —espetó Alejandro— y lo que Parmenión cuenta es la más pura y vil crueldad persa.

—No es la crueldad de los persas, sino el desenfreno, el éxtasis propio de unos soldados que de repente se han visto dueños de la ciudad enemiga.

El rey no entró en razón.

—Esta noche se han convertido en lo que cruzamos el mundo para destruir.

Hefestión no se atrevió a seguir hablando. Clito sí.

—¿De veras crees que lo saben?, ¿de veras crees que son conscientes?

Lo dijo casi gritando y después se hizo el silencio. Alguno incluso rompió a sudar temeroso de que aquella discusión azuzada por el vino terminara con sangre.

—Eso es lo que me preocupa —repuso Alejandro—: que se han perdido sin darse cuenta.

Los miró a todos: mantenían la cabeza agachada, evitando mirarlo, hiriéndolo con su silencio; Clito y Parmenión eran ya los únicos que le sostenían la mirada, recordándole cuáles eran las patas que sujetaban su trono.

—Mis generales me desafían —espetó hastiado—, mis hermanos desconfían de mí, y mis soldados se transforman en aquello que vinimos a combatir. Hemos entrado en Tiro, en Gaza, en Menfis, en Babilonia... y nunca he visto esto. Esto no es la guerra, ni el espíritu de los hijos de Ares. —Bajó la voz y miró asustado a los altos techos de donde colgaban los estandartes aqueménidas y a los muros desde donde los espiaban los relieves silenciosos—. Esto es el demonio persa..., el mal habita en Persépolis.

»Es este lugar —explicó, moviéndose por la sala, señalando los relieves fantasmales, las estatuas broncíneas de toros y leones—. Es el epicentro del mal aqueménida: aún está vivo y nosotros estamos dentro; nosotros somos los latidos. Es el espíritu maléfico de Jerjes, hermanos: el antiguo tirano persa habita entre estos muros...

—Alejandro... —dijo Hefestión tratando de calmarlo, pero el rey caminaba de un lado a otro, como poseído por las mismas fuerzas a las que aludía, rondando a sus generales.

De repente se quedó helado, como si hubiera visto a los fantasmas deslizarse entre las columnas.

—Sus cuerpos moran bajo esta tierra y sus espíritus se encuentran en estos palacios, entre estas mismas paredes. Esa es la forma en que quieren triunfar. La guerra no se acaba si ellos vencen. Y están venciendo: nos están convirtiendo en ellos, están volviendo a la vida a través de nosotros... Es este lugar... Hay que destruirlo...

—¡Señor! —exclamó Parmenión, harto de aquellas supersticiones orientales.

—No queda otra opción, hermanos —aseguró Alejandro—. Es la única forma de vencer, la única forma de llevar a cabo nuestra venganza: reducir a cenizas esta ciudad endemoniada, arrasar con la memoria de sus muertos para arrasar así con su maldad.

—¿Pretendes quemar la ciudad porque... —Parmenión no daba crédito a las palabras de su rey— porque crees que sus fantasmas enloquecieron a tus soldados?

—Mi señor, pasaste la noche en vela. El cansancio habla por ti. Medítalo —rogó Clito.

—Está meditado. Que mañana al amanecer lo dispongan todo.

—Señor, los inocentes... —El viejo general miró a Hefestión suplicándole que intercediera antes de que fuera demasiado tarde, antes de que se cursara la orden y entonces cuestionarla fuera traición.

—Que salgan, que huyan también del influjo maligno de este lugar o que se queden y ardan con su recuerdo. Que la quemen entera —ordenó—. Que los huesos de los aqueménidas sean leños en la hoguera de esta ciudad maldita. Después partiremos a Ecbatana. ¿Temías, Clito, que Darío nos rodeara por la retaguardia y volviera a Persépolis? Bien, no sufras más por ello: ya no habrá más Persépolis a la que volver.

Pronunció aquellas palabras con la certeza aciaga de un oráculo y solo Parmenión se atrevió a contradecirlas.

—Señor, no puedes hacer eso.

Alejandro se volvió ofendido: ese viejo insolente y odioso, herencia hendida de Filipo, lo desafiaba una vez más. Comenzaba a plantearse que quizá no debía darle ocasión de que lo hiciera de nuevo.

—¿Cómo dices? —inquirió para ofrecerle la oportunidad de retractarse.

Parmenión sabía que había cruzado lo que se consideraba la línea del respeto, el derecho real a errar sin ser corregido, pero no vaciló. Si eran esos sus últimos momentos con la cabeza sobre los hombros, por lo menos mantendría el honor.

—No puedes hacer eso —repitió sin que le temblara la voz—. No puedes quemar la ciudad.

La sangre y el tiempo se helaron en aquella estancia, la respiración de los presentes se escarchó en los pulmones y las palabras acobardadas se refugiaron tras los pensamientos.

Alejandro se acercó al anciano general, conteniendo los deseos de desenvainar la espada y cercenarle la cabeza. Se le acercó tanto que su aliento ardiente acarició los pelos largos y lacios de su barba blanca.

—Soy el rey y se hará lo que plazca a mi voluntad, que es la de los dioses.

Parmenión humedeció los labios y apretó los puños.

—¿Y no será la voluntad de Jerjes, mi señor? ¿La voluntad de ese espíritu que dices nos ha poseído a todos?

—Es precisamente ese espíritu el que mueve tus labios pidiéndome que salve a los persas, como creo que ya ha hecho en otras ocasiones.

—Te lo advierto, señor...

—¿Osas advertirme tú a mí? ¿A tu rey?

—Oso porque es necesario. Si reduces esta ciudad a cenizas, nunca gobernarás en Asia. Te verán como un tirano más, no como el príncipe que vino para liberarlos. Quema esta ciudad y serás ellos, serás tú el que se convierta en ellos, en los aqueménidas.

—¡Ya basta! —bramó Hefestión.

—Debo expresar lo que todos pensamos y lo que vosotros, jóvenes cobardes, no os atrevéis a decir.

—¡Silencio! —ordenó Alejandro.

—Los persas ven en esta ciudad un vestigio de su historia sagrada. Si la destruyes nunca te aceptarán.

—Estuviste en Atenas conmigo, Parmenión. Respóndeme: ¿se detuvo Jerjes? ¿Crees que se detendría Darío si tuviese un ejército a sus puertas? Eres hombre viejo y sin embargo parece que tengo más memoria que tú. Yo sí recuerdo las columnas rotas de la Acrópolis, los propileos dejados en ruinas por Pericles para que nunca se olvidara la crueldad persa, ¡para que *nadie* osara olvidar cómo arrasaron el recinto sagrado de Atenea! ¿Qué son los palacios sórdidos de los déspotas de Asia comparados con el templo sagrado de la hija de Zeus?

—Pero tú no eres Jerjes, mi señor, ni Darío.

—Y, como ya te dije, tampoco soy Parmenión. Soy Alejandro. Atenea lleva siglos esperando ansiosa este momento. Quién eres tú, quiénes sois vosotros, meros mortales, para negarle a la diosa su venganza.

3

Abandonaron Persépolis por la Puerta de Todas las Naciones. A su llegada semanas atrás, las gentes los habían aclamado; ahora que la abandonaban solo los acompañaba un silencio de ultratumba que pronto sería el único morador de aquella tierra.

Sobre los peldaños fríos de un templo, quedó el cuerpo desnudo y escorzado de una joven. Había sido asesinada. O era posible que incapaz de soportar el trance hubiera aprovechado un descuido para quitarse la vida con la espada de uno de sus raptores. Tendida sobre el suelo, pasaron junto a ella el resto de los soldados, luego los civiles desesperanzados que no sabían adónde iban a ir, y finalmente el fuego, que serpenteaba por el suelo y brincaba de un edificio a otro impulsado por el viento con el que se había levantado el día. Al cielo se alzaron varias columnas de humo que pronto cubrirían la bóveda celeste de Asia. Persépolis ardió, ardió durante días, y aún humeaba en la memoria cuando llegaron a la ciudad de las siete murallas del noroeste, a Ecbatana, capital de Media. No se veía rastro de ejército enemigo alguno, ni de Darío ni de sus sátrapas. La regia ciudad se abrió de par en par como todas las flores de los aqueménidas. Ya habían llegado allí las cenizas de Persépolis, llevadas por los llorosos dioses sobre una nube de agua gris, y por ello los ecbatanos, temerosos de sufrir la misma suerte, abrieron las puertas al paso de los conquistadores.

Alejandro le preguntó al sátrapa de la plaza por Darío. No había pasado por allí.

—¿Acaso aquí no dais cobijo a vuestro rey?

—Nosotros no tenemos más rey que Alejandro —le respondió de forma grandilocuente.

No obstante, ese gobernante avejentado y suficientemente desencantado ya de la vida como para doblegarse a la voluntad de los fuertes sin orgullos ni miramientos sí dio una pista sobre el paradero del fantasma.

—No llegaron a pasar la noche aquí. Se marcharon de Ecbatana entre grandes enojos, pues los unos querían retirarse más al este pero el Gran Señor rehusaba abandonar su reino.

Alejandro agarró al anciano por las vestiduras y casi lo levantó en el aire.

—¿Y adónde fueron?

Parmenión intervino.

—Señor, ¿qué más da adónde fuera? Claramente, si no nos esperaba aquí con un ejército, en el sitio donde disponía de una oportunidad de derrotarnos, es porque no tiene nada con lo que hacernos frente. Ha huido y nada indica que piense volver.

—Sí que puede regresar. Olvidas que junto a él aún hay sátrapas poderosos, Bessos entre ellos. Es nuestro deber seguirlos.

El hijo de Parmenión, Filotas, de pronto vociferó:

—¡Señor, el ejército no puede estar marchando sin rumbo tras un espectro por pura ambición de su capitán!

Se hizo un silencio helador. Parmenión se colmó de orgullo por su valiente hijo. Lo cierto era que el joven no soportaba la forma en la que Alejandro ninguneaba a su padre, la forma en la que lo hacía de menos, despreciándolo también a él.

Todos creyeron que reaccionaría ofendido, Hefestión le insistió a Filotas en que se disculpara, se lo ordenó tras negarse incluso, pero extrañamente no parecía que al rey le hubiera molestado su tono ofensivo. Sus ojos estaban blandos y los labios entreabiertos, y él ajeno a todo lo que sucedía.

—No os culpo —musitó misterioso—. De veras. No os culpo a ninguno. No os culpo de no ver la dimensión de esta empresa: es una cuestión de sangre, y la sangre es incomprensible para quienes no la sienten. Grecia solo será vengada cuando Darío pague por los crímenes de todos sus ancestros.

—Señor, tienes que gobernar —insistió Parmenión—. La caza de Darío puede durar años, ¿qué será de todo el territorio conquistado, de tus hombres que anhelan volver?

—Tú cuidarás de ellos. Te quedarás en Ecbatana con todo el ejército. Y prepararás el regreso de los más veteranos.

—¿Y a esos quién los reemplazará? —preguntó Laomedonte.

Alejandro meditó un instante.

—Los persas. Todos aquellos hombres que no se hayan sumado a las tropas de Darío ni de sus sátrapas son ahora miembros de nuestros ejércitos, tanto como si fueran griegos. Encárgate, Parmenión, de que se integren en las falanges. Los demás: encontrad a no más de cincuenta jinetes, los más diestros, que estén dispuestos a galopar junto a su rey a la caza del enemigo.

Luego se dirigió al sátrapa y le repitió la pregunta que su general había interrumpido.

—¿Adónde fue?

Al norte. Hacia el Desierto de Sal y Muerte, le dijeron. Pero había más. Eran sus propios hombres, sus sátrapas, los que se lo habían llevado preso.

4

Los cincuenta partieron de Ecbatana esa noche; galoparon durante días a una velocidad temeraria para las bestias y los hombres. Su destino: el infinito. No durmieron; solamente se detuvieron en las horas de mayor calor. Alejandro no veía más que el polvo que levantaba su enemigo en su huida. Al cabo de tres días, alcanzaron el desierto, una vasta extensión salpicada de dunas y de solitarios charcos de sal color acero.

—Es imposible que lo atraviesen —dijo Laomedonte—. Han tenido que seguir hacia el norte o hacia el sur.

Siguieron la estela del jinete que los había visto por la llanura infinita. El camino que las caravanas de los comerciantes que se adentraban en aquel reino de olvido recorrían en no menos de once días, lo hizo Alejandro en seis. Seguía una senda invisible: ordenaba girar aquí, torcer allá, como si viera en la arena las direcciones que lo llevarían hasta Darío. De pronto vociferaba «¡Allí están! ¡Por allí! ¡Aprisa!» y los dirigía en una galopada de muerte hacia un punto lejano que luego resultaba ser solamente un arbusto, una sombra, un fantasma.

Pasaron días en el camino sin que hubiera rastro de otra alma. El sol en aquella región era más pesado; el cielo estaba más bajo, aplastaba hasta la asfixia. Ese vasto abismo de tierra y roca se extendía hasta donde alcanzaba la cordura, descosiendo las fronteras. Un temblor onírico sacudía la distancia. Bien podía ser todo, Darío y su huida también, parte de un sueño. Bien podían el persa y sus captores estar muy lejos de allí, o tal vez no haber existido.

—Dos días más... —pidió Alejandro—. Y volveremos a Ecbatana.

Ya no galopaban. Un denso ocaso de oro fundido cayó sobre el desierto. Por encima de los promontorios de arenisca empezaba a reptar la oscuridad. Se decidieron a hacer noche. Los *hetairoi* extendieron en el suelo sus petates y encendieron hogueras. Alejandro se encaramó a una roca y dejó que la inmensidad llenara sus ojos: la noche se sangraba sobre sus cabezas con una espiral de estrellas enrojecidas que brillaban de forma tenue, como ascuas a punto de extinguirse en la ceniza añil. De pronto, algo captó su atención. Llamó a los demás. Siguieron su dedo, que señalaba a un punto quebrado del camino, entre dos promontorios en el fondo del valle.

—Son rocas, Alejandro. Unos peñascos en el camino —dijo Clito.

Él aguzó la vista.

—No, no lo son.

Sacó de la hoguera una rama encendida y echó a andar hacia el punto en cuestión. Los *hetairoi* lo siguieron, insistiéndole en que regresara. Él se negó. Avanzó casi a tientas por la penumbra del camino hacia lo que había divisado desde la colina. Eran los restos de un campamento desbaratado entre prisas: fuegos recién apagados, utensilios de cobre desparramados por el suelo, carretas sin caballos volcadas sobre la arena. Lo inspeccionaron todo en busca de comida y de agua. Nada quedaba. Alejandro notó la arena revuelta con las huellas de un forcejeo; se alejaban unos pasos del campamento, hasta detrás de unas rocas. Siguió el rastro. La luz lívida de la antorcha alumbró un charco de sangre en la arena. Tras una roca, había un hombre envuelto en mantas harapientas, acartonadas por la sangre que manaba de múltiples heridas. Alejandro dejó caer la antorcha y se arrodilló junto al cadáver. No estaba seguro de si quería enfrentarse a la realidad. Lo descubrió: Darío.

Tenía los ojos pasmados, hundidos en el ancho cielo de estrellas en el que trataba de encontrar a sus padres para que lo perdonaran. Una constelación de treinta y una cuchilladas le cruzaba el pálido pecho. Como última ofensa, le habían afeitado la barba; apenas se le arremolinaban en el mentón babilónico unas cuantas pelusas que le ensuciaban la tez azulada. Resistía una sonrisa arcaica en los labios fríos y entreabiertos en los que aún se podía oír el eco de su último suspiro. Parecía aun así que la muerte le había devuelto algo de la belleza de la juventud, casi como última y única compasión tras una vida desgraciada.

Alejandro extendió la mano y acarició con ternura su frío rostro. Con la suavidad de las yemas le cerró los párpados.

—Perdóname, hermano —murmuró—. No era esto lo que pretendía.

Entonces, el pecho se le fisuró con una premonición, una grieta física que se abrió en el corazón y por donde escaparon todas las profecías camino de su cumplimiento. Lloró, no por Darío, sino por sí mismo: sentía como si estuviese en un sueño macabro contemplando su propio cuerpo; aquella muerte en soledad, en brazos de la traición de sus amigos, bien podía ser la suya; lo sentía con una clarividencia heladora.

Los *hetairoi* lo observaron atónito, pero no se atrevieron a perturbar aquel extraño ritual de tristeza.

Alejandro se arrancó un jirón de la túnica.

—Dadme agua —ordenó.

Los *hetairoi* se miraron unos a otros, preocupados. Solo Hefestión se atrevió a darle la bota de cuero en que llevaban la salvación de sus vidas. Alejandro empapó el jirón de tela, lo escurrió y limpió con delicadeza el cadáver. Luego le besó de nuevo la frente y le susurró unas palabras al oído esperando que aún no se hubiera alejado mucho de la vida y pudiera oírlas siquiera como un murmullo:

—Estate orgulloso: fuiste el más grande de todos los aqueménidas.

Envolvieron el cadáver en cadenas, como se hacía con los cuerpos de los reyes de Persia, y lo cargaron sobre Bucéfalo. Alejandro fue a pie, llevando al caballo de la brida, mirando a cada rato por encima del hombro, temeroso de que la muerte fuera a llevarse también su despojo.

Se dirigieron al norte. Al paso tardaron varias jornadas, pero finalmente alcanzaron una población, Dakhi. Alejandro no habló en todo el trayecto. Los lugareños se encargaron de prepararlo para el viaje hasta Ecbatana, donde lo embalsamarían. Lo hicieron con la misma sencillez y nobleza con la que preparaban los cadáveres de sus padres o los de sus hijos. Hefestión se ofreció a velar por su dignidad, temeroso de que la descomposición del cuerpo turbase a Alejandro. Él no aceptó y permaneció atento a todo el proceso.

Lo destaparon. Aunque el cuerpo del Gran Rey se mantenía bello, ya empezaba a cubrirse con la última púrpura de su reinado. Lo lavaron, lo afeitaron del todo y le cortaron el cabello. Luego lo rociaron con agua de flores y Alejandro se quitó su manto para que lo envolvieran en él.

—Yo tengo uno suyo. Sería injusto que no tuviera él uno mío —dijo.

Estaba dispuesto a velarlo la noche entera, pero Hefestión lo tomó por el hombro y lo obligó a abandonar la cámara.

—Déjalo tranquilo —murmuró con el tono grave y sedoso con que un padre revelaría secretamente a su hijo una verdad de adultos—. Los muertos se agobian con facilidad.

Esa noche, a la luz de un candil y bajo una luna lánguida que se derramó por la ventana, Alejandro escribió una carta. Las palabras le manaron de un corazón que hasta esa noche no supo que tenía:

> Te juro, madre, por cuantos y cuales sean los dioses que moran en el aire, que no daré paz a la Tierra hasta que los asesinos de mi hermano, los causantes de nuestro dolor infinito, paguen su crimen. Nada me pesa más ahora que no haber cabalgado más rápido, más fuerte, sin importarme el dolor y el cansancio... Porque no llegué a tiempo, madre, no pude evitar que le dieran la más infame de las muertes. Un rey solo debe encontrar la muerte a manos de otro, en el fragor del campo de batalla, junto a sus hombres..., y no a manos de quienes le habían jurado lealtad. No voy a pedirte que me perdones porque además no quiero, no quiero que el dolor por esta bajeza deje jamás de rabiar en mi pecho, no quiero que su memoria deje de recordarme mi falta. Pero sí te pido que cuando le des sepultura le entregues mi pensamiento. Yo no podré hacerlo, pues no merezco despedirme, no merezco consolarme llorándolo mientras los traidores que matándolo nos dieron muerte a todos aún respiren. No puedo ser rey, ni hombre, ni hijo mientras sus asesinos sigan

con vida. Pon ahora sin tardanza rumbo a la necrópolis de Persépolis, donde descansan los aqueménidas, y dale allí a nuestro Darío la tumba que merece su realeza, prometiéndole que su hermano vengará la muerte que no pudo evitarle a tiempo.

Entregó la carta al mejor mensajero, al más rápido, que durante días cabalgó sin descanso hasta llegar a Susa, donde esperaba Sisigambis. Ya conocía la noticia. Se la había dado una voz etérea escuchada en el viento azul de la tarde. Su debilidad vaporosa denotaba que venía de la ultratumba.

—Lo he dispuesto todo para vuestro viaje —dijo Vahara.

—No —replicó cortante—. Nadie irá a Persépolis.

—Pero, señora..., vuestro hijo...

El aire le arrancó una lágrima que se perdió en la lejanía.

—Yo solo tengo un hijo... Y él es el rey de todas las Persias.

Alejandro apagó la vela con un soplo y se echó a dormir en la cama mirando por la ventana el cielo lleno de extrañas estrellas, pensando en llamar a Hefestión. Sentía la necesidad de estar con él esa noche. Trataba de visualizar su desnudez perfecta en los párpados cerrados, pero pronto cayó en sueños oscuros en los que se veía corriendo por un desierto de sal, echando atrás la vista angustiada, huyendo de sus propias huellas en la arena.

El cielo estaba enturbiado. Altos relámpagos arañaban las nubes. Soplaba un viento que provenía de la memoria y en el que viajaban voces de recuerdos, voces de muchos que estaban muertos. Se topó de nuevo con el cuerpo de Darío envuelto en una mortaja harapienta, se arrodilló y lo descubrió.

—No era esto lo que pretendía —volvió a decir.

Entonces él respiró, extendió sus manos afiladas y temblorosas, y acarició su rostro.

—Ya has visto lo que sobreviene a todos los reyes...

—No hables, te lo ruego. Ahorra fuerzas.

—¿Para qué? No me queda tiempo más que para decírtelo,

para darte mi consejo de hermano... Óyeme bien. Sí, es cierto: el destino de un rey es estar solo, pero no morir como yo he muerto, a manos de los míos.

—Te juro que los traidores pagarán...

—Sé que me vengarás, pero eso no es lo importante. Mírame a mí, mira adónde me han conducido mis pasos. —Darío se agarró a él y con un esfuerzo imposible se incorporó y Alejandro sintió su aliento final—. Eres más que yo, Alejandro, pero has de acordarte de serlo. Si no lo haces, sabes que te espera el mismo destino que a mí.

La muerte final, la de los sueños y la de la verdad, ablandó la mirada y el rostro de Darío, y Alejandro notó la caricia fría de su hermano resbalársele de las mejillas.

—Eres un rey. El destino de los reyes es estar solo —repitió una voz a sus espaldas. Alejandro se volvió y vio a Sisigambis.

—No quiero estar solo...

—Pero eres tanto más que nosotros, Alejandro..., tanto más...

Se arrodilló a su lado y le besó la frente. Él sintió un fuego gélido en su interior, introduciéndose por cada uno de sus poros, corriendo por sus venas.

—Y siempre tendrás a tu madre.

Se despertó sobresaltado y jadeante. La luz líquida de la luna se derramaba goteante y rítmica por la ventana y corría silenciosa por el suelo, colándose por las grietas. El pensamiento de Darío, sus palabras, latían con fuerza en su mente.

Se vistió apresuradamente y a gritos despertó a la tropa. Reanudaban la marcha. Irían tras los asesinos. Estaba dispuesto a descubrir quiénes eran y perseguirlos hasta el fin del mundo.

5

Tras varias jornadas siguiendo una estela que solo Alejandro veía, llegaron a uno de los confines del mundo: Zadracarta. La tierra agreste y rojiza que los había acompañado fue poco a poco inclinando la cabeza para acercarse a beber a la orilla del mar de Hircania. Reaparecieron los bosques, resplandecientes y frondosos, de árboles de gran tamaño con hojas de un verde tan brillante que parecían cubiertas de aceite.

El sátrapa los acogió en la ciudad, pero Alejandro no quería descansar. Según el gobernador, los asesinos de Darío no habían pasado por allí, pero sus hombres llevaban días siguiendo la pista de gentes extrañas en los bosques aledaños. Le pidió que dispusiera a sus mejores hombres, los caballos más frescos que tuviera; al día siguiente partirían en una expedición tras ellos.

Con las primeras luces, la compañía se encaramó a los caballos y conducidos por los hombres del sátrapa se dirigieron a los bosques del noreste. La Hircania tenía una geografía misteriosa: las riberas y frondosas arboledas de robles y abetos supurantes de savia parecían dominar el infinito hasta que de pronto desaparecían abruptamente descubriendo pedregosos riscos por los que los arroyos caían a la gran cuenca añil del mar. Siguieron durante horas la línea de la costa, un camino largo y tortuoso tanto para los caballos como para los hombres. Agotados, pasado el mediodía se detuvieron en la cima de un acantilado a descansar.

—Buscad restos de algún campamento de los traidores —ordenó Alejandro a seis de sus jinetes, que inmediatamente se dispusieron a peinar la zona.

El resto respiró.

—¿Por qué estás tan seguro de que los rebeldes están en estas riberas? —preguntó Laomedonte.

El rey ignoró totalmente la angustia de su amigo, que, como el resto, temía que aquella búsqueda fantástica de los asesinos de Darío los desviase de la ruta hacia... Ya ni siquiera sabían adónde iban; solo pensaban en regresar a Ecbatana, a disfrutar de los tesoros prometidos, en regresar después a Macedonia, a la patria, de la que llevaban ya cuatro años exiliados.

—Alejandro, ¿por qué crees que están aquí y que no han seguido rumbo al norte o al este? —repitió.

Pero él se mantenía absorto en el horizonte. De repente los mandó callar:

—¡Silencio! Escuchad...

Los *hetairoi* se pusieron en pie y cogieron sus armas. Se oían las olas besando la orilla de piedra; se oían los pájaros que huían de las serpientes.

Muy despacio, casi arrastrando los pies por el suelo, Alejandro avanzó hacia la línea de árboles que se asomaban a los riscos. El aire estaba quieto y esa quietud delataba la respiración de los que se escondían tras el follaje y los observaban, prestos a caer sobre ellos. Con gestos indicó a los *hetairoi* que lo siguieran a pie, con sus lanzas en la mano, abandonando a los caballos. Se adentraron en la vegetación siguiendo sus movimientos serpentinos: Alejandro parecía ir tras algo que veía más allá de los árboles. Les ordenó detenerse. Miró a los alrededores y aguzó el oído. De pronto soltó un rugido feroz y con toda su fuerza arrojó la lanza contra unos matorrales de entre los que saltaron cérvidos cuatro hombres que echaron a correr hacia la profundidad del bosque.

—¡Cogedlos!

Los *hetairoi* aullaron y con sus armas en alto se lanzaron tras los traidores. Dos de ellos lograron perderse en la espesura, pero Nearco, que era el tirador más diestro, alcanzó a uno con su flecha en la pierna. El persa rodó por el suelo. El otro, que era joven, viendo que habían herido a su compañero, regresó para ayudarlo. Trató de llevárselo a rastras, cogiéndolo por debajo de los brazos, pero fue inútil y los macedonios cayeron sobre ellos. El viejo herido bramó unas palabras en su idioma bárbaro, puede que diciéndole que lo abandonara allí a morir y se salvara él, pero el joven rehusó irse de su lado. Los rodearon. Los ojos lobunos de los macedonios centelleaban pensando ya en el festín de sangre que se avecinaba. Aguardaron al rey, que, poseído por el ardor de la carrera, levantó su lanza alto en el aire dispuesto a acabar con la vida de aquel hombre al que consideraba el asesino de Darío pero del que no sabía ni su nombre.

—¡Señor, clemencia!

Alejandro se detuvo en seco, con la mirada aún inyectada en furia. Había hablado el esclavo en lengua griega. Era un joven que no llegaría a los veinte años, delgado, delicado como una rosa, pero fuerte a pesar de todo. Tenía el rostro afilado, sin rastro alguno de vello, los ojos sarracenos y el cabello lacio y tan oscuro como el de Clito. Llevaba el torso desnudo y una gargantilla de hierro que señalaba su condición de siervo.

—Os lo ruego, señor —pidió tirándose a sus pies—. No es el asesino que buscáis, él también huye de ellos. ¡Éramos de la corte del rey!

Nadie entendía aquella situación bizarra: un esclavo en el confín del mundo pidiendo que se perdonase a su amo, amo que decía haber conocido a Darío, y todo en lengua griega. La confusión fue máxima cuando Alejandro bajó la lanza en lugar de acabar con ellos. Solo Hefestión entendió lo que sucedía, pues también se había percatado de la belleza enigmática del joven esclavo.

—Toda la corte de Darío ha muerto. Sus seguidores han perecido a manos de los que lo asesinaron a él. ¿Cómo es que vosotros aún estáis vivos? —preguntó con severidad.

El esclavo habló con su señor en la lengua persa.

—No hables con él —ordenó Alejandro—. Respóndeme.

—Porque huimos de los que lo mataron, y con nosotros muchos otros que le eran fieles y que le lloran, que odian a los que lo usurparon.

—Si os hubierais quedado con él para defenderlo, puede que aún siguiera vivo.

—Y si nunca hubierais marchado al este, también.

Clito dio un paso al frente y abofeteó con fuerza al esclavo, que cayó de lado sosteniéndose la mandíbula.

El viejo noble persa, muy nervioso, balbuceó algo.

—¿Qué dice? —demandó saber el rey.

El esclavo se limpió la sangre del labio con el antebrazo.

—Dice que lo dejéis ir. Os pide clemencia y a cambio... A cambio me entregará a mí a vuestro servicio.

—No irá muy lejos así —señaló Nearco, y todos se rieron viendo como el viejo sudaba de dolor con la pierna ensartada por la flecha.

—Si os dejamos ir no tenemos garantías de que no advertiréis a nuestros enemigos —dijo Clito.

El esclavo tradujo y su señor de nuevo bramó angustiado mientras juntaba las manos en señal de ruego.

—Os lo está suplicando.

Alejandro soltó un suspiro.

—Tu amo va a morir, lo llevemos con nosotros o lo dejemos aquí. Y lo hará con dolor.

—Por favor, mi señor...

—¿Cómo te llamas?

—Begoas —respondió inclinando la cabeza.

—Begoas —repitió Alejandro. Miró a Clito y este se acercó al agonizante anciano, desenfundó su daga y le cortó el cuello. Durante unos minutos se le oyó ahogándose en la sangre. El esclavo no pudo mirar—. La muerte rápida es la mayor clemencia que podía mostrarle. ¿Hay más que huyen de los asesinos de Darío? —Begoas asintió con la cabeza—. ¿Se esconden por aquí? —De nuevo asintió—. Buscadlos y traedlos para que su rey, heredero del rey al que abandonaron, les conceda el perdón. Tú vendrás conmigo.

Era de noche cuando regresaron a Zadracarta. A Begoas le ataron las manos con una cuerda que Alejandro llevó de la mano. Fueron hablando durante el camino de regreso a pesar de la desconfianza del resto de los *hetairoi.* El viejo noble se llamaba Dadarsos, era uno de los visires de la mágica corte del último aqueménida. Habían venido huyendo con él desde Gaugamela y tras ser testigos de cómo lo asesinaban habían emprendido la huida hacia la Hircania, temiendo que Bessos demandara obediencia o muerte. Habían intentado entrar en Zadracarta, pero tras saber que hacia allí se dirigía el conquistador decidieron esconderse en las riberas, esperando a que se marchara antes de intentar establecerse de nuevo en la ciudad. Alejandro le preguntó:

—¿Sabes los nombres de los asesinos?

—No estuve presente cuando lo mataron.

—Pero ¿los sabes?

Alejandro inquiría con la voz llena de furia, como si se sintiera al borde de alcanzar la respuesta y temiera que se le escapara.

—Bessos, el sátrapa de Bactria —confesó—. Si no fue él quien clavó el puñal, dio la orden y la vio ejecutar.

—¿Tu amo estaba con él?

—Qué más da, está muerto. Y no era mi amo.

—¿Por qué lo seguías entonces?

—Porque sirvió a mi verdadero amo, y lo hizo con amor.

—¿Quién es él?

—Nadie. Está muerto, también.

—¿Quién era? —insistió Alejandro.

—El Rey de Reyes —confesó Begoas—. El último Gran Rey de Persia.

Cuando llegaron al palacio y desmontaron, Alejandro pidió a Clito su daga. Al contrario de lo que todos esperaban que hiciera, el rey cortó las cuerdas que maniataban al esclavo.

—Tu amo ha muerto. Ahora me perteneces a mí.

6

Alejandro no cenó esa noche, a pesar de que el gobernador de Zadracarta les preparó un glorioso festín. Venía siendo costumbre que, cuando la compañía de *hetairoi* llegaba a una ciudad, los sátrapas y gobernantes vaciaban las despensas y organizaban festines imperiales, como si fuera aquel un ritual de agasajo y apaciguamiento: dale de comer a la bestia, que no pase hambre o te devorará.

En su alcoba lo aguardaban tres esclavas bellísimas: habían preparado un baño templado, abierto la cama y prendido inciensos; estaban dispuestas a complacer al rey esa noche. Begoas vigilaba silencioso desde una esquina, lavado y vestido con ropas nuevas, pero aún con la gargantilla de hierro de la que jamás se libraría. El rey mandó salir a las esclavas; Begoas y él se quedaron solos. Se metió al agua, el esclavo se arrodilló a su lado y empezó a frotarle el cuerpo con una esponja. Hubiera dicho que sus movimientos eran perfectos, como los de un autómata conjurado para esa tarea; veía sin mirar, como si lo hubieran entrenado para estar presente sin tener presencia, que no se notara que estaba allí, que no turbase la soledad sagrada de los monarcas. Alejandro se dejó hechizar por su roce, por el calor del agua y los intensos perfumes. Buscó la mano de Begoas, la cogió, le hizo soltar la esponja, se la llevó a los labios y la besó durante un largo momento en el que sintió descosérsele la mente.

—Desnúdate —le ordenó.

El esclavo vaciló. Impaciente, el rey reiteró la orden. Begoas se levantó, se desprendió de la escasa ropa y reveló las cicatrices de la emasculación que le atravesaban el vientre formando una cruz o aspa. Un rubor de vergüenza se apoderó del rostro de Alejandro, el único sentimiento que aún escapaba a su dominio.

—Cúbrete —le ordenó apresuradamente.

El eunuco obedeció y prosiguió con el ritual acuático, pero Alejandro no podía liberarse de la imagen.

—Perdonadme, señor.

—Me has obedecido, no tengo nada que perdonar.

—Aun así. Debería haberos avisado...

—Me hablas de forma extraña —le dijo queriendo cambiar de tema y tras haberse percatado de que le trataba de vos—. La forma en que te diriges a mí.

—Es como uno ha de dirigirse a los reyes y a los dioses. Es una cuestión de majestad.

—Nadie en Grecia lo ve así, estoy seguro.

—Serán los inmortales quienes castiguen su falta de respeto.

Alejandro lo miró y Begoas bajó la cabeza.

—Hablas de respeto, pero eres muy osado.

El eunuco vio que el rey terminaba la frase con una sonrisa y entonces respiró tranquilo.

—Supongo que eras el guardián de los harenes del Gran Rey...

—Era más que eso. Era el guardián de sus esencias más primarias. Era su intérprete con los fantasmas del pasado, con los espíritus del amor que se perdieron en las generaciones antiguas.

—¿Cómo? —preguntó atónito.

El eunuco esbozó una sonrisa ladina. Escurrió la esponja sobre el pecho del rey y la condujo hasta su entrepierna; esperó a que sus ojos se cerraran, a que sus labios se entreabriesen y el éxtasis inutilizase su razón antes de aclararle con un susurro:

—El Gran Señor creía que había momentos en la quietud de la noche en que los espíritus de los antiguos, de los amantes perdidos del tiempo, tomaban posesión del cuerpo. Cada noche, antes de que el Gran Señor se entregase a los cientos de concubinas que lo esperaban, pasaba por mis manos y me decía: «Begoas, haz que aparezcan».

Alejandro se revolvió en el agua tibia.

—¿Y lo hacían? —fue todo lo que pudo decir, pues su rostro empezó a contraerse con las muecas del placer.

—Ya lo creo que lo hacían, mi señor —le respondió el esclavo.

—Muéstramelo...

7

Hefestión pasó la noche vigilando la entrada a los aposentos reales. Se movió nervioso por el pasillo, la respiración agitada, las manos sudorosas. Aguardaba impaciente el momento de irrumpir en la alcoba, al menor indicio de peligro, y acabar con el persa antes de que tocara a su rey. Pero el momento no llegó. Del otro lado de las puertas solo se oían las voces estridentes y extasiadas del deseo. Bien entrada la madrugada, el eunuco abandonó la alcoba. Escondido en la antecámara, Hefestión lo escuchó irse.

Cuando se hubieron alejado sus pasos, se asomó al interior. La luz aceitosa de una vela bañaba el cuerpo desnudo de Alejandro, estrellado de cansancio sobre la cama revuelta. Se acercó a él, temeroso de que no respirara, de que lo hubiera matado —no sabía por qué lo inundaban aquellos pensamientos—, pero comprobó que solo dormía plácidamente. Se inclinó sobre él y lo besó en la frente. No se despertó.

—No nos abandones, Alejandro. Y no me abandones a mí —susurró.

Sopló y apagó la vela, y se hizo una tiniebla espesa, iluminada solamente por la luz metálica de las constelaciones descalabradas por el inmenso cielo de Asia.

Esa noche lloró como no recordaba haber llorado en su vida. Le dolió el corazón como no sabía que podía doler. Le dolía físicamente, como si le hubieran asestado una puñalada. Se agarró el pecho con las manos, como si estuviera tratando de contener la sangre que manaba de una herida invisible. Sintió que perdía el equilibrio, que le flaqueaban las piernas. Los dioses lo torturaron: nadie escapa del amor, le dijeron, no se puede, y quien lo intenta es quien más lo padece. La imagen del eunuco, con su expresión de hielo, abandonando la alcoba de su Alejandro después de haberlo sometido a embrujos y encantamientos se clavó en su alma. Nunca se había interpuesto nada entre ellos. A veces había habido distancia, sí, pero siempre la recorrían de vuelta. ¿Y ahora? En medio de ese camino de regreso se habían topado con el esclavo favorito de Darío y era como... como si Alejandro lo hubiera confundido con él. Lo invadió la rabia por estar así, porque se sintió débil, quebradizo, se supo sujeto a los designios irracionales del amor.

Dejándose destruir por sus pensamientos se le vino encima la madrugada. Agotado, se echó agua fría en la cara y salió a deambular por el palacio dormido. Solo lo acompañaban su eco y el ruido del oleaje, calmo y funesto, contra las rocas del acantilado sobre el que se alzaba el palacio. Fue hasta la sala del consejo, al que Alejandro había convocado a primera hora de la mañana. Todo estaba listo desde la noche anterior para la reunión. Hefestión pasó los dedos por los mapas y los documentos que había sobre la mesa, mirando los distintos puntos que indicaban las ciudades y los reinos recorridos, pensando en la distancia, en el viaje, en cuánto quedaría, en cuánto los había cambiado y cuánto estaba aún por cambiarlos.

—¿Tú tampoco duermes? —dijo de pronto una voz.

Hefestión retrocedió sobresaltado. De entre la oscuridad brotó la sombra de Ptolomeo, que lo había estado observando. La luz metálica daba a su rostro un aspecto marmóreo y siniestro. Sus pequeños ojos oscuros brillaban arácnidos hundidos en las cuencas de su rostro. Siempre había sido el más retraído del grupo de los *hetairoi* y, aun tan lejos en el este, le pesaba la vergüenza de su origen.

—No podía.

—Yo hace ya tiempo que no duermo. ¿Qué te mantiene despierto?

Aquella pregunta podía parecer simple, pero, como nada en Ptolomeo era simple ni gratuito, Hefestión la recibió con recelo.

—La humedad.

—Ah... La humedad —dijo, sabiendo que le mentía.

—¿A ti?

—Mis fantasmas. Como a todos.

Se oyeron pasos acercándose. Era Clito, que venía con Laomedonte y con Nearco.

—Estáis aquí —dijo el Negro—. Os hemos estado buscando.

—Nos fue esquivo el sueño —replicó Ptolomeo—. ¿Qué sucede?

—Tenemos que hablar. —Laomedonte parecía preocupado—. Ha pasado la noche con el persa, con el esclavo.

—Sí... —confirmó Hefestión.

—Oídme bien. Ese nombre, Begoas... —refirió el políglota—, no es la primera vez que me cruzo con él. Ya lo escuché en Egipto. Hubo un tal Begoas, guardián de harenes también, que acabó luchando junto a Artajerjes III y terminó por convertirse en su envenenador más diestro. Hasta que lo mató a él pensando que su hijo sería más fácil de controlar, aunque a este último también lo mató. Un Begoas envenenador allanó el camino de Darío al trono. Darío está muerto. ¿Y si es el mismo?

—Es demasiado joven, Laomedonte —señaló Hefestión—. No coincide la edad.

—Estos orientales saben de mil hechizos y pociones para camuflar el paso de los años. ¿Y si ahora sirve a otro sátrapa y pretende envenenar a Alejandro? ¿Y si es su propia venganza contra nosotros? Y él lo mete en su cama...

—¿Desapruebas la conducta de tu rey?

El políglota sabía que Hefestión respiraba por la herida. Lo conocía y veía lo dolido que estaba por la aparición del eunuco, ese joven apuesto, silencioso, servil, en el séquito de Alejandro.

—Aquí desaprobamos todos que meta a un persa en su cama, un persa que encima puede acabar con su vida, que prosiga el viaje sin rumbo alguno, que no regrese a Macedonia a gobernar el reino que es suyo, que es el de todos. Y tú también, Hefestión.

—Yo nunca desapruebo lo que dice o hace mi rey —respondió.

En la mirada de Clito se vislumbró una profunda desesperanza, un sentimiento insondable de soledad; se planteó, por un momento, si tal vez eso era ser leal.

—Pero ¿qué te ha pasado? Sabes perfectamente que este viaje ha llegado a su fin, ya no hay más tierra que conquistar...

—Queda el mundo —insistió.

—¡No hay más mundo, Hefestión! Sigamos hacia delante y perderemos el horizonte del que vinimos; ya no podremos volver.

Clito se dejó caer sobre la silla, agotado tras haber liberado lo que llevaba semanas reprimiendo.

—¿Vosotros también lo creéis? —preguntó Hefestión. Silencio—. Decid: ¿lo creéis? —Y de nuevo el silencio, que esta vez le sirvió como respuesta—. Alejandro es nuestro amigo, nuestro hermano —lo defendió—, y nosotros tenemos que estar a su lado, protegiéndolo como siempre hemos hecho para que pueda llevar a cabo su misión divina.

—¿Y qué misión es esa? —inquirió el Negro—. Ya hemos vengado a Grecia. Hace tiempo que esta expedición continúa por su ambición personal, ¡porque se ha acabado creyendo todo lo que le contáis sobre Aquiles y sobre Zeus!

—Todo eso es verdad...

—¡Hefestión, por los dioses te lo suplico! —bramó, y de un salto lo agarró por los hombros—. ¡Tienes que hacerle entrar en razón, tienes que convencerlo de que dé la vuelta!

—Bessos aún podría...

El Negro no se dejó engañar con las mismas promesas y argumentos que esgrimía Alejandro cuando lo colocaban frente al espejo.

—¡Bessos estará ya muerto, lo sabes tan bien como yo! Hemos destruido el Imperio persa. ¡No queda nada, solo nobles resentidos con ansias de pequeñas venganzas! Pero Alejandro se empeña en ver enemigos donde ya solo hay distancia... Desde siempre tú fuiste el que nunca se calló cuando nos trataba de forma injusta, el que nunca lo dejó salirse con la suya solamente por ser un príncipe: si les pusiste coto a los excesos de un niño engreído, ¿por qué no lo harás con un rey tirano que nos puede llevar a la muerte a todos? —La voz de Clito parecía a punto de quebrarse. Como si hubiera estado poseído, de pronto vio lo fuerte que lo estaba agarrando por los hombros y lo soltó—. Por favor... —murmuró—. A ti te escucha más que a ninguno. Tenemos que regresar antes de que sea demasiado tarde...

Hefestión miró a los demás: aunque no lo dijeran, aprobaban lo que había dicho el Negro pero tampoco querían enfrentarse a Alejandro, a quien los unía un vínculo muy fuerte. Solamente Clito tenía el coraje suficiente para disociar entre el amigo y el rey y para no ignorar la verdad frente a sus amigos.

—Está bien, hablaré con él...

Clito suspiró aliviado.

—Gracias, Hefestión, gracias.

—Pero prometedme que no haréis nada a mis espaldas. De este tema no se ha de volver a hablar hasta que yo lo haya tratado con él y traiga su respuesta.

Los *hetairoi* asintieron. Clito volvió a insistir:

—Por los dioses..., haz que razone.

Pero a todos, tanto al que lo prometió como a los que se lo

creyeron, que Alejandro razonase sobre el regreso les pareció algo totalmente inverosímil.

Aunque Hefestión también estuviera de acuerdo, no podía dejar de pensar en que lo que proponía Clito era enmendar la conducta del rey y por tanto podía entenderse como traición. Él no podía ser el mensajero de una traición. ¿Qué diría Alejandro? Su fiel amigo, su hermano, haciendo de mensajero de los que no confiaban en él, de los peores traidores posibles: los amigos. Y de nuevo a su mente acudía la imagen del eunuco maldito: cómo iba a sonreír para sus adentros cuando supiera que quien competía por el amor de Alejandro se lo ponía tan fácil haciendo de emisario de los que querían traicionarlo. No podía, no podía arriesgarse a que el eunuco se lo arrebatara.

Lo meditó durante algunos días, no atreviéndose a ir a hablar con él, no encontrando el momento, no estando seguro de si hacerlo o no. ¿Era su deber enmendar a Alejandro, o bien debía avisarlo de que había quienes lo querían traicionar? Una vez que se preguntó esto, el pensamiento no lo dejó tranquilo. Se decidió por lo segundo. Lo sentía por Clito. Lo quería mucho. Siempre había confiado en él: era sincero y un buen amigo. Pero Alejandro... A Alejandro no podía traicionarlo, ni siquiera por Clito. «Dioses, por favor, os lo suplico, protegedlo de lo que voy a hacer», dijo mientras una tarde se encaminaba hacia los aposentos reales con una decisión tomada. Pero, al llamar a la puerta, salió Ptolomeo.

—¿Está el rey?

—No puede recibirte ahora. Tenemos que ir, pronto, nos están esperando. —Y poniéndole el brazo sobre el hombro lo invitó a irse de allí.

—Pero...

—Tranquilo, hermano. Está todo hablado.

Se los esperaba en la playa de Zadracarta, una gran extensión de arena oscura que se perdía en una distancia de bruma y espuma. Allí aguardaba la corte y muchos curiosos que se habían acercado a ver lo que sucedía. Unos esclavos en la orilla sujetaban las bridas de cuero de dos bueyes hermosos a los que habían decorado los cuernos con flores de colores. Los *hetairoi* estaban allí, firmes. Hefestión y Ptolomeo llegaron los últimos y apresurados, y tomaron su lugar junto a sus compañeros. Estaban nerviosos: no sabían bien a qué se los había llamado.

Entonces, como anunciado con el repique del oleaje, apareció por la curvatura de la duna de arena Alejandro seguido de un séquito oriental. Iba vestido con una inmensa túnica y un manto púrpura cuya cola Begoas iba sujetando: el color de Zeus ataviando por primera vez a un mortal. En la muñeca derecha llevaba un brazalete de oro macizo engarzado de gemas y en la izquierda otro, pero mucho más especial y terrible: el brazalete de Sisigambis, un lagarto de oro que abría las fauces y se enrollaba a la muñeca persiguiéndose la cola. El pelo lo llevaba recogido con una gruesa diadema de oro que le cerraba la frente; nadie en Grecia portaba corona, que se creía solo de los dioses. Andaba con un aire de misticismo y majestad.

—Traedla —ordenó, parado ante sus amigos.

Un grupo de sirvientes apareció tras el séquito cargando cinco grandes túnicas de color púrpura. Una a una, Alejandro las fue cogiendo y colocándoselas a sus *hetairoi* sobre los hombros, con tanta delicadeza como si estuviera ungiéndolos con la propia tela. En ese momento los miembros de la Compañía de Caballería macedonios pasaban a ser Portadores de la Púrpura del Rey, el más alto oficio de la corte de los aqueménidas.

Hefestión vio los ojos de su amigo perdidos en el infinito y llenos de una embrujada bruma oriental. Aun así, Alejandro le sonrió con su dentadura blanca y brillante. Tras ataviarlo con el manto, lo abrazó y le susurró al oído:

—En mi vida solo estás tú, Hefestión. Lo sabes, ¿verdad? Solo tú.

Y entonces, ante el asombro de todos los helenos, el primer comandante de los *hetairoi* dio un paso hacia atrás, dobló la rodilla hasta que tocó el suelo, tronchó su torso con un escorzo oriental y besó los pies de su rey. Y, tras él, el resto de los generales macedonios inclinaron la cabeza, ya sin que el cuello les doliera.

Clito fue el único que se resistió. No daba crédito a lo que veía. Sintió de pronto que sobre sus hombros recaía una responsabilidad que al principio había sido de todos: la de plantar cara al Oriente, la de exaltar al hombre libre frente a quienes lo querían esclavo. Cuando le colocó el manto siguió con la cabeza erguida y su mirada inquisidora, y no dijo una sola palabra de agradecimiento.

El rostro de Alejandro se contrajo de frustración porque no se postrara.

—Hermano... —le dijo secamente, y luego se volvió a todos los presentes y vociferó—: ¡Hemos proclamado a los nuevos Portadores de la Púrpura!

Después se sacrificaron los bueyes en honor de Poseidón y de Océano. La mezcla de los dos rituales, el bárbaro de la corte aqueménida con el sacrificio a los dioses del Olimpo, fue una afrenta que muchos griegos no olvidarían. Pero más afrenta le pareció a Clito que ninguno de sus amigos, de sus hermanos, alzara la voz. Tampoco pretendía que allí mismo le plantaran cara al rey, pero que al menos mostraran que reprobaban aquel comportamiento, que con un mero gesto le recordaran quién era y que un rey lo es solo porque lo apoyan los gobernados. Pero no. En sus rostros únicamente había sonrisas de complicidad ante aquella aberrante fusión de mundos: en ello había degenerado la misión heroica por la que partieron. «¿En qué momento?», se preguntó resignado.

8

No hubo gran banquete aquella noche. En el palacio solo se oía el viento marino, que se colaba por los balcones apagando con su aliento salino las antorchas y las velas.

En la soledad de un inmenso salón, el rey masticaba la comida persa que hasta hacía tan solo unas jornadas había tachado de indigesta y pobre. Begoas vigilaba que nada le faltase. Alejandro no se había quitado de la muñeca el brazalete en forma de lagarto. Se abrieron las puertas y entró Clito, ya sin el manto púrpura. Se acercó con un caminar triste y pesado, mirando de reojo al eunuco.

—¿Me querías ver?

El rey prosiguió masticando.

—Clito... —le dijo—. Clito, ¿por qué me traicionas? —Se oyó detenerse el tiempo en sus ejes; lo hizo con el mismo sonido de escarcha con el que se hiela la sangre—. Respóndeme —insistió con la voz triste.

—No te he traicionado, señor.

—Conspiras a mis espaldas; eso es traición.

—No, mi señor. Confesé mi preocupación, una preocupación que no es distinta a la que tuve cuando querías avanzar sobre Ecbatana. Soy tu consejero, tu amigo, y velo por tu seguridad.

—Criticas el comportamiento de tu rey —le dijo señalando de reojo a Begoas.

Clito miró al eunuco y tuvo que contener sus impulsos para no abalanzarse sobre él y matarlo con sus propias manos.

—Alejandro, tú también piensas lo que pensamos todos. Sé que lo haces porque he crecido contigo. Es peligroso que esté a tu lado, es un embaucador, un hechicero.

El eunuco se mantenía con la cabeza gacha, no osando mirar a los señores aun cuando trataban de él; esa era la letal resignación silenciosa de los esclavos, desde la cual aprendían, desde la cual conocían a sus señores, sus debilidades.

—¡Era de Darío! ¡Serán míos su imperio y su corona, pero Begoas es todo lo que me queda de él, de su recuerdo!

—¡Óyete, Alejandro! —estalló—. ¡Darío no es tu hermano, tu hermano soy yo!

—¡Basta! —bramó alzando la mano—. Basta. Clito... Clito, ¿tú me quieres?

El Negro miró al eunuco.

—Hazlo salir —le pidió.

El rey dudó pero finalmente se lo indicó con la cabeza. Begoas se inclinó y los dejó a solas.

—¿Y bien?

—Eres mi hermano. He estado toda la vida contigo. Mi hermana y tú sois mi única familia. Todo cuanto hago y cuanto digo es siempre pensando en ti. Me preguntas si te quiero, la respuesta es sí. Ahora deja que te pregunte yo: ¿confías en mí, Alejandro? Porque si es así, verías que te estás equivocando, que este viaje ya ha durado en demasía, que te está cambiando y que...

—Clito, yo siempre seré el mismo —lo interrumpió—. Pero este es mi destino y lo tengo que cumplir. Me lo demandan los dioses y mi sangre.

—¿Te lo ha dicho *él*? Porque eso es lo que le dijo a Darío y a tantos otros antes que él. Los convenció de que eran lo que no son... y ¿dónde están ellos ahora? Se perdieron y nunca regresaron: el mundo los venció.

—Pero yo *soy* Alejandro. El mundo no puede ni cambiarme ni vencerme porque el mundo soy yo. Sé que es difícil de entender, a mí también me cuesta, pero el mundo es mi herencia y no me viene dada por Darío, ni siquiera por Aquiles: es la herencia de Prometeo, el titán que moldeó a los hombres del barro y los hizo libres antes de que los dioses los tiranizaran. Es esa humanidad la que tengo que recuperar: todo esto es en nombre de la libertad, de liberar al mundo de la barbarie en la que lo han sumido unos y otros, dioses y hombres crueles tanto del Oriente como del Occidente.

Clito suspiró abatido al escuchar su delirio.

—Tienes que confiar tú en mí, hermano —continuó Alejandro—. Confiar en lo que Zeus reserva para nosotros. Muy pronto abandonaremos Zadracarta y seguiremos al este, hasta que alcancemos a Bessos y al resto de los traidores. Pero quiero que tú regreses a Ecbatana y reagrupes allí a los ejércitos.

—¿Este es el castigo que me impones? ¿Apartarme de tu lado?

—Quiero que reemplaces a Parmenión y que lo hagas venir ante mí. Solo puedo pensar en ti para el gobierno de la ciudad más estratégica, para guardar el tesoro y reorganizar a las tropas.

—Me apartas de tu lado...

—Porque pronto necesitaré que te reúnas conmigo en el este. Clito, estoy depositando en ti la supervivencia de mi misión, de *nuestra* misión. No sabemos lo que nos encontraremos en el este. Por favor, dime que estarás conmigo.

—Siempre estaré contigo, Alejandro. Aun cuando piense que te equivocas.

—¿Me dices esto con el amor del hermano o con la obligación del súbdito?

—No tengas ninguna duda —le dijo—: con la obligación del súbdito porque eres mi rey. Pero nadie debería dejar que su hermano cometiese el error que estás cometiendo, porque te va la vida en ello.

Alejandro sonrió, pero Clito mantenía el gesto serio.

—Confía en mí.

El Negro reparó entonces en el brazalete.

—El lagarto...

—Me lo dio la reina madre, antes de dejar Babilonia.

—Apolo, el dios de la luz y la razón, siempre has dicho que es uno de los que te guían, ¿verdad? —El rey asintió—. ¿Sabes por qué se convirtió en el dios de la luz, la medicina y la razón? Porque cuando era adolescente mató de un flechazo al lagarto de la noche y la enfermedad. Es el dios sauróctono: no se congracia con la oscuridad; se enfrenta a ella y la derrota, siempre.

Molesto por aquello, Alejandro lo despidió cortante:

—Te deseo un buen viaje al sur, hermano.

—Y yo, *hermano*, te deseo un buen viaje al este.

—¿Me darás un abrazo para despedirnos?

—Sí...

Clito lo tomó en sus brazos de forma suave, sin fuerza falsa, y le susurró al oído:

—Hasta que regrese, cuídate de quienes como los lagartos moran en silencio y en la oscuridad.

9

Poco después de que Clito abandonara Zadracarta la tierra tembló. Cuarenta jinetes que con su galope agitaban el suelo con la fuerza de mil, y a las que se oyó mucho antes de que aparecieran en la línea del horizonte, entraron en la ciudad al ocaso. Iban vestidas con sus corazas, sobre yeguas de colores, con los arcos y los carcajes llenos de flechas cruzados al pecho. Buscaban al rey. Entraron anunciadas por los tambores de su cabalgar en el patio de palacio, y el rey del Este bajó a recibirlas, extrañado y maravillado.

Una de ellas se adelantó y vociferó:

—¡El hijo de Zeus! ¡Conquistador de todas las tierras!

Alejandro se avanzó a sus cortesanos; Begoas lo siguió de cerca no queriendo perderse ni un detalle.

—¿Quién me reclama?

La jinete desmontó y se retiró el casco, dejando ver su cabellera sudada trenzada con una cinta delgada de cuero.

—Talestria, de la sangre de Ares, descendiente de Hipólita la Grande, reina de las amazonas, matriarca del bosque y la guerra, señora de todo lo salvaje.

Rápidamente los griegos desenfundaron sus espadas y prepararon sus lanzas. Las amazonas, en un abrir y cerrar de ojos, habían descolgado sus arcos, cargándolos con tres flechas, y tensaban a punto de soltar.

—¡Bajad las armas! —tronó el rey.

—Señor, son amazonas... —masculló Laomedonte.

—¡Obedeced a vuestro rey: bajad las armas! —gritó Ptolomeo.

Muy despacio, los griegos regresaron las espadas a sus cintos. Solo entonces las amazonas, con enorme escepticismo, devolvieron sus flechas al carcaj.

—¿Qué te trae a mis dominios? —preguntó Alejandro.

—Vine a ver al hijo de Zeus —respondió la reina.

Los griegos se revolvieron inquietos. No era un buen presagio. Mucha sangre helena se había derramado combatiéndolas desde tiempos inmemoriales. Pero Alejandro estaba extasiado por su propia vanidad. El hijo de Zeus... Recordó los frisos del Partenón de Atenas, donde estaban inmortalizadas en blanca piedra pentélica las distintas guerras del pasado entre ambas razas. Puede que su soberana hubiera venido a verlo a él como hijo de Zeus, tal vez a firmar la paz eterna entre ambas estirpes. No podía rechazarla.

—Tú y tu corte sois bienvenidas en la mía, reina de las amazonas.

No faltó griego que censurara aquella decisión, pero cuando en la noche se las recibió en un grandioso banquete se disiparon los recelos. Entraron en el gran salón con la gracia de una corte de ninfas. Alejandro, hipnotizado, se acercó a Talestria, tomó su mano y la llevó hasta su sitio, a su derecha. La reina estaba bellísima. Iba vestida con un peplo color de nácar tan delicado que parecía hecho con la misma espuma de mar con la que los vientos vistieron a la diosa Afrodita cuando esta emergió de las aguas, al principio de los tiempos. El cabello lo tenía recogido y trenzado con flores. Los ojos se los había pintado con una raya gatuna que realzaba su color brillante. Pero a pesar de su rico atuendo y de su perfume, de su disfraz occidental, aún mantenían la fiereza en la mirada y la raza en el pecho, en el único seno que respiraba solitario y redondo bajo el peplo.

En toda la noche no pudo dejar de mirarla. A veces lo hacía directamente, a veces con el rabillo del ojo, con la timidez de un adolescente que hace por no ser descubierto. Jugaba a ver en qué facción del rostro, en qué gesto de los labios o de las manos se intuía con más claridad a la mujer fuerte y guerrera tras la cortesana enigmática.

Fue ella quien llevó el ritmo de una conversación que evitó lo concreto, lo político, y que los condujo con palabras líricas por los recuerdos de cada uno.

Durante una pausa, Talestria le dijo:

—Creo que tus griegos no aceptan mi presencia.

Alejandro se giró y efectivamente vio como alguno de los generales la miraban con fijación enfermiza, sin perder detalle de uno solo de sus movimientos.

—Vayamos fuera —le dijo.

Aunque todos los invitados se levantaron cuando lo hicieron ellos y lo vieron salir, Alejandro tuvo la excitante sensación de estar huyendo a hurtadillas. A Hefestión se lo llevaron sus temores y, tras observar como Alejandro tomaba la mano de la amazona, sintió un cuchillo de dolor clavándose en su pecho cuando los vio marchar.

Los reyes caminaron un rato en silencio, paseando por la galería exterior, que se asomaba a la ciudad soñolienta y la mar húmeda. Los jazmines orientales trepaban por las columnas, queriendo imitar la verticalidad de las plantas de Babilonia pero solamente logrando embriagar el ambiente con su aroma. Para Alejandro era suficiente.

—¿Tu reino está al norte? —preguntó rompiendo el silencio.

Talestria sonrió.

—No puedo decirte dónde está mi reino. Para vosotros, los hombres, es un reino prohibido.

—Pero yo no soy hombre; soy de la sangre del dios. Como tú.

—Pero la sangre del dios no te impide ser hombre. A los hombres que entran en el reino de las amazonas o les arrancamos los ojos para que no vean dónde están, ni nos vean a nosotras, o simplemente les arrancamos el ser hombres.

Alejandro entendió y esbozó una sonrisa.

—Sois un pueblo cruel.

—Somos un pueblo que sobrevive, que ha sobrevivido a los siglos de lucha contra los hombres, contra tus ascendientes.

Él se apoyó sobre la baranda balaustrada, de espaldas al mar. Ella se quedó prendada de cómo su figura macedonia se fundía sobre el cielo, del que se descolgaban, como hiedras de cristal, extrañas estrellas entre las que apenas si se vislumbraban las constelaciones conocidas.

—Contéstame a una pregunta: ¿por qué renegáis de los hombres?

—El hombre pervierte nuestra sociedad, nos amenaza; solo hay un hombre en nuestras vidas: Ares, dios de la guerra, nuestro padre. Del resto renegamos, como la diosa arquera.

—¿La diosa arquera? ¿Ártemis? Te recuerdo que ella renegó de los hombres por amor, porque perdió a Orión. ¿Será eso lo que os sucede a vosotras?

—Nosotras no conocemos el amor del hombre, no nos arriesgamos a ello. Para nosotras el hombre es una mala hierba que debemos exterminar de nuestro reino.

El gesto del rey se volvió sombrío.

—¿Es cierto entonces que mutiláis a los niños que os nacen o los convertís en esclavos?

Talestria no dijo nada, pero su silencio fue suficiente respuesta para Alejandro.

—Contéstame ahora tú a algo, conquistador de la tierra: ¿qué hacen tus ejércitos con las niñas, las jóvenes, las madres, de las ciudades que arrasan? Las sometéis, las convertís en esclavas, les dais muerte.

—Jamás he dado muerte a una madre.

—Sabes que no es así... —contestó—. Mutilamos a los niños para que no se conviertan en hombres y dañen a sus madres, que es el destino de todo hijo, o los dejamos morir en el bosque.

—Me cuesta creer que una madre pueda hacerle eso a su hijo.

—Las que no lo hacen sufren un destino terrible.

—¿También las matáis?

Talestria sonrió y Alejandro creyó entender.

—No. No las matamos.

—Cuánta crueldad... En verdad no sois mujeres, no sois humanas.

—No. No lo somos. —Y entonces Talestria se abrió el broche plateado que le sostenía las piezas del peplo en el hombro y descubrió su pecho. La luz de las estrellas resbaló por su piel pulimentada, por el monte del seno que le sobrevivía y por la cavidad del que había sido cortado. La cicatriz que cruzaba el lado derecho del pecho era profunda y carnosa, y sin embargo asombrosamente bella. Manaba misterio y en nada espeluznaba—. Nos lo cortamos a los catorce años para poder blandir bien el arco y disparar. Con el otro amamantamos a nuestras hijas. Uno es la vida; la ausencia del otro es la muerte, la muerte a manos del arquero. No estamos completas: en nosotras la vida convive con la muerte, con el matar. Por eso podemos acabar con nuestros hijos. Por eso no hay remordimiento. No somos como vuestras mujeres mortales.

Alejandro estaba atónito, llevado por el hechizo de su voz. Su cuerpo no respondió cuando la amazona cogió su mano sin fuerza y la colocó sobre su único seno, inclinó la cabeza y lo besó en los labios.

—¿A qué has venido aquí? —susurró.

—Vine a ver al hijo de Zeus, conquistador de todas las tierras, porque quiero una hija suya, una hija que lleve tu sangre y domine el mundo.

Poseído por un huracán de sentimientos, la atrajo hacia sí con fuerza y la besó, luego la cogió en sus brazos y se la llevó.

Entraron casi tropezándose en la alcoba y se dejaron caer sobre la cama. Talestria se soltó el cabello de su trenza y este se derramó sinuoso y brillante sobre su hombro desnudo. Se desembarazó del peplo y Alejandro pudo contemplar su desnudez atlética, reflejo de su carácter indómito. Ella lo liberó a él de los corpiños de la vestimenta, de las leguas de telas ricas en las que se envolvía, hasta devolverlo a la desnudez total. Se quedó fascinada contemplando cada palmo de él. Durante un eterno instante en el que contuvieron sus alientos, le acarició la constelación de lunares que cruzaba el pecho de musculatura prieta, y después se detuvo en su rostro anguloso, dibujando con los dedos el contorno de los finos labios.

Alejandro la abrazó, estrechándola contra sí. Olía a humo, como si hubiese salido viva, sin un rasguño, de una enorme pira: era el olor al que olían los primeros dioses, el olor del fuego concedido por ellos a los hombres, el de los funerales de los grandes héroes. Sintió su cuerpo turgente contra el suyo, sus manos que descendían por su espalda buscando las estrellas en su piel, el suspiro apagado de su voz en su oído que al penetrarla se convirtió en un gemido lobuno que rasgó el cielo de la medianoche.

10

Talestria se giró en la cama y miró la luna por la ventana.

—Está de perfil en el cielo. Y me has amado seis veces. Son los símbolos de Ártemis: viene una nueva servidora suya.

—¿Cómo sabes que no es un hijo? —preguntó Alejandro.

—Una amazona no pare hijos. Mañana regresaré a mi reino, con tu semilla en mi vientre.

—¿No quieres quedarte?

—Ya te he dicho lo que les hacemos a los hombres que viven entre nosotras: o son ciegos para no vernos o no son hombres.

—Serías tú la que viviría conmigo.

—No te equivoques, conquistador del mundo: las amazonas no pertenecemos aún a este lugar, no hasta que de nuestra sangre brote quien conquiste todas las tierras del sur. Entonces vendremos, pero seremos nosotras quienes gobernaremos.

—Si es nuestra hija quien conquista el sur nada habré de temer.

—Yerras otra vez si crees que tu hija te perdonará la vida.

Alejandro se rio.

—Nunca la conocerás porque cuando se nace amazona no se conoce más padre que el dios de la guerra.

—No sé qué dirían mis generales si les diera una heredera amazona para Macedonia.

Talestria levantó una ceja.

—La rechazarían, pero por mujer, no por amazona.

—Puede ser... —meditó él.

La amazona se dio la vuelta en la cama, se levantó y se empezó a vestir.

—La sucesión es siempre la perdición de los reyes —prosiguió.

—La perdición de sus imperios —puntualizó ella.

—Sí, así es... Nos lleva la vida construirlos —dijo reflexivo— y se nos pasa antes de tener a quien traspasarlos, antes de educar a alguien para que prosiga nuestra labor.

La reina se colocaba de nuevo sus alhajas con una delicadeza extrema. Se volvió hacia él y le sonrió.

—Y dime, conquistador de todas las tierras, ¿qué importancia tiene todo eso? —Alejandro dibujó una mueca de extrañeza en su rostro—. Cuando a ti te devore la tierra, tu legado supondrá para ti lo que el resto de las cosas que dejaste en la vida:

nada. ¿Por qué habrías de perder un solo día tratando de afianzar algo que nunca verás? Los que te apresuran a que les des un heredero son los que esperan sobrevivirte; ellos sí necesitan que tú dejes un legado para vivir de él. Pero ¿tú? ¿Por qué necesitas dejar nada atrás, si no estarás para verlo? No te obsesiones con lo que vaya a quedar de ti. Vive. Eso es lo más importante.

Alejandro meditó en silencio aquellas palabras. Talestria ya se esperaba una gran proclama helena sobre el futuro de los reinos, de los Estados y de los ciudadanos que los habitaban. Tan fácil, tan racional hubiera sido contestar: «Para evitar una guerra civil entre facciones que se lleve miles de vidas por delante». Pero el macedonio simplemente torció el gesto y contestó:

—Tú también eres reina. Has venido aquí a que te dé una hija. ¿Pretendes que me crea que a ti no te importa la sucesión?

La respuesta, lejos de decepcionarla, le mostró mucho de él.

—No lo pretendo. Pero yo no soy como tú. Sé sincero contigo mismo: el imperio que estás construyendo no es para que lo herede nadie. La tierra que conquistas la conquistas por ti, no por legarla a tus sucesores. Ellos no te importan, no te importa quienes sean; no existen. —Él soltó un suspiro. Talestria se volvió a acostar a su lado y con uno de sus largos dedos le acarició el pecho—. Tienes razón: yo sí pienso en mi sucesión, en el legado de mi dinastía. Por eso estoy aquí, contigo. Pero tú no lo haces. Y por eso estás aquí también.

—Te equivocas —espetó.

—No, y lo sabes —respondió muy segura—. La pregunta que me llevaré conmigo es por qué motivo necesitas darte un imperio a ti mismo. Cuál es el motivo por el que necesitas darte, al fin y al cabo..., distancia.

A Alejandro se le ahogó el alma en la mirada. Cuando al alba despertó de un sueño, Talestria había desaparecido. De la presencia de las amazonas en el palacio solo quedaba un rumor de caballos en el viento. Todo parecía haber sido un sueño agotador tras una noche de vino y desenfreno, una aparición fantasmal, momentánea, en el parpadeo intermitente de las velas.

—Es su naturaleza actuar como han actuado —explicó Begoas al notarlo apesadumbrado—. Abandonan su reino para aparearse y luego regresan a él como si nada. Solo lo hacen para yacer con los hijos del cielo. Teseo, Heracles, Aquiles... y ahora Alejandro.

A Alejandro le extrañó que el eunuco persa conociera tan bien la historia legendaria de las amazonas y los héroes de Grecia. Le preguntó cómo era que lo sabía.

—Porque no es la primera amazona que veo. Una ya visitó al Gran Señor cuando yo lo servía.

—¿Talestria vino a ver a Darío? —preguntó extasiado.

—No fue Talestria, sino su madre, Priene, que fue reina antes que ella. Bajó de las montañas y fundó una ciudad con su nombre en sus faldas. Luego cabalgó con su corte hasta Babilonia para ver al Gran Señor.

—¿Darío?

—¿Por qué creéis que la reina Talestria vino hasta aquí? Porque quería que su hija llevara la sangre ancestral de los dioses, como la lleva ella.

—Suena imposible... —aventuró, pero deseando que fuera verdad.

Su imaginación voló sin límite: la estirpe persa de Darío y la suya unidas en una hija de las amazonas, una monarca indomable. Sin embargo, era una heredera estéril por ser etérea: aquella hija de las amazonas y del conquistador del mundo, nieta del último aqueménida, estaba vedada a su padre y a su mundo, era propiedad de los dioses más allá de las montañas.

—Nada es coincidencia —prosiguió el eunuco—. El Gran Señor está moviendo el destino de mi amo desde los palacios de las estrellas en los que ahora vive. El Gran Señor está viviendo en mi amo, como todos los grandes señores y grandes reyes del pasado. Su sangre corre por sus venas.

Todo cuanto Begoas dijera con el dulce gorjeo de su garganta sobre Darío, sobre la conexión con los reyes del pasado, hipnotizaba a Alejandro más que cualquier historia de Aquiles que le hubieran contado en su juventud. Siempre había pensado que su madre exageraba hablando de héroes del pasado; en cambio, cuando era Begoas el que hablaba de estrellas orientales y orientales monarcas encaramados en ellas, su mente creía sin problema. Preso de nostalgias y recuerdos inventados, caía en manos del eunuco, con quien pasaba horas tratando de explorar un pasado ajeno en la memoria propia.

Los *hetairoi* lo vigilaban recelosos, temiendo que el eunuco ablandara el criterio del rey, como tantos otros eunucos en la historia de Persia, y lo condujese a la perdición. Sin embargo, aquel Begoas no utilizaba su influencia para conseguir poder político; tan solo había un reino que pareciera interesarle y ese era el de la intimidad de Alejandro. Por más que buscaran la traición no la encontraban. Ni sabía dónde estaba el traidor Bessos ni le estaba pasando información sobre los avances de los griegos. Todo lo que hacía Begoas, las convocatorias espiritistas de los aqueménidas, los poemas loando la conexión mística entre Alejandro y ellos, era para ganar el alma del macedonio. El único que advertía un gran peligro en que lo consiguiera era Hefestión, pero porque sabía que aquello acarrearía su propia destrucción. Aunque a los *hetairoi* los incordiase la presencia del esclavo, no lograba que compartieran su preocupación, que ellos achacaban únicamente a celos inconfesables. Lo cierto era que no estaban dispuestos a criticar a Alejandro ni por aquello ni por nada. El este, la púrpura, los tesoros, el viaje...; todo había ido poco a poco doblegando voluntades, también las suyas.

11

Pasado ya el vigesimoctavo día en Zadracarta, Filotas llegó al palacio. Vino sin Parmenión. Todo cuanto llevaba de su padre consigo era a su secretario y amigo, Polidamante, ahora a su servicio, y el anillo con el sello de su casa; el viejo general se lo había entregado antes de separarse de él.

—¿Dónde está tu padre? —tronó Alejandro en la audiencia en la que lo recibió—. Tenía órdenes de presentarse ante mí.

—Mi señor, le ha sido imposible abandonar Ecbatana. Me envió a mí, su hijo, la mejor expresión de sí mismo, a acompañarte. La situación en la ciudad es complicada y solo el mando fuerte de mi padre puede mantener bajo control ese vital enclave, que además guarda tu tesoro.

Alejandro soltó un gruñido desde su trono.

—Tu padre ha desobedecido una orden de su rey.

—Señor, confía en quienes te rodean: mi padre no se ha presentado ante ti porque tú no se lo habrías pedido de saber cómo están las cosas en Ecbatana.

—El rey sabe todo lo que acontece en cada rincón de su reino. Y tu padre debía estar hoy aquí.

Filotas soltó un suspiro hastiado.

—Mi señor...

El rey se hartó.

—¿Qué clase de monarca deja que sean sus siervos los que decidan si sus órdenes se llevan a cabo?

Nearco, que estaba en la audiencia ataviado con su púrpura —algo que extrañó a Filotas cuando lo vio—, intercedió por el viejo general.

—Señor, puede que si la situación en Ecbatana fuera caótica...

—¡Para eso mandé a Clito allí! —El tono de Alejandro cada vez era más violento—. ¡Quería a Parmenión a mi lado para cuando nos adentráramos en la Persia Central, no en Ecbatana, donde hará y deshará a su antojo!

El hijo se hartó de las insidias que se vertían sobre su padre.

—Alejandro —advirtió sombríamente—, mi padre no hace y deshace: él, y hombres como él, son los que te sostienen en el trono.

Un pesado silencio se desplomó sobre la sala. Por unos instantes de angustia solo se oyó el ruido lejano del mar. El rey se retorció en su trono, apretó los puños inquieto, una gota de sudor le apareció en la frente.

—El general Filotas está cansado de su viaje —intervino Ptolomeo antes de que se dijera algo más—, muy cansado. Sería bueno que se retirase a reposar. Son muchos los problemas que nos acechan; debemos estar todos lúcidos y con la mente afilada.

Alejandro lo mantenía clavado al suelo con la mirada; o tal vez era Filotas quien mirándolo con sus ojos oscuros lo mantenía a él clavado en su trono. Aparecieron dos sirvientes que aguardaron a que se diera la vuelta para sacarlo de la presencia del soberano y llevarlo a sus aposentos. Cuando hubo abandonado la estancia, se oyó al tiempo volver a crujir sobre su eje.

—Cómo se atreve... —masculló Alejandro.

—Señor, sus palabras son imperdonables, pero tiene motivos —señaló Nearco—. Si Parmenión abandona Ecbatana puede que el caos asole la ciudad y la perdamos.

—¿Tú también osas desafiarme, Nearco?

—No, mi señor, mi hermano, jamás...

—Parmenión solo espera a que cometamos un error para hacerse con el control de esta tierra, para regirla como le convenga o para regresar a Macedonia. Si estuviera con nosotros lo tendríamos bajo control; ahora es libre de actuar como quiera.

Alejandro y Nearco se enzarzaron en una discusión que muchos temieron pudiera acabar con una acusación de traición, por parte de cualquiera de los dos, que regara de sangre la estancia. No se percataron de que un sirviente entró sigiloso por una de las puertas laterales del gran salón y se deslizó hacia el trono. Viendo que el rey estaba inmerso en un acalorado debate y no atreviéndose a interrumpir, susurró algo al oído del general Ptolomeo y le entregó a él un pergamino sellado. Ptolomeo rompió el lacre oscuro. Estaba escrito en el idioma bárbaro, que de ellos solo conocía Laomedonte. Se lo enseñó para que lo leyera.

—Mi señor, noticias del este.

Alejandro se olvidó de Nearco y se levantó de un brinco.

—¿Qué sucede?

—Ya sabemos dónde está Bessos —dijo Laomedonte mientras leía.

—¡¿Dónde?!

—En su satrapía de Bactria, en el corazón de las montañas. Allí se ha proclamado sucesor de Darío. Artajerjes V, aqueménida —aclaró, leyendo del pergamino los títulos con los que el traidor firmaba—, Rey de Reyes, Gran Señor de Persia y Media, Rey de los Países, Rey de Todas las Tierras.

De nuevo un silencio helador.

—Y nosotros aquí... —acabó por mascullar el rey—. Ptolomeo, Hefestión: reunid a las tropas. Mandad mensaje a Clito: que se ponga en marcha desde Ecbatana con cuantos hombres pueda.

—El punto más seguro en el que reunirse con nosotros es en Frada, la antigua fortaleza de Persia Central, antes de lanzarnos hacia el camino de las cordilleras —dijo Ptolomeo.

—Allí iremos pues y organizaremos el asalto sobre Bactria. Vengaremos a Darío de una vez por todas.

Alejandro salió vociferando del salón del trono mientras sus generales revoloteaban desperdigados y sin rumbo por el palacio cursando las órdenes oportunas. Entró en su alcoba exaltado por haber dado con Bessos pero a la vez furioso por haber tardado tanto, por haberle dejado tiempo para que se proclamara rey. Y, encima, con el nombre de Artajerjes V...

—¡Prepáralo todo! —le ordenó a Begoas, que lo seguía con la cabeza gacha.

El eunuco obedeció y empezó a recoger las pertenencias mientras Alejandro mascullaba maldiciones, preso de la furia. Estaba herido, no lo quería reconocer, en su orgullo: el asesino de Darío proclamándose rey, adoptando los antiguos títulos de los soberanos de Persia, *sus* títulos...

—¡Maldito sea!

Begoas observó con atención sus arrebatos. Lo hacía con una curiosidad casi científica, como si fuera él quien hubiese provocado ese enfado para estudiarlo con detenimiento, como quien analiza el comportamiento de un pájaro al que deliberadamente se le ha privado de su nido.

—¡Date prisa, Begoas! —tronó, con miedo de que aquellos segundos de más fueran a darle al traidor Bessos una ventaja irrecuperable—. Solo lo imprescindible, que no nos lastre equipaje inútil en el viaje a la cordillera de Bactria.

El eunuco se apuró.

—¿Esto también, mi señor? —preguntó con una evidente malicia que aun así Alejandro no pudo percibir.

Se refería a un cofre enjoyado. Parecería el sitio donde se guardaban las alhajas imperiales con las que el rey se disfrazaba de aqueménida, pero ambos sabían que el contenido era mucho más valioso que unas simples joyas. Dentro había un recuerdo, un vestigio de una filosofía griega que, como el ocaso en el oriente, ya le era imposible comprender. La cólera cesó durante el instante en el que abrió el cofre y vio en su interior los textos homéricos de su maestro. Unas palabras polvorientas revolotearon fuera del cofre: «Si alguna vez sintieses que necesitas de mi consejo, escucha mi voz en las anotaciones de los márgenes». Notó que se le dibujaba una sonrisa tierna en los labios al recordar a Aristóteles. Pero entonces algo en su interior cerró a las débiles nostalgias griegas los caminos hasta la conciencia.

—¿Señor? —dudó Begoas.

Alejandro cerró el cofre con fuerza y, al caer la tapa con un ruido seco, se callaron los recuerdos.

—No. Esto ya no.

12

En el camino hacia Frada a Alejandro le llegó el rumor de que los ejércitos estaban hartos. Ya todos sabían que el Gran Persa había muerto a manos de los suyos. No entendían por qué perseguían a quien había dado muerte al enemigo de Grecia. Querían volver. Ya no tenía sentido seguir persiguiendo ratas en sus madrigueras. Y qué madrigueras: escarbadas en los desiertos infinitos de la Persia ulterior y en las inhóspitas y peligrosas cumbres de las cordilleras que se extendían hasta la India.

Empezaban a formarse grupúsculos en las falanges y los cuerpos de guardia real; los descontentos eligieron a sus cabecillas, entre ellos un tal Dimno, capitán real, para trasladar las quejas a los generales, tal vez para liderar una rebelión en el futuro. La situación era delicada, pero Alejandro estaba convencido de que explicándoles lo que los dioses deparaban para todos ellos, la gran gloria que alcanzarían una vez batido Bessos, el traidor, se convencerían de la necesidad de seguir. Los arengó a todos en el centro del campamento durante uno de los altos en el camino y como acostumbraba los hechizó con su voz.

Estaban allí, les dijo, acercándose al confín del Oriente, más lejos de lo que nadie había ido, porque estaban llamados a algo mayor que vengar a Grecia.

—Somos los herederos de los dioses, de los titanes que renegaron de la pequeñez de Grecia, cruzaron el mar y vencieron los límites del horizonte. La gloria de los antiguos la sobrepasaremos nosotros, hermanos, soldados míos, pues desde el tiempo del mito no se había logrado hazaña como la que *vosotros* estáis llevando a cabo. Pero esa gloria jamás estará completa si no acabamos con quien se opone a nosotros, con ese traidor, Bessos, que en cuanto nos demos la vuelta nos emboscará y de nuevo llevará la guerra a Grecia.

Muchos entonces empezaron a sentir sus hombros más livianos; algunos podrían incluso asegurar que las palabras de Alejandro hacían aparecer alas en los talones, hacían vibrar con más fuerza la sangre en el pecho. Hefestión también notaba que hablaba un Alejandro distinto, que se parecía mucho al joven sereno e inteligente de sus recuerdos macedonios.

—Y no penséis solo en los tesoros que encontraremos en Bactria, todos los que faltaban en Persépolis y Ecbatana y que por supuesto serán para vosotros —les dijo—. Pensad también en que pisaréis una tierra virgen donde ya no queda rastro ni de las pisadas de los dioses. ¿Sabéis lo que eso significa, soldados? ¿Lo sabéis? Significa que, si andáis este camino conmigo, cambiaréis: de donde venís, erais hombres; volveréis siendo dioses.

Terminó su discurso y un silencio se instaló en el aire. Duró tanto tiempo que Hefestión temió que fuera la calma que precediera al motín contra los oficiales: ya vio su cuerpo colgando junto al de Alejandro, víctimas de la desesperación de unos hombres que llevaban años sin ver sus hogares. Pero entonces el campamento estalló rugiente, un estruendo ensordecedor:

—¡Llévanos, Alejandro! ¡Llévanos a donde quieras y conviértenos en dioses!

Durante semanas recorrieron un camino que la escasez de comida y agua casi hizo imposible. Fueron más de ciento veinte leguas de llanura, soportando un calor abrasador, bordeando el Desierto de Sal y Muerte, caminando siempre hacia el este. Aquella senda solo la transitaban unos comerciantes, pensaron que nómadas, pertenecientes a una raza extraña para los griegos: tenían los ojos rasgados y piel grisácea; hablaban un lenguaje incomprensible, entre el gruñido y lo gatuno, y comerciaban con seda. Eran gentes, aseguró Begoas, que provenían de imperios lejanos como el sol. Pasaban sus vidas recorriendo el este y el oeste, uniendo con su caminar hemisferios que vivían en la ignorancia el uno del otro, llevando sus mercancías, con la fútil esperanza de que en uno de sus trayectos el mundo se hubiera hecho más pequeño.

Filotas miraba a Alejandro con recelo cada vez que hablaba con el eunuco y los demás iranios. Miró al resto buscando apoyo, pero lo habían abandonado ante el rey. Ninguno estaba dispuesto a perder favor y posición uniéndose a su crítica. Lo dejaron que se hundiera solo. Pero, además de eso, el hijo de Parmenión intuía que sus compañeros estaban presos de un trance, de un sueño incluso, que les nublaba los sentidos y les impedía oponerse a nada de lo que el rey propusiera. Resopló hastiado, desesperanzado; su padre se lo había advertido.

—¿Por qué te congracias con ellos, señor? —le espetó Filotas una tarde.

Alejandro lo fulminó con la mirada. ¿Cómo se atrevía? Pero, mirando a su alrededor, veía que no era solo el hijo de Parmenión quien recelaba. Los *hetairoi* también.

—Necesitamos a los orientales para que nos lleven hasta

Bessos. No conocemos el camino hasta las montañas, Filotas —le dijo—. Y, además, esta tierra no la podemos gobernar nosotros solos; los necesitamos para ello también. Esta es la gobernanza que venimos a traer, una donde el occidental y el oriental colaboren en llevar el gobierno de la razón, la paz, a donde antes hubo despotismo y barbarie.

—Señor, *ellos* son los despóticos; *ellos*, los bárbaros. No lo olvides.

Esa noche, Filotas rehusó compartir la mesa con los iranios en la tienda real.

—La insolencia va en la sangre —masculló Alejandro advirtiendo su ausencia. Y entre dientes expresó un deseo culpable—. Cómo ansiaría a veces ahogarla en sangre también.

Ptolomeo captó las palabras que el rey había dicho por lo bajo.

—Sabes, señor, que solo tienes que ordenarlo.

Alejandro se molestó porque su amigo lo hubiera escuchado. Sin embargo, pronto vio que no le importaba: en Ptolomeo encontraba una extraña confianza para compartir secretos oscuros.

—Si no fuera quien es... Él se aprovecha de la posición de su padre para contravenirme y ofenderme.

—Mientras solo sea para eso...

—¿Qué quieres decir?

—Nada que pueda probar, señor.

—Ptolomeo, habla. Te lo ordeno.

Este miró a ambos lados antes de decir nada. Cada uno de los *hetairoi* estaba inmerso en otra conversación y no se fijaban en ellos.

—Piensa, señor, que Parmenión tiene en su poder el tesoro de Ecbatana y a un ejército poderoso. Contigo tan lejos... La tentación de arrebatarte el trono es grande.

Ante aquella posibilidad aciaga, un mal viento sopló en el alma de Alejandro.

—Con su hijo tan cerca de ti, no le faltan medios para hacerlo: recuerda que Filotas es antes siervo de los intereses de su padre que de los tuyos. Se ve en cada cosa que hace, en cada palabra que dice.

—Si hacemos algo contra Filotas, Parmenión vendrá a por nosotros. Entraremos en guerra civil.

—No te recomiendo que hagas nada, señor. Pero hemos de estar atentos. Filotas no se muestra insolente solo por ser hijo de su padre. Quizá se muestra insolente... porque sabe que no tendrá consecuencias.

Alejandro miró a su alrededor. Los *hetairoi* bebían. Sus amigos, sus hermanos...; en verdad, Filotas nunca había sido uno de ellos. Siempre habían recelado el uno del otro. Quizá del recelo hubiera ahora brotado la deslealtad.

—Manda recado urgente a Ecbatana —le ordenó a su amigo—. Que Clito traiga a Parmenión. Lo quiero a mi lado, así lo tendremos controlado. Que vengan a Frada con cuantos soldados puedan, los hombres de reserva también, y que se unan a ellos las tropas que envía Antípatro.

Ptolomeo inclinó la cabeza complacido.

—Así lo haré.

—Y vigila a Filotas.

Al cabo de unas cuantas semanas de marcha en las que sufrieron varias emboscadas por parte de los sátrapas leales a Bessos, alcanzaron la fortaleza de Frada. Llegaron allí refugiándose del viento, que soplaba con fuerza a ras del suelo, levantando arena, piedras, como un desfogue airado de dioses de polvo. Los locales lo llamaban el «Viento de los Cien Días», aunque lo cierto era que podía soplar durante más de medio año.

Allí llegó un mensajero para el rey procedente de Ecbatana.

—Que venga Filotas —ordenó Alejandro tras leer la carta.

El hijo de Parmenión acudió a su cámara. Lo encontró sentado, a la luz de unos candiles, por lo demás en espesa oscuridad. Apenas se veía una sombra de Begoas, que estaba a sus espaldas, recogiendo su cabello ondulado al tiempo que espiaba las letras que garabateaba.

—¿Me has llamado, señor?

Al acercarse vio sobre la mesa una carta abierta; reconoció de inmediato el lacre roto.

—Tu padre —dijo Alejandro sin levantar la mirada del papel.

—¿Anuncia su llegada?

—No. Ha decidido no unirse a nosotros —contestó secamente, y le tendió la carta para que la leyera—. Se quedará en Ecbatana al mando de veinticinco mil hombres de reserva, custodiando el tesoro. Tu padre siempre fue tan inteligente..., sabe mejor que yo mismo qué he de hacer y cómo he de reinar. Verdaderamente, lo envidio.

—Todo cuanto mi padre hace lo hace para servir al rey de Macedonia. Lo sabes, ¿verdad, señor?

Alejandro profirió una leve sonrisa.

—Lo sé. Son muchas mis diferencias con tu padre, pero sé que siempre vela por mí y que me es leal. Sin embargo, no conviene que los hombres hablen de los privilegios que se conceden a unos sobre otros. Estate a mi lado, Filotas, seme leal, y acalla así esos rumores que fracturan el alma de nuestras tropas.

El general lo entendió entonces todo: el rey aún vivía a la sombra de Parmenión; estando este lejos, descargaba contra él el odio que le tenía. Asintió silencioso.

—Bien. Puedes irte.

Al darse la vuelta, Filotas notó los ojos de Begoas sobre su espalda. Por eso no pudo evitar darse la vuelta para comprobarlo y añadir:

—Señor, si algo aprendí de mi padre es que el mayor error en el que caen los reyes, el error que se lleva por delante sus reinos, es el de pensar que entre los privilegios reales está el errar sin ser corregido. Te soy leal y, porque lo soy, no dejaré que mi silencio contribuya a la destrucción de mi patria.

Alejandro dejó escapar un suspiro hastiado.

—En verdad somos nuestros padres. No hay escapatoria de ese destino —le dijo con cierto tono de decepción.

—Así es. Es un destino honroso, al menos a mí me lo parece.

Al salir a la galería, lo sorprendió Ptolomeo.

—¿Vienes de despachar con el rey? —le preguntó.

—No te incumbe.

—Pareces preocupado.

—Estamos perdidos en el desierto, siguiendo la ruta de unos traidores hasta las montañas. ¿Cómo no íbamos *todos* a estar preocupados?

—Es la decisión del rey. Tiene sus motivos. Debemos obedecer —le dijo sin parpadear siquiera.

—Este silencio tan obediente que vosotros practicáis será la muerte de todos nosotros.

—Me acordaré de tu consejo —contestó sibilino—. Entretanto, ¿seguro que no te preocupa nada más? Sea lo que sea, puedes contar conmigo para ayudarte.

Filotas soltó una carcajada entre dientes.

—No te esfuerces en disimular. Tú no ayudarías ni a tu padre, si supieras quién es. ¿Piensas acaso que no sé lo que tramas?

Ptolomeo lo desafió.

—Ilumíname.

—¿Crees que mi padre no me ha contado lo que pasó en Tarso? Alejandro se moría por aquellas fiebres, los médicos aún intentaban curarlo, los demás rezaban por él, pero tú ya le proponías a mi padre un pacto para haceros con la regencia, ya querías repartir con él los cargos del reino. Ese sigue siendo tu cometido, la razón de todas tus intrigas.

Ptolomeo esbozó una sonrisa.

—Yo no intrigo, Filotas. Solo velo por mi rey.

—Yo velo por Macedonia. Por lejos que estemos de ella. En eso me distingo de todos vosotros. Ahora apártate de mí.

Al regresar a su alcoba, Filotas sintió que estaba empapado de un sudor frío. Tenía la sensación de que, durante el escaso tiempo que había durado aquella audiencia, su vida había estado en grave peligro. Respiró hondo tratando de serenarse y se apresuró a escribir a su padre una carta furtiva conminándolo a cuidarse y protegerse en Ecbatana, dándole a entender que muy pronto habrían de replegarse hasta esa ciudad.

Alguien llamó a la puerta. Inmediatamente, Filotas echó la carta al fuego y cogió un puñal que guardaba bajo la almohada. Abrió con lentitud la puerta y encontró al joven paje que lo servía. Estaba pálido y temblaba.

—¿Qué sucede?

El paje echó un vistazo al pasillo y entró en la alcoba. Filotas cerró la puerta tras él.

—El rey... Va a morir.

—¿De qué estás hablando?

—Se está gestando una conjura entre varios capitanes de la guardia.

—¿Cómo lo sabes?

El paje había compartido vino y el amor de una noche con uno de los cabecillas.

—Dame el nombre.

—Se llama Dimno. Es uno de los capitanes de la guardia real, jefe de los descontentos... ¡Hay que avisar al rey! Será dentro de tres días.

—¡Cállate! —bramó—. De esto no ha de decirse una palabra.

—Pero...

—Silencio —insistió—. Si los conjurados se saben descubiertos, perderemos nuestra ventaja. ¿Entiendes? —El joven paje asintió bruscamente con la cabeza—. Bien. Ahora vete, actúa con normalidad y déjalo todo en mis manos.

Aún nervioso, el criado abandonó los aposentos, mirando por las esquinas, por encima de su hombro, para asegurarse de que nadie lo había visto salir de allí. No se percató de que Ptolomeo lo seguía de cerca en la oscuridad.

Filotas estaba paralizado, los dedos nerviosos pasando el puñal de una mano a otra. Abrió la puerta y miró al fondo del corredor, al camino iluminado de antorchas que conducía a las estancias reales. Tenía que alertar a Alejandro. Era su deber. Y sin embargo se quedó parado en el umbral de la puerta, sin poder decidirse a encaminar los pasos de nuevo hacia el rey. En su mente rabiaba la conversación que había tenido antes con él. La luna de arena fue moviéndose silenciosa entre las columnas y los muros, sin que él diera un paso. Finalmente, cerró la puerta. Volvió a sentarse en el escritorio y redactó de nuevo una breve misiva para su padre: «Asegura tu posición en Ecbatana y rehúsa cualquier orden de abandonarla. Pronto me reuniré contigo. Si no lo impiden los dioses, padre mío, este hombre sepultará a Macedonia con la arena de Persia».

13

Alejandro no dejaba de mirar al norte. Solo esperaba ver aparecer por la línea del desierto a Clito con los refuerzos. Paseaba nervioso por las murallas, temeroso de que no se hubiera puesto en camino, de que se fuera a resistir, igual que Parmenión. Se sentía encerrado, esperando a que todos los traicionaran. Incapaz de aguantarlo, una tarde que el viento había amainado algo, se envolvió en uno de esos finísimos chales heredados de Darío, se cubrió la cara y salió a pasear entre las dunas del desierto, a calmar los nervios, a evocar los recuerdos de Egipto. Hefestión se adelantó a Begoas y aprovechó para acompañarlo.

—Queda todavía mucho tiempo —le dijo para calmarlo—. Apenas habrá salido de Ecbatana. Le quedan varias jornadas de viaje.

—Tiene que darse prisa... Tiene que volar.

—El tiempo no corre en nuestra contra. El viento aún soplará con fuerza en el camino a Bactria.

Sabía que tenía razón. El Viento de los Cien Días era aún demasiado fuerte en las llanuras polvorientas que les quedaban por recorrer hasta llegar a las montañas. Lo prudente era aguardar en Frada. Él mismo lo había ordenado así, ¿por qué dudaba ahora? Era miedo, un miedo a quedarse allí, miedo a la serenidad, a la calma, al silencio que brindan para pensar, para escucharse a uno mismo.

—¿Sabes qué desierto es este, Hefestión?

—¿Cuál?

—Un desierto de dioses —le retiró la tela de la cara descubriendo su barbilla mal rasurada y lo besó—, pero nosotros, mortales, lo hemos conquistado. Aquí en Frada levantaremos otra Alejandría, será mi huella, una que no pueda llevarse el aire del desierto.

El sol iba cayendo poco a poco. En la fortaleza brillaban las antorchas sobre el manto azul metálico que tan pronto había descendido sobre las dunas. Volvía a ulular el siroco terral.

Ptolomeo los esperaba en las puertas.

—Señor, hay algo importante que debes ver.

—¿De qué se trata?

—De lo que me encomendaste.

Los llevó a ambos hasta sus aposentos. Al abrir la puerta, encontraron un soldado que vigilaba a un joven atado con cadenas y amordazado al que le habían destrozado el rostro a golpes.

—¿Qué es esto, Ptolomeo? —exclamó Hefestión atónito.

—El paje de Filotas. Mis hombres lo interceptaron esta mañana cuando pretendía abandonar Frada. Iba camino de Ecbatana, a dar un mensaje al general Parmenión.

Ptolomeo desdobló el trozo de papiro y lo leyó en voz alta.

El paje emitió un grito mudo.

—Quitadle la mordaza —ordenó Alejandro.

El joven escupió y jadeante buscó aire y palabras.

—¡Señor, te juro que no sabía lo que ponía el mensaje! Soy inocente. ¡La conjura la organizan otros...!

—¡Silencio! —tronó el rey—. ¿Qué conjura?

—Van a atentar contra tu vida, señor. Dimno, un capitán de la guardia, y sus compañeros oficiales. ¡Así informé de ello al general Filotas, a cuyo servicio estoy! Esta mañana me dio la carta...

Alejandro clavó sus ojos en el paje, que lo miraba suplicante.

—¿Quién más hay con él?

El paje dio los nombres.

—¿Dónde está Dimno ahora?

Hefestión supuso que a esas horas no estaría de guardia, sino descansando.

Ptolomeo intervino.

—Señor, tenemos que actuar con mucho sigilo. Debes volver a tus aposentos y quedarte allí. Llamaré a Crátero, a Nearco y a Laomedonte. Hefestión, quédate aquí también. No sabemos cuántos conjurados puede haber en el palacio; Dimno habrá de darnos nombres. Yo iré a por él.

—Bien —dijo Alejandro—, pero antes quitadme a este perro asqueroso de la vista.

Ptolomeo no dudó un instante. Desenvainó su puñal y rasgó la garganta del paje, que se ahogó en su propia sangre.

—Enterradlo en el desierto. E id a por Dimno... —dijo Alejandro.

—¿Y Filotas? —Hefestión temía el mismo destino para el hijo de Parmenión.

—Actuemos con sigilo. Que no sospeche que sabemos que es un conjurado más.

Los pasos acelerados de los soldados capitaneados por Crátero retumbaron en los niveles inferiores de la fortaleza, en cuyos cuartos se habían alojado los oficiales del ejército. Abrieron la puerta de una patada. De la viga de madera del techo pendía Dimno, el rostro hinchado y violeta, la lengua mordida entre los labios. Sin él, todo lo que tenían de la conjura eran rumores, algunos nombres, entre ellos el de Filotas. Bastaron para Alejandro. Esa tarde se ajustició a tres comandantes, entre ellos un ahijado de Antípatro que se sabía que había cuestionado la marcha al este; el paje no había mentado ninguno de sus nombres.

14

Llamaron a la puerta. Filotas cogió una daga y la escondió tras su espalda antes de abrir. Era un sirviente.

—El rey quiere verte.

Apenas se veía una gota de luna en el cielo cubierto de nubes. Era la primera noche sin viento y la inmensidad del desierto traía un silencio que encogía el alma.

Filotas entró en los aposentos reales.

Alejandro estaba sentado junto a la ventana, envuelto en una túnica violácea. Begoas encendía los inciensos y arrojaba pétalos dentro de una gran bañera llena de agua.

Fuera vio un relámpago blanco; un trueno sacudió el cielo.

—Tormenta —dijo Alejandro, y se volvió a recibirlo.

Filotas avanzó cabizbajo hacia él, no sabiendo qué esperar.

—¿En qué puedo servirte, señor?

Alejandro le sonrió cómplice.

—¿Estás bien? Te noto inquieto.

—Cansado, nada más. Son muchas semanas soportando el viento.

—Parece que ya decae. Clito estará con nosotros dentro de unas cuantas jornadas. Ojalá viniera con él tu padre.

—Ya sabes los motivos que lo retienen en Ecbatana.

—Sí... Es un hombre inteligente tu padre. Y leal.

—Siempre. No tengas duda de ello.

—Siempre fue leal a Filipo, sí.

—Y a ti también, señor.

Alejandro soltó una risa entre dientes que inquietó a Filotas. El joven miró a su alrededor tratando de mantener controlado a Begoas, temiendo que lo atacara por la retaguardia. No estaba seguro de qué sucedía.

—Volveré a escribirle. A decirle que se presente ante su rey, que lo necesito. ¿Crees que atenderá mi ruego?

—Si la situación en Ecbatana, la ciudad que le encomendaste proteger, lo permite, estoy seguro de que acudirá a tu lado.

Alejandro se levantó con un movimiento felino.

—Estoy seguro de que sí. Pero... quizá los dioses me hicieron en exceso suspicaz: temo que alguien lo esté poniendo en mi contra y por eso me desobedezca. ¿Tú sabes algo?

—No —dijo finalmente—. Solo sé que mi padre y yo te somos leales. Solo queremos veros triunfar a ti y a Macedonia.

Alejandro lo cogió por el hombro.

—Sé que puedo contar con vosotros. Y, dime, ¿hay algo que quieras decirme?

Filotas sentía que podía leerle el pensamiento, por eso hizo un esfuerzo por mantener su mente serena y vacía. Y es que ni él mismo quería afrontar la realidad de lo que estaba sucediendo.

—Nada.

—Entonces bien. Puedes irte.

Begoas cerró la puerta tras él. Alejandro le hizo un gesto con la cabeza. El eunuco se inclinó y desapareció por una de las entradas laterales.

Al abrir la puerta de su alcoba, a Filotas lo recorrió un escalofrío. Entonces lo comprendió. Todo era oscuridad, pero los sentía allí: no podía verlos pero oía su respiración. Sabría perfectamente señalar dónde estaba cada uno: Ptolomeo se encontraba junto a la ventana abierta. A ambos lados de la puerta por la que acababa de entrar, Crátero y Nearco. Filotas dejó ir un suspiro hastiado. Anduvo hasta el centro de la sala, se desabrochó el manto y lo dejó caer a sus pies. De su cincho extrajo una daga. También la tiró. Repicó con un ruido chirriante al chocar contra el suelo. Entonces los *hetairoi* empezaron a caminar hacia él, cercándolo.

—En la oscuridad... Así venís a por mí. A esto os habéis rebajado. No sois mejores que los persas.

Ptolomeo se abalanzó sobre él, le dobló los brazos y lo redujo. Filotas no opuso resistencia, se dejó hacer. Lo pusieron de rodillas.

Las puertas se abrieron con un crujido y entró el rey escoltado por Hefestión y Laomedonte, ambos espada en mano. Begoas iba tras ellos.

—¿Tantos para prender a un solo hombre? Hacéis bien en no traer más soldados, reservadlos para cuando os toque enfrentaros a mi casa —deslizó.

Alejandro se acercó.

—Filotas, ¿no hay nada que quieras decirme?

—No... —le respondió con asco en la voz.

El rey estiró la mano y Begoas le tendió un trozo de papiro.

—«Asegura tu posición en Ecbatana y rehúsa cualquier orden de abandonarla. Pronto me reuniré contigo. Si no lo impiden los dioses, padre mío, este hombre sepultará a Macedonia con la arena de Persia» —leyó—. ¿Por qué me mientes, Filotas?

—Mi señor, estás cometiendo un error —advirtió.

—Formabas parte de la conspiración. Tú y tu padre —lo acusó Ptolomeo.

—Mi señor, no es cierto. —Filotas solo se dirigía a Alejandro—. Yo no he hecho nada. El cabecilla es otro: Dimno.

—No trates de esconderte. Él era el único que podía delatarte. Apareció ahorcado. Tú lo mataste.

—¡No, no! No es cierto.

—No puedo creerte ya, Filotas... —dijo el rey—. Mataras o no al capitán, tú sabías de una conjura contra mí y no solo callaste, sino que escribiste a tu padre previniéndolo para que se hiciera fuerte en Ecbatana.

—Yo, señor... —murmuró—. *Yo* soy la víctima de la conspiración.

—¿Y quiénes son esos conspiradores?

Filotas lo miró desafiante. Sabía que sería la última vez que lo haría. Invocó el recuerdo de su padre y se lo dijo:

—Tú y tus consejeros... Es una conjura contra Macedonia y contra los dioses.

Alejandro miró con su impasible gesto a sus generales.

—Tu actitud no deja otra opción. Prendedlo.

Se lo llevaron a rastras; él no opuso resistencia.

—¡Te esperará el suplicio en el Hades, Alejandro! —le gritó mientras lo arrastraban—. ¡Ningún bárbaro hizo tanto daño a Grecia como tú! ¡Caigan las plagas de Apolo, dios sauróctono, sobre ti, sobre tu casa y sobre todos tus herederos!

Ptolomeo lo golpeó con la empuñadura de su espada.

—Te dije que yo siempre velo por mi rey —le susurró—. Dimno, tu padre, tú...; yo lo protejo de cualquier traidor, sea quien sea.

Lo cargaron de cadenas y lo arrojaron a una celda. Al alba lo condujeron fuera de las murallas. El sol alzándose en el este fue lo que último que vio antes de que los hermanos con los que había crecido, derramado sangre y cruzado el mundo lo lapidaran. Algún morador del aire persa debió de apiadarse de la cruel ejecución que los bárbaros le dispensaron, pues la primera piedra que le arrojaron impactó contra su cabeza, que se abrió con un chasquido vertiendo sobre la arena un silencio vaporoso. Dejaron el cuerpo pudriéndose bajo el mediodía. No tardaron en atacarlo todo tipo de aves carroñeras e inmundas bestias del desierto. Del joven solo quedó la sangre manchando la arena y pronto una corriente del viento, que arreció esa noche a modo de estertor, se encargó de borrar también esa última huella.

15

Se cursaron órdenes secretas que llevaron a cabo soldados de la más alta habilidad y la más estricta lealtad. Todas las familias que hubiese entre ese confín del mundo y el macedónico que estuvieran en forma alguna —por vasallaje, amistad o favor— vinculadas a Filotas fueron borradas del mapa. Ptolomeo avivó en la mente del rey la sospecha de que, si Filotas había sido el centro de la conspiración, sus aliados se movilizarían tan pronto tuviesen noticia de su muerte. Le recordaba incesantemente su amenaza: «Reservad vuestros soldados para cuando os toque enfrentaros a mi casa».

—Los peligrosos, señor —le dijo—, no son los amigos que le queden en Macedonia, ni los oficiales a los que pueda haber sobornado o convencido para rebelarse. La verdadera amenaza está en Ecbatana, en el padre.

Laomedonte intervino diciendo que aún tenían tiempo para decidir qué hacer con Parmenión, que, recluido en Ecbatana, nada sabía de la muerte de su hijo.

—Pero lo acabará sabiendo. Y cuando lo sepa... Son más de veinte mil soldados los que controla. Además de la fortaleza y del tesoro —recordó Ptolomeo—. Y está también el problema de Clito.

Hefestión, a quien pensamientos sombríos le habían hecho perder el hilo de aquella conversación, regresó de pronto.

—¿Qué sucede con Clito?

Al oír a Ptolomeo mentar el nombre del hermano con el que más conexión tenía, aparte de Alejandro, Hefestión sintió un escalofrío. Aún cargaba sobre los hombros de su conciencia el haber causado, con sus dudas, su destierro de la corte estando en Zadracarta.

El rey le respondió lo que ya había hablado con Ptolomeo:

—Está cruzando Persia con seis mil hombres. Aún debe de estar más cerca de Ecbatana que de nosotros. Si Parmenión logra que dé media vuelta, antes de que todo se sepa, contará con una fuerza que no podremos repeler.

Hefestión entendió entonces el motivo por el que Alejandro escrutaba con tanta inquietud el horizonte, esperando ver a Clito aparecer por él. El último encuentro entre los hermanos de leche había sido infausto. ¿Y si ahora se cobraba su venganza? ¿Y si aprovechaba para aliarse con aquellos que eran macedonios de verdad, no serviles esclavos de un déspota oriental?

—¿Qué piensas hacer, Alejandro?

El rey no pudo evitar mirarlo ofendido porque lo llamara por su nombre delante de los generales.

—Pensar. A solas —le respondió, y todos se lo tomaron como una orden de marcharse—. Tú quédate, Ptolomeo.

Antes de salir, Hefestión se le acercó.

—¿Vas a devolverle el cuerpo a su padre?

Alejandro se volvió para ocultar su rostro y en él su intención. Pensó en el cuerpo de Filotas pudriéndose bajo el sol del desierto: en verdad había crecido con él y era el hijo de su mentor..., un mentor que también lo amenazaba, que quizá quería traicionarlo; no podía olvidarlo.

—A los traidores no se les da descanso ni en la muerte —replicó.

Ptolomeo intervino apartando a Hefestión sutilmente.

—El rey ha dicho que quiere estar solo. —Lo condujo hasta la puerta y después la cerró.

Llevaba tiempo suficiente observando a Alejandro como para saber que tendía a la melancolía y a la nostalgia y que las conversaciones con Hefestión solían sumirlo en ellas.

Le sirvió una copa de vino y se la dio. No parpadeó hasta que no lo vio acabársela entera. Después lo invitó a sentarse a su lado.

—¿Cómo quieres hacerlo?

—Solo me preocupa Clito —dijo con la voz aún ida—. ¿Y si Parmenión lo engaña para que se ponga a su servicio?

—Debemos confiar en que no le dé tiempo. Por eso hay que actuar cuanto antes.

—Se ha hecho con una corte propia en Ecbatana, tenemos entendido.

—Así es.

—No será fácil llegar hasta él sin levantar sospechas. —El viento sonó afuera, agitando las hojas polvorientas de las palmeras, con un aullido lastimoso, como el de un lobo herido—. Este aire... —se quejó—, no lo soporto más.

—Los locales dicen que así es como sopla hacia el final de la estación. Está a punto de amainar definitivamente.

—Me está volviendo loco.

—Estos climas de Asia son muy extraños, como sus geografías.

—Como sus espíritus —musitó—. Parmenión, Filotas, Clito; esta es la gente que nos aupó al trono. ¿Qué espíritus son los de esta tierra que han hecho volverse en mi contra a los que fueron nuestros aliados?

—Acuérdate de Persépolis.

—Sí... El mal moraba entre aquellos muros.

—Tú lo destruiste, pero aún queda mucho por hacer.

Alejandro se levantó y caminó por la estancia. Ptolomeo lo siguió con la mirada, estudiando sus pasos por si estos decían algo que los labios callasen; era una cosa, había notado, que sucedía mucho con los hombres de silencio.

—Ecbatana queda lejos.

—Un mes de viaje. Más si pretendes ir con el ejército a cuestas. Y en el camino nos expondríamos a ser hostigados por los clanes del desierto.

—Desandar lo andado por culpa de un traidor... —espetó el rey—. Ahora que estamos tan cerca de dar caza a Bessos en las montañas. Jamás. Sería darles una victoria mayor que la de acabar con mi vida.

—No debes ser tú, ni ninguno de nosotros, el que vaya a por Parmenión, señor. Podrías iniciar una guerra civil dentro de tus propios dominios. Sería el fin de la empresa.

—¿Cómo lo haremos, pues?

—Polidamante.

—¿El secretario de Filotas?

—Es viejo amigo de Parmenión. Él mismo lo puso al lado de su hijo. No despertará recelos. Y un solo hombre viajará rápido hasta Ecbatana. Podría cruzar el Desierto de Sal y Muerte en vez de tener que rodearlo.

—Pero Polidamante no va a traicionar a quien le dio todo.

—Pierde cuidado: no sabrá que lo hace. —Alejandro lo miró extrañado—. ¿Confías en mí como para dejarlo en mis manos?

Asintió.

—Haz lo que sea necesario.

Ptolomeo inclinó la cabeza.

—Juro que la casa de Parmenión será la última en oponerse a tu reinado.

—Ptolomeo.

Se volvió antes de marcharse.

—¿Sí?

—Tú siempre eres leal. ¿A ti no te ha cambiado el este?

—El este solo cambia a los que *ansían* ser cambiados. Los que siempre recelaron de la lealtad encuentran aquí la fuerza para volverse desleales, que es, en el fondo, lo que querían.

Alejandro sonrió.

—Mi padre erró en muchas cosas, pero no en ponerte a mi lado.

Ptolomeo se rio entre dientes para evitar torcer el gesto.

—El rey Filipo hizo mucho más que eso, señor... No seas duro con el pasado...

—¿Acaso se debe ser de otra forma? No... Eso es ser débil,

engañarse a uno mismo. Sé bien quién era mi padre, Ptolomeo, sé las cosas que hizo. Te insisto: una de las pocas cosas buenas que me dio fuisteis vosotros —le dijo, y lo estrechó en sus brazos—. Confío en ti. Si no hubiera sido por ti, habría acabado acuchillado por uno de los míos como Darío.

—Siempre os protegeré, señor. —De pronto, Ptolomeo usaba, sin quererlo tal vez, el tratamiento de los asiáticos—. Siempre os seré leal.

16

En las estancias de Filotas aún flotaba el murmullo de lo sucedido tres noches atrás. Su cama estaba revuelta. Su manto aún en el suelo, al igual que su puñal. Nadie había entrado allí; el tiempo se había quedado helado entre esos muros. Ptolomeo cerró la puerta tras de sí y abrió las cortinas para que entrase algo de luz. Se sentó al escritorio y revolvió entre los papeles y objetos sin valor que el muerto tenía por allí. Qué iluso había sido desafiándolo. Lo recordó advirtiéndole que conocía cuál había sido su actitud en Tarso, cuando el rey estuvo enfermo. Se había creído que tenía algo con lo que amenazarlo..., pero había firmado su sentencia de muerte y la de Parmenión también, dándole la perfecta ocasión de ganarse para siempre a Alejandro.

De entre los pergaminos de pronto se resbaló un objeto que cayó al suelo con un sonido metálico. Ptolomeo se agachó a recogerlo. Al verlo, sonrió: era el anillo de Filotas, su sello; precisamente lo que necesitaba. Tomó un papiro en blanco, mojó la pluma en tinta y, fijándose en la caligrafía de otro documento, comenzó a escribir una carta para Parmenión. La redactó con exquisito cuidado, midiendo bien cada una de las palabras, apoyándose siempre en otros textos de Filotas para no perder el sentido de la caligrafía ni del léxico que era típico en él. Luego la firmó usando el sello del anillo robado, estampando al lado el nombre del general traidor, y se presentó en los aposentos reales.

El rey leyó lo escrito por Ptolomeo. Después le entregó otra carta.

—Estas son las instrucciones para los hombres que tengo a mi servicio en Ecbatana, que se encargarán de todo. Solo hace falta vuestra firma.

Alejandro mojó la pluma en tinta y rubricó la segunda carta con su letra cursiva, muy inclinada hacia la derecha, de grandes quiebros y curvas, sellándola luego con el anillo de Darío, otra de las reliquias confiadas por Sisigambis.

—Traed a Polidamante.

Lo tenían en una celda. Había estado a punto de montarse a un caballo y huir hasta donde nadie se acordara de su nombre, ni del de la familia a la que había servido. Pero los hombres de Ptolomeo, que desde lo sucedido tenían orden de no dejar que nadie saliera de la ciudadela, lo habían prendido a tiempo. Cuando abrieron la reja, Polidamante se echó a llorar: solo suplicó que después de matarlo quemaran su cuerpo, que no lo dejaran como a Filotas pudriéndose en el desierto. Para su sorpresa, sin embargo, no lo condujeron al patíbulo, sino ante el rey. Se echó a sus pies y rogó por su vida.

Alejandro se agachó, lo cogió por los hombros y le dijo dulcemente que se pusiera en pie.

—Mi señor, te juro por todos los dioses que yo no tuve nada que ver. ¡Soy leal, yo no sabía nada de lo que tramaba el general...!

—Tranquilo. Tenemos motivos para creer que Filotas estaba en esto solo. Nos quiso traicionar a espaldas de su padre, de quien eres hombre de confianza. Eso te hace la persona adecuada para lo que quiero encomendarte.

Polidamante tragó saliva.

—Llevarás las condolencias del rey en esta carta —explicó. Ptolomeo le entregó la carta falsa en cuyo interior iba el sello de Filotas—. Parmenión no sabe las circunstancias en las que se produjo la muerte de su hijo. Es hombre anciano y ya ha sufrido demasiadas pérdidas. No queremos causarle más dolor. Filotas era un traidor, pero su padre no merece que verdad tan odiosa atormente los años que le quedan de vida. Cuando lo veas no habrás de decirle nada. Es un hombre honorable...

—El más honorable, mi señor —no pudo evitar decir.

—... y un padre para mí. Por ello solo habrá de oírlo de su rey. Su honor no merece otra cosa. ¿Lo has entendido?

—Sí, mi señor —respondió sorbiendo las lágrimas.

Ptolomeo intervino.

—Una cosa más. —Cogió las instrucciones firmadas por Alejandro—. Entrega también estas cartas a los generales de su guardia.

—Las noticias que llevas embargarán de pena al general Parmenión —aclaró el rey—. Ha hecho mucho por mí; por él solo siento amor y respeto. A pesar de la traición de su hijo, no puedo sino dejar que lo llore en paz. Es comprensible que su luto no le permita hacerse cargo de apremiantes asuntos de la guerra.

—Es de vital importancia que sea lo primero que entregues al llegar a Ecbatana. —Polidamante cogió con cuidado los nuevos papeles que le daban—. Partirás mañana al alba. El camino es peligroso, por eso vestirás como un nativo. Se te dará un camello. Podrás atravesar más fácilmente el desierto.

—¿Cruzar el desierto?

—Es la ruta más rápida. Bordearlo llevaría demasiado tiempo y aún hay clanes hostiles en esas zonas. Y de lo que te ha encomendado el rey nadie ha de saber una palabra.

Así, con la luz del nuevo día, vestido de oriental, Polidamante abandonó Frada. Tomó la ruta del este y durante siete días solo vio los impresionantes castillos de arena, las dunas, el gran vacío y el silencio que todo lo llenaba. Era imposible creer que aquel fuera un mundo invadido; el choque de la civilización apenas se oía detrás del estruendo de la calma.

Alejandro lo vio marchar y durante los siguientes días se apoderó de él un nerviosismo como pocos recordaban. Apenas dormía. No comía ni se dejaba ver mucho. Se pasaba los días contando el tiempo inasible, pensando en si Polidamante habría llegado ya a Ecbatana, en si Clito se habría dado la vuelta, en si toda aquella intriga se habría descubierto y ahora el Negro y Parmenión se dirigirían hacia allí con un ejército para librarse de él, del «tirano», dirían. Se reía a carcajadas en voz alta, hablaba, dialogaba consigo mismo, con lo que quisiera que anidase en su alma profunda y que le dedicaba hirientes reproches. «¿Tirano?, ¿yo? Imposible. ¿Yo, que he liberado no solo a las ciudades griegas de Asia Menor como querían los cobardes, sino a todos los pueblos del mundo conocido? ¿Yo, que he quebrado el yugo bajo el que tantos han padecido durante siglos? ¿Yo, que he unido pueblos, naciones, imperios, dos civilizaciones enteras...? ¿El tirano soy yo? No. Los tiranos son todos los que querían darse la vuelta tras haber liberado Asia Menor, los que no dudaban en abandonar a su suerte a tantos y tantos inocentes... ¿Qué mayor muestra de tiranía que tratar de privar al mundo de su libertador? Tirano... Yo...» Miraba la luna de arena, delgada en el cielo añil, y se preguntaba si ya habría sucedido todo, si ya no se podría dar marcha atrás. «¿Y por qué tendría que haber marcha atrás? ¿Por qué tendría que arriesgarme y permitir un rumor siquiera de conspiración en mi reino? ¿Qué rey no actuaría como yo?» Hablando consigo, sin embargo, no lograba apaciguar los nervios. Se servía copas de vino y las vaciaba de un solo trago. «Filotas era un pusilánime, no haría nada que no le hubiese encomendado su padre, nunca actuaría sin su conocimiento ni contra sus órdenes. Conocía la conjura y no la denunció porque él mismo estaba tras ella.» La copa dorada castañeaba contra los dientes. «Estaba detrás y Parmenión también.»

17

Bajo esa misma luna creciente, más amarilla, eso sí, y más retrasada en su celeste caminar de lo que se veía en Frada, al sediento y fatigado Polidamante se le aparecieron, con el temblor de un espejismo, las murallas de Ecbatana. En sus almenas blancas brillaban las antorchas de los centinelas y entre ellas, como picas ensartadas, se levantaban con su altura imposible las torres coloridas de los niveles interiores. Nadie allí conocía lo acaecido con Filotas, pero aun así, como si hubieran sido advertidos por las voces de los dioses en el aire, los ánimos estaban enervados, muy tensos. Recordaba al ambiente que se respiraba antes de dar comienzo un asedio: una calma dura, como de piedra.

Discretamente dio a conocer su identidad a los centinelas, que avisaron al capitán de la guarnición. Guardando el secreto de su presencia, los hombres de la guardia lo condujeron a través de los siete círculos concéntricos que formaban las murallas hasta llegar a la ciudadela. Allí entregaron el relevo de su custodia a la guardia palatina de Parmenión, que lo escoltó hasta los generales Cleandro y Sitalces, encargados del alto mando de la ciudad.

Era tarde, pero ambos jerarcas permanecían despiertos. La visita los sorprendió compartiendo el mismo lecho con otro hombre y tres mujeres. Por suerte, aún estaban lo suficientemente sobrios.

—Esta es una carta del rey dirigida a ambos. Se me ha dicho que solo os concierne a vosotros —les anunció.

Cleandro besó el muslo de una joven concubina y se levantó de la cama de un respingo, cogiendo la carta entre los dedos. La leyó por encima y después se la pasó a su compañero. Sitalces, algo más preocupado por la imagen que estaba dando ante un confidente del trono, cubrió su desnudez con un manto antes de acercarse. Cogió la carta y la leyó con más detenimiento.

—¿Y la otra? —preguntó Cleandro refiriéndose a la carta que Polidamante aún llevaba en la mano.

—Esta es otra misiva del rey, pero tengo órdenes de entregársela personalmente al general Parmenión, por lo que os ruego me llevéis hasta él.

Sitalces se adelantó a la respuesta de su compañero cogiéndolo por el antebrazo.

—Es muy tarde, amigo mío. La edad no habrá restado al general Parmenión un ápice de inteligencia, pero me temo que sí algo de fuerza. Se retira pronto a sus aposentos a descansar.

—Se me ha dicho que es asunto de gran urgencia.

—No te apures. Es muy madrugador. Además, apuesto a que tú también estarás agotado de tu viaje. ¿Qué ruta tomaste?

Polidamante les explicó que la ruta del desierto. Relatarles su viaje hizo que de pronto todo el cansancio, que la agitación por la entrada en Ecbatana había camuflado, se le viniera encima de golpe.

—Retírate a descansar. Los sirvientes te conducirán a unos aposentos y te traerán de comer. —Polidamante agradeció la hospitalidad que le dispensaban—. Mañana te llevaremos ante Parmenión.

Los dos generales hicieron un gesto a los sirvientes, que aguardaban en las esquinas de la alcoba a que a los fogosos amantes se les antojara algo entre amor y amor, para que se ocuparan del invitado. Esperaron a que abandonaran la cámara. Luego aguardaron varios minutos más, totalmente quietos, evitando hacer el más mínimo ruido. Una de las prostitutas se impacientó. Se puso de rodillas en el borde de la cama y con una fingida voz ansiosa de carne les ordenó que regresaran inmediatamente entre sus muslos. Sitalces se volvió a mirarlos. De su rostro había desaparecido el rastro orgásmico de todo lo disfrutado hasta la desafortunada interrupción.

—Largo.

Como una bandada de palomas asustadas, los cuatro esclavos de amor saltaron de la cama y, aterrados, salieron corriendo desnudos por los sinuosos pasillos del palacio de regreso a sus harenes.

—Si esto sale mal —le dijo a Cleandro— y encuentran este documento en nuestro poder, somos hombres muertos.

Pasaron el resto de la noche planeando cómo hacerlo, llamando a sus hombres de confianza, asegurando cada una de las salidas, pensando también en cómo se darían muerte si algo se torcía.

Al alba, Sitalces fue a buscar a Parmenión, que siempre paseaba por los jardines a esa hora. El viejo general caminaba despacio, parándose con enfermiza disciplina a oler las mismas flores de todos los días: las azules. Se agachó y acarició los pétalos de una de esas rosas oceánicas. Por un momento pensó que sería imposible cruzar la línea verde del Egeo de vuelta a Grecia llevando algo que perteneciera a Asia. Seguro que las flores se marchitaban nada más cruzar el mar, igual que les sucedía a esos muertos a los que a veces los vivos tratan de sacar de su mundo. Le hacían pensar en su esposa: se imaginaba a sí mismo regresando a Macedonia y depositándolas sobre su tumba. Se encontraba en esa fase del olvido en la que aún recordaba el rostro de su esposa, los gestos, quizá la forma de mirar, pero no el olor, ni el tacto, ni la voz. Sin embargo, sí que notaba su presencia. A veces le parecía verla entre las sombras. A veces la sentía mientras caminaba a solas. Si se volvía, desaparecía, pero cada vez, lo hubiera jurado, tardaba más en hacerlo, permitiéndole atisbarla durante un instante. Se había preguntado por qué de pronto volvía a sentirla tan cerca. ¿Se estaría muriendo él también? ¿Estaría acercándose a la brecha entre ambos mundos y sintiendo ya la presencia de los que moraban en el otro? «No me lleves aún. Aguanta —le pedía—. Aguanta hasta que vuelva a casa.»

—Señor. —Sitalces lo sacó de sus pensamientos—. Mira.

Parmenión se volvió. Por el camino se acercaba Cleandro con... ¿Podía ser?, ¿podía acaso ser...?

—¿Polidamante?

—¡Mi señor Parmenión!

Los viejos amigos se fundieron en un abrazo.

Cleandro dirigió una mirada a Sitalces. Algo se dijeron sus ojos. Se saludaron ambos parcamente:

—General.

—General.

—Polidamante, pero ¿qué haces aquí? No sabía de tu llegada. ¡Habrás de contarme todo!

—Llegué anoche. Vine desde Frada con máxima urgencia. —Le entregó la misiva con un gesto sombrío—. El rey me ordenó entregarte esta carta suya.

Parmenión rompió el sello y empezó a leer.

Polidamante, extrañado, vio de pronto dibujarse una sonrisa en su rostro.

—Pero esta carta es de mi hijo Filotas —dijo emocionado.

—¿Filotas? —No entendía nada de lo que sucedía. Esa carta tenía que comunicarle la muerte de su hijo—. No es posible...

El viejo general hizo un gesto con la mano para que dejara de hablar. Leyó a toda velocidad. Su expresión se enturbió y el ánimo se le vino abajo.

—Pero qué...

Se oyó un chasquido y Polidamante ahogó un grito.

Parmenión bajó lentamente la cabeza y se miró el esternón: asomaba la punta de una espada. Un quejido apagado le entreabrió los labios; la hoja metálica se abrió paso entre la espalda y el pecho a través de hueso y músculo. Se atragantó en sangre y se desplomó, aún con una mueca de incomprensión en los ojos fríos.

Sitalces se agachó y arrancó la carta de entre los dedos rígidos de su señor antes de que la sangre que manaba abundante de la herida la manchara. Polidamante estaba paralizado. Cleandro sacó su espada, avanzó hacia él y se la clavó en el estómago. Después, escupieron sobre los cuerpos.

Durante las horas siguientes, Ecbatana estuvo a punto de sucumbir al caos. Los oficiales se encerraron en el palacio mientras la guardia personal de Parmenión era asesinada. Cleandro y Sitalces confesaron ante ellos. Sí, lo habían matado siguiendo órdenes del rey: Parmenión era parte de una conjura contra su reinado, financiada por los sátrapas persas.

—Aquí están las pruebas. —Sitalces les mostró a los oficiales la carta de Filotas y la leyó—: «Señor, mi padre: siguiendo todas las órdenes que me diste con lealtad y amor de hijo, me felicito en comunicarte que pronto el déspota habrá caído. Las voluntades de varios miembros de su guardia personal ya son nuestras. Con tus apoyos en Ecbatana, Alejandría y Macedonia podremos lidiar con lo que sobrevenga a su necesaria muerte. Cuento los días, padre, para vernos libres del tirano, mas ten por seguro que cultivo la paciencia y la prudencia. Solo espero que los dioses den pronto la señal y podamos al fin reencontrarnos habiéndonos cobrado nuestra venganza». Firma la carta Filotas, su hijo. La conspiración fue descubierta en Frada, pero Parmenión pretendía continuarla de fracasar su hijo. ¡E iba a usaros a todos vosotros para lograr el que siempre fue su avieso objetivo: usurpar el trono!

Los oficiales decidieron creer. Nadie iba a dar la vida por Parmenión ni se iba a enfrentar a la voluntad de Alejandro. Además, era imposible, y también inconveniente, negar la evidencia. Poco a poco se aseguraron de que las falanges recuperaran la calma. Para ello fue vital también el empeño que pusieron Cleandro y Sitalces, siguiendo las instrucciones de Alejandro, en actuar con brutalidad ante cada conato de rebelión, de desacato siquiera. En apenas tres días, en Ecbatana ya se clamaba contra el traidor Parmenión, a quien acusaban de haberse erigido en rey de la ciudad en ausencia de Alejandro y de haber dilapidado sus tesoros. A todo el que no se sumó a las injurias contra Parmenión o se ausentó de la vejación de su cadáver se lo consideró simpatizante de su causa, se lo señaló y se le dio dolorosa muerte. No hubo nadie en Ecbatana que de pronto no encontrara motivos de odio acérrimo contra el hombre al que toda la ciudad había respetado hasta hacía unas jornadas. Incluso sus sirvientes, a los que siempre había cuidado, sus escribanos y sus concubinas se vieron arrastrando su cadáver por las calles y alanceándolo frente a las murallas mientras coreaban el nombre de Alejandro.

18

Al alba, Alejandro oyó trompetas y despertó a Hefestión.

—¡Escucha, escucha! Clito está aquí.

El Negro aguardaba en uno de los salones del palacio. Fuera se oía el trajín de los seis mil soldados que traía consigo. Las puertas se abrieron, se volvió y vio acercarse al rey, vestido de púrpura.

—Señor, vuelvo a ti, como prometí, honrando así la lealtad que te es debida.

Alejandro corrió hacia él y lo abrazó con fuerza. Sorprendido y algo receloso, Clito también lo envolvió en sus brazos.

—Cuánto te hemos echado de menos... —le dijo emocionado. Y luego le susurró al oído—: Ya no hay más lagartos morando en la oscuridad: están todos muertos... Igual que el dios sauróctono, el hijo de Zeus, los alcanzó a todos con su flecha.

Apenas los dejó descansar antes de volver a echarse al camino del olvido. Y es que más allá de Frada, que se renombró Alejandría Proftasia, no había nada, tan solo un inmenso vacío. La llanura se extendía hasta el fin de lo visible, sin que ninguna referencia geográfica les indicara que se estaban acercando a las montañas de Bactria. Alejandro les aseguraba que sabía dónde se encontraban, con una certeza sobre lo desconocido que rivalizaba con la de los inmortales. Begoas era quien lo convencía de que ese era el camino hacia las montañas, y él trataba de convencer a los *hetairoi.* Pero lo cierto es que incluso la fe de sus amigos en él mermaba cada día. Si no lo expresaban era por inteligencia política, Ptolomeo; por respeto, Crátero, Nearco y Laomedonte; por amor desquiciado, Hefestión; y Clito porque sabía que era inútil, y eso era lo que más le dolía al Negro. El resto de los oficiales tampoco se atrevía a pedirle que dieran la vuelta por miedo a que se repitiera lo que había sucedido con Filotas y su desdichado padre. Mientras, los hombres padecían el frío, las largas jornadas escasas de comida y de agua. Hubo quien pensó que o se plantaban ante Alejandro y lo forzaban a regresar o el ejército se amotinaría.

Al cabo de semanas, los dioses —tal vez para salvarlos, tal vez para acabar definitivamente con ellos— cedieron y curvaron el paisaje, dejando ver a lo lejos la sombra de una cordillera oscura. «¡Las montañas!» Alejandro gritó al verlas con el mismo éxtasis desesperado con el que náufragos en alta mar divisaban tierra tras días sujetos a unos tablones a merced de las olas. Los soldados también estallaron en gritos de alegría al divisar su destino sin entender, por lo dura que había sido la travesía por el desierto, que lo más difícil —la escalada hasta la Bactria montañosa, donde se escondían los traidores— estaba aún por venir.

Fijo en el horizonte de cordilleras, Alejandro ordenó acelerar la marcha. Era como si ya pudiera ver entre las luces de las hogueras que encendían los traidores. Temía que, si desviaba la vista, el viento arreciaría y se llevaría las montañas —y con ellas a sus enemigos— a otra parte: tan solo su visión, su determinación de alcanzarlas, las mantenía ancladas al suelo. Pero el camino hasta ellas aún fue arduo. Todavía recorrieron desierto, luego los desfiladeros letales entre dunas petrificadas, caminos yermos que muchos pensaban que los estaban llevando en círculos.

A las faldas de las montañas los dioses les sonrieron, poniendo en su camino a tribus nómadas de los valles que accedieron a guiarlos por las peligrosas sendas hasta Bactria. Casi en hileras, de uno en uno los condujeron por angostos senderos de vértigo sembrados de guijarros y piedras que hacían el caminar resbaladizo y traicionero. Iban en silencio sepulcral: los nómadas les habían dicho que las voces estridentes y los gritos ofendían a las montañas, que podían vengarse de quienes las perturbaban viniéndose abajo sobre sus cabezas. El viento era helador y cortante. De pronto algún caballo u hombre perdía pie, resbalaba y se precipitaba al hondo y brumoso abismo. Todos se quedaban paralizados, oyendo el eco del grito perdiéndose en el vacío. Hasta que no volvía a hacerse el silencio no se ponían de nuevo en marcha.

El viento no tardó en traer nieve consigo. Los días se volvieron oscuros. Asia ahora les ocultaba el sol, como los dioses vengativos en las edades antiguas del mundo habían privado a los hombres del fuego y el calor, condenándolos a perecer de hambre y frío. Se fueron internando más y más en la montaña, por un sendero sombrío que se retorcía entre las laderas de montes de cumbres invisibles.

Una noche que el viento azotaba las tiendas con fuerza Clito acudió a ver al rey. Lo encontró reunido con el jefe de la tribu nómada que los guiaba. Estaban sentados en torno a un pebetero, calentándose. Fumaban hierbas de olvido y bebían vino.

—Ven, pasa —lo invitó, y le ofreció una pipa—. Pruébalo.

El Negro la rechazó asqueado.

—No soy de gustos bárbaros, señor. Creí que tú tampoco.

Alejandro frunció el ceño y aspiró el humo.

—¿Qué quieres? —le espetó molesto.

—Señor, tenemos que buscar otra ruta. Los hombres están exhaustos, la subida es muy dura. Este camino nos está adentrando demasiado en las montañas... Puede que llegue un punto en el que ya no podamos dar la vuelta...

—¿Por qué querríamos dar la vuelta? —lo interrumpió.

Aquello demudó a Clito. ¿Cómo podía no verlo?, ¿cómo podía estar tan ciego? Había esperado que a su regreso Alejandro hubiera cambiado, que alguien —Hefestión, Crátero, Nearco, quizá— le hubiera hecho entender la demencia de proseguir ese viaje al confín del tiempo. Pero todos se mantenían en silencio, envueltos en esa púrpura que los asfixiaba. Se fijó en que Begoas los miraba atentos entre las sombras. «Es el eunuco: lo está envenenando; estoy seguro.»

—Porque, señor... La nieve, el frío... No tenemos provisiones, no sabemos cuánto va a durar el viaje. Podemos perder a muchos. Lo más sensato sería quedarnos en las tierras bajas, ir rodeando las montañas.

—No se pueden rodear las montañas, general —soltó el eunuco—. Este es el único camino hacia Bactria, el único para que el Gran Señor alcance a su enemigo.

—¿Cómo te atreves a hablarme, esclavo?

El rostro de reptil del eunuco brillaba siniestro con las ascuas del pebetero.

—El Gran Señor no puede dejarse aconsejar por quienes solo velan por sí mismos, por quienes no quieren que cumpla su destino.

Clito bufó y desenvainó su espada.

—¡Qué haces! —gritó Alejandro.

—¿Vas a dejar que este bárbaro humille a tu hermano? ¿A quien es de tu sangre?

—Tiene mi permiso para hablar y lo ha hecho con juicio. Ahora baja la espada.

Clito no cedió. Mantenía la punta sobre el pecho desnudo del eunuco, que sonreía, retándolo a hacerlo, a matarlo y condenarse. Una gota de sangre corrió por el pectoral.

—¿Este es el respeto que me tienes, Alejandro? ¿Dejarás mi honra por los suelos para contentar a tu concubino?

—Baja la espada, Clito. Te lo ordena tu rey.

A regañadientes, obedeció. Begoas no mudó un ápice su sonrisa dibujada de triunfo. Clito no pudo contenerse y nada más guardar la espada le propinó un sonoro puñetazo en la boca.

Alejandro se apresuró junto a Begoas. Le examinó la mejilla sonrojada por el golpe y con la delicadeza de sus largos dedos hizo por limpiarle la sangre que brotaba del labio.

—¿Estás bien? —La dulzura de su tono rompió el corazón del Negro. El eunuco asintió débilmente. El rey se volvió hacia su hermano—. Abandona mi presencia, ahora mismo.

Clito no se movió. Sus ojos negros como el carbón brillaban nerviosos. Estaban fijos en Begoas. Le sostenía la mirada, relamiéndose triunfante los labios ensangrentados sin dejar de sonreír.

—¿Cómo no puedes verlo...? Nos va a matar, Alejandro. Por favor, date cuenta. —La voz se le quebraba en un ruego desesperado—. Tu esclavo nos está llevando a la muerte.

—Fuera.

Pronto todo el campamento supo de lo ocurrido: al día siguiente, Clito ya no caminó al lado de Alejandro. No quería compartir la marcha con él ni con los *hetairoi*; ninguno de sus amigos le parecía ya distinto de los orientales que adulaban al rey y bendecían sus ideas de suicidio en las montañas. Pasos por detrás se dio cuenta de que su hermano hasta caminaba diferente, con un andar altivo que no es que no fuera griego, es que no era humano; andaba como si pensara que se iban a elevar sus pies del suelo, el cielo a abrirse y los dioses a acogerlo a su lado.

Nearco se le acercó tratando de que cediera o al menos comprendiera:

—Quiere acortar la ruta atravesando las montañas para alcanzar los valles antes de que las nieves desaparezcan y Bessos pueda huir. Ahora mismo parece ser que la nieve es lo que lo mantiene rezagado en Bactria. Además, si rodeáramos las montañas en vez de cruzarlas, nos expondríamos a todo tipo de emboscadas a manos de sus clanes leales.

Ni lo miró; mantenía la cabeza gacha. Sentía un recelo cercano al rencor por quienes pensaban como él pero callaban por no contrariar a Alejandro.

Nearco lo rodeó con el brazo, pero, como un animal herido, Clito se revolvió y se apartó.

—Es el camino más duro, pero también el más seguro. No se lo discutas. Pronto acabará todo. Por los que te queremos bien, aguanta, contente —le dijo, y volvió a adelantarse.

—Acabará antes de lo que piensas, antes de lo que cualquiera de nosotros piensa —le advirtió—. El Paropamisos, «la cima que el águila no puede sobrevolar», así llamamos nosotros a este extremo del mundo. He hablado con los iranios. ¿Sabes cómo lo llaman ellos? «La montaña asesina.»

Alejandro iba escuchando a Begoas traducir las palabras de uno de los nómadas, pero de pronto echó la vista atrás, para mirar a sus tropas, y vio a Clito y a Nearco juntos. Sintió el arañazo del miedo.

—¿Señor?

—Están tramando algo, Begoas —dijo entre dientes—. Lo noto. Igual que con Filotas y Parmenión: lo siento antes de que vaya a suceder.

Begoas también miró por encima de su hombro y se fijó en el caminar hendido y el rostro sombrío del Negro, que los observaba a ellos con recelo.

—La montaña puede con sus voluntades, señor, y con su lealtad. Cuidaos de los hombres desesperados; son los más peligrosos.

19

Al cabo de varias semanas llegaron al último de los valles: este se encontraba a la sombra del macizo central del Paropamisos; al otro lado estaban la región de Bactria y su capital, Balj, Madre de las Ciudades. Allí, en medio de las montañas, quedaron varios soldados como colonos de una nueva Alejandría, Alejandría del Cáucaso. Muchos morirían en la construcción, víctimas del invierno. Pero era imprescindible contar con una base en las montañas, un punto en el que reagruparse, en el que recibir y guarecer las máquinas de asedio antes de marchar sobre Balj y el resto de las fortalezas. Resultaba difícil, sin embargo, decidir qué era peor: quedarse apilando piedras en los valles helados o seguir el camino hacia las cumbres por las angostas sendas de hielo.

Fueron días durísimos. Cuando soplaba la ventisca los engullía la oscuridad y, al pasar, el frío se volvía asesino, sin que los rayos del sol calentaran. Los soldados perdían los dedos de las manos y los pies. Muchos hombres no se levantaban de los descansos, no podían. A esos los otros les quitaban su abrigo y sus ropas, y se los repartían. Algunos ya estaban muertos, pero a otros los dejaban morir. Un rastro de cadáveres, témpanos de hielo humano, quedó esparcido por el Paropamisos, quizá como marca para el regreso.

A medida que subían, la luz se iba haciendo más clara y el aire tan liviano que costaba respirarlo. Pronto se vino sobre ellos el humor de la altura, haciendo que los hombres dejaran de distinguir la realidad de los sueños.

Aunque Alejandro se mostró implacable, feroz en su negativa a dar la vuelta, esclavo de su ambición por coronar la cima del mundo, también a él acabó afectándole el mal de la montaña. Una mañana diáfana, de luz tan clara que parecía que ardía el cielo, se desplomó. Hefestión se quitó uno de sus mantos y lo envolvió en él. Estaba helado. Pero aún vivía. Se le habían entreabierto los labios cuarteados y respiraba con un jadeo en la garganta. Bajo la barba rasposa y escarchada, la piel se le había vuelto de un tono azul grisáceo.

—Est... Estoy bien... —balbuceó—. Que no me vean los hombres...

Entonces apareció: como una ninfa de las montañas, como una diosa que apoyando los pies en las cumbres desciende de los altos aires, Olimpia avanzó sobre la nieve, vestida con un peplo blanco que reflejaba la luz irisada del hielo. Sus ojos pálidos estaban aguados y sus labios tristes apenas recordaban los trazos para dibujar una sonrisa. Ella abrió los brazos, invitándolo a estrecharla contra sí. Sabía que no estaba allí, pero parecía tan real... Su olor impregnaba el aire.

—Alejandro, vuelve a mí. Ya no puedo soportar la distancia que nos separa. Vuelve a mí, vuelve con tu madre que te quiere. Me estoy muriendo...

—No puedes decirme esto... No puedes... ¿No lo entiendes? Me tienes que dejar marchar...

—¿De verdad me dejarás morir? Me estás matando tú...

—Te lo ruego, déjame ir, me *tienes* que dejar ir... Lo necesito.

—Alejandro... —Se acercó y le acarició el rostro. Su roce se sintió frío, como si de verdad fuera un alma de la otra vida—. Pero no lo quieres. Tu corazón no lo quiere. Quiere estar conmigo, a mi lado. Quiere volver, y el corazón no puede equivocarse.

—Me tienes que dejar ser... —sollozó, su voz perdiéndose en un eco distante, su alma rompiéndose en todos los pedazos que componían su ser.

—Vuelve conmigo, Alejandro. Deja esto ya...

La vista se le llenó de sombras y sintió que el peso de aquel aire liviano tronchaba su cuerpo.

Lo despertó el viento huracanado que sacudía la tienda de campaña. La cabeza le iba a estallar; el dolor era insoportable, como si millones de aguijones de vidrio caliente se le hincasen en la sien. Oía voces lejanas, ecos que solo se parecían a las voces que guardaba en su memoria.

—No podemos seguir por esta ruta. Tenemos que bajar de nuevo a los valles.

¿Era la de Clito? Sí. Sin duda.

—Moriremos si nos quedamos aquí. Perderemos la cabeza. Ya habéis visto lo de hoy. Hablaba con la nada, ¡al aire!

—Hablaba con sus ancestros, claro.

¿Ese quién era? Era Begoas.

—Aquí, en las montañas, los cielos están muy bajos. Los espíritus de los reyes pasados, que moran en el aire como dioses, bajan de nuevo a la tierra. El Gran Señor los ha visto, sabe cómo hablar con ellos.

—¿Vamos a arriesgar nuestras vidas, la vida de nuestro rey, por la superstición y la... la brujería de estos bárbaros? ¡Decidme! —gritó Clito—. Nunca llegaremos vivos a Bactria por este camino. Y si por algún milagro lo hacemos, los hombres estarán tan débiles que Bessos nos aniquilará en el primer combate.

Nadie le contestó.

Abrió los ojos y se frotó el rostro.

Al ver que entreabría los ojos, todos se apresuraron a su lado. Figuras borrosas que se movían lentas, como detrás de un espeso velo. Intuyó que la más cercana a él era la de Hefestión. Parecía un fantasma en la niebla de su mirada, como si en realidad no se encontrara del todo allí, como si se estuviera yendo.

—Apartad... —suspiró, agitando débilmente las manos—. Me quitáis el aire. Clito... Clito... Dame la mano. Confía en él. Este es el camino de los dioses. Este es nuestro camino.

Clito miró a sus compañeros, indignado de que ninguno fuera a oponerse a los designios de ese déspota para el que la vida de los demás no tenía ningún significado más allá de servirle a él. Se sintió muy solo de repente. Lo sabía: ninguno estaba de su lado, ninguno iba a arriesgarse. No habiendo heredero, convenía gozar del favor del rey, especialmente en momentos como ese en los que sus fuerzas flaqueaban. Tal vez lo último que dijera entre estertores fuera el nombre del sucesor.

En cuanto notó aflojarse la mano del rey, la soltó. Agarró a Ptolomeo del brazo y lo llevó con él fuera de la tienda.

—¿Qué pretendes?

—Tú sabes tan bien como yo que moriremos en esta ruta. Tenemos que dar la vuelta *ahora*.

—Ya has oído al rey, Clito.

—¡El rey morirá en esta ruta! —bramó entre dientes—, y nosotros con él.

—La vuelta sería igualmente penosa. No nos queda otra que seguir: es la forma de sobrevivir y de obedecer sus órdenes.

—¿Sus órdenes? —estalló—. ¿Desde cuándo los macedonios somos vasallos de la barbarie? ¿Desde cuándo obedecemos dócilmente a un tirano que no muestra preocupación por la suerte de los suyos?

—Cálmate —le rogó—. Los exploradores dicen que dentro de tres jornadas alcanzaremos el camino del norte y podremos bajar de nuevo a los valles. De ahí son apenas dos semanas hasta Balj. Podemos hacerlo.

—No, Ptolomeo, no. No podemos.

Para desgracia de los que querían volver, Alejandro se recuperó. Seis días después la montaña por fin se curvó, cediendo ante ellos y ofreciéndoles la impresionante vista de las grandes cordilleras de Asia Central, extendiéndose hacia el horizonte, una detrás de otra, como la espina dorsal de un dragón dormido. Era la cima del mundo.

Los hombres lo celebraron. Pero Alejandro no podía compartir su júbilo. Estaba poseído por ese paisaje que no le permitiría volver a soñar de nuevo ni deleitarse con la belleza de otros lugares de la Tierra. De pronto recordó a su amazona, a Talestria: su reino estaba más allá de aquella muralla infranqueable para que ningún hombre mortal pudiera encontrarlo. Quizá la amazona estuviera al otro lado, galopando junto a una hija suya, futura reina de los bosques. O quizá galopara sola, sobre la tumba de un hijo con su sangre, con la sangre de Darío también, al que no habían dejado vivir. El aire helado se llevó sus pensamientos, perdiéndose en la inmensidad: en el horizonte, las cumbres se deshilachaban, poco a poco se apagaba la luz irisada de la tarde y el cielo se llenaba con sus cada vez menos extrañas estrellas.

20

El ascenso a la montaña había sido duro, pero la bajada fue aún peor. Durante diez días estuvieron descendiendo el Paropamisos en lo que pareció una penosa bajada al inframundo. La nieve estaba muy baja: los neveros que se formaban por el tacto irregular de la luz solar sobre la falda de la montaña eran de una profundidad traicionera. En un solo día se despeñaron tres caballos.

Los alimentos escaseaban. Begoas dijo que los nómadas de las montañas solían esconder víveres para las grandes travesías en el invierno en tinajas que enterraban. Se pusieron a buscarlas, pero apenas encontraron algunas en aquella ruta, que era poco frecuentada debido a su peligro. Acabaron sacrificando caballos para alimentar a los soldados y, sin madera para encender fuegos, tuvieron que comerlos crudos. No podían dejar de pensar en el asedio que se avecinaba. Balj, les decían los soldados persas, era de las mayores fortalezas del este, inexpugnable casi. Después de semanas de penosa travesía, hambrientos y enfermos, diezmadas las falanges..., ¿iban de verdad a enfrentarse a ello? Se les daba ánimos diciéndoles que cuando llegaran a los valles verdes de Bactria podrían encontrar un sitio donde refugiarse y descansar hasta que llegaran las armas de asedio, que venían rodeando las montañas desde Alejandría del Cáucaso.

Pero, al adentrarse en los valles, sus esperanzas se quebraron.

El traidor Bessos había sembrado la destrucción a su paso. Ante ellos se extendía un paraje carbonizado que no tenía fin. Aldeas enteras habían sido arrasadas. Por doquier se veían los cadáveres tizones de los animales que no habían logrado escapar del fuego. Aún humeaba la tierra y soplaba un aire de hollín que abrasaba en los pulmones. Dijeron los nativos que aquel había sido un paraje verde y fértil, como el resto de Bactria. Lloraban en silencio por la tierra perdida, arrancada cruelmente de sus manos. Ellos, que durante siglos habían deambulado de un lado al otro de las altas cordilleras, consideraban ese lugar todo lo suyo que lo puede considerar un nómada, que no tiene tierra o que hace de todas las tierras la suya propia.

Alejandro cayó de rodillas, desolado.

—Pagará por lo que ha hecho —murmuró—. El traidor no solo mató a un rey y le arrebató su trono... Ahora también pretende destruir la tierra que Darío y los dioses me legaron. Mi tierra...

Su desconsuelo lo hermanó con los nómadas y con los iranios. Los fue visitando en sus tiendas, prometiéndoles que haría pagar al usurpador por sus desmanes, que moriría sobre su caballo recorriendo el horizonte para encontrarlo.

Acamparon junto a unos árboles, pero a la medianoche sonaron las alarmas: se acercaban jinetes. Bessos, pensó Alejandro. Pero no era más que una partida de diez. Venían en son de paz. Receloso, el alto mando macedonio se vio con los jinetes a campo abierto. Eran los sátrapas de Bessos, los gobernantes de las provincias colindantes a Bactria. Begoas tradujo lo que decían. «Alejandro, rey: la Bactria es tuya.»

—Piden, señor —transmitió el eunuco—, que avancéis hasta Balj, Madre de las Ciudades, y la hagáis vuestra.

—¡Es una trampa! —bramó Clito.

Alejandro lo ignoró. Y habló directamente con ellos a través de su esclavo.

—¿Dónde está el usurpador? —preguntó.

Lejos de defender a Bessos, los sátrapas respondieron que el traidor había perdido el favor de sus leales, que habían visto cuánto erraron al confiar en él, y que ahora huía de Bactria, hacia los páramos más allá del río Oxo.

—¿Y dónde está vuestro rey?

Y entonces los jinetes se bajaron de sus monturas, doblaron las rodillas e inclinaron la cabeza hasta el suelo.

—Dicen: «Aquí» —tradujo Begoas—. «Nuestro rey es Alejandro, heredero de Darío. Y Balj, la capital, es suya.»

El consejo se reunió de inmediato, aunque, como venía siendo costumbre, el rey ya lo tenía todo decidido. La deliberación entre los comandantes de los *hetairoi* era un mero formalismo, un recuerdo inservible de lo que en un tiempo fue una gobernación colegiada, entre compañeros, entre amigos que se apoyaban y se enseñaban los unos a los otros.

Clito mostró su rechazo a avanzar sobre Balj sin esperar a las armas de asedio.

—No podemos fiarnos de ellos.

—¿Por qué no? —inquirió Alejandro. Al rey las sesiones de consejo le servían como ejercicio de mayéutica: parecía que le gustaba, a base de preguntas, hacerles ver a sus camaradas lo errado de sus razonamientos, que se volvían totalmente absurdos cuando se contraponían con la lógica alejandrina.

—Es una trampa de Bessos. Sabe cuáles son tus debilidades, señor. Quiere que te acerques a Balj con la guardia baja, que es lo que te estás planteando hacer, solo porque esos traidores te han besado los pies y han dicho que la ciudad es tuya.

—No me van a traicionar —respondió sereno y firme—. Soy su único rey.

No había sesión del consejo que Alejandro no aprovechara para enfrentar los argumentos de sus hermanos con su particular lógica, que solo era asible para el rey, que entendía lo que otros no, que comprendía que aquellos sátrapas le debían reverencia a él como soberano, como heredero de los aqueménidas. Le daba valor al honor dinástico, a la fuerza que corría en la sangre. No se enojaba con quienes, como Clito, no lo comprendían; simplemente, se afanaba en hacérselo ver de esa forma: convocando los consejos de estéril debate en los que siempre se imponía su posición.

—Porque son orientales —respondió Clito—, bárbaros.

—Son quienes nos están dando un imperio —le espetó.

—Te equivocas si piensas eso. El imperio te lo ha dado Macedonia, Alejandro. A Macedonia te debes. Te conviene no olvidarlo.

Se atrevió a quedarse con la última palabra. Salió de la tienda envuelto en el humor de su rencor. Desesperado, rezaba a los dioses por una muerte rápida en las murallas de Balj: que le concedieran la misericordia de no ver los ejércitos de su patria estrellándose contra la fortaleza, que le ahorraran la angustia de un asedio perdido desde el inicio, el terror a las tormentosas muertes que les darían los persas.

21

Los ejércitos diezmados avanzaron por el angosto valle de ceniza, siguiendo el camino que indicaron los sátrapas arrepentidos. Al cabo de varios días andando por una tierra hermana de la del averno, los soldados empezaron a pisar terreno fresco, húmedo. Tras remontar una colina se asomaron a la enorme depresión del Paropamisos: el sol alumbraba con rayos tímidos el profundo valle, amurallado por las cordilleras, lleno de cerros y quiebros rocosos pero con suficiente espacio para cultivar, verde intenso y brillante. Sobre ellos volaron pájaros de nube oscura que al batir las alas se deshicieron en el aire.

—Sed bienvenido al corazón de Bactria, mi señor —anunció Begoas.

Cruzaron el valle por un camino que iba pegado a las faldas de la montaña, donde los antiguos habían excavado castillos y túneles. Se asomaban los lugareños, con gesto temeroso. Alejandro se fijó en ellos y sintió su devoción. Su forma de mirar, de caminar, los gestos de sus manos tupidas de callos de trabajar la piedra...; estaban en una comunión extrema con la naturaleza que los rodeaba, con el propio mundo, como si la perversión de imperios y sociedades no hubiera llegado a ellos. Era como si fueran los primeros hombres sobre la Tierra, los hombres más sencillos, los de espíritu mejor. Y a pesar de ello sus existencias, su estar, sus meras presencias, parecían recientes como si acabaran de llegar a ese lugar.

Cayendo la tarde de dorado espeso y púrpura, llegaron al final del camino y, encaramada sobre la última colina del valle, Balj apareció ante ellos. Regia y sombría contra el ocaso, la Madre de las Ciudades se alzaba con sus murallas de roca antigua y sus torres almenadas de las que colgaban cientos de pendones amarillos donde estaba bordada la efigie de la diosa del río Oxo, desnuda, con sus senos triangulares de recuerdo asirio y su rostro de luna creciente.

Las rejas se abrieron con un quejido metálico. Tal y como habían prometido los sátrapas arrepentidos, la Madre de las Ciudades se rendía al conquistador del oeste. Aquel era el final de un viaje que se extendía mucho más allá de la infernal travesía por el Paropamisos.

Pero Bessos no estaba allí. Según le informaron los sátrapas y quienes habitaban el palacio que ocupó, el usurpador había pasado mucho tiempo en la ciudad, pero hacía apenas unos días que había reemprendido la marcha por el camino del norte, la única salida del valle, por entre las montañas.

—¿Qué hay por allí, Begoas? —le preguntó.

—La Sodgiana. Una tierra de llanuras desérticas hasta llegar al Oxo. Y al otro lado del Oxo está la última de las ciudades: Samarcanda. Allí apenas pisaron los persas. Los páramos los gobiernan caudillos difíciles de someter. Los extraños no son bien recibidos.

El macedonio le sonrió y abrazándole la cintura, dejándose llevar por las semanas de pasión reprimida a causa de la fría travesía, lo acercó a sí y le dijo con la voz grave:

—Los páramos sogdianos son del imperio. Y en el imperio manda Alejandro...

Se besaban voraces cuando los *hetairoi* los interrumpieron.

—Señor.

Alejandro se volvió. Eran Crátero, Nearco, Laomedonte, Clito, Ptolomeo y... Hefestión. Llevaba tiempo, desde que Begoas entró en sus vidas, obligándose a dominar los sentimientos. Le costaba, y aunque se esforzaba, era imposible pasar desapercibido. Todos, todos salvo tal vez Alejandro, sabían cómo cambiaba la mirada de Hefestión —que se vaciaba, se volvía hueca y apagada— cuando veía a su hermano, a su Alejandro, en brazos del advenedizo oriental. El resto de los *hetairoi*, que siempre habían recelado de la relación entre los dos amigos, de pronto empezaron a compadecer a Hefestión y a sentir como propio, como hermanos, su dolor, que era inmenso. Alejandro le pidió al eunuco que se apartara. Sabía lo que su presencia incomodaba al resto, pero tampoco iba a ceder en sus exigencias de retirarlo de su lado.

—¿Qué sucede? —Se le notaba molesto en el tono; se temía lo que le fueran a preguntar.

Los *hetairoi* se miraron sorprendidos, como si fuera obvio lo que querían.

—Hemos llegado a Balj —dijo Clito.

—Así es.

—El usurpador no está aquí.

—Ha huido a los páramos. Más allá del Oxo, a una tierra hostil y difícil de recorrer, me dice Begoas. Pero hasta allí lo seguiremos.

Clito soltó un suspiro hastiado. Fue en esta ocasión Crátero quien habló por él.

—Señor, es imprescindible descansar aquí. Los dioses nos han sonreído dándonos Balj sin tener que empuñar un arma.

—Los dioses nos sonríen siempre, Crátero. Esta es *su* empresa.

—Cierto. Pero el favor de los dioses no dará vigor alguno a hombres que no se han detenido a respirar en las últimas semanas, y que han sobrevivido de forma penosa al invierno en la montaña. Señor —le dijo muy serio—, no pueden echarse de nuevo al camino. Esperemos a que lleguen las armas de asedio, no sabemos qué podemos encontrarnos en los páramos. Reagrupemos nuestras fuerzas antes de seguir hacia lo desconocido.

El rey miró a Ptolomeo, que los observaba silencioso, en busca de consejo. Estaba sereno, no desafiaba lo que proponía Crátero, es más, parecía que hasta lo consideraba sensato.

—Pero le estaremos dando una ventaja... —masculló Alejandro—. No podemos hacer eso.

No estaba del todo convencido. ¿De nuevo se le iba a escapar? Después de la horrible travesía por el desierto, por las montañas, a través de la arena incandescente, del hielo... Estaba tan cerca...

—Mi señor —rogó Crátero—, la ventaja la tendrá como vayamos tras él ahora, en este estado. Recuperemos fuerzas y aplastémoslo cuando podamos.

De nuevo miró a Ptolomeo. Su expresión no había cambiado.

Era cierto que los hombres apenas podían tenerse en pie. Se negarían a proseguir el camino después de haber arribado a un lugar seguro y tranquilo como aquel. Desde que salieron de Alejandría Proftasia, había espoleado sus cuerpos sin piedad, obligándolos a rebasar cada límite... ¿Hasta cuándo lo obedecerían?

—¿Tú qué piensas, Hefestión? —acabó murmurando.

El joven tardó en reaccionar, ajeno como estaba a la conversación. Le daba igual. No se planteaba tales cosas. El hombre libre que había en él —y al que cada día encerraba más profundamente en el fondo de sí mismo— solo se preguntaba en qué momento habían llegado hasta allí, cuándo habían perdido el horizonte..., y lo hacía en una voz cada vez más débil, tanto que ya apenas se oía en las profundidades de su alma.

—¿Hefestión?

Muy lentamente levantó la cabeza.

—Lo que el rey decida... —susurró con la voz quebradiza— estará bien decidido. Los dioses nunca se equivocan.

Aquella fue la primera vez en mucho tiempo en la que Alejandro fue consciente de que los generales le imponían algo a lo que no se podía negar. No tuvo otra que forzar a su ímpetu a serenarse y obligarse a pasar algunas semanas en Balj, hasta que los ejércitos se recuperaran. En el fondo sabía que era necesario. Algo quedaba en él a salvo de la fantasía del Oriente: aún sabía que un ejército no podía moverse a base de espíritu solamente.

—Está bien. Nos detendremos aquí.

—Es una sabia decisión, señor —lo felicitó Crátero.

—Pero no será un tiempo de descanso —advirtió—. Desde hoy preparamos la partida.

Seguidamente, Alejandro ordenó que se le mostrara todo el palacio, desde las mazmorras profundas excavadas en la piedra hasta los torreones helados que asomaban al valle tenebroso. Deambulando por una galería apartada, pasaron frente a una enorme puerta cerrada con candados y cadenas.

—¿Qué hay ahí? —preguntó Alejandro.

Estaban apartados de la zona principal del palacio; no podía imaginarse qué encerraban. ¿Por qué tantos candados? ¿Qué podía haber ahí que anhelase la libertad tanto como para tener que confinarlo de esa manera? La respuesta tardó en llegarle a través de los intérpretes que los acompañaban.

—Es el harén real, señor —le dijo Begoas—. Dentro están las esclavas del traidor.

—¿Las esclavas? ¿Hay mujeres ahí? —exclamó horrorizado.

—Sí...

—¡Abrid las puertas de inmediato! —gritó. Desenvainó su espada y comenzó a golpear los candados y cadenas, haciendo saltar chispas azules, lastimándose las manos al chocar los metales tan duros—. ¡Vamos, abridlas!

Aún tardaron horas. Las llaves de aquella cámara las había guardado Bessos personalmente; sabiendo que el conquistador cercaba Balj, había encerrado ahí a sus mujeres y arrojado las llaves al valle para evitar que las poseyera. Alejandro observó con angustia a los sirvientes tratando de quebrar los candados y las cadenas. Solo podía pensar en el tiempo que llevarían allí esas jóvenes, sin agua, sin comida, aterrorizadas.

Las puertas cedieron cerca de la medianoche. Ya al abrirlas un humor fétido de terror, de angustia, los golpeó en la cara. La cámara estaba totalmente a oscuras; hacía días que se habían consumido las antorchas y los candiles. No había ventanas ni vanos por donde pudiera entrar la oscuridad azul de la noche siquiera; el interior era una negrura total. No se atrevieron a entrar; esperaron a que poco a poco reptaran fuera de las tinieblas un grupo de jóvenes, pocas pasaban de los dieciocho años, en un estado más de muerte que de vida: tenían la piel gris verdosa y el cabello revuelto, se les había afilado el rostro; habían sido días a oscuras, sin comer, bebiendo sus propios orines para sobrevivir. Se taparon la cara, incapaces de soportar la luz tenue de las antorchas, aunque era posible que también fuera por vergüenza. Habían hecho cosas horribles en la oscuridad, conducidas por el espíritu del animal interior, que despertó en cuanto cerraron las puertas y se vieron obligadas a sobrevivir.

Alejandro no podía moverse; sentía que su alma había abandonado el cuerpo ante aquel horror. Las jóvenes que iban saliendo tímidamente de la guarida oscura, y aun sin saber el destino que las aguardaba, se tiraban llorando de rodillas al suelo, tal vez en agradecimiento, igual como gesto de sumisión, podía ser incluso que suplicando la muerte para escapar de los recuerdos espantosos que desde ese momento las atormentarían.

Entonces cruzó lentamente el umbral una joven que captó su atención. Era bárbara, no había duda, tenía los ojos arábigos, el hoyuelo partido y el cabello montaraz, pero le parecía tan familiar como si su rostro fuera griego. Ella entonces se fijó en él y su mirada se iluminó.

La reconoció.

—No puede ser... —murmuró.

Habían pasado años suficientes para que del recuerdo que tenían el uno del otro apenas quedara una brizna de realidad; tampoco recordaban exactamente cómo sonaban sus voces, que es lo primero que se olvida de los muertos, pero se reconocieron por la forma de mirar. Estaban seguros de haberla visto ya. La infancia, al fin y al cabo, es otra vida de la que de vez en cuando llegan imágenes como aquella, recuerdos que no se entienden, que no se sabe si son reales o no, pero que se sienten muy profundamente, tanto como para convencer de que sí se vivieron, aunque nunca se pueda estar del todo seguro.

Ella sé acercó tímidamente.

—¿Eres tú? —preguntó Alejandro.

Ella asintió, al borde de las lágrimas.

—Sí... —contestó en griego—. Y si estamos aquí los dos solo puede significar una cosa: que has conquistado el mundo...

—... que todo el mundo es griego ya...

—... y que este es su confín.

—¡Oh, Barsine!

Alejandro la abrazó y ella dejó que el peso de su angustia se lo llevaran las lágrimas que derramó sobre su hombro.

22

Eran veintisiete las mujeres que habían estado durante días encerradas en el harén. A tres las encontraron muertas. A una la habían apaleado hasta la muerte antes del encierro. Las otras dos seguramente perecieron de sed. Muchas no eran esclavas de nacimiento, sino que habían sido raptadas por el traidor. Algunas ni siquiera sabían dónde se encontraban, pues las habían sacado de sus poblados de noche y, metiéndolas en carretas junto a otras, las habían llevado directamente a aquella torre por los pasadizos. Tuvieron que quedarse para siempre en Balj. Algunas no sabían regresar, no sabían decir el nombre de sus aldeas, muchas tan antiguas y perdidas que solo eran conocidas por quienes las habitaban. Otras simplemente no tenían adónde ir, pues sus pueblos habían sido arrasados por Bessos en su huida. Pero en el fondo ninguna quería regresar a su casa vejada y humillada. Las concubinas reales una vez usadas y abandonadas por el amo no tenían futuro, tampoco presente.

Barsine pudo escapar de ese destino (aunque de haber sabido el que los dioses le tenían reservado tal vez lo hubiera preferido). A ella Bessos no la llegó a tocar. La encerró junto con todas las demás durante el acceso de furia que sobrevino al traidor cuando supo que Alejandro iba a caer sobre Balj.

Los propios físicos de Alejandro se hicieron cargo de ellas. Barsine simplemente necesitaba descanso e hidratación. Durante los primeros tres días la princesa solo durmió, despertándose apenas para beber y comer y luego volviendo a dormir; estaba completamente destruida de cansancio. Alejandro la visitaba con frecuencia y guardaba su sueño. Ella lo sentía con él aunque estuviera dormida; sus labios esbozaban una levísima sonrisa cuando él se acercaba como si aun desde su subconsciente reconociese sus pasos.

Un día pudo vencer al cansancio y abrir los pesados párpados. Alejandro estaba de espaldas a ella, mirando por la ventana a los pájaros oscuros que volaban por el valle a los brazos del ocaso. Lo llamó y cuando se dio la vuelta sintió que desfallecía al comprobar que era él de verdad: sus ojos de colores, su cabello cobrizo, algo menos brillante, salpicado de canas plateadas, su barbilla angulosa, su sonrisa...

Alejandro se apresuró a su lado y se sentó en el borde de la cama. Se miraron sin hablar. No sabía qué decirle. Tenía tantas preguntas... Tras no hallarla en Halicarnaso, ni haber tenido más noticias de ella, la había creído muerta. Se contuvo para no formularlas, temiendo que removieran los recuerdos horribles de su encierro. Le cogió la mano y la apretó con fuerza entre sus dedos. Qué gesto tan estéril, pensó, como si aportara algún consuelo, como si en verdad el otro estuviera al borde de un precipicio y no tuviera otra cosa a la que agarrarse.

—Begoas, déjanos solos.

El eunuco, que se encontraba arreglando un ramo de flores, inclinó la cabeza y se marchó. Barsine pareció tranquilizarse cuando cerró la puerta tras de sí.

—¿Quién es? —preguntó con la voz raposa.

Alejandro no supo qué responderle: «¿Mi esclavo, mi amante, mi consejero, mi amigo?».

—¿Es eunuco? —prosiguió.

—Sí.

—¿Persa?

—Sí... —dijo con los labios cerrados, como si confesara un delito.

Se apresuró a llevarle una copa con agua para que bebiera y así detener aquella conversación. Quería evitar que le preguntara de dónde había salido y tener que decirle que era el guardián de los harenes de Darío. Le constaba que algunos eunucos a los que se encomendaba esa tarea eran harto crueles con las concubinas, tal vez resentidos por su emasculación desahogaban con ellas la rabia de un deseo frustrado que no acababa de nacer en ellos al verlas pero que les quemaba bajo la piel. Había eunucos que ejercían un reinado de horror tras las puertas cerradas de los harenes, adonde no llegaban las miradas del exterior y de donde no podían salir los gritos.

—Siempre te gustó rodearte de bárbaros —murmuró ella sonriente.

Alejandro se rio, aliviado de que no le preguntara por Begoas.

—¿Por qué será?

—Porque nuestros ojos son menos juiciosos que los de los griegos —respondió segura—. No arden tanto sobre la piel, en ellos no hay...

—... no hay decepción.

Barsine se sorprendió de que le hubiera leído el pensamiento.

—Exacto.

—¿Te encuentras mejor? —preguntó cambiando de tema.

—Algo mejor, sí.

Alejandro sonrió.

—Me alegro.

—Tendrás muchas preguntas —adivinó ella.

—Ninguna que sea urgente. Es vana curiosidad.

—No lo es. En verdad, tenemos mucho que contarnos.

—Han pasado, ¿qué?, ¿diez años?

—Ocho. Dejé Macedonia en primavera, después de que regresaras de Queronea.

—Qué rápido pasa el tiempo...

Barsine asintió con un gesto triste que se perdió entre las almohadas de plumas.

—Mucho más de lo que nunca creímos.

De niños habían compartido la emoción por un futuro lleno de aventuras que se demoraba en llegar; ahora tal vez les fuera a tocar compartir la nostalgia por un pasado de esperanza que había sido más dichoso de lo que entonces habían creído y que ahora se alejaba fugaz, estando a cada segundo que pasaba un infinito más lejos que el anterior.

—Sé que te casaste con uno de mis enemigos, con Memnón, el comandante de los ejércitos persas en Asia Menor.

Ella asintió.

—Y tú me hiciste su viuda. Cómo te gustaba fastidiarme siempre... —reprochó traviesa.

—Has de saber que no fui yo quien le dio muerte —se excusó—. Murió defendiendo los bastiones rebeldes en las islas jonias, pues se negaba a devolverlas al control griego. Eligió su destino al venderse a Persia, pero me consta que luchó con valor hasta el final.

—No somos dueños de nuestro destino... —suspiró—. Ni los mercenarios que se precian de no obedecer a patria o dios alguno, ni los generales con todos los ejércitos de Asia tras de sí, ni los grandes reyes enseñoreados del universo.

Alejandro se revolvió en sus adentros. Ella sintió su incomodidad.

—No te creas que te culpo de nada, señor. Apenas tuve trato con él. Mi matrimonio con Memnón duró algo más de dos meses; luego partió a la guerra y no volví a verlo.

—¿Fue mal marido? —osó preguntar tratando de ahogar la compasión que empezaba a sentir.

—No —respondió ella. Un monosílabo mustio le bastaba para definir un matrimonio, por corto que hubiera sido, pues en él iban encerrados los deseos imposibles, las promesas falsas, los duros enfados y las bellas reconciliaciones que el tiempo no dio ocasión de existir—. Tampoco era bueno —matizó después—. Era gentil, si es lo que preguntas: no me encerró en una cámara oscura para hacerme enloquecer de hambre.

El espíritu del mercenario griego pareció penetrar en esa estancia tan lejana de su tumba. Alejandro siempre lo había tomado por un execrable enemigo, un traidor a su pueblo y sus dioses, pero que Barsine hablara de él como su esposo de alguna forma lo humanizaba, lo dotó de familia, de rostro, de voz incluso.

—Cuando supe que no estabas en Halicarnaso con él mandé hombres a recorrer toda la costa jonia y la región de Frigia, pero ninguno dio contigo.

—Para cuando Memnón se encerró en Halicarnaso hacía ya tiempo que yo no estaba en Asia Menor.

—¿Dónde estabas?

—Me trajeron hasta aquí.

—¿Quién? ¿Cómo?

Ella suspiró cansada.

—Me pides que te cuente la historia de mi vida, pero apenas podría llamársela así: desde que dejé Macedonia todo ha sido un exilio, uno de verdad. Me he dado cuenta de que el que creía tal en realidad no lo era...

Alejandro sintió un escalofrío y se arrepintió de haberla obligado a evocar recuerdos.

—Estoy atosigándote, perdóname. Será mejor que te deje descansar.

No pudo evitarlo.

—¡No, por favor! —suplicó, agarrándole con fuerza la mano. Sí que parecía que estuviera a punto de caer de nuevo al pozo.

—Tengo que dejarte descansar.

—Quédate, por favor.

Sabía que no había forma de irse. De nuevo se sentó al borde de la cama.

—Está bien. —Ella respiró aliviada; en su rostro pareció disiparse el espantoso recuerdo—. Pero haz por dormir.

Obediente, cerró los párpados y trató de serenarse.

—Vela mi sueño —le pidió—. Te he echado tanto de menos...

—Y yo a ti...

Ocho años atrás habían dicho que volverían a encontrarse, cierto, pero sabiendo que era imposible y precisamente por eso se lo habían jurado. Lo habían hecho con la tranquilidad de una promesa que nunca habría de cumplirse, «cuando lo conquistes todo y todo sea griego», bien podrían haberse prometido volver a verse el día que el sol y la luna se levantaran por sitios distintos: un infinito inasible. Y sin embargo ahora ahí estaban, asido ese infinito imposible que de pronto parecía tan trivial, tan frágil, como si simplemente se hubieran dicho «hasta mañana».

Alejandro le acarició el rostro. Se le notaban los golpes que le había propinado el traidor y aun dormida resistía en ella el terror de lo que había sucedido en el harén. Tomó la pequeña mano lánguida de la princesa, la apretó con fuerza y se la llevó a los labios.

—Te juro que te vengaré, Barsine. No daré paz a la Tierra hasta que Bessos pague lo que nos ha hecho.

Hefestión lo vio a través de la puerta entreabierta. Le habían dicho que estaba con la princesa y había ido a buscarlo. Vio cómo besaba la mano de Barsine, cómo le apartaba con una caricia los cabellos furtivos de la frente. Lo vio sonreír y comprobó entonces lo que llevaba tiempo temiendo: Alejandro anhelaba el amor, fuera de quien fuese; no parecía que tuviera que ser solo el suyo. Un puñal de celos, de miedo a perderlo, lo atravesó.

23

Los pasos débiles de Barsine se perdían en la galería del tenebroso palacio de Balj, que parecía excavado en la propia cordillera. Fuera, resonaban ciegos los truenos y brillaban mudos los relámpagos azules.

Begoas salía de los aposentos reales.

—¿Está el rey? —preguntó la princesa.

El eunuco asintió no sin antes mirarla con recelo.

Alejandro ponía a punto su coraza, su yelmo y su escudo. No dejaba que los pajes ni los escuderos lo hicieran por él. Era una de las lecciones que había aprendido de Filipo y de Parmenión: el rey tiene que luchar como uno más, prepararse para la guerra como cualquier otro de sus soldados.

—Partís pronto —dijo la princesa.

El rey se volvió y sonrió al verla.

—Celebro que te encuentres mejor. Sí. Dentro de apenas unos días. No podemos darle ventaja al traidor.

Barsine se acercó curiosa a ver cómo pulía la espada con

una piedra. Alejandro percibió su olor frigio, que le devolvió a la infancia en los jardines de Pela.

Se sentaron frente a frente y bebieron juntos.

—No subestimes al traidor —lo advirtió Barsine—. Es hábil para esconderse y esperar el momento adecuado. No se enfrentará a ti en campo abierto como Darío, sino que tratará de erosionar tu moral y la de tu ejército a base de emboscadas y traiciones. Aún puede guardar muchas sorpresas para ti, y mucho más dañinas que una cámara llena de concubinas muertas.

—Pareces leer sus pensamientos.

La princesa sonrió satisfecha: creyó ver el momento.

—Tal vez deberías llevarme contigo en tu viaje. Te prestaría buen servicio.

Alejandro se rio nervioso.

—Sin duda.

—Y compañía... —añadió—. ¿No te sientes solo a veces?

La mirada de Alejandro perdió el brillo ante esa pregunta; la copa ya estaba vacía, no había donde esconderse.

—Nunca estoy solo. Ni aunque quiera, aunque no haya nadie conmigo.

—¿Cómo es eso posible?

Los dedos tamborilearon en el cáliz dorado.

—Hay dos dentro de mí que no me dejan nunca: luchan entre ellos sin cuartel en una batalla de la que ya conozco el desenlace.

Alejandro estiró la mano hacia la jarra y llenó de nuevo su copa, hasta el borde, y la bebió con ansia. La princesa se acercó a él. Al alzar la vista, Alejandro se encontró con su rostro. Estaba muy bella, la luz dorada y cenicienta del crepúsculo tras la tormenta llenaba la habitación y hacía que el rostro le brillase. No podía imaginarse que fuese la joven que recordaba. Tal vez estando en su Oriente originario se hubiera afilado su hermosura, o tal vez a él se le hubiera caído el prejuicio griego de los ojos. Habían sido muchas las jornadas solitarias por la montaña, donde el frío no dejaba lugar a la apetencia; muchos los sueños extraños de los que se derramaba la culpa; no pudo evitarlo y la besó. De inmediato se apartó, pensando que ella lo rechazaría ofendida. Tenía motivos para hacerlo: «Años deseándote, Alejandro, sufriendo tu desdén, y ahora con tanta brusquedad me sacas de la tumba de mi olvido, de forma tan bárbara me devuelves al dolor de la vida...».

—Perdóname...

Ella le puso el dedo en los labios.

—No hables más...

Barsine lo besó mientras al tacto buscaba el broche que sujetaba la púrpura. Lo desarmó y esta cayó al suelo con un estruendo de seda. Después le quitó del cuello el joyel aqueménida y la diadema dorada, soltando el hermoso cabello en el que ya había un destello de plata. Le abrió la túnica blanca y le destapó el pecho marmóreo cruzado de constelaciones. Una última vez, descubrió al griego que se había tratado de ocultar.

—Ahora sí: Alejandro.

Los ojos profundos de la princesa lo devoraron y de nuevo también sus labios. No hubo palabras de reproche, ni advertencias viciadas sobre el peligro que corrían sus corazones si no paraban inmediatamente, la locura que los asolaría si no cejaban en el intento de enmendar el destino torcido de su adolescencia.

Él jamás imaginó que pudiera ser tan fácil. Lo fue más incluso que con Talestria. En esta ocasión la mente se dejó llevar sin oponer resistencia por no haber nada sobre lo que pensar en demasía, nada que hiciera que su cuerpo se paralizase a base de pensamientos. Entre besos hambrientos sus pasos los condujeron hasta el lecho, las manos que acariciaban desnudaron en busca del roce de la piel para saciar el hambre de tacto. Alejandro sintió nacer en él un deseo fuerte y poderoso, cuya ausencia siempre había temido y que sin embargo apareció solo, de lo más profundo, como si siempre hubiera estado ahí. Sus miedos lo habían ahuyentado, comprendió, pero esa noche no tenía miedo.

Pero tan pronto como se fue el amor, tan pronto como cejaron los jadeos y regresó la respiración a su pulso habitual, Alejandro notó que lo anegaba una melancolía profunda, una ola que le golpeó en la cara, lo lanzó por los aires y lo hizo rodar, confuso y dolorido, por la orilla de sus recuerdos. Empezó a pensar en Hefestión, en su madre también, en Ada de Caria, en Sisigambis. Imaginó sus rostros y los imaginó decepcionados. Sobrevino entonces, desde lo más profundo, la pregunta fatal: «¿Qué he hecho?». No supo de dónde surgía, pero esa agua oscura y salada inundó todas las cavidades que habían estado hasta hacía un momento llenas de amor, provocando que lo invadiera el frío y que de repente se sintiera desorientado, desprotegido, herido, y quisiera salir de allí. A esa tristeza inexplicable se sumó además la frustrante molestia de notar un cuerpo extraño compartiendo su cama, cama en la que se sentía incómodo, estaba ensopada de sudor y rezumaba los vapores viciados del amor. Era como si los ojos de pronto se hubieran vuelto más sensibles a la fealdad del mundo, a las malformaciones del alma propia y ajena. La oscuridad de esa alcoba, de ese palacio de piedra, se le venía encima. El aullido lastimero de galgo afgano se oía en la profundidad del valle, por donde además empezaba a entrar la niebla. De repente, viéndose allí, tratando de no pensar en la molesta respiración de Barsine, le dolió el hogar. No deseó regresar, sino nunca haber partido. Quiso estar en Pela, sentir el olor de higos en el aire, ver venir inocente la tormenta, sin que le asustara la oscuridad, sin tener que pensar en si el día siguiente seguiría siendo oscuro. Deseó a su madre. Fue un deseo fugaz, un instante apenas, pero lo sacudió con tanta fuerza que estuvo seguro de que, a pesar de la distancia que los separaba, su madre habría sentido algo removerse en su interior. Tan seguro estaba que tuvo miedo de dormir porque sabía, lo sabía con la terrible certeza de la profecía, que se la encontraría en el sueño reclamándole que cumpliera su promesa, que saldara la deuda de amor imposible que tenía con ella: que regresara a casa.

—¿Estás bien? —le preguntó Barsine.

—Sí, ¿por qué?

Ella no contestó, se volvió en la almohada y se quedó observándolo. Alejandro la miró de reojo, pero sus ojos huyeron de inmediato; de pronto volvía a ver a la joven adolescente.

—Estoy cansado —dijo dándose la vuelta y dándole la espalda—. Necesito dormir.

Barsine sabía lo que sucedía.

—¿Quieres que me vaya? —susurró. Él se encogió de hombros—. Sí. Será mejor que te deje descansar.

Alejandro la sintió levantarse, buscar a tientas la ropa, sus pies descalzos deslizarse por el áspero suelo de piedra, sus manos buscar a tientas la puerta por los muros tallados de relieves monstruosos, abrirla, cerrarla y desaparecer.

No se atrevió a moverse. El aroma de Barsine permanecía en la cama. No sabía identificar exactamente el olor, tampoco la sensación de una presencia que hundía el lado de la cama después de que su dueña se hubiera levantado y marchado. La sentía ahí, simplemente. También la sentía en él porque durante unos instantes habían sido ambos la misma cosa. Le daba reparo moverse, estirar el pie o el brazo y percibir la humedad fría del lado opuesto de la cama, percibir al fantasma que se había quedado allí tras haber exiliado a Barsine de su lado.

Ella corrió desnuda de vuelta a sus aposentos. No había querido demorarse un minuto más vistiéndose allí. Se fue cubriéndose con la ropa, como una concubina que tras acabar su labor corre de regreso al burdel, casi temiendo que alguien la sorprenda en ese acto vergonzante. Ahogó un quejido mientras se palpaba el vientre y el sexo con las manos; le dolían tras las embestidas feroces del amor, le quemaban por dentro, como si la semilla real fuese en realidad el aliento ígneo de Zeus, las chispas de su rayo glauco. En medio de esa negrura en la que no penetraba ni la luz de la luna ni la de las estrellas, empezó a llorar esas lágrimas de dolor profundo que vienen tras el amor, las que a los hombres se les derraman porque se sienten vulnerables, vaciados, como si acabaran de perder el alma, y a las mujeres porque se ven solas, muy solas, y sienten que se ahogan en el silencio indescifrable que llevan dentro desde que nacen y que después del amor se vuelve atronador.

Se frotó los ojos y se pellizcó las mejillas. «No llores —se reprendió—. No llores», pero cuanto más se lo decía más le costaba obedecerse. La mente trataba de disipar la melancolía invocando pensamientos fantasiosos que la querían convencer de que todos los hombres se comportan así tras el amor, pero que al día siguiente Alejandro sería otro, el que siempre fue más bien, y tras haberse enfrentado a la soledad de la noche le pediría desesperado que lo acompañase en su viaje y entonces podrían revivir todas esas historias de la infancia que truncó la madurez. Pero ella era inteligente, lo suficiente como para ver de lejos las trampas que le hacía la memoria, el juego sucio de la nostalgia, que imaginaba siempre lacónica un futuro tan imposible como el revivir del pasado.

Sin embargo, cuando se fue a despedir de él, a los pocos días, y vio que a Alejandro le costaba encontrar las palabras para el adiós, aún se aferró momentáneamente a la esperanza. Pero, lejos de cualquier muestra de cariño, palabra comprometida o falso anhelo porque las cosas hubieran sido distintas, le preguntó:

—¿Dónde está tu padre?

Ella se quedó tan sorprendida que tardó en contestar.

—En Hecatómpilo —dijo finalmente, aunque sin estar del todo segura.

—Quiero que vayas a por él. Que te reúnas con él y le comuniques que deseo que vuelva a mi servicio. Que me sirva como sátrapa de Bactria, desde aquí, desde Balj.

Hasta ese momento Barsine no se percató de que en realidad había estado convencida de que Alejandro le pediría que lo acompañara. Asintió nerviosa con un gesto infantil y quebradizo tras el que ocultaba su profundo dolor.

—Descuida, señor. Yo iré a por él.

Entonces Barsine se dio cuenta de que los generales la miraban esperando que se retirara, que lo dejara marchar.

—La última vez que nos despedimos para siempre estábamos más solos —se atrevió a decir.

Sin embargo, Alejandro no mandó irse a los *hetairoi* para poder despedirse a solas de Barsine. Tan solo esbozó una sonrisa forzada e incómoda. Se lo veía ansioso porque terminara aquel trance y poder echarse de nuevo en brazos del horizonte. Parecía deseoso incluso de que esa vez el adiós sí que fuera para siempre.

Por eso se aferró al recuerdo de la anterior despedida, la primera, toda la vida tratando de olvidar para evitar la tristeza y ahora era lo único en lo que encontraba un destello de alegría.

—Siempre te he querido con locura —dijo ella—. Eso lo sabes, ¿verdad?

El tono de su voz oscilaba entre la súplica, el reproche y el intento por abrir una brecha en el muro de su corazón, que estaba mucho más protegido de lo que había creído, si es que no era por entero de hierro.

De nuevo él forzó una sonrisa, la misma con la que se mira a los locos, a los desconsolados, porque no se tiene nada más que ofrecer.

Barsine lo supo entonces, ahora sin duda alguna.

Se acercó y le besó la mejilla.

—¿Sabes que todos los semidioses se conciben en noches de tormenta como esa en la que nos amamos? Es como Zeus se manifiesta ante sus esposas...

—Me estás mintiendo. Te lo estás inventando.

Barsine besó ahora su sonrisa.

—Claro. Como todo. Adiós, Alejandro.

24

Alejandro y el ejército abandonaron Balj por el camino retorcido del norte, que los sacó, como si de un pasadizo secreto se tratara, de las montañas y los lanzó a las desérticas estepas.

Las vastas cordilleras que partían en dos el mundo se fueron haciendo pequeñas a sus espaldas, luego empezaron a temblar por el calor y finalmente se esfumaron como si nunca hubieran sido más que un espejismo. De nuevo frente a ellos se abrieron las fauces de un desierto ígneo que se extendía sin final posible. Era sin embargo diferente al de Persia. Allí no había viento que construyese, apilando grano a grano, castillos de arena. No había dunas; caminaban sobre grava rojiza. Y el silencio dominaba la tierra.

El sol no les dio tregua. El suelo absorbía su luz, exhalando un vapor ardiente: era como andar sobre ascuas. No había rastro de árboles que ofrecieran su sombra. Un vacío infinito; nada más. Se detenían a descansar en las horas centrales del día para reanudar la marcha al ocaso. Pero eso no los libraba del dolor del sol. Y el agua no tardó en escasear. Fueron días los que pasaron perdidos, siguiendo hacia el norte con la esperanza de encontrar a los traidores, el río Oxo o la muerte.

Aun durante el tiempo que descansaban, Alejandro no dejaba de escrutar vigilante la lejanía. «¿Dónde estás, traidor?», musitaba. ¿Cómo podía esconderse de él si ante ellos no había nada? «Muéstrate... Da la cara...»

—Señor..., señor... —lo llamaron.

Alzó la vista enceguecida por el sol: frente a él estaba Nearco, con su silueta oscura eclipsaba el brillo blanco sobre el árido paraje, tendiéndole un yelmo lleno de agua.

Alejandro se relamió los labios resecos y cortados.

—¿De dónde la han sacado? —dijo con la voz rasposa.

—Los soldados han encontrado un charco limpio, pero muy lejos de aquí. Para ti, señor —dijo dándoselo.

Se enderezó con dificultad en su silla y cogió el recipiente. Se lo llevó a los labios pero se detuvo antes de tocarlo. Lo tenía tan cerca que incluso sentía el olor del agua en el metal. Giró la cabeza y miró a sus hombres al sol. Estaban descompuestos. Sus pieles se habían vuelto grises y ásperas, los rostros se les habían afilado y los labios... era como si se los hubiesen arrancado: no tenían más que dos tajos sangrantes sobre la barbilla. Parecían leprosos: tal vez los dioses hostiles de Asia hubiesen lanzado con sus flechas la plaga contra ellos, invasores, y los Olímpicos, tan lejos como estaban, no hubieran podido protegerlos.

—Bebe, señor.

—¿Y los hombres? —murmuró.

Nearco desvió la mirada.

—Tú eres el rey... —fue la única respuesta que se le ocurrió.

Alejandro los miró de nuevo. Los soldados lo contemplaban como estatuas: no querían perderse cómo el rey bebía, como si bebiendo él ellos fueran a sentir una sombra de agua resbalándoles por la garganta seca. Entonces se apartó el yelmo de los labios y con un movimiento brusco lo tiró. El agua siseó al contacto con el suelo candente y se filtró entre las piedras.

—Saciaremos la sed con el resto de nuestros hombres, general, cuando lleguemos al Oxo.

El heroísmo era estéril. Aquel acto solo les arrancó a los soldados una sonrisa triste. Su rey compartía las penurias del viaje, pero aquello no las aliviaba. Derrotado, se dejó caer de nuevo en la silla, aplastado por el calor. Algo se removió a sus pies, notó moverse la gravilla. Miró al suelo y vio dos lagartos de color verde pálido escabulléndose entre las piedras, tratando de ponerse a salvo de la feroz temperatura. Ni siquiera ellos podían soportar la dureza de los páramos.

Esa noche, antes de retirarse, Crátero le pidió que dieran la vuelta. Todos habían visto las caras de los hombres cuando Alejandro rechazó el agua. No estaban dispuestos a seguir creyendo en los viejos mitos, en las promesas fútiles de gloria y venganza heroica, no mientras se siguieran muriendo de sed. El resto de los *hetairoi* secundó la propuesta. Confiaban en que si todos se lo pedían se avendría a ver la realidad y cedería, igual que había cedido a pasar la primavera en Balj. Pero se negó.

—No dejaré que el traidor escape, Crátero.

—Bessos estará muerto leguas más adelante, señor. No es posible resistir este camino.

—Pues seguiremos hasta toparnos con su cadáver.

—¿Y si no está aquí? —preguntó Clito dando voz a su temor—. ¿Y si nos engañó, nos puso en este camino mientras él tomó otro? No sabemos dónde puede estar.

—Llegaremos al fin de la tierra buscándolo. Y si no lo hemos encontrado, cabalgaremos de vuelta hasta dar con él.

Una semana más duró la ardua travesía del desierto, pero

alcanzaron el Oxo, un río ancho, amarillo y vaporoso. Habían visto los grandes ríos del mundo —en Egipto, en Mesopotamia—, pero ninguno se asemejaba a aquel, que estaba envuelto en misterio. Su humor húmedo y espeso serpenteaba entre las ciénagas: una bruma antigua, el aliento del propio río. Al otro lado solo se veía una distancia semejante a la que venían de recorrer. Apenas se oía el canto de pájaros en las riberas, salpicadas de árboles lánguidos y espigados juncos. Un silencio espectral invadía todo el paraje, parecía incluso que las aguas del río estuvieran estancadas.

Aun en la parte más estrecha que encontraron, el cauce era inmenso y la profundidad imaginaron que considerable. No podían hacer pasar a todo el ejército por ahí. Tardarían días en poder cruzarlo, tendrían que construir un puente de balsas a base de las maderas flexibles de la ribera: el traidor, si es que estaba en aquellas tierras, se les escaparía, esta vez para siempre. Alejandro reunió a su consejo y les dijo que supervisaran la construcción del puente y el traslado de las tropas; él, junto con una pequeña compañía, cruzaría por la zona estrecha y continuaría el camino tras Bessos.

—No, señor —rogó Crátero—. No puedes abandonarnos. Los hombres lo entenderán como una traición, pensarán que los dejas aquí a morir.

—Está decidido. No permitiremos que el usurpador escape. Esperar a que las tropas crucen el río nos demorará.

—¿Y dónde habremos de reunirnos contigo? ¿Cuál será el punto de encuentro si ni siquiera el eunuco conoce estas tierras?

El rey guardó silencio, desarmado por la evidencia. Miró a Begoas: el esclavo mantenía la cabeza baja, sin atreverse a levantarla y delatar en su rostro que, por primera vez, estaba de acuerdo con los macedonios.

Clito rompió su silencio:

—Tu ímpetu está nublando tu juicio: no conoces lo que hay al otro lado del río, como ninguno de nosotros, y sabes en el fondo que no debes ir solo. ¿Y si el traidor te prepara una emboscada?

—Ya no pierdes ocasión para atacarme, veo —le espetó.

—No pierdo ocasión para decir la verdad. Ni tu corona ni la de todos los reyes del mundo conseguirán que mienta y que no diga lo que pienso.

—Iremos tras Bessos: los dioses no nos dejarán morir cumpliendo su cometido —sentenció.

Ptolomeo intervino; había estado esperando el momento justo.

—Señor, no podéis ir. Tienen razón: es demasiado peligroso.

—¿Tú también, Ptolomeo? —le recriminó.

—Mandadme a mí. Es cierto: no podemos darle ventaja; si no vamos tras él ahora no daremos con él nunca. Mandadme a mí, señor —repitió—. Yo me adelantaré con un puñado de hombres y exploraremos la zona en busca del usurpador.

Todos lo miraron sorprendidos, menos Clito, que llevaba tiempo viendo cómo la sombra de Ptolomeo se alargaba, oscureciendo el suelo que todos pisaban.

Alejandro avanzó lentamente hacia él y le puso las manos sobre los hombros.

—¿Irías tras él? —le preguntó.

—Vuestra es su captura, señor. Yo seguiré su rumbo para evitar que se nos escape o nos embosque. Confiad en mí para esta misión. Crátero está en lo cierto: no podéis dejar atrás a los hombres; si ven que su rey los abandona cundirá el desánimo. Podrían desertar. Aseguraremos la posición al otro lado del río y reconoceremos el terreno en busca del usurpador. Para cuando crucéis, sabremos hacia dónde dirigirnos.

El rey lo abrazó.

—Gracias, hermano. Que los dioses te protejan y guíen tu camino. Nos encontraremos al otro lado de la llanura.

Ptolomeo inclinó la cabeza satisfecho. Horas después partía con una compañía de sus mejores hombres hacia la zona estrecha del río. Los caballos se metieron en el agua dubitativos y perdieron pie, pero el ansia por llegar a la otra orilla los mantuvo a flote. Al otro lado parecía moverse el viento; agitaba con delicadeza los juncos solitarios en el agua. Montaron sobre la grupa mojada de los caballos y echaron a trotar hacia el desierto, idéntico al que acababan de recorrer, como si caminaran entre dos espejos, hacia la profundidad inasible, que era la misma de la que venían.

25

El ejército cruzó el vaporoso río construyendo un puente de balsas temblorosas por el que pasaron, no sin dificultad, caballos, carretas y máquinas de asedio. Montaron el campamento en la otra orilla y volvieron a esperar. El tiempo se hizo largo. Fueron días de horas gruesas, en los que bajo el sol ardiente los hombres no dejaban de otear hacia el ancho y tembloroso norte. Por ahí habrían de ver venir a Ptolomeo. Sentían el galope de sus caballos en la tierra, los gritos de sus hombres en el aire estanco. Sin embargo, pasó una semana y muchos pensaban que ya no volvería.

Pero al fin una noche en que la luna en forma de garfio ajironaba el añil del cielo y los lobos de las estepas aullaban en la lejanía, sonaron las trompetas. Los jinetes irrumpieron en el campamento y lo atravesaron hasta llegar a la tienda real. Alejandro salió, Begoas unos pasos por detrás, poniéndose un manto sobre los hombros; Clito observó con repugnancia el cabello revuelto del rey, su rostro despierto y brillante tras haber yacido con el esclavo.

—¡Ptolomeo! —le gritó.

El general desmontó y bajó también de la grupa al prisionero, al que habían envuelto en cadenas y cubierto la cabeza. Lo echó al suelo y luego se arrodilló ante Alejandro.

—Señor, los dioses os sonríen y ya os dan vencidos a vuestros enemigos. —Le quitó al reo el saco con que lo cubrían—. Bessos, el traidor. Sus propios hombres lo prendieron y me lo entregaron para que lo ajusticiéis a cambio de que les permitáis mantener el control de esta tierra. No están interesados en guerrear con vos por él. También lo consideran un traidor.

Alejandro lo miró confundido. El prisionero mantenía la cabeza gacha y emitía una respiración jadeante y quejosa. Apenas iba vestido con harapos, sucio del camino, magullados los brazos y la cara. Había sangrado: se le notaban los trazos de la púrpura reseca sobre los labios, chorreando por el mentón desde la nariz y por la mejilla desde la ceja. No podía ser él. Cubierto de mugre, de sus propios orines y heces, ¿cómo podía ser ese el asesino de Darío?

—No puede ser él... —murmuró observándolo con atención. Estudiaba cada uno de sus gestos, de sus movimientos, como si estuviera contrastando al Bessos que había frente a él con el Bessos que había imaginado. Les buscaba semejanzas, diferencias, decepcionado por el hecho de que el uno le confirmaba la irrealidad del otro.

—Begoas, tú lo conoces, al traidor. Estuvo en la corte de Darío contigo. ¿Es él? ¿Es él de verdad?

—Ha pasado mucho tiempo... —se excusó el eunuco. Parecía que la presencia de Bessos lo aterraba, solo eso ya confirmaba su identidad.

Alejandro agarró al esclavo por la muñeca y la apretó con fuerza, tanto que incluso vio una mueca dolorida en su rostro.

—Haz memoria.

—Sí. Es él —confesó finalmente—. Es Bessos.

Al prisionero se le dibujó una sonrisa que dejó ver el interior de la boca desdentada y renegrida al oír su nombre de labios del eunuco.

—Quiero hablar con él. A solas.

Lo arrastraron hasta un lugar apartado y lo sentaron sobre una roca. Estaba tan débil que apenas podía mantener el equilibrio, se balanceaba inestable, pero hacía todo lo posible por no dejar de mirar a Alejandro. Durante un eterno instante ahogándose ambos en el silencio del vasto desierto sogdiano.

—Era un mal rey, Darío. Por eso lo mataste —dijo Alejandro finalmente—. Pero ¿por qué pretendiste usurpar mi trono?

—Maté a Darío porque nos iba a llevar a la destrucción. Viéndome aquí, está claro que llegué tarde —susurró Bessos desde la sombra—. Era un demente. Dejó de escuchar nuestro consejo: le pedíamos la paz. Devino en tirano.

—Los que matáis reyes solo esperáis convertiros en reyes vosotros. No aspiráis a liberar a nadie.

—Tal vez —admitió—, pero los que ven caer tiranos esperan que el próximo lo sea menos. Y si no, lo derribarán, esperando lo mismo del siguiente. Y del siguiente. Y del siguiente. Así hasta que la tiranía sea la de ellos. O qué crees: ¿que tú no caerás?

—Yo no soy como vosotros. *Yo* los he liberado de vosotros. He liberado el mundo.

El pretendiente se inclinó hacia delante. Tintinearon los grilletes. Sus ojos brillaron opacos en la tiniebla.

—El mundo... ¿Qué mundo crees que has liberado? Apenas has dado un paso. El mundo de los aqueménidas se extiende más allá de lo que pueda comprender tu vana imaginación. Al otro lado de este río se extienden los páramos indomables de la Sogdiana, cuyas gentes jamás pudo dominar rey alguno. Y luego el último río, el Jaxartes. Quién sabe si allí queda ese fin del mundo que anhelas, el océano que rodea todas las tierras.

—Me estás mintiendo.

—Sabes que no es así. El confín del mundo existe y lo tienes al alcance de tu mano.

Alejandro no quería escucharlo, pero la voz ferrosa de Bessos había entrado en su pensamiento y se había adueñado de él, prendiendo las viejas fantasías de aventura.

—Aquí no hay más que estepa.

El traidor negó.

—Samarcanda es la última población conocida. Es un vergel en medio del desierto, alimentado por la corriente de ríos subterráneos que descienden de las montañas, cruzan la llanura y... ¿adónde crees que irán a desembocar? Pues a un océano, un gran océano de aguas indómitas que ningún marino cruzó jamás porque no tiene fin.

—¿Es en verdad la última de las tierras?

Alejandro ya hablaba fascinado, casi parecía haber olvidado a quién tenía frente a él.

—La última... —lo tentó Bessos. Sus delgados labios dibujaron una sutil sonrisa que se fue estirando más y más, enseñando los dientes, la boca renegrida de encías sangrantes—. Pero tú jamás la alcanzarías. Ningún aqueménida lo logró jamás. Y tú no eres más que un macedonio. A cuestas llevas la debilidad de tu sangre.

Y, entonces, el traidor estalló en una absurda carcajada imposible de comprender. Se retorcía en sus grilletes, incapaz de contenerse. Alejandro resopló furibundo y lo golpeó con la mano abierta. Por un momento la risa se cortó. Luego lo volvió a abofetear, y otra vez, y otra... Una lágrima de furia hervorosa le resbaló por la mejilla mientras le seguía asestando la brutal paliza. Pero Bessos no se quejaba, y mantenía su sonrisa, por la que se volvía a escapar la risa cada vez que cesaba el vapuleo. Rabioso de que no mostrara dolor, avergonzado de que viera sus emociones incontrolables, llamó a la guardia.

—Me tienes que matar tú —le dijo antes de que lo abandonara.

Alejandro se detuvo en seco. No quiso darse la vuelta.

—Un rey solo debe morir a manos de otro rey —le respondió.

—Así es.

—Tú no eres rey alguno.

Al día siguiente lo metieron en un carromato. Custodiado por una compañía de guardias, Bessos fue conducido en un viaje de meses hasta Ecbatana, donde un tribunal de persas y macedonios lo acusó formalmente del asesinato de Darío. Se le dio la muerte que la ley bárbara reservaba a los regicidas: el descuartizamiento.

26

En los días siguientes, Alejandro no pudo dormir porque su cabeza estaba llena de sueños. Apuró a los hombres a levantar el campamento y poner rumbo a la ciudad-palacio de Samarcanda. Ansiaba llegar allí, recomponer sus fuerzas y marchar más al norte, convencido de que tan solo una estrecha franja de territorio, entre la ciudad y el Jaxartes, referido por Bessos como el último río de la Tierra, lo separaba de contemplar el océano Exterior y saberse de una vez por todas en el confín del mundo.

Avanzaron sin descanso por el desierto. Los hombres aguantaban cada vez peor las cabalgadas incansables, las jornadas de marcha, la falta de respiro y la dureza del clima. Pero nada parecía domeñar el espíritu de quien los lideraba.

Una noche Clito entró a ver a Alejandro en su tienda. Lo encontró solo y medio desnudo. El cuerpo aceitoso de sudor, las sábanas revueltas en el camastro y el olor espeso del ambiente confirmaban un amor intenso, cesado hacía tan solo unos momentos. Se preguntó si habría sido con Begoas o con Hefestión; dependiendo de con cuál de los dos hubiera yacido, estaría ante un Alejandro u otro, el de Grecia o el de Asia. El rey lo miró arqueando una ceja, molesto porque aún le negase la debida genuflexión que ya todos, también los griegos, le hacían. Se sentó a la mesa y empezó a comer la pobre cena que le habían preparado.

—Dirás —espetó fríamente con la boca llena.

Clito no supo de primeras cómo empezar. Lo observó masticar sonoramente, tragar a la fuerza con el mal vino que llevaban con ellos y el agua sucia que sacaban de las charcas.

—Señor —la voz le temblaba—, ¿cuáles son tus planes ahora?

Alejandro continuó comiendo.

—Ya tienes al traidor en tu poder. Ya nadie cuestiona tu reinado...

—El mundo aún no es libre, Clito.

El Negro cogió aire y suspiró.

—Ya que pretendes continuar hasta su confín, te ruego, señor, que me permitas regresar a Macedonia en cuanto termine la campaña aquí.

La dureza en los ojos de Alejandro se quebró. Esperaba un reproche sobre su actitud, sobre su estrategia; no aquello.

—¿Regresar? —Apuró el vino ácido y se levantó—. Pero se te necesita aquí, Clito. Eres general de los ejércitos y miembro del consejo. ¿Cómo vas a marcharte?

—Son muchos años los que llevamos en el Oriente, más de los que jamás pensamos que estaríamos. Después de tanto tiempo, creo que ha llegado el momento de regresar a casa, volver a ver a mi hermana..., tener hijos.

Un fantasma se coló en la tienda e hizo temblar de terror la luz de las velas.

—Pero, Clito..., ¿acaso no son grandes los botines logrados? ¿Acaso no hemos conocido la gloria aquí en el este, gloria como desde los tiempos de Troya no han tenido los hombres?

—Ese deseo de gloria solo te mueve a ti, y algún día dejará de hacerlo. En realidad, creo que ya ha empezado a marchitarse. —El rey intentó decir algo, pero Clito lo interrumpió hablando entre dientes para contener las lágrimas, más que la furia—: *No* me quiero morir aquí, Alejandro. ¿Lo entiendes?

Retrocedió como si lo hubieran ofendido.

—Clito, esta es la misión de tu rey, que es la misión de los dioses. Siempre has sido mi vasallo más fiel...

—Durante mucho tiempo he estado dispuesto a morir por ti, lo sabes. En estos últimos tiempos, Alejandro, se te ha llenado la boca con palabras de obediencia, vasallaje y sumisión. Nosotros salimos de Macedonia siendo libres, pares, con la esperanza de que todo hombre del mundo pudiera serlo también.

—Y lo estamos consiguiendo.

—Eso no lo sé. Pero desde luego nosotros, que lo fuimos, hemos dejado de serlo.

El rey lo miró altivo.

—¿Acaso no te sientes libre, Clito? ¿Te sientes esclavo?

—Yo y todos. Tú también.

—Conque todos, ¿eh...? Pero, ¿sabes?, solo tú pareces acusarlo. Dime, ¿yerra el mundo entero y eres tú el único lúcido?

—Soy el único que se da cuenta, no tengas duda.

—¿De veras? Qué honrado te debes de sentir de que los dioses te hayan dado tanta inteligencia...

—Te ríes de mí, pero sabes que es verdad. A todos nos has hecho esclavos de este Oriente maldito. Peor aún, nos has convertido en lo que vinimos a derrotar: en bárbaros. ¿Y ahora quién vendrá a liberarnos a nosotros? Me temo que solo la muerte podrá hacerlo. Y mientras tú... Tú has cambiado, ya no eres el que fuiste. Algo dentro de ti lo sabe. Por eso, en el fondo, te da miedo volver.

—Yo no tengo miedo de volver.

—Admítelo, Alejandro. Tienes miedo de enfrentarte a ella.

La mirada de su madre lo penetró desde los ojos de Clito. El Negro vio el efecto que sus palabras habían tenido y no pudo evitar arrepentirse, pensar que había llevado sus reproches demasiado lejos. Según había ido hablando, el gran Alejandro se había hecho pequeño, pequeño ante el reflejo del espejo de su hermano.

—A diferencia de lo que puedas pensar, hermano... —comenzó recomponiendo el habla—, en mi ánimo no está el esclavizar a ningún hombre y menos a los que quiero bien. Cuando acabe la campaña sogdiana quedarás relevado de tus cargos y del mando de tus tropas. La expedición ya no necesitará más de ti. Entonces abandonarás la corte para ir a donde plazcas. Ya no serás esclavo más que de ti mismo.

Clito fue a responderle, pero un alarido en el campamento cortó sus palabras. Se oyó el estruendo de caballos y la voz de alarma:

—¡Nos atacan! ¡A las armas!

—¡Rápido! —gritó Alejandro, cogiendo su espada y aprovechando para huir de allí.

Salieron fuera, donde la noche diáfana se había llenado con las luces fantasmagóricas de los incendios. Sombras veloces zumbaban de un lado al otro del campamento.

—Los bárbaros... —masculló Clito.

—¡Señor! —Laomedonte apareció con los *hetairoi* y lo rodearon—. Las tribus sogdianas. Nos atacan.

El caos se había apoderado del campamento. No se sabía de dónde provenían las embestidas de los caballos, por dónde silbaban las saetas, imperceptibles entre las sombras. Era una horda de arqueros a caballo. Su grito estridente, como el de las furias del averno, fisuraba el cielo y el ruido de los cascos hacía temblar la tierra. La infantería se movía lenta blandiendo sus espadas y sus lanzas, mientras los sogdianos cabalgaban imparables de un lado a otro, tensando sus arcos y lanzando sus flechas, que se clavaban con un sonido de madera en los pechos desnudos de los soldados, a los que no había dado tiempo ni a ponerse las corazas. Tan solo los soldados orientales mostraron algo de destreza a la hora de enfrentarlos.

Alejandro blandió su espada y la ensartó en el costado de un jinete que le pasó cerca. Trató de subirse al caballo de este pero le dieron un fuerte golpe y lo derribaron al suelo. Pudo cortar la mano del bárbaro antes de que lo alcanzara con un puñal, para después clavarle la espada en el estómago. Se levantó temblando, tratando de avistar a sus amigos en la niebla de cuerpos humanos, enteros y cercenados, que se amontonaban entre las tiendas en llamas. «Begoas, dónde está Begoas...»

Un sogdiano serpenteó entre las sombras y se abalanzó sobre él. Alejandro trató de esquivarlo, pero los lances de aquel bárbaro eran certeros y rápidos. Levantó la espada en el aire y lo golpeó con fuerza, percibiendo el choque de su hierro con la piedra rudimentaria del otro, temblándoles a ambos los huesos, hasta que finalmente logró clavársela en el pecho. La boca del sogdiano se llenó de sangre mientras caía hacia delante. Pero entonces otro bárbaro se lanzó sobre Alejandro y le dio un tajo cerca del cuello. El rey aulló de dolor y cayó de rodillas. Se llevó la mano al hombro, sobre la clavícula, y sintió la sangre caliente.

—¡Clito! —gritó desesperado mientras se apretaba la herida—. ¡¡Clito!!

Se miró de nuevo la palma de la mano. Estaba cubierta de sangre. Giró la cabeza tratando de verse la herida, pero el dolor lo paralizó. Los héroes de antaño habían luchado con veinte flechas clavadas en el cuerpo; él también lo haría. Trató de levantarse, pero la vista se le empezó a nublar.

En la algarabía de gritos, los *hetairoi* oyeron a su amigo. Lo vieron en el suelo. Todo pareció moverse más despacio. Sintieron que se les enfriaba la sangre; el mundo a su alrededor se llenó de un atronador silencio; pudieron oír el crujido de la escarcha en las venas. Se abrieron paso a espadazos hasta él y el primero en llegar a su lado fue el Negro, que vociferando convocó a la guardia.

—¡Rápido, ayudadme! ¡El rey! ¡El rey!

Lo cogió en brazos: estaba sin fuerzas, lánguido. Tenía el pecho cubierto de sangre oscura que manaba del hombro.

—Clito... —La voz le desfalleció y la vista se le perdió en las sombras.

27

Muchos cayeron en la emboscada, que no fue repelida hasta apenas una hora antes del alba. La herida de Alejandro era profunda: se le extendía en diagonal sobre el trapecio, cerca del cuello. Un poco más y la espada del sogdiano le habría cortado la cabeza. Los *hetairoi* de nuevo observaron a Alejandro debatiéndose entre la vida y la muerte. Volvía a anidar el miedo en sus jóvenes corazones. Por mucho mundo que recorrieran, por muchos enemigos que abatieran, no podían reconciliarse con el hecho de que un día ellos también morirían.

No podían volver a Balj, estaban demasiado lejos. Y Alejandro, además, se negó. Solo marcharían hacia Samarcanda. Si había de morir, lo haría en la ruta del océano Exterior, que pasaba por esa ciudad.

Los *hetairoi* disputaron por quién llevaría a cuestas la camilla real —Alejandro lo contempló gustoso— y, aunque finalmente se decidió que serían Crátero y Clito, los otros no se alejaron de él. Ptolomeo en especial afirmó que él también tenía derecho a llevar a su amigo, «a mi hermano, a mi rey», por lo que decidieron turnarse a fin de evitar un duelo a muerte allí mismo. Ello sin embargo no los hizo menos celosos y aún como chacales disputaron a ratos quién lo había llevado más tiempo o a quién le correspondía llevarlo ahora. Se gritaban y hasta se empujaban, estando en una ocasión a punto de hacer caer al enfermo de su camilla.

Adormilado por el trote irregular de sus porteadores y por la sombra temblorosa del toldo que los esclavos sostenían sobre su cabeza, Alejandro resistía el dolor. En una de las paradas para descansar, pidió que lo dejaran a solas con Hefestión. Su amigo se sentó en el borde de la camilla y lo miró en silencio.

—Ya sabes lo que hacer si me muero —le dijo con un susurro—. Mi cuerpo se lo devolverás a mi madre.

Hefestión le apretó la mano con fuerza.

—No te vas a morir, señor. No hoy. No sin mí.

A Alejandro se le dibujó una sonrisa febril, resignada, en los labios. En esos momentos de debilidad, de filosofía, volvían a ser ellos. Era como si solo a las puertas de la muerte recuperaran la identidad que el tiempo, la ambición y el miedo les había arrebatado. Dejaban ambos de castigarse con la indiferencia y se reencontraban por si acaso era la última vez, por si acaso uno emprendía un viaje en el que el otro no pudiera seguirlo.

Samarcanda estaba construida cerca de una estepa pedregosa que luchaba por dejar de ser yerma, apenas la conformaban unos cuantos edificios que además parecían ser todos parte del mismo complejo palatino. Sus escasos habitantes eran criados, sirvientes y guardianes. Los viejos reyes de Persia, los últimos que habían viajado tan lejos hacia el noreste, la habían utilizado como residencia de verano, igual que habían hecho los sátrapas de la región tras acomodarse aquellos en Babilonia y Persépolis. El palacio, protegido tras sus murallas, no lo coronaban torres almenadas como los de otros lugares del imperio, sino que era de techo plano, de muchos balcones, hueco, abierto en arcos que se prolongaban sin fin por las fachadas alberas. Tal y como había dicho Bessos, el palacio era un vergel, alimentado por acuíferos subterráneos del Oxo y sus afluentes. El jardín esmeralda resistía en medio del desierto como el espejismo de un oasis.

Llegaron un día en el que el cielo estaba enturbiado de tormenta. A Clito le dio un escalofrío.

Encontraron las puertas abiertas. Atravesaron el patio antiguo, donde la hierba era alta y zumbaban estridentes los insectos. Revoloteaban pájaros, bandadas de ellos diminutos y muy negros que se columpiaban entre las ruinas haciendo sus nidos en las cornisas más altas, de las que se descolgaban cortinajes de líquenes nostálgicos, lianas y trepadoras, estandartes del tiempo y de lo salvaje, únicos moradores ya del palacio junto con una servidumbre avejentada que no recordaba la última vez que por allí habían pasado los grandes reyes de Persia.

Allí permanecieron varados mientras Alejandro se recuperaba de su herida, soñando con una frontera lejana que conquistaría en cuanto sanara y pudiera volver a cabalgar. En su consejo despachó órdenes para que se enviaran exploradores al norte y se encontrara el camino del río Jaxartes y del fin del mundo. Al poco de curarse el rey, se organizó una expedición: el viaje hasta allí se hizo pesado, largo, jornadas imposibles bajo un sol más duro que nunca, con angustia de que la salud del rey volviera a empeorar, con terror a que en la noche los sogdianos los emboscaran de nuevo.

El alba se levantó encenizada el día que alcanzaron el río. El Jaxartes no era diferente al Oxo, menor en tamaño, eso sí. Otro río del este, de aguas amarillentas y vaporosas en cuyas riberas bebían, paralizadas en sus escorzos, garzas gráciles de gesto oriental. Una niebla espesa, aliento de río, cubría el paraje. Más allá, de nuevo se veía la estepa infinita, sin ciudades imperiales, sin civilizaciones poderosas, sin rastro del océano Exterior, del que ni siquiera se sentía su presencia marina en el aire.

Alejandro miró a todos los puntos del horizonte, pero no encontró la gran masa de agua con la que dar al fin sentido a la geografía de su cabeza. Se olvidó por un instante de los pueblos sogdianos, de los bárbaros a los que venía a someter para garantizar la unidad de la frontera norte, de la integridad de la Sogdiana como provincia imperial. El océano; solo le importaba encontrarlo. Pero no: sentía como si de nuevo hubieran arribado al Oxo, como si hubieran repetido el viaje; otra vez perdidos, recorriendo una tierra en la que solo había estepas yermas separadas por grandes ríos, iguales todos entre sí, extendiéndose sin final posible hasta donde se agotaba la lejanía. La desolación lo anegó; tuvo ganas de llorar, de gritar, de maldecir a todos los dioses y a ese oráculo cruel que lo conminó a encontrar un mar que no existía.

—Otro límite inútil rebasado —suspiró esa noche.

—No habléis así, Gran Señor —susurró Begoas—. Nada de lo que hacéis es inútil. Hasta aquí habéis llegado, más lejos que cualquier otro mortal, porque sois un enviado de los dioses. Si no, jamás os habrían permitido llegar hasta aquí.

Alejandro sonrió. Esas palabras le devolvieron la esperanza en lo divino, como si la sangre de Zeus en su interior, gracias al ánimo místico del eunuco, se hubiera prendido en sus venas con el fuego de su rayo. Salió de su tienda y levantó a gritos a todo el campamento. En el arranque de euforia, ordenó que se realizara un sacrificio a los dioses del Olimpo para que protegieran con su poder la nueva ciudad que allí levantarían, en el confín del mundo. Sería la ciudad griega más lejana jamás construida, el auténtico faro de libertad que alumbraría los oscuros pueblos bárbaros: Última Alejandría. El humo lívido del sacrificio se levantó alto en el cielo diáfano, plateándolo la luz líquida de la luna, mientras los macedonios recitaban cánticos y oraciones a los inmortales, conminándolos a que los protegieran, a que los recompensaran por haber demostrado arrojo y coraje rebasando los límites del mundo conocido. Envalentonados por el aliento de sus ilusos adoradores, los estériles dioses de Grecia abandonaron el monte Olimpo y se desplazaron hasta esa nueva ciudad respondiendo a su llamada. A su paso y con su inexistencia colonizaban el aire, al tiempo que Alejandro con su imaginación sembraba de mitología la tierra.

Pero ninguno de los antiguos mitos logró paliar la decepción de no encontrar ni tan siquiera un rastro marino en el aire al norte del Jaxartes. Más allá de sus riberas, que aún pasaron muchas semanas explorando sin rumbo, tan solo se extendían estepas como las que venían de recorrer. El propio Alejandro se enfrentó a la humillante derrota de todas sus fantasías, no quedándole más remedio que aceptar que por allí no había océano alguno y regresar a Samarcanda. Desanduvieron el camino andado por las estepas hasta que finalmente en el horizonte tembloroso volvió a formarse, gota a gota, el promontorio arenisco sobre el que se alzaba el palacio dorado.

Los últimos fogonazos del verano convertían el desierto rojizo de Samarcanda en una brasa ardiente. Contemplándolo, Alejandro sintió que caminaba en círculos. Se asomó a los mapas que sus cartógrafos hacía poco que habían realizado: los trazos de tinta fresca dibujaban países y tierras nuevas; todas salidas de su imaginación, todas estériles de destino y de horizonte. El océano no estaba al norte; solo habría de encontrarlo si seguía hacia el oriente, hacia la India, una tierra en la que solo un griego había puesto los pies: Heracles, su ancestro. Ahora habría de hacerlo él, encontrar allí al dios más lejano, como le había dicho el oráculo, la auténtica libertad.

Un sirviente lo sacó de su letargo. Había llegado en su ausencia una carta desde Balj: la mandaba su nuevo sátrapa, Artabazo, el padre de Barsine. Su presencia revoloteó en la estancia. ¿Cómo estaría? ¿Y dónde?

Sentado frente al fuego, leyó la misiva.

Señor:

Recibí de mi hija tu orden de presentarme en Balj para servirte como nuevo sátrapa. Sé por ella que son muchas tus glorias y que el mundo allende Persia está rindiéndose a tus pies. Estoy a tu servicio, como lo estuve al de tu padre, para gobernar en tu nombre. Aún no sé cuándo podré verte, si acaso lo haré, pues mi salud es delicada, pero es mi deber como tu siervo advertirte de que no debes abandonar los páramos aún. Me informan de que un caudillo bactrio, un tal Oxiartes, se ha erigido en rey de las montañas y que, aliándose con todos los clanes de estas tierras, osa enfrentarse al poder real. No será fácil someterlo. Se ha hecho fuerte en la Roca Sogdiana, la mayor fortaleza del Imperio aqueménida, oculta en las montañas entre Bactria y la Sogdiana. Es capital tomarla.

Si no tienes el control de esa fortaleza, jamás pacificarás esta región. Oxiartes seguirá encaramado a sus cordilleras, oculto en sus túneles, esperando a que marches de aquí con el grueso del ejército para volver a tomar las posiciones perdidas. Prepara a tus hombres para un asedio duro y toma la ruta de las cordilleras. Los nativos sabrán guiarte hasta allí. Cuando la veas, entenderás que no podrías haber partido dejando un foco de resistencia como ese...

Alejandro hundió el gesto. Su espíritu le pedía continuar en busca del océano Exterior hacia la India, abandonar de una vez por todas los embrujados páramos. La Sogdiana devoraba el tiempo, la vida. Habían estado recorriéndola meses sin obtener triunfos significativos en el campo de batalla. Quizá podía perder años recorriendo aquella distancia estéril. Pero sospechaba que Artabazo tenía razón.

—Begoas. —El eunuco se apresuró a su lado. Alejandro le tendió la carta—. ¿Das crédito a lo que dice Artabazo? ¿Tan importante es conquistar la Roca Sogdiana?

Tras leer, el eunuco asintió.

—Dicen que la Roca es la mayor fortaleza jamás construida por el hombre. Está excavada en los propios riscos de la montaña; es completamente inexpugnable.

—¿Tú no la has visto?

—No, señor. Nunca vi nada más allá de Balj. El Gran Señor nunca me llevó tan lejos.

—¿Darío no la pisó?

—Ni él ni otros reyes. La Roca está oculta en las montañas, al término de un sendero que se asoma a precipicios abisales. Los grandes señores del pasado siempre recurrían a nobles locales de Bactria y la Sogdiana, moradores de las montañas, para regirla. No se atrevían a enfrentarse a su asedio...

El rostro de Alejandro brilló ante la mención del desafío. Begoas lo vio.

—Pero vos no sois como ellos. Vos sí que podríais haceros

con ella. Solo alguien con vuestra sangre podría lograr tal hazaña.

Alejandro sonrió.

—Convoca a mis generales. Quiero verlos en consejo.

Cuando se quedó a solas, Alejandro volvió a leer la carta de Artabazo. Nada había, salvo la primera frase, que se refiriera a Barsine. Quería saber de ella, aunque solo fuera por aliviar la culpa que sentía tras su última despedida. Pero en la carta solo hablaba el sátrapa, el gobernante, no hablaba el padre de la joven. Artabazo jamás puso por escrito que su hija había perdido el juicio: no quería decirle que estaba esperando un hijo y que iba diciendo que era del conquistador, que era un nieto de Zeus. Sin embargo, no fue por mantener la honra de la princesa por lo que calló. Calló por si acaso lo que decía su hija era verdad, como a veces sucede con el desvarío de los locos, que resulta que son ciertos, que denuncian una realidad tan incómoda que otros cuerdos deciden ignorarla tachándola de locura.

Clito fue a la reunión del consejo pensando que sería la última a la que asistiría. No pronunció palabra. Pero entonces Alejandro comunicó a todos sus planes. Aguardarían el otoño e invierno en Samarcanda, y partirían hacia la Roca cuando llegara la primavera.

Al terminar, aguardó a que el resto de los *hetairoi* abandonaran la sala. Alejandro veía la furia en la mirada de Clito.

—Me has mentido. Me prometiste que me permitirías regresar a casa cuando volviéramos de la campaña por la Sogdiana.

—Las cosas han cambiado... —dijo en voz baja—. Tenemos que tomar la Roca. No podemos permitir que siga siendo refugio de sátrapas rebeldes. Es crucial... Debes confiar en mí, como siempre has hecho.

—No puedo confiar en un hombre que se ha perdido a sí mismo, aunque sea mi hermano. Porque te has perdido, Alejandro.

—No. No me he perdido —repuso—. Al contrario. Me he encontrado por primera vez en la vida.

Clito lo miró entristecido, resignado. Suavemente negó con la cabeza.

—Vuelve, te lo ruego...

Pero él simplemente bajó la mirada, respondiéndole así que no era posible.

28

Sobre Samarcanda se vino un otoño frío y triste. Durante meses una lluvia muy fina, sin el esplendor del trueno ni del rayo, silenciosa y apagada, se derramó llorada sobre el palacio de piedra.

Clito y Alejandro no volvieron a hablar desde aquel día. El Negro dejó de asistir a los banquetes, a los juegos y a las partidas de caza. Durante las sesiones del consejo, a las que se forzó a acudir para que no lo tacharan de traidor, no pronunciaba palabra. Ya ni siquiera tenía que contenerse para no estallar ante las irracionalidades de Alejandro; estas simplemente lo atravesaban como atravesaría un espectro un muro de roca. Y, al contrario que en otras ocasiones, Alejandro ya tampoco lo provocaba: no lo miraba durante los silencios incómodos, ni le preguntaba desafiante y altivo qué era lo que opinaba o por qué callaba. Se ignoraban, pero no con indiferencia. La indiferencia era algo que aún no sentían; a ambos les seguía doliendo el corazón por el otro, no lo podían evitar.

De nuevo aquella situación la aprovecharon Ptolomeo y Begoas; uno de los dos siempre estaba con el rey. Nearco y Laomedonte apenas lograban llegar hasta él. Y Hefestión... Hefestión fingía su sonrisa y su complacencia, pero el puñal que Alejandro clavaba en su pecho cada día lo hería más profundamente, sobre todo porque lo clavaba, con él sí, indiferente, sin darse cuenta. A ello se había reducido su relación, aunque ninguno de los dos quería pararse a percatarse. Hefestión se volvió el esclavo que Begoas dejó de ser, en todos los sentidos. Lo único que podía aportarle él y no el otro eran los recuerdos de un tiempo pasado. Hefestión poseía un frasco lleno de ellos. Cuando a Alejandro le apretaba la nostalgia, lo hacía llamar para que deslizase una gota del azul líquido en el vino y disfrutar de regresiones controladas al pasado.

Una tarde, Alejandro regresaba a sus aposentos acompañado por Ptolomeo, que no paraba de hablar, y por Hefestión, apenas unos pasos por detrás de ellos. En el cruce de dos galerías, se toparon con Clito. Ptolomeo hubiera proseguido hablando, ignorándolo como si fuera una columna más, pero Alejandro se paró en seco. El Negro no pudo evitar volver ligeramente la cabeza sobre el hombro. Sus ojos se cruzaron, pero mudos, sin decirse nada, como si hubieran de pronto olvidado el idioma de la complicidad. Apenas fue un instante, luego sus pasos se perdieron en el eco otoñal que resonaba en las galerías, el eco de esas palabras que no se habían dicho. Fue como si hasta ese extraño momento no se hubieran dado cuenta de que llevaban semanas sin hablarse.

—Hefestión —dijo Alejandro. Su voz sonaba distante, como si todo él hubiera retornado de algún lugar lejano. Carraspeó para aclararla—. Ve con él. Asegúrate de que está bien.

Hefestión vaciló unos instantes, pero finalmente obedeció.

Ptolomeo esperó a que se hubiera alejado lo suficiente.

—¿Estáis preocupado por él? —Alejandro dejó ir un suspiro, como si no quisiera responder—. Sabéis que podéis confiar en mí, señor —se apresuró a añadir.

—Deberíamos dejarlo regresar... De nada nos sirve esta situación. Y es cierto que le di mi palabra.

—¿Vuestra palabra? ¿Acaso lo jurasteis por los dioses? Ningún juramento, salvo uno ante los dioses, puede obligaros a poner en riesgo vuestro reinado. Además, no podéis dejarlo marchar, correríais un grave peligro.

—¿De veras crees que es una amenaza?

—¿Podéis estar seguro de que no lo es?

Meditó un instante.

—No...

—Entonces lo es. Recordad que estando en Proftasia temíamos que regresara a Ecbatana y se pusiera a las órdenes de Parmenión.

Alejandro frunció el ceño, pensativo.

—No os estima en estos momentos, no os profesa amor ni lealtad alguna. Partid enfrentados, dejadlo marchar ahora, y se volverá contra vos. Se vengará.

—No lo hará. Lo que ansía es que le deje ir.

—¿Y por qué ansía regresar a Macedonia? Pensadlo. ¿Por qué nunca quiso para su rey la gloria de estas conquistas? Si regresa ahora, ¿quién os garantiza que no se proclamará rey en vuestro lugar?

—Clito jamás haría algo así, Ptolomeo —pretendió zanjar—. Lo conozco desde siempre, igual que tú.

—Ya no lo reconocemos, señor. De él solo sabemos que recela profundamente de vuestra persona. Considera que con este viaje de gloria le dais la espalda a Macedonia.

—No es así.

—Lo sé, mi señor. Pero si él lo cree, si él piensa que vuestro gobierno perjudica a su patria, ¿no creéis que tratará de arrebataros el trono? Tiene la excusa perfecta: el bien mayor. Allá en Grecia desconocen mucho de lo que sucede aquí: dirá mil mentiras para volver a los helenos contra su rey y puede que lo consiga.

Los ojos de su amigo brillaban sinceros, preocupados por su seguridad. Y sus palabras rescataban de las mazmorras del recuerdo los destinos de Darío y Bessos, traicionados por los suyos.

—Está bien —le dijo—. Mantengámoslo cerca y vigilado.

—Es lo más sensato mientras encontramos una manera de apartarlo definitivamente de vuestro lado sin peligro.

29

—¿Quién va?

—Ptolomeo.

Clito abrió con cautela, mirando primero por la rendija para comprobar que Ptolomeo estuviera solo.

—¿Qué quieres?

Ptolomeo se limitó a entregarle un papiro cerrado con el sello real. Él lo cogió reticente.

—¿Qué es esto?

—El rey reclamará tu presencia en el banquete que esta noche celebrará tu nombramiento —fue todo lo que dijo antes de cerrar él mismo la puerta y marcharse.

Clito abrió el documento cuidadosamente. ¿Nombramiento? Vio la firma y el sello de Alejandro al final.

Esa noche se lavó, se perfumó y se vistió, tal y como le pedían, con su púrpura. Llevaba mucho tiempo sin lucirla. Olía a polvo y raspaba sobre la piel. Se recortó la barba y se recogió el cabello oscuro, ya brotaban canas plateadas en la línea de la sien. Echó un último vistazo a la carta que había sobre su mesa: era para su hermana. No le escribía desde Balj. Aunque en la distancia, ella era su único consuelo. Sabía que llegaba tarde, pero decidió leerla una última vez; de esa forma invocaba su presencia, la traía junto a sí, para que lo acompañara en el trance que se avecinaba. Cuando más tarde regresara del banquete, furioso y triste a la vez, ya lo sabía, encontraría consuelo volviéndola a leer. Al día siguiente mandaría al mensajero, pensó, y así podría añadir todo lo que fuera a suceder esa noche.

Por los pasillos del palacio de Samarcanda se oía el murmullo del banquete en el gran salón luchando contra el silencio atronador que reptaba desde el desierto. Las llamas danzaban en el aceite que las prendía, proyectando las figuras invisibles del aire sobre los muros. Atravesó la galería de columnas y cruzó el umbral del arco que llevaba al salón principal.

La comida era escasa y el palacio estaba vacío, pero aun así esa corte itinerante había creado un grandioso espejismo de banquete. Era como si volvieran a Pela, a ese tiempo adolescente en el que bebían hasta la saciedad y no paraban de reír, la mayoría de las veces por nada, de nada, del paso de las horas, que entonces no dolía. Pero a pesar de lo real que parecía esa felicidad, estaba envuelto en la melancolía de los durmientes lúcidos, esos que comprenden que el mundo maravilloso en el que están no es el que les corresponde, no es real. Pero para Clito no había duda: ese aire del Oriente, que todo lo enviciaba, le decía que no era un sueño, sino la pesadilla de su realidad.

Los *hetairoi* mostraron en sus rostros la sorpresa de verlo unirse a la celebración, pero más se sorprendieron cuando Alejandro le dio la bienvenida cálidamente levantando hacia él su copa. Él le respondió con una esforzada sonrisa y ocupó su asiento al otro lado de la mesa, lejos del rey. Estaba inquieto. Miraba hacia las esquinas del gran salón, guardadas por soldados. Los nervios le estrangularon el corazón, que latió toda prisa tratando de liberarse: tal vez lo fueran a prender allí mismo, tal vez aquella calma, aquella normalidad fuesen tan solo aparentes; una forma de que bajara la guardia. Su copa la llenó el mismo copero que servía a los demás: no estaría entonces envenenado el vino, pensó. Eso le confirmó que iban a humillarlo.

Preparándose nervioso, no dejó de beber aquel vino ácido que agriaba la boca y manchaba los labios. Bebió hasta que las risas de los amigos que lo habían abandonado, el ruido de los cortesanos y el ruido del mundo quedaron fundidos en un murmullo arenoso en el que no se distinguían las palabras. Sus amigos... Viéndolos sintió una intensa náusea en las profundidades del alma. Cómo bebían, cómo comían: hundidos en sus cuencos, escorzados por el peso de su gesto y de sus modales bárbaros, esclavos de los sentidos, como animales en sus abrevaderos, bestias preciosas traídas del Occidente pastando en los jardines de un déspota. Y Alejandro... Su rostro estaba descompuesto por algo más profundo que la vanidad: una ufanía oriental, un orgullo pérsico que lo envolvía haciéndolo casi levitar. Estaban perdidos en esa tierra, pero él aún no se rendía: ahí estaba el gran Alejandro, comiendo de las manos de sus aduladores, mirando furtivamente al eunuco que con cuidado le pasaba las bandejas de comida, se la ponía suavemente entre los dientes, solo le faltaba compartir con él su propia copa, sentarlo a su diestra, o tal vez sobre sus propios muslos y besarlo allí frente a toda la corte, delante de todos los hombres, entre los que cada vez había más orientales y menos macedonios, más bárbaros y menos griegos, más esclavos y menos hombres, y a los pocos que había los despreciaba, los insultaba, como lo insultaba a él, prolongando ese viaje cuyo destino era la fatua gloria de su conquistador, que al mismo tiempo era valiente para atravesar el mundo y un cobarde que no podía enfrentarse a sí mismo a los demonios que le venían persiguiendo.

Alzó la copa vacía, el copero acudió a su lado y la llenó hasta arriba. De un trago la vació y se puso en pie, sintiendo que las piernas le fallaban al hacerlo. Se apoyó en la mesa con un sonoro golpe y gritó:

—¡¿Qué es lo que celebras, mi señor?!

El silencio brotó de su garganta y fue extendiéndose por el gran salón, como una onda, acallando a todos los presentes. Se quedaron mirándolo, pasmados.

—Dinos a todos: ¿qué es lo que celebras? Estamos perdidos en medio de la nada, pero tú estás de celebración. Dímelo, pues ansío saberlo: ¿qué celebras?

No contestó.

—¿Meses sin hablarme, ahora te hago una pregunta y callas, Gran Señor?

Alejandro notó la mano de Hefestión en su muñeca, tratando de retenerlo, pero se zafó y se levantó también. Se pisó la larga cola de su túnica purpurada y a punto estuvo de perder el equilibrio. Sintió la sangre ardiente subirle a la cara, pero hizo por respirar hondo y localizar a Clito. Cuando lo tuvo frente a él, sonrió.

—Cuánto me alegra que hayas al fin regresado. Te estamos homenajeando a ti, hermano —respondió abriendo los brazos—. Celebramos tu nombramiento como sátrapa de Bactria.

—Qué enorme es tu generosidad —le respondió riéndose—, que me entregas el gobierno de esta provincia infecta, alejada del mundo y de mi hogar.

Alejandro movió los labios tratando de componer palabras con su lengua dormida.

—La satrapía de Bactria es un gran honor, Clito. Desde hace siglos los aqueménidas se la encargaron a quienes serían sus herederos.

Clito se rio entre dientes.

—Entiendo, mi señor, que le muestres tanto apego a este lugar poblado de salvajes y de bárbaros; son los mismos con los que te juntas. Cómo no habría de parecerte honrosa y digna Bactria.

Un murmullo apagado recorrió a los que, sabiendo la lengua griega, entendieron lo que se decían los dos hermanos.

—Desprecias el nombramiento que te hago y me ofendes profundamente.

—No más de lo que tú me desprecias y ofendes a mí, a tu pueblo, a tu verdadero pueblo, y a tus dioses —bramó—. Te lo ha dicho él, ¿verdad? —Su dedo tembloroso señalaba a Begoas, que estaba junto al trono—. Ese advenedizo, ese siervo de las sombras y de sí mismo te ha embrujado...

Alejandro se colocó delante de su esclavo, como si tratara de protegerlo.

Clito rabió de dolor.

—¡Te lo he dado todo, Alejandro! ¡Te he dado mi vida y a cambio solo te he pedido que me dejaras volver a mi hogar, a mi familia! ¡Pero me condenas no ya a seguirte hasta el fin del mundo, sino a morar eternamente en esta cárcel, en esta tierra de horror en la que nos has perdido a todos! Te he amado como a mi hermano y mi rey, pero en tu pecho late un corazón de hierro...

—Solo te he pedido lealtad, Clito. Pero ni eso pareces querer darme. Qué lástima.

Se dio la vuelta, cogió a Begoas por el hombro y se dispuso a marcharse. Clito estalló de ira viendo que el rey lo ignoraba. Cogió una manzana de un cuenco dorado y se la arrojó.

—¡No me des la espalda, cobarde! ¡Enfréntate a mí, afronta la verdad, mira en lo que te has convertido! Qué lealtad puedes exigir tú de nadie, si no eres más que un tirano, un déspota del Oriente.

Alejandro se volvió y se encaró con él.

—¡Crees que soy un déspota! ¿De veras lo crees? ¡Yo, que he liberado el mundo de la tiranía!

—¡Sí! ¡Lo eres porque has traicionado todo lo que eras y

con ello nos has traicionado a nosotros, que creíamos en ti, que te queríamos! Has traicionado a tu casa, a tus dioses y a tus amigos y aún pretendes que te sigamos rindiendo pleitesía, ¡que te adoremos como si fueras un dios!

—Yo no he traicionado a nadie, Clito. Mide tus palabras.

—¡Me has traicionado a mí...! —La furia hacía hervir sus lágrimas—. ¡Y a ti mismo!

—¿En qué? ¡Dínoslo a todos!

—¡En este viaje! ¡Esta era la empresa de la liberación de los pueblos oprimidos, pero liberándolos a ellos nos has esclavizado a nosotros! Nos has privado de libertad, encadenándonos a una travesía sin sentido que alargas y alargas porque no tienes el coraje necesario para vivir en paz.

Los *hetairoi* trataron de interponerse entre ellos.

—Ya está bien, Clito.

—Es tu rey, le debes respeto.

Pero él se los quitó a golpes de encima.

—Corred a salvarlo, que él solo no puede. —Y les escupió—. Alejaos de mí, ¡escoria! Vosotros no sois mis hermanos. Todo cuanto digo es verdad. Nos has condenado, Alejandro. Porque tú no sabes vivir en paz. ¡No sabes! Demuestra que me equivoco. ¡Vamos! ¡Demuestra que eres un rey y da la vuelta, regresa a casa!

—¡Ya basta! —le ordenó.

—¿Tanto te aterra el reencuentro con tu madre que para evitarlo nos harás morir a todos en este viaje eterno? ¿Tal es el influjo que tiene sobre ti?

—Clito, te lo ruego... —Hefestión temía el territorio en el que se adentraban.

Pero no le hizo caso.

—Eres un niño, Alejandro. ¡Un niño aterrado por su madre! Afronta tus miedos, asume tu deber. ¡Crece! ¡¡Sé un hombre por una vez en tu vida...!!

El rey soltó un alarido, se volvió, arrancó la lanza de la mano de uno de los guardias y se abalanzó sobre Clito chillando, preso de una furia que no era humana. Le clavó la lanza bajo el esternón; el metal y la madera crujieron al abrirse paso hasta la espalda, atravesando entraña y hueso. El tiempo se detuvo. La hincó con fuerza, sintiéndola hundirse en la carne, la saliva espumándose en los labios, el pulso latiendo ávido y ardiente. Pero entonces se fijó en los ojos de su hermano, en su mirada atónita llenándose con las imágenes de la memoria antes de apagarse para siempre, y se le aflojó la fuerza de las manos. De los labios de Clito se escapó un grito agudo y helado, la muerte que entraba o tal vez la vida que se iba, y cayó hacia atrás. De la enorme cavidad manó la sangre oscura, pero el último aliento lo exhaló por la herida que había en el corazón, que era mucho más profunda.

CUARTA PARTE

—

LAS DOS ALMAS

1

Morir. Quiso morir. Colocó una lanza hacia arriba, apoyándola contra un baúl, se subió a una mesa y se dispuso a saltar sobre ella. La forma en la que se había matado Áyax, el héroe. La forma en la que él había matado a su amigo. Hefestión lo detuvo a tiempo abalanzándose sobre él y tirándolo al suelo.

—¡No! ¡Déjame, déjame! ¡No quiero seguir vivo!

—No te hagas esto, Alejandro. No me lo hagas a mí —le suplicó abrazándolo.

Él se le aferró con el rigor de la muerte, incapaz de reprimir el llanto.

—El asesino de mis amigos, el asesino de mis amigos...

—Te tengo... Estoy contigo. Estoy contigo... —Y sin poder evitarlo dejó ir una lágrima con la que se dolía por ellos, por todos ellos, por todo lo que se habían hecho los unos a los otros.

Cuando les contó al resto lo que había intentado hacer, acordaron que tuviera vigilancia permanente, pero el rey rehusaba toda compañía que no fuera la de Begoas, pues era el único que sentía que no lo juzgaba. En verdad, aunque los otros no quisieran, eran incapaces de evitarlo: brotaba de ellos, del corazón de hermano que aún latía en su interior, enterrado bajo la arena del este.

Lo vigilaban para evitar que se matara pero lo cierto era que ya estaba muerto. Dejó de afeitarse y de arreglarse el cabello. La barba montaraz le ensució el rostro y los bucles cobrizos se le volvieron greñas cenicientas. Solo se alimentaba con las cucharadas de aire frío que sus propios demonios le metían en la boca. No podía dormir porque se le aparecían los recuerdos de la noche fatal, como fantasmas, pero tampoco podía soportar estar despierto. Se quedó varado en el limbo de la culpa, un páramo lejano y triste del alma, siniestro, yermo, agónico. Mirara donde mirase no veía horizonte al que dirigirse, ni futuro para su vida: solo veía a Clito; su cuerpo hendido, retorcido en la lanza, la túnica púrpura oscureciéndose empapada en sangre, el alma derramándose por sus labios entreabiertos. Su hermano. Su propio hermano. Se habían amamantado de la misma mujer, a quien ahora no tenía valor para enfrentarse con una carta.

El cuerpo lo subieron a una carreta con todo el honor y la dignidad oriental que pudo encontrarse en esa Samarcanda lóbrega. La intención era que llegara a Macedonia, pero nunca pasó más allá de Balj. Después de todo, Clito emprendía el camino de regreso a su hogar, pero como muchos otros fracasó. Almas rotas que nunca volverían a su tierra, cuerpos inertes, tronchados por una lealtad que destruyó sus vidas, se perderían por los senderos de Persia, mecidos por el traqueteo de las ruedas en suelo pedregoso, buscando por doquier el camino a casa sin hallarlo jamás. Ni aun muertos podían volver.

Alejandro no acudió a despedirlo. No pudo soportarlo. También era por la dignidad de Clito: no se merecía que su asesino despidiese su cuerpo. Ese día solo podía pensar en el Gránico; allí Clito le había salvado la vida, arriesgando la suya. «Qué necio fuiste. No tendrías que haberlo hecho —sollozó—. Tendrías que haberme dejado morir.»

Ptolomeo fue a verlo cuando hubo acabado. Encontró la alcoba desordenada y, pese a los mejores esfuerzos del eunuco por mantenerla limpia y ventilada, estaba llena de espectros. Sobre la mesa había una bandeja de comida sin tocar.

—¿Ya? —preguntó con voz muerta. Estaba abatido, sentado en el suelo a los pies de la cama, mirando el fuego consumirse.

Ptolomeo asintió. Cogió la bandeja y se la dejó en el suelo, frente a sus pies.

—Tenéis que comer, señor.

Alejandro se negó. Ptolomeo no insistió y le apartó la bandeja de delante. En otros momentos habría pensado que ya comería cuando apretara el hambre, pero en aquella situación temió que se estuviese dejando morir. Todos lo pensaban esos días. Habiendo quitado de su alcance su espada, sus puñales y hasta sus cinturones, a Alejandro solo le quedaban dos opciones: arrojarse por la ventana o dejar de comer. Sospechaba que no tenía valor para hacer lo primero: era impetuoso e impulsivo, pero aun así demasiado reflexivo como para correr hacia el vacío sin que un solo pensamiento lo detuviera. De querer morirse, lo haría de inanición, consumiéndose en la culpa y la tristeza.

Ptolomeo se sentó a su lado.

—Señor, prometedme que no vais a lastimaros. Prometedme que no os vais a dejar morir. Que no sea por él, señor. No merece la pena. Yo también crecí con él, yo también lo quería. Pero los actos que eligió lo llevaron a este final. Desafió a los dioses al desafiar a su rey. Se lo merecía, y no debéis dudarlo ni un segundo.

Alejandro suspiró abatido. Sentía culpa y quería redimirse, quería ser castigado, pagar, pero a su alrededor le negaban la responsabilidad de sus actos.

Begoas los interrumpió trayendo una bandeja con comida caliente.

Ptolomeo se levantó.

—Comed.

Alejandro lo vio salir, su figura vaporosa, etérea y serpentina casi parecía una alucinación de su mente hambrienta.

El eunuco retiró la bandeja con la comida del día anterior y la dejó sobre la mesa. Luego se arrodilló a su lado y besándolo se dispuso a encender su espíritu y hacerlo olvidar. Pero él se revolvió incómodo.

—Vete.

El eunuco, extrañado de que el rey rechazara su placer, se levantó receloso y se marchó. Alejandro de nuevo rompió a llorar. Sus ojos captaron el brillo de su escudo de guerra apoyado contra la pared, con la efigie de Aquiles sosteniendo el cuerpo de Pentesilea tras haberla matado en un arrebato dándose cuenta, mientras caía en sus brazos, de que estaba enamorado de ella. Lentamente se puso en pie: le crujieron los huesos entumecidos y se arrastró hasta el otro lado de la alcoba. Cogió el escudo con ambas manos y contempló el rostro dibujado de Aquiles. Él también había perdido la templanza, el equilibrio de su ánima. La misma culpa tirana de haber matado a Pentesilea ahora la sentía él. Tantas veces le habían dicho que él iba a ser mucho más que Aquiles... y al final él no era mejor que el héroe, se había precipitado en los mismos abismos. Bufó de dolor, arrojó el escudo con fuerza al suelo y lo pateó tratando de romperlo, pero solo consiguió lastimarse el pie. Rabiando, lo arrojó por la ventana y lo vio perderse en el vacío. El eco del escudo rebotando en la piedra del barranco de Samarcanda resonó unos instantes y luego sobrevino de nuevo el silencio sepulcral del páramo de su alma.

2

Tardó una semana en salir de sus aposentos. Se disponía a presidir su primera reunión del consejo desde la noche terrible, porque habían llegado noticias importantes. El palacio estaba lleno de un lívido olor a chamusquina, y un humo silencioso y fantasmal se deslizaba aún por los pasillos. Había ordenado que se realizaran sacrificios a Zeus y a Dioniso para que lo perdonaran, pero sabía que no iba a bastar. Tampoco quería que bastara.

Lo habían acicalado para la sesión: lo habían afeitado y le habían arreglado el cabello, pero nada borraría ya de su rostro la sombra. La navaja le había hecho un corte en el cuello al afeitarlo, pero al ver la herida sus amigos temieron que se la hubiera hecho él.

Los *hetairoi* habían ocupado el sitio de Clito para que no se notara su falta, pero el ruido de su ausencia era atronador. Alejandro se dejó caer en su asiento con aire agotado. Nadie habló esperando a que lo hiciera él.

—Dad la orden. Marchamos hacia la Roca Sogdiana.

Ni siquiera esperaron a la primavera. Aún faltaban semanas de invierno cuando, sin suficientes pertrechos, con prisas y el alma en pedazos, partieron con siete mil hombres recién llegados desde Balj. Fueron días lluviosos. El agua caía del cielo con dureza, acompañada de relámpagos violetas. Se tuvieron que refugiar en las aldeas abandonadas de gentes ya huidas de aquella tierra hostil. En torno al débil fuego que apenas prendía en la madera húmeda, los *hetairoi* discutían sobre qué ruta tomar entre los abismos de las montañas de luz para llegar a la Roca Sogdiana. Alejandro no prestaba atención; no podía apartar la mirada de las llamas crepitantes que se devoraban unas a otras, como bestias enfurecidas y hambrientas. Un día notó que en la oscuridad a un soldado le castañeaban los dientes. Lo vio envuelto en sus ropajes mojados, tiritando, con el rostro demacrado por el cansancio.

—Ven, siéntate en el fuego —le dijo, y ante el asombro de sus compañeros le cedió su asiento real.

El soldado se levantó reticente, con la cabeza gacha, sin atreverse a mirarlo, tal vez con demasiado frío como para mover un músculo, aunque quizá lo que lo paralizara fuera el miedo. Qué esperar del que asesina a sus amigos.

Los nativos llamaban «Montaña de la Luz» a la cordillera en la que se asentaba la gran Roca Sogdiana por los enormes diamantes que se encontraban en sus minas profundas. Podía ser que en la montaña hubiera gemas hechas de luz de estrella, pero por fuera mostraba un rostro inmisericorde, áspero, gris y cortante. Desfiladeros vertiginosos, neveros de hielo que sobrevivían a la sombra de la roca, nublosos vacíos en los que se perdía el eco. Caminaron durante días por los angostos senderos, siguiendo los pasos de los guías nativos que los conducían, parecía ser que a la perdición, esquivando los tajos verticales, aspirando el vaho de los precipicios, hasta los valles más profundos y recónditos. Avanzaban en un silencio absoluto por los peligrosos desfiladeros, buscando en los salientes espías sogdianos que matar de un flechazo antes de que dieran la alarma. Pero los acantilados almenados estaban vacíos, no se veían ni se sentían las almas de los moradores de las montañas. Bien podían estar siguiendo uno de los pasos del inframundo, haber muerto sin saberlo, por fin rumbo hacia la insignificancia del otro lado.

Alejandro iba mirando al suelo, tentado por la voz de los precipicios. Durante aquellas duras jornadas de camino, lejos de la acción del campo de batalla, Clito había vuelto a su cabeza. Sospechaba que nunca lo dejaría. Tenía miedo incluso de conciliar el sueño por si se encontraba con él. De pronto, sintió la mano helada de Begoas sobre su hombro.

—Mirad, Gran Señor. La Roca.

Alejandro alzó la vista. El camino los había conducido a un valle cerrado por inmensas paredes verticales al fondo del cual se hallaba la impresionante fortaleza, excavada en una peña solitaria que hacía equilibrio en el abismo. Solo podía accederse por un estrecho puente suspendido en el precipicio por el que no cabían más de tres personas juntas, totalmente descubierto y a tiro desde las almenas. No había fortaleza igual en el mundo; la Roca Sogdiana era inexpugnable. Nunca ejército alguno la había tomado, pues sus murallas solo podían sortearlas soldados dotados de alas o cabalgadores de sueños y pegasos.

De pronto se rompió el silencio de los acantilados.

—¡A las armas! —gritó un soldado.

Por una de las laderas comenzaron a rodar rocas enormes y troncos de árboles. Del cielo llovieron las flechas silbantes. No había sitio en el que refugiarse. Alejandro y los *hetairoi* se pegaron a la pared del desfiladero, pero muchos hombres quedaron expuestos al enemigo. Las rocas aplastaron a los que no encontraron dónde esconderse; las flechas se clavaron sobre sus cuerpos planchados.

—¡Retiraos, retiraos! —aulló Alejandro.

Los *hetairoi* pusieron sus escudos sobre sus cabezas para protegerse. Viéndolos retroceder, los sogdianos gritaron:

—Conquistador, ve a buscar soldados con alas.

Tuvieron que acampar en el límite del valle, bordeando el precipicio, lejos del alcance del enemigo. El ánimo de los hombres se tornó umbrío. Sospechaban que, enloquecido como estaba tras lo sucedido en Samarcanda, nada haría al rey desistir de tomar la piedra, ni las peores condiciones climáticas, ni el hambre, ni la muerte. Muchos fueron aceptando que iban a morir en aquel valle.

El desánimo también anegó el alma de Alejandro. No prestaba oídos a lo que sus generales pudieran decirle. Crátero insistía en que no podían ser muchos los hombres que guardaban la fortaleza, estrecha y de difícil abastecimiento. Todo lo apostaban a sus defensas, pero una vez que lograsen penetrar en la muralla el combate sería escaso y fácil.

—Si con algún ardid lográramos entrar, unos cuantos hombres solamente, y abrirnos las puertas, estarían a nuestra merced.

—Los tiempos de Troya no van a repetirse, Crátero —le contestó Alejandro—. Si es que alguna vez fueron verdad...

Los *hetairoi* se miraron preocupados: nunca habían visto al rey tan hostigado por sus fantasmas como para renegar de su historia, de sus ancestros, que habían ganado la guerra de Troya... Ahora desechaba aquel pasado histórico, las legendarias gestas ilíacas, como si fuera un mito, un cuento para niños en el que llevaba confiando demasiado tiempo.

—No hace falta que entremos. Con que crean que estamos dentro, se rendirán.

—¿Y cómo piensas hacerlo?

—Escalando, señor.

—Es imposible —masculló Laomedonte.

Alejandro no dio pie a que cundiera el miedo.

—Yo iré. Yo subiré, y conmigo los soldados.

Al anochecer reunió a los hombres. Alejandro alzó la vista. La pared se alzaba vertiginosa hacia el cielo, escapando del vacío del precipicio por el que corría un riachuelo; apenas se veían recovecos o salientes en los que apoyarse. Se ciñó las cuerdas a la cadera y las piernas, y se embadurnó las manos del polvo calizo para secar el sudor. Levantó la vista hacia la altura cubierta de nubes deshilachadas. Recordó cómo Hefestión y él subían por las colinas pedregosas que rodeaban Pela y trató de convencerse de que aquella pared vertical no era diferente. Se fijó entonces en el soldado que iba a escalar a su diestra; también temblaba profiriendo sus oraciones. Era un joven enjuto y macilento; tenía la mirada inteligente.

—¿Cómo te llamas, oficial? —le preguntó.

—Pérdicas, señor. Dirijo una falange de infantería pesada.

—Eres fuerte. Esta pared no te derrotará.

—Zeus esté contigo, señor —le dijo bajando la mirada para que el rey no viera que no le creía.

—Lo estará —lo consoló—. Sígueme a la gloria: tanto si vivimos como si morimos, aquí es donde la alcanzamos.

El primer rayo gris de luna rompió entre las nubes alumbrando el camino; la escalada comenzó.

Iban hincando sus estacas en los huecos y anudando las sogas, aferrándose con los dedos temblorosos a los salientes cortantes y resbaladizos. Miraban hacia arriba y la cornisa almenada no estaba más cerca, pero miraban hacia abajo y el negro vacío les mordía los talones. Las horas se astillaron; el tiempo comenzó a pesar sobre los hombros.

Sopló duro el viento, pero no lo suficiente como para llevarse volando sus temores. Se obligaban a no mirar hacia abajo, pues el fondo se alejaba de ellos con una velocidad vertiginosa sin que la cima se les acercara un palmo. Y no había ya camino de vuelta: coronar o dejarse caer; esas eran sus opciones. Tal vez eso fuera mejor que llegar a la cima, donde los estarían esperando los sogdianos para darles una muerte menos clemente que la del precipicio.

Se quedó quieto y se pegó todo lo que pudo a la pared, agarrándose a la roca con la poca fuerza que le restaba. El aire siniestro caía en picado contra ellos, como si fuera el aliento gélido de la cordillera. Alejandro miró a sus hombres: estaban aterrorizados, temblaban, fallaban en sus movimientos, se quedaban a veces sujetos solo de una mano.

Pero no podían rendirse. Pidiendo arrojo a sus padres celestiales, soltó un gruñido, sacó fuerzas de sus entrañas, apretó los dientes y con un colosal esfuerzo continuó la escalada. Al verlo, los hombres también trataron de encontrar coraje en el miedo y reemprendieron la escalada, inspirados porque la extraña fuerza que de pronto hizo que el joven rey remontase la ladera no podía ser otra cosa que la magia de los dioses.

De pronto uno de los escaladores perdió pie y resbaló. Habían acordado, con la dureza de hombres sin temor, no gritar si alguno caía para no alertar a los centinelas. Pero aquel desgraciado, que de repente vio aparecer de entre las tinieblas el fondo lleno de rocas dentadas, no pudo contener un alarido. Tras golpearse contra un saliente, su chillido cesó. Al poco sonó el cadáver, un eco distante estrellándose contra el suelo, y después sobrevino un silencio sepulcral. Nadie osó moverse. Alejandro contuvo la respiración. La almena a la que se dirigían se llenó de luces. Estaban tan cerca que podían oír los bramidos de los sogdianos, sus voces ásperas discutiendo sobre qué había sido ese ruido. Los helenos se mantuvieron inmóviles, pegados todo lo que podían a la pared vertical. Alejandro sintió que pasaban horas hasta que las voces disminuyeron y las luces abandonaron la almena.

Miró a sus hombres.

—¡Vamos! —les ordenó en voz baja.

Alejandro estiró el brazo y se aferró a la resbaladiza piedra. Soltó un quejido al quedar colgando, pero conjuró todas sus fuerzas y se impulsó hacia arriba, logrando subir el cuerpo, pasar las piernas y finalmente dejarse caer del otro lado de la muralla.

—Ya está, señor... —le dijo Pérdicas, eufórico y agotado—. Lo conseguimos.

Un soldado le tendió la mano y lo ayudó a incorporarse. Alejandro se levantó tembloroso por el esfuerzo y se agarró a la almena, apenas sentía que entrara aire en sus pulmones. El viento helado le serenó el ardiente rostro.

Prendieron una antorcha y dieron la señal. En el campamento divisaron la almena iluminada. Los *hetairoi* movilizaron a las tropas. El ruido de un cuerno rompió el cristal de la noche. Alejandro supo que los habían descubierto. En efecto, el siguiente eco que reverberó fue el alarido de los soldados bactrios, el ruido de sus espadas chocando contra sus escudos y de sus pisadas de metal sobre los escalones de piedra. No tenían tiempo. Se desprendieron de las cuerdas y los picos, desenvainaron las espadas.

—Vosotros, subid a las torres. Haced cuanto ruido podáis, tenéis que distraer su atención —les ordenó a un grupo de soldados—. Pérdicas y los demás, conmigo. Tenemos que llegar a la puerta y abrirla.

La Roca se dividía en mil y una escaleras que la agusanaban por dentro, conduciendo sus pasillos retorcidos a las peñas más altas o las mazmorras más profundas.

Descendieron volando sobre los escalones. Un soldado les cerró el paso. Antes de que pudiera dar la alarma, Alejandro saltó sobre él, espada en alto, y lo cortó en dos. La sangre del sogdiano encharcó los peldaños y la mitad de su cuerpo cayó por el hueco infinito de la escalera hacia la oscuridad. En los niveles superiores, los gritos aguerridos de los bactrios arreciaban: estaban perdidos en su propio laberinto buscando a los intrusos, pero Alejandro sabía que no tardarían en encontrarlos.

—¡Señor! —dijo Pérdicas asomándose a una estrecha ranura por la que se veía el valle—. El ejército ya avanza sobre el puente.

—Tenemos que darnos prisa.

Su ardid funcionó. Atraídos por el ruido en los niveles superiores y no sabiendo cuántos podían haberse infiltrado en la fortaleza, apenas quedaban veinte hombres custodiando la puerta. Los macedonios cayeron sobre ellos con furia mientras Alejandro corría hacia la gran rueda que levantaba la reja. Aunó toda la fuerza que pudo para girarla.

—¡Ayudadme!

Pérdicas se deshizo de los sogdianos que quedaban y se apresuró a empujar la rueda. Ambos berreaban de furia y los ojos se les aguaron con lágrimas ácidas por el esfuerzo. Tras la brutal escalada sentían rotos todos los músculos. A Alejandro le temblaban los dedos y los brazos; le ardía el rostro y el corazón agitado le iba a estallar en el pecho. El grito de los sogdianos estaba sobre ellos; en apenas unos instantes, los lanceros ya se habían agolpado en la escalinata principal.

—Un último esfuerzo... —rogó.

Se oyó el chasquido de los engranajes: las cadenas se soltaron y la reja se alzó. La luz de la luna penetró por la angosta entrada. Y, entonces, de la bruma pálida saltó la fantasmagórica estampida: los *hetairoi*, con grito helador, irrumpieron en la fortaleza seguidos de toda la caballería. El estruendo de los cascos sobre los escalones de piedra hizo temblar los cimientos de la construcción. La carga de jinetes se lanzó en picado contra los sogdianos apostados sobre la escalinata. Todo fue un estallido de carne humana y metal, una tormenta de astilladas lanzas y espadas partidas que chocaban y se rompían, de caballos que se ponían de manos y relinchaban furiosos, de flechas que silbaban desde las plantas superiores, de soldados que de repente caían por los huecos de las escaleras y se perdían en el profundo abismo con un alarido que se apagaba. Se sentía un terremoto bajo los pies y Alejandro temió que la Roca se desmoronase sobre sus cabezas.

De repente, un cuerno aéreo y agudo resonó entre las columnas de piedra e hizo enmudecer el rugido de los soldados. Todos miraron hacia el lugar de donde provenía: en lo alto de la escalinata, un hombre corpulento, de negra barba montaraz, vestido con su atuendo de guerra, sujetaba en la mano un estandarte blanco. Era Oxiartes, sátrapa de la fortaleza. Los sogdianos no dudaron al verlo y arrojaron sus espadas al suelo. El gran caudillo esperó a que no quedara uno solo de sus hombres portando un arma y luego descendió lentamente hacia la puerta. Uno de sus siervos le había señalado quién era el comandante de los invasores. La multitud se abrió en torno a Alejandro. El sátrapa esbozó una sonrisa resignada, como felicitándolo por su audacia, y se dirigió hacia él. Al verlo venir envuelto en el hálito fantasmal de quien rindiendo su plaza rinde su vida, Alejandro sintió un escalofrío: era igual que Clito.

3

—La Roca es tuya, señor. Tómala y a mí ejecútame, pero te pido que tengas clemencia del único tesoro que en ella guardo: mi hija.

Oxiartes hablaba con una voz de piedra. Alejandro apenas podía mirarlo.

—De mí no tenéis qué temer. Yo no soy un tirano como esos a los que venís sirviendo desde hace demasiado tiempo.

Oía sus propias palabras saliendo de sus labios y no se las creía.

—¿Dónde está tu hija?

Los oficiales le mostraron el camino hasta la cúspide de la fortaleza, hasta el aposento que la muchacha ocupaba. Estaba vacío. Entonces le señalaron la puerta secreta descorrida en la pared y la escalera de caracol que conducía a la almena. Alejandro ascendió por ella y abrió la angosta portezuela que había al final. El aire frío de la noche acarició su piel y la vista lo deslumbró. La enorme luna plateaba con su luz espectral los profundos abismos. Las montañas se sucedían una tras otra, como los pretéritos titanes petrificados en su lucha contra el cielo, y en sus cumbres brillaba la nieve como si fuera la sangre blanca de las mismas estrellas.

Una joven contemplaba el horizonte asomada a la ruda balaustrada de piedra. Su figura serpenteante, envuelta en una delicada túnica roja, resaltaba sobre la bóveda añil. Los bucles castaños caían graciosos por los hombros delicados y la espalda, transparentándose a través del velo con el que se cubría la cabeza. El viento se llevaba su suspiro: parecía estar preguntándose cómo era posible que un mundo como el suyo se pudiera venir abajo y en mitad de tanto silencio. Cuando se volvió a mirarlo, y la luz dura del firmamento iluminó su belleza salvaje, a Alejandro le dolió en la memoria el recuerdo de la amazona Talestria, que volvió a él con su olor de humo. La vio en ella, pero de una forma mucho más real, libre de la nostalgia de los sueños; verdadera.

Nada más dar un paso, ella amagó con lanzarse al vacío.

—¡No! —gritó—. Espera...

Levantó los brazos en señal de paz, como si se estuviera aproximando a un animal herido. Ella se detuvo. Alejandro se fue acercando muy despacio y le tendió la mano. Aunque recelosa al principio, ella se la aceptó y se dejó alejar del suicidio.

Se llamaba Roxana, que en el idioma de las montañas significaba «estrella». Esa joven prendió algo en la mente de Alejandro. Al principio tan solo el recuerdo de la reina amazona, pero luego fue más instintivo, más irracional, más profundo. Durante los días que pasaron en la Roca, dejó que conquistase su mente. Su imagen lo desbordaba de un ardor hirviente, poniendo en fuga a las culpas, repeliendo a los fantasmas y ahuyentando la melancolía.

En un gran banquete ofrecido por Oxiartes para celebrar su alianza, Roxana lo vio mirándola: sintió su mirada ígnea posándose sobre la piel, dejando una marca de fuego, y se supo sujeto de sus pensamientos más atrevidos. De modo que esa noche, cuando Alejandro se retiró a su aposento, lo siguió. Sin tocar a la puerta entró en la alcoba. Él se incorporó en la cama sorprendido de verla. Roxana desató uno a uno los cordeles de sus túnicas, que cayeron al suelo con un crujido de seda, y le mostró su desnudez lunar.

Poseído por la visión perfecta de la cadera redondeada, el vientre estrecho, los senos desbordantes, Alejandro extendió la mano y la acarició con las yemas de los dedos. El tacto era la otra forma que tenían de hablarse; era además el único lenguaje con el que podían entenderse. Hundió el rostro en su pecho buscando su olor de brasa, la tumbó en la cama y ambos se amaron con la intensidad de un secreto hasta el amanecer. La belleza incandescente de Roxana abrasaba los resquemores de la conciencia. Sus ojos eran los únicos que no juzgaban y su cuerpo era el premio al triunfo total sobre la región embrujada; a pesar de todo lo que había sufrido, del altísimo precio pagado, había logrado hacerse con su dominio. Ella servía para recordarle que merecía la pena, que todo obedecía a una causa mayor de la que, no se daba cuenta, él también había empezado a dudar. Bastaron nueve noches de amor furtivo para darse cuenta de que la necesitaba como no había necesitado nunca a una mujer. Pidió su mano y Oxiartes dócilmente la entregó.

En público, los *hetairoi* lo felicitaron, pero en privado no fueron pocos los que compartieron recelos contra esa salvaje, esa bárbara, que iba a convertirse en reina de Macedonia.

—Es la unión de nuestros dos mundos —se justificó Alejandro—. Así culminará la empresa de Persia. Mezclando nuestra sangre con la suya, nos aseguraremos de que nunca vuelve a haber guerra entre el este y el oeste.

Ptolomeo levantó sonriente su copa.

—Por la nueva reina —brindó.

Hefestión sintió un dolor agudo y punzante en el pecho. Sigilosamente se escabulló de aquella celebración y regresó a su alcoba. Cada vez que lo había visto en brazos de una mujer había pensado en un matrimonio inminente, pero luego nunca se llevaban a término. No quería reconocerlo, pero había acabado por albergar la fútil esperanza de que por razón de ese viaje interminable nunca se desposaría. Que ahora fuera a hacerlo con esa mujer a la que apenas conocía, con esa bárbara siempre envuelta en su velo de silencio, le dolía en lo más profundo. Era el castigo más duro de todos a los que lo había sometido.

Los esclavos no habían vaciado la bañera de peltre tras su baño. Se metió vestido en el agua helada. Miró por última vez más allá de las cortinas, danzarinas con el aire, a la noche estrellada de la Sogdiana, y se zambulló, dejando que el peso de su conciencia lo arrastrara hasta el fondo, con las hojas de eucalipto y los pétalos perfumados, que flotaban lánguidos, como eternos compañeros de aquella tumba submarina improvisada en una bañera. En la oscuridad se manifestaron los recuerdos de toda su vida. Se escuchaba y se veía a sí mismo siendo otro, diez, once, doce años atrás. Se miraba y le preguntaba al adolescente: «¿Qué ha sido de ti? ¿Adónde te fuiste?». Pero aquel muchacho no le respondía, tan solo lo miraba con ojos líquidos y profundamente decepcionados, como si le dijera: «Confiaba en ti, me prometiste que no me fallarías».

Las narices se le llenaron de agua, pero aún no tuvo coraje para soltar el aire e inundar los pulmones: aguardó impaciente unos eternos segundos, sintió el pecho oprimiéndose como si soportara el peso del agua de todo el océano. Sentía que le iban a reventar los pulmones y la garganta; sentía el tórax comprimido por el peso metálico de la asfixia. La cabeza le iba a estallar. Se le hincharon los ojos en sus cuencas. En los oídos sonaron truenos. La vida, notando el peligro, trató de persuadirlo para salvarse. Pero Hefestión había bloqueado todas las entradas a la conciencia para que nada pudiera impedir que acabase con su vida. No quería vivir. Solo pensaba en que tendría que haberlo hecho antes y en que, una vez muerto, lo haría de nuevo, porque no teniendo amor, comprendió, lo único que le quedaba era morir, morir mil veces, morir en todas las vidas que pudiera haber después de muerto. La oscuridad se adueñó de la memoria, pero antes de que esta pereciese logró empuñar contra la muerte un último pensamiento. «Alejandro.» Fue suficiente. Tan solo pensar en el nombre hizo que el relámpago azul de sus sílabas cayera del cielo con fuerza haciendo añicos la muerte, fisurando la noche de su alma con un destello, derribando los muros del sepulcro en el que había querido encerrarse antes de tiempo. Hefestión se incorporó de golpe y salió del agua dando un alarido primigenio, como si volviera de entre los muertos, jadeando y tosiendo violentamente.

Regresó del suicidio cargando con una vergüenza atroz y deshonrosa: se sentía como si le hubiera vuelto la espalda al enemigo, como si hubiera rehuido el combate, demasiado temeroso para afrontarlo. Se echó a llorar, arrepentido de lo que había hecho, arrepentido de haber conjurado el nombre del amor para salvarse, desolado tras haber comprobado que ni siquiera tenía libertad para acabar con su propia vida, pues esta, que existía sometida a un imperio que no era el suyo, pertenecía solamente a Alejandro. Dentro de su cabeza, fuera en la alcoba, entre los muros y las columnas, seguía oyéndose al hijo de Zeus entre los brazos de la reina salvaje, como si fuera la carcajada de la vida, regodeándose de su victoria, burlándose de él.

4

Para celebrar su desposorio, Alejandro entregó prebendas, reorganizó satrapías y ejércitos. Los jinetes sogdianos se integraron en los cuerpos de la caballería, los arqueros e infantes bactrios en las falanges; de todos los rincones de los páramos, los nobles rendidos mandaron a sus soldados a integrarse en el gran ejército oriental. Además declaró que las deudas de sus hombres se pagarían del tesoro real y a cargo de la corona. Esta también se encargaría de la educación de los hijos de la nobleza montaraz: dispuso que viajaran desde esas distantes tierras a Susa y a Ecbatana para recibir una educación a la griega en lucha, filosofía, ciencia. Iba a crear una nueva corte de *hetairoi*, de pajes criados en las formas aristocráticas que luego sirvieran como amigos y soldados en el combate.

Para compensar el recelo que todo aquello pudiera causar en los macedonios, se promovió y dio poder a los veteranos, también a los que se sentaban en el consejo real. Además del cargo entregado a Hefestión, al que nombró *quiliarca* (comandante de todos sus ejércitos), se concedieron nuevas responsabilidades a Ptolomeo y al joven Pérdicas, a quien, en recompensa por su arrojo y su valentía en el asedio de la Roca, se lo nombró general y se le hizo miembro del consejo de los *hetairoi*.

La boda no tardó en celebrarse. Fue en la Roca, bajo una luna que propiciaba la fertilidad. Los *hetairoi*, firmes y rígidos envueltos en sus constrictoras túnicas moradas, bajaron la cabeza cuando los novios, cogidos de la mano, descendieron majestuosos por la escalinata de caracol. Alejandro iba ataviado con su exquisita púrpura, coronado con la tiara de oro puro entregada por Sisigambis y con el brazalete de lagarto en la muñeca derecha. Roxana iba cubierta por un velo colorado. A cada paso que daba tintineaba la miríada de lentejuelas doradas y brillantes que llevaba encima. Dirigía miradas severas a los que iban a ser sus nuevos súbditos. Tras ellos caminaba Hefestión, como padrino, sosteniendo una antorcha que simbolizaba la unión que comenzaba.

Oxiartes los esperaba con sus rudos nobles frente a una mesa llena de manjares. Sobre una bandeja de plata había un enorme pan que los novios compartieron. Esa era la costumbre en las bodas de la Persia ulterior, pero ya no quedaban voces en el séquito de Alejandro que fueran a reprocharle su traición a todo lo griego. De los baños purificadores griegos, a los que seguía el corte de un mechón de cabello y las ofrendas a las diversas deidades de la vida común, no quedó nada. Del panteón olímpico solo acudió Eris, la diosa de la discordia. Para la ocasión volvió a robar una manzana dorada del jardín de los dioses. La última vez que hizo algo así, mil cien años atrás, también se la había entregado a otro Alejandro, a Alejandro el troyano. El destino no ofrecía coincidencias como aquella. Esta vez no la grabó con la inscripción PARA LA MÁS BELLA, sino PARA EL CONQUISTADOR DEL MUNDO. La aciaga diosa la dejó caer al mundo de los hombres, el fruto rodó por los escalones hasta los pies de Roxana, que la cogió y se la dio a su destinatario.

Pronto abandonaron la Roca y regresaron a Balj. Alejandro paseaba triunfal a su nueva esposa, un trofeo que recompensaba la dura expedición de los páramos. Pero no podía evitar mirar a su alrededor y sentir la ausencia atronadora de Clito en las galerías grises del palacio y entre los muros de su conciencia. La única forma con la que lograba acallar los remordimientos era en brazos de Roxana. La amaba sin amor, y lo hacía brutalmente. Ella resistía con entereza porque sabía bien que la única forma que tenía de sobrevivir en el mundo era dando un heredero. Por eso, lejos de resistirse a las acometidas de un marido que irrumpía en la alcoba atormentado por sus fantasmas, se ungía con toda clase de ungüentos y preparaba sortilegios de luna para favorecer la preñez.

Roxana era muy inteligente. Pronto habló griego, sin que nadie averiguara cómo lo consiguió. Desde su torre de silencio observaba con atención a su esposo, su relación con los generales, con el eunuco, consigo mismo. Ignorada a todas horas salvo durante la noche, tuvo ocasión de introducirse sin que se notara en lo más profundo de aquella corte marchita en la que el recuerdo de la vieja amistad era lo único que mantenía unidos a hombres cada vez más recelosos entre sí. Todo ello lo hacía para encontrar entre los *hetairoi* un valedor, alguien que, a cambio de favor, la protegiera cuando fuera que al rey se lo llevaran sus ánimos turbios. Y es que Roxana se percataba, como cada vez se percataban más, de que Alejandro era esclavo de su carácter, el cual estaba a merced de los vientos que soplaran en su alma. Lo vio la noche en que emocionada estrenó con él la lengua griega para decirle que estaba esperando al heredero del mundo, y él se hundió en una insondable tristeza.

Alejandro no conseguía reconciliar tantos sentimientos como lo asaltaron al conocer la noticia. Sí, como rey celebraba tener asentada la sucesión; sin embargo, de aquel triunfo no pudo extraer una gota de dicha para sí. Ese hijo lo enfrentaba con la realidad del paso de la vida. Cómo podía ser que yendo el tiempo de Asia tan lento como iba lo arrollara a tanta velocidad. Apenas había empezado a vivir y ya sentía la angustia de tener que hacerlo para alguien más. Pronto volvió a inquietarse, a percibir la distancia con el pasado estrechándose de nuevo, a necesitar de espacio, de tierra, de horizonte al que encaminarse. Su alma en guerra necesitaba de un ir constante para sobrevivir; no podía detenerse porque hacerlo era dar ocasión a que el corazón se percatara de sus contradicciones y estallara.

De modo que, una mañana de primavera, reunió al consejo y los informó: «Reanudamos la marcha». No había planes trazados ni objetivos concretos, ni reinos ni enemigos a los que batir. Hasta sus más leales le preguntaron: «¿Adónde? ¿Qué más queda por conquistar?». Y él, escueto, contestó: «El mundo». Aún no habían encontrado la última de las fronteras, la única que ya le importaba y de la que no podía renegar: los confines del mundo, el océano Exterior, la India.

—Heracles y Dioniso llegaron hasta allí. Todavía quedan bárbaros que se resisten a ser parte del imperio.

Nearco fue el que ahora habló por sus hermanos muertos:

—Pero, señor, el Imperio persa termina aquí.

—Esto va más allá de los persas, amigo Nearco. Yo soy el

último de los aqueménidas, pero el primero de los Alejandros: mi imperio es el de la civilización y he de llevarlo hasta los confines del mundo, hasta el océano Exterior, cueste lo que cueste.

Se miraron extrañados sin poder creer que aún pretendiese continuar el viaje hacia el este.

Ptolomeo aclaró la garganta con un carraspeo.

—¿Puedo hablar con el Gran Señor a solas?

—Si es una cuestión de la guerra, nos concierne a todos, Ptolomeo —le recriminó Laomedonte—. En especial al nuevo *quiliarca* y visir.

Pero el general insistió.

—Salid —acabó pidiéndoles Alejandro. Recelosos, los *hetairoi* fueron abandonando la sala—. Sé lo que me vas a decir —dijo tras irse el último y cerrarse la puerta—. Que me quede. Que demos la vuelta. Pero no puedo. Ninguno lo entendéis: Ya no tengo adónde volver.

Ptolomeo soltó un suspiro.

—Yo sí que os entiendo, señor. Sé lo que sentís. Yo también hace tiempo que he comprendido que no hay hogar al que regresar en Macedonia. Irse como nos fuimos nosotros supone empezar una vida nueva, asumir que habrá que buscar un hogar nuevo.

Alejandro lo miró extrañado. Era tal vez la primera ocasión en ese viaje en que alguien parecía comprender.

—¿Y dónde buscas tú el nuevo hogar? —le preguntó curioso.

—En Egipto, señor —contestó—. Solo sueño con volver a Egipto.

—Es la joya de todas las tierras que hemos visitado. No temas, Ptolomeo, que volverás a ver las pirámides. Confía en mí. Pero aún no es el momento. Aún nos está llamando el mundo; a mí, a todos.

El general se cruzó las manos en el pecho y hundió la barbilla en señal de respeto.

—No confío en nadie más, señor. Siempre estaré a vuestro lado. Hasta la muerte.

—Ya nunca abandonas la forma con la que me hablan los persas —observó.

—Es la que corresponde a eso en lo que os habéis convertido...

Alejandro meditó un instante en silencio.

—Encárgate de que los soldados entiendan el porqué de nuestra misión. Estamos muy cerca de devolver la civilización al último rincón del mundo, adonde la llevaron Dioniso y Heracles. No podemos darnos la vuelta, aún no.

—Así lo haré.

—Y no te preocupes. Los dioses proveerán para que llegue pronto el día en el que tú y yo nos volvamos a encontrar en Egipto, con el resto del mundo a nuestros pies.

—Y si no lo permiten los dioses, proveeremos los hombres para que sea así.

Alejandro le sonrió, aunque no estaba seguro de saber exactamente a qué se refería. Ptolomeo lo observó alejarse y a sus labios acudió la sombra de una sonrisa: qué necio era aquel falso rey del mundo, pensó, al creerse a salvo en sus fantasías sobre la última frontera, en sus mitos sobre océanos y geografías imposibles...

Por la tarde Oxiartes fue convocado al aposento real. Iba nervioso, le sudaban las manos. Se preocupó porque sintió desprender un olor ácido y fuerte: no sabía si lo rezumaba en verdad o si solo su mente lo creía y se lo hacía oler. Solamente unas semanas en la corte del macedonio y los rudos hombres de las montañas ya se habían embriagado del aire de los salones y se les habían enredado los pies en las alfombras. El hecho era que Oxiartes no sabía si Alejandro conocía la verdad de su origen. La nobleza de las montañas, como a la que pertenecían su hija y él, era famosa por sus inexpugnables castillos excavados en la roca, pero no tenía comparación con las grandes casas satrapales de Persia y Babilonia. El caudillo de la Roca había escalado rápidamente la pirámide vertical del Imperio aqueménida sentando a su hija en un trono junto al conquistador, pero sabía que eso no era garantía de nada. Vivía en un permanente nerviosismo, atento a cualquier eventualidad que le permitiera probar lo leal y útil que era para la causa, esperando que de esa forma la humildad de su origen cayera en el olvido y, de recordársela alguien, Alejandro no lo creyera.

Se presentó puntual a la cita, llevando consigo a un intérprete. Su decepción fue máxima cuando al entrar en la cámara vio que estarían acompañados por el alto generalato. Lo primero que hizo fue preguntar por Roxana.

—Descansa en sus aposentos. El viaje será largo.

La reina iba a partir con toda la corte y el ejército al combate, como hacían los aqueménidas para demostrar que no tenían miedo al enemigo. Alejandro le aseguró que no le faltarían cuidados y que se velaría constantemente por su seguridad. Oxiartes no discutió. Roxana haría todo lo que el monarca demandara. Que fuera reina no implicaba que dejara de ser súbdita. En nada debía contravenirlo, especialmente hasta que naciera el heredero, pero esto ella lo sabía incluso mejor que su padre.

Alejandro reveló a su suegro el motivo de la audiencia.

—La India. Quiero que nos muestres el camino.

5

A pesar de acercarse el verano, seguía sin haber pájaros sobre el Paropamisos. El viaje desde Balj fue diferente al de la última vez. Las nieves habían quedado confinadas a las cumbres más altas y por las sendas de los valles había florecido una vegetación vigorosa. Pudieron cruzarlo en poco más de doce días. Después tomaron el camino por el valle del sureste, que conducía a las llanuras de la India.

Los guiaba un viejo rajá indio que derrotado por sus enemigos y exiliado en Bactria había acabado al servicio de Oxiartes. Se llamaba Sasigupta y fue el primer indio que Alejandro vio frente a él. Era un hombre que había ya pasado el ecuador de su vida, de tez negra pero no tanto como los africanos. Vestía de colores y telas extrañas y un turbante en la cabeza. Alejandro quedó fascinado al conocerlo. Sintió que desprendía el aire nostálgico de las dinastías exiliadas, igual que Abdalónimo y Ada de Caria: era otro de esos príncipes que, víctima del caos y la barbarie, recurría a Alejandro, señor del mundo, para restaurar el orden natural de las cosas.

Los griegos solo sabían de la India por los escritos de Heródoto, que eran abstractos y estaban llenos de leyendas sobre magias extrañas y dioses antiguos. Lo que vieron desbordó toda la fantasía. Era un país encantado. Allí las colinas verdes rodaban húmedas hasta donde alcanzaba la vista, y se rodeaban de bosques en los que se encontraba espesa sombra bajo la que refugiarse del mediodía. El silencio reptaba como una serpiente entre la hierba. Se acercaban, según dijo Sasigupta, a una tierra de grandes ríos que iban a desembocar en un inmenso mar. «El océano Exterior», pensó Alejandro.

—¿Esas son tus tierras? —le preguntó a través del traductor.

Sasigupta asintió. Eran las tierras del Swat, la región noreste del mundo índico. Le recomendó que mandara heraldos a los clanes para parlamentar. Aquella era todavía una de las satrapías aqueménidas, la ulterior: debía recordárselo, restituirlos a un imperio que les había dado la espalda.

—¿Por qué no hacerles frente? ¿Por qué no ir tras cada uno de ellos para asegurarnos de que no se coaligan contra nosotros y de que no nos cierran el paso de regreso a Persia?

—Porque se debe hacer la paz siempre que no se pueda hacer la guerra —respondió el indio.

Con su silencio y su mirada, Alejandro le preguntó por qué creía que su ejército de cincuenta mil hombres bien pertrechados no podría hacerles frente. Sasigupta deslizó a través de su traductor una sola palabra: «Elefantes».

A las riberas del Laghman, el primero de los grandes ríos, se acercaban a beber animales semejantes a los uros, y entre sus juncos se posaban aves esbeltas que parecían danzar sobre el agua. En aquel punto, con un sacrificio a Nike, diosa de la victoria, Alejandro declaró iniciada la campaña de la India. Sería la última. En la orilla montaron el campamento fortificado: era el primer asentamiento de griegos en la India desde el tiempo mítico de Heracles.

El paraje era mágico, pero a pesar de haber vencido el verano, el calor otoñal seguía siendo insoportable. En el aire estanco revoloteaban nubes de mosquitos. Ensopado de sudor en su tienda Alejandro decidió salir a respirar fresco, pero no había. Vio a Hefestión sentado sobre una roca. Estaba de espaldas al río y al trajín de los soldados que montaban las tiendas; miraba nostálgico hacia el oeste. Un ocaso espeso de oro fundido y púrpura mortuoria caía lentamente sobre el camino que venían recorriendo.

—¿Ya han marchado los heraldos? —preguntó Alejandro.

Hefestión asintió.

—Haces bien en parlamentar con los clanes. Ese indio es hombre inteligente.

El rey se encaramó a la roca y se sentó a su lado.

—Insiste en que no nos enfrentemos a ellos. Pero... —chasqueó la lengua entre los dientes—, oh, dioses, cómo desearía verlos combatir.

—Ya has visto mucha batalla. ¿Por qué tendrían estos que luchar de forma distinta?

Él sonrió.

—Elefantes. Dice Sasigupta que aquí los rajás los montan como si fueran caballos y galopan con ellos a la batalla. Les arman los colmillos con espadas y los llevan a luchar con armaduras repletas de oro y joyas que deslumbran al sol... Imagínatelos, Hefestión: cargando contra las líneas enemigas, lentos pero con una potencia brutal; imparables. Si ya es imparable una carga de caballería, cómo será una carga de elefantes...

—¿Y cómo enfrentarlos?

—Como lo hicieron Heracles y Dioniso: con coraje. Solo con coraje se puede.

Hefestión veía cómo se le iluminaba el rostro. Parecía estar deseando que los heraldos no regresaran o que regresaran tan solo sus cabezas, y así tener un pretexto para luchar contra esos rajás y sus elefantes y dejar para siempre su nombre en la historia.

—Alejandro, deja de ir en busca de la muerte. Tienes un hijo en camino, un príncipe.

—¿Y qué tiene que ver eso con el arrojo que muestre en batalla? —inquirió molesto.

Su amigo dudó antes de responder. Aún recordaba cuánto le había pesado al acceder al trono la responsabilidad de la descendencia, cuánto se había dolido por fallar por razón de su amor en la labor primordial de un rey. Pero, ahora que por fin venía el hijo, se mostraba totalmente ajeno a él. Se había vuelto un hombre distinto del que fue, se le había endurecido el corazón.

—En que tienes que ser más prudente. Has de educar a tu hijo, a tu heredero. Ahora tienes que mantenerte a salvo y con vida por él.

—Un rey siempre debe estar preparado para hacer la guerra cuando sea necesario para defender lo suyo —le espetó molesto.

—Sí, pero con prudencia, no con... —Se calló—. No importa. Estos clanes se rendirán ante ti, como el resto del mundo. Así te lo ha prometido Zeus cada vez que ha tenido ocasión.

—Así habrá de ser. Mi heredero crecerá fuerte, de su padre solo necesita que le consiga el mayor imperio y gloria.

—Piensa que tu padre tampoco estuvo contigo.

—No es lo mismo. Filipo era un señor de caballos, el líder de una tribu.

—Pero no estuvo contigo.

Alejandro tardó en responder.

—Yo no he tenido padre —zanjó—. Lo tuve que matar, como Zeus tuvo que matar a Cronos para establecer su reinado.

Hefestión se levantó.

—Sé que es difícil pensar en tus predecesores, especialmente cuando eres tan distinto de ellos. Pero piénsalo. Este heredero es lo más preciado que tienes. Cuídalo.

Alejandro se quedó mirando la caldera solar en el oeste. Aunque no entendía las palabras de Hefestión, le habían removido en el alma profunda sentimientos recónditos, lejanos en el tiempo pero de presente eterno. Ahora entendía la ausencia atronadora de su padre durante su juventud, ya fuera porque se estaba expandiendo el reino en Tracia y Macedonia, o liberando el vasto mundo de Asia; ningún rey puede abandonar la misión que le encomendaron los dioses simplemente por el nacimiento de un heredero. Ese príncipe, que va a ser rey, está destinado a crecer solo y a entender, llegado el día, que lo estuvo porque su padre también lo estaba. A sus labios acudió una sonrisa; de pronto sintió aliviarse los rencores de la juventud y el alma volverse hasta más liviana.

Los heraldos regresaron pasados unos días. No vinieron ensangrentados ni en trozos y traían buenas noticias: los rajás de los clanes se rendían, se unían a él y le entregarían elefantes. El más importante de dichos gobernantes, que se llamaba Ambhi, se rendiría en la ciudad de Taxila, que se encontraba a orillas del gran y rugiente Indo. Aquel río era, dijo Sasigupta, la puerta de entrada al Oriente que había más allá del Oriente: allí terminaban los límites de las Persias, allí comenzaba un reino de magia y misterio inasible para cualquier emperador mortal. Por eso solo dioses como Heracles o Dioniso habían podido entrar en la India. Ahora entraba Alejandro.

Cuando se acercaron al río, los indios que los acompañaban comenzaron a gritar en sus idiomas. Los macedonios se rieron de ellos: pensaron que les molestaba verlos beber y orinar en el agua, que tal vez fuera sagrada para ellos. Alejandro observaba curioso aquel choque entre culturas. De repente algo captó su atención moviéndose entre los juncos, como un tronco flotante. Se acercó y se subió a una piedra. Una espalda rugosa se movía entre el lodo, impulsada por una gruesa cola que nadaba sigilosa.

—¡Apartaos de la orilla! —exclamó.

Al mirar hacia donde señalaba, los soldados huyeron despavoridos. La sombra flotante pasó de largo y se perdió en la bruma de la ribera. Ya habían visto cocodrilos antes, en Egipto. No habían vuelto a toparse con ninguno desde entonces. Alejandro aguzó la vista emocionado, tratando de localizar a la bestia.

Esa que acababa de ver era la misma criatura, solo que más pequeña y de un color más oscuro. Entonces lo entendió: el Indo era el Nilo, el Nilo joven; allí nacía. Aquellas criaturas debían de nacer en el alto cauce y nadar durante toda su vida río abajo hasta el delta egipcio, adonde llegaban teniendo el tamaño monstruoso que todos conocían. Luego aquel era el lugar donde se curvaba la Tierra, allí era donde empezaba todo, donde ejercía su fuerza ese eje oxidado que hacía que aguas, sol y estrellas girasen de este a oeste. Un marino experimentado podría surcar ese río y aparecer al cabo de semanas de navegación en la otra punta del mundo, en Egipto. El Indo no era la división del mundo, sino el brazo que estiraba el dios acuático Océano a través de las tierras, uniéndolas todas, rompiendo las leyes de la geografía y la distancia.

En aquella época del año era imposible construir puente alguno con el que cruzar el río. Podía esperarse a que el calor de la primavera sorbiese el lecho antes de que las lluvias que venían en el verano tardío lo llenasen de nuevo, pero llevaría demasiado tiempo. Había pues que remontarlo, seguir su cauce hacia las cordilleras, insistió Sasigupta, donde era más estrecho y podía intentarse la construcción de un puente. Ese paso, en las gargantas del Alto Swat, los griegos lo identificarían como el Aornos, la mítica montaña donde Heracles se dio la vuelta y regresó a Grecia. La historia devolvía ahora a otro hijo de Zeus a sus laderas para cobrarse la venganza.

El paso del Aornos serpenteaba entre los colmillos de piedra y el aliento neblinoso del huidizo Indo, por peligrosos desfiladeros y barrancos en los que se sentía la presencia heladora de la muerte. Fueron semanas difíciles, emboscados por los indios que tenían allí construidas sus fortalezas. Finalmente lograron vencer aquella geografía hostil y cruzar el río en su punto más estrecho. Tomaron la fortaleza que los indios habían construido sobre la montaña, pero ni siquiera desde allí arriba, por encima de las nubes, logró Alejandro divisar el océano Exterior. Ansioso lo buscó en la distancia sin hallarlo. En su mente solo resonaban las palabras del oráculo de Siwa: «El dios que más lejos encuentres». No había otro que Océano, el dios en el agua indómita, cuya visión le daría la paz que buscaba cuando salió de Macedonia.

6

Tras unos escasos días en el Aornos, los suficientes para nombrar un nuevo gobernador de aquella región perdida, partieron otra vez hacia el río Indo, que cruzaron sobre un puente de balsas, camino de Taxila, donde esperaban que el rajá Ambhi rindiera la plaza.

A Roxana la trasladaron en camilla. Al cruzar el río, soltó un suspiro melancólico mientras miraba las montañas de las que provenía, pensando que jamás regresaría a Bactria, que aquella tierra pantanosa y hedionda sería lo último que vería del mundo. Entonces se permitió un lamento: no haberse arrojado desde lo alto de la Roca la noche en que Alejandro la tomó. Una muerte digna y honrosa. Su tumba hubieran sido las montañas de su reino y su asesina ella misma, y no el vástago con el que un conquistador le había profanado el vientre. Llevaba sin verlo bastante tiempo. Alejandro rehusaba ir junto con ella, a pesar de su estado. Toda la felicidad y la pasión del matrimonio se había consumido en las semanas fugaces que precedieron a su embarazo. Una vez en estado, su marido había perdido el interés en ella. Roxana se dolía de su propia ingenuidad. Siempre se había tenido por inteligente y despierta; se castigaba con toda la furia de su pensamiento por no haber visto desde el principio que ella no significaba nada para Alejandro, que no era más que un vientre fértil cuyo único cometido era engendrar herederos. Le dolía además la falsa preocupación que mostraba el rey: mandaba a sus mejores médicos, a sus astrólogos y generales a interesarse por ella. Incluso Hefestión fue a verla una vez. Aquello le parecía el mayor de los desprecios: ella era una reina, una esposa, la presencia de hombres menores solo la ofendía; quería al rey, a su marido, a su lado porque estaba en su derecho.

En el campamento pronto volaron los rumores acerca del distanciamiento entre el rey y la reina. Se hablaba de que el eunuco se había interpuesto entre ambos; otros comentaban que la bactria se dolía por el amor que mantenía el rey con Hefestión. Los generales convenían en la necesidad de hacer algo, pero solo Nearco se atrevió a hacérselo ver al rey.

—Es tu esposa, la madre de tu heredero —le recriminó—. Los dioses te unieron a ella. Está enferma. *Tienes* que ir a verla. No te excuses más...

Alejandro se negó.

—Tú, que viste cómo eran tus padres... —dijo Nearco—. No seas un mal esposo. Sé en eso mejor que los que te precedieron.

Nearco captó una luz distinta en los ojos de Alejandro. A veces, ciertas palabras lograban despertar en los lugares más recónditos de su ser al joven griego dolido por todo lo que había padecido en su juventud a manos de quienes decían que lo amaban más que nadie.

Los guardias corrieron las cortinas de la tienda para dejarlo pasar. Al entrar Alejandro sintió clavársele el cuchillo de la memoria. Pensó estar a punto de enfrentarse a un cadáver, incluso le pareció oír el trueno de esa tarde de Sidón en la que el aroma de las flores no logró disimular del todo el olor a muerto de la reina Estatira.

Encontró a Roxana dormida en el camastro, debilitada por la preñez. Un séquito de esclavas la atendía, dándole a beber sorbos de grises bebedizos y poniéndole cataplasmas húmedas en diferentes partes del cuerpo para aliviarle dolores y pesadeces.

Al verla lo reconcomió la culpa por no procurarle más cuidados —era evidente que los necesitaba—, por empeñarse en llevarla consigo a aquella travesía peligrosa en vez de haberla dejado en un lugar seguro. Se la oía respirar en sus sueños temblorosos que las sirvientas vigilaban de cerca por si se volvían febriles. Cuando se acercó, como si percibiera su presencia tras haberse acostumbrado a su ausencia, Roxana abrió sus enormes ojos negros y los clavó en él.

—¿Cómo te encuentras? —fue todo lo que se le ocurrió decir.

Ella dejó ir un suspiro cansado.

—Harta.

Alejandro sabía que no era por su convalecencia.

—¿Te faltan cuidados?

De nuevo el suspiro molesto.

—Todos los que se pueden darme me los dan.

A eso Alejandro no contestó porque no quiso enfrentarse al reproche que subyacía en las palabras, el de una esposa, una de tantas de la historia, abandonada por el marido durante ese duro trance que las privaba de ser mujeres para convertirlas en madres.

Se quedaron en silencio sin saber qué decir, afrontando de pronto la realidad: apagada la pasión del cuerpo, no quedaba amor. Se percataron, después de meses de matrimonio, de lo poco que se entendían, de lo diferentes que eran. Y además comprobaron con premonitoria certeza que ellos no iban a ser uno de esos matrimonios que encuentran en la vejez —casi por miedo a morir en soledad— el amor tierno y sincero que en su reverso pasional les fue esquivo en la juventud. No: aquel silencio incómodo en el que se encontraban iba a ser todo lo que restara de su matrimonio cuando la vida, por el motivo que fuera, los impidiera amarse con los cuerpos.

—Lo que necesites —dijo el marido al cabo de un rato— pídelo sin apuro, segura de que se te dará.

«Que te quedes a mi lado. Que me trates con el respeto que me merezco como tu reina», pensó en responderle, pero aquello lo hubiera arruinado todo.

—Gracias, mi señor.

Alejandro salió de la tienda y se sujetó el pecho. Sentía que le faltaba el aire. Esa mujer yermaba su alma. Un impulso se adueñó de su cuerpo. Irrumpió en la tienda de Hefestión, que apenas pudo levantarse antes de que Alejandro le diera un intenso beso en los labios.

—Sea cual sea el curso de mi vida, no te separes nunca de mí.

Hefestión sintió en las palabras el alma ígnea de Alejandro.

—Nunca.

El pecho se les prendió. Estaban hambrientos y se devoraron el uno al otro. Regresaron a la tienda real. Se arrancaron furiosos las ropas, ansiosos por no pasar un segundo más separados. Se bebieron de los labios la voz ahogada y el aliento del otro; con la caricia furtiva de los dedos buscaban las cicatrices del pasado, que al tacto revivían toda su historia.

Esa noche Hefestión se sintió vivo de nuevo. Todos esos meses sufriendo en silencio el matrimonio de Alejandro, los gemidos que se derramaban de su lecho conyugal, sus desprecios de repente le dieron igual. Ahora que Roxana no podía satisfacerlo regresaba a él; tal vez fuera solo con ansia, sin amor, pero no importaba. Que ignorase a la esposa enferma, que descuidase sus obligaciones, que los llevase hasta el confín del mundo, hasta la más dolorosa de las muertes...; todas las preocupaciones desaparecieron, volaron veloces. Volvía a estar con él. La debilidad de la reina bárbara se lo había devuelto. Había triunfado. Victoria mayor y más gloriosa que cualquiera obtenida en el campo de batalla. No dudó en ir a reclamarla y, haciéndolo, desquitarse del dolor de meses.

A la mañana siguiente entró en la tienda de la reina.

—¿Qué haces aquí?

Su voz se rasgaba con odio al verlo.

—Sé que el rey vino a verte ayer —dijo Hefestión—. Está preocupado por ti. Me encarga que me ponga a tu servicio, que cualquier cosa que requieras me lo hagas saber.

—¿El rey? —inquirió digna.

—Cualquier cosa para que te sientas mejor, me encargaré de conseguírtela —prosiguió cortés.

—¿Dónde está el rey? —insistió.

Hefestión se quedó mirándola.

—No quiero verte a ti, sino a él. Es mi esposo, ¡exijo verlo y que esté a mi lado! ¡Soy la madre de su heredero!

Hefestión no pudo evitar esbozar una sonrisa y reírse entre dientes.

—¿Osas reírte de tu reina?

—No, por los dioses, no. No de ti, sino de tu inocencia. Deja que te diga: todos los que lo amamos sufrimos sus cambios, su humor volátil; no ibas a ser la excepción. Cuanto más lo amamos y más leales le somos, más dolor nos inflige. Pero es su forma de probarnos dignos. No desesperes. Aprende a vivir así, como hemos hecho todos.

—Yo no soy como vosotros. Soy su reina, su esposa, la madre de su hijo.

—No importa. Yo soy su hermano. Más que eso, incluso. Él es mi alma, mi cuerpo; todo mi ser. ¿Crees que eso importa algo? No. Él sigue siendo Alejandro y su corazón es indomable.

Hefestión sonrió viendo como Roxana jadeaba, ahogándose en la furia.

—Si necesitas algo, señora, no dudes en hacérmelo saber.

—¡Al rey! ¡Quiero al rey, a mi esposo, a mi lado! —gritó.

Hefestión abandonó la tienda esbozando una sonrisa. Que por su culpa esa mujer no tuviera consigo a su marido en un momento de necesidad no le causaba el más mínimo remordimiento. Él ya había recuperado a Alejandro y no estaba dispuesto a dejarlo ir.

7

El ocaso caía sobre las llanuras. Remitido el calor del día, la humedad calimosa difuminaba las estrellas en el cielo indio. Alejandro trataba de identificar las constelaciones sin conseguirlo. Echaba al aire la nariz, soñando con encontrar un humor de mar en el ambiente de las ciénagas del Indo. Tampoco lo hallaba. El océano Exterior tenía que estar en el confín de la India; era lo único que tenía sentido.

—Alejandro.

Se volvió y encontró a Laomedonte.

—El rajá de Taxila: ha venido con su ejército para entregarse a ti y conducirnos hasta su ciudad.

Alejandro salió de sus pensamientos y se apresuró junto a sus generales. La línea oscura del horizonte brillaba con la luz de miles de antorchas humeantes. Un ejército en fila ocupaba la distancia y en él resaltaban, altas como fortalezas, las siluetas oscuras de elefantes. La comitiva central abandonó el grueso de las tropas y se aproximó a la fila improvisada que había formado la caballería de Alejandro. El comandante a la cabeza era delgado y alto, oscuro, llevaba pendientes de marfil y un turbante colorado enrollado a la cabeza. Iba sobre un caballo color topacio. Desmontó, habló en el idioma de la tierra de los ríos, y se arrodilló a los pies de Bucéfalo.

—El rajá de Taxila, príncipe del reino de Gandhara, señor —lo tradujeron—, que se rinde al conquistador del oeste y le entrega su ejército, su ciudad y su reino entero.

Se llamaba Ambhi, pero algunos de los griegos lo llamaron Taxiles, como su ciudad. Escoltó a Alejandro, la corte y el ejército por el camino, hasta que tras las colinas brotó la extraña ciudad de Taxila. Casas de diversas alturas, calles que terminaban en infinitos callejones, que se estiraban y se retorcían, que se daban la vuelta, edificios que venían los unos encima de los otros compartiendo estructuras y cimientos ruinosos; una ciudad porosa en la que los recuerdos de los muertos en el suelo escalaban por las paredes, buscando el azul del cielo entre los tejados ardientes por el sol de la tarde. Aquella era la primera gran ciudad india a la que arribaban los griegos, siglos después de que por allí viajara el dios de la vid.

Ambhi los condujo hasta su palacio, un edificio de planta irregular que se erigía en el centro de la ciudad. Estaba informando a Alejandro de que ponía todos sus recursos a su disposición, describiéndole las fiestas que tenía planeadas para festejar su entrada en Taxila, cuando un alarido rasgó el aire de las estancias. La reina se había puesto de parto prematuramente.

Los gritos desgarradores de esa joven a la que apenas en un año habían arrancado de la niñez acallaron al palacio entero, que se llenó del amargor y el odio de una esposa que se forzó a sí misma al matrimonio por saberlo la única forma de cumplir sus planes de reinar.

Roxana apretaba con fuerza mientras lloraba, rota de dolor. Una corte de damas y médicos ajados la atendían. Quisieron cubrirle la cara, pero ella ya estaba ciega, ciega de rabia, ciega con la visión del esposo en brazos de su amigo, con la sonrisilla perversa de Hefestión, que se había reído de sus tristes envidias. En el fragor de aquella batalla que libraba contra su sexo, solo podía pensar en una cosa: ¿cómo alcanzaría ella ese lugar en el corazón de Alejandro al que solo se llegaba con el vigor de los hombres? No podía. Era imposible. Pero aún podía hacerle ver su poder, aún podía recordarle que ella también era fuerte y que tenía la capacidad de hacerle daño. Iba a pagar caro su desprecio, se juró.

Apretó los dientes, lanzó un chillido y volcó todo su rencor de reina desplazada y esposa ignorada en sus entrañas. Estas se retorcieron como un espino negro y estrangularon al heredero en el vientre antes de que asomara la cabeza amoratada.

Faltaba una hora para el ocaso cuando apareció una de las sirvientas de la reina y dio la noticia.

Alejandro no se había preocupado de ella en meses, no había ido a verla y la había ignorado tras saber que estaba embarazada; la preñez había arrojado al matrimonio al limbo de la indiferencia. Pero, a pesar de todo eso, sintió que se le oprimía el pecho y que no podía respirar.

—¿Hembra o varón? —preguntó sin apenas voz.

La esclava tardó en contestar.

—Varón.

Hefestión lo abrazó débilmente, pero él ni siquiera se inmutó. Estaba rígido y frío, con la mirada perdida hacia el fondo de la estancia: allí veía a los fantasmas de toda su vida riéndose de él, disfrutando su venganza.

—Quiero verlo... Quiero ver a mi hijo.

Roxana estaba desmayada en el lecho sangriento; las sirvientas le ponían gasas húmedas en la frente y le peinaban el cabello aplastado por el sudor. Pasó ante ella sin mirarla. El físico lo condujo hasta la mesa sobre la que se apilaban desordenados los instrumentos de matarife con los que había intentado rescatar al niño del vientre de su madre.

El pequeño cuerpo estaba envuelto en una tela transparentada por la sangre clara y los líquidos del parto. Alejandro se quedó mirándolo, dudando de lo que quería hacer pero a la vez estando totalmente seguro: con la delicadeza con la que lo habría arropado, lo descubrió. El padre se enfrentó al hijo por primera y última vez, a su rostro arrugado, a sus manos diminutas, a sus ojillos cerrados de expresión difuminada. Los sueños de una vida imaginada se hundieron en un océano de dolor como nunca había sospechado que se pudiera sentir sin morir.

—Mi señor...

Roxana había despertado y lo llamaba a su lado con un susurro quebradizo.

Pero no se volvió a verla.

—Filipo. Te habría llamado Filipo. Como mi padre —murmuró.

Y lo tapó de nuevo para que no pasara frío.

—Señor... —insistió llorosa.

Alejandro abandonó la cámara sin siquiera mirarla, como si después de aquello ya no hubiese que aparentar más.

Cerró la puerta de su alcoba y se ahogó en el silencio que dejan los partos malogrados, sin llantos de niños, sin risas de padres.

Una tormenta iba cercando Taxila. El cielo estaba oscuro, pero aún había una luz polvorienta que se proyectaba sobre los edificios dándoles un color anciano. Sonaban los truenos, como piedras arrastradas en la orilla por olas feroces. Las gentes en la calle se ponían a cubierto. Estaba a punto de desplomarse un oscuro diluvio, de los que anegaban las casas, los palacios y los sueños. En aquella tierra, cuando llovía parecía que nunca iba a parar. Hasta que un día el aguacero igual que venía se iba y regresaban el polvo ardiente a las calles y las súplicas a los templos solitarios en los que los pájaros se refugiaban del calor.

Entraron sin llamar a la puerta.

—Estaba pensando en ti, Hefestión, pero no sé si tengo fuerzas —dijo.

—No soy él, señor.

Se volvió sorprendido de que Ptolomeo hubiera osado irrumpir así.

—No quiero ver a nadie.

—Es importante.

—¿Qué sucede?

—Una buena nueva tras esta triste jornada. Un mensajero que llevaba varios días siguiéndonos por fin nos ha alcanzado con las noticias: el reino de Halicarnaso es vuestro; Ada de Caria ha muerto. Al fin esa satrapía queda incorporada al imperio. —El general vio que se había quedado pasmado—. Son buenas noticias, ¿no creéis?

—¿Cómo ha muerto? —preguntó carraspeando para recomponer la voz impresionada.

Ptolomeo no estaba seguro.

—¿Por la edad? —aventuró, y le tendió la carta en la que se comunicaba la noticia—. Ahora lo que debéis hacer sin demora es nombrar cuanto antes a un nuevo sátrapa que la suceda. Es un reino estratégico, vital para controlar los mares de Grecia, no podéis dárselo a cualquiera. Permitidme que os recomiende para el cargo al general...

Ptolomeo dejó de hablar: Alejandro tenía el rostro roto por la rabia, parecía una bestia a punto del ataque; jamás lo había visto así con él.

—Acabo de perder un hijo, a mi heredero... —mascullό—, y tú vienes a pedirme satrapías para tus amigos.

—No, señor. No osaría... —se disculpó Ptolomeo.

En un instante, el rostro del rey se descompuso de rabia.

—Fuera de aquí. Ahora.

—Perdonadme, señor. Yo...

—¡Largo! —estalló. Se volvió furioso, lo agarró del hombro y lo empujó fuera de la alcoba.

Dio un portazo que sacudió las nubes.

El silencio cayó sobre él. Acarició la carta con la funesta noticia. También traía el testamento de la sátrapa, escrito de su puño y letra. La hermosa caligrafía de Ada le devolvió a la memoria su aroma de rosas mojadas. Inspiró el efluvio de sus recuerdos, concentrándose en el olor como un amante solitario que vive de las nostalgias del amor antiguo. Al hacerlo le dolió su alma griega, el alma que anhelaba volver a casa y que tiraba inútilmente de él en dirección oeste. En las letras escuchó de nuevo la voz de la princesa caria en el siroco de la bahía de Halicarnaso; de fondo se oían las catapultas derruyendo el Mausoleo y el estruendo de una era entera viniéndose abajo.

Su hijo muerto; Ada con él. Recordó todo lo que le había dicho: el sentido de la vida no es sobrevivir, sino perdurar, y la única forma de hacerlo era a través de un heredero. La misión con la que soñaba, unir todos los mundos libres, jamás la lograría acometer en una vida sola. El día que se lo llevara la muerte, como se acababa de llevar a su hijo, ya fuera dentro de años o décadas, ¿qué quedaría de él?

El cielo se iluminó con un relámpago y al momento un trueno lo rompió en pedazos. Alejandro cerró los ojos: en la oscuridad veía el rostro de su hijo.

—Filipo. Te habría llamado Filipo —musitó de nuevo. Las lágrimas se derramaron de sus párpados cerrados como la lluvia gris sobre Taxila.

8

Las fiebres del puerperio no se atrevieron a tocar a Roxana: le tenían miedo. Se quedaban postradas a los pies de su cama, enseñando los dientes a quienes se acercaban, amenazando con sus gruñidos, pero nada más.

El nervio que mostró estrangulando al heredero fue en vano. Los días que siguieron acabaron siendo aún más solitarios que los de la preñez. Había errado creyendo que así Alejandro se acercaría otra vez a ella, compungido por la pérdida, buscando sanarla con un nuevo hijo a la mayor brevedad, abandonando a Hefestión, a Begoas y sus viajes para evitar otro fatal golpe de la naturaleza. El macedonio sabía perfectamente que había sido ella; no tenía duda de que era su venganza. Antes había experimentado indiferencia, pero ahora nació en él un oscuro odio como nunca había sentido por nadie.

Se decidió a repudiarla y mandarla ejecutar o exiliarla, pero tenía que esperar. No se contuvo por prudencia de rey ni de gobernante, sino porque sabía que era la forma más dolorosa y humillante de acabar con Roxana. Hasta entonces no solo no volvió a verla, sino que prohibió que cualquier miembro de la corte lo hiciera, confinándola al silencio de su harén de esclavas.

Pero no podía ni compararse el odio que se le retorcía en las entrañas con la culpa y el dolor que también sentía. Las afrentas de años, los desplantes y humillaciones a los dioses, las traiciones a su casa, a sus amigos...; estaba seguro de estar pagándolas todas.

Una noche, durante un banquete ardiente en el que el calor impedía comer, le preguntó a Ambhi cuántas jornadas quedaban hasta el océano Exterior. El rajá pareció no comprender. La tierra de los cinco ríos, le dijo, se extendía aún más hacia el este. Solo habían atravesado dos; quedaban otros tres.

—Sí, sí, pero el océano. ¿Cuánto hasta el océano oriental?

Ambhi miró confundido al intérprete. Alejandro comprendió de pronto lo que sucedía. Los ojos desconcertados del indio lo decían todo: estaban hablando de dos mundos distintos, de dos geografías diferentes que trataban inútilmente de encajar y encontrar puntos en común. El rajá deslizó unas palabras en su idioma, pero él las entendió antes de que se las tradujeran.

—No hay ningún océano.

Alejandro lo miró incrédulo, temiendo de pronto estar persiguiendo una quimera más.

—¿Y qué hay más allá del siguiente río, entonces?

Lo que se abría ante ellos era la tierra de las seis naciones y las dos mil ciudades, un imperio legendario, donde las civilizaciones más dispares brotaban como hierba de la tierra, el tiempo avanzaba con la parsimonia de la nostalgia y la magia marcaba el curso de la historia.

—Lo gobierna un rey sin igual —prosiguió Ambhi—. Alto

y fuerte como un semidiós, poderoso, con un ejército invencible a sus espaldas.

Alejandro sintió avivarse el ascua de la aventura.

—¿Quién es él?

Su nombre era extraño y largo, como todo en esa lengua musical de los indios. Los griegos lo llamarían con una apócope de su nombre original: Poros. Era el rey del reino del Hidaspes, el siguiente de los grandes ríos. Su leyenda y el del maravilloso territorio que gobernaba dieron escape al ánimo triste de aquellos días lúgubres en Taxila. En cada cena durante las siguientes semanas, Alejandro le preguntaba a Ambhi por el mítico personaje: si lo conocía, si se había enfrentado a él alguna vez, cómo se comportaba en el campo de batalla y en el trono... El rajá fue sutilmente tejiendo una red de historias, dejándolas inacabadas justo antes de que terminara el banquete para que Alejandro tuviera ganas de proseguir al día siguiente. Ahondó así en su interés, prendió su imaginación y, antes de que ninguno de los *hetairoi* lo previese, Alejandro había declarado que continuarían la ruta hasta el Hidaspes para doblegar al famoso Poros. El rajá estaba satisfecho: creía haber manipulado al macedonio para que lo ayudara a librarse de uno de los príncipes con los que se disputaba el dominio regional. Pero Alejandro conocía perfectamente sus intenciones; lo cierto era que no le importaban: las razones que lo movían no eran de este mundo. Para él Poros era un nuevo rival tras el que cabalgar lo que quedara de tierra firme y llenar los sueños que le restasen antes de morir.

La inminencia de los monzones hizo que se apuraran los preparativos y comenzada la primavera partieron de nuevo por el peligroso sendero del este, tras un enemigo desconocido, para vengar alguna afrenta del pasado de la que nadie tenía recuerdo.

Esta vez a Roxana la dejaría atrás. El emulador de los aqueménidas partiría a la guerra acompañado solo de sus compañeros de armas y sus ejércitos, como cuando era macedonio. La corte se quedó en Taxila. Pero, para trasladar a las tropas una imagen de unidad y disipar los rumores más aciagos, Pérdicas y algún otro general convencieron a Alejandro, ya montado en la grupa de Bucéfalo, de que fuera a despedirse de la reina.

Los médicos la habían permitido salir de la cama, pero su marido aún le prohibía abandonar sus aposentos. Allí moraba en la oscuridad, enviciando el aire con su rencor. Alejandro sintió una bofetada de aliento amargo al entrar en la cámara. Roxana estaba recostada entre cojines apolillados —la imagen misma de la melancolía—, sin arreglar, las manos apoyadas sobre el vientre, que, aunque tratase de disimularlo, todavía le dolía. No hizo falta que se dirigieran la palabra. En ese momento ambos constataron que ninguno de los dos iba a ceder hasta destruir totalmente al otro. Pero ella llevaba la ventaja: había sido la primera en hacer sangre y era más fuerte que él. Mucho más: controlaba y resistía los sentimientos con temple gélido. Alejandro no.

—Que tengas ventura en el este, esposo mío —le dijo con una sonrisa atroz.

No supo qué contestar, qué reprocharle, qué decirle para herirla más.

Roxana lo contempló debatirse.

—¿Qué sucede? ¿Aún te dura la lástima, que no puedes hablar?

—Si vuelves a hacerle algo a un hijo mío, juro por todos los dioses que ni tu padre reconocerá lo que quedará de ti. —Y salió de la alcoba.

Pérdicas los había estado observando. Esperó a que los pasos de Alejandro se perdieran por el corredor antes de escabullirse hasta los aposentos reales.

La reina se incorporó sorprendida de ver al general. Incluso estaba asustada. Pérdicas tenía la mirada turbia; un alma hendida se adivinaba en el gesto de sus labios torcidos.

—¿A qué has venido?

—Quiero hablar contigo, señora.

Roxana lo invitó a pasar.

—Eres muy valiente presentándote aquí, contraviniendo la orden del rey. Si ahora te encontrara, te tomaría por traidor.

—Solo hay un traidor en esta corte. Y es quien está sentado en el trono.

Roxana no supo cómo reaccionar a esas palabras.

—Si ahora cuento lo que has dicho, te mandará descuartizar.

—No me delatarás. Opinas como yo. Tenemos un objetivo común.

La reina levantó sus fríos ojos.

—¿Qué objetivo común podemos tener tú y yo?

Pérdicas sonrió.

—El que tu corazón más anhela.

9

Abandonaron Taxila rumbo a un horizonte empedrado de nubes oscuras que rugían furiosas. Se adelantaron mensajeros por la llanura; Laomedonte convenció a Alejandro de que los mandara a parlamentar con Poros, tratando de evitar el derramamiento de sangre. Alejandro solo lo autorizó tras asegurarle Ambhi que el rey del Hidaspes nunca se rendiría sin luchar. Los emisarios partieron veloces y volvieron al cabo de una semana con un mensaje del mítico rey: el único recibimiento que encontraría el conquistador del oeste sería el de su espada. Aquello no turbó un ápice el ánimo de Alejandro. Se llevó a uno de los emisarios y le preguntó:

—¿Cómo es? ¿Qué aspecto tiene?

—Como dos hombres de tu estatura, señor, el uno sentado sobre los hombros del otro. Con barba montaraz y trueno en la voz. No parece de este mundo.

Sonrió fascinado.

—¿Y sus tropas? —preguntó Nearco.

El mensajero los miró sombrío.

—Comanda un ejército con alrededor de doscientos elefantes al frente —concluyó el emisario.

Los *hetairoi* se miraron con terror.

—¿Doscientos? —repitió Crátero.

—Puede que más.

La caballería, que con sus cargas implacables había hecho saltar en pedazos los ejércitos enemigos, no tenía nada que hacer contra doscientos elefantes. Iban a arrasarlos. Los caballos huirían despavoridos. Y Alejandro aún sonreía, emocionado ante la nueva aventura.

Su optimismo, sin embargo, no animaba a los hombres. A muchos incluso los enfurecía. Sabían que era un producto de su demencia. Ya no valían las arengas heroicas invocando a Zeus y su rayo, a Heracles y su arrojo, a Dioniso y su herencia; apenas valían las promesas de tierras y tesoros. En nada de lo que les dijera podían confiar ya. De modo que mientras él prestaba sus oídos atentos a los mitos sobre príncipes santos que escapaban de jardines amurallados, sobre faquires que resistían el hambre y el frío, sobre dioses de tres cabezas y seis brazos, muchos hombres comenzaron a organizarse, a buscar líderes en sus falanges, portavoces de su descontento, a la espera del momento oportuno para desafiar a su rey y decirle que no darían un paso más, que regresaban a casa.

Con los monzones rugiendo en el cielo, llegaron al Hidaspes. Era un río de un azul esmeraldino y ancho, muy ancho, lo suficiente como para albergar pequeños islotes salpicados de árboles solitarios. En la otra orilla se veían las luces del campamento enemigo, como llamas fatuas flotando en la neblina. No podrían cruzar el río fácilmente. Poros dispondría a sus elefantes en la orilla a esperar a que desembarcaran de las balsas. Los hombres y los caballos saltarían despavoridos al agua antes de tocar tierra cuando vieran frente a ellos a las monstruosas bestias con sus colmillos llenos de cuchillas y barritando furiosas. Tendrían que cruzar en secreto, por un paso algo más al norte, donde, como el Indo, el cauce se estrechaba. Los nervios comenzaron a cundir entre los oficiales: los elefantes, los miles de hombres al otro lado, el río espumoso que los torrenciales monzones, a punto de descargar, desbocarían.

—No vamos a retirarnos —zanjó Alejandro ante las quejas

de los *hetairoi*—. Lo atacaremos y lo venceremos, como al resto de nuestros enemigos antes que él. Los dioses no nos van a abandonar.

Lo poseía la emoción cuando hablaba de Poros, notó Hefestión. Supo que se estaba aferrando al mito del rey más allá del río para evitar enfrentarse a la realidad de viaje que se terminaba: pronto no quedaría más tierra que explorar, pronto el mundo ya no daría más de sí.

—Son doscientos elefantes, señor —musitó Pérdicas preocupado—. Doscientos... Nunca nos hemos enfrentado a una fuerza semejante.

—Te ascendí a nuestro consejo porque eres buen general, valiente y con arrojo. No hagas que nos arrepintamos de nuestra decisión.

Pérdicas retrocedió avergonzado.

—No hay duda de que es un enorme contingente. ¿Cómo vamos a hacerlo? —preguntó Crátero.

Alejandro sacudió la cabeza para espantar a los sueños y se centró en el mapa improvisado que había dibujado Laomedonte.

—Engañaremos a Poros —dijo.

Ptolomeo resopló entre dientes. Esas tretas ya solo funcionaban en la imaginación de Alejandro, que estaba convencido de que todas las veces que sus ardides habían surtido efecto lo habían hecho por su pericia y no por un inaudito golpe de suerte.

—Le haremos creer que cruzamos el río por la parte central —explicó—. Él preparará aquí, en su orilla, a sus elefantes para repelernos. Pero en realidad habremos cruzado por estas islas, donde el río es más bajo. Caeremos sobre él sorprendiéndolo antes de que tenga tiempo de reconducir a sus elefantes contra nosotros. Lo haremos de noche y en silencio.

—Habrá luna llena dentro de tres días —señaló Laomedonte—. Puede hacerse.

Pérdicas venció la vergüenza y volvió a hablar.

—Poros no va a creerse que dejas al grueso del ejército detrás.

—Lo creerá, porque eso será exactamente lo que haremos. Crátero: te quedarás con un tercio de las tropas aquí.

—¡Un tercio! —exclamó Pérdicas.

Alejandro lo fulminó con un instante de silencio.

—Un tercio —repitió después—. Si Poros trata de cruzar el río te enfrentarás a él. Si huye, lo perseguirás. Y si dirige sus tropas hacia la parte estrecha del cauce cruzarás el río y atacarás su retaguardia.

Se quedaron en silencio: era una maniobra demasiado arriesgada.

—Nosotros cruzaremos con las falanges y la caballería por estos islotes y entraremos en batalla por el norte. Vosotros esperaréis a que los indios nos ataquen a nosotros para cruzar con los sogdianos y los mercenarios bactrios y caer sobre ellos. Poros estará así asediado por todos los flancos. Ptolomeo, tú liderarás a los mercenarios y sogdianos en la segunda carga.

El gesto de Ptolomeo se torció.

—Señor, ¿me apartáis de la carga principal, de cabalgar a la muerte a vuestro lado?

—Es fundamental dividir nuestras fuerzas para poder atacar a Poros por todos los flancos. Te estoy dando una gran responsabilidad.

—Me mandáis a liderar a los bárbaros. ¿Quién irá a vuestro lado? ¿Pérdicas?

—Ya basta, Ptolomeo —zanjó molesto—. Toda la vida receloso... No hay tiempo para resquemores ni envidias, ¿entiendes? Todos haréis lo que he mandado. Soy el rey y se obedecerá lo que diga.

El general se hundió en la vergüenza de su sangre. Sintió el desprecio del resto de los *hetairoi*, el mismo que llevaba padeciendo desde joven: no importaba que estuvieran a un mundo de distancia, que hubieran pasado los años; siempre sería el extraño, siempre buscarían una oportunidad para recordarle quién era. Pronto, se juró a sí mismo, llegaría el momento en que les haría saber la verdad.

10

Alejandro llevaba de la brida a Bucéfalo, que respiraba con dificultad, como si de pronto todos los años de su edad indomable hubieran caído sobre él. «Tranquilo, Bucéfalo —le decía—. Estamos juntos. Juntos, ¿recuerdas?»

Las tropas se deslizaron entre la niebla y los bosques de árboles lánguidos hacia el norte, donde un río afluente chocaba con intensidad contra el Hidaspes. El agua bajaba con fuerza: los rápidos espumosos corrían peligrosos entre piedras puntiagudas y cortantes. Los islotes en medio del cauce eran el único punto de apoyo que tenían. Cinco mil hombres, dos mil caballos. En verdad, eran demasiados. La ciénaga podría colapsar, producirse un corrimiento de tierra que los dejara hundiéndose en el barro, a merced de las flechas indias, pensó. Alzó la vista al cielo: las altísimas nubes se arremolinaban sobre sus cabezas, tapando la luz del plenilunio y de las estrellas. La oscuridad era tan espesa que apenas se podía respirar. De pronto un trueno quebró el cristal del cielo: el primero de los torrenciales aguaceros del monzón se desplomó sobre sus cabezas.

Aprovechando el ruido de la tormenta, Alejandro se dirigió a sus hombres tratando de infundirles coraje. El discurso hizo que una corriente de sangre ardiente le llenara el rostro y le hiciera sonreír; él mismo se lo creyó. Pero las tropas no respondieron: en ellas había cada vez menos macedonios y más locales que no entendían el griego, que no comprendían las ideas de la libertad y que simplemente se disponían a lanzarse a la muerte siguiendo los comandos de su rey tiránico, dueño de sus vidas, como habían venido haciendo durante siglos de desdichada existencia.

Para arengarles el coraje que sus palabras ya no suscitaban, picó a Bucéfalo y se lanzó al río, a cruzar el primero. Espoleó a su amigo a través del agua helada y la lluvia, pero la oscuridad de esas aguas que de pronto se convirtieron en un océano bravo en el que no se divisaba orilla alguna le ahogó el espíritu. No se veía nada ni se oía otra cosa que no fuera el estruendo de la tempestad. Se hundían, la corriente feroz se los llevaba. Allí acababa todo. Bucéfalo resopló. Alejandro se abrazó a él. «Aquí morimos, amigo. Juntos.» Fue el caballo quien lo salvó, quien no se rindió, quien buscó en lo más profundo de su ser animal fuerza y coraje para llegar a la otra orilla, no por él, sino por el amo, por el amo al que llevaba cuidando tantos años y al que no podía abandonar. Alcanzaron la otra orilla casi sin aliento. Alejandro rodó por el barro del suelo, notando el aguacero metálico rebotando contra su cuerpo. Sintió a Bucéfalo reclinándose junto a él, olisqueándolo y lamiéndole insistente el rostro para despertarlo. «Siempre estás conmigo.» Se incorporó jadeando, desenvainó su espada y la clavó en el suelo. La conquista de la tierra de las seis naciones y las dos mil ciudades había empezado, el primer enemigo, el río, había sido derrotado, y la batalla acabaría en victoria.

Rayando el alba en el horizonte de la tormenta, Alejandro recompuso sus tropas. El cruel dios que moraba en el Hidaspes se había cobrado una dura venganza: no habiendo podido llevarse al Gran Rey del oeste, había devorado a sus hombres. Las olas arrancaron de sus balsas a al menos ciento cincuenta de ellos, arrastrándolos al fondo o estrellándolos contra las rocas, afiladas y brillantes como colmillos. Los que llegaron al otro lado lo hicieron casi sin poder tenerse en pie.

Al fondo de la pradera lodosa fueron apareciendo los elefantes, los caballos y los carros, que pronto ocuparon toda la línea del horizonte lluvioso.

—No parece que haya traído a todos sus hombres. Habrán quedado muchos guardando el campamento. El ardid ha funcionado —dijo Nearco.

—Pero ha traído a todos los elefantes —murmuró Pérdicas. La silueta de los animales se veía enorme y cada uno llevaba por lo menos cuatro hombres sobre su lomo—. Son como torres —dijo atemorizado—. Torres en medio de una muralla humana.

—¡Preparad las picas! —gritaron los oficiales.

Pero de poco iba a servir plantar cara a aquellas bestias con una falange de soldados. La aplastarían. Se pondrían de manos y caerían sobre ellos sin que las lanzas ni las jabalinas les hicieran un rasguño: su piel grisácea y rugosa era fuerte como una armadura.

—Dejad a la infantería. Es la caballería la que tiene que cargar en hileras —dijo Alejandro—, escabullirse entre ellos y cortarles los tendones.

—La trompa es débil también, señor —apuntó Hefestión.

De entre las líneas enemigas salió de repente un elefante de color gris claro que montaba un jinete excepcional vestido con una coraza resplandeciente. En el viento húmedo de la tormenta ondeaba una capa dorada. Con su espada en alto, arengaba a sus soldados.

—Ahí lo tenéis, señor —señaló Laomedonte—. Ese es Poros.

Los elefantes barritaban como si entendieran las palabras de su comandante: les había llegado su espíritu, su ánimo de victoria. Uno incluso se puso de manos y el barrito agudo que brotó de su trompa sacudió el aire de la tempestad.

Alejandro desenvainó la espada y la movió inquieto entre los dedos temblorosos. Miró al cielo en busca del águila de Zeus, pero no se la veía por ninguna parte. Miró entonces a sus amigos. Iba buscando su aliento, la fuerza de sus palabras, pero en ellos lo que encontró fue comprensión. Después de todo lo que había sucedido, jamás hubiera pensado que volvería a verla en sus ojos.

—Estad conmigo —les pidió.

—Hasta el final —le contestaron.

Tras el yelmo azulado esbozó una leve sonrisa. La guerra y la inminencia de la muerte volvían a igualarlos: derribaba las barreras de la corte persa, los devolvía a esa primera batalla de Queronea en la que asustados se juraron que velarían los unos por los otros, que permanecerían juntos, que se buscarían y se protegerían las espaldas. A pesar de todo, supo que ese juramento aún sobrevivía y con él la profunda amistad que lo unía a Hefestión, Nearco y Laomedonte, ahí a su lado, y a Ptolomeo incluso, aunque no estuviera. Comprobarlo no le infundió coraje sino paz: disipó sus miedos y se preparó para morir ese día. Respiró hondo, levantó su espada en el aire y aulló:

—¡Por Zeus y la Tierra, cargad hasta la muerte!

Bucéfalo se encabritó con un relincho de victoria. El ejército entonces sí que estalló en un bramido de violencia y cargó contra el enemigo, que también se aproximaba.

11

—¡Conmigo! —gritó.

El choque con los elefantes fue terrorífico. Barrían a los hombres, montados y a pie, con sus cuernos reforzados con pinchos y cuchillas mientras desde su grupa se disparaban flechas y se lanzaban jabalinas.

Nearco, Laomedonte y Hefestión azuzaron a sus caballos y siguieron a Alejandro, espada en mano, contra un elefante furibundo que se aproximaba con su trote atroz. La coraza azul brillaba en la luz amarilla de la tormenta y todos fueron testigos de cómo se lanzaba sin pensarlo, sin miedo, sembrando tanto el terror como el asombro, directamente contra la bestia acompañado de sus hermanos. Cuando estuvieron de frente, el jinete del elefante tiró de las riendas haciendo que el animal soltara un grito horrible y moviera la cabeza violentamente arremetiendo con los cuernos. Alejandro y los suyos lo esquivaron, cada uno rodeándolo por un lado y colocándose justo tras él. Entonces, con toda la fuerza que encontraron en sus brazos, asestaron varios espadazos furiosos justo detrás de las rodillas del paquidermo, a la altura de sus rugosos tobillos. El barrito profundo de la bestia sonó en el abismo del Hidaspes. Cayó sobre las patas traseras, por donde chorreaba la sangre negra. Le asestaron otro golpe de espada en los tendones de las patas delanteras. El elefante se desplomó sobre su barriga y rodó por el lodo; fue la primera bestia en caer. Los vítores del ejército de Alejandro, emocionados y profundos, se oyeron con absoluta claridad en medio del caótico fragor de la batalla.

Aquello prendió con llama inmortal la moral de victoria bajo el aguacero monzónico.

La infantería pesada arremetió contra las filas de los indios, barriéndolos y cebándose con los elefantes que la caballería derribaba. Los soldados de las falanges imitaron a su rey: se escabulleron entre las patas de los elefantes y les tajaron los tendones y las trompas. Conseguían neutralizarlos, sí, pero con un alto coste de vidas porque aproximarse a la bestia furibunda, fuera de control, era una tarea en la que tenían que morir treinta para que uno solo lograse acercarse lo suficiente. Del otro lado del río, vieron cruzar en tromba a Crátero con el resto de los hombres, y un poco más abajo, entre las piedras, a Ptolomeo con las legiones de mercenarios sogdianos, envolviendo a Poros y su ejército por todos los flancos.

El reguero de sangre embarró todavía más la ciénaga del Hidaspes. El campo de batalla se convirtió en un resbaladizo lodazal de extremidades humanas. El caos era tal que muchos de los elefantes se espantaron y salieron corriendo, arramblando en su huida hacia los bosques con todo lo que encontraban, amigo y enemigo por igual. Fue una escena terrorífica. Aquellos animales a los que se había criado para la guerra, a los que ferozmente se arponeaba para que virasen o galopasen, de pronto vieron en el tumulto la oportunidad de rebelarse y huir. Todos los que se interponían en su camino eran aplastados. Los cogían con la trompa y los lanzaban contra el suelo, apisonándolos, o por los aires.

Al cabo de unas horas sangrientas, las filas del ejército de Poros se habían descompuesto. Los refuerzos indios que llegaron desde el campamento no sirvieron de nada porque Crátero cruzó el río tras ellos y los pocos soldados que quedaban se vieron de pronto apresados entre las falanges de Alejandro por un lado de la ribera y las de Crátero por el otro.

Los *hetairoi* cargaron contra Poros a toda velocidad porque sabían que, si escapaba, Alejandro lo perseguiría hasta el fin del mundo, como había sucedido con Darío y con los traidores que le dieron muerte; volvería a empezar la misma historia.

El elefante albino del rey indio se puso de manos cuando se vio rodeado de jinetes macedonios que le hincaban sus lanzas y trataban de cortarle la trompa. Desde la grupa, Poros movía su pica con destreza, esquivando los lances. El elefante se defendía y atacaba con fuerza, cuidando de que su amo no perdiera el equilibrio sobre la grupa, barritando furioso, dispuesto a ser el último elefante que cayera en el Hidaspes pero llevándose consigo a cientos de enemigos. Uno de los jinetes lanzó una jabalina que rozó a Poros en el muslo pero se clavó en el lomo del animal, que rugió de dolor y arremetió con violencia contra el enemigo.

Alejandro lo vio y espoleó a Bucéfalo con todas sus fuerzas.

—¡Deteneos! ¡Dejadlo!

Sus hombres no lo obedecían y continuaban picando al elefante, tratando de derribar también al jinete.

—¡No lo matéis!

Poros no podía morir. No podía perderlo en su primera batalla.

Agarró una lanza clavada en el suelo y se dispuso a cargar contra sus propios hombres para proteger al rey indio.

—¡Atrás!

No pudo creer lo que vio a continuación. El elefante albino se arrodilló, envolvió a Poros con su trompa y lo bajó de su grupa. El rey indio lo acarició para calmarlo y trató de arrancarle la pica clavada. El animal emitió un quejido agudo, sufrido y triste, un llanto que encogía el alma.

Alejandro dejó caer la lanza al suelo y se retiró el casco para que le vieran el rostro. El indio y su elefante lo miraron fijamente.

—Tranquilo... —Levantó las manos en señal de paz y se dispuso a bajarse de la montura.

De pronto, el silbido de una saeta cortó el viento.

Su aullido quebró el cristal del abismo del Hidaspes. Se miró confundido, sin entender qué había pasado, y vio entonces una flecha clavada en su costado, justo en el punto vulnerable entre las dos piezas de su coraza de hierro. Miró a Poros pensando que era un ardid suyo, pero el indio también estaba atónito ante lo que acababa de pasar. Silbó otra flecha y esta vez lo que se oyó fue el relincho triste del caballo. Bucéfalo cayó y Alejandro con él. Sintió su peso aplastándolo. Mientras, por el costado notó manar a borbotones la sangre caliente. Cada vez que respiraba era como si inhalara fuego vivo a los pulmones. Entonces lo supo: esa flecha lo había herido fatalmente. No había duda. El dolor era distinto al de heridas pasadas. Más intenso. Paralizante. Imposible de curar. Lo iba a arrastrar hasta la muerte, estaba claro.

Su guardia lo rodeó, lo subió a un escudo y se lo llevó de allí. No supo cuánto tiempo pasó en el suelo, con Bucéfalo aplastándolo. El estruendo del mundo iba muriendo poco a poco en el horizonte de su aturdido oído. La boca le sabía amarga, con un gusto ahumado en el paladar; la lengua la sentía pastosa, como si estuviera cubierta de ceniza mojada. En medio del dolor lo asaltó un pensamiento lúcido, el último antes de desvanecerse: esa había sido su última batalla; esa herida marcaría, si no su muerte, el fin de la juventud; nunca volvería a ser él; todo se estaba terminando sin que se hubiera dado cuenta de que había llegado a empezar. Entonces se le derramó un suspiro de los labios y los ojos se llenaron de tinieblas.

12

Lo despertó un dolor intenso, ardiente. Trató de incorporarse pero no pudo; estaba paralizado. Se palpó con los dedos el costado: se lo habían vendado entero, casi parecía que lo habían momificado.

Los *hetairoi* rodeaban su cama. Cuántas veces se habían visto así, contemplando su respiración entrecortada, esperando una muerte que nunca acababa de llegar.

Jadeó bruscamente y Hefestión le dio agua.

—Tranquilo, tranquilo, señor. Tenemos a Poros.

Era como si lo sacudiera un rayo cada vez que se movía.

—¿Dónde está? —preguntó, buscándolo a tientas por culpa de su visión brumosa.

—Cautivo. Aguardando su destino —dijo Ptolomeo—. El Hidaspes es vuestro. Vencisteis.

—Traedlo. Traedlo ante mí —ordenó sin voz apenas.

Los soldados lo llevaron hasta la tienda cargado de cadenas y lo hicieron arrodillarse a los pies de la cama del rey.

Alejandro apenas pudo hablar al verlo tan de cerca. En la mente destellaba la imagen del indio herido, protegido por su elefante.

—Nos hemos enfrentado con dignidad, y al final hemos resultado vencedores nosotros —le dijo al cabo de un rato buscando las palabras. El intérprete tradujo. Poros asintió—. Eres nuestro prisionero. —Volvió a asentir—. Nuestros hombres creen que es mejor que te mate para evitar que vuelvas a alzarte con un ejército.

Dijo unas palabras en su idioma:

—Harías bien. Es lo más sensato —tradujeron.

—¿Tienes un último deseo antes de que emita mi sentencia?

—Trátame como lo que soy —pidió a través del esclavo.

Alejandro trató de incorporarse. El dolor ardiente lo fulminó y una mueca horrible se le dibujó en el rostro. Hefestión se apresuró a ayudarlo.

—Como lo que eres... —meditó—. Levántate, entonces, libre y coronado, rey del reino del Hidaspes.

Ptolomeo no pudo disimular su asombro.

—¡Pero, señor, no podéis confiar en él!

—Mantendrá su corona y gobernará la tierra de las seis naciones en mi nombre. Está decidido.

—¿Hasta cuándo, señor, confiaréis en los bárbaros? —Alejandro torció el gesto y Ptolomeo se arrepintió de su falta de cálculo—. Perdonadme, mi señor —dijo enseguida.

—¡Quitadle esos grilletes!

Lo desencadenaron. Poros le dirigió una mirada cómplice.

—Mi señor Alejandro —dijo el rey indio—, no ha habido

nadie con tu nobleza en todos los siglos de la historia. Mi reino es tuyo.

Alejandro le devolvió una sonrisa.

—Marchad —les dijo—. Laomedonte, asegúrate de que mis médicos le curan la herida.

Los *hetairoi* y el rey indio abandonaron la tienda. Solo se quedaron detrás Hefestión, Begoas y dos físicos. Cuando sus súbditos le dieron la espalda, se dejó caer fatigado sobre las almohadas. El costado le ardió y el relámpago de dolor le devolvió a los ojos un fogonazo de memoria: el relincho de Bucéfalo... Bucéfalo. Lo habían alcanzado.

—Bucéfalo. ¿Dónde está Bucéfalo? —preguntó ansioso. De primeras nadie le respondió—. Hefestión, ¿dónde está?

Su amigo guardó silencio un instante. Sabía que de nada serviría retenerlo ni recordarle lo débil que estaba, lo profundo que se le había clavado la flecha india. Además, no tenía derecho a impedir que se despidieran.

—Ven —le dijo. Y lo ayudó a levantarse de la cama—. Con cuidado. Apóyate en mí.

Lo llevó hasta él.

Estaba tumbado a la sombra de un árbol. Lo habían tapado con una manta porque se había adueñado de sus patas un temblor frío cada vez más débil. Miraba con sus orejas atentas las carretas cargadas con los caídos en combate pasando frente a él. Alejandro hizo un enorme esfuerzo y se sentó a su lado. El dolor le dibujó una mueca terrible, pero se contuvo para no gritar porque no quería asustarlo. Le sonrió y le acarició el morro. El caballo resopló suavemente. Su aliento era tibio. En sus enormes ojos oscuros estaba seguro de poder ver la última sonrisa del que había sido su amigo más sincero, el que siempre lo había aceptado y nunca le había demandado nada más que cariño.

Se tumbó a su lado y le apoyó la cabeza sobre el cuello. Respirando su olor le volvieron los recuerdos de todos los caminos que habían recorrido juntos desde que Filipo se lo regalara. Tanto tiempo hacía de eso que no parecía de la vida propia, sino un recuerdo heredado directamente de otro niño y otro caballo, vivos todavía en algún tiempo lejano, que también al galopar juntos habían logrado sentir la libertad. Veintiún años había estado encaramado a su grupa. Veintiún años que se habían desvanecido en un instante.

Continuó acariciándole el morro y las crines, pero parecía que Bucéfalo iba sintiendo cada vez menos su tacto; se le iba borrando el recuerdo de esos dedos que tantas veces le habían dado zanahorias y manzanas, y de su olor. Alejandro cerró los ojos, pero no se durmió: siguió despierto escuchando cómo se iba debilitando el latido táurico en el interior de su amigo. Poco a poco se fue apagando. Sus ojos marmóreos se llenaron entonces con una noche opaca que ya no dejó ver en ellos ninguna sonrisa más.

Lo enterraron con honores de hombre grande y Alejandro vistió el mismo luto en el alma y las ropas que por cualquiera de sus hermanos caídos. Ordenó que se edificara un catafalco tan esplendoroso como el de un emperador humano, con una escultura en bronce de Bucéfalo rampante y la inscripción CABEZA DE TORO, CUERPO DE CABALLO, CORAZÓN DE PEGASO. No obstante, sabía que esa tumba grandiosa no podría recordar ni uno solo de los momentos que habían pasado juntos.

Aquel sería el primer edificio de otra Alejandría más: Alejandría Bucéfala. Ya no había duda: estas ciudades no eran producto de la vanidad insaciable de quien las erigía, sino marcas de los lugares donde se le había rasgado el alma. Se estaba así quedando desperdigado por el mundo porque cada Alejandría, cada jirón de su ser dejado en el camino, hacía que Alejandro estuviera presente en todas las tierras pero cada vez menos presente en sí mismo.

13

Bucéfalo no fue el único que cayó a orillas del Hidaspes. La batalla fue una carnicería para ambos bandos. El número de bajas era terrible; los heridos se contaban por miles y muchos murieron en los días siguientes. Los médicos temieron incluso que lo hiciera Alejandro. La herida en el costado era profunda. El cirujano extrajo todas las astillas de la flecha, pero temía que le hubiera desgarrado un pulmón. Aunque aguantó y sobrevivió a una fiebre que apareció dos días después, nunca volvió a tener el vigor de antes: se cansaba con facilidad, el aliento se le atoraba en la garganta y sentía que se ahogaba.

Debido a su estado, corrió el rumor entre las tropas de que el regreso era inevitable, de que el mismo rey era partidario de dar la vuelta. Una tarde, Alejandro recibió la visita de un oficial que se había erigido en portavoz de los descontentos que esperaban descorazonados a que el rey ordenase el regreso a casa.

—Está bien —le dijo causándole una gran sorpresa—. Recolectaremos el botín de las siguientes ciudades, el tributo que nos es debido, y volveremos. Y diles que además lo haremos de la forma más rápida. Ya he cursado las órdenes para que se talen los bosques que hay un poco más al norte y se sequen las maderas. Construiremos una gran flota y navegaremos río abajo hasta salir por el delta del Nilo al Mediterráneo. Díselo a todos los que añoran el hogar, que pronto divisarán costas conocidas en el horizonte.

Sin embargo, los planes de la flota se mantuvieron en un sospechoso secreto. De su proceso de construcción solo se conocían retrasos y problemas: leña que no se secaba, navieros que no se ponían de acuerdo en el calado, ríos que se ensanchaban o estrechaban trastocando planes y proyectos... Eran tales los inconvenientes, tan frecuentes y extraños, que muchos pensaron que el propio Alejandro había dado orden de talar los troncos durante el día y arrojarlos al río durante la noche, de agujerear los techos de los secaderos y de desbaratar lo que ya estuviera construido achacándolo a la mañana siguiente al monzón huracanado.

Si era Alejandro quien ordenaba los sabotajes nunca se supo. Lo cierto era que a él no le preocupaban en absoluto las demoras. De nuevo fijó el rumbo de su vida en el horizonte dejando que fuese Poros quien esta vez alimentara su fantasía. Pasaba los días conversando con él a través de un traductor que no daba abasto de tantas cosas que se decían. La voz de Poros era melódica, grave y profunda, extremadamente bella y poderosa. Le habló de hasta dónde se extendía la tierra de las seis naciones y las dos mil ciudades, de los mitos impensables, de imperios legendarios, y finalmente, una tarde, con el ruido ensordecedor de la lluvia sobre sus cabezas, mencionó el océano Exterior. Decía haberlo visto en persona y conocer el camino hasta allí. Había que continuar hasta el Ganges, el último río, el más grande de todos, un reino gobernado por una mítica dinastía, le contó, que llevaba siglos custodiando la desembocadura. Desde su palacio de más de mil torres y balcones y de salones ricos llenos de joyas y sedas, se divisaba el delta rugiente y el océano indómito.

—¿A qué distancia está? —preguntó.

—A poco más de tres meses de marcha —le respondió.

Siguiendo a Poros, se adentraron en las tierras anegadas más allá del siguiente río. Obtuvieron la rendición de todos los clanes indios, que les entregaban sus tesoros de perlas y oro. Pero Alejandro aún persistía en seguir hacia aquel oriente de cielo turbio en el que la lluvia monzónica no cesaba.

El estruendo del agua los enloquecía. La humedad ardiente pesaba sobre los hombros como si fuera de hierro. Sentían que se movían dentro de una nube de agua sin poder respirar. El camino era un barrizal resbaladizo en el que se hundían los animales y las carretas. Se enmohecieron los alimentos, se pudrió el cuero y hasta se oxidó el metal de armaduras y armas. Con la lluvia, los dioses mandaron además otra plaga: serpientes de tamaño colosal infestaron las chozas en las que se refugiaban, buscando resguardarse de la humedad. Estaban por todas partes. Las encontraban enrolladas bajo los camastros, dentro de las tinajas y de las ollas de cocina. En una ocasión encontraron a una enroscada a un hombre del que únicamente se veían los pies. Cuando la cortaron con sus espadas, la víctima solo era un amasijo de huesos pulverizados y carne amoratada.

Todas esas penurias las pasaban, aseguró Alejandro, porque había que tomar el botín ganado tras la batalla del Hidaspes. Esas tribus indias ahora pagarían tributo y quedarían incorporadas al imperio. Obtenidas las riquezas y ganada la obediencia de estos súbditos, volverían. La flota ya estaría terminada para entonces.

Pero, tomaran el camino que tomasen, apenas se encontraban con ciudades de las que obtener la rendición. Aldeas de pescadores, de recolectores de té, pero nada más.

Extrañados, los *hetairoi* consultaron con Ambhi; el rajá les dijo lo que ya sospechaban: que no había más tribus de las que obtener la obediencia, que esas tierras por las que transitaban estaban fuera de los dominios de Poros.

—¿Hacia dónde quiere ir entonces? —preguntó Crátero.

—Este es el camino al gran imperio del Ganges, que domina el último río antes del océano. ¿No es allí adonde quiere ir vuestro rey, al océano?

Entendieron entonces que, durante esas semanas, aturdidos por la lluvia y el fragor de la sangre en el Hidaspes, Alejandro había logrado engañarlos también a ellos.

Irrumpieron en la tienda real. Estaba conversando con Poros mientras Begoas avivaba el fuego de un pebetero, convencido de que eso ahuyentaba a las terribles serpientes.

—Señor, diles al indio y a tu esclavo que nos dejen —dijo Nearco.

A Alejandro le sorprendió su tono. El cretense era de los más serenos. Pidió a Begoas que se marchara con Poros.

—¿Qué motivo tenéis para interrumpirme de esa forma?

—¿Hacia dónde nos estamos dirigiendo, señor? —inquirió el almirante.

—Estamos afianzando nuestra gobernanza sobre los territorios que eran de Poros —respondió muy tranquilo.

—Mientes —lo acusó el cretense. Los *hetairoi* se miraron inquietos. Hefestión temió que, en ese momento, herido Alejandro en el alma por la muerte de Bucéfalo y acorralado como estaba, Nearco tuviera el mismo destino que Clito—. Nos estamos dirigiendo al río Ganges, contra el imperio que lo gobierna. ¿Lo niegas?

Tragó saliva nervioso.

—¿Desde cuándo cuestionas a tu rey, Nearco?

Esperaba encontrar apoyo entre los *hetairoi,* como cuando se enfrentaba con Clito, pero no fue así: Nearco lo desafiaba y todos estaban de acuerdo.

—Contéstanos, Alejandro.

Sentía sus ojos clavándose en él, hallando la verdad oculta en su interior.

—Solo está a dos meses de marcha —acabó por decir con la voz temblorosa—. Dos meses más... Y veremos el océano Exterior. Culminaremos nuestra misión... Dos meses.

—Un imperio. Un imperio totalmente nuevo gobierna esa tierra, Alejandro. Nos lo ha dicho Ambhi. Y tú lo sabes. No estamos capacitados: es una guerra nueva, una campaña nueva...

—Dos meses, Nearco...

—¡No serán dos meses, Alejandro! —gritó—. Tenemos derecho a saberlo. La flota de regreso no existe, ¿verdad? No la has mandado construir.

Desvió la mirada escondiendo la vergüenza.

—Alejandro... —comenzó pausado Laomedonte tratando de rebajar la tensión con su voz afable—. No nos mientas más. Somos tus hermanos. ¿Hay o no hay una flota construyéndose en Taxila?

—No la hay —confesó—. Dije que se construyera, pero solo cuando regresáramos a Taxila. No empezará hasta que volvamos.

Nearco resopló hastiado y se dejó caer en una silla.

—¿Cómo has podido mentirnos?

No supo qué contestarle. No había en realidad contestación posible.

—Dos meses. Solo os pido dos meses más... Estamos tan cerca...

—¿Tan cerca de qué? —preguntó Laomedonte.

—Del océano Exterior, del confín del mundo.

—Hace ya mucho que hemos sobrepasado esos confines, Alejandro. Nunca encontraremos el océano Exterior hacia el este. No podemos continuar. El ejército no te seguirá más.

—Siempre han seguido a su rey.

—Pero hace mucho que ya no os ven como su rey —intervino Ptolomeo, haciendo que todos los demás se quedaran en silencio—, solo como un demente que pretende lanzarlos a la conquista de un reino invencible. Dejáis un imperio detrás, señor, un imperio que necesita un Gobierno. Los sátrapas se rebelarán, las tierras de las fronteras buscarán separarse. Habéis dado mando de gobierno a bárbaros: se volverán contra la corona si no imponéis orden.

Alejandro se cubrió el rostro con las manos.

—No puedo más con las intrigas, la política, las palabras, ¡por qué no podéis entenderlo! —gritó—. ¡No voy a volver! ¡Así tenga que seguir yo solo!

Nearco lo miró compasivo; sabía que no era más que un loco peleándose con sus demonios.

—Nosotros vamos a volver, Alejandro. Contigo o sin ti, tenemos que hacerlo. Pero queremos que vengas.

—¡No! —gritó—. ¡Id sin mí! ¡Volved a Macedonia, cobardes! ¡Abandonadme a mi suerte! ¡Vosotros no sois mis hermanos! ¡Vamos, largo de aquí!

Uno a uno fueron saliendo.

Laomedonte se volvió indulgente y le dijo:

—Ya lo saben las tropas, señor. Medítalo. No te permitas acabar así.

—¡Fuera, traidor! —le gritó, y le arrojó una copa de vino, rompiendo a llorar desconsolado después.

Hefestión no pudo dejarle solo. Se sentó a su lado y lo envolvió con su abrazo.

—¿Tú también me vas a abandonar, Hefestión?

—No... Yo nunca te dejaré.

—¿Renunciarás a volver al hogar por quedarte conmigo?

—Yo hace tiempo que no tengo hogar al que volver —le dijo esbozando una sonrisa de nostalgia—. Además, lo que hagas estará bien hecho. Eres el rey.

Al salir de la tienda, Hefestión se encontró a todos los oficiales y soldados esperando fuera.

—Dadle tiempo —fue todo lo que dijo.

Nearco lo cogió por el antebrazo.

—¿Has hablado con él? ¿Recapacitará?

Hefestión lo miró apesadumbrado, como si de alguna manera lo culpara, los culpara a todos, a sí mismo, de no haberle sido más leales.

Alejandro bufó de dolor en el interior de la tienda. Se sentía prisionero de sí mismo, de todas sus acciones. Ni siquiera tenía ya a Hefestión a su lado, ni su consejo. Escaló las cimas del ánimo furioso, deseando la muerte a todos aquellos traidores, pero acabó cayendo en el más profundo de los abismos de su alma, donde la muerte se la deseaba a él mismo. Pasó dos días encerrado. No permitió que nadie entrara a verlo, tampoco Poros, ni siquiera Begoas, que siempre lograba escabullirse a su lado en esas situaciones. Finalmente, derrotado, salió.

Los soldados y los oficiales de todos los rangos se congregaron a su alrededor para escucharlo. Notaron que tenía un aspecto horrible. Lo miraban ansiosos, esperando su decisión: ya sospechaban cuál sería y sigilosamente iban aunando el coraje para enfrentarse a él, para asestarle una puñalada y dejarlo morir. Pero entonces lo dijo:

—Levantad el campamento. Volvemos a casa.

El silencio reinó durante un instante que pareció eterno. Y entonces uno de los soldados estalló en vítores y tras él todo el ejército. Levantaron sus espadas, las hicieron chocar contra sus escudos, lo aclamaron entre lágrimas, incapaces de creer que tras ocho años de guerra emprenderían el regreso a unos hogares de los que solo quedaban destellos en la memoria. Los *hetairoi* sonrieron y uno a uno lo abrazaron.

—Has hecho lo correcto —le susurró Hefestión al oído.

—¿Por qué me duele tanto entonces?

—Porque a veces duele hacer lo correcto, pero es necesario.

Los soldados, locos de alegría, también querían tocarlo y abrazarlo para agradecérselo. No hacía ni un momento que habían pensado en asesinarlo y ahora lo alababan con más vehemencia que tras cualquier victoria imposible. Alejandro en cambio nunca se había sentido tan derrotado.

—¿Aunque hacerlo me destruya? —le preguntó.

—No lo hará.

—Sí. Sí que lo hará. Y tú lo sabes.

14

Abandonaron el río Hífasis una mañana fría. Antes de partir ordenó construir doce efigies en honor de los doce dioses olímpicos. En la ribera de su última frontera quedaría así la marca de las deidades que lo inspiraron y todo el que pasara por aquel camino sabría que hasta allí llegaron los pasos del segundo Prometeo, también traicionado por sus hermanos justo antes de alcanzar la gloria máxima. Quería pensar que esas estatuas marcarían también el punto desde el cual una nueva expedición partiría en el futuro. Pero, cuando desde la grupa de su nuevo caballo —un semental bayo ofrendado por Poros— se giró a mirar las estatuas, lo embriagó una sensación que conocía muy bien: la de que había visto ese lugar por última vez.

Al alcanzar de nuevo el río Hidaspes, los dioses indios se apaciguaron y dejaron de hostigarlos con aguaceros tormentosos, humedad sofocante y serpientes constrictoras. Pero al regresar a Alejandría Bucéfala se encontraron con que no era tal su piedad. El agua lo había cambiado todo: solo habían pasado unas semanas, pero se sentía allí el arrollador transcurso de los siglos. Lo único que se correspondía con el recuerdo que tenían del emplazamiento original era el paisaje de montañas en el horizonte, nada más. Las riadas habían vencido los árboles, desbocado el cauce del río y enfangado el terreno. Ni siquiera se veían ruinas: estaban sepultadas bajo el hediondo lodo. Con un solo golpe, el Hidaspes crecido había borrado aquella ciudad de la existencia. Tampoco quedaba rastro de la tumba de Bucéfalo. Del mítico caballo solo restaba el dolor de su amo, que vio cómo se había perdido para siempre el lugar donde honrarlo y acordarse de él.

Allí, establecido el campamento, durante dos meses se construyó una flota imperial con la que bajar por el Hidaspes, que se unía finalmente con el Indo. Descenderían de la Alta India y luego virarían hacia Persia, de regreso por fin a la ciudad imperial de Susa. Allí aguardaba Sisigambis. Alejandro no sabía qué esperar de aquel reencuentro: temía que su madre ya no viera en él al joven que despidió de la misma ciudad años atrás, que viera venir a un hombre irreconocible, alguien que se había dejado llevar por su locura hasta el confín del mundo, que había dado muerte a su mejor amigo... A veces fantaseaba con seguir navegando el Indo hasta su desembocadura, que él creía que era el mismo delta del Nilo en Egipto. Pero los indios le decían que eso era imposible: todos los ríos de esa tierra iban a parar a un mar índico, no a uno griego.

Trajeron carpinteros de Taxila y de las demás ciudades de la tierra de las seis naciones, madereros y navieros. Esta vez sí, Alejandro dejó los planes en manos de sus oficiales y a Nearco lo nombró navarca: almirante de todas sus Armadas. Él se dejaba devorar por su derrota. Una noche incluso lo encontraron en la oscuridad, buscando en el lodazal profundo los restos de Bucéfalo. Había cavado con tanto ahínco que se habían saltado las costuras de la herida. Tuvieron que redoblar la vigilancia a su alrededor para evitar que se escapara de nuevo. Sentado en el campamento, abatido por la vida, vio cómo construían los barcos. Begoas, a su lado, le limpiaba con extrema cautela la herida del costado siguiendo las indicaciones del físico. También él estaba taciturno y melancólico esos días, unido su ánimo al de su señor. El eunuco, como Alejandro, no quería regresar a un mundo al que no pertenecía. El rey le dio el mando de un barco: nunca un eunuco había sido tan honrado.

—Cógelo —le dijo— y llévate a ti mismo a donde quieras, tú que puedes.

Begoas aceptó la nave pero le dijo:

—Gran Señor, podréis ofrecerme un navío para que surque todos los mares o mil caballos para que llegue a la última tierra, pero nunca me apartaré de vuestro lado.

Partieron recién comenzado el otoño. Desplegaron las velas púrpuras de la Armada y se hicieron al Hidaspes. Ya no llovía tanto, pero el viento soplaba con fuerza y el río sostenía la crecida espectacular de los meses de primavera y verano. Poros los despidió en el muelle. Se inclinó ante Alejandro, pero este lo retuvo y, tomándolo totalmente por sorpresa, lo abrazó. Le susurró unas palabras al oído que Poros no entendió, pero eso a Alejandro le daba igual, tenía que decírselas:

—Gracias, amigo. Me mantuviste vivo todo lo que pudiste. Ahora debo morir.

Embarcó. La flota se hizo al río y Poros y su reino se fueron haciendo cada vez más pequeños en la lejanía, perdiéndose de vista, pasando a ser un recuerdo de realidad dudosa, un sueño condenado a olvidarse por más que quisiera retenerse.

Durante semanas descendieron por las aguas turbias y revueltas. Cada uno de los *hetairoi* iba al mando de una parte de la escuadra, menos Hefestión, que iba en el trirreme real. Roxana, que había llegado desde Taxila al Hidaspes y con quien Alejandro no había tenido un encuentro a solas en meses, se embarcó en la escuadra de Crátero. Pero, cuando se constató que la peligrosidad de los rápidos hacía inviable que el equipaje y la corte regresasen por barco, Crátero y Roxana desembarcaron para continuar el viaje por tierra de regreso a Susa.

Allí, frente a todo el ejército, el rey se despidió de la reina con parcas palabras.

—Que el agua te sea clemente, rey de Asia —le dijo ella.

—Siempre es más clemente la naturaleza, que no sabe que es cruel, que los hombres, que encuentran placer siéndolo —le respondió.

Continuaron surcando el Indo hacia el sur, cada vez más rápido, como si se dirigieran a una catarata. El viento no amainaba; el otoño lo endurecía. Era extraño que un río fuera tan ventoso. Nearco fue el primero en identificar lo que soplaba como el aire salino de un océano. Una noche en la que arreció, al trirreme real se le rasgaron las velas. Los marinos perdieron el control de la nave y esta se precipitó hacia una zona de remolinos. No quedó otra que saltar al agua y luchar por mantenerse a flote hasta agarrar un cabo lanzado desde otra nave. Todos los hombres abandonaron el barco y todo lo que en él había, saltando por la popa.

Las naves de estilo griego fueron cayendo una a una en las fauces del río; al final, solo quedaron a flote los barcos indios, en los que todos se iban refugiando conforme se hundían los trirremes helenos. Menos Nearco, que de niño en las playas de Creta había pactado oscuridades con el dios del mar, todos los *hetairoi* sucumbieron al mareo fatal: se pasaban los días vomitando, con una permanente náusea ácida en la garganta, y se quedaron pálidos, de un color verdoso. No tenían equilibrio para caminar sobre la cubierta, los abandonó el hambre y los sueños se les volvieron turbulentos. Se había en verdad convertido en la travesía al inframundo: una Armada entera, los barcos tripulados por espectros. Ya solo esperaban hundirse y que todo se serenara de una vez por todas.

Escaseaban las provisiones y tuvieron que saquear puertos en la costa del Indo para abastecerse de comida y de agua. Aquello enfureció a muchos nativos y el viaje se demoró por varias escaramuzas y batallas, incluso un asedio a una de las fortalezas de adobe de los locales. Alejandro luchó, pero solo en una. El dolor punzante que brotaba de la herida del costado lo paralizó, le arrancó lágrimas y le provocó fiebre. Hubo debate en el consejo sobre si el rey, enfermo como estaba, podía continuar el viaje por río hacia lo desconocido. Hefestión insistió en que sería mejor dar la vuelta, regresar al Hidaspes, a la ciudad de Poros, a que se recuperara. Nearco advirtió: era imposible remontar el río con el viento y la corriente en contra. No quedaba otra que seguir. Y la travesía aún se demoró semanas, muriéndose otro año por el camino.

15

—Pronto, pronto, señor. Despierta —dijo Nearco.

Se oían voces confusas en la cubierta. Alejandro se levantó con esfuerzo y apoyándose en Nearco salió a la superficie. Era una clara mañana de primavera, el cielo de un azul tan brillante que deslumbraba la mirada. El viento soplaba con fuerza, fresco y marítimo. Alejandro se acercó lentamente a la proa. El agua rugía espumosa por una miríada de ríos que se entrelazaban y se separaban hasta desembocar en un horizonte esmeraldino que brillaba bajo el sol primaveral. El humor del mar le llenó la nariz y le dejó cristales de sal en los pulmones. Olía intenso, y era más salado y más azul que cualquier mar que hubiera visto.

—En verdad los indios tenían razón y nosotros estábamos equivocados —explicó Nearco—. Los ríos de la India no dan la vuelta al mundo, sino que acaban aquí, desembocan en este mar. No habrás encontrado el océano Exterior por el este, pero congratúlate, señor: en su lugar has encontrado el océano Eritreo, que se extiende desde África hasta la India.

Alejandro sonrió. Aunque sintiese que todo en lo que había creído ciegamente se desmoronaba, ver el mar frente a él lo llenó de una extraña paz. Por un momento, dejó que el regreso se olvidara en la visión del océano infinito.

—Y quién sabe, amigo Nearco, si no serán sus aguas las mismas, si todos los mares del mundo son en realidad el océano Exterior.

Nearco lo tomó por el hombro.

—Quizá, señor. Quizá.

Alejandro miró en torno. El delta del Indo se extendía a su alrededor en una tierra extraña.

—¿Y ahora dónde estamos, Nearco? ¿Adónde hemos llegado?

Habían llegado a Pátala, el último de los reinos índicos, y de los reinos humanos también. Una fortaleza desleída por el sol, el viento y el agua, encaramada a una colina en el delta, ejercía el último y hastiado dominio de los hombres antes de que comenzase el vasto reino del agua.

Hacia el oeste, explicaron los indios, se extendía el enorme desierto de Gedrosia, por donde se llegaba de nuevo a Persia, al golfo donde desembocaba su gran río.

—El Éufrates —concluyó Nearco.

A la mañana siguiente reunió a su consejo y los informó de que desembarcarían y harían la ruta a pie de regreso. Seguirían la línea de la costa, aprovisionados por la flota, descubrirían esa zona en el sur del mundo y regresarían a Babilonia habiéndola unido a la India por mar y por tierra. Los *hetairoi* se miraron preocupados.

—Señor, ¿pretendes cruzar el desierto de Gedrosia? —preguntó Pérdicas.

—En verdad es un camino muy peligroso —advirtió Laomedonte—. Ningún conquistador en el pasado ha logrado atravesarlo sin perder a miles de sus hombres.

—Nosotros iremos bien aprovisionados por la flota.

—No sabemos cómo transcurre esa costa, señor —dijo Ptolomeo—. Sería mejor que bordeáramos el desierto y regresáramos por la ruta por donde van Crátero y vuestra esposa.

—Me niego a volver cerca del Paropamisos. No veré de nuevo esas montañas... —zanjó—. Lo haremos por Gedrosia. Nearco, te encargarás de encontrar un marino experimentado que pueda conducir a la flota hasta la desembocadura del Éufrates, siguiendo nuestro camino por la costa.

—Ya lo he encontrado —contestó el almirante—. Yo. Yo llevaré la flota hasta Babilonia.

—No te lo permito, es demasiado peligroso —dijo Alejandro.

—Igual de peligroso que adentrarse en Gedrosia —replicó y, antes de que el rey pudiera negárselo de nuevo, Nearco le dio sus razones—. Señor, esta es la misión para la que nací, es la razón por la que te he servido durante todo este tiempo. No sé si este será nuestro último viaje, pero permíteme que te ayude a cumplir tu sueño, deja que una contigo la India y el puerto de Babilonia.

Alejandro negó con la cabeza.

—No puedo arriesgarme a perderte, Nearco.

—No puedes arriesgarte a darle tu flota a nadie más que a mí, señor. Es la única oportunidad que tendrás de unir por vía marítima ambos mundos. Que sirva para algo todo lo que sufrimos viniendo hasta aquí.

Los ojos azules de Nearco brillaban al hablar de la mar. Si en verdad los dioses habían dado a cada uno una misión en la Tierra, esa sin duda era la del cretense. Alejandro sabía que una vez en la vida uno se encuentra con el ser que nació para ser; durante ese momento, solo durante ese momento, el hombre da sentido a una existencia que por lo demás no tiene sentido. Comprendió que aquel era el momento de Nearco, de modo que lo abrazó, lo confirmó como navarca de sus Armadas y le dijo:

—Te volveré a ver cuando remontes el Éufrates y llegues a Babilonia, hermano, y sobre la cabeza llevarás la corona de Poseidón.

El cretense se rio y le contestó diciendo:

—No. Yo jamás llevaré corona. Siempre seré el primero de tus súbditos. Y la corona de Poseidón, la pondré a tus pies.

A los pocos días se despidieron. Treinta mil hombres desembarcaron y las naves quedaron vacías, solo con los remeros y los marinos necesarios. Alejandro se encaramó a una colina desde la que vio cómo se levaban las anclas y se desplegaban de nuevo las ciento diecisiete velas púrpuras de la Armada. Nearco daba órdenes desde la popa, envalentonado por el espíritu de todos los héroes marinos. Tal vez Alejandro hubiera tenido ese ánimo, ese coraje y esa fuerza en otro tiempo, pero no podía explicarse cómo ni sabía cómo volver a hacerlo. Levantó el brazo y le dijo adiós de nuevo, pero Nearco ya no lo vio.

Laomedonte se acercó al rey tímidamente.

—Señor —le dijo—, ¿de verdad quieres tomar esta ruta y no la del Paropamisos?

—Sí —respondió.

—Aunque sepas que esa es la más segura.

Alejandro lo miró abatido y cansado.

—No hay una ruta segura para mí, Laomedonte, y menos la del Paropamisos. No puedo desandar los pasos que una vez anduve. Solo puedo seguir hacia delante.

—¿Aunque estés volviendo? —dijo confundido—. Porque estamos volviendo, señor.

—Sí... Estamos volviendo. Pero yo no estoy regresando. Jamás lo haré.

Saquearon los graneros de las últimas poblaciones nativas que se asentaban en la ribera del Indo y comenzaron la travesía por la letal Gedrosia, siguiendo la línea azul de la costa. Esta pronto se volvió rocosa, comenzó a romperse en acantilados y riscos. Al poco tuvieron que desviarse hacia el interior. Fue la última vez en semanas que vieron el agua. De nuevo se encontraron en medio de un raro reino de arena donde el viento cambiaba las dunas de sitio, formando un laberinto sin muros en el que todos los horizontes eran iguales. El terror de los monzones en la India había borrado de las mentes de muchos el recuerdo atroz de los desiertos. Pronto regresó con el olor del polvo que se levantaba con la brisa abrasadora, la garganta en carne viva por la falta de agua y las dolorosas ampollas en la piel por las horas caminando bajo el sol enloquecido.

Al cabo de tres semanas se terminaron los víveres. Sin flota de la que aprovisionarse como estaba previsto, quedaron condenados. El hambre clavó en ellos sus garras, la sed y el calor los desollaron vivos y para cuando la muerte fue a llevárselos apenas quedaban de ellos los huesos.

Una tarde de calor ahogado Alejandro se desplomó. Jadeaba, parecía que ni siquiera podía respirar. La piel tenía un color rojo fuego. Le dieron en un yelmo la poca agua que les quedaba y la bebió de golpe casi atragantándose. No podía soportar los fogonazos de dolor de la herida, que la travesía bajo el calor hacía más frecuentes.

—Tenemos que dar la vuelta —dijo Pérdicas—, volver y tomar la ruta por el Paropamisos.

—No, el rey no irá por ahí —replicó Laomedonte—. Solo podemos seguir hasta llegar a una población.

—¡Moriremos antes de conseguirlo! ¡Estás tan ciego como él cuando nos trajo!

El políglota, que siempre había sido un hombre pausado y sereno, se levantó y se dispuso a enfrentarse con el impertinente general.

—¡Basta! —gritó Hefestión—. Olvidáis que soy el *quiliarca* de los ejércitos. —Era la primera vez desde que Alejandro lo nombró que invocaba la autoridad de aquel título aqueménida—. En ausencia del rey, me obedecéis a mí...

—¡Yo no obedezco a un oficial persa! —bramó Pérdicas, y escupió a los pies de Hefestión.

Esta vez no pudieron retenerlo: Laomedonte se lanzó a su cuello dispuesto a matarlo a golpes. Ptolomeo los observó sin mover un solo músculo: el rey aún vivía y la lucha entre las fieras ya había comenzado.

Los tuvieron que separar dos guardias. Los otros oficiales recriminaron a Pérdicas su forma de comportarse. Hefestión ordenó establecer un campamento. Mandó exploradores a que buscaran el camino de regreso a la costa. La flota de Nearco era la única esperanza de llevarlo rápidamente a un lugar seguro. Mientras tanto hicieron turnos para cuidarlo.

Se pelearon por pasar más tiempo con él; recelaban de dejarlo a solas con solo uno de ellos. Mientras competían por ver quién tenía más derecho a atender la respiración entrecortada de Alejandro, fuera de la tienda real, el ejército perdía alrededor de trescientos hombres al día a causa de la sed, el calor o la enfermedad. No se percataban porque eran los oficiales de menor rango, los comandantes de las falanges, los encargados de cremar a los muertos para que la peste no se propagase. A las afueras del campamento siempre había piras encendidas, pero los *hetairoi* no parecían darse cuenta porque en sus cabezas solo cabía Alejandro y lo que podía suceder si se moría.

Los exploradores regresaron al cabo de unos días. Habían encontrado un camino hasta la costa y una población de nativos, un pueblo pesquero de las gentes del desierto, pero por ninguna parte habían visto rastro de la flota. Todos acogieron con regocijo aquella noticia y se pusieron en marcha hacia la aldea. Pero a Alejandro le daba igual haber hallado una ciudad o un reino entero. Algo no había ido bien: Nearco tenía orden de seguir la línea de la costa hasta encontrarlos. Lo había enviado a su muerte.

—Ha sido por eso que dije, Hefestión... Le dije que llevaría la corona de Poseidón cuando nos volviéramos a ver. El dios del mar me castiga por mi insolencia y por eso lo habrá arrastrado a las profundidades.

—Estás delirando, Alejandro. Es el calor —lo consoló su amigo, aunque él tampoco podía disimular la preocupación porque no se tuviera la más mínima noticia del cretense.

Durante cuatro días siguieron el camino de regreso a la costa. Cuando de nuevo oyeron el oleaje, un hedor terrible los abofeteó. Era un vapor de podredumbre, tan espeso que se sentía como si fuera espuma. Una nube de gaviotas y apestosas aves marinas se arremolinaba en el cielo sobre sus cabezas. Siguieron el camino entre los acantilados, el tufo haciéndose cada vez más fuerte y penetrante, hasta que alcanzaron a ver una aldea de casas prehistóricas asentada en los recovecos de los riscos.

Los nativos del Makrán, la árida franja costera de la Gedrosia, vivían estancados en un tiempo antiguo, anterior a los propios siglos. Se dejaban las uñas largas, algunas igual o más que los propios dedos, y las afilaban para usarlas como usaban las bestias sus garras. El pueblo era el epicentro del olor nauseabundo. Las casas estaban construidas con barro y huesos de cetáceo, y decoradas con espinas de pescados. Alejandro, mareado por el olor, se apoyó en una roca y se asomó al vacío, pero ni siquiera al ver el precipicio se le cortó el humor ácido que le subía por la garganta. Hefestión lo sujetó mientras convulsionaba con arcadas vacías.

—Respira hondo —le dijo.

—No puedo. No lo soporto —respondió, y devolvió.

Los nativos les prohibieron la entrada a su poblado. Fue difícil comunicarse con ellos, pues hablaban en un idioma gutural, de sílabas gruñidas y palabras ásperas que ni los traductores indios ni los persas supieron descifrar. Consiguieron al fin que les señalaran dónde podían cavar pozos de agua dulce, pero cuando les pidieron comida simplemente les entregaron las cabezas de los pescados y los crustáceos que no se habían comido.

Acamparon lejos del pueblo, pero el hedor aún los perseguía. Recolectaron citronela para hacer camas con la hierba porque el olor de muerte era tal que les impedía hasta dormir. Varios hombres sufrieron la mordedura de serpientes, agazapadas entre los arbustos aromáticos, y contrajeron una fiebre fatal a causa del veneno. Otros, rotos por el cansancio, se acostaron a dormir encima de las matas de citronela cortada sin ventearla ni sacudirla y amanecieron muertos, hinchados los cuellos y enrojecida la piel, picados por arañas espantosas. A Alejandro sin embargo no eran las criaturas propias de una plaga divina lo que lo mantenía despierto. Eran los gritos. Los gritos que oía en su cabeza. Los de Nearco y sus marinos mientras las naves sucumbían a la venganza del Océano. Aquel dios tan lejano no le había dado paz alguna, sino que le había arrebatado un hermano más. En esos momentos se daba cuenta de como el este se lo había quitado todo en la vida.

16

Aprovisionados de agua, llegó el momento de abandonar aquellos acantilados y regresar al camino hasta Susa. De primeras Alejandro se negó. No quería continuar sin la flota; hacerlo era aceptar que Nearco había muerto.

—Aún hay esperanza —le dijo Hefestión—, pero no la habrá para nosotros si nos quedamos aquí más tiempo. Tenemos que seguir.

Estaba tan débil, tan consumido por la tristeza, el cansancio y por el dolor de la herida, que no tuvo fuerzas para imponer su voluntad.

Prosiguieron por el camino del infierno durante veintiséis días más. Todas las noches, preguntaba por si habían llegado noticias de Nearco, y todas las noches, como si estuviera en permanente contacto con una patrulla que vigilaba la costa, Hefestión le contestaba: «Todavía no».

A la mañana siguiente apareció por el horizonte una compañía de jinetes. Eran los hombres de Crátero. El general había alcanzado la ciudad de Carmania, a medio camino de Susa, y al no encontrar allí al rey había ordenado salir en su búsqueda por la Gedrosia. Al verlos, los soldados se echaron a llorar a los pies de los caballos aun siendo incapaces de saber si eran verdaderos o un espejismo.

El rey rebautizaría la ciudad como Alejandría Carmania, por haberles salvado la vida. Crátero y Roxana, que los recibieron a las puertas del palacio, casi no los reconocieron. El desierto les había arrancado los años, sumiéndolos en una vejez sin edad, en un tiempo mortecino, sobre todo a Alejandro. La piel se le había vuelto de un tono cenizo, el rostro se le había afilado bajo una barba de mendigo, y un color grisáceo le ensombrecía el cabello. Al tomarlo entre sus brazos, Crátero sintió que estrechaba un cadáver, y Alejandro, el abrazo falso de alguien que había esperado que no regresara.

Crátero se desembarazó del parco señor y se acercó a Hefestión.

—Gracias a los dioses que os hemos encontrado —le dijo.

—Y a todos los que no... —suspiró—. Hemos perdido a muchos.

—¿Cuántos?

Hefestión tragó saliva y se armó de coraje para pronunciar la cifra que le habían transmitido los comandantes de las falanges.

—Algo más de veinticinco mil.

A Crátero se le cortó el aliento. Se hizo el silencio y todas las miradas se clavaron en Alejandro. Él vio no solo los ojos de sus oficiales, ardientes y penetrantes, sino también los ojos de las veinticinco mil madres y las veinticinco mil esposas que iban a morir esperando estérilmente a sus hijos y sus maridos igual que estos habían muerto esperando un regreso que su rey jamás había estado dispuesto a conceder.

En los días siguientes, Alejandro ordenó que de inmediato se organizara una compañía de exploradores para que recorrieran la costa de la región, las bocas de todos los ríos, los acantilados escarpados, en busca del pecio de Nearco. Mandó a la corte y a las tropas adelantarse hacia Susa, preparar su recibimiento, pero él y sus *hetairoi* no reemprenderían la marcha hasta la capital sin haber hallado algún rastro del almirante.

—Una vela, nada más —dijo él—. Solo quiero eso.

Durante los primeros días del invierno vio cómo todos empacaban los baúles con sus nostalgias e ilusiones y se echaban a andar hacia el oeste. El palacio fue quedándose vacío y el vapor melancólico del río adueñándose de cada una de las solitarias estancias.

Mientras Alejandro continuaba sumido en la esperanza, las noticias de que su capricho había acabado con la vida de veinticinco mil hombres en el desierto se extendían por el imperio. Un goteo constante de misivas que anunciaban malestar, rumores de conspiración y finalmente rebeliones en diversas ciudades fue llegando a Alejandría Carmania. El rey no les prestaba atención y los generales se veían sin autoridad para sofocarlas. Zadracarta, Hecatómpilo... También Balj y Alejandría del Cáucaso, ciudades que habían quedado al cargo del padre de Roxana. ¿Cómo era posible que estuviera permitiendo que imperase el caos y los deseos de secesión? A menos, pensó Hefestión, que obedeciera dictados de su hija. De Oxiartes se sabía que se encerraba en las fortalezas de piedra del Paropamisos y se comportaba con crueldad, invocando la autoridad de su yerno todopoderoso y temido. Era difícil llegar hasta él porque no consideraba otra autoridad que no fuera la del rey. Y dado que el rey ya no habitaba el mismo mundo que ellos, a Hefestión, como *quiliarca* del imperio, solo le quedó recurrir a Roxana para averiguar qué era lo que en realidad sucedía en el Paropamisos.

La encontró en sus aposentos; Pérdicas estaba con ella. Parecía que hablaban de algo importante porque, en cuanto entró, el general se calló y se levantó bruscamente, a la defensiva.

—Estoy ocupada —espetó Roxana—. No te he concedido audiencia.

Ella siempre le hablaba con desprecio, queriendo marcar la jerarquía imaginada —reina, sirviente— que creía que los separaba. Ello confirmaba que, aunque no se hablaran, tampoco se ignoraban: ambos se tenían muy presentes, ambos eran los protagonistas en la mente del otro de una serie de rencores enquistados, odios imaginarios y venganzas sin causa.

—No necesito audiencia para hablar contigo —replicó Hefestión—. Pérdicas, déjanos solos.

—¿Por qué debería? —inquirió él.

Hefestión había promocionado al joven oficial, ayudándolo a trepar por todos los escalafones de los ejércitos hasta el consejo de los *hetairoi*. Ahora, esa era la forma en la que lo trataba. Cuanto más débil y perdido en sus tristezas se encontraba Alejandro, más se agudizaba la rivalidad entre sus generales por un botín que ni siquiera sabían en qué consistía pero cuya poderosa presencia sentían en sus carnes.

—Que se quede —ordenó la reina— y oiga lo que tienes que decirme.

—Está bien. El Paropamisos está en llamas. Tu padre no está ejerciendo la gobernación como es debido y las revueltas empiezan a descontrolarse.

—¿Vienes para preguntarme el camino hasta el Paropamisos? Creo que lo conoces mejor que yo —se burló.

Hefestión ignoró su impertinencia.

—Nadie llega hasta tu padre. Se pasa los días encerrado en la Roca. Le escribirás conminándole a honrar el juramento que prestó.

—No tengo por qué hacerlo. Es un sátrapa designado por el rey. Él sabe cómo gobernar sus territorios mejor que cualquiera de vosotros, extranjeros.

—Si no lo haces, te consideraré cómplice de la rebelión en el Paropamisos y lo pondré en conocimiento del rey.

—Hazlo. No tienes valor y ambos lo sabemos. Ahora vete, o haré que te saquen mis guardias.

Él no se dejó intimidar.

—Te aconsejo que recapacites. Estamos a punto de llegar a Persia, un mundo que no conoces y en el que estarás más sola que nunca —amenazó—. Piensa bien si a esa soledad quieres añadir la compañía de enemigos.

Pérdicas se levantó furibundo.

—¡Ya está bien! Obedece a tu reina.

Hefestión vio un atisbo de satisfacción en el rostro de Roxana. Supo entonces que tenía a Pérdicas bajo su embrujo.

—Estás avisada. Recapacita —repitió, y se marchó lanzando una mirada cargada de odio a su antiguo compañero.

El rumor de aquel brusco encuentro envició durante unos momentos más el aire de la cámara real.

—Ese advenedizo... —masculló Pérdicas.

—No lo subestimes —lo cortó Roxana.

Pérdicas enrojeció. Había querido reforzar su conexión con la reina criticando a quien sabía que ella odiaba, pero el racionalismo gélido de la bactriana heló sus patéticos intentos por lograr el trato de igual a igual con ella.

—Es un cobarde... No es mejor que una ramera de burdel.

—Será su amante, pero no le restes valor por ello —dijo. Le dolía como a nadie que Hefestión tuviera más gobierno que ella en el rey, le ofendía además que no utilizara ese poder de amor como lo utilizaría ella de disponer de él—. Tú mismo sabes las cosas de las que es capaz. Tenemos que neutralizarlo.

—Es lo que hemos hablado —dijo Pérdicas—. Tienes que volver a acercarte al rey. Como sea.

—Y darle un hijo —completó Roxana con asco.

—Y darle un hijo —confirmó el general—. De nada nos va a servir matarlo si no hay un heredero.

17

El jefe de la compañía de exploradores estaba convencido de que se habían perdido. Tenían que dar la vuelta. Allí no había nada. Si continuaban adentrándose en el desierto se quedarían sin agua antes de encontrar otra población.

—Hay un riachuelo cerca —dijo uno de los cinco jinetes que la formaban.

Cuando llegaron, vieron que hacía tiempo que el agua estaba estancada. La superficie se hallaba cubierta por una gruesa capa de líquenes y verdines en la que nadaban culebras y ranas amarillentas; beber el agua de debajo mataba antes que la sed. Acamparon bajo la luz de estrellas gélidas. Tiritaban. Llevaban doce días buscando a Nearco por esa costa inhóspita por la que los otros exploradores no se habían adentrado, tal era el poder de seducción de la recompensa prometida. Decidieron que al alba regresarían; sabían que era la última oportunidad que tendrían de darse la vuelta.

A la mañana siguiente buscaron sus pasos de regreso a Carmania con el ánimo sombrío por haber fracasado y atemorizados por el castigo que podían sufrir. Al tercer día de viaje por el sendero que sorteaba los acantilados y danzaba al borde del desierto, se quedaron sin agua. Dejaron de reconocer el paisaje y no pudieron encontrar los manantiales dulces con que se habían topado durante el trayecto de ida. Estaban resignados a morir cuando vieron venir a tres viajeros. Se intuía que llevaban días vagabundeando por el desierto o siglos morando ya en la otra vida. Tenían la piel grisácea y sucia, el cabello pajoso y enmarañado. Las barbas montaraces apenas dejaban ver los labios sangrantes. Pensaron en matarlos para quedarse con su agua, pero de pronto uno de ellos habló y reconocieron el griego. Compartieron el agua que llevaban y les salvaron la vida. Esa noche acamparon juntos, asustados por un rumor de gritos lejanos que temieron fueran de nativos o de bestias salvajes. Alrededor del fuego, uno de los jinetes, el más joven, incapaz de aguantar por más tiempo la locura del silencio, les contó que llevaban doce días recorriendo la costa buscando a...

—No les interesa. Cállate —interrumpió bruscamente el jefe de la compañía, y el soldado se calló avergonzado.

—¿Por qué lo haces callar? —preguntó uno de los extraños, el más retraído de todos, a quien entre las greñas de cabello le brillaban los ojos, de color azul—. ¿A quién buscáis?

El jefe de la compañía rehusó hablar y emitió un gruñido. Sabía que eran muchos quienes lo buscaban porque la recompensa era muy alta. Tal vez esos hombres también participaran de la búsqueda: no podían darles ningún tipo de información sobre lo que habían o lo que no habían encontrado.

—A nadie. Con toda seguridad está muerto —respondió.

—Qué lástima —dijo el hombre.

—¿Y vosotros? ¿De dónde venís?

El extraño se rio entre dientes.

—De una travesía que no se ha vivido desde tiempos de Ulises. Y de la que tengo que informar a mi señor sin demora.

Al oír esas palabras, a todos se les heló el aliento. No era posible...

—¿Y quién es tu señor? —tartamudeó el joven que había hablado primero.

—El mismo que el vuestro —respondió—, el mismo que el de todos los hombres que moran la Tierra: el rey del mundo.

18

—¡Ven, señor, rápido! —lo apremió Hefestión.

Los peores augurios pasaban por la mente de Alejandro a gran velocidad. Eran inverosímiles, pero en ese momento todos le parecían terriblemente plausibles: que su madre hubiera viajado desde Macedonia hasta allí, que se hubiera encontrado con Sisigambis en el camino y que ambas vinieran a recriminarle sus actos... Bajó a trompicones la escalinata acaracolada. El viento del atardecer penetró por los arcos huecos de los muros y le agitó el cabello. En el cielo bajo del ocaso se veía el brillo mortecino del planeta de Hermes; lo interpretó como una señal aciaga.

—¡Por todos los dioses, ¿qué sucede?! —exclamó sin aire.

Bajaron por la gran escalinata principal hasta la galería de entrada. Las puertas ciclópeas permanecían cerradas, custodiadas por dos guardias robustos de rostro serio. Se quedaron parados hasta que Alejandro, exasperado y confuso, gritó:

—¿A qué esperan? ¡Que abran las puertas!

Hefestión confirmó la orden con la mirada y los guardias se apresuraron.

Cruzó el umbral lo que parecía ser un grupo de mendigos andrajosos; Alejandro no los distinguió con claridad porque los años habían empezado a nublarle la vista lejana. Se fueron acercando poco a poco. Dos se quedaron rezagados y solo uno avanzó hasta él.

—¿Quién eres? —preguntó disimulando el temblor de la voz. Sentía como si conociese a aquel hombre: el recuerdo se había borrado, pero no el lugar que había ocupado en la memoria.

—Soy el primero de tus súbditos.

Alejandro retrocedió asustado. Eran sus fantasmas, esta vez encarnados por obra de los dioses; venían a llevárselo y castigarlo por sus afrentas.

—No es posible. Estás muerto.

—No me dejaron entrar en el inframundo porque aún no había cumplido la promesa que le hice a mi rey.

—¿Y qué promesa era esa...?

El extraño levantó la cabeza y entonces Alejandro reconoció sus ojos azules.

—Que volvería junto a él para poner a sus pies todas las coronas de Poseidón.

—¡Oh, Nearco! —Alejandro se tiró al suelo junto a él y se le abrazó con fuerza. Por primera vez en meses sintió que el alma respiraba y que el aliento de la muerte en la nuca se hacía más tibio—. Perdóname, perdóname... Os conduje a la perdición —sollozó—. Pero al menos tú has vuelto.

Nearco lo cogió por los hombros tratando de serenarlo.

—¿Al menos yo, señor? He venido con toda tu Armada, que está anclada en la boca del río Saganos. Hemos triunfado. Pronto ambos mundos serán uno solo.

Pero a Alejandro únicamente le importaba que su amigo hubiera regresado.

—Me da igual el mundo. No estaría más feliz ni aun si hubieras vuelto con toda Asia bajo el brazo... —le dijo, y volvió a abrazarlo para nunca dejarlo ir.

Desde la escalinata los otros *hetairoi* presenciaron el reencuentro.

Pérdicas y Ptolomeo lo miraron con recelo. Nearco había regresado y lo había hecho no como un náufrago moribundo, sino coronado con una gloria que ellos no lograrían igualar en lo que les quedaba de vida. Aquel competidor, de los más cercanos a Alejandro y por tanto de los más peligrosos, al que ambos habían creído neutralizado por la intervención de Poseidón, regresaba ahora de entre los muertos para reclamar no solo los cargos que ellos se habían dispuesto a arrebatarle, sino seguramente mucho más.

Crátero se había retrasado en brazos de sus concubinas y llegó sin saber lo que estaba sucediendo. Se asomó a la balaustrada y vio a Alejandro abrazado a aquel extraño barbudo y de aspecto mendicante.

—¿Es él? ¿Está vivo? —preguntó sin dar crédito a lo que veía.

—Sí... —confirmó Ptolomeo con desdén—. Nuestro almirante ha sobrevivido al dios del mar. Corramos, bajemos a besar los pies del resucitado. Seguramente acabe siendo el rey de todos nosotros.

Esa noche Alejandro cenó a solas con Nearco. Se negó a que asistiera nadie más.

Los criados lo bañaron, le cortaron y perfumaron el cabello y le afeitaron la barba enredada. Volvieron a verse la barbilla y la nuez angulosas, la forma puntiaguda de los pómulos, la belleza de una juventud debilitada pero aún fuerte.

Cuando entró en sus aposentos, el rey lo abrazó de nuevo.

—Llevo días de camino hasta Carmania, Alejandro. Retenme a tan solo unos pasos de una buena cena y me moriré —bromeó arrancándole una carcajada. Habían dispuesto la mesa para ellos junto al balcón.

»No contamos con el viento —le explicó Nearco tras darle un sorbo al vino—. Estuvimos cinco semanas retenidos en la boca del Indo sin que el viento nos dejara hacernos a la mar. Cuando al fin lo logramos, ibais muy por delante. Os estuvimos siguiendo de cerca, pero para cuando encontramos el rastro de vuestros campamentos en la orilla supusimos que ya os habíais adentrado en el desierto. No me quedó otra que seguir con la ruta que me encomendaste.

Alejandro bebió de su copa para ahogar el recuerdo de los que habían muerto en la esperanza de que ese plan de abastecimiento por mar funcionara.

—Ahora lo sabemos: todo el mundo está rodeado de agua —continuó explicándole—. Todo es un solo océano. Y aunque nunca llegáramos al océano Exterior, quién sabe si las aguas que tocamos estuvieron algún día en el este.

—Quizá... —dijo ilusionado.

—Es un mar mágico. Y aun nos topamos con las grandes ballenas... ¡Tendrías que haberlas visto!

—¿Visteis ballenas en mar abierto?

Su rostro se iluminaba cada vez que Nearco contaba una nueva maravilla de su aventura.

—Salían a la superficie y echaban chorros de agua por el lomo. El canto de las sirenas es un chirrido comparado con el suyo.

—¿Cantan?

—Y cómo... Al principio nos asustamos porque no sabíamos de dónde provenía, pero luego nos quedamos embrujados. Es una música profunda y serena. Triste, pero no oscura. Después las ves saltar por encima de las olas... Magníficas bestias, enormes. Son de color plata y azul, y los crustáceos y las algas les forman barbas y collares. Luego se vuelven a sumergir en las profundidades, levantando grandes olas al caer. Nunca he visto criaturas como esas, te lo aseguro. Son la creación misma, la imaginación de los dioses puesta en el mundo...

En los labios de Alejandro se dibujó una sonrisa.

—Qué gesta, Nearco...

—No. La gran gesta ha sido la tuya, Alejandro. Has triunfado en una misión heroica. Una misión que no se hubiera llevado a cabo sin sacrificio. Hemos encontrado la ruta por mar y tierra desde la India hasta el golfo de Persia. Uniste todas las tierras; eres el rey del mundo.

—El rey del mundo... No. No soy el rey de nada ya, Nearco. El único reino que se me confió lo abandoné en cuanto tuve la oportunidad. —Por primera vez en años, Macedonia le dolía en el corazón—. Ni siquiera soy soberano en mi interior: hasta ese trono lo tengo disputado conmigo mismo.

—No hables así, señor. Pronto acabaremos tu sueño. Cuando llegue al Éufrates, todos tus reinos estarán unidos...

De pronto el rey se levantó bruscamente.

—¡Me niego! —gritó—. ¡Tú no volverás a embarcarte! ¡Te lo prohíbo! Mandaremos a otro almirante.

—Alejandro, por favor... Te lo ruego como hermano: no me prives de la única gloria que tengo oportunidad de alcanzar en la vida. No se la entregues a otro cuando estoy a punto de lograrla yo. No es justo y tú no eres un rey injusto; lo sé. No me hagas esto...

Alejandro retrocedió en silencio. La sola idea de revivir las noches en vela pensando que Nearco había muerto cumpliendo su orden caprichosa de explorar los océanos despertó en él horrores irracionales. En su mente resonó la voz de Clito, tras haber sido su fantasma conjurado. Tenía razón...: los estaba esclavizando a todos, los estaba privando de ser quienes en realidad eran para que fuesen lo que él ansiaba; les quitaba la vida para que le sirvieran a él, como hacían los déspotas del Oriente. Pensó en Hefestión, en todos los sueños que habría truncado obligándolo a elegirlo a él antes que a sí mismo... ¿Podía hacerle lo mismo a Nearco? No. Pero tampoco podía dejarlo marchar. No podía quedarse sin él, no podía arriesgarse a perderlo..., no soportaría el dolor. Pero vio en la mirada suplicante de su amigo el miedo que tenía a perder aquello por lo que había luchado. Lo compadeció, porque él sabía bien lo que se sentía al ser privado no ya del sueño de uno, sino de la única libertad que uno cree posible para sí mismo.

Movió la mandíbula sin emitir sonido alguno porque las

palabras se negaban a brotar de la garganta. Lo consiguió con esfuerzo y no sin que su corazón se impusiera y demandara condiciones.

—Júrame que volverás conmigo.

Nearco, incapaz de creerlo, se arrodilló ante él, le tomó la mano y se la besó.

—Lo juro. Llevaré tu flota hasta la misma Babilonia y entonces nos embarcaremos juntos alrededor de Arabia, en busca de la isla del Sol, y veremos las ballenas tirando del carro de Poseidón.

—No quiero todo eso. Solo quiero que vuelvas. Ten en cuenta que la misión que te encargo, y a la que los dioses te obligarán, no es la de unir Babilonia y la India, sino la de volver junto a tu rey, tu hermano.

Le sonrió.

—Dime, ¿acaso no he vuelto esta vez? Y más ardua era la travesía.

Alejandro lo abrazó de nuevo e inspiró su olor para guardarlo en el lugar que correspondía en la memoria.

A los pocos días Nearco abandonó Carmania con todo un convoy de soldados, alimentos y marinos hacia el sur, siguiendo el río, mientras que Alejandro y los *hetairoi* tomaron la senda del noroeste rumbo a Susa, rumbo a su familia. Desde la grupa del caballo le dijo adiós de nuevo. Estuvo mirando hacia atrás hasta que lo vio desaparecer en la distancia.

19

La silueta umbría de las torres de Susa resaltaba sobre la luz del último crepúsculo del invierno. Se alzaban altas y puntiagudas hacia el cielo, clavándose en él. Hefestión observaba que el problema estaba en que, cada vez de forma más abierta y con más frecuencia, los *hetairoi* desafiaban la voluntad del rey tachándola de demente o de momentáneamente nublada. Así iban poco a poco restándole facultades y poderes a Alejandro, a quien de rey pronto solo le quedaría el título. Había una pregunta que lo atormentaba: ¿hasta cuándo sería Alejandro tolerable para esos generales ambiciosos? ¿Cuánto tiempo transcurriría desde que lo despojaran de su cetro hasta que le clavaran un puñal en la espalda? Todos los reyes de la historia que vivieron en manos de sus consejeros acabaron asesinados por ellos, bien lo sabía. Conociéndolos como los conocía, Hefestión sabía que a sus antiguos hermanos pronto no les bastaría reinar en nombre del rey. Se acercaba el momento y sin embargo se sentía totalmente incapaz de actuar. Estaba ciego: notaba el peligro a su alrededor pero no lo veía con claridad, no sabía qué rostro tenía ni por dónde se acercaba. Todo cuanto sus ojos le permitían ver era a Alejandro, que lo deslumbraba como deslumbra el sol el resto de las estrellas.

Aunque las calles de Susa se habían llenado de gente que se había trasladado hasta allí con la esperanza de verlo, la ciudad estaba inmersa en un silencio sepulcral. No parecía el recibimiento a un rey vivo, sino a uno muerto. No había jolgorio, ni tambores, ni trompetas. Los persas supersticiosos miraban temerosos a la figura real en la grupa de su caballo, como si fuera un espectro resucitado. Hasta las reverencias de *proskynesis* que le procuraban se parecían a las que se hacían ante los sarcófagos reales —solemnes, tristes, escorzadas— cuando las carrozas fúnebres paseaban por las calles camino de las necrópolis.

Desfilaron por la avenida flanqueada de palmeras cenicientas y esculturas hieráticas hasta el palacio imperial. Guardias ataviados majestuosamente golpearon sus lanzas contra sus escudos para anunciarlo. Al atravesar las puertas entraron al gran patio principal, donde desmontaron y fueron inmediatamente atendidos por los criados. Alejandro miró hacia arriba. El cielo violeta claro se acostaba sobre Susa y la luz espesa de la tarde temblaba en los tejados. Estorninos oscuros se descolgaban con piruetas vertiginosas de las terrazas y las torres, y se echaban a volar lejos. Esbozó una sonrisa al verlos.

La gran galería de columnas en la que se agolpaba la corte evocaba en la imaginación culpable recuerdos del salón de mil columnas del palacio de Persépolis. El rey avanzó con paso inseguro, mientras trataba de esquivar los ojos maliciosos de los lamasus en los relieves de la pared. El gran manto púrpura se arrastraba sigiloso tras de sí, como una serpiente por el suelo de mármol. Toda la corte se fue postrando a su paso. No podía soportar mirarlos, preso de una vergüenza y un pudor inexplicables, como si sospechase que conocían todos sus crímenes cometidos en el este. Bajó la cabeza y caminó con los ojos clavados en el suelo.

A los pies de la gran escalinata lo esperaba su familia. Sin darse cuenta, se quedó parado a unos pasos de ella y sus pies no lo obedecieron cuando les ordenó acercarse. Solamente el sentir su presencia había sacudido su espíritu y avivado los miedos más antiguos. Habían pasado seis años desde que se despidieron y era tanto lo que había sucedido que quizá no le reconocieran no ya el rostro, sino el alma.

Hefestión le susurró al oído que se acercara, que no se quedara parado, que todos estaban mirándolo, y con un roce de la mano le dio ánimos. Avanzó un par de pasos más y de pronto las figuras de las tres mujeres y sus rasgos se aclararon en su mirada miope. Al verlas, sintió que se le paraba el corazón y que el eco de los latidos se moría dentro de él.

La princesa Estatira fue la primera en acercarse e inclinarse. Estaba envuelta en un aura de feminidad dinástica, convertida en toda una reina. Era bella, pero sobre todo era solemne, de un aire despierto e inteligente. Él le besó la mano sin pronunciar palabra, solo sonriéndole, y después se dirigió hacia Dripetis. No pudo verle la cara antes de que ella doblara la rodilla y le besara los pies. Le tendió la mano para ayudarla; ella la tomó y se levantó con un gracioso gesto de cisne, como si sacara el rostro vergonzoso y el cuello esbelto de entre el plumón del ala. Alejandro vio entonces cuánto había cambiado aquella niña. La compleja indefinición con la que la adolescencia ahoga los cuerpos se había soltado dejando por fin respirar a una joven de aires de mujer y belleza sideral. Llevaba en los ojos pálidos a su padre, en la nariz y el arco de las cejas a su abuela, y en el mentón afilado y la sonrisa a su madre. Trató de unir la imagen que recordaba de ella con la realidad a la que ahora se enfrentaba, pero no podía. Quiso hablar, pero la voz se le trabó en las palabras. La hija menor de Darío lo tenía prendado.

Respiró hondo y ordenó sus pensamientos para poder hablarle, enternecido como estaba por la sonrisa tímida de la princesa.

—Entro aquí buscando a la niña que me despidió y me encuentro con una mujer más hermosa que cualquier diosa.

La sonrisa se le estiró más a Dripetis y un rubor que delataba sus sentimientos le subió desde el cuello.

—Son la misma, mi señor —le dijo en un griego musical y suave que se le cayó de los labios con tanta naturalidad que parecía su lengua materna. Se rompía así la última barrera con la que los dioses habían intentado separar a Alejandro de Persia: el idioma.

—Es verdad —le dijo sonriendo.

—Puede que haya cambiado —confesó ella—, pero solo un poco.

Se rieron suavemente, pero de repente una sombra de melancolía oscureció el gesto de Alejandro.

—Espero, princesa, que la edad y el viaje no me hayan cambiado tanto como para que añores el recuerdo que de mí tenías.

Dripetis notó en esa pregunta el dolor con el que el rey regresaba a Susa después de seis años.

—Volvéis distinto, señor, pero en nada habéis cambiado —lo tranquilizó—. En vos siempre estuvo el mismo.

Ahora forzó la sonrisa: quería creerla. Lo quería con toda su alma.

Dripetis se hizo a un lado y dejó pasar a su abuela. Sisigambis avanzó envuelta en su pesado aire de emperatriz derrocada. Había envejecido notablemente, pero sus ojos dragontinos aún brillaban lúcidos e inteligentes. Al arrodillarse ante Alejandro le crujieron todos los huesos. Él la ayudó a levantarse y le besó las manos.

—Madre... —le tembló la voz.

Ella lo recibió con dos palabras, «*Xsayathiya Xsayathiyanam*», que luego tradujo en un griego áspero que acabó de unir los mundos:

—Rey de Reyes... Susa por fin os da la bienvenida.

Al entender lo que decían por primera vez, Alejandro, que solo las recordaba con sus silencios místicos y regios, sintió una gran alegría. Tuvo entonces conciencia de los años tristes que llevaba padeciendo y de cuánto había echado de menos a su familia.

20

Roxana se vistió con sus galas más exquisitas, pretendiendo hechizar no solo al monarca, sino a toda la corte de los aqueménidas. Se celebraba un gran banquete en honor del regreso del rey. Ella no había estado presente en el primer encuentro, reservándose para hacer por la noche su entrada deslumbrante. Se miró al espejo de plata pulida mientras las esclavas terminaban de envolverla en sedas rosadas y en el tintineo de cientos de lentejuelas. Habían estilizado su cuello y sus muñecas huesudas con gargantillas y brazaletes de lapislázuli bactriano. Le habían pintado los ojos con una pincelada gatuna y le habían dominado el rizo salvaje del cabello con el peso de una corona de oro que derramaba una cortina de lágrimas de perla sobre la frente. Sonrió a su reflejo: estaba magnífica; toda una emperatriz de Persia. Se recordó a sí misma encerrada en la Roca Sogdiana, fantaseando con la corte aqueménida. Su padre decía haberla visitado una vez que acompañó a su señor, el sátrapa de Bactria. De niña había escuchado sus relatos sobre los palacios y las ciudades imperiales, y había soñado con visitarlos algún día. Hacía ya tiempo que sabía que en realidad su padre jamás había visitado la corte (y ahora que la había visto se había disipado su última duda), pero no pudo evitar emocionarse pensando que al bajar la gran escalinata iban a cumplirse los sueños de su niñez.

Anunciaron al general Pérdicas, que venía a escoltarla hasta el banquete, y sus pensamientos se le quebraron en pedazos.

Pérdicas la estuvo observando mientras las esclavas terminaban de arreglarla, colocándole bien el velo y ajustándole la corona. La belleza de la reina lo embaucó. Ya había fantaseado mucho en su soledad con su imagen, pero ahora la veía y sentía que estaba presenciando la aparición de una diosa amazona. ¿Cómo podía el rey rechazar a una mujer como aquella?

—Señora... —balbuceó cuando ella se dio la vuelta—. La corte va a caer a vuestros pies.

A Roxana le gustaron esas palabras, pero no compartió con Pérdicas sus recuerdos ni sus fantasías.

—Solo lo tiene que hacer el rey —respondió digna y fría.

—Lo hará. Estoy seguro. Si no se presta a la mujer más bella de la Tierra será sin duda el hombre más necio sobre ella —le dijo con una sonrisa traviesa.

Aquello, en cambio, la descolocó: torpemente se aclaró la garganta y con un gesto nervioso hizo como que se recolocaba un pendiente. Pérdicas notó satisfecho lo que había provocado en ella y le sonrió malicioso de nuevo, tendiéndole la mano para irse.

Todos los asistentes al banquete reían y se saludaban animosos, escogiendo ignorar que más allá de los muros de palacio el imperio se rompía en motines y rebeliones.

Roxana hizo su entrada triunfal. El examen era especialmente difícil, puede que imposible. Aquella corte no la formaban los aristócratas guerreros que Alejandro se había llevado al este, sino los nobles del séquito de Sisigambis y de la corte imperial de Babilonia, que había abandonado a Darío después de Gaugamela y se había instalado con la reina madre en Susa. A pesar de su aspecto deslumbrante, las miradas inquisitivas de los cortesanos cayeron ácidas sobre ella, quemándole la piel morena bajo las joyas y la seda. No dejaba de ser, para los persas tanto como para los griegos del Occidente, una salvaje, una moradora de los páramos, una bárbara de las montañas. Endureció la piel, conjuró las vergüenzas y levantó la cabeza altiva, recordándose que era la reina de Persia, convenciéndose de ello, de que el asombro y el respeto se lo debían a ella.

Avanzó por el pasillo de susurros hasta el corrillo que formaban el rey, las hijas de Darío y los principales generales. El rey estaba vestido con la púrpura, afeitado y coronado con su tiara dorada. Roxana lo encontró esa noche especialmente atractivo, tanto como en los primeros días de matrimonio.

Alejandro fingía ser parte de una conversación que dominaban Ptolomeo y Crátero. Estaba de espaldas a ella, junto a Sisigambis y las dos princesas. Pérdicas la convenció de esperar al momento propicio para interrumpir y presentarse ante las tres. Al primer silencio, se lanzaron en picado. Roxana quedó impactada por la belleza de las dos princesas y se sintió aturdida por el aire arcano y severo que irradiaba Sisigambis. Una punzada de celos le dolió en el alma, aunque no quiso admitirlo. Estaban, *eran*, hermosísimas, más que ella, mucho más... No vestían con pretensión ni opulencia; sencillamente llevaban la majestad a flor de piel. Pero recordó que ella también resplandecía, que ella era la esposa del rey, y que eran las otras quienes tenían que estar impresionadas por conocerla y no al revés.

Alejandro hizo un gesto hastiado y fue Hefestión, como *quiliarca* del imperio, quien las presentó a todas. Cruzó sonrisas forzadas y al menos una palabra con todas salvo con Sisigambis, que la miró de arriba abajo, dejando cortes sangrantes por donde pasaron sus ojos. En ese momento sobrevino un silencio incómodo. Roxana y las princesas se miraban como esperando algo: ¿palabras?, ¿gestos? Era evidente que algo faltaba y que esa ausencia cargaba de tensión el pequeño círculo que conformaban. La rabia y la vergüenza atroz sacaron a Alejandro del letargo sombrío en el que lo había sumido el regreso a Susa y aquella tediosa fiesta.

—Inclínate ante la reina madre de Persia —le ordenó.

Roxana no pudo creer lo que oía. Miró atónita a su esposo y luego a Sisigambis. La vieja reina la observaba impasible con su gesto helador: ella también esperaba la *proskynesis*. Miró alrededor: las princesas, tan encantadoras a primera vista, habían rasgado sus rostros y la miraban juiciosas y despectivas, igual que dos arpías iracundas, tomando la ofensa a la abuela como propia.

—Inclínate... —La furia se le desbordaba a Alejandro del alma.

Roxana sintió que se ahogaba: un calor asfixiante le asoló el cuerpo y le subió por el cuello hasta el rostro, enrojeciéndoselo y haciendo que los ojos destellaran infernales. Su dignidad de reina provocó que su orgullo leonino atacase. Dirigió a Pérdicas una mirada que al principio pareció suplicante pero que enseguida se comprobó diabólica.

—*Yo* soy la única reina de Persia —espetó con la voz enturbiada por el enfado—. No me inclino ante nadie. —Y abandonó el banquete y regresó a sus aposentos.

Alejandro la vio marchar. Le pareció que todos lo miraban reprochándole haberse desposado con esa bárbara. Por un momento pensó en salir corriendo tras ella y hacerle pagar su insolencia. Pero no podía moverse, la vergüenza lo tenía paralizado. Una palabra de disculpa le tembló en los labios. Sisigambis lo vio y se acercó para impedir que la pronunciara.

—Un rey nunca pide perdón y menos por las acciones de una salvaje —le susurró al oído.

Durante los días siguientes, Roxana desapareció. Alejandro prohibió que volviera a tratar a la familia de Darío y la confinó a sus aposentos, a sus damas y a sus intrigas. Muy digna, ella rehusó ofenderse, diciéndose a sí misma que le hacía un favor evitándole tener que volver a mirar a la cara a mujeres tan ufanas y despreciables como aquellas. Pero en el fondo esa prohibición de Alejandro la humillaba seriamente: ¿acaso no era ella su esposa, su reina? ¿Eran mejores esas mujeres que no habían dudado en abandonar a su hijo y padre cuando el conquistador se presentó ante ellas? Si había habido una sola posibilidad de que el regreso a Susa suavizara la relación entre los cónyuges, devolviéndoles un recuerdo de lo que fueron sus primeros días de matrimonio, esta se desvaneció. Roxana evocó fugazmente la bella imagen de Alejandro antes del altercado —sus bucles ya cobrizos bajo la tiara dorada, el rostro anguloso recién afeitado, la púrpura abultada por la musculatura— y después lo desterró de su memoria, echándole los recuerdos al rencor para que los devorara.

Ella por su parte pasó a ocupar en la mente de Alejandro el espacio recóndito reservado a la vergüenza. Ya no pensaba en su matrimonio ni siquiera como un hecho aún existente. Lo consideraba simplemente un error pasado con el que estaba condenado a cargar. Otra culpa, de las muchas que se van acumulando a lo largo de la vida. Pensar en ella ya no le llenaba de tanta ira como antes, sino de reproches, reproches hacia sí mismo. Por eso la quería lejos, sobre todo lejos de Sisigambis y las princesas: no podría soportar que las humillara de nuevo. Era en ellas en quien estaba apoyándose para sobrevivir al calvario del regreso al vientre materno, a Macedonia.

21

Durante toda la primavera nada paró quieto en Susa, donde se prepararon los festejos para los esponsales masivos entre oficiales macedonios y nobles persas, el nuevo gran proyecto de Alejandro. Hacía tiempo que sabía que el oro solo no sería una recompensa suficiente para quienes lo habían seguido hasta el confín del mundo. Los griegos anhelaban el poder que entonces continuaba en manos persas. El matrimonio entre ambos mundos se le antojaba la solución para crear en una generación una raza mixta que gobernase el imperio unificado que había construido. La corte entera se preguntó durante semanas si él estaría pensando en tomar una nueva esposa también; muchos lo deseaban con el fin de privar de poder a la bárbara, y no solo en la corte: no hubo nadie en Susa que no pensara en ello, desde el más humilde de los criados a la propia reina madre y sus nietas.

Alejandro hacía por permanecer ajeno a los rumores. Solo una cosa lo atormentaba: regresar. Tratando de evadirse, se escapaba a mirar con nostalgia las nuevas cartografías dibujadas tras sus viajes. En especial le gustaban los mapas del golfo Pérsico. Pasaba los dedos por el dibujo de la costa, acariciándola y pensando en qué punto se encontraría Nearco, en si habría llegado ya a la desembocadura de los ríos mesopotámicos.

Una tarde la princesa Dripetis lo sorprendió dejando a la imaginación correr por los mapas. Había ido a buscarlo para invitarlo a pasear con ella por el jardín y al encontrarlo así decidió quedarse mirándolo en secreto. Llevaba pensando en él desde que partió seis años atrás. Había soñado mucho con él, pero ahora que había regresado veía que la realidad excedía cualquier posibilidad de la fantasía simplemente por el hecho de existir. No podía explicar qué era lo que sentía con exactitud por Alejandro, pero sabía que hacía tiempo que lo amaba. Su imagen se paseaba como dueña por la memoria.

Alejandro la sintió a sus espaldas y se volvió sabiendo que era ella por el olor a jazmines y porque su presencia era distinta a la del resto de las personas, un poco como la de Sisigambis.

—¿Qué puedo hacer por ti, princesa?

Dripetis forzó una pregunta nerviosa.

—¿A qué destinos queréis ir ahora, señor? —Y señaló el mapa. Inmediatamente se arrepintió de haber hecho esa pregunta estúpida y ridícula y quiso salir corriendo de allí.

—A ninguno de los que quiera ir me dejarán —le respondió—. Se han propuesto que vayamos a Ecbatana antes del otoño.

La princesa no supo qué decir después de eso: le parecía impertinente preguntar por qué no le dejaban ir a donde quisiera y además la asaltó un miedo ridículo pero muy poderoso: si se lo preguntaba tal vez pensara que ella quería que se marchara de Susa. Se acercó silenciosamente a la mesa y miró los mapas. Eran las nuevas cartografías del viaje por Gedrosia: el mapa mostraba la costa hasta la desembocadura del Indo en el reino de Pátala, así como los otros ríos y reinos de la India.

—¿Cómo es la India? —le preguntó curiosa.

Alejandro se puso a mirar el mapa con ella.

—Es una tierra mágica. Allí se siente más la presencia de los antiguos que la de los vivos.

Dripetis sonrió soñadora cuando Alejandro le contó las aventuras de cómo remontaron los ríos, de los cocodrilos monstruosos, del mítico Poros y su reino de seis naciones y dos mil ciudades, de cómo había querido ver el gran imperio del Ganges y el océano Exterior...

—¿Es la tierra más bella de cuantas habéis visitado?

—Sí. Pero también la que más me ha quitado...

Dripetis sintió una bofetada de vergüenza por haber forzado recuerdos dolorosos. Qué mezquindad preguntarle por la India: sabía perfectamente lo que había sucedido allí; recordó cuánto la había impactado la noticia del aborto de Roxana. Se sintió rastrera y temió que él pensara que lo era de verdad.

—Perdonadme, señor —suplicó con la voz temblorosa—. Ha sido cruel obligaros a hacer memoria.

—¡Oh, no, no! —dijo Alejandro, apurado él de pensar que la había hecho sentirse mal—. No hay nada que lamentar. Y si se tiene que lamentar algo es la vida misma.

Dripetis levantó mínimamente la mirada y se topó con los ojos de colores, que penetraron en ella con toda la profundidad del universo. Guiada por un sentimiento inexplicable que brotó al verse tan cerca, buscó con timidez sus labios. Dripetis notó primero la aspereza de la barba afeitada a ras de la piel, pero luego el sentir blando de la boca de Alejandro eclipsó todo lo demás: el pudor, la tristeza y hasta los latidos acelerados en el corazón.

Alejandro de pronto se apartó.

—Perdonadme, señor. Perdonadme. —El rostro de la princesa estaba incendiado con un rubor letal.

—No te apures —respondió recomponiendo la voz—. Pero será mejor que te vayas.

22

La reina madre subió los peldaños de la escalinata que conducía hasta el ala regia del palacio. Caminaba despacio, apoyándose de vez en cuando en los muros para recuperar el aliento. Cada día le dolía más moverse, pero se negaba a usar un bastón que hendiera su figura y delatara su debilidad a sus enemigos.

En la galería oscura que conducía hasta las antecámaras de Alejandro se encontró con el eunuco, que salía de desvestirlo y prepararlo para la noche. Desde que llegaron, Sisigambis había hecho lo posible por evitarlo y hasta entonces lo había conseguido, pero esta vez el encuentro era inevitable. En su memoria destelló el recuerdo de la noche fatal en Issos, casi nueve años atrás. Esa había sido la última vez que se vieron. Sabía que la única misión para la que los demonios del desierto habían concebido a ese advenedizo era la de introducirse en el seno de las familias reales y destruirlas, dejando el mundo a merced de la anarquía. En tiempos de Darío nunca se había atrevido a mover un dedo contra él temiendo la represalia de su hijo, que lo veneraba. Había esperado que Alejandro evitara aquella maldición de los aqueménidas, ser esclavos de sus intrigantes eunucos, pero cuando le llegaron noticias de que el eunuco había reaparecido y que ahora lo acompañaba sintió que los cielos se reían de ella y de sus ufanos intentos por lograr la supervivencia de su casa. No había otra explicación para que el destino se estuviera repitiendo de esa forma tan cruel.

Pasó junto a él muy despacio, envenenándose con su visión. Begoas camufló la sorpresa del reencuentro mejor que ella. No le afectaba su odio. Es más, le gustaba provocarlo con su sonrisa maliciosa, respirarlo en el ambiente, sentir cómo a Sisigambis se le encendía la sangre en las venas. Ella se decidió a ignorarlo, pero cuando pasó junto a él y sintió de nuevo ese olor suyo, de humo, que tantas veces había llenado las estancias tristes de Darío, no pudo negarse el placer de una pequeña venganza, de una palabra altanera.

—¿Y dónde está tu señor?

Begoas se detuvo, se inclinó ante ella y tras erguirse le respondió:

—En sus aposentos.

—No. Tu señor está sepultado en la necrópolis de sus ancestros, en una tumba profunda excavada en la piedra.

Begoas le sonrió. La leona anciana gruñó, pero al instante recordó que no tenía dientes ni garras que usar.

—El Gran Rey os está esperando, señora —le dijo.

Sisigambis lo miró de arriba abajo con desprecio, pero hacerlo le enturbió la sangre.

—Llegará el día en que descubrirá lo que eres y te mandará ejecutar. Y estaré allí para verlo. Acuérdate de buscarme en la multitud antes de que te descuarticen.

—Así lo haré —susurró él, se inclinó y siguió su camino.

La reina llegó a la cámara de Alejandro para advertirle que hacía mal dando cobijo a Begoas, que había causado la ruina de Darío cuando estaba a su servicio; quiso advertirle de ello, pero se contuvo: ya había perdido a un hijo por enfrentarse a sus amores.

—Madre —la saludó al verla—, ¿qué sucede?

Sisigambis lo observó en silencio. La imagen de Alejandro apaciguó las iras provocadas por Begoas. Se le dibujó una sonrisa en los labios sin poder evitarlo al verle los bucles grifos cepillados antes de dormir, el rostro cansado por el día y bello aun así. Demoró sus palabras para no romper el silencio y disfrutar un poco más de su imagen. Caminó en círculos por los aposentos, fijándose en cada uno de los muebles, de los objetos, pero mirándolo de reojo, como una amante furtiva. Al venirle a la mente la última vez que Darío había ocupado aquella cámara, la sombra de un dolor antiguo le nubló momentáneamente el alma. Vio el brazalete de lagarto en un cofre con algunas joyas más. Lo cogió y lo estudió para ver si seguía siendo igual.

—Recuerdo cuando te di esto.

—Siempre lo llevo conmigo.

Alejandro la miraba suplicándole que hablara pronto y acabara con esa tensión, pero en realidad a Sisigambis le estaba costando encontrar las palabras.

—Sé a lo que vienes —acabó por decir.

Alejandro sabía que nada sucedía en palacio sin que la reina madre se diera cuenta.

—¿Sí? —respondió ella fingiéndose sorprendida.

—¿Te lo ha dicho Dripetis?

—No.

—¿Cómo lo sabes entonces?

Sisigambis suspiró profundamente y tomó asiento, acomodándose los enormes pliegues de su traje de seda negra.

—Una madre sabe estas cosas —le contestó, sujetando con fuerza las riendas de la nostalgia.

Por un momento, Alejandro pensó que estaban hablando de cosas totalmente distintas.

—Lamento lo que hice.

—La culpa solo es suya. Es una cría insolente. Pero vengo a decirte otra cosa.

—Dirás.

—Se habla en la corte de estos desposorios entre griegos y persas, en si el rey tomará una esposa también.

—¿Y bien?

—¿Es cierto?

Alejandro no supo qué contestar. No había prestado oídos a aquellos rumores.

—Yo ya estoy casado —dijo, casi entre dientes, como si le doliera recordar aquella realidad incómoda.

—Con una bárbara —apostilló la reina—. Una salvaje vengativa que te arrebató a tu heredero.

Aquellas palabras lo devolvieron al palacio oscuro de Taxila, donde había quedado para siempre un pedazo de su corazón.

—La bárbara no es una reina. No puede serlo. Debes tomar una nueva esposa, señor, una con la que afianzar tu dinastía y tener un hijo que herede el mundo. De esa forma apartarás a la intrigante bárbara de tu lado.

Alejandro se dejó envolver por la voz seseante de la reina madre.

—¿Tienes en la mente una candidata?

Sisigambis sabía que él ya conocía la respuesta.

—Estatira. Es la primogénita del último Gran Rey aqueménida. Es su derecho y tu obligación.

Ella nunca mencionaba a Darío, reparó Alejandro. Su nombre estaba vedado de sus labios, quizá porque era demasiado doloroso como para pronunciarlo.

—Lo pensaré. Ahora déjame, tengo que reunirme con...

Pero la reina madre no se movió un ápice, ni siquiera parpadeó. Alejandro trató de huir de su mirada, pero no pudo: esta exploró una vez más, como tantas veces había hecho en el pasado, hasta el último rincón de su pensamiento.

—No unirás dos razas, dos mundos, si solo casas a tus nobles, señor. Lo sabes. Para ello han de unirse las dinastías que los gobiernan y eso solo puedes hacerlo casándote con Estatira.

Alejandro le dio la espalda, pero Sisigambis continuó:

—No puedes quedar al margen de este desposorio. También en esto debes ser el primero y liderar a los tuyos como me consta que haces con valor en el campo de batalla.

En la mente del joven apareció el recuerdo de Hefestión y el sabor de sus besos acudió a los labios.

—Esto es diferente —quiso zanjar.

—Sí, lo es. Y también es mucho más importante.

Sisigambis le puso sobre el hombro su mano cargada de sortijas. Alejandro, aún sin darse la vuelta, se la cogió.

—Sé que no estaba en tus planes casarte con ninguna de mis nietas —continuó la reina; quizá por primera vez en su vida había calidez en su voz—. Cualquiera que te mire como hombre, y no como rey, sabe que ni ellas ni ninguna mujer del mundo, tampoco esa bárbara bactriana que trajiste contigo, es para ti. Yo sé bien dónde está tu corazón. Pero estamos hablando de tu deber como Gran Rey, de la obligación que has heredado al hacerte con este trono.

Las palabras de su madre alcanzaron lo más profundo de su alma. «Tu deber como Gran Rey.» Recordó todas las veces que inútilmente había buscado consuelo en su naturaleza real. El trono le había arrebatado mucho, pero nunca había temido que le fuera a quitar a Hefestión. Ahora lo veía como una posibilidad. Casado con Estatira, una reina verdadera, no una bárbara de las montañas, su vida cambiaría para siempre. ¿Dónde quedaban ellos? No podía dejar de pensar en él, en cómo serían sus vidas a partir de entonces. Su mente exploraba todas las posibilidades, todas las opciones, y todas le parecían insuficientes porque con ninguna lograba seguir reteniéndolo a su lado, pudiendo amarlo como su corazón anhelaba.

—En cuanto a Dripetis... —Sisigambis trató de retomar la conversación.

De pronto, Alejandro lo vio claro.

—Dripetis se casará con Hefestión —zanjó.

«De modo que era eso —pensó la reina—. Siempre fue eso, siempre fue por él.»

—Me parece oportuno. Vuestros hijos... serán sobrinos entonces.

—Sí...

«Y así siempre habrá un Hefestión junto a un Alejandro.» Quizá fuera a ser la mayor de las torturas. Tenerlo tan cerca pero en manos de una mujer no sería distinto a que estuviera al otro lado de esa Asia inasible, de lejanía imposible de vencer.

—¿Crees que Dripetis...? —prosiguió.

La reina madre se adelantó:

—Ella sabe muy bien cuál es su lugar, el de su hermana y el tuyo. Pronto lo recordará.

—Siento tanto haberle hecho daño...

—Si se lastimó fue porque quiso. Ha sido una necia pensando que...

Ahora fue él quien la interrumpió:

—No he conocido a nadie menos necio que ella. Si las cosas han llegado hasta aquí de la mano de un necio, ese he sido yo.

Sisigambis esbozó una sonrisa triste, tal vez causada porque Alejandro lo hubiera entendido todo, tal vez porque no hubiera entendido nada. Le acarició el rostro y los cabellos que se derramaban sobre su frente.

—Ha pasado el tiempo —dijo él al sentir que los dedos de

su madre palpaban las canas ásperas escondidas entre los bucles cobrizos—. A él nunca podemos ganarle la batalla. Está perdida de antemano.

—No... Simplemente no hay batalla. —Al decir esas palabras sintió el rencor que desde otro mundo le guardaban sus hijos verdaderos—. Estatira —repitió para retener la lágrima fugaz en la que trataban de huir los recuerdos que no quería superar—. Tiene que ser Estatira.

—Tengo que decírselo —dijo Alejandro refiriéndose a Dripetis.

—Lo haré yo.

Al día siguiente Sisigambis comunicó a las dos princesas su destino. Estatira lo escuchó impasible y regia aunque no pudo evitar que en su memoria destellase una imagen de su padre y en su mente la pregunta de qué pensaría viéndola casada con su enemigo.

Desde el momento en que su abuela mandó llamarlas, Dripetis se había temido lo peor y antes de que terminara de hablar replicó que no podía ser, que no podían hacerle eso.

—Silencio —ordenó la reina madre, severa y fría—. Compórtate.

Por primera vez, sin embargo, la voz tonante de su abuela no la asustó. Miró a través de ella y la vio como lo que era: una anciana melancólica que se envolvía en un manto de gravedad y dignidad para esconder que hacía ya mucho tiempo que no tenía motivos para vivir.

—Hablad con el rey —suplicó—. Dejad que él decida.

—Es el rey quien ha decidido —dijo Sisigambis.

—No es verdad... Mientes.

—¡Dripetis! —exclamó Estatira.

Sisigambis le sonrió condescendiente.

—No. No lo hago.

Dripetis notó una bofetada de dolor, pero no quiso dejar que su abuela y su hermana vieran en sus ojos las lágrimas y se sintieran victoriosas. Temblaba de rabia; se sentía burlada. Lo supo: todos se reían de ella. Todos.

—En verdad la crueldad de los aqueménidas no es un invento de los griegos —les dijo, y se marchó corriendo mientras se ahogaba en el llanto de su amor malogrado.

Cerró tras de sí las enormes puertas de su cámara y se hundió bajo la pesada mirada azul de los lamasus de las paredes.

De pronto llamaron a la puerta.

—¡Dejadme! —gritó en persa pensando que era Estatira, que venía a reprocharle su comportamiento.

Pero no fue la voz de su hermana lo que escuchó.

—¿Princesa? —Era Alejandro. No había entendido la palabra, pero reconocía perfectamente la voz de Dripetis—. Princesa, ábreme, por favor.

Se acercó tímidamente a la puerta y acarició la madera fingiendo que era su rostro. Alejandro oyó sus pasos.

—Abre —le pidió.

—No puedo —contestó esforzándose por contener las lágrimas—. Os lo ruego, señor: no me hagáis abrir.

—No lo hagas, entonces, pero escúchame.

—La reina madre ya me lo ha contado todo...

—Pero quiero que me lo oigas a mí. Por favor...

Tragó saliva y movió los labios, pero no sabía por dónde empezar a explicarle lo que ni siquiera él sabía: lo que sentía. Se le atoraban las palabras al hablar de Hefestión y se dio cuenta de que nunca en su vida se había parado a pensar en verdad qué era lo que su amigo significaba para él, nunca había puesto palabras a los sentimientos que lo unían a él; ahora que lo intentaba, le era imposible, como si no conociera el lenguaje para hacerlo, como si las palabras para describir lo que sentía estuvieran más allá del umbral de las lenguas y no pudieran pronunciarse sin morirse el corazón.

—Es mi deber casarme con tu hermana. Saben los dioses que no es a ella a quien quiero, pero ella es la heredera de vuestra dinastía; solo ella ha de ser la gran reina. Y tú te casarás con Hefestión. Princesa, yo... Te entrego a quien es mi vida. Él *es* Alejandro, porque Alejandro sin él nunca fue nadie. Y, siéndolo todo para mí, se convirtió en mí, en mi otra mitad. Te entrego a quien es yo mismo; no: a quien es mejor que yo en todo, porque es noble, y leal, y bueno y... —Se le estaba rompiendo la voz. Por un momento se había olvidado de Dripetis. Disimuladamente se aclaró la garganta—. Y te hará muy feliz. Sé que ahora mismo eso no te consuela, pero estate segura. —Seguía sin responder. Pegó la oreja a la puerta—. ¿Dripetis? No sé si sigues ahí...

De nuevo trató de escuchar tras la puerta. Dripetis estaba al otro lado, totalmente quieta: se tapaba la boca con la mano para que no se oyera su respiración atragantada por las lágrimas. Alejandro pensó que no estaba y que sus palabras se habían perdido sin que nadie las oyera. Apoyó las manos contra la puerta y plantó sobre la madera un tímido beso a la altura a la que se imaginó que habría estado la frente de la princesa.

Esperó unos segundos, pero no la oyó. Cerró los ojos para invocar las palabras que deseaba, pero solo podía pensar en Hefestión. Notando que ya no podía contener la tristeza, se apartó y se alejó a pasos acelerados por la galería oscura, llevándose el arrepentimiento por la situación hasta la que había conducido su vida.

Al oírlo, Dripetis abrió las puertas queriendo verlo, pero de él solo le llegó el eco de sus pasos y de su dolor.

23

Las bodas se celebraron el mismo día que Alejandro cumplía treinta y dos años. A pesar de que culminara la gran misión de unir ambas dinastías y con ellas los mundos de Grecia y Persia, lo sintió como uno de los más tristes de su vida, pues era el día en que pagaba el precio de su reinado y se daba cuenta de que en nada compensaba.

Begoas fue a buscarlo temprano. Sobre los tejados de las torres y las terrazas temblaba la luz frágil del alba. Cuando entró en la alcoba lo encontró ya despierto. No había logrado conciliar el sueño en toda la noche. Lo bañó y lo afeitó, para después peinarle el cabello y arreglárselo con unos escuetos cortes. Lo hacía con una parsimonia delicada que aspiraba a ocupar todas las horas que quedaban hasta que llegara el momento convenido. A continuación le secó el cuerpo sin que Alejandro notara su roce.

Después Begoas le fue colocando las piezas del traje, las distintas túnicas de púrpura y violeta, con tanta delicadeza que parecía que directamente lo estaba cosiendo sobre él, y las prendió con broches enjoyados. Engarzó los largos dedos con sortijas de colores, le colocó el brazalete de lagarto en la huesuda muñeca y collares con medallones sobre los hombros. Cepilló el cabello cobrizo para que afloraran de nuevo los bucles, aplastados por el calor del agua, pero también lo hicieron los mechones plateados que delataban el paso del tiempo. Finalmente le encajó la tiara de hojas de laurel hechas de oro y pulverizó sobre él exóticos perfumes.

Cuando hubo terminado, sostuvo frente al rey una gran plancha de plata pulida para que se viera. Alejandro no reconoció el recuerdo que tenía de sí mismo. Su semblante había envejecido por los viajes más de lo que pensaba; no había aceites ni esencias persas que lo camuflasen. Viendo el reflejo tembloroso se dio cuenta de que no sabía quién era, de que en su interior no se sentía como lo que veía en el exterior. Era un extraño en su propio cuerpo.

—Señor. Es la hora.

Se volvió. Hefestión lo estaba esperando en la antecámara. Alejandro sonrió al verlo, doliéndose en su interior y sintiendo el fuego del primer día en que lo amó. La púrpura hacía vuelos sobre su corpulenta complexión, dándole un aire entre escultórico y etéreo, como debían de ser los semidioses. El cabello castaño estaba recogido con una diadema, el rostro afeitado había recuperado todos los ángulos que la fina barba solía esconderle. Bajo toda su belleza, sin embargo, Alejandro intuía que ese día él también arrastraba una profunda tristeza. Al cruzar la puerta, sus ojos se entrelazaron una última vez, dándose el beso que ya no podían los labios.

Los palacios persas nunca habían visto una celebración como aquella. De las columnas colgaban guirnaldas de flores y en los pebeteros de oro rugían llamas que los magos alimentaban con polvos encantados y volvían de colores. El aroma de los perfumes y el rumor de las sonrisas llenaban la estancia. Todo resplandecía con el brillo del lujo: se había envuelto en seda y perlas hasta a los doscientos veintiséis criados que, hieráticos como esculturas, sostenían ramos de flores, antorchas o jarras doradas con vino. Incluso los fieros lamasus de las paredes parecieron aliviar su seriedad y sonreír celebrando la unión de los mundos. A lo largo de la galería, los novios estaban sentados en sillas, con una vacía a su lado donde se sentarían las novias. Iban vestidos con sus túnicas elegantes, algunos a la moda griega, otros, los más cercanos al rey, a la moda persa. Parecía que todos acudían a aquella ceremonia emocionados y con esperanzas de amor, aunque muchos solo se habían conocido la noche anterior y se separarían al cabo de unos meses, cuando se disolviera el vínculo verdadero de aquellas uniones. Al fondo, bajo el relieve triunfal de Jerjes conquistando el mundo, estaban dispuestos los regios tronos tallados en piedra azul donde esperaban los novios de honor. El de Alejandro estaba más elevado, sobre los peldaños reales; un poco más bajo estaba el de Hefestión, y el del resto de los *hetairoi*, al nivel del suelo. Se miraban nerviosos a la espera de sus futuras mujeres, aunque en realidad lo que les encogía el alma era el verse allí, lo rápido que había pasado el tiempo.

La comitiva de novias persas entró, Sisigambis la primera, seguida de sus nietas y del resto de las hijas de nobles que se iban a desposar con oficiales macedonios. Las princesas estaban espléndidas: envueltas en magníficos trajes de sedas coloridas, con vueltas y volúmenes imposibles, con las impresionantes joyas de los aqueménidas, que destellaban bajo las antorchas. Cruzaron la galería recibiendo, mientras atravesaban el pasillo, la inclinada reverencia de *proskynesis* de todos los presentes.

Alejandro le hizo un gesto a Hefestión y bajaron a recibirlas. Ambos notaban en el pecho el pulso acelerado del otro, escuchaban la respiración jadeante, movían las manos nerviosos. No se atrevían a mirarse directamente. Se estaban enfrentando al temido umbral de la vida que para ambos siempre fue el matrimonio: sabían que, de alguna forma, allí se decían adiós para siempre, allí dejaban de ser lo que siempre habían sido. Habían reflexionado mucho sobre ese momento, lo habían hablado, anhelado y temido juntos, pero nunca habían pensado en ello como algo más que una meta lejana. Ahora había llegado la hora, lo que constataba el paso irrefrenable de los años. No pudieron resistir la tentación nostálgica de echar la vista atrás y, tomando conciencia de todo lo hecho y lo dicho, concluir que habían desperdiciado no los mejores años de la vida, sino la vida entera, al entregar alma y aliento a causas estériles en vez de a la causa del amor, que es la única que pervive al tiempo y a la muerte.

Sisigambis se inclinó ante Alejandro y sonriendo le entregó a Estatira. La princesa se inclinó también, el rey besó su mano y luego la besó en los labios, simbolizando así su unión. Los novios después se sentaron en sus tronos, recién casados, brindaron por su matrimonio y bebieron de la misma copa. Alejandro no perdió de vista a Dripetis y a Hefestión, que a su lado practicaron el mismo ritual, ensayado hasta la saciedad y que sin embargo aún parecía improvisado. Tras ellos, cada macedonio tomó a su esposa, la besó, brindó con ella y bebió de la misma copa en esa extraña costumbre de casamiento que ora tomaba elementos de lo pérsico, ora lo hacía de lo griego, lo indio e incluso lo bactriano.

Luego siguió el muy esperado reparto de dotes salidas del tesoro real, que el rey hizo en persona a cada contrayente. Alejandro se acercó primero a sus *hetairoi*; todos iban sonrientes, vestidos de púrpura, junto a sus nuevas esposas. Los abrazó a todos y les entregó la pieza de oro prometida, aunque sabía que para ellos eso no significaba nada: toda la vida habían estado con él; ahora cada uno tomaba esposa, tendría una familia por la que velar; habían crecido. A su memoria acudió ese día en que cruzaron el Helesponto: lo sentía tan cercano..., pero iba lejos ya, a la deriva por el tiempo, como el recuerdo de Clito, el de Barsine también; todos los de una vida que sintió que pasaba demasiado rápido.

El grandioso banquete nupcial comenzó al mediodía y terminó bien entrada la madrugada. Desde el balcón de su torre, Roxana oía el estrépito de los novios, borrachos de alcohol y de felicidad. Los tesoros prometidos durante años de travesías por lo desconocido, por fin en sus manos, junto a hermosas esposas persas, que aun así no les bastaron, pues tras la noche de bodas sacudieron todos los burdeles de Susa. Se rio sarcástica: ¿esa era la cuna de la civilización, la refinada Persia que miraba por encima del hombro a los de su estirpe, llamándolos despectivamente «gentes de las montañas»? Los mugidos bacanales que inundaban la noche persa no conseguían, en su opinión, eclipsar el estruendo de esa civilización y ese tiempo que se derrumbaban.

Pérdicas avanzó silencioso por los aposentos oscuros en los que flotaba, como única luz, el temblor oleoso de los candiles.

—¿Cómo fue? —le preguntó al sentir su presencia—. ¿Está el rey gozando de esta celebración tanto como los demás? —Hacía sin duda referencia a esos ruidos profanos que parecían de pillaje y saqueo más que de noche de bodas.

—No. El rey se retiró pronto junto a ella.

—¿Cuál es la costumbre en Macedonia? ¿Cuál de las consortes es la verdadera reina? —preguntó desinteresada y divagante.

Pérdicas se acercó sigiloso y se apoyó en el balcón.

—Depende. La madre del rey siempre fue reina y era la tercera, ¿o la cuarta?, esposa de Filipo.

—¿Olimpia? —De ella solo conocía lo que le había contado Pérdicas y otros macedonios a su servicio: que era intrigante y que la unía a su hijo un afecto enfermizo que no era de este mundo.

El general asintió.

—Pero también ella era princesa en su reino y hermana de rey, al contrario que las otras consortes de Filipo.

Roxana suspiró abatida.

—Entonces está hecho. ¿Qué puede pretender la hija de un noble montaraz contra la hija de un Gran Rey? Ella será la consorte real, la única reina.

El silencio de su aliado le confirmaba que estaba en lo cierto. Se sintió tentada de preguntar cómo había sido la ceremonia, cómo se había mostrado Alejandro, si había habido en su mirada o en sus gestos titubeos indecisos, muestras de incomodidad. Pero no lo hizo porque temía que Pérdicas le dijera lo que ya sospechaba: que no, que se había mostrado radiante, y que la presencia de la otra consorte, de la bárbara bactriana, no se había echado en falta porque ni siquiera la había recordado.

—Ahora que hay una reina de sangre real no serás reina nunca, por eso... —comenzó.

—Ya lo sé —replicó tajante.

Pérdicas no se dejó amedrentar. Puede que hubiera confiado demasiado en esa mujer para llevar a cabo su plan como para además aguantar su impertinencia.

—Por eso tienes que volver a meterte en su cama. Ser madre de rey; esa es la única solución.

Roxana bufó entre dientes y le dio la espalda, enojada.

—Cada vez es más difícil. Está distante no solo conmigo, sino con todo el mundo. Y ahora Estatira me va a desterrar de su vida.

Pérdicas la siguió sibilino y lanzó una pregunta.

—¿Por qué fue a ti la primera vez?

—Había perdido a Clito. Habrá que esperar a un momento en que esté débil, como entonces. Tal vez incluso provocarlo.

—Con un poco de suerte, el mar se tragará a Nearco esta vez de verdad.

—Nearco no será suficiente. Los hay más cercanos...

—De todas formas no bastará con un momento solo; tenéis que volver a ser un matrimonio hasta que quedes de nuevo encinta —insistió el general.

—Con que me ame una sola vez bastará. Después te encargarás tú; no podemos arriesgarnos. —Se volvió, sus movimientos de serpiente encabritada, y besó a Pérdicas en los labios, sellando ese pacto con el que ambos se jugaban el futuro.

24

Los meses de verano vieron crecer, pero también caer, algunos de los matrimonios de la gran farsa de Susa. El del rey y la princesa Estatira sobrevivió, pero fue sin duda uno de los más solitarios de todos. Era evidente que no se amaban y aunque ambos sabían (estaban convencidos, pues eran parecidos y se entendían) que con el tiempo nacería un cariño especial, al principio se vieron sumidos en la nostalgia estática de un matrimonio anciano. Lo único en lo que Alejandro encontró consuelo personal, que no para su imperio, fue en la noticia de que el amotinamiento en las ciudades continuaba rugiendo. Le daba una oportunidad para escapar del sopor del silencio matrimonial, de la soledad interna que sentía a pesar del alborozo de la corte.

Alejandro encomendó a Crátero la misión de negociar con los alzados, mostrarse misericordioso incluso si accedían a cejar en su rebelión, y regresar con un ejército de veteranos a Macedonia.

—Y cuando vuelvas —le dijo—, traerás contigo a Antípatro para que rinda cuentas ante su rey por los años de su regencia.

Crátero partió en las siguientes semanas hacia el oeste en llamas. Alejandro lo vio ir junto a los veteranos que había con ellos en Susa y sintió una corazonada. Después de mucho tiempo comenzaba la vuelta que tanto habían demandado sus soldados. El sueño se terminaba y, puede que influido por ese pesar de las despedidas, ordenó inmediatamente el traslado de la corte hasta Ecbatana.

El motivo oficial era que se iba a recabar de la ciudad el monto restante del tesoro real, que estaba allí custodiado, a fin de terminar de pagar deudas a los soldados y reponer las dotes dadas a los novios de Susa. Sin embargo hubo quien sospechó que Alejandro deseaba volver a la ciudad de las siete murallas para iniciar de nuevo el viaje. Después de todo, de allí había partido seis años antes en una travesía que comenzó con la búsqueda de Darío y terminó en el río Hífasis, en el confín de la

India. Muchos pensaban que quería revivir aquello a fin de nunca regresar por la senda de Crátero, repitiendo hasta la saciedad un viaje cíclico por la llanura de Persia. Lo cierto era que él lo pensaba: tomar ese camino, perderse y nunca regresar, o tomarlo para encontrar al Alejandro que perdió y entonces afrontar el regreso a casa.

Perdido en esos pensamientos, recorrió el camino hasta Ecbatana sintiéndose más solo que nunca, como si en las cien mil leguas de tierra a su alrededor no hubiese una sola alma aparte de la suya. Hefestión no iba a su lado, sino con Dripetis, detrás en la caravana. No habían hablado a solas desde la boda. Simplemente se habían intercambiado palabras huecas cuando se encontraban por las galerías solitarias o del brazo de las hermanas en los jardines. Era como si después de los esponsales hubieran dejado de ser ellos y ya no se conocieran.

Tal vez temiendo fallarle, Hefestión intentaba interpretar bien su nuevo papel de esposo y por eso se había entregado a Dripetis como si lo que los uniera fuese el amor de toda una vida. No quería hacerla de menos, ni ofender su dignidad ni su inteligencia. Quería imperiosamente que naciera entre ellos el cariño; bastante cruel era para ella aquel enlace, pues todos sabían lo que sentía la princesa por el rey. Para ello, para ser un buen marido, había resuelto alejarse de Alejandro, lo que este interpretó como un castigo por tantos años sufriendo. Después de las grandes ocasiones como las bodas, siempre se revisaba el estado de los afectos y, para alguien tan solitario como en el fondo era Alejandro, eso solo podía suponer dolor.

En los primeros días de otoño, casi en el aniversario de Gaugamela, que con su eco lejano aún llenaba de polvo y gritos los campos de batalla de la memoria, vieron las almenas de Ecbatana, sus murallas concéntricas y los torreones espigados de su ciudadela palacial. Por un instante se sintió como si reviviese una de sus conquistas. Miró sobre su hombro esperando compartir la dicha con sus hombres, hartos de penurias, sedientos de tesoros, y probarles así que Alejandro siempre cumplía sus promesas, pero a sus espaldas ya no iban las gloriosas falanges del pasado. Esas estaban ya camino de casa, con Crátero. Lo seguían unos pocos miles de soldados sin patria ni panteón propios, huérfanos de guerra recogidos de lejanos lugares y travestidos a la macedonia. De golpe le regresó la tristeza y cuando volvió a mirar adelante ya no vio una Ecbatana luminosa, sino una ciudad oscura donde de pronto recordó que lo estaría esperando uno de sus más antiguos fantasmas: Parmenión.

Lo imaginaba deambulando por las galerías retorcidas del palacio, masticando detenidamente deseos de venganza. Ya oía sus pasos y sentía sus ojillos negros clavándose analíticos en su alma. Un día incluso, bajo la luz del crepúsculo, le pareció verlo en el jardín: su figura delgada, de espalda hundida, su caminar senil. Pero cuando se lo dijo a los demás se encontró con que ninguno de los *hetairoi* parecía siquiera acordarse de que Parmenión hubiera existido ni de que entre esos muros color albero se le hubiera dado una muerte infame. Incapaz de compartir la culpa y el miedo al fantasma por temor a que lo tacharan de loco, esta vez con consecuencias y para siempre, se fue aislando cada vez más.

En esos días volvió a oír el inmenso silencio del mundo. Y Hefestión ya no estaba con él para ocultar el estruendo de su soledad. Sabía que se había ido para siempre, que lo había perdido. Sentía además, por primera vez en la vida, que ya no tenía derecho a arrebatarlo de vuelta. Lo supo cuando, buscándolo una tarde, lo encontró sentado a la sombra del gran lamasu del jardín, siguiendo tierno y protector con la mirada a Dripetis, su esposa, que paseaba con Estatira entre los rosales. Aun así, no pudo evitar acercarse despacio y sentarse a su lado en los peldaños de la gran escalinata.

Hefestión ni habló ni se movió. Se quedaron mirando a las dos esposas, las dos mujeres que los habían separado, viéndolas ocultarse y reaparecer por los caminos sinuosos del paradisiaco jardín.

Alejandro pensó al cabo de un rato que su amigo no volvería a hablarle nunca más, herido en lo más profundo.

—Nearco ha regresado a Babilonia —le dijo—. Encontró el paso del golfo Pérsico.

—El mundo se te hace cada vez más pequeño —suspiró.

Fue una frase fría y, aunque Alejandro sabía que tenía muchos significados velados, le alegró oír de nuevo su voz.

—Sí... Quiero regresar a recibirlo antes del nuevo año. Cuando estén dispuestos aquí los asuntos y organizados los pagos de las soldadas, partiré. Hefestión... —Se atragantó con sus palabras pero finalmente logró decirlas—. ¿Volverás conmigo a Babilonia?

—Sí —respondió sin mirarlo—. ¿Por qué lo preguntas?

—No lo sé... —mintió.

—¿Quieres que me quede aquí?

—No.

—¿Entonces...? Que lo preguntes me hace dudar de que quieras que vuelva.

—Yo quiero que me acompañes, pero me pregunto si es eso lo que tú deseas en realidad.

—¿Y desde cuándo te han importado los deseos de los demás...? —Aquello brotó de lo más profundo de su alma herida, con todo el dolor que durante años le había infligido ese amor esclavo que sin embargo lo mantenía con vida. Se arrepintió al momento, pero vio que Alejandro asumía el golpe con entereza y resignación, como si sintiera que lo merecía—. Sí... Es lo que quiero yo también, pierde cuidado.

—No te veo feliz... —musitó.

—¿Qué te preocupa? ¿Que sea feliz o que se cumpla lo que quiero? —replicó.

Alejandro fingió no entenderlo, pero sabía bien a qué se refería. El conflicto que había en Hefestión no le era ajeno: era también el suyo. Una lucha entre los dos hemisferios del ser, entre el que quiere ser feliz y el que quiere simplemente ser, ser de verdad, aunque eso acarree la infelicidad.

—Quiero que seas feliz y que trates de serlo —le dijo finalmente.

Hefestión le sonrió, pero sintió un nudo terrible en el corazón, estrangulándolo con tanta fuerza que no lo dejaba ni latir. ¿Cómo podía explicarle que ahora sabía que había sido feliz y libre hasta que él apareció y despertó el amor, con toda la infelicidad que procuraba y de la que sin embargo no se quería escapar?

Estatira y Dripetis aparecieron de nuevo por el camino. Alejandro, nervioso, no quería que los vieran.

—Ya no estás atado a mí, solo a ti mismo.

Hefestión se levantó y lo miró. En sus ojos verdes había un triste brillo de agua.

—El nudo gordiano que nos une puede romperse, pero nunca deshacerse. Siempre habrá nudo, aunque la cuerda esté rota en el suelo. No puedes liberarme, Alejandro, ni aun volviendo a repetir nuestras vidas: es el destino el que nos tiene entrelazados.

—Como a Aquiles y a Patroclo —aventuró, tratando de restar amargor a aquella conversación rescatando uno de los sueños que habían compartido.

Pero Hefestión lo rompió en pedazos.

—No es un destino heredado el que nos une, Alejandro, sino uno que nos hemos dado a nosotros mismos.

—Pero...

—Ojalá poder creer en los viejos mitos como antes... —Esas palabras lo helaron—. Estaré contigo. Y volveré contigo a Babilonia a recibir a Nearco.

Se inclinó y después se dirigió hacia su esposa.

—¡Hefestión! —lo llamó.

Él se dio la vuelta y regresó unos pasos.

—¿Sí?

Alejandro buscó coraje en su interior, todo el que hasta entonces le había faltado para decirle:

—Perdóname. No sé qué más me queda salvo suplicarte que me perdones, como un hermano.

Esbozó una sonrisa triste.

—Un rey nunca pide perdón y menos todavía a un súbdito.

—Tú no eres un súbdito. ¿Cómo puedes pensar eso?

Miró por encima de su hombro: Dripetis y Estatira se acercaban.

—Todos lo somos. Nos convertimos en ello. Pero no te culpes: somos tan culpables como tú.

25

Dos días después, con la luna llena, Ecbatana se colmó de gloria. Celebraban el noveno aniversario de la primera victoria sobre Darío en Issos. El palacio rebosó de luces, flores y cortesanos. Alejandro sin embargo percibía en el aire el recuerdo de la última fiesta igual a esa, una que también se celebró en un palacio lejano, sin más motivo que su gloria, y que terminó con una tragedia de la que se culparía siempre. No era el único al que el ánimo se le cargó de sombras. Estatira y Dripetis acudieron a la celebración y lucieron su mejor sonrisa aunque no olvidaban ese aciago día, casi una década atrás, en que su padre irrumpió en el palacio de Issos sin haber plantado batalla, abandonándolas después. Podían haberse desposado con griegos y haberse puesto en manos de los remedios del tiempo, pero en ellas aún sobrevivía la llama aqueménida y el recuerdo de todo cuanto había sido y ya no era.

Los grandes salones hervían en un bullicio semejante al de las bodas de Susa, o incluso mayor. Desde su trono dorado en forma de pavo real, Alejandro fue viendo pasar a cada uno de los invitados: cortesanos y nobles de Ecbatana, aristócratas de toda la provincia, de la vecina Hircania, de las ciudades imperiales, mandos militares y religiosos; todos acudieron a la gran celebración de su reinado asiático. Los *hetairoi* entraron ataviados como Compañeros de la Púrpura, junto con sus nuevas esposas. Hefestión no iba con ellos. Alejandro lo buscó ansioso, pero no lo encontró. No disfrutó de la comida ni de los bailes ni la bebida, pues andaba perdido en sus pensamientos, tratando de localizarlo, creyendo verlo y confundiéndolo en la multitud. Ptolomeo notó su nerviosismo y se acercó a él, apartando a codazos a los cortesanos borrachos.

—Va a dar comienzo la carrera de atletas, señor. Salgamos al jardín —le dijo—. ¿Qué os sucede? Se os nota distraído.

Alejandro volvió en sí.

—No... No es nada.

—¿Algo os inquieta?

—No, no, todo está bien —insistió—. Vamos a ver la carrera.

—Esperemos que no llueva —dijo Ptolomeo mirando las nubes oscuras cercando la luna.

—Confío en que no —dijo, aún estirando el cuello para ver si veía a Hefestión entre la gente.

Entonces el general deslizó el veneno en su oído:

—A mí también me sorprende que haya fallado a un evento tan importante —susurró—. Jamás querría pensar que está distanciándose del Gran Señor.

¿Podía ser en verdad una venganza?, pensó. Lo había dejado solo en esa noche atronadora, conmemorando solo las victorias que habían obtenido juntos. La llegada de la princesa Dripetis lo arrancó del letargo de su pensamiento. Se inclinó ante él y se disculpó por la imperdonable tardanza. Alejandro estaba tan hundido por que Hefestión no la acompañara que ni reparó en cuánto tiempo hacía que no hablaba con ella.

—¿Dónde está Hefestión? —preguntó severo.

Dripetis se irguió.

—Está indispuesto. Me ha pedido que lo excuse ante el Gran Señor.

Ptolomeo dejó ir un suspiro ahogado en el hombro de Alejandro, como indicando que esa ausencia y esa excusa terrible confirmaban todo lo sospechado.

—¿Indispuesto? —repitió.

—No se encuentra bien... Le duele un costado.

—¿Está enfermo?

—Asegura que solo necesita descansar y que no es grave.

—Parece que lo suficiente como para dejar solo a su rey en una jornada tan señalada —replicó Ptolomeo.

Alejandro hizo por ignorar esas palabras.

—Esperemos entonces que se recupere y que nos vuelva a honrar pronto con su presencia —le dijo tratando de extirpar toda emoción y sentimiento de la voz—. Vamos. Estarán a punto de empezar las carreras. —Y se dirigieron hacia las pistas construidas en medio del jardín.

—Esto parece explicarlo todo, señor... —musitó Ptolomeo.

—¡Basta ya! —masculló—. Estoy harto de tu veneno.

—Solo digo lo que veo, señor.

—Ves lo que te interesa.

El ruido del banquete, las luces ígneas de la fiesta llenaban con su eco las plantas superiores del palacio, trepando por las fachadas. Cerca de la medianoche se levantó un viento frío por el este. Recorrió las estancias vacías aullando como un lobo hambriento, agitando el cortinaje fantasmal, devorando la llama de las velas y las antorchas. Nubes de aguacero se desplazaron silenciosas por el cielo añil, cubriendo poco a poco el plenilunio.

Hefestión apuró el vino, pero al hacerlo volvió a sentir el pinchazo en el abdomen que llevaba sufriendo desde la noche anterior. Sin embargo, ahora fue todavía mayor. Se sirvió agua de una jarra dorada; notó un sabor turbio en el fondo de la copa, pero no supo si era la propia agua o el amargor de estaño que también llevaba sintiendo en la garganta todo el día. Un temblor helado tiritaba en la punta de los dedos. De nuevo el pinchazo, esta vez tan agudo que le arrancó un quejido gutural. Se bebió otra copa de vino, confiando en que el alcohol lo tranquilizaría y calmaría el dolor. Después se metió en la cama, tapado hasta la barbilla, pero aun así sintiendo frío. Intentó dormir y pronto le sobrevino un sueño pesado y obtuso, lleno de voces chillonas, en el que todo daba vueltas y se consumía en un vórtice oscuro.

Un grito lo despertó. No supo si lo había oído en el mundo del sueño o el real; de pronto se dio cuenta de que ya no sabía distinguirlos. Temblaba de frío entre las sábanas ensopadas de sudor. Notaba un nudo en la garganta y notó que le faltaba el aire. Se revolvió en la cama tratando de incorporarse pero no podía moverse, estaba paralizado bajo un peso atroz, como si las sábanas fueran planchas de hierro. No sentía los miembros del cuerpo, solamente el frío húmedo en los huesos. Oyó un ruido en el fondo de la alcoba, entre las sombras, pero no pudo girar el cuello para ver quién era. Sus ojos estaban tomados por la oscuridad del techo, que se iba aproximando poco a poco, engullendo la totalidad de su visión. Perdió el control de sus pensamientos y, aterrado, se le desbocó la memoria. Empezó a ver imágenes de su vida: las escenas humeantes danzaban y desaparecían cuando trataba de cogerlas; en todas aparecía él, sonriéndole, tan real que la piel recordaba su tacto. Lo llamó, pero en la garganta atorada no sintió vibrar la voz. «Alejandro... Alejandro.» No sabía si estaba allí con él en la alcoba, pero le parecía sentirlo. Continuó llamándolo, invocando su amor para así conjurar la muerte, pero de pronto se dio cuenta de que estaba solo. En aquella alcoba no había nadie. Pronunciando su nombre, se le apagó la voz. Su corazón se rompió en dos y el alma en él encerrada se escapó en un hilo de sangre por la comisura de los labios.

Fuera cayó un rayo y se soltó la tormenta, llenándose todo con el silencio del agua.

26

Alejandro no concibió veneno ni dioses crueles; no le importaba. Lo único en lo que pudo pensar era en que, aun advertido de que se encontraba mal, no había acudido a su lado y se había muerto solo. Permaneció días encerrado en la alcoba de Hefestión, aferrado al cadáver, decidido a morirse él también. No tardó en perder la cuenta del tiempo. Los ojos dejaron de percibir los días en la luz del cielo. No se percató de que se consumían las antorchas y las velas y se quedó en tinieblas. No sentía el hambre de días en su estómago ni la sed en la garganta. Tampoco el olor del olvido, que permanecía en la estancia a pesar de las ventanas abiertas.

Nadie osó entrar hasta pasados cinco días.

Oyó la puerta abriéndose y se volvió lleno de furia, gritando con las manos en alto como zarpas, pero al ver a su desconcertante visita se quedó paralizado. Era Roxana.

La joven bactria se asustó al verlo. Su aspecto era horrible.

Se le había afilado el rostro bajo la sombra sucia de la barba de días y su piel se había vuelto de un color enfermizo. Tenía los párpados amoratados y los labios desencajados. Era como si los efectos de la muerte —la podredumbre— hubieran empezado a afectarlo también. Se había rasgado las ropas. Las alhajas doradas estaban por el suelo. Había roto los jarrones y los muebles a patadas. Apenas pudo gruñir como un animal moribundo:

—Largo...

Pero Roxana no retrocedió. No lo temía. Dirigió la vista por encima de su hombro hasta la cama deshecha en la que se encontraban los restos de Hefestión. Desafiándolo, se acercó a verlo. Él volvió a gruñir, de nuevo sin lograr amedrentarla. El cuerpo se había vuelto de un tono azulado y comenzaban a vérsele hinchados los pómulos y el cuello. Se notaban en la piel pálida las marcas del abrazo constrictor con el que Alejandro pretendía mantenerlo en el mundo de los vivos.

—Vete —dijo sin fuerzas. Quería gritar, sacarla de allí, pero estaba demasiado débil. Solo pudo advertirle—: No voy a salir. No voy a dejarlo.

Su esposa lo miró apenada. Era en verdad un cadáver en vida.

—No vengo a sacarte de aquí. Ni a salvarte de ti mismo. Sé que no es lo que quieres.

—¿A qué has venido entonces?

—A salvarlo a él —dijo mirando a Hefestión. Aquel era el hombre que la había privado de su esposo, posiblemente el causante también de todas sus desgracias, pero se dolía al verlo todavía en su lecho mortuorio, su rostro agotado, atrapado aún en el letargo de morirse—. Lo amabas, ¿verdad? —Ahora solo le brotó un hilo de voz de la garganta, tal era la impresión que le causaba aquello.

El macedonio soltó un suspiro doloso.

—Déjame en paz. No tengo fuerzas para esto.

Roxana le puso la mano sobre el hombro desnudo. Él se estremeció al notar el tacto de un ser vivo y ella sintió su cuerpo frío y rígido.

—Yo sé que lo hacías. Por eso... dale descanso. No condenes a su alma a vagar sin rumbo. Déjalo ir.

—No... No puedo —sollozó.

Ella lo tomó en sus brazos y sostuvo su llanto apagado.

—Yo lo haré por ti, señor —susurró.

Se acercó a Hefestión, extendió su largo dedo índice y con una delicadeza maternal le cerró los párpados. Solo con eso su cuerpo adoptó una expresión de calma y sosiego y la muerte de pronto ya no pareció tan terrible ni dolorosa. Luego lo cubrió con las propias sábanas de la cama y lo puso a descansar. Alejandro observó inmóvil el cuidado con el que hacía lo que él no había tenido valentía para hacer. Roxana luego volvió a su lado y él, llevado por el corazón roto por la pena y anhelante de amor, la envolvió con su brazo y la besó suavemente en la frente.

—Gracias —fue todo lo que su voz alcanzó a decir.

—Estate tranquilo, señor. Ningún mal puede alcanzarlo ya. Y allá adonde vaya los dioses lo colmarán de gloria.

Permanecieron abrazados, velándolo a los pies de la cama, como si fuera el hermano de ambos. En ese momento, por un instante, Alejandro sintió que algo, no sabía el qué, lo unía de nuevo a Roxana. Puede que solo se tratara del calor humano en esa estancia aún fría por el paso de la muerte. Fuera lo que fuese, supo que podía respirar gracias a ello.

Cuando salió, vio a toda la corte aguardando en la antecámara. Todas las miradas tristes estaban puestas en él, como si fuera el muerto. Nada más abrirse las puertas, Dripetis se precipitó dentro de la alcoba. Estatira fue con ella y al pasar junto a Alejandro le rozó tiernamente la mano como todo consuelo.

—Que no lo vea —le advirtió.

La reina asintió en silencio y se apresuró dentro para impedir que lo destapara.

Alejandro se quedó mirando los rostros de sus cortesanos. Lo observaban como esperando algo de él —sus palabras, su furia; algo—, pero no tenía nada que dar, nada que mostrar a ese grupo de extraños en el que no conocía a nadie y en el que nadie le importaba. Tampoco cabía suficiente rabia en su pecho lleno de dolor como para ordenarles a gritos que se marcharan.

—Laomedonte.

El políglota dio un paso al frente entre la multitud.

—Sí, mi señor.

Sus ojos cansados y vidriosos confirmaban también sus noches sin dormir llorando por su amigo.

—Quiero que se mande un hombre al oasis de Siwa. Que le pregunten al dios cómo debo honrarle... —Se le atragantaron las palabras imaginando los funerales. Volvió la vista hacia dentro de la alcoba. Dripetis apretaba y besaba la mano lánguida que asomaba por debajo de la sábana—. No puedo volver a defraudarlo...

Sintió de pronto que le fallaban las piernas, pero, justo cuando creía que iba a desplomarse, Roxana lo cogió del brazo.

—Vamos a mis aposentos.

—No... No... —dijo sin aliento—. Aire. Necesito aire.

Apoyándose en ella, recorrió las galerías vacías donde todas las pinturas de las paredes, las esculturas y los relieves parecían haberse cubierto con un velo gris. Iba despacio, tropezándose con sus pasos. Cuando salieron al jardín sintió que el pálido sol otoñal le llagaba la piel. Jadeando, buscó la sombra del lamasu de la entrada. El gran toro alado lo contemplaba compasivo con su sonrisa arcaica. Recuperando el aliento, Alejandro miró a su alrededor y recordó que, sentado en aquellos peldaños, había estado hablando con Hefestión, no sabiendo entonces que sería la última vez. Nunca lo volvería a ver. Nunca podría enmendar lo que había sido su último encuentro. Nunca podría deshacer el adiós con el que se habían despedido para siempre sin saberlo... Su cuerpo exhausto no pudo soportarlo y, después de días sobreviviendo a la vez que muriéndose por la pena, cayó al suelo, incapaz de sostenerse por más tiempo en el mundo.

27

Roxana tuvo que encargarse de traer a los mejores embalsamadores de Ecbatana. Había que mantener el cuerpo lo más fresco posible hasta que llegara la respuesta de Siwa. La única orden que dio Alejandro fue la de esquilar a todos los caballos de la ciudad, como decía la *Ilíada* que había hecho Aquiles tras la muerte de su amigo Patroclo. Lo había abandonado su ser, dejándolo hueco, una carcasa llena de huesos mortales y quebradizos que no constituían a nadie. Se miraba al espejo plateado, pero este no le devolvía su reflejo. Ya no era él. Ya no era ni su rostro ni su semblante ni su cuerpo; en nada se reconocía. Una tarde, alzándose en el cielo pálido de Ecbatana el humo negro de la crin de los caballos, cogió unas tijeras, se enfrentó al reflejo extraño y uno a uno fue cortando los bucles sin brillo hasta que solo le quedó sobre el cráneo anguloso una fina sombra de pelo.

Aunque los funerales fueran a esperar al oráculo, Laomedonte, que siempre había querido mucho a Hefestión, ordenó que entretanto se le erigiera un monumento: una columna coronada por un león que le rugía a la muerte, como era costumbre hacer con los hermanos caídos en Macedonia. Los escultores cincelaron más de cien bloques de piedra, pero no lograron que ni uno solo de los leones saliera rampante: brotaban esculpidos ya tristes, resignados a ser derrotados por el tiempo, no rugiendo sino llorando lastimeros, sin garras ni fauces.

Alejandro pasaba el día velándolo en silencio. No oraba. Tampoco se dedicaba a recordar su vida juntos. Simplemente lo contemplaba. Veía su silueta, su perfil bajo la sábana mortuoria que afilaba sus facciones dormidas y se preguntaba cuánto tiempo tardaría en hundirse, cuándo termina por quebrarse la belleza del hombre, cuándo se borra del todo la existencia y triunfa el olvido, que es la muerte.

Cuando caía la noche regresaba a sus estancias tratando de evitar cruzarse con nadie, convertido en un fantasma, otro más de los que habitaban el oscuro palacio. Pero una noche al abrir la puerta de su alcoba vio que Roxana, igual que aquel día, había incumplido la prohibición de entrar a verlo a sus aposentos. La notó bellísima: la luz de las antorchas resbalaba por su piel aceitunada, su mirada ardía con una oscuridad ígnea y sus rizos se le desparramaban por los hombros con una gracia especial. No gritó ni le ordenó que se marchara porque, aunque fuera su intención encerrarse para siempre en lo más profundo de su alma, no pudo evitar sentir el alivio de la compañía.

—Te cortaste el cabello —señaló ella—, como hacían los aqueménidas.

—Sí —musitó, y se dejó caer sobre los cojines aterciopelados, roto por el cansancio.

Roxana se sentó a su lado y le acarició la cabeza rasurada.

—¿No hay noticias de Siwa aún? —preguntó. Alejandro negó. Habían pasado semanas—. ¿Y no quieres darle sepultura?

—No. Los dioses deben decirme cómo. No voy a deshonrarlo...

—No pienses eso...

—¡Es la verdad! —bramó, y se quedaron en silencio—. Perdóname... No quise hablarte así.

—No tienes que disculparte, señor.

—Es este lugar..., no puedo soportarlo más. Quiero partir ya a Babilonia. Salir de esta ciudad maldita.

Su esposa lo miró confundida.

—¿Y él?

—Me lo voy a llevar —decidió—. Vendrá conmigo. Y cuando lleguen las noticias de Siwa que vengan a dármelas a Babilonia. Tengo que salir de aquí. Está en todas partes..., allá a donde mire. Pero pienso si no será así cada lugar del mundo a partir de ahora.

Sus ojos se llenaron de recuerdos y se le escaparon las lágrimas. Se los frotó con fuerza, pero Roxana le sujetó la mano y ella misma le acarició la mejilla para enjugárselas.

—Que no te apure llorar, señor, y menos aún si es por amor.

Y, como si esas palabras soltaran las ligaduras de su alma, Alejandro se deshizo en brazos de su esposa, en un llanto desesperado por un dolor que ambos sabían que no amainaría nunca.

—Le hice tanto daño...

Roxana lo sujetó contra su pecho.

—Nunca hiciste otra cosa que amarlo. ¿Y quién que ama no hace daño? Él vivía por ti.

Alejandro sorbió sus lágrimas.

—¿Por qué estás aquí? —le preguntó, confundido por el cariño que le mostraba después de lo que habían sido meses de desprecio y rechazo.

Ella sonrió.

—A pesar de todo, sigo siendo tu esposa y me duele verte sufrir.

De pronto notó que estaban muy cerca, que sentía en el pecho su pulso de mujer.

—Roxana...

Pero ella no lo dejó hablar e interrumpió sus palabras besándolo en los labios. Alejandro aspiró de estos un aire flamígero que derritió brevemente el hielo que se había formado en su corazón. Una antigua llama brotó en él y, poseído por la necesidad de combatir la soledad mortal que lo consumía, la tomó en sus brazos y la amó intensamente, esperando sentir por un momento algo en su interior que no fuese el silencio de la muerte. La amó con el empeño de quien quiere olvidar y adelantarse a los remordimientos. En aquella vorágine de pasión desenfrenada parecía que la mente bloqueaba los recuerdos de Hefestión, como inicialmente había bloqueado los de Clito, devolviéndole por unos instantes la conexión íntima con la vida y conjurando los pensamientos oscuros que lo llamaban al encierro permanente. Después, cayó rendido.

Roxana pasó el resto de la noche en vela, mirándolo. Hacía tanto tiempo que no yacía con él, por fin lo había conseguido. Al llegar la madrugada cenicienta, se levantó con mucho cuidado de no despertarlo, recogió sus ropas esparcidas por el suelo, se vistió y salió de allí. El palacio estaba vacío y un silencio sepulcral reptaba a ras del suelo. Cruzó las alas solitarias y llamó a la puerta de la última alcoba. Pérdicas la abrió y ella pasó rápidamente temiendo que la vieran. El general miró varias veces el pasillo antes de cerrar de nuevo.

—Ya está hecho —dijo. Pérdicas sonrió complacido y la besó. Ella se desanudó las ropas y volvió a quedar desnuda—. Ahora asegurémonos.

Se amaron todas las noches de los siguientes días, aplicando todo tipo de ungüentos y conjuros: nada podía fallar. Así, al cabo de algunas semanas, ya en el camino a Babilonia, los mareos y las náuseas serían tan habituales que Roxana podría anunciar con alegría que esperaba de nuevo un hijo del rey.

28

Un mes después de aquella noche la corte abandonaba Ecbatana. Alejandro juró por Zeus que no volvería a poner un pie en aquella ciudad. Antes de partir mandó vaciar las cámaras del tesoro y los palacios, y destruir los templos consagrados a dioses locales en venganza por haber permitido la muerte de su amigo. Terminó, pues, lo empezado por los aqueménidas y condenó a Ecbatana a la decadencia eterna.

Subieron el ataúd dorado y cubierto de flores a un carro del que tiraban caballos negros sin crines. Recorrieron en silencio las calles tristes, las siete murallas, acompañados por el estruendo lejano de los templos que se derruían por el duelo. Los dos iniciaron así el viaje de vuelta a Babilonia, decidido Alejandro a enterrar allí lo que quedaba de su vida.

En todos esos días no había reparado en algo que de pronto se le reveló. Siempre había pensado que él moriría primero. Así como le había dicho a Hefestión qué hacer con su cuerpo si caía, nunca le había preguntado algo parecido a él. No sabía cuáles eran sus últimos deseos porque nunca había creído que tuviera unos; jamás había concebido que fuera a dejar de estar.

Lo llevaba a Babilonia, pero no sabía si hubiera querido regresar a Macedonia, a Egipto o a cualquier otro lugar. Y entonces se dio cuenta de lo poco que sabía de él, de lo poco que había hecho por conocer al Hefestión adulto. Había estado viviendo con el joven que había en su imaginación, el de sus recuerdos, sin atender a sus cambios. El hombre que lo había acompañado en Asia, que había madurado con él. Se dio cuenta de que relegaba la decisión al oráculo de Siwa, a los omniscientes dioses, porque él no sabía qué hacer. Disfrazaba de heroicidad, de temor a lo divino, lo que en realidad era vergüenza y culpa de no haberlo amado como lo habían amado a él.

Una tarde vieron un águila real desplomarse desde el aire.

—Un mal augurio —le advirtió Begoas a Alejandro—. Quizá el Gran Rey no debiera seguir por este camino, evitar Babilonia.

Alejandro lo ignoró: ¿a qué dioses tenía que temer, a qué dioses respetar, después de lo que le habían hecho?

—Yo soy el rey de Babilonia: entraré a mi ciudad cuando me plazca. Vengo a sepultar a mi hermano y la superstición oriental no habrá de impedírmelo —sentenció, continuando el camino hacia la ciudad azul.

Ni los paisajes ni las ruinas de templos que evocaban épocas anteriores y héroes que perseguir despertaban en Alejando la más mínima curiosidad. Se había atrofiado su espíritu de aventura. Ya no sentía que lo llamara el mundo, se había hecho un profundo silencio en su interior que no dejaba oír nada más: ni la voz de lo desconocido, ni el ruido de los árboles, ni los latidos del hijo en el vientre de Roxana. Recibió la noticia del embarazo con indiferencia. Sonrió, le puso la mano en el vientre bendiciendo al heredero pero fue incapaz de mostrar alegría. Tenía más presente al hijo que se fue que al que venía, y no podía eludir el pensamiento de que su hijo no compartiría el mundo con los hijos de Hefestión, luego no habría forma de perpetuarse más allá de la muerte. Se acababa todo allí.

Alcanzaron Babilonia una tarde en la que el sol brillaba como un cegador disco blanco tras el pálido cielo. Al cruzar la muralla y ver abrirse la avenida real hasta la Puerta de Ishtar,

Alejandro sintió un escalofrío recorriéndole el espinazo. Sentía los edificios viejos, como cubiertos por un velo de ceniciento declive. Ya no era la ciudad imperial en la que había entrado como señor de Asia siete años atrás. Las mismas gentes que lo habían aclamado como señor y habían lanzado pétalos a su paso ahora lo miraban como si fuera el portador de la perdición. El río había exhalado su neblina. Había crecido durante la tarde, llenando la triste cuenca con agua oscura que parecía salir de la propia tierra. Los palacios se desleían en la niebla como si en verdad fueran construcciones sobre el aire que el viento al soplar o las nubes al llover pudieran borrar de la faz de la Tierra.

A las puertas del palacio real de Nabucodonosor lo estaba esperando Sisigambis, que tras conocer la noticia había partido desde Susa. Alejandro desmontó del caballo y se acercó a ella. Al ver a la anciana reina pensó de pronto en su propia madre, en cómo habría pasado el tiempo por ella, en si podría ella también desaparecer como Hefestión, sin aviso, sin darle tiempo a enmendar las cosas, a pedir perdón.

Sisigambis se inclinó ante él y tras ayudarla a levantarse Alejandro la abrazó. En su olor anciano buscaba el aroma de higos de Olimpia, y en el tacto, su roce y su calor. Nunca como entonces sintió que la necesitara tanto. Pero viéndose en el abrazo de esa reina persa, en el confín del mundo, recordó que era imposible: aunque su madre aún viviese, ella y el mundo al que pertenecía, el mundo al que también él había pertenecido alguna vez, se habían ido para siempre.

Nearco bajó la escalinata a toda prisa y Alejandro lo abrazó fuertemente convencido de que si no la muerte se lo llevaría a él también.

—La muerte es el destino de todo hombre; el sufrimiento eterno, el de todo dios —le dijo el navarca—. No tengas duda, los dioses lo guiarán a las islas Bienaventuradas y allí te esperará en compañía de todos los héroes de la historia.

Se alegraba de verlo, pero no quería escuchar más consuelos, no quería oír hablar sobre la benevolencia de los dioses, sobre el destino glorioso que le tenían reservada en la otra vida.

Parecía que tuviera que sentirse agradecido a los divinos por lo sucedido. Sisigambis supo que no resistiría una procesión de pésames por parte de los nobles babilonios como la que lo esperaba. Lo cogió por el brazo y se lo llevó de allí sin que Alejandro opusiera resistencia.

Dripetis contuvo un sollozo ahogado al ver como su abuela se lo llevaba sin siquiera haberle dirigido una sola palabra a su nieta más joven, que acababa de enviudar.

—Princesa. —Dripetis regresó de sus pensamientos y vio a Nearco junto a ella—. Lamento tanto tu pérdida...

Apenas pudo mirarlo.

—Navarca, celebro que los dioses te hayan protegido en tus travesías. Agradezco tus palabras. Parece que eres el único que recuerda que era mi esposo.

No había podido velar el cuerpo de Hefestión. No le permitieron entrar en la cámara. De él solo vio la silueta bajo el sudario, que Alejandro prohibió descubrir, y el ataúd cerrado. Hizo el viaje desde Ecbatana como una cortesana más, montada en una yegua negra, el rostro cubierto por un velo negro y la cicatriz invisible del amor como única prueba de que era la viuda. Nadie hasta entonces le había prestado atención. Por ello, breves como fueron las palabras de Nearco, arrancaron lágrimas de los ojos de Dripetis, que, incapaz de sostener por más tiempo aquella fachada de dignidad, entró al palacio, dispuesta a encerrarse en sus aposentos y dejarse morir.

Nearco saludó a sus hermanos. Luego se aproximó al féretro de su amigo y poniendo la mano sobre la tapa le dedicó un pensamiento. Laomedonte se acercó a él.

—¿Qué va a hacer? —le preguntó.

—Esperar a que se pronuncie el oráculo de Siwa sobre cómo debe honrárselo —contestó el políglota.

—Sí..., porque lo que es la forma en la que murió...

Laomedonte miró inquieto a su alrededor, temiendo que alguien los oyera.

—Aquí no, Nearco —masculló—. Ven a verme esta noche.

Tanto tiempo fuera de la corte le había hecho olvidar el cuidado que debía tenerse. Vio que Ptolomeo los miraba receloso, igual que Pérdicas, que estaba al lado de Roxana y le susurraba cosas al oído. Le pareció que lo observaban como queriendo analizar su comportamiento ante el sarcófago de Hefestión. Estaban esperando su reacción, tratando de averiguar si sospechaba algo. Desde luego que sospechaba. Los dioses lo habían mantenido con vida a él a través de incontables peligros en aguas inexploradas y sin embargo se habían llevado a Hefestión mientras dormía tras los muros de un palacio. Todo había sucedido de forma tan súbita, tan inesperada y a la vez tan conveniente para tantos que era imposible no sospechar que habían sido los hombres quienes habían forzado la mano de los dioses.

Esa noche Nearco fue a verlo. Entró sin llamar y lo encontró sentado a su mesa, desnudo el torso por el calor, consumiendo la vista leyendo a la escasa luz de un ascua de vela papiros en lenguas extrañas; llevaba haciendo lo mismo desde niño. Nearco no pudo evitar el golpe de la nostalgia al comprobar lo silencioso que es el paso del tiempo, lo bien que disimula su transcurrir.

—Laomedonte.

—Cierra la puerta —le dijo.

Nearco obedeció, no sin antes comprobar de nuevo que no había nadie en los pasillos. Luego se volvió hacia el escritorio de su amigo. Aprovechando que este se estaba vistiendo de nuevo de espaldas a él, echó un vistazo a los documentos que leía. No había forma de comprender los símbolos de aquel idioma. Tal vez Laomedonte se comunicara con sus espías en un lenguaje cifrado; sin duda nadie más capaz de ello que él.

—He visto la flota en el río —le dijo.

—La mayoría está en Susiana, esperando al rey.

Laomedonte le sirvió una copa de vino a su amigo. Nearco esperó a que él bebiera: amigos eran los que vivían en sus recuerdos; a esos hombres no los conocía y haría bien en no tratarlos como recordaba.

—Espero que pronto vuelva a ser el mismo.

—Con Alejandro nunca sabes qué va a suceder —suspiró Laomedonte—. Pero no volverá a ser el de antes, eso no.

—¿Cómo sucedió?

—Rápido. Demasiado rápido. Según tengo entendido no acudió a la fiesta y su esposa lo excusó diciendo que no se sentía bien. Horas más tarde dieron la noticia. Lo habían encontrado unos esclavos.

Nearco apuró sediento el vino.

—¿Sospechas de alguien?

—De todos, pero sobre todo de Ptolomeo: ahora que no está Crátero quizá pensara que Hefestión era el principal obstáculo. Tiene hombres en todas partes, voluntades compradas, espías... No le habría resultado difícil. También Pérdicas... Siempre a la sombra de Roxana. Nunca lo sabremos; de todos podríamos sospechar dado lo que se rumorea.

—¿Qué se rumorea?

—Que Alejandro se va a asentar aquí y hará de Babilonia su capital. Que comienza un tiempo nuevo sin conquistas en el que se recompensarán todos los servicios con oro y poder.

—Ahora entiendo por qué el regente Antípatro ha mandado a otro hijo suyo a la corte.

—¿Eso ha hecho?

—Casandro, se llama. Llegó hace algunos días.

—Posiblemente venga a preparar el terreno para su padre. Alejandro envió a Crátero a traerlo ante él, aunque fuera a rastras, para responder por sus años en la regencia.

—Curioso que llegue un hijo de Antípatro antes de que se juzgue a su padre y justo muera Hefestión.

Laomedonte asintió y estiró la mano hacia el cuenco de frutas que había sobre la mesa.

—Ahí tienes a otro posible culpable. ¿Quién hay con más motivos para hacerle daño a Alejandro que Antípatro? Años siendo ignorado, sufriendo a Olimpia, teniendo que mandar hombres y tesoro al este quedándose él sin nada para lidiar con las ciudades griegas.

—Todos sospechosos.

—Todos.

Se quedaron en silencio. Solo se oía el crujir del fuego y el eco lejano de la ciudad en la sombra.

—¿Qué podemos hacer? ¿Qué va a hacer él? —preguntó el navarca.

Laomedonte resopló cansado.

—Nada. Esperar. Hasta que no llegue la respuesta de Siwa, Alejandro no se moverá.

—Por lo menos hasta entonces estará a salvo.

—No ha estado a salvo nunca. Y menos de sí mismo. O se da prisa en sepultarlo o habremos de sepultarlo también a él. Se está convirtiendo en un muerto andante y si no se quita la vida es solo porque los dioses lo impiden. No sé cómo se va a recuperar de esto... Esperemos entonces que el oráculo llegue pronto.

—Y que su respuesta no lo trastorne más.

29

El mensajero de Siwa llegó al cabo de unas semanas al palacio azul. Alejandro conversó a solas con él durante horas; toda la corte esperó ansiosa en la antecámara. Al caer la noche salió el mensajero simplemente para decirles a los *hetairoi* que ya podían pasar a verlo. Estaba destruido, pues finalmente había llegado el momento de llevar a cabo las últimas exequias y dejar que Hefestión partiera ya sin él.

El dios del oasis había hablado y dispuesto que a Hefestión se lo honrara como a los grandes héroes: divinizándolo y dándosele culto, como habían hecho los pueblos primigenios con el Heracles mortal y con el Aquiles perecido en Troya. Se ordenó a todas las ciudades del imperio que apagaran los fuegos eternos que rugían en la oscuridad de los templos durante el luto. Una a una las llamas de los arcanos santuarios persas se fueron extinguiendo y con ellas el poder de su dios sobre la Tierra. Desde las fronteras de la India a las ciudades meridionales de Grecia se erigieron esculturas en honor del héroe que entregó su amor y su vida a su rey y a la causa suprema de la libertad de todas las tierras.

Del cuerpo se dispuso una mañana fría de febrero: se lo incineró en una pira enorme construida en el patio principal del zigurat, el gran templo piramidal donde se adoraba a todo el panteón babilónico.

Toda la corte aguardó a las puertas del palacio a que el rey llegara para presidir el cortejo. Alejandro bajó lentamente los peldaños de la gran escalinata. El sarcófago lo esperaba para el último viaje. Respiró hondo el aire helado e hizo por mantenerse firme. A su derecha estaban Estatira y Roxana; a su izquierda, Sisigambis y la joven viuda, que ocultaba las lágrimas de su dolor tras un velo de seda negra. Tras ellos iban los *hetairoi*, que con la cabeza gacha cuidaban de que se vieran sus verdaderas emociones.

El cortejo recorrió las calles muertas de Babilonia hacia el zigurat en un absoluto silencio. Solo se oía el traqueteo de las ruedas del carro y el caminar solemne de los caballos sobre los adoquines. Cruzaron la muralla del recinto del templo y ante ellos apareció la gran pira de madera, con soldados aguardando apostados en cada una de las esquinas, cada uno sosteniendo una antorcha encendida. La impresionante escultura, de distintas maderas traídas de todos los rincones del imperio, se había levantado en apenas unas semanas. Habían tallado en ella la proa de barcos, en recuerdo de las campañas en Asia Menor, las figuras de jinetes encabritados, de hombres encapuchados que luchaban contra el frío de las montañas, y de elefantes, en recuerdo de la India.

Cuatro soldados fueron los encargados de abrir el sarcófago y levantar a hombros, en su último triunfo, al general caído. Ascendieron por una escalera a lo alto de la pira y allí lo dejaron.

Alejandro respiró hondo, contuvo las lágrimas y se desprendió de la mano de su esposa. Subió por la escalera y contempló una última vez el cuerpo de su amigo. Estaba envuelto en un sudario cerrado y no se adivinaba un solo rasgo de su humanidad bajo este. Begoas le tendió su propio manto púrpura, el de Darío, con el que lo cubrió. Se quedó mirándolo, queriendo dedicarle un pensamiento, pero su mente estaba ida:

no podía soportar que la última imagen que tuviera de él fuera la de ese objeto inerte, ese saco de lino que tenía que confiar en que contenía a su amigo.

Se inclinó sobre él, palpó el rostro con los dedos y, aun sabiendo que esa imagen lo atormentaría para siempre, rasgó la tela. Un humor espeso revoloteó a su alrededor. A pesar de sus esfuerzos, los embalsamadores de Ecbatana no eran como los de Egipto: el triste rubor azul del amor muerto coloreaba sus mejillas y sus ojos. Alrededor de los labios afilados le había brotado un cerco amarillento y los párpados se notaban hundidos en sus cavidades, igual que la nariz. También el perfecto arco que formaban las cejas y el caballete, y que había aportado tanta raza y personalidad a su expresión, parecía a punto de colapsar sobre sí mismo, carcomidos sus cimientos por la calavera anónima que salía a la luz.

Las lágrimas se derramaron por las mejillas de Alejandro. Le acarició el rostro con las yemas de los dedos, sintiéndolo frío a la vez que húmedo y blando.

—A donde vayas, espérame —le dijo—. Te juro que allí seremos lo que nunca tuve coraje para ser en vida: yo solamente Alejandro y tú solamente Hefestión.

Bajó de la pira y se colocó de nuevo junto a Estatira. Esta supo que no iba a poder hacerlo él, y dio la orden. Cuatro soldados introdujeron entonces sus antorchas entre los huecos de la leña impregnada de óleo. El humo oscuro revoloteó buscando los surcos por los que escapar y tras él lo hizo el fuego. Como un lagarto, la llama fue trepando lenta y sinuosa por la pira, su cola ígnea prendiendo los relieves de los navíos estáticos en su travesía, consumiendo el valor de las batallas, el barrito mudo de los elefantes y el arrojo de los soldados de madera, hasta alcanzar el último nivel. El fuego mordió el sudario, consumió el manto púrpura y comenzó a devorar la carne, el amor y el recuerdo. El humo, denso y paciente, se alzó alto en el aire. El viento se llevó las primeras cenizas y se enturbió para siempre el cielo sobre Babilonia.

Fueron horas las que estuvo ardiendo. Él no se movió, ni aun cuando toda la corte empezó a regresar al palacio. Se quedó solo en medio de la plaza, sus ojos aguándose con el humo ácido. Quería estar allí hasta que solo quedara un montón de hollín renegrido. Ojalá los dioses lo hicieran consumirse también a él en un fuego triste como ese y de cuyas cenizas ya no brotara ningún Alejandro más.

30

Volvió a presidir un consejo de sus generales a la semana siguiente. Algunos lo esperaban con impaciencia, otros resentidos por tantos meses desatendiendo los asuntos de gobierno y ofendidos por el culto divino que se había dado a Hefestión. Se dejó caer sobre su silla, abatido, y dejó que trataran el orden del día, que ya no le interesaba. Después se irguió para dirigirse a todos:

—Sé que pensáis que el dolor me paraliza. Puede que sea así. Y eso os da derecho a dudar del hombre, pero no del rey. Os he llevado hasta el confín del mundo, desde Jonia hasta la India. Os concedí un regreso que yo no hubiera querido para mí mismo, y os he dado el mando de un imperio que ni Filipo ni ningún otro rey del pasado, griego o persa, creyó posible. Mis funciones no están desatendidas, ni mi mente en otro lugar que no sean mis reinos, que solo pienso en acrecentar y proteger de todas las tiranías que los acechan. Por ello hoy, ante vosotros, que siempre habéis estado conmigo y en quienes confío hasta mi vida, anuncio que da comienzo la expedición de Arabia, que mi hermano y amigo, Nearco, navarca de mis Armadas, liderará conmigo. Partiremos a comienzos del verano y conquistaremos Arabia para luego dar el salto a África y perseguir a los tiranos que desde allí amenacen la libertad de los pueblos, hacia el oeste.

Se generó un gran revuelo en el consejo, pero Alejandro no estaba dispuesto a lidiar con ello ni a que sus órdenes fueran contravenidas y puestas en cuestión.

—Ahora debo dejaros —les dijo poniéndose en pie.

—¡Señor, espera! —Pérdicas brincó de su asiento y detuvo al rey en la puerta—. Señor, entiende que el estado en el que se encuentra el Gobierno, el imperio, tu propia persona... ¿Cómo piensas organizar la expedición a tiempo?

Alejandro miró de nuevo a sus generales: los rostros compungidos de todos pedían explicaciones, *exigían* que se retractara de sus órdenes.

—No tengo duda de que partiremos cuando llegue el verano. Para eso cuento contigo, Pérdicas: desde hoy te nombro *quiliarca*.

El general parpadeó asombrado y no tuvo más reacción que inclinar la cabeza en señal de agradecimiento. Después de meses, por fin se había decidido a designar un sucesor de Hefestión. En cuanto cerró la puerta, todos los generales se levantaron y empezaron a vociferar. Se abalanzaron sobre Pérdicas: los más veteranos porque lo consideraban demasiado joven para ostentar el cargo, cosa que también habían criticado de Hefestión; los más jóvenes tratando ansiosos de ganarse su favor, de reparar afrentas pasadas los que las tuvieran y obtener así un puesto a su lado.

Ptolomeo los observó con desprecio y no pudo contener por más tiempo su odio:

—Miraos. No sois más que sus perros.

Abandonó la sala y atravesó sin rumbo las galerías, llevado por el viento de su vesania. A su paso la gente se apartaba como si temiera que los fuera a embestir. Se iba atragantando con su propio veneno.

—¡Ptolomeo!

Laomedonte caminaba tras él, sus pasos atronadores resonando en el alto techo.

—Corre, ve y embárcate con el rey y el navarca, que os espera un mundo de aventuras —se burló amargamente.

—Detente —le pidió— y escúchame.

—¿Y por qué debería escucharte?

El políglota lo cogió de la manga y aunque el otro se revolvió logró empujarlo contra una columna a salvo de oídos curiosos.

—Porque te necesitamos para parar esta expedición y tú nos necesitas a nosotros. Solo si protestamos todos, unidos, y le hacemos ver que esto es una locura, cederá. Haz la guerra por tu lado y nos veremos todos embarcando con Nearco hacia Arabia. —Ptolomeo soltó una carcajada—. No sé qué es lo que te divierte. Sabes que tengo razón.

—Eres un iluso si piensas que voy a colaborar con vosotros. Os conozco, ¡a todos!, Laomedonte. Os he visto. Desde niños. Qué sencillo haber nacido príncipe o noble en Macedonia, sentir que por estirpe ya te corresponde el respeto y la obediencia de los demás. ¿Crees que me voy a plegar ante vosotros? ¿A ir de vuestra mano? ¿De verdad piensas que hablándome de unión vas a impresionarme y conseguir que os ayude?

—Te ciega el rencor, Ptolomeo. Te ha cegado siempre.

En ese momento un rayo de furia rompió su expresión afable. Se acercó tanto a Laomedonte que casi lo rozó con su prominente nariz.

—Y a ti te ciega la devoción pueril hacia quien nunca te hizo caso, hacia quien siempre prefirió a otros sobre ti. Tú has salido tan bien parado de la muerte de Hefestión como Pérdicas. Dime, ¿lo visitas ya en la noche?

—Cómo osas mentar su nombre, ¡tú! —bramó—. Todos sabemos lo que eres. Un advenedizo, y seguro que en tus manos llevas la sangre de Hefestión. Eres un asesino.

—Será lo único en lo que me parezco a vosotros. Este imperio se rompe, Laomedonte, y yo haré lo que haga falta para sobrevivir, como he hecho siempre.

El políglota se rio.

—Te crees inteligente, pero si lo fueras verías que no tienes otra alternativa que venir con nosotros.

—Y yo toda la vida os creí inteligentes a vosotros, pero viéndote ahora suplicar mi ayuda porque solos no le podéis a Alejandro me hace ver lo equivocado que he estado.

—¿Y qué es lo que pretendes? —exclamó—. ¿Que te nombren sátrapa de Egipto? La política nos ha hecho cambiar a todos, pero no tanto como para olvidar quién es nuestro rey, nuestro amigo, nuestro hermano. A ti eso te da igual. Nunca has dudado en traicionar a los tuyos. Todo por ocultar que no eres más que un sucio campesino.

Los ojos de Ptolomeo brillaron crueles.

—Ciertamente, de lo más rudo de Macedonia. Milagro de los dioses fue que algo me llevara a educarme con el príncipe heredero y con vosotros, hijos de la aristocracia. ¿Nunca te has preguntado qué fue? Yo muchas veces..., pero hace tiempo que lo comprendí, que lo sé. Escúchame bien: vosotros y yo no estamos en el mismo bando, ni somos iguales. Yo voy a sobrevivir, y vosotros no. Dentro de unos años, cuando mi casa, la Casa de los Lágidas, aún viva, y la tuya haya muerto en la historia, veremos quién era el inteligente.

—¿Los Lágidas? —repitió, dejando escapar una risa entre dientes—. ¿Por tu padre la llamarás así? ¿Ese padre del que siempre te has avergonzado? Tu hipocresía no tiene límites.

—Sí, por él, que no siendo mi padre se sacrificó por mí. A él lo honro; al verdadero, le concederé su venganza. Pero mejor harías en dejar de preocuparte por mí y empezar a rezarle al dios del mar, Laomedonte. Vas a tener que lidiar con él en breve —le dijo, y lanzándole todo su desprecio camuflado tras su infernal sonrisa prosiguió su camino—. Pero, tranquilo, estoy seguro de que se te dará el mando de una escuadra, y eso es un gran honor. Al eunuco lo recompensó igual en el Indo.

—Eres un miserable...

—No menos que tú, ni que el resto, ni que él —dijo mientras se alejaba.

Cuando llegó a sus aposentos, Laomedonte cerró la puerta con un golpe cargado de rabia. Se echó agua en la cara para tranquilizarse y dio varias vueltas por la alcoba. «Toda la vida, toda la vida, padeciendo bajo esos...», mascullaba mientras minaba en la memoria en busca de afrentas pasadas con las que cebar el resentimiento. Ya no le quedaba tiempo. Alejandro estaba determinado a partir y nadie lo disuadiría. Siempre seguiría hacia un nuevo destino, hasta que al fin los dioses decidieran llevárselo, exhausto por la vida. Si eran clementes con las gentes del mundo harían que una espada enemiga o las aguas traicioneras del golfo de Persia se lo llevaran pronto. Pero nunca se puede esperar nada de la intervención divina, bien lo sabía. Los hombres eran los auténticos dioses, los únicos que controlaban la muerte y el destino de los demás. Él no iba a renunciar a su voluntad humana aguardando a una deidad afín que vengara a su padre, que los vengara a todos. Aquello dependía de él.

31

El tiempo se desbocó hacia la ineluctable fecha del solsticio, en la que la gran Armada partiría camino de Arabia. Todo fue energía en Babilonia, un ir y venir constante de arquitectos navales para que repararan los barcos y diseñaran nuevas quillas, de marinos, soldados, armeros, aprovisionadores, adivinos. Alejandro se dejó llevar por esa corriente, como si convocar una nueva expedición lo hubiera ayudado a paliar el luto en el alma. Se volvió imposible para cualquiera de los *hetairoi* o para cualquier otro oficial concertar audiencia con el rey. Solamente Nearco hablaba con él, pero era tal el frenesí impetuoso de Alejandro y tan demandante y trabajosa la organización de la propia expedición que ni siquiera el navarca lograba detenerlo un instante para que reflexionara sobre lo que pretendía, sobre el rumbo que quería para sus navíos, sus reinos y su vida.

Begoas no estaba seguro de que durmiera. Cuando terminaba de prepararlo para la noche, a altas horas de la madrugada, el rey lo despedía y se quedaba mirando sus mapas. Cuando volvía al alba a despertarlo lo encontraba en la misma postura en que lo había dejado. Una mañana, al vestirlo, sintió su piel ardiendo y le vio el rostro lívido. Preocupado por su debilidad física, informó al navarca.

—Señor, ¿no has dormido? —le preguntó Nearco.

Alejandro se volvió, sacudiéndose los pensamientos de encima.

—Nearco —lo saludó—. Apenas unas horas. Pero ya sabes que tengo el sueño ligero. He visto que han llegado más barcos. Fondearon anoche en el río.

—Sí.

—Vayamos a verlos hoy. Quiero ver toda mi flota desde la misma cima de los Jardines Colgantes.

—Claro, señor.

Mientras conversaban, Begoas vertió agua fresca en un gran cuenco de plata, prendió una rama de incienso y se dispuso a desvestirlo. De pronto cambió el gesto.

—El Gran Señor sin duda tiene calentura —dijo sombrío—. Sería conveniente llamar a los físicos.

Nearco se le acercó. En verdad tenía la piel de un color pálido, amarillo incluso.

—¿No te encuentras bien?

—Tal vez el Gran Señor debiera descansar y quizá dejarme ver su vieja cicatriz.

—¿Su cicatriz? —repitió el almirante.

Alejandro temió que por un trivial cansancio matutino terminara postrado en la cama con los médicos insistiendo en cauterizarle y volverle a coser el costado.

—¡Por Zeus, estoy bien! Me he visto en muchas peores que esta; solo es un poco de cansancio. Vamos, vamos, déjame —espetó apartando al eunuco delator con aspavientos y terminando de vestirse él solo—. Nearco, prepáralo todo.

Bajo el mediodía inmisericorde subieron los mil setecientos ochenta y ocho escalones hasta la última terraza de los Jardines Colgantes para ver a la Armada desde la altura. Pasearon a la sombra de los diferentes árboles; magnolios, acacias, encinas y cipreses convivían en un imposible vergel, por un sendero sembrado de arbustos cuajados de flores. Caminaron hasta el borde, un balcón de mármol blanco que se asomaba al oeste y desde el que se dominaba la vista de toda la ciudad, el curso silencioso del río y la distancia temblorosa del desierto. La primavera estaba artificialmente detenida en esos jardines, pero extramuros rabiaba una canícula furiosa en la que chirriaban abrasadas las cigarras. No había mayor demostración de poderío por parte de los antiguos reyes de Babilonia que esa: detener el paso de las estaciones por el jardín, arrebatarle ese pedazo de tierra al dominio del sol y al imperio de la naturaleza.

Desde esa cumbre que imitaba la visión que del mundo tenían los dioses, se veía a las naves empequeñecidas por la altura pacer tranquilamente en el estuario esmeralda. Aguzando mucho la vista se podían ver las siluetas negras de los marinos probando el arriado de las velas y caminando por las cubiertas, pero los ojos de Alejandro hacía tiempo que estaban ciegos al detalle a aquellas distancias. Aunque emocionado por ver la escuadra en su totalidad desde allí arriba, lo cierto era que solo intuía unas manchas borrosas sobre un curso oscuro que suponía era el río.

—Después de conquistar todas las tierras, ahora conquistaremos todos los océanos —dijo mientras se imaginaba las velas desplegadas, el viento a favor y el rostro desafiante de las proas de los trirremes hendiendo las olas.

—Sí... Señor, ¿puedo hacerte una pregunta?

Alejandro se revolvió inquieto y trató de evitar la conversación que adivinaba.

—Creo que deberíamos partir pronto a Susiana y ultimar desde allí todos los preparativos. ¿No estás de acuerdo, almirante?

—Señor —insistió con una nota de severidad. Nearco conocía sus tretas: preguntar para evitar contestar.

Alejandro se apoyó sobre el balcón y se resignó a resistir lo que hubiera de decirle.

—Está bien. Pregunta.

Nearco respiró aliviado.

—Señor, no hemos hablado con sinceridad en semanas. Quiero preguntarte: ¿tú sabes cuáles son los motivos para esta expedición?

—Pues claro. ¿Cómo no habría de saberlos?

—No lo sé... Nunca los has expresado con claridad y temo que te estés embarcando para apaciguar tu dolor más que por otra cosa.

Alejandro se volvió ofendido.

—¿Y qué importaría si fuera así? Soy el rey.

—Eres el rey, sí, pero convendrás conmigo en que cuando se ostenta un mando como el tuyo es importante saber por qué se hacen las cosas y por qué se toman las decisiones que se toman. Así has sido siempre. Nunca has actuado por impulso ni por capricho como hacían los aqueménidas, pero ahora me pregunto si sigue siendo igual.

—Respóndeme, Nearco: ¿nos lanzamos a la conquista de Asia para honrar a los dioses, para vengar las afrentas a Grecia de hace doscientos años o para huir de la Macedonia que nos asfixiaba? ¿Hay respuesta? ¿Importa, viéndonos aquí, ahora?

Nearco negó con la cabeza sin saber cómo decirle lo que quería sin ofenderlo.

—Dime solo esto: cuando les has hablado a los soldados de gloria y de los héroes, de que esta expedición es para superarlos donde ellos fallaron, di, ¿en verdad es así? ¿Ese es el motivo, o es Hefestión?

Alejandro meditó un instante en silencio.

—Lo preguntas y parece como si una respuesta u otra fueran a determinar tu lealtad, a confirmar si son ciertas tus dudas sobre mi mando y mi cordura.

El navarca se cruzó solemnemente el pecho con el brazo.

—Yo nunca dudaré de ti, Alejandro —le aseguró—. Soy tu navarca y antes soy tu hermano. Pero precisamente por eso: tengo derecho a saberlo.

Nearco se quedó mirándolo fijamente y Alejandro se hundió en sus ojos oceánicos. Ese azul profundo calmaba su dolor, deshacía sus miedos.

—Nearco, ¿tú aún sueñas?

—¿Cómo? —repitió, temiendo que no respondiera y tratara de escabullirse encadenando preguntas nuevas.

—Que si sueñas. Si tienes sueños que te muevan a luchar, a seguir vivo.

—Sí —respondió extrañado.

—Porque yo no. Siento que después de la muerte de Hefestión no me queda nada. Jamás pensé que pudiera suceder..., perderlo. No lo hice en ninguna de las travesías en las que nos embarcamos, por peligrosas que fueran, ni en el campo de batalla, ni cuando lo hirieron en Gaugamela... Siempre pensé que estaría conmigo y nunca me preparé para que se fuera. Ahora que no está, yo no estoy tampoco. Y sin embargo sigo vivo y tengo que encontrarme. ¿Quieres saber si viajo para paliar el dolor? Sí. Ese es el motivo. Es lo único que templa el dolor que siento, es la única forma que tengo de encontrarme. Ahora más que nunca lo necesito, pero ha sido así desde el día que cruzamos el Helesponto. —Se acercó, lo cogió por los hombros y le sonrió tristemente—. Ahora que ya lo sabes, dime: ¿puedo seguir contando con tu apoyo?

Nearco se sintió avergonzado de haberlo presionado para que dijera lo que en el fondo ya sabía. Se tiró de rodillas al suelo y a sus pies le dijo:

—Siempre, Alejandro. Hasta el final de mis días.

Él sonrió y lo hizo levantarse.

—Y bien, ¿qué sueños son los que te mueven a ti? —le preguntó.

El navarca esbozó una sonrisa también.

—Supongo que el mismo que mueve a todos los hombres: volver al hogar.

Alejandro lo envidió en sus adentros.

—Todos los veteranos se enfrentaban a ti diciendo que llevaban diez años lejos de sus hogares en Macedonia. Diez años... —Se rio entre dientes—. Yo tenía once cuando dejé mi patria allá en Creta. Y desde entonces...

—Ansías regresar —completó.

—Sí. Cuando partí nunca pensé que lo echaría de menos, pero hace ya tiempo que ha vuelto a mi recuerdo y desde entonces sueño con eso todas las noches. Con volver a verlo.

—¿Ver el qué?

—Las ruinas del palacio de Cnosos, claro, el laberinto de la pobre bestia con la que acabó Teseo: el Minotauro. —Se asomó al balcón y mirando al oeste se imaginó que veía de nuevo la línea de la costa de Creta en el horizonte, esta vez como su destino y no como lo que dejaba atrás—. No te imaginas, Alejandro, los pórticos de columnas rojas, los muros cubiertos de pinturas de toros y de jóvenes atletas que los agarran por los cuernos y los saltan. El príncipe de los lirios, con su sonrisa enigmática... Pasábamos el día jugando en las ruinas, buscando el esqueleto del Minotauro por las habitaciones más profundas, dejando también un hilo como el de Ariadna para saber salir. Nos marchábamos cuando caía el sol sobre el valle. Recuerdo cómo iluminaban los cuernos consagrados que coronan las almenas... Es un mundo perdido como ningún otro, donde se oye susurrar al pasado, el eco de los mitos entre los muros. Tienes que verlo, verlo conmigo. Cuando bordeemos Arabia y regresemos lo veremos juntos.

—Sí... Me gustaría verlo...

La voz de Alejandro sonó como un jadeo apagado. Nearco, extrañado, se volvió y lo vio pálido y sujetándose el pecho con una mano y buscando con la otra la baranda para no caer.

—¡Alejandro! ¡Alejandro, ¿qué te ocurre?!

—Estoy bien... Estoy bien... —Pero le faltaba el aire.

Nearco puso el brazo de Alejandro sobre su hombro.

—Volvamos a palacio ahora mismo.

—Estoy... —Y de pronto se desplomó.

Llamó a gritos a la guardia mientras sujetaba el cuerpo inconsciente. La piel le ardía por la fiebre desbocada. Los soldados lo cargaron a sus hombros y se lo llevaron. A su paso por la plaza palacial, que conectaba los jardines con el palacio sur, las muchedumbres iban levantando un gran revuelo, pues al verlos pensaban que llevaban al rey muerto.

32

Lo llevaron hasta su cama. Los *hetairoi*, alertados, acudieron enseguida. Nearco pidió a los soldados que abandonaran la cámara, pero estos se negaron a separarse de su rey, temiendo que se muriera.

—Esperad fuera —les ordenó—. Y calmad a los vuestros.

Se resistieron a obedecer al principio, pero, cuando vieron a toda la cohorte de generales con cara de preocupación y a los médicos entrar a la alcoba, cedieron.

Fuera, en el patio del palacio, se había formado un gran estruendo. Soldados, cortesanos, sirvientes...; todos proferían gritos confusos, pensando que se llevaban el cuerpo de su señor. Enfurecidos, agitaban sus espadas y las chocaban contra sus escudos, exigiendo a gritos verlo.

—Llamad a la caballería —ordenó Pérdicas.

—¿Vas a cargar contra ellos? —exclamó Laomedonte.

—¿Qué otra opción tenemos? Si estos fanáticos creen que se muere y que les impedimos estar a su lado, vendrán a por él a la fuerza.

—No los enfurezcamos. Hay que hacerles saber que el rey vive, que solamente está enfermo; que acudan al templo a hacer sacrificios por su recuperación —sugirió el políglota.

Todos miraron entonces a Pérdicas.

—Tú eres el *quiliarca* —dijo Nearco.

El general asintió titubeante.

—Bien. Pero que no se baje la guardia.

Los dos ayudantes de los físicos, vestidos con largas túnicas blancas, desnudaron al rey. Luego les tendieron un punzón dorado a cada uno de los cirujanos, que comenzaron a hacer incisiones en las venas de la muñeca izquierda y en la planta del pie derecho.

Roxana, Estatira y Sisigambis irrumpieron en los aposentos. Dripetis fue la última en llegar. Entró jadeante. La noticia parecía haberla arrancado del duelo por Hefestión y deshecho el rencor que sentía por Alejandro, cuyo cuerpo desnudo brillaba por los sudores febriles. Una constelación de cicatrices le cruzaba el torso, desde el hombro hasta el muslo. Le resbalaba por el brazo lleno de venas un hilo de sangre oscura que caía con un goteo rítmico a un cuenco dorado.

Su hermana tomó del hombro a Dripetis y la apartó para que los médicos tuvieran espacio para trabajar.

Durante otra hora estuvieron haciendo nuevos puntos de sangrado y cerrando los anteriores. Le ponían paños fríos y le daban la vuelta para inspeccionar cada una de sus heridas. Le abrieron los párpados para mirarle los ojos: estaban desorbitados, inyectados en sangre y amarillentos, como los de un cadáver.

Finalmente, se acercó a los *hetairoi* uno de los cirujanos.

—¿Qué le sucede? —inquirió Pérdicas visiblemente nervioso.

—Solo lo que vemos. Tiene unas fiebres muy altas y abscesos en la garganta. No sabemos con certeza a qué puede deberse.

—Harías bien en averiguarlo pronto, si sabes lo que te conviene —advirtió Ptolomeo.

—Puede ser una enfermedad que haya contraído por frío. O puede ser una infección más antigua ocasionada por una herida que sin embargo hoy aparentemente esté cerrada. —Ptolomeo carraspeó, insatisfecho y amenazante. El físico tragó saliva—. ¿Me pedís certeza en el diagnóstico? No la hay. Pero los remedios que podemos emplear son los mismos. Lo primero es lograr que remita la fiebre.

—Habla claro —dijo Nearco—. ¿Su vida corre peligro?

El médico asintió sombrío.

—Haced lo que tengáis que hacer —le ordenó Pérdicas.

Este inclinó la cabeza respetuosamente, miró de reojo a Ptolomeo y regresó junto a sus compañeros para practicar nuevos métodos en el rey.

Giraron la vista hacia su amigo. Su rostro lívido había contraído una agria mueca de dolor. Un débil temblor sacudía su cuerpo. Sobre ellos revoloteó la afirmación del físico, la duda oscura de que Alejandro muriese en las próximas horas. No sabían qué decir. Ninguno quería ser el primero en hablar y que los demás tuvieran oportunidad de deducir intenciones o adivinar movimientos. Fue Nearco quien rompió el silencio instándolos a todos a marchar y descansar, sobre todo a las consortes, la reina madre y la princesa. Ellos se turnarían ante su cama, como habían hecho tantas otras veces, y alertarían a los demás en caso de que sucediera algo. Estuvieron de acuerdo.

—¿Y con los soldados? —preguntó Laomedonte.

—Dejémoslos que lo vean y que sepan que vive.

Sisigambis, al oír aquello, dio un paso al frente y descendió de la superioridad de su raza para hablar con aquellos generales.

—¿Pretendéis hacerlos entrar aquí, a perturbarlo?

Los *hetairoi* se miraron asombrados. En años la reina madre nunca se había dignado a hablarles. Ahora que lo hacía, estaban impresionados por cómo sonaba su voz, cortante, heladora, pero totalmente desamparada.

Se miraron dudando sobre quién debía contestarle. Nearco, que era el más sereno, se adelantó al ímpetu ofensivo que les adivinó a Pérdicas y Ptolomeo.

—Señora, solo quieren ver que sigue vivo y..., por si va a morir, despedirse. Son fanáticos del rey y lo *van* a ver. Si se lo negamos nosotros, tomarán el palacio y lo lograrán por su cuenta.

Derrotada por la evidencia y dolida por las miradas plebeyas de los macedonios, la reina se retiró sin responder, conteniendo una vergonzosa lágrima por su hijo y otra iracunda por el futuro. Anduvo hasta los aposentos de sus nietas y, ya escuchando el revuelo distante de los bactrianos por las galerías, ordenó a su guardia personal, lo último que quedaba de la escolta inmortal de Darío, que cuidaran la puerta con su vida. Entró intempestiva. Estatira y Dripetis estaban junto a la ventana, consolándose la una el llanto a la otra. Chasqueó la lengua: «Qué imagen tan patética», pensó.

—Llora, llora —siseó, y ellas se volvieron sobresaltadas—, pero no por él sino por nuestra casa, de cuya destrucción solo tú eres culpable.

Su largo dedo índice señalaba a Estatira, quien atónita trataba de encontrar una respuesta al delito que le imputaba su abuela.

—¿Cómo puedes decir algo así? —inquirió ofendida—. Me he casado con él, con el conquistador de nuestro imperio, el asesino de mis padres, solo por la dinastía.

—Pero no te has preñado, que era tu único cometido. En cambio, mira a la bárbara: ¡ha ideado todas las tretas posibles y al final lo ha logrado!

Dripetis se levantó enfurecida.

—Ya basta.

—Dripetis... —trató de contenerla su hermana, pero ella se zafó con un manotazo.

—¡No! Hemos hecho todo cuanto hemos podido y solo hemos merecido tu odio. Nosotras no somos culpables de nada.

Sisigambis la ignoró completamente y siguió dejando caer su furia sobre su nieta mayor.

—No te das cuenta de a qué nos estamos enfrentando. El rey se muere y tú no le has dado un hijo, ¿sabes en qué posición nos deja eso? Estamos vivas solamente por su benevolencia, si hubiera dependido de cualquiera de los generales nos habrían vendido como esclavas... Un hijo era todo lo que necesitábamos. Has fallado en el único cometido que tenías. Pero yo ya debería haberlo sospechado: no solo eres mujer, sino hija de tu madre y de tu padre.

Entonces Dripetis bufó rabiosa, se dirigió enfurecida hacia su abuela y le propinó una bofetada en la mejilla. Sintió la piel arrugada y los huesecillos del frágil pómulo contra su mano abierta. Estatira dejó ir un grito ahogado. Sisigambis, anonadada, no pudo reaccionar. En sus ojos verdes ya no brillaba el rugido de un dragón, sino el siseo cobarde de un reptil mucho menor. Supo que con aquella bofetada se había roto lo que durante mucho tiempo, con tanto esfuerzo de fingida severidad y solemnidad, había tratado que todos creyeran: que ella era la gran reina, un ser superior más cercano a los aires que a los suelos, y que existía entre los mortales de forma diferente.

—¿Cómo osas...? —balbuceó sosteniéndose la mejilla enrojecida.

—Porque soy una aqueménida y no consiento que en mi presencia se falte a la verdad. Ni mi hermana ni mis padres ni yo somos culpables de la caída de nuestra casa. De eso solo eres culpable tú.

—Has perdido el juicio —masculló.

—Nos hiciste abandonar a nuestro padre y luego traicionar su memoria, y con la suya la de todos los aqueménidas.

—¡Él me abandonó a mí! ¡A su madre! —estalló—. Y a vosotras..., a toda Persia...

—Llevas tantos años regodeándote en que él nos abandonó..., pero, dinos, ¿por qué lo hizo? Si tan bien lo habías instruido en el legado de nuestra dinastía, ¿por qué lo hizo? De algo eres responsable. Porque no hay hijo que abandone a su madre sin que esta, de alguna forma, lo haya apartado antes de su lado.

—No sabes nada —espetó entre dientes, atragantándose con la cólera—. Era débil, como su hermana, y se hicieron débiles el uno al otro. Y yo no soy responsable de la debilidad de tus padres, ni de la vuestra.

—Tú estuviste siempre con ellos, en todo eres responsable. Pero es más fácil actuar como una madre indignada, ignorada por hijos altaneros que destruyen todo cuanto ella construyó sin poder hacer nada... Al final te has acabado creyendo tu propia mentira. Porque solo es eso, abuela: una mentira. La única culpable de que nuestra casa haya caído eres tú, y lo sabes. Y te avergüenzas tanto que nos echas la culpa a nosotras, porque ya no están ni nuestra madre ni nuestro padre para recibirla.

La reina madre absorbió en silencio las palabras. Estatira mantenía la cabeza baja. Estaba de acuerdo con lo que había dicho su hermana, pero eso no la hacía ignorar los problemas que suponía que Alejandro muriese sin que ella estuviera esperando un hijo suyo. Dripetis miraba desafiante a su abuela, dispuesta a resistir todo lo que le dijera: ese coraje singular para enfrentarse a ella y expresar el rencor de años había brotado del dolor de su viudedad y del miedo repentino a perder también a Alejandro.

Sisigambis miró por la ventana, el sol empezaba a descender por el occidente encenizado, y suspiró abatida como si quisiera decirles «hasta aquí nos han conducido nuestros pasos»; estaba segura de que, si hubieran hecho lo que tenían que hacer, se habrían visto en otra situación. Sin embargo, de nada servía lamentarse ya. Supuso que había sido iluso contar con ellas, pretender que el conquistador que la derrotó pudiera hacerla sobrevivir. El ocaso de sus días estaba tan cercano como el del propio Alejandro.

No les dedicó otra palabra más. No la merecían. Al cerrar la puerta tras de sí sintió que caía sobre ella el dolor de aquella conversación: las piernas le temblaron y un llanto asfixiante le atenazó el pecho. Se apoyó contra la pared, temiendo perder pie, respirando bruscamente para conjurar las lágrimas. En la mente destelló el recuerdo de Issos y de pronto volvió a ver a Darío: su rostro cansado por la batalla, atemorizado por haber visto al conquistador tan de cerca y haber sentido el silbido de su lanza rozándolo. Estaba decidido a plantar batalla de nuevo, a retirarse para luchar otro día. Pero ella se había negado a huir con él, a que el enemigo viera desertar a la familia real como ratas asustadas. Entonces no había sabido que el enemigo sería magnánimo: había estado dispuesta al martirio, había prohibido a su hija y a sus nietas abandonar y elegir otro camino, pues solo la muerte a manos del enemigo era honrosa para su sangre. Tal vez eso fuera lo que le reprochaba a Darío: que las hubiese dejado en vez de quedarse a morir con ellas, como era su deber de padre, de hijo, de hombre y de rey.

Se sujetó el pecho dolorida. ¿Qué le sucedía? No había tenido miedo entonces, lo había afrontado con entereza y con majestad. Pero ¿ahora? Se miró las manos cargadas de sortijas. Temblaban incontrolables. Temía por sus nietas, por sí misma... Pero nada era distinto de la jornada de Issos. No huirían. ¿Qué ganarían con ello, aparte del deshonor? Una vida en el exilio, con los bárbaros del oeste dándoles caza, una vida huyendo, temiendo a la muerte. Un aqueménida no huye, no se pliega a vivir bajo el terror de los enemigos, porque un aqueménida nunca teme. Dado que ellas eran las últimas, como tales abandonarían el mundo.

—Guardia —dijo.

Los dos inmortales se acercaron corriendo. La vieron vencida contra la pared y temieron que se cayera. Pero ella rechazó su ayuda.

—Cuando vengan a por ellas, adelantaos y ahorradles el sufrimiento.

Los guardias se miraron incapaces de creer lo que se les

pedía, pero la severidad con la que hablaba la reina no daba lugar a duda alguna. Silenciosamente inclinaron la cabeza asegurándole que obedecerían.

Sisigambis miró de nuevo las puertas cerradas y se imaginó a sus nietas al otro lado. Lo hacía por ellas, se dijo. Después puso rumbo a sus aposentos. Allí las esclavas la estaban esperando con la cena, pero les ordenó que salieran y no volvieran más. Al principio dudaron, pero ella lo ordenó de nuevo con una voz gélida que hizo que las jóvenes salieran apresuradas de la estancia como una bandada de palomas asustadas. Luego cerró la puerta con llave y haciendo un gran esfuerzo movió un mueble para atrancarla. Después cogió la bandeja colmada de distintos platos y la lanzó por la ventana. De la misma manera vació las jarras de agua y vino y hasta arrojó el cuenco lleno de verdes pistachos. Inmediatamente, adivinando sus intenciones, las tripas rugieron suplicando clemencia y la sed afilada trató de disuadirla abrasándole el paladar para que reaccionara, pero ella hizo caso omiso. Abrió el cofre donde guardaba las imperiales joyas de su dinastía. Todas se las puso y luego se dejó caer por el peso del oro sobre una silla. De nuevo la memoria la devolvió al pasado, ahora a esa alcoba oscura del palacio de Sidón donde su hija Estatira se había ido cobardemente de la misma forma. «No es lo mismo», se dijo. Ella no huía del martirio. Ella afrontaba con entereza el destino que se le tenía reservado, pero no daría oportunidad a que la vejaran ni a que la despojaran viva de su corona y le robaran sus alhajas. No iba a permitir que obtuvieran el triunfo de acabar con ella con sus propias manos. Impávida y serena, aguardó a que el hambre y la sed se la llevaran. Por la ventana entraban los rayos del último ocaso polvoriento, proyectando una oscura sombra dorada sobre su figura regia y sobre el final de la era a la que pertenecía. Cuando tras morir Alejandro al cabo de los días fueran a por ella, la encontrarían ya a su lado.

33

Las puertas se abrieron y los soldados pudieron entrar al palacio. Al contrario de lo que algunos habían pensado, no saquearon ni se lanzaron ávidos de sangre a matar a todo el que se interpusiera entre ellos y el amo, sino que calmos y respetuosos se dejaron conducir hasta los aposentos reales y, formando una hilera, desfilaron ante el lecho real.

Junto a la cama, Roxana parecía no reparar en ellos: tenía los ojos fijos en el pecho desnudo de su marido, moviéndose lentamente con el ritmo de su respiración apagada.

—¿Crees que nos oye? —le preguntó a Pérdicas.

El general lo miró.

—No. Está inconsciente.

A ella no se lo parecía. Sospechó que podía estar fingiendo nada más, negándose a hablar de la sucesión y así evitar afrontar el hecho de que se moría.

—Si muere... —susurró.

—Recemos porque no.

—Un par de meses, solo eso... —sollozó, conteniendo el llanto angustiado y palpándose el vientre hinchado por el embarazo. Se encomendaba a los dioses de piedra de su Bactria natal; años hacía que los había olvidado, ahora se arrepentía.

Pérdicas se volvió sutilmente para que los demás presentes de la sala no lo vieran y casi sin despegar los labios le dijo:

—Llevas al heredero en tu vientre. No hay otro más que él. Y será un varón. No te preocupes. Ojalá lo salven los dioses, pero si no, ten por seguro que tu hijo nacerá ya rey y yo os protegeré a ambos. Contamos con todo el apoyo de la caballería. Los otros generales estarán con nosotros también.

—¿Y qué haremos con *ella*? ¿Y si está esperando también y no es consciente? ¿O quién nos asegura que no se preña y dice que es suyo?

—Yo me encargaré de ellas. Pero hay que esperar.

—¿Los demás no dirán nada?

—¿Quiénes? —se rio—. ¿Nearco? ¿Laomedonte? Las ven

tan enemigas como a su padre. Si no lo hago yo te garantizo que lo harán ellos.

—No. Hazlo tú. Asegúrate.

Roxana de pronto se apartó del general. Este, al darse la vuelta, vio que era porque Nearco había entrado en la alcoba. Parecía no haberlos visto hablar, estaba observando la hilera de soldados que hacían reverencias a los pies de la cama. Pérdicas se acercó a él para evitar sospechas y Roxana se puso de rodillas, tomó la fría mano de Alejandro y la empapó con sus besos y sus lágrimas, suplicándole agónica que no la dejara sola, que aguantara para ver a su hijo.

—¿Algo? —preguntó escuetamente el navarca, sin quitar ojo de los bactrios.

—Nada —dijo Pérdicas—. Se le entreabren los ojos, pero no parece que oiga ni vea nada. Está aún totalmente ido por la fiebre.

—¿Sigue sin remitir? —El *quiliarca* asintió. Nearco suspiró preocupado—. Debemos empezar a prepararnos.

—Confiemos aún en los dioses.

—Hasta el final. Pero que la fe no nos impida tomar decisiones racionales. Eres el *quiliarca,* Pérdicas. No sabemos cómo pueden reaccionar las satrapías a su muerte y nuestro deber es mantener el imperio unido.

—Y así lo haremos. Se lo debemos.

—Ve entonces. Yo me quedo con él.

Pérdicas miró de nuevo a Roxana y después abandonó la sala.

—Señora, deberías descansar también —dijo el navarca.

—No voy a apartarme de su lado.

—Los médicos entrarán de un momento a otro para sangrarlo otra vez y aquí poco puedes hacer. —Se inclinó sobre su hombro y le susurró al oído—: Temo verte aquí con todos estos soldados entrando en la alcoba.

Roxana de repente sintió miedo de estar allí sin Pérdicas. Nearco la ayudó a levantarse y dos soldados la escoltaron de regreso a sus aposentos. Se cruzó con Laomedonte, que entraba. Intercambió con él la misma sombría falta de noticias que con Nearco.

—Mandadme llamar si sucede algo —le ordenó.

—Sin duda, señora.

Laomedonte anduvo hasta el lecho del rey. No pudo evitar que le doliera el corazón viéndolo allí postrado: el hombre que había conquistado el confín de la Tierra vencido por la fiebre. Parecía que dormía. Las hierbas que le habían dado los médicos habían aliviado la expresión dolorida de su rostro; sin embargo, en su interior aún luchaba ferozmente contra su enemigo, que después de muchos años acumulando fuerzas para ese combate estaba decidido a derrotarlo. «Sé fuerte, Alejandro. Lucha. No te rindas», le dijo con el pensamiento, recordando inocentemente la juventud perdida.

De pronto, uno de los soldados lanzó un alarido de dolor, rompió la fila y se echó sobre Alejandro a besarle la mano. Los guardias lo cogieron de los hombros y lo sacaron de la alcoba a rastras.

—¿Cuántos hombres quedan fuera? —preguntó Nearco aún tomado por la sorpresa.

—Al menos otros cien —dijo Laomedonte—, y eso solo en las antecámaras. Agolpados en la escalinata hay muchos más.

Nearco chasqueó la lengua resignado, sabiendo que no tenían más opción que esa.

—Mejor tenerlos de nuestro lado —concluyó—, por lo que pueda pasar. Pérdicas y Roxana... creen que pueden ocultarse. Están tramando hacerse con la regencia hasta que nazca su hijo. Nos van a imponer al bárbaro en el trono, ya lo verás, con Pérdicas reinando en su nombre.

—Precisamente por eso... tengo que contarte algo que te oculté cuando llegamos a Babilonia. En ese momento no lo creí relevante, pero dadas las circunstancias...

Nearco lo cogió por el antebrazo y lo apartó contra una esquina, como si temiera que el rey los oyera o que los bactrios conjeturaran intenciones.

—¿De qué estás hablando?

Laomedonte miró preocupado a su alrededor.

—Vamos fuera. Vigiladlo —ordenó a los guardias que guardaban la cama.

Salieron a la terraza. El sol se caía por el cielo de la tarde, que empezaba a volverse de azul liliáceo.

—Mis espías me mandan noticias, Nearco. Barsine...

—¿La hija de Artabazo?

—Sí. Me informan de que tiene un hijo; ella alega que es de Alejandro. —Nearco retrocedió impactado por la noticia—. Puede que lo sea: tiene seis años, lo que coincidiría con cuando estuvimos en Balj.

—¿Dónde se encuentra ella ahora?

—En Hircania. Pero desde que murió su padre sabe que no está segura.

—Y si ha huido de Bactria es porque Oxiartes conoce su secreto y ha informado a su hija. Es cierto que después de eso ya no estará segura en ninguna parte. ¿Lo llegó a saber el rey? —Laomedonte negó con la cabeza—. ¿Crees de verdad que puede ser suyo? ¿Y que haya esperado seis años para proclamarlo?

—Precisamente por eso diría que no lo es. Pero con que lo crea Roxana es suficiente para que esté en peligro. Y con que Barsine lo proclame..., suficiente para tomarlo como heredero.

—¿Piensas proclamarlo rey?

—Mejor él que el hijo de la bárbara. Barsine es de sangre frigia. Son casi griegos.

—¿Y qué vamos a hacer?

—De momento ya he mandado hombres a Zadracarta para que la pongan a salvo. Que sepa que la protegemos y que velamos por los derechos de su hijo. Aunque sea un bastardo...

Oyeron revuelo en el interior: eran los médicos, que habían vuelto a rodear a Alejandro y se disponían a reanudar sus remedios. En sus rostros, sin embargo, se adivinaba que lo hacían para aparentar que trataban de salvarlo hasta el final, aunque estaba claro que poco se podía hacer ya.

—¿Y el resto? —musitó el navarca.

—El imperio se rompe, Nearco —dijo Laomedonte, temiendo por un momento que viéndose solo buscara acomodarse a una solución con más partidarios—, cada uno mira por su supervivencia. Pérdicas va a apoyar a Roxana, como dices. Crátero recibirá la noticia estando en Macedonia y quién sabe si no usará al ejército de veteranos para hacerse con el trono allí. Y Ptolomeo... Ptolomeo marchará a Egipto cuando menos lo esperemos. Es el reino más rico y lo ambiciona desde hace tiempo. Nos vamos a quedar sin bando a menos que nos hagamos los líderes de uno. Tú y yo hemos sido los más leales a Alejandro... En el tiempo que viene eso no va a ser una virtud. La mejor opción que tenemos es la del hijo de Barsine.

Nearco meditó las palabras del políglota. Ambos habían estado toda la vida con Alejandro, codo con codo habían peleado con él; todas aquellas maquinaciones les parecían traiciones. Pero en verdad lo tenían que hacer: su amigo se moría, debían pensar en el porvenir.

—Está bien —dijo finalmente—. Lo primero es la seguridad de Barsine. Manda recado a los hombres que tengas en Zadracarta. Deben llevarla lo más cerca posible de Grecia, donde menos influencia tenga Roxana.

—¿A Pérgamo, por ejemplo? Tengo aliados allí.

—Sea —respondió. Miró al cielo buscando sus estrellas de fortuna, esas que lo habían acompañado durante las tenebrosas travesías por el mar, pero no las encontró. Supuso que con Alejandro iban a morir también los tiempos míticos. El destino ya no se encontraría en los astros, ni lo comandarían fuerzas legendarias desde la cima del Olimpo, sino que quedaría en manos de los hombres—. Por cierto —dijo antes de volver dentro—, ¿cómo se llama el niño?

—Heracles.

—Heracles... —repitió, y no pudo evitar reírse ante la coincidencia. El último juego del hado, pensó—. Claro, cómo no. Puede que hasta se parezca al padre.

34

Durante días los soldados siguieron desfilando ante el lecho de su amo. A ratos destellaba la conciencia, pero enseguida volvían a llevárselo las fiebres que, sin importar lo que hicieran los médicos, no le daban respiro. Le suministraban pócimas de hierbas, lo frotaban con paños fríos, lo sangraban; todo en vano. Poco a poco se le iban afilando más el rostro y las manos, volviéndose inminente lo inexorable. Cada noche parecía ser la decisiva sin que ninguna lo fuera del todo. Los *hetairoi* se las pasaban en vela viéndolo dormir, contando, entre angustiados y ansiosos, los abscesos en su respiración entrecortada, las convulsiones febriles, los jadeos que sonaban a estertores. El trance persistía, sin que hubiera mejoría ni empeorara definitivamente. Todo parecía un cruel juego suyo, como si los estuviera poniendo a prueba en su paciencia y su lealtad, tentándolos a ver cuál de ellos se lanzaba primero a rematarlo, incapaz de contenerse. Les estaba dando tiempo para que aumentaran sus desconfianzas, hicieran suma de las últimas afrentas, afilaran las dagas y pusieran a punto los venenos.

Ninguno estaba dispuesto a separarse del lecho de Alejandro. Así pasaron los días en los aposentos. No repararon en que hacía mucho que no se veía ni a Sisigambis ni a Begoas. Nadie se había percatado de que la reina madre se había encerrado a morir ni de que el eunuco había huido en mitad de la noche llevándose consigo el brazalete de lagarto. Pasaban el tiempo tratando de ganar voluntades, aparentando reparar las ofensas recientes, esperando que el otro bajara la guardia: hablaban del pasado, recordaban buenos momentos junto a él, alabándolo como líder, como hermano, buscando evocar así una tristeza que fuera convincente para el resto y para sí mismos. Susurraban en voz baja, con tono suave, como si temieran perturbar el sueño del rey, ese sueño del que no escapaba ni hacia la vida ni hacia la muerte.

Pero aun así, Alejandro los oía. Oía su murmullo quebradizo en el fondo de la alcoba. Lograba incluso identificar las voces en las tinieblas. Nearco, Ptolomeo... Pérdicas, podía ser. ¿Qué decían? «Pela», «Egas», «Sardes»; ciudades. Nombraban ciudades, pero no sabía por qué. Con un enorme esfuerzo, como si comandara los miembros de un cuerpo ajeno y no del propio, abrió los ojos. La luz de las antorchas lo deslumbró momentáneamente, pero poco a poco la niebla empezó a disiparse de su visión. Estaba en su alcoba del palacio de Babilonia: reconocía el relieve del lamasu leonino que custodiaba la entrada, acechando hierático encima del dintel de la puerta.

Miró a su alrededor: estaban todos sus generales... ocupados en pequeños grupos, contándose secretos. De vez en cuando se volvían para mirarlo y él les sonreía, pero parecía que no se daban cuenta de que había despertado. Estaba Roxana también. Su vientre se le veía muy abultado bajo el peplo... Pronto iba a parir. Esperaba que lo llamara Filipo, como había querido llamar al primero. Pero ¿dónde estaban los demás? ¿Dónde estaban Parmenión, Filotas? ¿Y Clito? Juraría haberlos visto a todos algunos días atrás. Los había llamado a su lado, pero no le habían obedecido.

«Babilonia», «Susa», «Menfis», «Siwa». Continuaban los nombres de ciudades, pero ahora, al aguzar el oído, escuchó algo más: «No podemos llevarlo allí», «Tiene que ir a su patria, con sus ancestros», «Él quería ir a Egipto, me lo dijo personalmente»...

—¿De qué hablan?

Alejandro giró la cabeza sobre la almohada y vio a Hefestión parado a su lado. Ahí estaba: con sus ojos verdes tan inteligentes, su belleza indescifrable y su sonrisa cálida y sutil. Parecía incluso rejuvenecido por la muerte, como si la descomposición del cuerpo fuera un trance que debía pasar antes de que de él pudiera brotar el alma renovada y resplandeciente, con todos los atributos de perfección con los que se la creó en un principio.

—Estás aquí... —dijo sin poder creérselo. Él asintió sonriendo y se sentó en el borde de la cama, a su lado. Alejandro percibió hasta su olor, real, su presencia, el calor de su piel y supo que estaba allí con él de verdad—. No podían separarme de tu cuerpo.

—Lo sé.

—No podía dejarte partir sin mí.

—No me fui. Me quedé esperando.

—Te he echado tanto de menos... Nunca me he sentido tan solo.

—Pero no has estado solo nunca. Siempre he estado a tu lado.

Los ojos de Alejandro destellaron tristes.

—Sí..., pero cuántas veces no he sabido verlo.

Hefestión sonrió como queriéndole decir que eso no importaba, que no había importado nunca, pero Alejandro, asediado por los remordimientos que acechan a la conciencia en sus postrimerías, no podía evitar dibujar a su amigo con una sombra de reproche en el gesto.

Volvieron a oírse las voces de los *hetairoi*. Ambos miraron hacia allí, hacia los asesinos; Hefestión repitió su pregunta inicial.

—¿De qué hablan?

—¿No los oyes? —le preguntó extrañado.

—Los oigo pero no entiendo lo que dicen. Oigo su voz pero no hay palabras. Es como si estuvieran muy lejos, como si hablaran del otro lado de un muro.

—¿Y a mí por qué sí me entiendes?

—Será que estás más cerca —respondió titubeante, sabiendo que él ya conocía el motivo.

—Están hablando de mi cuerpo —reconoció finalmente—, de adónde llevarlo. Tantos sitios en el mundo adonde podría ir..., tantos como he visitado en verdad. Tal vez debiera decirles que sigo vivo. Porque sigo vivo, ¿verdad, Hefestión? ¿O estoy ya contigo?

—Aún no —le dijo—. Pero ven pronto.

Alejandro suspiró cansado.

—Lo estoy intentando..., pero no puedo. Nunca imaginé que el corazón fuera a resistirse de esta forma. Me pide que luche y que venza. Llevo toda la vida obedeciéndolo; me cuesta negarle su deseo.

—El corazón al final siempre busca aferrarse a la vida, sobrevivir cueste lo que cueste porque tiene miedo de dejar de latir. Es el alma la que está agotada de soportarlo. Ella es la que quiere volar y hay que ayudarla.

Adivinó a qué se refería con eso, lo que le provocó una débil sonrisa.

—Platón... Siempre fuiste mucho más racional que todo eso. Las fantasías del alma y su mundo me las dejabas a mí, que el mundo real me parecía demasiado frío. Para ti todo era perfectamente lógico, como siempre...

Su amigo se rio recordando las lecciones de filosofía de su juventud y logró con ello arrancarle una débil carcajada a él también. Pero poco a poco Alejandro se iba dando cuenta de por qué lo asediaban en esa hora los recuerdos tan lejanos, y su risa fue decayendo hasta convertirse en una sonrisa compungida y nostálgica.

—No luches más, Alejandro. Déjalo ir todo ya. Confía en mí...

Sus ojos se llenaron con sus últimas lágrimas, donde se ahogaban los arrepentimientos que cierran toda existencia, las decepciones para con uno mismo.

—Creo que no puedo... Clito tenía razón. He hecho la guerra a los que me querían bien, por eso me he quedado solo. He traicionado a mis amigos, a mí mismo, y ahora por eso no me puedo morir en paz...

Hefestión se arrodilló a su lado, le tomó la mano y se la sujetó con fuerza dominando el temblor helado que se había adueñado de ella.

—Estate tranquilo, hermano. El pasado y el recuerdo ya no importan. Eres libre de ellos, como en el fondo siempre lo fuiste.

Alejandro sorbió sus lágrimas.

—Ojalá me hubiera dado cuenta antes. Ojalá hubiera tenido coraje para verlo. Quizá así estaríamos ahora en otro lugar, juntos y vivos.

Hefestión le sonrió.

—No te preocupes: juntos estaremos pase lo que pase. Allá adonde vayas, yo siempre estaré contigo. Vivos o no, eso apenas importa.

Quiso contestarle, pero de pronto un jadeo violento rompió su voz. Los ojos se le abrieron y ya no lo vio.

—¡Señor!

—¡Ha despertado!

Los *hetairoi* se precipitaron a su lado, sus voces ininteligibles rugían demudadas tras el velo gris de su mirada. Alejandro los sintió encima de él, rodeándolo sin dejarle ver más allá, quitándole el aire que le faltaba. Movió la cabeza angustiado, como tratando de salir a respirar a la superficie de ese mal sueño, buscando a Hefestión entre los rostros anónimos. De pronto lo vio. Estaba al fondo de la alcoba, en el umbral de la puerta, bajo el relieve del lamasu. Desde allí lo miraba, esperándolo, inalterada su sonrisa. Entonces en su corazón cambió el miedo: ya no era a la oscuridad de la inexistencia ni al olvido, sino a que Hefestión se fuese de allí sin él, a que de nuevo se marchara y no lo pudiera seguir. De un brinco se levantó de la cama y corrió hacia él mientras dejaba caer tras de sí el lastre del cuerpo mortal, libre por fin de las cadenas de la vida.

EPÍLOGO

El viento ardiente del desierto borraba las huellas que dejaban en la arena, y con ellas también el lugar de donde provenían. La canícula hacía temblar el horizonte, ocultando el destino al que se dirigían. Los soldados avanzaban con paso lento y abatido, cargando con el peso de un silencio atronador, agachando la cabeza para evitar los latigazos de arena que propinaba el aire. Ptolomeo calculaba que estaban ya cerca de Menfis y ordenó a sus oficiales que tranquilizaran a los hombres: pronto llegarían y encontrarían las puertas de la ciudad abiertas. Sin embargo, sabía bien que lo que preocupaba a los soldados era lo que tenían detrás y no lo que había delante: llevaban semanas temiendo que los hombres de Pérdicas les dieran alcance. Habían logrado repeler uno de sus ataques en una escaramuza cerca de Gaza, pero si aparecía con todo su ejército tras de sí no tendrían nada que hacer. La única esperanza era llegar a Menfis y hacerse fuertes tras sus murallas.

Iba a ser una lucha a muerte porque Pérdicas no perdonaría el engaño de Damasco, no perdonaría que los hubiera burlado y se estuviera llevando el cuerpo de Alejandro a Egipto en vez de a Pela, como se había acordado. Miró por encima de su hombro. Los caballos tiraban hastiados del inmenso catafalco de mármol y oro en el que, encerrado en la más absoluta oscuridad, cubierto de telas magníficas y flores marchitas, iba el sarcófago. Los oficiales le habían insistido en que lo abandonaran porque los estaba retrasando demasiado. Si tanto le interesaba el cadáver del rey, que lo subiera a una carreta y se dispusiera a llegar a Egipto cuanto antes, en vez de perder el tiempo arrastrando el inmenso complejo escultórico. Se había negado. Debía llegar con todo honor a Menfis, no iba a hacerlo de menos. Para los macedonios poseer el cadáver de un rey era lo que legitimaba a su sucesor: quería que todo el mundo supiera de la entrada de Alejandro en Egipto, sobre todo que lo supiera Pérdicas, a quien aquellas supersticiones afectaban más que a él. No iba a hacerlo a hurtadillas.

Continuaron el camino por el desierto durante varios días más, por la ruta de Horus. Era más seguro. Nadie se arriesgaría a mandar el grueso de sus tropas a través de un desierto indómito del que bien podían no salir. A la séptima noche alcanzaron Menfis; al verla, el golpe de la memoria casi lo derribó del caballo, pues estaba igual, blanca y brillante como una luna caída del cielo en medio del desierto oscuro. Escrutó la distancia añil esperando ver, como aquella vez, al ave fénix en su vuelo ígneo a ras de la tierra, pero hacía no mucho que el pájaro no había vuelto a resucitar.

El catafalco recorrió las calles silenciosas de la ciudad hasta el palacio faraónico donde los estaban esperando los sacerdotes mayores del templo de Apis y los oficiales del Gobierno macedónico, que dedicaron a Ptolomeo una sonrisa de complicidad.

Se bajó del caballo y ordenó que se abriera el catafalco y se llevara el sarcófago del rey a una cámara profunda en el palacio, a la espera de ser inhumado.

—Llamad al sumo sacerdote —mandó—. Que venga a verme.

Este, que había regresado al templo del dios toro, volvió al palacio de madrugada arrastrando su cansancio. Ptolomeo en cambio estaba muy despierto, ya instalado en los aposentos reales que hasta esa misma tarde había ocupado su predecesor en el Gobierno de Egipto.

—Pasa —le dijo cuando lo vio en la puerta.

El sacerdote se acercó con las manos a la espalda, mirando con detenimiento el tiempo detenido en aquella estancia.

Ptolomeo estiró la mano hasta un gran bol rebosante de

dátiles, higos y uvas que ofreció también al sacerdote, pero que este rechazó.

—Ten cuidado. En esta época del año las serpientes buscan refugio del calor y se meten hasta en los cestos de fruta.

Ptolomeo se rio.

—El áspid siempre ha sido el símbolo de poder de los faraones, ¿verdad?

—Así es.

Lo miró y sonriendo maliciosamente le dijo:

—A mí no habrá de matarme el poder.

El sacerdote suspiró.

—¿Para qué me has hecho llamar?

—Para organizar el entierro del rey. Quiero que se lo inhume en la necrópolis real, en la tumba vacía que dejó el último faraón, el que huyó a Macedonia.

—¿Nectanebo?

Después de tantos años, el brujo que había leído las estrellas del conquistador y muerto por ellas regresaba a Egipto.

—Precisamente. Está en la necrópolis de Menfis, ¿no es así?

—Sí..., pero ¿no habría de construirse una específica para él?

—Son muchos los meses que el rey lleva vagando por el mundo sin un lugar fijo en el que quedarse. Mientras eso siga siendo así su cuerpo estará desprotegido, a merced de los peores espíritus y fuerzas. Urge depositarlo cuanto antes en un lugar seguro, bajo el amparo de conjuros que garanticen su descanso imperturbable. Temo que, hasta que eso no sea así, su alma esté también deambulando sin rumbo ni paz por la otra vida.

El sacerdote bajó la cabeza.

—En verdad eso es lo que estará sucediendo —reflexionó recordando las escrituras del Libro de los Muertos.

—Me alegra que estemos de acuerdo. Ahora ve y disponlo todo. Que se haga cuanto antes. Después, prepararás mi coronación.

El sacerdote no osó cuestionarlo. Asintió y lo dejó de nuevo solo.

Ptolomeo suspiró y volvió al bol de fruta a por otro de los

jugosos higos. Al cogerlo, sin embargo, notó un escalofrío: lo levantó con prudencia, temiendo que fuera a haber una víbora escondida entre la fruta. Se rio de su propia estupidez y volvió a sentarse a su mesa, donde esperaban importantes documentos. Los ojeó con pereza, apartando los menos interesantes a un lado para que al día siguiente los secretarios lidiaran con ellos. Después abrió un enorme papiro en el que había dibujado un mapa del mundo conocido. La tinta de las fronteras descubiertas por Alejandro estaba húmeda aún, como versos imaginados recién salidos del tintero. Confines imposibles ahora estaban sometidos al conocimiento humano. Habían liberado a la Tierra de las ligaduras con las que los primeros dioses la apresaron. Habían derrotado la distancia, empequeñecido el mundo, vencido el imperio de lo desconocido.

Las ciudades, marcadas con minuciosos dibujos, se estiraban como una constelación sobre la faz de la Tierra y del papiro. Como si calculara la distancia que las separaba, pensando en lo que tardaría un ejército en moverse de una a otra, fue pasando el dedo por cada una de ellas. Pela, en Macedonia. Allí estaban Casandro y Antípatro, peleándose con Olimpia por el legado de un rey de cuya existencia apenas les quedaba recuerdo. Al otro lado del mar, Pérgamo. Sabía que allí era donde Nearco tenía escondida a la princesa Barsine con su hijo, a quien habían proclamado heredero de Alejandro, desafiándolos a todos. Damasco, de donde había robado el cadáver del rey, delante de las propias narices de Laomedonte, que se había asentado en Siria, a medio camino entre el este y el oeste, demasiado prudente, demasiado cobarde, como para tomar partido por unos o por otros. Se rio entre dientes. «Qué ingenuo, Nearco.» Lo había dejado solo. Más allá, Babilonia..., llena de fantasmas, no únicamente el de Alejandro. En el meñique derecho Ptolomeo llevaba un anillo de lapislázuli que le había quitado al cadáver de Sisigambis. A las princesas las habían sacado de su alcoba a rastras, antes de que sus soldados pudieran impedirlo, y las habían degollado a las dos. Recordaba los gritos. Empezó a respetar a Roxana después de aquello. Ella misma lo había ordenado y las vio ejecutar sin perder detalle en un parpadeo. Ahora ella se sentaba en los tronos sangrientos de la ciudad azul como única viuda de Alejandro, madre de su único hijo. Pérdicas estaba con ella allí, reuniendo a un ejército, dispuesto a lograr lo imposible: hacerles la guerra a todos y mantener el imperio unido.

Se preguntaba a veces si Pérdicas, que con tanta habilidad se había movido en los últimos años, no era en verdad el más corto de entendimiento. Mantener el imperio unido... Qué disparate. Siempre lo había sido, incluso en vida del tirano. Mientras los otros se mataban tratando de alcanzar lo inalcanzable, pensando que así imitaban la gloria del rey anterior cuando en realidad lo que imitaban era su locura, él se haría fuerte en Egipto y así la Casa de los Lágidas, su casa, sobreviviría a todos los herederos de Alejandro, a todas las dinastías que pudiesen proclamar su legado, pues era la única que veía lo falso que este era y la única por tanto que podría construir un imperio auténtico sobre la ruina de su vanidad.

El punto de Pela en el mapa se clavaba en su pensamiento. El lugar de donde provenía. Ahora, lejos de allí, contemplaba hasta dónde lo habían llevado sus pasos. Rebuscó entre los documentos un papiro en blanco, mojó en tinta la pluma verde y escribió una carta tratando de dar reposo al rencor que, de tantos años acompañándolo, se había convertido en él mismo:

> A la reina madre de Macedonia. Quiero que sepas que fui yo quien robó la vida de tu hijo y su cuerpo. He terminado así la empresa de salvar Asia y el mundo de la tiranía, empresa que empezó mi padre y que Alejandro, déspota y nunca libertador, jamás pudo llevar a cabo. Su despojo quedará para siempre aquí en Egipto, pues es de justicia que los hijos se pudran en la tierra de sus padres. Lo hace en la oscuridad de una tumba que lleva el nombre de tu amante, el bárbaro Nectanebo. Yo sé que no podré descansar junto al mío, pero al menos así le devuelvo el honor del que lo privasteis durante tanto tiempo. Jamás verás el cuerpo de tu hijo. Tal es el precio que has de sumar a tu indignidad, la que él siempre arrastró, pues era de ti de quien huía, de tus artes y tu vesa-

nia. Por eso te conmino a que aúnes el poco honor y coraje que te queden y te quites la vida con dignidad. Cuando lo encuentres en la muerte dile la verdad: la victoria es mía; fui yo, la sangre del padre al que tanto despreció, quien acabó con él.

Y firmó:

Ptolomeo I, el Salvador. Faraón de Egipto, Hijo de Amón-Zeus, Señor de las Dos Tierras.

Satisfecho, estiró la mano hasta el bol de fruta, cogió unos higos y los devoró sonriente. Algo se removió en su alma turbia mientras comía y veía frente a él la carta en la que confesaba su identidad. No pudo resistirse.

Cogió una antorcha y bajó a los pasadizos del subsuelo, hasta la cámara donde acababan de depositarlo. Las columnas de colores temblaban en las tinieblas, como visiones oníricas del más allá, y el eco de sus pasos se perdía en los altos techos. Avanzó lentamente, sobresaltándose con el más mínimo ruido, como si algo en su fuero más íntimo e irracional temiera haber despertado fuerzas de ultratumba. Respiró hondo y trató de serenarse. Nada tenía que temer de los muertos; su dominio lo ejercen solo sobre las mentes débiles, las que recuerdan, las que aman.

El sarcófago, rodeado por cuatro antorchas de pie que se consumían con un crepitar silencioso, desprendía un halo fantasmagórico. Era de oro, granito negro y lapislázuli. Estaba cerrado con nueve cerrojos. En Babilonia, sobre su cuerpo aún tibio, los *hetairoi* habían prometido devolverlo a Macedonia, a su tierra, en el último regreso, y guardar una llave cada uno a fin de proteger para siempre el descanso eterno del rey.

Ptolomeo se rio para sus adentros: «Qué ilusos».

—Abridlo —ordenó.

Dos soldados se acercaron con un martillo y un grueso clavo que introdujeron en las cerraduras. Golpearon con fuerza hasta que lograron quebrar ocho cerrojos. Cuando fueron a por el noveno, Ptolomeo los detuvo. Quería disfrutar del momento. Les tendió su antorcha y rebuscó la llave que llevaba colgada al cuello. La metió en la cerradura y la giró con cuidado, accionando los sofisticados mecanismos. Se oyó un chasquido al romperse el aire compacto del interior.

—Esperad fuera.

Los soldados, que habían observado atónitos cómo profanaba el cuerpo en su deseo de comprobar que era el de verdad, abandonaron la estancia. Cuando se hubo quedado solo, Ptolomeo buscó con los dedos el borde de la tapa y usando toda su fuerza la levantó. La tapa pesaba lo que la conciencia. Incapaz de sostenerla, la empujó al suelo. El estruendo resonó picudo y metálico en la negrura durante una eternidad. No se atrevió a moverse ni a abrir los ojos hasta que volvió a hacerse el silencio. Cuando lo hizo, vio la silueta dormida difuminada bajo el sudario.

Hurgó con los dedos entre los vendajes y empezó a desenvolverlo, sintiendo conforme lo hacía el olor corrompido de los perfumes y los aceites funerarios con los que lo habían ungido sacerdotes y magos de tantas religiones. Finalmente palpó las facciones de su rostro. Rasgó las vendas de lino con las que lo habían momificado y se enfrentó a su hermano una última vez.

Sonrió al verlo. Durante mucho tiempo tras su muerte, semanas, se había mantenido perfectamente fresco, incorrupto, como si estuviera dormido, un último triunfo sobre la muerte que a todos había confirmado que en verdad era descendiente de Heracles y de Zeus. «Pero como todas tus victorias en la Tierra, fue efímera.» A pesar de la momificación laboriosa, era imposible mantener a raya a la muerte. «Ni dios, ni hijo de dios... Hombre. Mortal. Carne. Polvo.» Como ellos. Igual que ellos. Solo él había visto la verdad detrás de su mito desde el principio. Él ganaba.

Sin embargo... de pronto le sobrevino la amargura. Se dio cuenta de que lo verdaderamente estéril era su triunfo porque no podía hacérselo ver, no podía hacerle saber que lo había derrotado. Sintió que el cadáver lo miraba con una sonrisa burlona, como si hubiera adivinado su frustración, como si hubiera estado esperando a ese momento sabiendo el desenlace de antemano. Soltó un alarido furioso y llamó a los sirvientes. Su voz se perdió en la ultratumba hasta que al fin aparecieron dos muchachos que servían como pajes en el palacio. Eran hermanos, apenas tenía catorce años el mayor y once el pequeño; ellos guardaban las necesidades de los señores a esas horas intempestivas de la noche.

—¡Cerrad el sarcófago y sellad la cámara! —bramó, saliendo de allí envuelto en un vendaval de furia.

Ninguno de los dos muchachos osó moverse ni levantar la mirada del suelo hasta que los pasos del general macedonio se hubieron consumido en la negrura.

Los pajes se miraron algo temerosos. No daban crédito a encontrarse allí, solos ante el sarcófago abierto del mayor rey que jamás había conocido el mundo, y con cuya historia habían crecido de niños.

De pronto, el mayor dio un salto y trepó al sarcófago.

—¿Qué estás haciendo? —masculló preocupado el pequeño.

—Tengo que verlo. —Hablaban en griego—. ¿No te da curiosidad?

El pequeño paje asintió y, de un brinco, se encaramó con su hermano al pedestal. Ambos se asomaron al interior y pusieron los ojos sobre el conquistador del mundo, sobre el rey de todas las tierras. El cuerpo se descomponía: las facciones se hundían sobre los huesos y la sombra de su púrpura real reptaba por el cuello y las mejillas. Y, sin embargo, aún encontraron en él un atisbo de expresión humana, una sonrisa sincera, la última con la que se había muerto.

Los hermanos lo miraban con una profunda admiración. De aquel hombre conocían lo que les había dicho su padre, un soldado griego que había viajado con sus huestes desde Macedonia hasta el país del Nilo, donde se había quedado tras desposar a una egipcia. Habían crecido escuchándolo hablar de cómo ese rey sin igual, siendo tan solo un poco mayor que ellos, había triunfado en la batalla como el más valiente de los guerreros y hecho la paz después como el más sabio de los gobernantes. Cómo con apenas veinte años había heredado el reino de su padre e, impulsado por esa sangre valiente, esa sangre de reyes que corría por sus venas, lo había lanzado a la conquista de las glorias de Asia. Había recorrido el mundo hasta confines que nadie había imaginado jamás, no con afán de conquista, sino de unión: había derribado cada una de las fronteras y unido a todos los pueblos en un imperio que se extendía desde Grecia hasta la India, y en el que lo heleno y lo bárbaro, tras siglos de lucha, habían acabado por convivir. Se rumoreaba que era un dios, un héroe venido del tiempo de los antiguos, pero su padre decía, y ahora frente a su cuerpo mortal ellos lo corroboraban, que no, que tan solo era un hombre. Alejandro rompió las cadenas con las que el mito lo había mantenido preso del pasado. Creció por encima de todos sus ancestros; fue su propio hombre, dueño de su vida. Siéndolo, los venció a todos: a su padre, al que dejó en minucia; a sus consejeros, que dudaron de él; a sus enemigos, que lo infravaloraron..., y a su madre, de quien, aun sin saberlo él, se liberó el mismo día que decidió prestar oídos a lo que le pedía su corazón y cruzar el mundo para encontrarse a sí mismo.

Pasaron una hora ensimismados en la contemplación del rey que los había hecho existir como eran. Iban a cerrar la tapa del sarcófago cuando el hermano pequeño le dijo al mayor:

—Espera aquí.

El joven echó a correr por el palacio vacío, cruzó las oscuras galerías y descendió por la escalinata que conducía a los jardines del Nilo. Al cabo de un rato, regresaba a la cámara mortuoria llevando en la mano siete flores color rojo fuego. Trepó de nuevo hasta el sarcófago y las depositó sobre el pecho lívido del rey. Por un momento pareció que Alejandro volvía a tener un corazón. Esta vez, sin embargo, no lo movían los latidos de la vida, ni la sangre de todos sus ancestros, sino el recuerdo indeleble de su leyenda.

LISTA DE PERSONAJES PRINCIPALES

Abdalónimo (r. 332-329 a. C.): jardinero de ancestros regios a quien Alejandro designó como rey de Sidón tras haber tomado la ciudad.

Ada de Caria (ca. 377-Halicarnaso, 326 a. C.): última sátrapa de Caria y reina de Halicarnaso, de la Casa de los Hecatómnidas. Recuperó su reino gracias a Alejandro Magno, que a cambio la hizo tomarlo como hijo adoptivo para heredar así Halicarnaso a su muerte.

Alejandro III de Macedonia, Alejandro Magno (Pela, 21 de julio de 356-Babilonia, 10 de junio de 323 a. C.): hijo de Filipo II de Macedonia y de su quinta esposa, Olimpia del Epiro. Rey de Macedonia desde los veinte años, conquistador del mundo. Su muerte intestada dividió el imperio entre sus generales.

Ambhi (Taxila, ca. 359-305 a. C.): llamado también Omphis y Taxiles por los griegos, Ambhi fue rey del reino-Estado indio de Taxila, en el actual Pakistán. Fue enemigo de Poros y trató de que Alejandro lo librara de su rival.

Antípatro (ca. 397-319 a. C.): veterano general de la corte de Filipo II a quien Alejandro dejó como regente del reino de Macedonia durante su viaje a Asia. A la muerte del conquistador, Antípatro continuó gobernando Macedonia, protagonizando cruentos movimientos por hacerse con el control del reino. Sus descendientes se harían con el trono, instaurando la dinastía antipátrida.

Aristandro (Caria, s. IV a. C.): según muchas de las fuentes que relatan la vida de Alejandro, Aristandro fue un vidente nacido en Caria que muy pronto se incorporó a la corte macedónica como adivino personal de Filipo II y después de Alejandro, quien lo llevó consigo al este y le consultó en asuntos de astrología y quiromancia.

Aristóteles (Estagira, 384-Calcis, 322 a. C.): uno de los filósofos más importantes de la historia, fue llamado por Filipo II para educar al joven Alejandro Magno y a sus amigos.

Arrideo (Pela, ca. 359-Pela, 25 de diciembre de 317 a. C.): primogénito de Filipo II, fue apartado de la sucesión debido a su discapacidad física y mental. Sin embargo, a la muerte de su hermano menor Alejandro, los generales Pérdicas y Antípatro lo coronaron rey con la esperanza de manejarlo. Murió poco después asesinado por orden de Olimpia.

Artabazo II (Frigia, 389-Balj, 328 a. C.): sátrapa de Frigia persa, lideró una revuelta contra Persia que lo hizo tener que refugiarse en la corte de Filipo II de Macedonia. Allí conoció al joven Alejandro. Años después se reencontrarían como aliados, y el rey lo nombró sátrapa de Bactria. Padre de Barsine.

Átalo (Macedonia, 390-336 a. C.): general de Filipo II que casó a su sobrina Eurídice con el rey. Durante la boda brindó porque de ese matrimonio naciera un heredero digno, lo que hizo que Alejandro lo amenazara de muerte. Tras morir Filipo, Olimpia logró que Alejandro lo mandara matar.

Barsine (Frigia, 369-Pérgamo, 309 a. C.): hija del sátrapa Artabazo. Creció exiliada en la corte de Macedonia, donde fue amante del joven Alejandro. Luego volvió a encontrarlo en Asia y se incorporó de nuevo a su séquito. Estando en Bactria, dio a luz a Heracles, al que proclamó como hijo extramatrimonial de Alejandro. Temiendo que pudiera hacerse con apoyos, Casandro ordenó el asesinato de ambos.

Begoas (s. IV a. C.): eunuco de la corte de Darío III tomado por Alejandro Magno como amante y consejero. Begoas fue responsable de la orientalización de Alejandro. Tras la muerte del rey, se le pierde la pista.

Bessos (m. Ecbatana, 329 a. C.): sátrapa de Bactria de la corte de Darío III, responsable directo de su asesinato. Tras matarlo se autoproclamó rey de Persia como Artajerjes V. Fue traicionado por sus hombres y entregado también a Alejandro, que lo mandó ajusticiar en Ecbatana siguiendo la ley persa.

Casandro (Macedonia, 355-297 a. C.): hijo de Antípatro. Se educó con Alejandro pero luego permaneció en Macedonia. A la muerte del rey, se haría con el reino y acabaría asesinando a la familia de Alejandro y convirtiéndose en el primer rey de la dinastía antipátrida. Su presencia en Babilonia en 323 se asocia con la muerte de Alejandro.

Ciro II, el Grande (Persia, ca. 600-Asia Central, diciembre de 530 a. C.): primer rey persa de la dinastía aqueménida, fundador del Imperio aqueménida, destructor del Imperio medo. Ciro era la figura mítica más importante de los aqueménidas, el gran conquistador, razón por la que Alejandro lo tomó como modelo personal.

Cleopatra de Macedonia (Pela, 353-Sardes, 308 a. C.): hija de Filipo II y Olimpia, hermana carnal de Alejandro Magno. Se casó con su tío materno Alejandro, rey del Epiro, y actuó hábilmente como regente del reino durante sus campañas en Italia y tras su muerte, cuando fue coronado su hijo. A la muerte de su hermano Alejandro, muchos generales intentaron desposarse con ella. Huyó a Sardes, donde fue asesinada.

Clito, el Negro (ca. 360-Samarcanda, otoño de 328 a. C.): miembro de los *hetairoi* y amigo de Alejandro, llamado «el Negro» por su cabellera azabache. Su hermana Lanike fue quien crio a Alejandro, lo que los hacía a ellos hermanos de leche. En la historia, Clito era mayor que Alejandro y formaba parte de una generación de jóvenes generales al servicio de Filipo. Receloso de la orientalización de Alejandro, murió asesinado por él en el este.

Crátero (ca. 370-321 a. C.): general y amigo de Alejandro, a quien se cree que quiso legar su imperio.

Darío III de Persia (ca. 380-Hircania, 330 a. C.): último rey de la dinastía aqueménida. Sucedió con intrigas y apoyado por su madre a Artajerjes III en 336, el mismo año en que Alejandro ascendía al trono de Macedonia. Derrotado después por el conquistador macedonio, fue traicionado por sus hombres y asesinado. Alejandro lo tomó como hermano para reclamar así la herencia de Persia.

Dinócrates (s. IV a. C.): arquitecto a quien Alejandro encargó la construcción de su Alejandría en Egipto y otros monumentos.

Diógenes de Sínope, el Cínico (Sínope, 400-Corinto, 323 a. C.): filósofo griego padre de la escuela cínica. Se decía que Diógenes vivía en un barril, rodeado de perros, renegando de toda posesión material.

Dripetis (m. Babilonia, 323 a. C.): hija de Darío III y Estatira. Alejandro la desposó con su amigo Hefestión en las bodas de

Susa. Murió asesinada junto a su hermana Estatira a manos de Roxana.

Estatira I (m. Sidón, 332 a. C.): reina de Persia, mujer y hermana de Darío III. Desesperada por no poder parir un hijo que fuera a ser rey, murió en el parto. Alejandro la enterró con todos los honores.

Estatira II (m. Babilonia, 323 a. C.): segunda esposa y reina de Alejandro, hija de Darío III y Estatira. Alejandro la tomó como esposa en las bodas de Susa, pero fue asesinada poco después de la muerte del rey por Roxana.

Eurídice de Macedonia (m. 336 a. C.): sobrina del general Átalo y última esposa del rey Filipo II. Al ser macedonia y casarse con Filipo puso en peligro la posición de Olimpia (que era molosia) y Alejandro. Tras morir Filipo, Olimpia ordenó su asesinato y el de sus dos hijos, Cárano y Europa.

Filipo II de Macedonia (Pela, 382-Egas, octubre de 336 a. C.): padre de Alejandro Magno, rey de Macedonia de la Casa de los Argéadas, a los que se creía descendientes del semidiós Heracles. Filipo reformó el ejército macedonio y convirtió Macedonia en la primera potencia del mundo griego. Se casó siete veces.

Filotas (Macedonia, 365-Proftasia, 330 a. C.): general de Alejandro, crecido con él. Era hijo del general Parmenión. La relación entre Filotas y Alejandro fue siempre complicada, lo que llevó a que el rey ordenara su muerte y la de su padre en 330.

Hefestión (Macedonia, ca. 356-Ecbatana, otoño de 324 a. C.): comandante de los *hetairoi*, *quiliarca* del imperio, amigo y amante de Alejandro Magno que creció con él y lo acompañó en sus viajes. Se casó con Dripetis en las bodas de Susa, pasando a ser cuñado de Alejandro. Su muerte hundió en la tristeza al rey, que ordenó que se le diera culto de héroe.

Laomedonte de Mitiline, el Políglota (s. IV a. C.): amigo y general de Alejandro. Era políglota y hablaba las lenguas del este. A la muerte de Alejandro se quedó con Siria.

Maceo (ca. 385-Babilonia, 328 a. C.): sátrapa de Cilicia y Sidón en los tiempos aqueménidas, fue uno de los generales más importantes de Darío. Luchó en Gaugamela, liderando el flanco diestro. Entregó Babilonia a Alejandro y este lo confirmó como sátrapa, el primer persa al que honró con ese cargo. Se cree por ello que Maceo se había vendido a Alejandro antes de la batalla.

Nearco (Creta, 356-300 a. C.): amigo de Alejandro y navarca (almirante) de sus Armadas. Nearco comandó la flota del Hidaspes al regresar de la India y fue clave en preparar la fallida expedición a Arabia. Apoyó al supuesto hijo de Alejandro y Barsine, Heracles, a la muerte del rey.

Nectanebo II (r. 359-343 a. C.): faraón de Egipto durante el interludio faraónico (Dinastía XXX) que sucedió a la primera y segunda dominación persa del país. Según la *Vida de Alejandro* de Seudo-Calístenes, Nectanebo habría huido de Egipto a Macedonia, donde se presentó como hechicero. Pasó a formar parte del séquito de Olimpia, y se insinúa que pudo ser el padre biológico de Alejandro Magno.

Olimpia del Epiro (Molosia, 375-Pidna, 316 a. C.): madre de Alejandro Magno, princesa del Epiro, de la Casa de los Eácidas, a los que se creía descendientes de Aquiles. Mujer intrigante, se la considera responsable del asesinato de su marido Filipo, de quien fue la quinta esposa. Tras morir Alejandro, fue asesinada por Casandro.

Oxiartes (Bactria, s. IV a. C.): noble bactriano que defendía la Roca Sogdiana cuando Alejandro llegó a Bactria. Tras dar a su hija Roxana como esposa de Alejandro, se convirtió en sátrapa del Paropamisos.

Parmenión (ca. 400-Ecbatana, 330 a. C.): veterano general de Filipo II que se puso del lado de Alejandro, favoreciendo y facilitando su ascenso al trono. Lo acompañó a Asia, siempre tratando de moderar su ímpetu conquistador y de que no se orientalizara. Alejandro pensó que lo iba a traicionar y ordenó su muerte.

Pérdicas (Oréstide, 365-Egipto, 321 a. C.): paje de Filipo II, oficial y luego general en el ejército de Alejandro. Ascendido inicialmente por su cercanía con Hefestión, Pérdicas se convertiría en uno de los principales generales. A la muerte de Alejandro, apoyó al hijo de Roxana para heredar el imperio, aliándose con Seleuco. Fue finalmente asesinado por este y por Ptolomeo.

Poros (m. Punyab, ca. 321-315 a. C.): fue uno de los antiguos reyes de la India, de los reinos asentados cerca del río Hidaspes e Hífasis. Se enfrentó a Alejandro en la batalla del Hidaspes (326 a. C.) y fue derrotado. Alejandro, que admiró su coraje, lo confirmó como rey de su reino en su nombre.

Ptolomeo Sóter (ca. 357-Alejandría en Egipto, 283 a. C.): otro de los amigos y generales de Alejandro que lo acompañó en sus viajes. Ptolomeo era de origen humilde y, según Robert L. Fox, se avergonzaba de sus rudos ancestros. Fue cronista (sesgado) de las guerras de Alejandro, narrándolas siempre a su conveniencia. A la muerte de Alejandro se quedó con Egipto, instaurando la dinastía ptolemaica, última dinastía faraónica.

Roxana (la Sogdiana o Bactria, ca. 340-Macedonia, 310 a. C.): hija de Oxiartes, fue la primera esposa de Alejandro. Este se enamoró perdidamente de ella durante un baile y la tomó como esposa. Roxana parió póstumamente al hijo de Alejandro, Alejandro IV, a quien quiso mantener en el trono con el apoyo de generales como Pérdicas, llegando a matar a la otra esposa de Alejandro, Estatira. Finalmente su hijo y ella fueron asesinados por Casandro, destruyéndose así toda la línea sanguínea de la casa de Alejandro.

Sisigambis (m. Babilonia, 323 a. C.): reina madre de Persia, madre de Darío III, hija del rey Artajerjes II o de su hermano. Tras la marcha de Darío, adoptó a Alejandro como hijo.

NOTA AL LECTOR

Alejandro y el resto de los personajes de esta novela son, por supuesto, producto de la ficción de su autor. Cabe señalar que, con el propósito de dar lirismo y sentido narrativo a la historia, se han tomado algunas licencias. La más significativa tiene que ver con el viaje de Alejandro. A fin de agilizar la narración, se ha reducido considerablemente el número de ciudades en las que Alejandro y sus hombres fueron haciendo escalas, así como las muchas escaramuzas y pequeñas batallas con sátrapas rebeldes, expediciones estériles y rutas equivocadas, en Anatolia, Persia Central, la Sogdiana y la ribera del Indo. El viaje no siguió un curso lineal, sino que lo compusieron un sinfín de idas y venidas por territorios vastos e inexplorados en los que los macedonios iban, en muchas ocasiones, buscando a tientas, ora colaborando, ora peleando, con tribus locales. Asimismo, también se ha reducido el número de personajes, en particular el de los *hetairoi*, limitados a seis en la novela, pero que en la historia constituían el alto mando del ejército macedonio y además eran los jinetes de élite, es decir, todo un cuerpo militar y no solamente el consejo de confianza de Alejandro.

Salvando estas pequeñas licencias, la novela está basada en un estudio riguroso de la historia. Las únicas fuentes directas del tiempo de Alejandro son las arqueológicas. Las principales fuentes escritas son de la época imperial romana, es decir, entre trescientos y cuatrocientos años después de los hechos que relatan. Los romanos gustaban de imaginar y la historia que presentan del héroe está claramente adulterada con los prejuicios y gustos de un tiempo distinto. Esos mismos han permeado la narrativa de Alejandro Magno a lo largo de la historia. La investigación para esta novela se ha basado principalmente en el estudio de las *Vidas Paralelas*, de Plutarco, y la *Anábasis de Alejandro Magno*, de Flavio Arriano, así como en la obra de varios historiadores contemporáneos, en particular la de Robin Lane Fox (*Alejandro Magno*, 2004; *El Mundo Clásico*, 2007), Adrian Goldsworthy (*Philip and Alexander*, 2020), A. B. Bosworth (*Alexander and the East*, 1996). También han sido consultados artículos académicos sobre temas concretos.

Sin embargo, esta no es una obra historiográfica, no pretende ser ni una historia del Imperio macedonio ni una biografía de su rey. La colosal epopeya de Alejandro ofrece simplemente un marco para el estudio de un ser humano en su deambular por la vida. Escribía Marguerite Yourcenar, a través de la voz del Adriano moribundo, que «los historiadores nos proponen sistemas demasiado completos del pasado, series de causa y efecto harto exactas y claras como para que hayan sido alguna vez verdaderas; reordenan esa dócil materia muerta y sé que aun a Plutarco se le escapará siempre Alejandro». Esta novela responde a la realidad histórica, y el historiador celoso que se aproxime a este libro encontrará que en verdad sigue rigurosamente las fuentes en lo que a la vida y hechos de Alejandro Magno se refiere, pero no hallará en ella al Alejandro del que tanto han escrito eruditos de todo el mundo. En su lugar hay otro: un Alejandro que será familiar para todos los seres humanos a los que, como a él, abruma la vida; lo largo y a la vez lo corto, lo ancho y a la vez lo angosto, que es su camino.